"Ich ist ein anderer"

Arthur Rimbaud

Besonderer Dank gehört Susan Rae, Konrad Franke und Peter Rothammer, die mir halfen, das Buch zu verbessern.

Dunkle Wahrheiten

Eckhard Polzer

Dunkle Wahrheiten ist urheberrechtlich geschützt. Sämtliche Rechte liegen ausschließlich beim Autor.

Bibliografische Information der Deutschen Nationalbibliothek: Die Deutsche Nationalbibliothek verzeichnet diese Publikation in der Deutschen Nationalbibliografie; detaillierte bibliografische Daten sind im Internet über dnb.d-nb.de abrufbar.

TWENTYSIX – Der Self-Publishing-Verlag
Eine Kooperation zwischen der Verlagsgruppe Random House und BoD – Books on Demand

© 2017 Polzer, Eckhard

Herstellung und Verlag:
BoD – Books on Demand, Norderstedt

ISBN: 978-3-7407-2882-3

Personenverzeichnis:

MARTIN SALGER	Finanzjongleur
LUCY FIAWO	Journalistin
KWAME FIAWO	Lucys Vater, Idealist
HANNA PAUTZ	Lucys Mutter
LEONHARD RUETI	Schweizer Fahnder
CÉLIA	Salgers Geliebte
VIKTOR PAULSEN	Salgers Sohn
INKA PAULSEN	Viktors Mutter
KONRAD KRAMER	Arzt und Unternehmer
FROHMUT KRAMER	Konrads Bruder
SABETH KRAMER	Konrads Frau
VERENA KRAMER	Joao's Freundin
HERNAN MWENZA	Salgers Verwalter
JOAO MWENZA	Sohn Hernans
JAMES GODDARD	CIA Agent
JOHN GOFFIN	Waffenschmuggler
ARRI SIDIQUE	Anwalt in Singapur
GARY JOHNSON	Fonds Manager
KAY RUGE	Deutsche Botschaft Lagos
FRANK ACHEBE	Salgers Partner in Nigeria
OBA ACHEBE	Franks Vater
GENERAL ABICHI	Kommandeur in Biafra
AARON	Joao's Freund
GENERAL DIMITROV	Verkauft Waffen an Salger

Und weitere Zuarbeiter, Verhinderer und Menschen, die einfach nur über die Runden kommen wollen.

1 Lagos - 1987

Schwaden von Bier und Rauch hängen in der Luft. Lucy Fiawo setzt sich und betrachtet die ineinander verschlungenen Körper auf der Tanzfläche. Liegt mir jetzt nicht, denkt sie, zu heiß, zu gepackt. Als ihr die Bässe die Ohren zudröhnen, will sie wieder gehen. Sie ist groß und schlank, anders als die meisten Nigerianerinnen. Milchschokolade haben sie die Kinder in der Schule genannt. Seit ein paar Tagen hat sie die Haare auf Streichholzlänge gekürzt und die schweren Ohrringe betonen ihren langen Nacken. Die Bewegung, mit der sie sich die Schweißperlen von der Stirn tupft, hat sie von ihrer weißen Mutter geerbt, doch das kann sie nicht wissen.

Am Nebentisch sitzt eine Gruppe Schweizer. Botschaft oder Swiss Air, denkt Lucy. Beiläufig bekommt sie mit, wie sie über die ewigen Staus auf den Zufahrtsstraßen zur Innenstadt reden. Einer aus der Gruppe blickt, zufällig zuerst, dann immer häufiger zu ihr herüber. Schließlich steht er auf und stellt sich vor: „Leonhard Rueti. Möchtest du tanzen?"

Sie schüttelt den Kopf. „Lieber nicht, ich wollte gerade gehen."

Doch er lässt nicht locker. „Was machst du? Ich habe dich noch nie gesehen. Ich kenne die meisten Mädchen hier." Er setzt sich ungefragt an ihren Tisch und taxiert sie ungeniert.

Zu aufdringlich, denkt sie. „Du kannst dich ja gleich auf meinen Schoß setzen."

„Die Musik ist zu laut, ich verstehe dich nicht. Was treibst du, der Schuppen hier scheint nicht gerade deine Umgebung zu sein."

„Bestimmt keine weißen Männer anmachen, falls du das meinst. Ich schreibe."

Er lächelt und sieht sie etwas aufmerksamer an. „Journalistin? Bei deinem Aussehen könntest du alles machen."

„Hört sich seltsam an, aber Journalistin trifft es ganz gut."

Er steht auf und nimmt, ohne zu fragen, ihre Hand: „Komm, an der Bar ist es ruhiger."

Mit einem Achselzucken folgt sie ihm. „Und was machst du?"

„Ich bin der Schweizer Botschafter", lacht er und winkt dem Barkeeper. „Zwei Cognac, ok?"
„Ok, aber jetzt sag schon, was du machst."
„Ich arbeite wirklich an der Schweizer Botschaft. Irgendwer muss sich ja um den Papierkram kümmern. Ob mich das zu etwas Höherem qualifiziert, kann ich noch nicht sagen. Meine Mutter meint, das Papier gehöre nun mal zum diplomatischen Dienst."
„Was macht deine Mutter, ist sie auch Diplomatin?"
Er grinst. „Nein, sie lebt in der Schweiz, trifft regelmäßig ihre Bridge Freunde, und denkt, dass ich mitten in einem großen Abenteuer stecke."
„Warum sagst du ihr nicht, wie es wirklich ist?"
„Und, wie ist das?"
„Dreckig, stickig, korrupt, das ist doch eure gängige Meinung, oder?"
„Hm, Journalistin! Sind die alle so? Wo hast du das Schild: Vorsicht, bissiger Hund."
„Ich kann ja gehen."
„So war es nicht gemeint. Du hast recht, einige denken so. Zuviel Verbrechen, zu viel Korruption, schnelles Geld, alles was wir Schweizer nicht mögen." Rueti zieht, wie zur Entschuldigung, die Schultern hoch. „Aber jetzt erzähl du mir, weshalb du hier bist. Tanzen scheint es nicht zu sein."
Warum ich hier bin, denkt sie, weil mich der Artikel nervt und ich keinen Schritt voran komme, so einfach ist es. „Mein Chef hat mir eine Serie über den Alltag in Südafrika aufgetragen, weil er glaubt, dass dort die Karten neu gemischt werden. Aber das Apartheidregime kotzt mich an. Ich will nicht darüber schreiben, wie Schwarze andere Schwarze abschlachten und die Weißen tatenlos zusehen. Wahrscheinlich glaubt der Chef, dass es mir leicht fällt über dieses verwundete Land zu schreiben. In seinen Augen bin ich wohl ähnlich zerrissen, weil ich eine weiße Mutter habe."
Journalistin, denkt Rueti. „Vor ein paar Tagen wurde auf der Straße nach Ikeja ein Schweizer Geschäftsmann überfahren. Kei-

ner hat sich um ihn gekümmert, seine Leiche blieb einfach liegen, bis ihn ein Kollege eher zufällig fand. Das hat nicht geholfen unser Bild von Lagos aufzuhellen."

„Ich hab davon gelesen. In dem Viertel, wo er überfahren wurde, werden jeden Tag ein bis zwei Menschen ermordet, davon steht nichts in der Zeitung. Was hatte er dort zu suchen? Was denkst du?"

„Du meinst, ich denke anders?"

„Vielleicht…?" Sie nimmt ihr Glas und dreht es gedankenverloren zwischen Daumen und Zeigefinger, während ihr Blick über die Tanzfläche schweift. Für einen Moment scheint sie Rueti vergessen zu haben. „Meine Mutter lebt in der DDR", sagt sie leise.

„Meine ist Deutschamerikanerin und lebt irgendwo, meist in teuren Hotels. Mein Vater war Schweizer, er ist tot", fügt er hinzu, als müsse er sich dafür entschuldigen.

„Wie alt warst du, als er starb?"

„Fünf, außer Fotos kenne ich nichts von ihm."

„Ich war sieben, als mein Vater starb. In Lagos, nicht weit von hier."

„Was hat ihm gefehlt?"

„Er wurde ermordet." Ihr Ton verbietet jede Nachfrage. Gleichzeitig wundert sie sich, weshalb sie es überhaupt erwähnt hat. Es ist so lange her, denkt sie. „Du magst deine Mutter nicht besonders?"

„Ist wohl eher umgekehrt."

„Bist du abgehauen?"

„So ähnlich. Der Job an der Botschaft ist eine Art Aufstieg in ihren Augen."

„Anscheinend nicht für dich."

Er zieht die Schultern hoch. „An welchem Punkt bist du gerade?"

„Südafrika?"

„Ja."

Sie lächelt, nimmt ihr Glas und prostet ihm zu. „Ich muss gehen."

„Schade, ich wollte dich nicht vertreiben."

9

„Tust du nicht", sie reicht ihm die Hand und gibt sich einen Ruck. „Du kannst mich erreichen, wenn du willst, beim ‚Chronicle'."
„Ein Name würde helfen."
„Lucy Fiawo, und deiner?"
„Wie gesagt, Leonhard Rueti, Schweizer Weltverbesserer. Wir könnten miteinander essen gehen."
„Mal sehen."

Nach ein paar Wochen ist er der erste Weiße mit dem sie schläft. Als sie es sich in seiner Achselhöhle bequem gemacht hat, erzählt sie vom Tod ihres Vaters Kwame. Sie erzählt von Cléo, ihrer Stiefmutter, die dachte, dass Kwame hingerichtet wurde. „Cléo meinte, dass Martin Salger, Vaters damaliger Geschäftspartner, seine Hand im Spiel gehabt hat. Wenn das stimmt, will ich mich an ihm rächen, falls er noch lebt."
„Rächen", sagt Rueti, „rächen ist ein großes Wort."
Vielleicht bin ich über's Ziel hinaus geschossen, denkt sie. Warum ziehe ich ihn in meine Angelegenheiten hinein, nur weil wir miteinander schlafen? „Du hast nie über dich gesprochen, Leonhard. Was zählt für dich?"
„Das kann ich nicht im Bett beantworten", er küsst ihre nackte Schulter und steht auf. „Lass uns an den Strand fahren, ich kenne dort eine kleine Bar, sie ist nicht so laut und wir können etwas essen. Die Wellen schwappen bis an den Fuß der Terrasse, das Geräusch entspannt mich. Brauche ich, wenn du mich unbedingt in die Niederungen meiner traurigen Existenz begleiten willst."
„Fährst du?", fragt sie, während sie sich anzieht.
„Ja."
In der Bar steuert Leonhard direkt auf einen freien Tisch auf der Terrasse zu. Per Handzeichen bestellt er zwei Bier. „Ist dir doch recht, oder?", fragt er Lucy, die nur nickt. Er weist auf das Panorama der hell erleuchteten Schiffe in der Lagune. „Sie liegen schon seit Monaten dort, aber die Regierung schafft es nicht den Hafen auszubauen. Willst du immer noch, dass ich von mir erzähle?"

Sie nickt. „Natürlich, die Geschichte von da draußen kenne ich bereits. Ich habe über die Piraten berichtet, die Nacht für Nacht mit ihren Schnellbooten herumflitzen, um die Besatzungen der Schiffe auszunehmen. Bei der Recherche wurde ich mit dem Messer angegriffen, weil ich wohl zu beharrlich nach den Hintermännern gefragt hatte. Ohne meinen Kameramann wäre ich womöglich gar nicht hier. Ich weiß also eine Menge über Piraten, aber von dir weiß ich nichts."

„Ich dachte du schreibst nur?"

„Nein, ich kann mir nicht aussuchen, wie ich mein Geld verdiene. Erzählst du jetzt?" Misstrauen hat sich in ihre Stimme geschlichen.

Abwehrend hebt er die Hände. „Du denkst, ich will nicht, aber das stimmt nicht." Er drückt den Rücken durch und atmet tief ein. „Dass mein Vater starb, als ich ein kleiner Junge war, habe ich dir bereits erzählt…"

„Deine Mutter hat sich einen reichen Schweizer gesucht?"

„Fast getroffen. - Wollen wir nicht erst bestellen?"

„Na gut, aber du entkommst mir nicht", lacht sie.

Er ruft den Kellner, bestellt zwei Teller Fisch und Chips und beginnt sofort zu reden: „Ihr zweiter Mann, mein Vater, hat ihr neben mir", er lacht, „etwas Geld hinterlassen. Sie fand es völlig in Ordnung, meine Erziehung in verschiedene Privatschulen auszulagern. Die ich dann prompt immer wieder hingeschmissen habe." Er nimmt einen großen Schluck Bier und zündet sich eine Zigarette an. „Du auch?", fragt er.

Lucy schüttelt nur den Kopf.

„Anfang der achtziger Jahre erschien mir dann das Leben eines Abenteurers durchaus angemessen. Zuerst landete ich in einer Hippiekommune Goas, das war an meinem einundzwanzigsten Geburtstag. Gefiel mir auf Dauer nicht, also kehrte ich etappenweise nach Europa zurück. Eine der Etappen bestand aus einem palästinensischen Trainingscamp. Zumindest habe ich dort Schießen gelernt, aber sonst nichts. Immerhin ließ mich die Erfahrung auf Dauer dem Terror abschwören, nur mit dem diplomatischen Dienst wollte es danach nicht mehr klappen."

„Und das alles ohne Geld?"
„Nein, Geld hatte ich immer genug. Sie schickte es mir, egal wohin."
„Es hört sich merkwürdig an. Noch dazu aus dem Mund eines Botschaftsangehörigen."
„Du reagierst wie alle anderen auch. Die meisten glauben, ich haue auf den Putz, nur weil meine Mutter Geld hat."
„Nein, nein, das ist es nicht".
„Was ist es dann?"
„Ich verstehe es einfach nicht, kann mir so ein Leben nicht vorstellen. Und weiter?"
„Du bist so anders. Dein Vater? Milchschokolade?", er klingt traurig. „An der Botschaft bin ich noch nicht lange. Als ich wieder in die Schweiz kam, haben sie meine Bewerbung für den Auslandsdienst erstmal abgelehnt."
„Aber warum hast du dich überhaupt beworben?"
„Wegen Mutter natürlich. Durch ihre Vermittlung und die Fürsprache eines ihrer Bridgefreunde landete ich dann doch noch hier. Das ist alles, den Rest kennst du aus eigener Erfahrung."
„Warum tust du es, wenn es dir nicht gefällt?"
„Irgendetwas muss der Mensch doch tun. Und manchmal ist es ja auch ganz spannend. Immerhin habe ich dich getroffen."
„Dass du nur als Aktenkopierer hier bist, nehme ich dir nicht ab", lacht sie und drückt seine Hand. „Wie wär's mit Gelegenheitsspion."
„Nicht schlecht, vielleicht ist sogar eine Gehaltserhöhung drin", lacht er und küsst ihre Hand. „Aber jetzt essen wir erstmal, sonst erfinde ich noch mehr Märchen, die du mir sowieso nicht glaubst."
Sie zuckt mit den Schultern, als wäre ihr das Essen egal. „Ich glaube dir. Fast", fügt sie nach einigem Überlegen hinzu.
„Wie kommt es, dass du eine weiße Mutter hast und hier in Lagos sitzt?"
Sie lässt sich eine Zigarette geben. „Ich kann mich nicht an Mutter erinnern. Alles, was ich über sie weiß, habe ich von Vater. Er hat wenig von ihr erzählt, als wolle er, dass ich sie vergesse.

Nach seinem Tod fand ich ein Foto von ihr in seinen Unterlagen, das ist alles was ich habe. Sie waren nicht verheiratet und ich war fünf, als er mit mir aus der DDR wegging. Ich war sieben, als er starb." Ein Glitzern erscheint in ihren Augen.
„Du musst jetzt nichts sagen."
„Doch ich will. Cléo, das war meine Stiefmutter, hat gesagt, dass Vater für Salger Waffen verkaufte. Aber er wäre für dieses Geschäft zu ehrlich gewesen. Vater habe gleichzeitig Medikamente nach Biafra geschmuggelt. Das hielten Salgers Partner für Verrat und brachten ihn um. Vielleicht gab es auch noch andere Gründe, ich werde es herausfinden."
„Warte mal. Vor kurzem sprach ich mit jemandem, der Salger kannte. Der hat Salger einen Berlin-Trip verschafft, zu irgendeinem Kongress. Der Mensch hieß Ruge, Kay Ruge."
„Hilfst du mir?"
„Ja, aber erwarte nicht zu viel."

2 Biafra

Im Sommer 1967, als Lucy Fiawo in Ostberlin geboren wurde, landet Martin Salger in Lagos. Er ist groß und athletisch und gilt bei den wenigen Freunden, die er hat, als guter Sportler. Sein Studium hat er abgeschlossen, er hat ein paar Reisen hinter sich, die nicht gut gelaufen sind.

Nigeria, seit einigen Jahren unabhängig, ist dabei die Führungsmacht Westafrikas zu werden. Bei der Landung in Lagos erlebt Salger seinen ersten Tropensturm. Als die Tür der Boeing geöffnet wird, schlägt ihm warmer Regen ins Gesicht. Er klemmt sich das Handgepäck unter den Arm und stolpert die Gangway hinunter. Im Nu klebt ihm das Hemd auf der Haut. Im Gebäude riecht es nach Schimmel, Kerosin und Schweiß.

Er streicht sich die nassen Haare aus der Stirn und findet unter einer nackten Neonlampe den Einreiseschalter. Dahinter ein Mann in verschwitzter Uniform. Als Salger ihm den Pass reicht, sucht er das Visum, stempelt es ab und winkt ihn durch. Seinen Alukoffer findet er unter einem triefenden Haufen Gepäck. Er gräbt ihn aus und geht zur Ankunftshalle.

Das Geschrei wild gestikulierender, schwarzer Menschen schlägt ihm entgegen. Er sucht das verabredete Schild mit seinem Namen. Nichts. Da spürt er eine Hand auf der Schulter. Hinter ihm steht ein Mann in dunklem Anzug, weißem Hemd und Krawatte. „Martin Salger?", fragt er.

„Wie haben Sie mich erkannt?", fragt Salger erleichtert.

„Sie sind der einzige junge, weiße Mann, der mit dem Flieger ankam", strahlt der Mann und reicht Salger die Hand. „John Njoya. Ich soll Sie ins Hotel bringen." Sein Deutsch ist blütenrein. „Kommen Sie, das Auto steht vor der Tür."

Der Sturm ist abgeflaut und der Regen einer bleichen Sonne gewichen, die durch Schwaden feuchtwarmer Luft scheint. Der Fahrer verstaut das Gepäck, gibt dem Parkwächter ein paar Münzen, und hält Salger die Tür eines nagelneuen Peugeot auf.

Salger klemmt seine langen Beine hinter den Beifahrersitz, streicht die schulterlangen Locken aus der Stirn und wartet ab.
„Wohin geht es?", fragt er schließlich.
„Nach Victoria Island, die Botschaft hat dort ein Hotel für Sie gebucht. Waren Sie schon einmal in Afrika?"
„Nein, noch nie."
„Dann willkommen in Lagos. Es wird dauern, die Straße ist, wie jeden Tag, total verstopft."
„Wie kommt es, dass Sie so gut deutsch sprechen?"
„Ich habe in der DDR studiert", antwortet der Mann knapp, und reicht ihm einen Brief nach hinten.
Und jetzt Fahrer an der Botschaft der Bundesrepublik, denkt Salger, auch eine Form der Wiedervereinigung. Er öffnet den Brief und erfährt, dass ein Kay Ruge, Mitarbeiter der Botschaft, ihn am nächsten Tag im Hotel besuchen wird.
Als aus den Papphütten ärmliche, verwitterte Häuser werden, verdichtet sich der Verkehr: Taxis, Mamalaster, Frauen mit Bündeln auf den Köpfen, spielende Kinder mit rotbraun gepuderten Körpern, dazwischen räudige Hunde. Verbogene, platt gefahrene Ampeln haben aufgehört, den Verkehr zu regeln.
Salger hält den Kopf aus dem Fenster, er schwitzt. „Wie lange noch?"
„Schwer zu sagen, ein, vielleicht auch zwei Stunden."
Nur jetzt nicht einschlafen. Salger wischt sich den Schweiß von Nacken und Stirn und betrachtet das Treiben auf der Straße. Müde ergibt er sich dem Lärm aus Hupen, Schreien und afrikanischem Reggae.
Endlich halten sie vor einem Hotel, dessen Fassade mit schwarzen Regenschlieren überzogen ist. Die Leuchtreklame blinkt, einzelne Buchstaben sind tot. Beim Aussteigen wäre er ums Haar in einen offenen, vermüllten Abwasser-Schacht getreten. Er stolpert über Betonplatten, aufgeworfen wie nach einem Erdbeben, und geht zur Rezeption.
Der Fahrer hat inzwischen den Koffer in der Empfangshalle abgestellt und wartet, bis Salger eingecheckt hat, um sich dann per Handschlag von ihm zu verabschieden. Träge rühren zwei große

Deckenventilatoren in einem Gemisch aus Schweiß und abgestandenem Bier.

Im Zimmer, einer halbhoch mit Holz getäfelten, dunklen Höhle dringt die Nachmittagssonne durch Lamellenläden und zeichnet Zebrastreifen auf die Dielen. Es riecht nach Mottenkugeln. Salger reißt das Fenster auf, aber als ihm die Hitze, gepaart mit dem Lärm einer Autoreparaturwerkstatt entgegen schlägt, schließt er es und sucht den Schalter des Ventilators. Er zieht das Moskitonetz über dem Bett zur Seite und setzt sich auf die schaukelnde Matratze. Ergeben streicht er sich über die schmerzenden Augen. Das leise Wummern des Rotors und die Kühle des steten Luftstroms beruhigen ihn. Für einen Moment zweifelt er am Sinn der Reise, doch sofort reißt er sich wieder zusammen und geht nach draußen.

Nicht weit vom Hotel entfernt liegt die Werkstatt, deren Lärm bis in sein Zimmer gedrungen ist. Er betrachtet die ölverschmierten Gestalten, die mit nackten Oberkörpern in der prallen Sonne werkeln. Sie hämmern auf Blechverkleidungen, flicken Autoreifen, ersetzen Stoßdämpfer und Bremsbeläge. Mitten in dem Chaos steht ein Baum voller großer, schwarzer Früchte, die sich beim näheren Hinsehen als fliegende Hunde erweisen.

Ein weißer Affe in einem Urwald aus Rückständigkeit bin ich, denkt Salger auf dem Weg zurück ins Hotel. Er setzt sich auf die Terrasse, bestellt ein Bier und betrachtet den blauen Teppich aus Jakarandablüten zu seinen Füßen. Neben ihm sitzen zwei Engländer, die sich über das Chaos in einem der Ministerien auslassen.

„Seit sechs Jahren sind sie nun unabhängig, und was hat sich geändert?"

„Nichts, absolut nichts."

Mit dem Röhren der Ochsenfrösche und dem geheimnisvollen Flügelschlag der Fledermäuse kommt die Tropennacht. Salger spürt, wie die Spannung langsam von ihm abfällt. Er bestellt ein weiteres Bier und freut sich über das Lachen des Kellners.

Am Mittag des nächsten Tages meldet sich der Mann von der Botschaft. Salger findet ihn am Empfang, lässig an der Theke gelehnt. „Herr Ruge, nehme ich an. Martin Salger", stellt er sich vor.

Der Mann richtet sich auf und nickt. „Ja, Kay Ruge."

Höchstens Ende zwanzig, denkt Salger, als er Ruges verschwitzte Hand drückt. „Ich war sehr erleichtert, als ich ihren Brief erhielt. Ein ziemliches Chaos am Flughafen und die Fahrt...."

„Willkommen in Lagos. Chaos gehört hier zum Alltag. - Ich soll Sie in Afrika einführen, als ob das so einfach wäre. Wie war die erste Nacht?"

„Es ging so."

„Und? Gut gefrühstückt?"

„Ein paar vertrocknete Spiegeleier mit verschrumpelten Würstchen. Mir scheint, die Engländer haben ganze Arbeit geleistet", lacht Salger.

„Manche mögen das. Kein Porridge, lauwarm?" Ruge verzieht das Gesicht, als wäre es das Schlimmste, was er sich vorstellen kann.

„Nein."

„Das kommt noch. Deutsches Brot, mit Kruste und so, können Sie vergessen. Ist die hohe Luftfeuchtigkeit, macht alles zum Waschlappen, einschließlich der Leute. - Was halten Sie von einem kleinen Fischlokal, direkt am Strand? Nichts besonderes, aber wir können in Ruhe reden."

Vom Meer weht ein überraschend kühler Wind in die offene Halle des Lokals. Die Tische aus Blech, von der Salzluft zerfressen. Stühle aus Stahlrohr, verbogen und zerbeult. Die viereckigen Säulen zwischen Terrasse und Innenraum mit Schlieren aus Schmutz und Schimmel überzogen. Innen die Wände, teilweise abgeblättert, von einem undefinierbaren Grün und der Fußboden aus blankem Beton.

Als sich Salger neugierig umsieht, sagt Ruge: „Wir sind zu früh dran, aber ich dachte, ich zeige Ihnen gleich das wahre Nigeria. Das Ikoji Hotel auf der anderen Seite der Lagune probiert westlichen Standard. Aber im Norden, in Kano, wo Sie hingehen, ist es eher so wie hier, allerdings ohne die mörderische Luftfeuchtigkeit. Sie werden sehen, nach ein paar Wochen erscheint Ihnen alles ganz normal. Ich bin auch noch nicht lange hier, komme inzwischen aber ganz gut klar. Lagos ist meine erste Station."

Ich mag ihn nicht, denkt Salger.

Übergangslos wechselt Ruge den Ton. „Wir haben uns gewundert, dass Sie überhaupt gekommen sind. Hier braut sich etwas zusammen", dabei sieht er prüfend auf Salger, doch als der nicht reagiert, kehrt er zu seinem leichten Tonfall zurück, als gäbe es nichts Wichtigeres als ein gelungenes Essen. „Nehmen Sie die Garnelen, sie sind wirklich gut, und bleiben Sie beim Bier. In Afrika ist es das sicherste Getränk. Auf keinen Fall Wasser aus der Leitung, aber das kennen Sie ja bereits aus Indien. Wie lange waren Sie dort?"

„Nur ein paar Monate. Woher wissen Sie, dass ich in Indien war?"

„Steht in ihrem Dossier."

Sie wollten wissen, wen sie bekommen, denkt Salger. „Das Land und ich haben uns nicht vertragen", sagt er verunsichert. „Was meinen Sie mit zusammenbrauen?"

„Vor zwei Monaten haben die Igbos in der Region um Port Harcourt geputscht. Sie wollen ihren eigenen Staat. Jetzt ist erst einmal Ruhe, aber keiner glaubt, dass die Haussa, die Muslime im Norden, diese Sezession auf Dauer hinnehmen werden. Entscheidend wird jedoch sein, auf wessen Seite sich die Yoruba schlagen. Sie sind mehrheitlich Christen und im Moment denken sie noch nach. Aber keine Sorge, Kano bleibt ruhig, ganz bestimmt."

Er will mich beruhigen, denkt Salger. „Hört sich nicht so toll an."

„Nein, nein, keine Sorge, das renkt sich wieder ein. Spannungen zwischen den Volksgruppen gab es hier immer. Der Botschafter glaubt zwar, dass diesmal die Karten neu gemischt werden, aber ich finde, es wird noch dauern, bis etwas Gravierendes passiert. Wir werden ja sehen, wer recht behält. Es wäre nicht das erste

Mal, dass sich alles in eitel Sonnenschein auflöst. Schließlich wurde Nigeria erst vor ein paar Jahren in die Unabhängigkeit entlassen, da muss sich noch einiges zurechtrütteln."

Kano, denkt Salger, ich musste im Atlas nachsehen, wo die Stadt überhaupt liegt.

„Und, sind es die Garnelen?", hört er Ruge wie aus weiter Ferne.

„Habe ich lange nicht gegessen, das letzte Mal in Indien", sagt Salger. „Aber wenn sie so gut sind, wie Sie meinen, gern."

„Versprochen." Ruge hebt den Arm, doch als der Kellner nicht sofort kommt, steht er auf und staucht ihn zusammen.

Ein Rassist, denkt Salger, warum schicken sie solche Leute hierher. „Seit wann gibt es dieses Praktikum überhaupt?", fragt er.

Nachdem sich Ruge beruhigt hat schüttelt er den Kopf, zieht eine Schulter hoch, als wäre ihm das Praktikum ziemlich egal. „Sie sind der Erste. Das verdanken Sie unserem Botschafter. Er will Nigeria nicht allein den Engländern überlassen und versucht auf allen Ebenen Brücken zu bauen. Eine davon sind Sie, gratuliere." Er erhebt sich, will erneut zu dem Kellner, lässt es aber und setzt sich wieder. „Ich sollte ihm richtig die Leviten lesen. Wir sind die einzigen Gäste im Lokal und er benimmt sich, als wären wir Luft."

„Und der Deutsche Akademische Austauschdienst?", versucht Salger abzulenken. „Die waren ja richtiggehend euphorisch, als ich zusagte."

„Sie fühlten sich in der Pflicht. Wir hatten Druck gemacht, aber Sie waren der Einzige, der bereit war, nach Afrika zu gehen." Ruges Augenbrauen schnellen hoch, als hätte er gerade ein Staatsgeheimnis verraten. „Morgen früh holt Sie ein Fahrer der Firma ab und bringt Sie nach Kano. Es wird anstrengend, mindestens zwei Tage Fahrt über schlechte Straßen. Aber ein Jahr geht schnell vorbei."

Salger nickt versonnen, als hätte er denselben Gedanken gehabt. „Warum hat die Firma ihren Sitz ausgerechnet in Kano? Warum nicht in Lagos?"

„Keine Ahnung, vielleicht weil die Flugzeuge in der Sahel weniger schnell rosten", lacht er. „In letzter Zeit wurden von der Regierung einige sowjetische Typen beschafft, das passt den Amerikanern nicht besonders. Würde mich interessieren, was Sie davon halten, wenn Sie erstmal eine Weile in der Firma sind." Ein leichtes Lauern liegt in Ruges Stimme.

Salger betrachtet Ruges Ränder unter den Augen, das zerknitterte Hemd und das verbeulte Jacket. Er fragt sich, was ihn wohl nach Nigeria gebracht hat.

„Uns wurde gesagt, dass Sie mit einem schwarzen Kollegen das Gästehaus der Firma teilen werden. Ungewöhnlich, aber das gehört wohl auch zum Brückenschlag", legt Ruge wieder los. „Wenn es nicht klappt zwischen Ihnen, melden Sie sich, vielleicht können wir etwas tun. Hier ist meine Karte. Aber erwarten Sie nicht zu viel, die Telefonverbindung ist miserabel. Die Fräulein vom Amt stöpseln noch, Uralttechnologie von Cable and Wireless. - Sie sind schon weit herum gekommen, ungewöhnlich für ihr Alter."

„Sie meinen Indien?"

„Ja, nicht gerade der direkte Weg für einen angehenden Ingenieur."

„Es hat sich so ergeben...."

„Und deshalb wollten Sie nach Afrika, weil Indien schief gegangen ist?"

„Nein, Afrika hat mich interessiert."

„Interessiert!"

Frank Achebe, der Mitbewohner des Bungalows auf dem Firmencompound, macht kein Hehl aus seinem Ärger über den ungebetenen Gast. Er ist Mitte zwanzig, wie Salger, und Sohn eines Oba. Sein ausgedehntes Liebesleben bedarf komplizierter Vorkehrungen im muslimisch geprägten Norden Nigerias und Salger stört ihn dabei. Erst nach Wochen beginnt Frank aufzutauen.

„Es wird Krieg geben, nicht hier im Norden, aber in der Gegend um Port Harcourt", sagt er während eines gemeinsamen Abendessens. Er knetet einen Ball aus klebrigem Maniokteig zurecht,

tunkt ihn in die scharfe Soße aus Chilipfeffer und Tomaten und stopft ihn in den Mund. „Die Spannungen zwischen den Igbos und den Haussa verschärfen sich, sagt mein Vater. Es hat ein paar Tote gegeben, und jetzt ziehen die Igbos, die wenigen, die es im Norden überhaupt gibt, in den Süden."
„Ich hab darüber gelesen, aber das ist doch nur Gerede."
„Dachte ich auch, aber Vater ist besorgt, seit im Delta Öl gefunden wurde. Jetzt wollen die Igbos ihren eigenen Staat. Wenn wir das akzeptieren, fliegt Nigeria auseinander. Vater weiß mehr. Er will dich gerne kennen lernen. Warum kommst du nicht mit, wenn ich nächste Woche nach Hause fahre? Hier hängst du ja doch bloß rum und trinkst ein Bier nach dem anderen."
„Wer ist wir?", fragt Salger, plötzlich hellwach.
„Die Haussa, die Yoruba, wir haben das Sagen in Nigeria und so soll es auch bleiben. Sprich mit Vater, er ist Oba und weiß, was sich tut im Land."
„Was ist ein Oba?"
Frank wirkt nur kurz irritiert: „Eine Art Richter."
Salger nickt, greift nach einem Stück Fleisch und tunkt es in die Soße. „Was für Geschichten erzählst du über mich, dass dein Vater mich sehen will?"
Frank grinst unverschämt: „Dass du der Größte bist", lacht er.
„Quatsch, mir gefällt, wie du dich hineinkniest. Dabei bist du nur ein Praktikant. Ich wundere mich, weshalb du das Jahr nicht einfach vorbeirauschen lässt."
„Vorbeirauschen ist nicht mein Ding."
„Vater mag Leute wie dich."
„Du auch?"
Frank kaut ruhig zu Ende, dann lächelt er: „Vater würde sich freuen."

Salger sitzt schon eine Weile unter dem riesigen Banyanbaum am Rande Kanos und sieht dem Filmvorführer zu, wie er seinen Projektor aufbaut. Wie an jedem letzten Freitag im Monat ist auch diesmal Rufus Amokali mit seinem klapprigen Landrover erschienen, um ausgeblichene Schwarz-Weiß-Filme auf den abblätternden Kalk der Außenwand des Community Centers zu projizieren. Mit dem Lautsprecher hat er für den Abend Bilder von Schmerz und Leidenschaft angekündigt. Und jetzt schiebt er sich, gestoßen von den kräftigen Armen, auf seinem selbst gebastelten Rollbrett durch die sich füllenden Bankreihen. Die von Polio verkrüppelten Beine taugen zu nichts, doch das stört Rufus Amokali schon lange nicht mehr. Er liebt sein Publikum. Und wenn der Projektor das Gesicht eines Helden riesenhaft vergrößert, die Wand zum Fenster in Urwälder und Wüsten macht, dann sitzt der Krüppel geborgen in der Dunkelheit und betrachtet die Zuschauer im blauen Widerschein.

Salger mag Rufus, er bewundert, wie er mit seinem Handicap umgeht. Er liebt diese Abende unter freiem Himmel, die flackernden Bilder, die improvisierten Tanzeinlagen des Publikums, und die fliegenden Tomaten, wenn der Film nicht gefällt.

Kurz vor Beginn der Vorführung setzt sich ein junger Weißer mit zwei Flaschen in der Hand neben ihn. Salger hat ihn schon ein paarmal auf dem Markt gesehen, wo er immer nur Salz und Zucker einkaufte.

„John Goffin", sagt der Mann und reicht ihm ganz selbstverständlich ein Bier. „Ich habe dich auf dem Markt gesehen, aber du bist kein Entwicklungshelfer, oder?"

„Nein, ich arbeite hier, Flugzeugwartung und so. Und du, Entwicklungshelfer?"

„Ja, Brunnen bauen, ganz in der Nähe. Ich bin Engländer, und du, Deutscher?"

„Hört man das nicht", lacht Salger. „Den Engländer habe ich mir schon gedacht. Im Peace Corps?"

„Das sind die Amerikaner." Goffin scheint zu überlegen, ob es sich lohnt mit einem Ignoranten weiter zu sprechen. „Wie lange bleibst du in Nigeria?", fragt er mehr aus Höflichkeit.

„Ein Jahr, vielleicht auch länger. Und du?"

„Ich bin schon eine Weile hier. Flugzeugwartung, ausgerechnet in Nigeria?", zweifelt er.

„Es hat sich so ergeben", weicht Salger aus.

Nach dem Film schlägt Goffin vor, in einer nahe gelegenen Bar noch ein Bier zu trinken. Salger ist es recht, er will nicht dem Gestöhn aus Franks Zimmer zuhören.

Es wird spät und es bleibt nicht bei einem Bier. Sie reden über den Kolonialismus, das Empire, die Sowjets und die Kuba-Krise. Goffin erzählt von Songhai, Mali, den alten afrikanischen Reichen des Sahel, von denen Salger noch nie gehört hat. Das Gespräch wird hitziger, wobei Goffin dazu neigt, die Rolle der Europäer zu verteidigen. „Du siehst doch, dass ohne uns nichts geht. Deine Wunschbilder, Martin, Selbstbestimmung und so, fliegen dir noch um die Ohren, darauf kannst du wetten."

Gegen Mitternacht nimmt Goffin einen kleinen Lederbeutel aus der Tasche. Er kramt das Zigarettenbriefchen hervor, zieht ein Papier heraus und dreht sich einen Joint. „Du auch?", fragt er, nachdem er den ersten Zug genommen hat. „Ist pur. Vor meinem Haus habe ich eine ganze Plantage davon."

Salger greift nach der Zigarette und spürt schnell, wie sich seine Gedanken in einem diffusen Nebel auflösen. Undeutlich nimmt er Goffins Bemerkung wahr, dass er nicht nur Brunnen bohrt. „England hat Interessen in Afrika. Ein Land, so groß wie Nigeria, können wir nicht einfach den Kommunisten überlassen."

Als sie aufbrechen, lädt ihn Goffin zu sich nach Hause ein. „Ich muss für eine Woche nach Lagos", sagt er, „aber danach könnten wir bei mir essen. Keine Angst, ich bin ein leidlich guter Koch. Mir hat das Gespräch gefallen, dir auch?"

Eines Morgens, als sie noch schnell ihr Porridge in sich hineinschaufeln, sagt Frank eher beiläufig. „Wir feiern heute Abend Celias Schulabschluss, wie wär's wenn du mitmachst."

Anstelle einer Antwort schüttelt Salger nur den Kopf.

„Hast du Angst? Es sind Christinnen, keine Gefahr, dass am nächsten Morgen der Bruder vor der Tür steht, und dir die Hoden abschneiden will", lacht Frank.

„Wer ist Celia?"

„Tochter eines hohen Tiers in der Regierung. Es heißt, er kümmert sich hier im Norden um die Kriegsvorbereitungen. Aber der

Familie gefällt es nicht hier, zu staubig, zu muslimisch. Du kannst sie ja selbst fragen. Celia sagt, sie hätte dich bei einer von Titus' Filmvorführungen gesehen und würde dich gerne kennenlernen. Du hättest so verloren gewirkt, wie sie sich auch fühlt. Keine Ahnung, was sie damit meint. Das ist deine Chance, Martin, sie sieht verflixt gut aus."

Am Abend, Salger ist immer noch nicht nach Party zumute, stehen drei kichernde Mädchen vor der Tür. Zwei, füllig, mit ausladenden Brüsten, die Dritte, groß und schlank, tiefschwarz und höchstens achtzehn. „Das ist Celia", sagt Frank, „die beiden anderen kennst du ja bereits. Celia, das ist Martin."

Sie nickt und hebt nur kurz die Hand, dabei lässt sie Salger nicht aus den Augen.

Für eine Weile stehen sie in der Küche herum und trinken Bier. Celia trinkt wenig, spricht kaum und sieht nur immer wieder neugierig auf Salger. Irgendwann zieht sich Frank mit den beiden vollbusigen Mädchen ins Schlafzimmer zurück und lässt Salger mit Celia allein.

Salger hasst, wie ihn das Mädchen anstarrt. „Frank hat gemeint, deine Familie komme aus Lagos?", fragt er, um überhaupt etwas zu sagen.

„Ja, aus Apapa."

„Da war ich, als ich in Nigeria ankam. Hotel Exzelsior, ist aber nicht besonders exzellent."

„Es hat eine gute Bar mit prima Musik."

„Davon habe ich nichts bemerkt."

„Was machst du, du wirkst so verschlossen."

„Bin ich nicht, nur betrunken. - Hast du viele Geschwister?", versucht er ein anderes Thema.

„Drei, ich bin die Älteste. Müssen wir hier in der Küche stehen bleiben?"

Er merkt wie verspannt sie ist. „Hier ist das Bier, aber du trinkst ja kaum etwas."

„Ich mag kein Bier. Warum zeigst du mir nicht dein Zimmer?"

Ich hab kein Kondom, denkt er. Warum sage ich nicht, dass sie mir nicht gefällt? „Willst du das wirklich?" Er hofft, dass sie nein sagt und geht. Doch sie nimmt seine Hand und zieht ihn in Richtung Tür.

„Zeig es mir. Ich war noch nie mit einem Weißen zusammen."

Auch das noch, denkt er und merkt, wie betrunken er ist, als das Zimmer vor den Augen verschwimmt.

„Und jetzt?", fragt sie unsicher, und bleibt stocksteif stehen.

„Weißt du was?" Er setzt sich auf die Bettkante und wackelt mit dem Kopf. „Ich kann das nicht. Leg dich zu mir, und wenn ich einschlafen sollte, gehst du halt. Mehr kann ich nicht bieten."

„Findest du mich hässlich?", fragt sie den Tränen nahe.

„Nein, es ist einfach nicht unser Tag."

„Und wenn ich wiederkomme?"

Er zuckt mit den Schultern und legt sich angezogen aufs Bett. Kurz darauf schläft er ein.

Am nächsten Morgen fragt Frank, wie es gewesen ist. Doch Salger will nicht über etwas reden, das gar nicht stattgefunden hat.

„Ich glaube, sie wollte nur wissen, wie es ein Weißer macht", sagt er kurz angebunden.

„Und, hast du's ihr gezeigt?"

„Sie sagte, sie kommt am Samstag wieder."

„Geht nicht, da fahren wir zu Vater, er will dich sehen."

Der Oba schiebt seinen mächtigen Körper durch den schmalen Eingang der mit Stroh gedeckten Hütte und bittet Salger, ihm zu folgen. „Setz dich, Martin. Hier finden sonst meine Audienzen statt." Mit ausladender Geste deutet er auf die geflochtene Matte vor seinem reich verzierten Stuhl.

Sein Thron, denkt Salger, lässt sich im Schneidersitz nieder und sieht zu, wie der Oba umständlich seine Galabia zurechtrückt.

„Frank meint, ihr beide versteht euch gut. Das hat mich überrascht. Mein Sohn ist schwierig, wie du weißt."

„Nein, wieso?" Salger schüttelt den Kopf, als verstehe er nicht, was der Oba meint.

„Du brauchst ihn nicht zu verteidigen, ich kenne meinen Sohn. Er respektiert dich, was nicht häufig vorkommt."

„Wir reden viel über Afrika."

Der Oba zupft sein Gewand zurecht, stützt das Kinn auf die rechte Hand und betrachtet Salger mit spöttischem Lächeln. „Und auf was habt ihr euch geeinigt?" Ein Schuss Ironie liegt in der Stimme.

„Dass Songhai, Mali, Benin, schon große Reiche waren, als sich Europa noch im tiefsten Mittelalter befand. Frank findet uns Europäer zu eingebildet. Er meint, wir sollten nicht so tun, als wäre die Zivilisation von uns nach Afrika gebracht worden. Er mag Franz Fanon, sagt er, aber ich weiß nicht, was er an ihm so toll findet."

„Und was denkst du?" Der Oba wirkt abwesend, als ginge ihm ein ganz anderer Gedanke durch den Kopf.

Das werde ich dir nicht auf die Nase binden, denkt Salger. Abwarten, lass ihn kommen, er will etwas, dann soll er es auch sagen.

„Frank hat erzählt, dass du dich im Studium mit den Auswirkungen von Militärprogrammen auf die Privatwirtschaft beschäftigt hast. Scheint mir ungewöhnlich in deinem Alter", sagt der Oba endlich.

Salger verlagert das Gewicht. Das Gespräch irritiert ihn. Er versteht nicht, auf was es hinaus läuft. „Ich habe neben dem Hauptstudium ein paar Semester Wirtschaft gehört. Die Frage, wie sich Hochtechnologie in Massenproduktion überführen lässt, ist Thema meiner Diplomarbeit."

„Und vor Nigeria warst du bereits in Indien?"

Was hat ihm Frank denn noch alles erzählt, denkt Salger. „Es hat sich so ergeben", sagt er zögernd. „Einem indischen Gastprofessor gefiel meine Semesterarbeit über das Strömungsverhalten an neuen Flügelprofilen. Also lud er mich ein, für eine Weile bei ihm am Aeronautical Laboratory in Bangalore zu arbeiten. Ich habe mir ein Stipendium besorgt und bin hingeflogen. Nach ein paar Wochen merkte ich, dass mir Indien nicht lag."

„Wie alt bist du, Martin?"

„Fünfundzwanzig."

„Wie Frank, er hält dich für älter."

Salger zuckt nur mit den Schultern. „Alle halten mich für älter."

Achebe beginnt mit dem Oberkörper zu schwingen, als ginge ihm ein unfertiger Gedanke durch den Kopf. „Ich möchte, dass Frank ein Unternehmen gründet, das sich am Ausbau der Eisenbahn von Kaduna nach Lagos beteiligt. Er braucht Unterstützung, jemand wie dich, einen harten Arbeiter, wenn es gelingen soll. Könntest du dir vorstellen, mit ihm zu arbeiten? Du würdest gut bezahlt." Er sieht gespannt auf Salger, dabei streicht er sich über den wohlgenährten Bauch.

Nichts davon hat Salger erwartet. Er sieht verblüfft auf den Mann, der ihm gelassen gegenüber sitzt. „Ich hatte nicht vor, auf Dauer in Nigeria zu bleiben", stottert er. „Darf ich mit Frank reden, bevor ich mich entscheide?", versucht er Zeit zu gewinnen.

„Selbstverständlich. Ich glaube, ihr beide wärt ein gutes Team. Weißt du, bei uns kommen Zeiten großer Unsicherheit. Das ist gut für Leute mit Ideen, die bereit sind Chancen zu ergreifen, wenn sie sich bieten." Auf einmal bekommt seine Stimme einen harten, geschäftsmäßigen Ton. „Diese Eisenbahn-Trasse, von der ich sprach, muss dringend erneuert werden. Der Nachschub aus dem Norden dauert zu lange. Die Strecke geht mitten durch mein Land, und ich will, dass mein Stamm von den Bauarbeiten profitiert. Deshalb werden wir diese Firma gründen, damit ein Teil der Aufträge bei uns landet."

Salger versteht nicht gleich, auf was der Oba hinaus will, aber langsam dämmert ihm: Krieg, Nachschub, Trasse, passt alles zusammen, denkt er und schweigt.

„Ohne meine Zustimmung kann die Regierung diese Trasse nicht bauen", hört er den Oba weiter reden. „Und ich werde dafür sorgen, dass einige Aufträge an eure Firma gehen, damit ihr von Anfang an eine solide Geschäftsbasis habt. Alles andere findet sich dann von allein."

Er spricht, als hätte er mich schon im Sack, denkt Salger. Seine Gedanken schweifen ab, er ahnt die Möglichkeiten, die vor ihm liegen. Dunkel spürt er aber auch die Risiken.

„Über die Politik braucht ihr euch keine Sorgen machen, das regle ich. Also sprich mit Frank", sagt der Oba abschließend und sieht fordernd auf seinen Zuhörer, als dulde er keine Widerrede.

Salger nickt, der meint es wirklich ernst, denkt er. „Wann möchten Sie meine Antwort?"
„Sobald wie möglich."

„Warum hast du mich nicht gewarnt?", fragt Salger auf dem Weg zurück nach Kano.
„Warum sollte ich. Wenn er dich abgelehnt hätte, wäre es das gewesen. Aber er mag dich, hat er gesagt. Wir können also loslegen, wenn du willst."
„Warum Ich?"
„Vielleicht weil er mir nicht traut." Frank lacht und wedelt mit der Hand in der Luft, als fände er es völlig unwichtig, ob ihm jemand vertraut oder nicht.
Die scheinen sich nicht ganz grün zu sein, denkt Salger, aber was kümmert's mich. „Und du, traust du mir denn?"
„Wir kommen vermutlich ganz gut zurecht", umgeht Frank eine klare Antwort.
Er drückt sich, die Firma hat ihm sein Vater aufgezwungen, denkt Salger. Frank wäre nie auf die Idee gekommen, sich von seinen wechselnden Bettgenossinnen zu trennen. Aber vielleicht lässt sich das auch kombinieren. Er kümmert sich ums Vergnügen und ich um die Arbeit. „Was sucht ihr, einen Handlanger? Ich habe weder Geld noch Kontakte", versucht er sich herauszuwinden.
„Du bist Weiß, das hilft bei westlichen Lieferanten. Außerdem muss sich jemand um die Details kümmern. Ich kann und will das nicht. Vater weiß das, und vermutlich findet er deshalb, dass ich einen Partner brauche."
„Partner! Du hörst dich an, als würdest du es lieber allein machen."
„Nein, Vater hat recht, du kannst gut mit Zahlen umgehen und hast Mut. Ich habe dich beobachtet, wie du die Dinge anpackst, sehr methodisch. In unserer Firma hättest du freie Hand. Ich würde mich um die Regierung und das Militär kümmern, du könntest schalten und walten wie du willst. Also, was ist?"

Für eine Weile starrt Salger in die vorbeigleitende Savanne mit ihren roten Termitenhügeln. Wie kleine Kathedralen mitten in der Landschaft, denkt er. Wenn es gut geht, wäre ich unabhängig, aber wer weiß, ob sie halten, was sie versprechen. Mut hat er gesagt, den werde ich brauchen. „Ich versteh's noch nicht ganz. Wie soll das gehen, ohne Geld, ohne Leute."

Frank sieht ihn verwundert von der Seite an. „Das wird kein Konzern. Wir vermitteln, dafür bekommen wir Provision. Den Firmensitz legen wir nach Kaduna, da hat meine Familie das Sagen. Das nötige Geld für den Anfang schießt Vater vor. Ein Haus, in dem wir unser Büro unterbringen, gibt es bereits. Es gehört meiner Familie und liegt direkt am Fluss, du wirst es mögen."

„Und warum macht dein Vater es nicht selbst?", fragt Salger voller Zweifel.

Frank wirkt irritiert. „Interessenkonflikte vermeiden, ist doch klar."

Salger nickt. „Dein Vater ist ein schlauer Mann."

„Ja, aber was willst du damit sagen?"

„Nur so. Er hat gemeint, die Regierung sei unfähig Steuern einzutreiben, und habe kein Konzept für die Öleinnahmen, die bald fließen werden." Vermittler also, denkt Salger. Provisionen für Projekte, deren Geldflüsse so verschlungen sind, dass sie keiner mehr zurückverfolgen kann. Sie planen eine Durchlaufmaschine, und mich wollen sie als Aushängeschild. Vielleicht auch als Tarnung, damit das Ganze glaubwürdiger erscheint. Warum eigentlich nicht?

„Und, hat er dich überzeugt? Du siehst nicht gerade begeistert aus."

„Ich weiß noch nicht, es kommt so schnell."

Für eine Weile fahren sie schweigend weiter. Nur Frank flucht gelegentlich, wenn er in letzter Minute einem streunenden Hund ausweichen muss.

Ganz plötzlich, als hätte er seine Gedanken geordnet, sagt Salger. „Ich will weder ein Anhängsel von dir, noch von deinem

Vater sein. Entweder ich bin ein gleichberechtigter Partner, mit Anteilen und so, oder ich lasse es bleiben."

Frank wendet nur kurz den Kopf. „Sag ich doch, an etwas anderes hatten wir nie gedacht. An deiner Stelle würde ich zugreifen, Martin, du wärst unsere Brücke nach Europa."

Schon wieder Brücke, denkt Salger. Schon Ruge hat von Brücken gefaselt, also wird wohl etwas dran sein.

Zurück in Kano erzählt Salger Goffin vom Angebot des Oba. Doch statt ihn zu beglückwünschen, bläst der die Backen auf und wiegt mit dem Kopf.

„Und was genau sollst du machen?"

„Die Verbindung zu europäischen Firmen herstellen. Zuerst geht es um die Ausschreibung für eine Eisenbahntrasse von Kaduna nach Lagos, und dann wird man sehen."

„Hast du schon jemals mit Eisenbahnen zu tun gehabt?"

„Der Oba hat dafür gesorgt, dass wir auf der Liste der bevorzugten Lieferanten stehen. Er kennt die entscheidenden Leuten im Ministerium. Sobald wir die Tender-Dokumente haben, fangen wir an, mit den eigentlichen Lieferanten zu verhandeln. Wir sind die Einzigen, bei denen alles zusammenläuft." Salger klingt begeistert, als säße er bereits in einem gemachten Nest. „Die Lieferanten machen die eigentlich Arbeit, wir verteilen das Geld und passen auf, dass alles glatt läuft."

„Versteh ich schon, aber was machst du konkret? Als Handlanger darfst du rackern und die Prügel einstecken, wenn es nicht so läuft, wie ihr es euch vorstellt", sagt Goffin. „Das Geld schöpfen die Achebes ab, und dich lassen sie fallen, wann immer es ihnen passt. Hört sich stressig an." Er nickt und zieht die Mundwinkel nach unten. „Und Frank kümmert sich natürlich um die Minister-Gattinnen, nehme ich an. Kein schlechter Deal, fragt sich nur für wen."

„Natürlich kann es auch schief gehen, da mache ich mir keine Illusionen."

„Die Achebes gelten als Menschenschlächter. Sie gehen über Leichen, heißt es", setzt Goffin noch eins drauf.

„Wer sagt das?"
„Ich habe meine Quellen. Frank wollte mich auch schon rekrutieren, lang bevor du kamst. Aber ich habe einen anderen Auftrag, und ich mag Frank nicht, zu viel Playboy in meinen Augen."
„Auftrag? Ich dachte, du bohrst Brunnen."
Ohne zu antworten steht Goffin auf und geht ins Nebenzimmer. Mit dem Lederbeutel kommt er zurück. Er dreht einen Joint und reicht ihn Salger, doch der lehnt dankend ab. „Wenn du unbedingt willst, mach's. Passen aber auf, dass sie dich nicht übers Ohr hauen. Die beiden sind clever. Aber vielleicht kriegst du so eine Chance ja auch nie wieder", sagt er mehr zu sich selbst.
Goffin hat recht, denkt Salger, ich sollte es tun. Wenn ich die Bücher führe, kann ich dafür sorgen, dass auch bei mir etwas hängen bleibt. Der Rest wird sich zeigen. Ich will nicht hinter dem Reißbrett eines unbedeutenden Konstruktionsbüros versauern, mit einem Käfer als Auto und einem Reihenhaus am Rand der Stadt mit fünf Quadratmeter Rasen vor der Tür. Ich werde es machen, egal wie es ausgeht. Kaduna also, Lagos wäre mir lieber gewesen.

Wochen später erscheint der Oba unangemeldet in Salgers Büro. Er lässt sich in einen der Sessel am Besprechungstisch fallen und fragt: „Wo ist Frank, ich habe ihn lange nicht gesehen?"
„Er ist viel unterwegs", vermeidet Salger eine Antwort. Vermutlich fährt er in seinem Ford Mustang in der Gegend herum und gibt an, als wäre er bereits Millionär, denkt er.
„Frank hat sich seit Tagen nicht gemeldet. Die Eisenbahn kann warten, es gibt Dringenderes. Der Krieg verschärft sich und die Trasse käme jetzt sowieso zu spät. Die Regierung wird die Ausschreibung verschieben, und für uns gibt es Wichtigeres zu tun."
„Wichtigeres?", fragt Salger.
„Ja, die Armee braucht Waffen, und sie braucht sie jetzt. Über die eingefahrenen Regierungskanäle geht die Beschaffung nicht schnell genug. Zu viele Hände, die daran verdienen wollen. Und

wir, die Yoruba, müssen aufpassen, dass wir nicht zwischen die Fronten geraten. Hey, da ist er ja."

„Was machst du hier?", fragt Frank erstaunt, als er seinen Vater an Salgers Tisch sitzen sieht.

„Mit Martin über unser zukünftiges Geschäft reden, es ist an der Zeit ihn einzuweihen."

„Bist du dir sicher?", fragt Frank, wobei er vermeidet, Salger anzusehen.

„Abichi wird nervös, er denkt, wir wollen uns nicht an die Absprachen halten. Es geht ihm alles viel zu langsam."

Salger sieht verwundert von einem zum anderen. „Ich verstehe gar nichts. Könnte mir vielleicht jemand sagen, was los ist."

Als Frank zu einer Antwort ansetzt, unterbricht ihn der Oba: „Es ist besser, wenn ich das mache." Er dreht sich zu Salger und beginnt mit ausladender Geste, als würde er ein großes Gemälde beschreiben, das nur er sehen kann. „Du hast dich sicher über die vielen Militärs gewundert, die in letzter Zeit hier ein und aus gingen, und wie häufig Frank unterwegs war."

„Ja, ich dachte, es hat mit Landschaftspflege zu tun, wie es so schön heißt. Aber es geht wohl um etwas Anderes?"

„Genau. Der Krieg wird heftiger, das Land braucht Minen, Schützenpanzer, Flugzeuge und Panzerabwehrraketen, einfach alles. An die großen Sachen kommen wir nicht ran, zumindest nicht sofort. Das machen die Industrienationen unter sich aus, aber das Kleinzeug, Munition, Antipersonenminen oder was immer die Armee braucht, das könnten wir beschaffen. Gibt es hier auch etwas zu trinken?", fragt er seinen Sohn.

„Eine Cola?"

„Ja, ohne Eis."

„Wir?", fragt Salger, nachdem Frank gegangen ist.

„Frank und du, über meine Kontakte zur Armee."

„Aber ich verstehe nichts von Waffen", sagt Salger. Unsicher reibt er sich die Nase.

„Du verstehst auch nichts von Eisenbahnen. Trotzdem gefällt mir, wie du dich anstellst. Dieser Krieg dauert nicht ewig, wir müssen jetzt oder nie einsteigen. Und du machst einfach dasselbe wie bisher, verhandelst mit den westlichen Lieferanten. Ist doch egal, ob es um Gleisanlagen oder Waffen geht. Ist sowieso alles Technik. Um die Details sollen sich andere kümmern, wir machen Türen auf und achten darauf, dass alle Beteiligten bei guter Laune bleiben. Das Produkt ist egal, wir müssen nur den Prozess beherrschen."

Du wirst sehen, es bleibt nicht bei der Trasse, hat Goffin gesagt, denkt Salger. Aber warum hätte ich ihm glauben sollen, er selbst bohrt schon lange keine Brunnen mehr und ist öfter in Lagos, als in seinem Haus in Kano. Jetzt nur nichts Falsches sagen.

„Oberst Abichi ist ein entfernter Verwandter von uns", sagt Frank, der mit der Cola-Flasche zurück ist. „Vermutlich erhält er das Kommando an der Südfront. Dort entscheidet sich der Krieg. Er will General werden und wir sollen ihm dabei helfen. Der Krieg ist das ultimative Karriere Sprungbrett für Militärs, meint Abichi."

Und wir sind die Steigbügelhalter, denkt Salger. Der Oba ist die treibende Kraft und Frank nur sein Laufbursche. Stimmt vermutlich, dass sie ohne mich schwerer an die westlichen Lieferanten kommen. Goffin könnte mir helfen, einen Fuß in die Tür zu kriegen. Er machte so Andeutungen über den englischen Geheimdienst und spricht ganz offen über seine guten Kontakte zur britischen Elektronikindustrie. Aber das binde ich den beiden nicht schon jetzt auf die Nase. „Gut, wenn ihr wollt, bin ich bereit. Aber ich würde Oberst Abichi gerne persönlich kennen lernen."

„Das lässt sich arrangieren", sagt der Oba, ohne zu zögern.

Salger lernt schnell, und zu seiner Überraschung sind die meisten Firmen mehr als bereit, ihre Waffen in den boomenden Kriegsmarkt zu pumpen. Neue Sturmgewehre, gebrauchte Kalaschnikows aus sowjetischen Armeebeständen, von einem Mittelsmann an der russischen Botschaft eingefädelt, landen in der nigerianischen Armee. Salger erweist sich als berechenbar und verlässlich, seine Geschäftspartner lernen ihn schätzen.

Im zweiten Jahr nach Gründung der Nigerian Logistics erhält er die Einladung zu einem Empfang in der deutschen Botschaft.

Der Generalstabschefs soll für seine Verdienste um die Deutsch-Nigerianische Zusammenarbeit geehrt werden. Unerwartet angenehm im Umgang, findet Salger den General.

Nach ein paar unverfänglichen Worten mit Ruge schlendert Salger zwischen den Gästen umher, ohne irgendwo anzudocken. Er schnappt Wortfetzen auf und lässt sich treiben. „Wenn Brandt an die Macht kommt, wandere ich aus."

„Keine Gefahr, und wenn, es soll sich auch im Ausland gut leben lassen", hört er zwei Männer, die er nie zuvor gesehen hat.

„Drei Tage?", dringt eine Frauenstimme zu ihm, viel zu schrill für die Umgebung.

„Ja, einfach liegen gelassen", sagt eine andere.

Es geht immer noch um den Weißen, den sie umgebracht haben, denkt Salger. Keiner kennt ihn, aber sie regen sich auf, als wäre er ein Verwandter. Jeden Tag finden sich die Leichen von Schwarzen auf den Straßen, das interessiert niemand. Der Mann wurde in keiner guten Gegend gefunden, was hatte er dort zu suchen. Ein Söldner vielleicht, der Krieg zieht sie an wie die Schmeißfliegen.

Er überlegt noch, wie er sich davonstehlen kann, ohne aufzufallen, da sieht er Celia, die bei einer Gruppe nigerianischer Frauen steht. Umwerfend sieht sie aus, groß und schlank, die anderen Frauen um einen Kopf überragend. Alles Eckige, das ihn in Kano noch an ihr gestört hat, ist verschwunden. Die Rastalocken umrahmen ihre schmalen Gesichtszüge, ein Nachhall der Nomadenstämme des Nordens, von denen ihre Familie abstammt. Die silbernen Ohrgehänge betonen ihren Nacken und ihr schlichtes, dunkelrotes Kleid könnte sie auch auf der Bühne eines JazzClubs tragen.

Sie musste ihn schon eine Weile beobachtet haben, denn sie lächelt, als sich ihre Blicke kreuzen. Er geht zu ihr und fragt, ob er ihr etwas zu trinken bringen darf. „Den Damen natürlich auch", fügt er galant hinzu.

„Gerne, einen Gin-Tonic", sagt Celia, während die anderen Frauen abwehrend auf ihre halbvollen Gläser weisen.

Als er Celia das Glas reicht, berührt er ihre Hand. „Darf ich dich bei Gelegenheit zum Essen einladen", fragt er.
„Ja, warum nicht."
Sie prostet ihm zu und wendet sich wieder den Damen zu, während er gelangweilt seine Runden dreht.
Endlich bittet die Dame des Hauses zu Tisch.
Neben seinem Namenskärtchen findet er Celias.
„Ich habe die Sitzkarten vertauscht", flüstert sie, als sie sich zu ihm setzt. „Du bist der einzige Weiße, den ich kenne. Mit den anderen will ich nicht reden", lacht sie verschämt. Dabei lässt sie den Generalstabschef nicht aus den Augen. „Wohnst du immer noch in Kano?"
„Nein, in Kaduna. Frank Achebe und ich betreiben eine gemeinsame Firma. Du erinnerst dich vielleicht an ihn, der Playboy, mit dem ich das Haus geteilt habe. Wir beschaffen Technologien aus dem Westen."
„Waffen meinst du", sagt sie ungerührt, als wüsste sie längst Bescheid. „Ich sollte dich mit meinem Förderer bekannt machen." Mit einem nur angedeuteten Kopfnicken weist sie in Richtung des Generalstabschefs.
„Ich wurde bereits vorgestellt", sagt Salger, der plötzlich versteht. Sie gehört ihm, denkt er. „Wie geht es dir, immer noch die jungfräuliche Blume?", fragt er süffisant.
Er merkt sofort, dass er zuweit gegangen ist. Abrupt wendet sie sich ihrem anderen Tischnachbarn zu, doch dann dreht sie sich zurück und zischt: „Dafür wirst du büssen."
Es gibt einen Krabbencocktail, dann Jollof-Reis mit Bananen und Hühnchen, danach Obstsalat aus frischen Früchten oder Käse mit englischen Crackers. Als endlich alle Trinksprüche gesagt sind will Salger gehen, doch Celia stellt sich ihm in den Weg.
„Wir wollten doch etwas trinken, bitte fahr mich nach Hause. Ich habe ihm gesagt, dass ich einen alten Freund aus Kano getroffen habe, mit dem ich reden möchte. Er ist einverstanden."
„Aber ich bin mit dem Taxi hier."
„Umso besser. Ich sage ihm nur schnell Bescheid."

Sie schlängelt sich durch die Menge der aufbruchbereiten Gäste, legt dem General die Hand auf den Arm und flüstert ihm etwas ins Ohr, dabei weist sie auf Salger.

Die Fahrt dauert nicht lange dann hält das Taxi vor einem mehrstöckigen Gebäude direkt an der Lagune.
„Schöne Lage", sagt Salger.
„Das Appartment gehört ihm, ich darf es benützen."
Und bereit sein, wann immer er es wünscht, denkt Salger.
„Komm", sagt sie und nimmt ihn bei der Hand. „Ich zeig es dir."
Vom Balkon aus liegt die Lagune vor ihnen. Einige Schiffe ankern in der Bucht, Positionslichter, aneinandergereiht wie eine Perlenkette. Zuweilen bewegt sich ein Licht und löst sich aus dem Verbund.
„Wie Glühwürmchen", sagt Salger.
„Eher Piraten", lacht Celia, als fände sie es normal, die Crews der Schiffe auszurauben. „Keiner da draußen kann davonlaufen."
„Ich sollte gehen."
„Warte noch, du hast mich schon einmal versetzt." Sie geht ins Bad, und als sie zurückkommt trägt sie einen Elfenbein farbenen Morgenmantel aus Seide. Darunter ist sie nackt.
Salger spürt, dass er sie begehrt. Du darfst das nicht, denkt er, sie ist die Geliebte des Generals. Wenn er davon erfährt, kannst du deinen Job an den Nagel hängen. Doch als sie den Mantel fallen lässt, seine Hand ergreift und auf ihre Brust legt, versinkt er in ihrem Körper.
Als er später neben ihr liegt, streicht sie ihm übers Haar. „Du hättest es auch früher schon haben können."
„In Kano? Da war ich zu betrunken."
„Und jetzt?"
„Ist es besser, wenn ich gehe. Du gehörst ihm."
„Nein, ich gehöre niemand." Sie richtet sich auf und betrachtet ihn schweigend. Langsam kriecht ein verräterisches Glitzern in ihre Augen. „Er hilft mir vorübergehend. Er könnte auch uns beiden nützen, wenn du das willst, aber du müsstest mir vertrauen."

Vertrauen, denkt Salger, als er sich anzieht. Sie redet wie die Achebes, dabei geht es immer nur um Geld. Wie viel Vertrauen kann ein Mensch geben? Ist es teilbar? „Celia, ich mag dich, sehr sogar. Nach dem verunglückten Abend in Kano habe ich versucht, dich zu finden, aber Frank wollte mir partout nicht sagen, wo du lebst. Und dann ging auf einmal alles drunter und drüber. Ich will dich wiedersehen, aber lass dich nicht in meine Geschäfte hineinziehen, sie sind zu gefährlich."

„Das weiß ich, deshalb würde ich lieber mit dir, als mit einem Anderen arbeiten. Und der Krieg wird nicht ewig dauern."

„Ich denke darüber nach, aber jetzt muss ich wirklich gehen."

Als General Abichi das Kommando an der Südfront übernimmt, wird die Nigerian Logistics praktisch über Nacht zum anerkannten Waffenimporteur. Innerhalb der Armee spricht sich schnell herum, dass mit den Achebes, und Salger im Besonderen, lukrative Abschlüsse möglich sind. Allein die Anzahlung eines Raketenauftrags übersteigt alle ihre Erwartungen. Doch mit der ersten Lieferung der Panzerabwehrraketen beginnen auch die Schwierigkeiten. Die amerikanische Neuentwicklung, die Abichi gegen Salgers Rat unbedingt haben wollte, versagt reihenweise im feuchtwarmen Klima des Nigerdeltas. Für eine Weile kann sich Salger aus der Schusslinie halten, doch er weiß, dass es nur eine Frage der Zeit ist, bis sie ihn als Sündenbock ausmachen werden. Also versucht er vorsichtig einen Kontakt zu neuen Partnern aufzubauen, um den Waffenhandel notfalls auch ohne die Achebes fortführen zu können. Mit Celias Hilfe und ihren Verbindungen zum Generalstab gelingt es ihm, einen ersten Kontakt zum Geheimdienst der Amerikaner herzustellen.

An der deutschen Botschaft gilt Salger als seriöser Geschäftsmann, der als verlängerter Arm der nigerianischen Regierung agiert. Als Ruge ihn bittet, auf einem Kongress in Berlin über die Hintergründe des Biafra-Kriegs zu referieren, sagt er sofort zu.

3 Mitten im Kalten Krieg

Salger steht am Fenster seines Hotels im Westen Berlins und sieht zu, wie die Straßenreinigung die letzten Reste der Demonstration vom Vorabend wegräumt. Sie wollen es den Pariser Studenten nachmachen, denkt er, während ihm die Bilder der Protestplakate und der prügelnden Polizisten in ihren Tschakos durch den Kopf gehen. Ein Gebrüll und Gerangel wie im Krieg, dabei weiß keiner von denen, was Krieg wirklich bedeutet. Nigeria hat Krieg, ein Massaker, und ich helfe mit, dass es immer weiter geht. Absurd, dass ich ausgerechnet in einer Studentenrevolte gelandet bin, um einen Agenten zu treffen.

Er beobachtet, wie ein Mann vor dem Hotel sein Auto in einen zu kleinen Parkplatz quetschen will. Er fährt auf Tuchfühlung, stößt gegen den vor ihm stehenden Wagen, dann zurück, und hat es geschafft. Genau wie in Nigeria, wo die Stoßstangen noch Stoßstangen sind, denkt Salger, als das Telefon klingelt.

„Hallo", sagt er.

„Spreche ich mit Herrn Salger", hört er einen englischen Akzent.

„Ja, Salger."

„Was machst du in Berlin?", fragt John Goffin.

„Wer hat dir gesagt, dass ich hier bin?"

„War nicht schwer. Frank meinte du hättest große Dinge vor."

„Er schwätzt gern, sollte sich besser auf seine Weiber konzentrieren." Salger klingt gereizt. „Was willst du, John?"

„Nur hören, wie es dir geht. Warum ausgerechnet Berlin?"

„Warum ausgerechnet?"

„Jetzt hab dich nicht so."

„Du bist zu neugierig." Salger denkt an den Abend in Kano, als Goffin ihn während einer Filmvorführung ansprach. Auch Kinonarr, hatte er gefragt, und ihm eine Flasche Bier in die Hand gedrückt. „Was willst du wirklich?", fragt er etwas freundlicher.

„Du hast mir den Raketenauftrag weggeschnappt, jetzt passe ich besser auf, was du so machst. Nicht dass du erneut in meinem Hinterhof wilderst."

„Keine Sorge, ich bin auf einem Kongress und rede über Nigeria."

„Wie kommt das denn?" Goffin hört sich ehrlich verblüfft an.

„Ruge von der deutschen Botschaft - du kennst ihn - hat mich gebeten über den Biafra Krieg zu sprechen. Anscheinend hat er keinen anderen gefunden. Er hält mich für einen seriösen Geschäftsmann."

„Bist du doch auch." Goffin klingt gehässig, und als Salger nicht darauf eingeht, murmelt er eher zu sich selbst: „Was für ein Irrwitz. Sie erwarten von einem Waffenhändler, dass er über den Krieg spricht. Noch dazu in Berlin, dem Spionage-Zentrum der Welt. Wie absurd geht es denn noch?" Auf einmal lacht er laut auf. „Aber warum eigentlich nicht? Du bist weit besser geeignet, als irgendein Eierkopf, der von nichts ne Ahnung hat und nur schlaue Sprüche von sich gibt. Und sonst? Was machst du sonst?"

„Nichts, ich sehe mir die Stadt an. Ich war noch nie in Berlin." Salger grinst, er kann es nicht sehen, denkt er.

„Frank meint, du hättest große Pläne."

„Hast du schon gesagt. Er ist ein verdammtes Lügenmaul."

„Ich dachte, ihr wärt Freunde." Jetzt trieft Goffins Stimme vor Hohn. „Aber wir beide sind es doch hoffentlich."

Freunde, denkt Salger, ich muss ihm mehr geben, als ein paar dämliche Sprüche, ich brauche ihn noch. „Wir haben über den Generalstab bei den Amerikanern angefragt. Jetzt soll ich hier einen ihrer Leute treffen. Wenn es klappt, will ich versuchen, unser Geschäft auszuweiten. Möglicherweise wirst du noch einige Deals an mich verlieren."

„Das werden wir ja sehen." Goffin hört sich ehrlich besorgt an. „Warum hast du unser Angebot abgelehnt, wenn du jetzt für die Amis arbeiten willst?"

„Ich will nicht für sie, ich will mit ihnen arbeiten. Ein ziemlicher Unterschied, findest du nicht?"

„Na dann viel Glück. So ein Treffen kann auch schief gehen."

„Ich weiß", sagt Salger und kappt die Verbindung, ohne sich besonders zu verabschieden.

Sein Vortrag über den Biafra-Krieg ist nicht gut angekommen. Keines seiner Argumente, weshalb der Krieg unvermeidlich war, wurde akzeptiert. Am schlimmsten spielte sich ein schwarzer Student im Plenum auf, als wüsste er alles besser. Es gelang ihm den Saal richtiggehend gegen Salger aufzuhetzen, bis sie ihn nur noch niederbrüllten.

Und der Mensch von der US-Botschaft ist auch nicht erschienen, denkt Salger, ist eben nicht mein Tag. Er trinkt den Kaffee aus und will gehen, als der schwarze Student von vorhin an seinen Tisch tritt. „Ich will mich entschuldigen", sagt er, „mir ist der Gaul durchgegangen. Die Art, wie du versucht hast, den Krieg in Nigeria kleinzureden, hat mich fuchsteufelswild gemacht. Das ist kein Bürgerkrieg zweier gleichwertiger Völker, die nicht mehr zusammen sein wollen. Es ist ein Gemetzel, bei dem es um Öl und um imperiale Interessen geht. Du weißt das, aber du hast nur darum herum geredet. Wie der bestellte Eiertanz eines Regierungsvertreters, der den Auftrag hat, möglichst viel Verwirrung zu stiften. Sie haben dich geschickt, um genau das zu tun. Jetzt kannst du es ja zugeben, es hört ja keiner außer mir."
Er setzt sich unaufgefordert und sieht gespannt auf Salger.

Der will ihn zuerst wegschicken, überlegt dann aber und sieht den Mann erstmals richtig an. „Wie heißt du, und woher kommst du?" fragt er. „Ghana schätze ich."

„Kwame Fiawo. Ghana stimmt, aber ich wohne in Ostberlin." Er reicht Salger die Hand, die der demonstrativ übersieht. „Ich studiere an der Humboldt und bin extra in den Westen gefahren, um deinen Vortrag zu hören. Du hättest zumindest sagen können, dass es um die Vorherrschaft im Land, Christen gegen Muslime, geht. Und dass es sich um einen Völkermord handelt, bei dem die Igbos mit Hilfe westlicher Waffen hingeschlachtet werden. Aber du hast einfach nur den Kommentar westlicher Zeitungen wiederholt. Von Leuten, die Afrika bestenfalls von der Landkarte kennen. Wen wolltest du eigentlich damit beeindrucken?"

Wie Recht er hat, denkt Salger. „Aber du weißt natürlich, wie die Dinge wirklich liegen? Wahrscheinlich, weil es in Ostberlin so viele westliche Zeitungen gibt."

„Ich kenne meine Leute", presst Fiawo hervor. Er wirkt, als würde er gleich überkochen. „Einer steckt die Lunte ans Pulverfass, und wusch geht der ganze Zunder hoch."

„Was wird das, ein Nachschlag zu deiner grandiosen Aufführung von vorhin?" Salger klingt gereizt, als hätte er langsam genug.

Fiawo erhebt sich halb, doch dann reißt er sich zusammen und setzt sich wieder. „Ich hab mich entschuldigt, aber der Saal hat mich richtiggehend getrieben. Sie haben gemerkt... ."

„Was haben sie gemerkt, dass du brüllen kannst und Leute unterbrechen, bevor sie einen Satz zu Ende bringen?"

„Nein", sagt Fiawo, wobei er Salger abschätzig ansieht. „Mir stinkt, dass du den Eindruck erwecken wolltest, als gäbe es noch eine Lösung in dem Konflikt. Dabei weißt du genau, dass es für die Igbos zu spät ist."

Salger betrachtet das offene, fein geschnittene Gesicht Fiawos, die dunkle, glatte Haut. Eigentlich ganz sympathisch, mein Alter vermutlich, denkt er. „Westliche Waffen hast du gesagt. Was ist mit den Iljuschins? Die passen wohl nicht ins Bild deiner imperialen Welt. Schätze mal, weil sie aus der Sowjetunion kommen. Und welche Wahrheit hättest du denn gern? Die der Zentralregierung, die der Aufständischen, der Ölkonzerne, oder doch lieber deine eigene? Was studierst du überhaupt? Vermutlich eine Fachrichtung, bei der sie den Elfenbeinturm zugenagelt haben."

Fiawo hebt zu einer Antwort an, und lacht laut auf: „Schönes Bild. Maschinenbau, ist nichts mit Elfenbeinturm. Bin kurz vor dem Abschluss, aber ich mache mir Sorgen, ob ich es noch bis zum Diplom schaffe. Präsident Nkrumah persönlich hat mir das Studium ermöglicht. Du kennst doch Nkrumah, oder? Einer der Leuchttürme Afrikas."

„Er wurde gestürzt, was für ein Leuchtturm ist das denn?"

„Das waren ein paar Obristen, die noch grün hinter den Ohren sind. Nkrumah ist unser afrikanisches Trauma. So viel Talent, so viel Hoffnung, alles weg. Wir sind uns selbst die ärgsten Feinde." Die sowjetischen Flugzeuge erwähnt er mit keinem Wort.

„Also hast du zu den Auserwählten gehört, und jetzt haben sie dich vom Sockel gestürzt. Deshalb führst du dich auf wie ein Irrer."

„Ich werde wohl nicht mehr lange in der DDR bleiben können", sagt Fiawo, gewillt, sich nicht provozieren zu lassen.

Salger gefällt die Reaktion. Der Typ hat etwas, denkt er. So einen könnte ich gebrauchen, er hat eine Meinung und ist gut ausgebildet. Ich hänge zu sehr am Tropf der Achebes, ein paar eigene Leute in der Firma täten mir gut. „Was hältst du von einem Bier. Am Mittwoch vielleicht, dann könnten wir in Ruhe reden."

Zu Salgers Überraschung stimmt Fiawo sofort zu. „Es geht aber nur im Osten, ich muss meine Tochter von der Kita abholen. Meine Freundin arbeitet in einer Chemiefabrik, wir brauchen das Geld, um über die Runden zu kommen", sagt er entschuldigend.

„Ist gut, ich wollte sowieso nach Ostberlin. Wann? Wo?"

„So gegen vier? An der Ecke Charlotten- und Französische Straße gibt es eine Kneipe, du kannst sie nicht verfehlen."

„Wohnst du in der Nähe?"

„Nein, aber das Lokal ist vom Bahnhof Friedrichstraße gut erreichbar."

„Und deine Tochter?"

„Die bleibt bei einer Freundin, bis Hanna nach Hause kommt."

„Sag mir deinen Namen noch mal."

„Kwame, das reicht."

„Gut, dann bis Mittwoch, Kwame." Salger legt ein paar Scheine auf den Tisch und geht, ohne sich groß zu verabschieden.

Auf dem Weg ins Hotel, als er noch überlegt, was mit der Kontaktaufnahme schief gelaufen sein könnte, spricht ihn ein Mann an. Schmal und asketisch steht er da, der graue Anzug hängt ihm lose um die abfallenden Schultern. Er strahlt, als wären sie die besten Freunde, doch gleichzeitig taxiert er Salger von oben bis unten. „James Goddard, amerikanische Botschaft", sagt er. „Ich habe Ihren Vortrag gehört, war nicht gerade leicht für Sie da oben auf dem Podium, aber Sie haben sich gut gehalten."

Er glaubt, der Hinweis auf die amerikanische Botschaft reicht, denkt Salger. Schließlich habe ich um den Kontakt gebeten. „Ganz so toll war das nicht", sagt er, als würden sie sich schon ewig kennen. „Vermutlich brauchten sie ein Ventil für den Frust, der sich seit Tagen aufgestaut hat. Ich bin zufällig in einen ihrer Aufmärsche geraten, und wäre auch fast niedergeknüppelt worden. - Sie sind nicht gut zu sprechen auf Amerika."

„Wegen Vietnam, meinen Sie?" Goddard zuckt mit den Schultern, als wäre ihm die Demonstrationen der Berliner Studenten völlig egal. „Wir haben das gleiche Theater zuhause. Es ändert nichts daran, dass wir den Krieg gewinnen werden. Verlassen Sie sich darauf. Aber Biafra ist ja auch kein Kindergeburtstag."

„Eine andere Liga, aber mit Biafra hatte das Gebrüll an der Uni wenig zu tun, finde ich. Es ging wohl eher um Imperialismus", sagt Salger betont ruhig, um seine Nervosität zu verbergen. Es hat geklappt, denkt er, Celia, was bist du doch für ein Goldschatz.

„Ich sah Sie in der Cafeteria mit dem schwarzen Studenten, der Sie so lautstark angegriffen hat. Kannten Sie ihn bereits?", fragt Goddard eher beiläufig.

„Nein, um Himmels willen. Ich dachte erst, er will noch eine Schippe drauflegen, als er sich ungefragt zu mir setzte, aber dann erwies er sich als recht umgänglich. Warum fragen Sie?"

„Nur so. Glauben Sie, dass er auf Sie angesetzt wurde?"

Salger schüttelt irritiert den Kopf. Auf die Idee hätte ich auch von allein kommen können, denkt er. „Keine Ahnung. Wer könnte ein Interesse daran haben?"

„Das weiß man nie. Wir sind hier mitten im Kalten Krieg." Dann, als wäre ihm wieder eingefallen, weshalb er Salger überhaupt angesprochen hat, sagt Goddard: „Wir haben Signale aus Nigeria erhalten, dass Sie mit uns reden wollen. Das traf sich gut, wir möchten Sie sowieso näher kennenlernen. Wie wär's mit ein paar Schritten im Park?"

„Gern. Sind Sie in Berlin stationiert?"

„Vorübergehend. Kommen Sie." Er nimmt Salgers Arm und zieht ihn über die Straße. An einer Bank am Rand des Spreekanals hält er an. „Der General scheint große Stücke von Ihnen zu halten. - Ihre Firma kannten wir bereits, wir haben uns gewundert, wie sie das so schnell geschafft haben." Als Salger noch zögert, schiebt Goddard schnell hinterher: „Aber vielleicht sollten wir das lieber bei einem kleinen Essen besprechen, hier ist kein guter Platz für ein offenes Gespräch."

Goddards weicher Südstaatenakzent klingt fremd in Salgers Ohren, er kann nicht abschätzen, wie ernst er es meint. „Ich bin nur noch wenige Tage in Berlin", sagt er zurückhaltend.

„Wie wär's mit morgen, ich schicke ihnen einen Wagen."

Hoppla, denkt Salger, anscheinend sehr ernst. „Morgen passt gut, ich kann ein Taxi nehmen."

Goddard lacht, steht auf und reicht Salger die Hand. „Auto ist besser, Punkt zwölf, Abholung im Hotel. Dann bis morgen."

Er muss auch noch etwas anderes tun als Papiere verfassen und auf Konferenzen herumsitzen, denkt Salger, überrascht von dem festen Händedruck. „Moment, Sie brauchen die Adresse des Hotels", sagt er hastig, als Goddard gehen will.

„Hab ich, Hotel Concord, Bergmannstraße in Kreuzberg." Ein flüchtiges Lächeln huscht über Goddards Gesicht.

Wie selbstgerecht sie sind, denkt Salger, als er am nächsten Morgen die Schlagzeilen über die Demonstrationen der vergangenen Nacht überfliegt. Nervös fingert er an der Krawatte herum, legt die Zeitung auf den Tisch und sieht aus dem Erkerfenster, von wo er die kleine Querstraße vor dem Hotel überblicken kann. Schließlich steht er auf und geht ins Vestibül, nimmt ein Journal in die Hand und blättert abwesend darin.

Pünktlich zur verabredeten Zeit erkundigt sich ein Mann im grauen Anzug bei der Frau am Empfang. Sie zeigt auf Salger.

Der Mann reicht ihm Goddards Visitenkarte. „Martin Salger?", fragt er. „Können wir gehen?"
Nach langer Fahrt hält der Fahrer vor einem elektrisch verschließbaren Stahlgitter. Er gibt den Code ein und das Gatter öffnet sich mit leisem Quietschen. Inmitten einer Parklandschaft liegt eine herrschaftliche Villa, unter deren Portikus der Fahrer anhält. „Er erwartet Sie."
Nicht schlecht für einen nigerianischen Emporkömmling, denkt Salger, als er die schwere Eichentür aufdrückt. Halbdunkel und der Geruch von Zigarrenrauch umfängt ihn. In einer Ecke der Eingangshalle sitzt Goddard, in der Hand eine dunkelbraune, filterlose Orientzigarette. Er steht auf, als er Salger abwartend in der Tür stehen sieht.
Die lässige Eleganz von Leuten, die es nicht nötig haben auf den Putz zu hauen, denkt Salger. „Hallo, Herr Goddard. Ist das ein Außenposten Ihrer Botschaft?"
„Nein, ich dachte, ich zeige Ihnen unseren OffiziersClub. Die sind nicht überall so luxuriös, aber hier im Grunewald konnten wir uns nach dem Krieg die Villen aussuchen. Die Nazis wussten schon, wem sie die Häuser wegnahmen."
Goddard drückt die Zigarette in den Aschenbecher, greift nach Salgers Arm und führt ihn quer durch den Speisesaal an einen für zwei Personen gedeckten Tisch. „Hier können wir ungestört reden."
Sie vermeiden lange zur Sache zu kommen, reden ganz allgemein über das Leben in Afrika, Goddards Zeit in Nigeria, die er im Peace Corps verbracht hat, worauf Salger von John Goffins selbst gezüchtetem Pot erzählt. Ein wissendes Lächeln erscheint auf Goddards Gesicht, und plötzlich wird das Gespräch viel entspannter.
Schließlich hält Salger das Abtasten nicht mehr aus. „Sie fragen sich vielleicht, weshalb wir Kontakt zu Ihnen aufgenommen haben, noch dazu über den Generalstab. Aber der kommandierende Offizier an der Südfront, General Abichi, will unbedingt ihre neuen Panzerabwehr-Raketen haben. Offiziell bekommt er sie nicht, deshalb sollen wir sie beschaffen. Der Hersteller, die Fir-

ma Milpar in Washington DC, ist grundsätzlich bereit zu liefern, braucht aber ihre Rückendeckung. Wir haben ein paar Systeme getestet, aber das Homing versagt in der feuchten Hitze des Nigerdeltas. Milpar besitzt Sensoren mit größerer Frequenzbreite, damit lässt sich das Problem beheben." Salger schweigt abrupt, als hätte er bereits zu viel gesagt.

„Und jetzt wollen Sie, dass wir für Sie eine Ausnahmegenehmigung einholen?", fragt Goddard, ein feines Lächeln um die Mundwinkel.

Salger nickt. „Es geht nur um die Sensoren, den Einbau in die Raketen machen wir selbst, mit Milpars Hilfe natürlich", fügt er schnell hinzu.

Goddard sieht Salger nur schweigend an.

„Der Norden wird den Krieg gewinnen und die Zentralregierung geht gestärkt daraus hervor", schiebt Salger hinterher, als könne das Goddard überzeugen. „Einige Militärs, die Luftwaffe vor allem, sehen die Nähe zu den USA durchaus kritisch."

„Eine versteckte Drohung, Herr Salger?"

„Eher ein Angebot zur Zusammenarbeit."

Goddard schmunzelt und legt Salger die Hand auf den Arm. „Sie sind sehr direkt, anscheinend läuft Ihnen die Zeit davon. Kommen Sie, ein Schluck an der Bar wird uns gut tun, außerdem sitzt man dort bequemer und ich kann rauchen."

Nachdem sie Platz genommen haben, streckt Goddard die Hand über den Tisch. „Übrigens, ich heiße James."

„Martin", sagt Salger und ergreift die angebotene Hand.

„Und, was nehmen Sie, Martin, Cognac, Armagnac, Whiskey? Hier ist die wohl am besten bestückte Bar Berlins. Unsere Offiziere lassen sich gerne verwöhnen, macht ja auch Sinn, wenn sie schon ihre Haut zu Markte tragen."

Die meisten sitzen in der Etappe, denkt Salger. „Einen Whiskey, gern."

Goddard winkt dem Kellner, bestellt den Whiskey und für sich einen Cognac. Danach lehnt er sich entspannt zurück. „Über Sie persönlich, Martin, gibt es nichts in unseren Archiven, als wären Sie ein unbeschriebenes Blatt. Nicht der kleinste Blimp auf dem

Radarschirm. Chief Achebe, der Vater Ihres Partners, ist uns dagegen wohl bekannt. Ein wichtiger Mann in Nigeria, nicht ganz unumstritten. Seinen Sohn kennen wir eher als Leichtgewicht."

Leichtgewicht, wie recht er hat, denkt Salger. Oba ist er, kein Chief und gierig sind sie beide.

„Ich glaube nicht, dass ich zu weit vorpresche, wenn ich sage, dass uns Ihr Angebot zur Zusammenarbeit interessiert", fährt Goddard fort. Er hält inne und wartet auf Salgers Reaktion. Doch der sieht ihn nur konzentriert an. „Unter bestimmten Umständen könnten wir uns so etwas durchaus vorstellen."

„Was für Umstände wären das denn, und was hätte ich tun müssen, um auf Ihren Radarschirm zu kommen?"

„Es passiert von allein. Sie sind noch nicht lange genug im Geschäft, aber jetzt sind Sie schon mal in der Kartei und den Radarschirm schaffen Sie auch noch." Goddard deutet ein Lächeln an, als gefalle ihm der Gedanke, doch dann wird er ernst. „Die Gewichtungen in der Armee sind uns bekannt. Abichi steigt auf, wenn er im Delta siegt, das scheint uns ziemlich sicher. Natürlich nur, wenn er keine gravierenden Fehler macht. Da gebe ich ihnen Recht, sollten Sie das gemeint haben, als Sie von den Verhältnissen in der Armee sprachen. Seine Machtbasis ist etwas schmal, aber daran arbeitet er ja gerade. Die Achebes? Schwer zu sagen, wie gut die wirklich verankert sind. Und der Chef des Generalstabs? Noch hält er seine Karten bedeckt, wir können ihn nicht richtig einschätzen. So jetzt kennen Sie meine Meinung über die Lage in Nigeria. Aber zurück zu Ihnen, ich glaube kaum, dass Sie als Handlungsreisender für Sensoren unterwegs sind. Was wollen Sie wirklich, Martin?"

Salger zögert, Goddard's Offenheit verunsichert ihn, doch dann entscheidet er sich, ähnlich offen zu sein. „In erster Linie unser Geschäft ausbauen, am liebsten würde ich in Ruhe daran arbeiten, aber einige Lieferanten sperren sich, zu viele politische Bedenken. Mit ihrer Rückendeckung würde es leichter."

Goddard strahlt jetzt. „In Ruhe arbeiten geht wohl nicht in Ihrem Job. In meinem früheren Leben habe ich Sinologie studiert, war aber nichts für mich. Und jetzt sitze ich in Berlin und rekrutiere ..., auch nicht gerade die direkte Linie." Er lacht kurz auf und nimmt einen Schluck Cognac.

Rekrutieren, denkt Salger. Ich will nicht ihr Handlanger werden, so ein Verhältnis habe ich bereits, es gefällt mir nicht. Sie sollen mir helfen an bestimmte Waffen zu kommen, die ich ohne sie nicht kriegen kann. „Und, was passiert jetzt, nachdem wir uns kennen gelernt haben?", fragt er einen Tick zu scharf.

„Vorerst nichts, unser Gespräch bleibt selbstverständlich geheim. Wenn etwas durchsickert, werden wir alles abstreiten. Es wird ein paar Wochen dauern, bis wir die Situation genau analysiert haben, danach hören Sie von uns", sagt Goddard kühl.

„Bin ich über's Ziel hinaus geschossen? Mit Situation meinen Sie mich, nehme ich an?", fragt Salger gespannt.

Goddard zuckt nur leicht mit den Schultern. „Sie sind noch jung, Martin. Das macht Sie aber nicht weniger interessant für uns. Keine Sorge, Sie hören ganz bestimmt von mir."

Hoffentlich, denkt Salger und nickt. „Dann vielen Dank für das ausgezeichnete Essen, eine schöne Abwechslung gegenüber Nigeria."

Goddard lächelt gewinnend. „Der Club besitzt einen der besten Köche der Stadt. Wir zahlen viel, damit er uns erhalten bleibt. Ich melde mich", sagt er im Aufstehen und reicht Salger die Hand.

„Ich baue darauf. Wie komme ich von hier ins Hotel, gibt es in der Nähe einen Taxistand?"

„Wir bringen Sie zurück. Am Eingang wartet der Fahrer auf Sie."

Den restlichen Nachmittag verbringt er, indem er ziellos am Halleschen Ufer entlang spaziert. Er genießt die letzten Strahlen der Sonne, die die Stadt in ein unwirklich reines Licht tauchen. Als er an der Schaubühne vorbeikommt, fällt ihm das Plakat zu einer Diskussion über staatliche Repression auf. Was wissen die schon über Repression, denkt er, und entschließt sich hinzugehen. In der Warteschlange steigt ihm der Duft der jungen Frau vor ihm in die Nase. Er betrachtet ihre halblangen, blonden Haare, den hellen Flaum auf dem Nacken, sie riechen anders, herber als in Nigeria, denkt er.

Im Plenum sitzt dieselbe Frau zufällig neben ihm. Sie riecht wirklich gut, denkt Salger und betrachtet sie verstohlen von der Seite, während auf der Bühne zwei Studentenvertreter, ein lokaler Politiker und eine Journalistin Platz nehmen. Abseits der Gruppe, als wollten sie ihren Sonderstatus unterstreichen, sitzen ein grauhaariger Professor und ein Schriftsteller, der über Staatsgewalt promoviert hat.

Kaum dass der Professor den Mund aufmacht wird er bereits niedergeschrien. Seine Ansichten über die Rolle der Frau in der modernen Industrie-Gesellschaft - am liebsten würde er sie zurück an den Herd verbannen - bringen viele der Zuhörer in Rage. Der Saal beginnt zu kochen und keinem der Redner gelingt es seinen Beitrag zu Ende zu bringen, ohne aus dem Plenum angefeindet zu werden.

Scheint Usus zu sein, jeden niederzubrüllen, denkt Salger und überlegt zu gehen.

In seiner Nachbarin rumort es, und nach einem langen, selbstverliebten Monolog des Professors, springt sie auf und lässt eine lange Tirade auf ihn los, wobei sie ihm alles vom Chauvinismus bis zum unbelehrbaren Macho an den Kopf wirft.

„Meinen Sie das wirklich?", fragt Salger leise, als sie sich wieder gesetzt hat. Dabei betrachtet er ihre jetzt nachlässig zum Pferdeschwanz gebundenen Haare, ihre zu kleine Nase und die vereinzelten Sommersprossen auf der Schläfe.

Sie wendet sich zu ihm und schüttelt den Kopf. „Was ist das? Eine neue Form der Anmache?"

„Nein, nur Neugierde. Ich arbeite in Nigeria und wundere mich, wie es hier zugeht. Sie könnten mir Nachhilfe geben, ich lade Sie zum Essen ein. Was halten Sie davon?"

„Nachhilfe", sagt sie perplex und schüttelt verärgert den Kopf. Doch dann beginnt sie zu überlegen. „Sie hören sich bayerisch an?"

„Alles Tarnung", strahlt er sie an. „Ehrlich, ich wohne wirklich in Nigeria",
Zuerst wendet sie sich ab, dreht sich aber gleich wieder zurück. „Sie haben Glück, ich sterbe vor Hunger. Wegen dieser dämlichen Veranstaltung bin ich ohne einen Bissen hierher gerannt, und dann das. Vielleicht sind Sie mein Retter?"
„Retter ist gut."
Sie kramt schmunzelnd ihre Sachen zusammen und sieht ihn im Foyer erstmals richtig an. „Und? Wohin?"
Salger hebt die Arme und verzieht das Gesicht. „Keine Ahnung, ich kenne Berlin nicht. In diese Veranstaltung bin ich eher zufällig geraten."
„Inka Boysen", sagt sie, und reicht ihm die Hand.
„Martin Salger."
„Ihr Tonfall hört sich schon sehr bayerisch an", stellt sie fest.
„Da bin ich aufgewachsen, in München. Aber seit zwei Jahren lebe ich in Westafrika."
Sie nickt, doch in Gedanken scheint sie woanders zu sein. „In der Bergmannstraße, Richtung Mehringdamm, gibt es einen netten Italiener. Wie wär's damit?"
„Prima, dort in der Nähe ist auch mein Hotel."
Für einen Moment sieht sie ihn misstrauisch an, doch dann ignoriert sie die Bemerkung. „Jetzt habe ich wirklich Hunger", sagt sie, und marschiert los, immer einen halben Schritt voraus, in Richtung Kreuzberg. „Was machen Sie in Afrika?"
Waffenhandel wird sie wohl kaum akzeptieren, denkt er, und erzählt von kaputten Trassen und ausgewaschenen Brückenpfeilern.
Als sie das Lokal erreichen, ist es kurz vor neun Uhr. Sie finden einen kleinen Tisch in einer Nische und Salger bestellt sofort eine Suppe für Inka, zusammen mit einer Flasche Rotwein.
„Bestellen Sie immer gleich eine Flasche?", fragt sie verwundert.
„Nur hier, ich genieße den Wein, in Nigeria ist er eine Rarität. - Was machen Sie, Inka, wenn Sie nicht gerade zu Podiumsdiskussionen gehen?"

„Ich studiere Medizin", sagt sie kurz angebunden. „Wie haben Ihnen denn die Veranstaltung gefallen?", fragt sie zurück. „Meine Meinung kennen Sie ja bereits. Wenn ich daran denke, packt mich immer noch die Wut. Den einen mit dem Bart, der so locker zur Revolution aufrief, fand ich ziemlich dumm. Weiß gar nicht, wie solche Leute überhaupt aufs Podium kommen. Aber wer mich richtig auf die Palme brachte, war dieser Professor. Lauter leere Sprüche und heiße Luft."
„Vermutlich glaubt er, was er sagt."
„Und, was glauben Sie?"
„Ich bin schon eine Weile weg."
„Das reicht nicht, um keine Meinung zu haben? Du willst dich nur drücken", sagt sie und wechselt nahtlos die Anrede.
„Sind wir jetzt per du?", fragt er verblüfft.
„Ja, ich hab mich sowieso gewundert, weshalb du mich mit Sie angesprochen hast. Aber vielleicht wäre ich sonst gar nicht mitgegangen."
Hm, denkt er, das nenne ich eine klare Ansage.
Für eine Weile vertieft sie sich in die Speisekarte. „Also ich nehme ein Schnitzel, das habe ich seit einer Ewigkeit nicht gegessen. Was nimmst du?", fragt sie und sieht ihn prüfend an, als begänne er sie langsam zu interessieren.
„Dasselbe." Schnitzel, ausgerechnet beim Italiener, denkt er, und ruft nach dem Kellner. „Und, wer ist nun Inka Boysen?", fragt er, nachdem sie bestellt haben. „Außer, dass du Medizin studierst, Schnitzel magst und dich zu wehren weißt, wenn dir etwas nicht passt, kenne ich gar nichts von dir. Du hörst dich überhaupt nicht wie eine Berlinerin an."
„Du lässt nicht locker", lacht sie, und spricht ganz offen von ihrer Kindheit auf einem Bauernhof am Rande des Ruhrgebiets. Von ihrem Vater, der sich eigentlich einen Sohn gewünscht hatte, und alle seine Erwartungen auf sie übertrug. Sogar über ihr Verhältnis zu einem der Professoren spricht sie, und dass sie ein Kommilitone verehrt, sie aber nichts mit ihm anfangen kann.
„Und warum Berlin?".

„Da wollte ich immer hin, und dass ich Ärztin werden wollte, war mir auch bald klar. Manche halten mich für eine Streberin, aber das bin ich nicht."

„Wie eine Streberin siehst du wirklich nicht aus. Gefällt dir Berlin?"

Sie strafft das Band ihres Pferdeschwanzes und nickt. „Westberlin ist eine seltsame Stadt. Ziemlich geschwätzig. Manchmal denke ich, dass sich hier alle alten Nazis mit den westdeutschen Wehrdienstverweigerern vereinigt haben."

Salger lässt den Stiel seines Weinglases los, das er gedankenverloren gedreht hat. Er betrachtet das Foto hinter Inka. Sophia Loren und Mastroianni, beide mit einer Zigarette in der Hand. Der Blick der Beiden ist leer, hoffnungslos auf die bröckelnde Fassade eines italienischen Hauses gerichtet. Armut, denkt Salger, Armut sieht überall gleich aus. Er fasst sich an die Nase und lächelt verschmitzt. „Ich bin auch einer."

„Wehrdienstverweigerer?", fragt Inka irritiert. „Altnazi kommt ja wohl nicht in Frage. - Ich habe nichts gegen Wehrdienstverweigerer, nur die Ansammlung hier in Berlin, geht mir manchmal auf den Geist. Bist du ein Pazifist?"

„Nein, ganz bestimmt nicht." Salger sieht ihr an, dass sie mehr erwartet. Warum erzähle ich es nicht, was kann mir schon passieren, denkt er. „Ich bin bei Pflegeeltern in Bayern aufgewachsen, wie du ja hörst. Der Mann war ein eingefleischter Nazi, schlau genug, seine Spuren zu verwischen. Ein selbstherrlicher Unternehmertyp, den ich gehasst habe. Meine Wehrdienstverweigerung war wohl eher eine Art Schutzreaktion."

„Und deshalb bist du nach Nigeria gegangen, um ihm aus dem Weg zu gehen?"

„Nein, da war ich längst ausgezogen."

„Und?"

„Du willst es ganz genau wissen."

„Wie du."

Salger kratzt sich am Kopf, als wäre er unschlüssig, wie er anfangen soll. „Ich war im zweiten Semester, als der Auschwitzprozess begann. Anfangs interessierte mich das viele Gerede nicht sonderlich, bis ich nicht mehr davon los kam. Ich wollte wissen, wie so etwas überhaupt passieren konnte. Wenn ich meinen Pflegevater fragte, wiegelte der nur ab, und mit der Zeit begann ich Fritz Bauer zu bewundern. Ich hab mich geschämt und wollte nur noch raus aus Deutschland." Salger nimmt einen Schluck Wein, in Gedanken sieht er das Haus der Pflegeeltern vor sich. Die grauen Schieferplatten auf dem Boden des tiefer gelegten Wohnzimmers, die groben Spachtelschmisse im Putz und all das dunkle Holz. Die Soldatenbilder über dem protzigen Kamin mit den Hirschgeweihen. Er merkt Inkas Spannung, die mehr erwartet. „Nach dem Vordiplom erhielt ich ein Stipendium am Aeronautical Laboratory in Bangalore. Ich flog hin, aber nach zwei Monaten war ich wieder zurück."

„Warum?"

„Das Land war zu kompliziert für mich. In meinen Augen ein unbeschreibliches Chaos."

„Und dann?"

„Das Studium beendet, doch insgeheim habe ich auf eine neue Chance gewartet."

„Verstehe ich nicht. Du bist kaum zurück und willst doch gleich wieder weg."

„So war's." Er zieht die Schultern hoch, wie ein kleiner Junge, der nicht sagen kann, warum er etwas angestellt hat. „Als mir der Deutsche Akademische Austauschdienst Nigeria anbot, habe ich sofort zugegriffen. Keiner wollte da hin, aber mir gefiel die Idee. Allein in den Weiten Afrikas, dachte ich, aber dann kam alles anders. Innerhalb eines Jahres wurde ich Partner einer nigerianischen Firma, die Hochtechnologie importiert. Und das mache ich immer noch. So, jetzt weißt du mehr über mich, als ich je zuvor erzählt habe."

Sie schüttelt heftig den Kopf. „Glaube ich nicht. Partner, so früh", sagt sie bewundernd. „Wie alt bist du, Martin?"

„Siebenundzwanzig."

„Toll, so etwas hätte ich auch gern."

„Ich hatte nur Glück", sagt er und hofft, dass sie nicht weiter nachbohrt.

„Also kein Pazifist, und Aussteiger offensichtlich auch nicht", sagt sie zu seiner Erleichterung. „Warum überhaupt Pflegeeltern? Der Krieg?"
Adriano Celentano krächzt im Hintergrund, gefolgt von einem Cha Cha Cha. Salger sieht, wie sich ihr Oberkörper leicht im Rhythmus der Musik bewegt. Es wäre schön, ein paar Tage mit ihr zusammen zu sein, denkt er, aber ich lasse sie zu nahe an mich heran. Egal, morgen hat sie mich vergessen. „Mein Vater starb im Krieg, das hat meine Mutter nicht verkraftet." Er schweigt abrupt, sieht die Mutter vor sich, den Kopf grotesk abgewinkelt, um den Hals das Seil. Der umgestürzte Schemel weit weg, als wäre er in einem letzten Aufbäumen weggeschleudert worden. Es geht sie nichts an, denkt er, und beginnt von den sternklaren Nächten am Rand der Wüste zu erzählen. Von Goffins Dorf, den Rundhütten, dem Staub zwischen den Zähnen und den ungeregelten Flüssen Nigerias. „Die Fischer sind Meister im Balancieren ihrer Einbäume. Ich habe es einmal versucht, und bin prompt ins Wasser gefallen."
„Und jetzt hast du Bilharziose?", lacht sie.
„Nein, Glück gehabt." Er merkt ihre Unruhe, dass sie ihm etwas sagen will. „Was ist? Langweile ich dich?"
„Überhaupt nicht. Es ist…, ich fühle…"
„Sag schon", drängt er.
Mit einem Handgriff nimmt sie das Band aus dem Haar und schüttelt ihre Locken zurecht. „Irgendwie fühle ich mich zu dir hingezogen", sagt sie verlegen.
Für einen Augenblick reagiert er verblüfft, als hätte er etwas anderes erwartet. Dann nimmt er ihre Hand und sucht ihre Augen. „Vorhin habe ich gedacht, wie schön es wäre eine Weile mit dir zusammen zu sein."
Sie lächelt verstohlen. „Es ist schon spät, ich habe morgen einen schweren Tag. Eigentlich sollte ich gehen. Du hast gesagt, dein Hotel ist hier in der Nähe. Du könntest mich hineinschmuggeln."
Er küsst ihre Fingerkuppen und bittet den Kellner um die Rechnung. Ich sollte sie nicht mit ins Hotel nehmen, denkt er, sie ist

keine von der leichten Sorte. Doch der Gedanke weicht schnell einer drängenden Ungeduld.

Am nächsten Morgen, als sie aus dem Bett kriecht, legt sie ihm den Zeigefinger auf den Mund und sagt bedauernd: „Ich muss in die Klinik, aber ich will dich noch sehen, bevor du zurück fliegst. Was machst du den ganzen Tag?"
Salger zieht ihren zerzausten Kopf zu sich und küsst sie lange auf den Mund. Ich sollte diesem Kwame Fiawo absagen, aber ich weiß nicht, wie ich ihn erreichen kann, denkt er. „Nichts, auf dich warten."
„Wie wär's mit fünf Uhr. Ich komme zu dir, wir schlafen miteinander und später lädst du mich zum Essen ein. Was hältst du davon."
„Das muss ich mir ernsthaft überlegen." Er grinst, zieht sie zu sich und küsst sie auf die Nasenspitze. „Aber wenn ich so darüber nachdenke, scheint es keine schlechte Idee zu sein."
„Hey, du Schuft, du musst sagen: Und wie soll ich die Zeit davor überleben." Sie lacht, gibt ihm einen Klaps und geht nackt ins Bad.
Salger kann ihr vom Bett aus zusehen, wie sie mit der Hand die Wassertemperatur testet. „Stimmt, was soll ich tatsächlich den ganzen Tag ohne dich anfangen. Kannst du dir nicht frei nehmen? Der Klinikbetrieb geht auch ohne dich weiter. Was ist, wenn du dich krank meldest", ruft er ihr hinterher.
„Toll, aber wir sind hier nicht in Afrika. Gestern war ich noch kerngesund, das nimmt mir keiner ab. Ich bin schließlich eine zuverlässige Studentin in einem wohlgeordneten Land, da lässt man sich nicht einfach hängen", strahlt sie, dreht das Wasser ab und setzt sich neben ihn aufs Bett. „Es geht alles viel zu schnell, Martin. In ein paar Tagen bist du zurück in Nigeria und vergisst mich. Es ist schön mit dir, lass es uns genießen. Ich komme, sobald ich kann." Sie fährt ihm mit der Hand durchs Haar und geht zurück ins Bad. Bevor sie in die Wanne steigt, winkt sie ihn zu sich.

Er schält sich aus dem Bettzeug, kniet auf die nackten Fliesen neben der Wanne und zieht mit dem Zeigefinger eine Linie vom Mund bis zu ihrer Brust. „Ich treffe einen schwarzen Studenten im Osten, derselbe, von dem ich dir erzählt habe. Aber um drei bin ich bestimmt zurück. Darf ich reinkommen?"

„Natürlich", sagt sie und macht ihm Platz. Sie lächelt, als sie seinen erigierten Penis sieht. Sie nimmt ihn in die Hand und küsst die Eichel ganz zart.

Er legt sich neben sie und taucht unter, bis nur noch die Nasenspitze aus dem Wasser ragt. Als er prustend wieder auftaucht, legt sie sich auf ihn und führt mit der Hand sein Glied in ihren Schlitz. Plötzlich packt ihn ein Gefühl der Nähe, wie er es mit Celia nie zuvor erlebt hat. Ganz vorsichtig zieht er sich aus ihr zurück.

„Was ist?", fragt sie verwundert.

„Ich habe Angst", sagt er traurig und sieht den kleinen Jungen vor sich, wie er verloren auf der Treppe vor der offenen Wohnungstür sitzt, bis ihn die Nachbarin holt und den Leuten vom Heim übergibt.

„Meinetwegen?", fragt sie voller Entsetzen.

„Nein, meinetwegen. Ich war plötzlich ganz klar, klarer als mir lieb ist", sagt er, und steigt aus der Badewanne.

Während er sich abtrocknet, sieht sie ihm zu, als stünde ein anderer Mensch vor ihr. „Willst du wirklich, dass ich zurückkomme?"

„Natürlich. Aber sag mir, wie dein Professor heißt, der mit dem du eine Beziehung hast. Oder sollte ich sagen: Mann, Geliebter?"

„Das geht dich nichts an."

„Doch, muss ich unbedingt wissen." Er spürt, wie sie sich sperrt und schlägt einen leichten Ton an. „Schließlich brauche ich doch ein Ziel, wenn ich aus Afrika zurück komme und ich dich aus seinen Armen reißen muss."

Sie sieht betrachtet ihn lange. „Konrad Kramer", sagt sie schließlich, als hätte Salger eine unsichtbare Grenze überschritten. „Der kommende Star in der Klinikhierarchie. Ich schlafe mit ihm, aber ich werde ihn nicht heiraten. Reicht dir das?"

„Tut mir leid, ich hätte dich nicht fragen sollen. Aber ich will dich wirklich sehen, mehr als du zu glauben scheinst."

Gegen Mittag nimmt er die S-Bahn zum Bahnhof Friedrichstraße, wechselt den Tagessatz und geht in Richtung Französische Straße. Dort biegt er links ab und findet an der Ecke Charlottenstraße tatsächlich die von Kwame beschriebene Kneipe. Da er zu früh dran ist, dreht er eine Runde um den angrenzenden Gendarmenmarkt, vorbei an der ausgebrannten Ruine des Staatstheaters und der von Ruß und Dreck geschwärzten Fassade des Französischen Doms. Er denkt an Inka, an seine Verwirrung im Bad, an seine fast grenzenlose Offenheit ihr gegenüber.

Zurück an der Kneipe sieht er Kwame durch die schmutzigen Scheiben, wie er nachdenklich in einer zerlesenen Zeitung blättert. Er gehört nicht hierher, denkt Salger, ein Paradiesvogel in einem grauen Land, dessen Menschen sich nach Freiheit sehnen.

„Ich war zu früh dran und bin noch über den Gendarmenmarkt gegangen", sagt er, als er Kwames Hand schüttelt.

„Ich hatte schon nicht mehr mit dir gerechnet."

„Wenn ich gewusst hätte, wie ich dich erreichen kann, hätte ich tatsächlich abgesagt." Salger setzt sich neben Kwame und bemerkt erst jetzt die schäbige Umgebung, in der ein paar verlorene Gestalten im Halbdunkel sitzen. „Jetzt mal ehrlich, glaubst du wirklich, was du mir so alles an den Kopf geworfen hast."

„Das war keine Schau, Mann."

„Und du wurdest auch nicht geschickt? Nur der Vollständigkeit halber, nicht dass du glaubst, ich wäre zu blöd nicht daran zu denken."

„Ein abgekartetes Spiel? Das traust du mir zu?"

„Warum nicht." Salger sieht, vorbei an Kwame, durch die matten Scheiben, hinter denen sich ein paar verschwommene Gestalten bewegen. Sein Blick wandert zur Bedienung, die gelangweilt in einer Broschüre blättert. „Du hast Nkrumah erwähnt, dass du ihm dein Stipendium verdankst. Erzähl mir von ihm."

Kwame schüttelt den Kopf, als verstünde er nicht, auf was Salger hinaus will. „Er wollte eine sozialistische Elite aufbauen und die Uni fragte mich, ob ich bereit wäre, mein Studium im Ausland fortzusetzen. Natürlich habe ich sofort zugegriffen. Jetzt haben ihn ein paar Obristen, kaum älter als ich, ins Exil geschickt. Dabei war er der Einzige, der uns Afrikanern so etwas wie Hoffnung gab."

„Hoffnung, noch so ein Wort, von dem man nicht abbeißen kann."

Kwame verzieht das Gesicht, als spüre er einen physischen Schmerz. „Stimmt nicht. Wenn wir keine Hoffnung mehr haben, dass Ausbeutung und Augenwischerei irgendwann vorbei sind, dass wir Schwarze nicht nur dazu da sind, euch Europäern die Schuhe zu putzen, brauchen wir auch nichts mehr zu fressen."

Salger geht nicht darauf ein und beugt sich über die Speisekarte: „Hast du hier schon mal gegessen?"

„Ja, aber es schmeckt nicht. Ich koche normalerweise zu Hause."

Kwame winkt der Bedienung, die sich eher widerwillig von ihrer Lektüre löst.

„Zwei Radeberger bitte und eine Kleinigkeit zu essen."

„Um die Zeit gibt es nichts", sagt sie kurz angebunden.

„Lass gut sein, Kwame", sagt Salger. „Essen kann ich auch, wenn ich wieder im Westen bin. - Das mit dem Schuhe putzen ist Schwachsinn, das hat dir Frantz Fanon in den Kopf gesetzt. Erzähl mir lieber, was du machen willst, wenn sie dich hier rausschmeißen. Glaube kaum, dass die Obristen dein Stipendium weiter zahlen."

„Hast du Fanon gelesen?" Kwame wirkt ehrlich verblüfft.

„Mann, ich lebe in Afrika. Jetzt sag schon, was willst du machen."

„Weiß nicht, ich schiebe das vor mir her, vielleicht geschieht ja noch ein Wunder. - Bist du deshalb gekommen, um mich auszufragen?"

„Nein, ich will wissen, wer du bist."

Kwame betrachtet Salger, als sähe er ihn plötzlich mit anderen Augen. „Wie kamst du überhaupt nach Afrika. Für einen Deutschen eher ungewöhnlich?"

„Warum? Ich wollte raus aus Deutschland, irgendwohin, wo ich Luft zum Atmen bekam."

„Scheint so ein deutsches Ding zu sein, vor sich selbst davon zu laufen. Vor ein paar Monaten sprach mich einer von der Staatssicherheit an, er redete, als würde er lieber heute als morgen abhauen wollen."

„Staatssicherheit? Wie erkennt man das?"

„Ich hab's mir halt gedacht. So ähnlich, wie du über mich denkst."

„Und, hat er dich rekrutiert?"

Kwame grinst jetzt übers ganze Gesicht. „Nein, er wollte nur wissen, ob es mir in Berlin gefällt. Aber vielleicht sollte ich mich bewerben, was denkst du?"

„Warum nicht, solange sie dich bezahlen. Bist du sicher, dass er von der Staatssicherheit war?"

„So wie der aussah und redete!"

„Hm, scheint mir zu einfach." Salger nimmt einen Schluck Bier und kommt auf Nkrumah zurück. „Wie war er? Es interessiert mich wirklich."

„Warum?"

„Ein Leuchtturm Afrikas." Salger strahlt Kwame an. „Ich lebe schon eine Weile in Afrika, da stolperst du unweigerlich über Nkrumah."

„Das ist gut." Kwame atmet hörbar aus und dreht sein Glas unschlüssig hin und her. „Er hatte grübelnde, fast erschreckte Augen, als er mir das Stipendium überreichte. Irgendwie schien er zu ahnen, dass alles, was er tat, nichts bringen würde." Kwame hängt eine Weile seinen Gedanken nach, bis er bedauernd hinzufügt. „Heute ist Kommunismus in Ghana nicht mehr gefragt, die Amerikaner sind seit dem Putsch am Drücker."

„Wie kommst du jetzt darauf?", fragt Salger verblüfft.

„Weil ich mich aufs falsche Pferd gesetzt habe. Der Akosombo-Damm wird von der Weltbank finanziert. Die Planung macht Bechtel, und Kaiser Engineering baut die Aluminium-Schmelze in Tema. Lauter kalifornische Firmen, die sich die Hände reiben, aber uns Ghanaern bleiben nur Brosamen. So hatten wir uns das nicht vorgestellt. Ich kann nicht zurück, ich gelte als Kommunist", sagt er bitter.

„Du hörst dich ganz schön frustriert an."

Kwame grinst schief und hebt hilflos die Schultern. „Du wiederholst dich."

Salger beugt sich über sein Glas: „Was willst du noch hier? Dein Förderer steckt im Exil, und du zappelst, wie ein Fisch auf dem Trockenen. Ich an deiner Stelle würde nicht warten, bis sie mich rausschmeißen."

Kwame reibt sich die Nase und sieht immer wieder auf die Bedienung. „Ich kann nicht einfach abhauen. Ich habe hier eine Familie, meine Tochter ist erst vier Jahre alt."

„Wie lange läuft dein Stipendium noch?"

„Ein Jahr, aber ich traue ihnen nicht. Niemand wird sie daran hindern, wenn sie die Zahlung einfach einstellen."

„Sage ich doch. Glaube kaum, dass sie Rücksicht auf dein Kind nehmen."

„Warum interessiert dich überhaupt, was aus mir wird? Enge Freunde sind wir ja nicht gerade. Vielleicht hätte ich dich auf dem Kongress weniger scharf angreifen sollen."

Salger deutet ein Lächeln an. Er wirkt unschlüssig. „Ich bin Partner einer kleinen Firma in Kaduna", sagt er schließlich. „Wir besorgen Technologie aus dem Westen. Vielleicht würdest du bei uns arbeiten wollen, wenn es hier zu eng wird." Seine Welt war früher ein Fluss, wild und ungeregelt, denkt er. Und jetzt sitzt er fest, wie die nackten Felsen vor meinem Bürofenster in Kaduna. In der Trockenheit ragen sie aus dem Wasser, als wären es Nilpferdrücken. Fischer navigieren zwischen ihnen, aber hier gibt es nichts zu navigieren. Hier ist alles geregelt, eingedämmt zwischen Mauern. Wie lange hält er so eine Welt aus, ohne vor Heimweh verrückt zu werden. Er täte gut daran, nach Afrika zurückzugehen.

Kwame wirkt ehrlich verblüfft. Er schielt nach der Bedienung, die jedoch weit genug entfernt ist, um ihr Gespräch mitzuhören. „Ein Jobangebot?", stammelt er. „Das ist das Letzte, was ich erwartet hatte. Aber wenn du eine Kokosnuss suchst, du weißt

schon, innen weiß, außen schwarz, bin ich der falsche Mann. Und ein guter Handlanger bin ich auch nicht."
Salger zuckt mit den Schultern. „Quatsch, wir brauchen gute Leute. Deine Farbenlehre kannst du dir an den Hut stecken."
„Wie willst du wissen, wie gut ich bin?"
„Bauchgefühl. Ich wäre bereit, das Risiko einzugehen. Vom Krieg merkst du bei uns nichts, der findet hauptsächlich im Delta statt." Salger sieht, wie es in Kwame arbeitet und lässt ihm Zeit. „Überleg es dir."
„Vielleicht bleibt mir keine Wahl", sagt Kwame leise.
„Hier hast du meine Karte, melde dich, wenn du soweit bist. – Ich muss gehen."
Kwame dreht die Visitenkarte unschlüssig in der Hand, bevor er sie in der Hosentasche versenkt. „Dann hätte dieser Kongress ja doch etwas gebracht", sagt er, und reicht Salger die Hand.

Im Hotel liegt ein versiegelter Brief und eine Telefonnotiz Inkas am Empfang. Sie lässt ihm ausrichten, dass sie ihn vor seiner Abreise nicht mehr treffen kann, es hätte sich etwas Unaufschiebbares ergeben. Die Telefonnummer am Ende der Notiz, sieht hastig hingekritzelt aus, als wäre sie erst nachträglich hinzu gefügt worden. Wahrscheinlich hatte sie die Nummer vergessen und rief erneut an, denkt Salger. Als er versucht sie zu erreichen, hebt niemand ab.
Der Brief, unfrankiert und ohne Absender, handschriftlich auf einem weißen Blatt Papier geschrieben, ist von Goddard. Der Resort-Leiter für Westafrika möchte ihn kennen lernen und Oktober wäre ein guter Monat für ein Treffen in Washington DC. Da könnten sie alles Weitere besprechen, vor allem, was es braucht, um in Nigeria voranzukommen.
Wow, das ging schnell, denkt Salger. Was es braucht? Eine Menge! Er faltet den Brief ganz klein zusammen und steckt ihn in die Innentasche seines Handgepäcks.
Er bucht um und fliegt am nächsten Tag über London zurück nach Lagos. In Nigeria hat sich die Lage der Rebellen dramatisch verschlechtert.

4 Entscheidung

„Warum musstest du den Mann überhaupt treffen, du kanntest ihn doch gar nicht. Noch dazu im Osten?", fragt Hanna Pautz, wobei sie mit der Vorladung des Ministeriums für Staatssicherheit wedelt. „Du wusstest doch, dass ich in deren Augen ein potenzieller Republikflüchtling bin und dass sie uns permanent beobachten. Wir haben darüber gesprochen und trotzdem triffst du den Mann", stammelt sie, und schlägt sich die Fäuste vor die Stirn, als könne sie Kwames Dummheit nicht fassen. „Was machen wir mit Lucy, wenn sie uns nicht mehr gehen lassen?" Tränen laufen ihr über die Wangen.

„Warum sollte ich nicht mit ihm reden? Wir haben über ganz normale Dinge gesprochen, ich wollte wissen, warum er nach Afrika gegangen ist, und er fragte mich, von woher ich stamme. Am Ende hat er mir einen Job angeboten. In Nigeria, aber was soll ich dort? Ich will nicht weg von euch. - Vielleicht ist die Vorladung nur eine Routinesache." Er streckt die Hand nach ihr aus, versucht sie zu beruhigen, doch sie stößt ihn zurück.

In dieser Nacht schlafen sie schlecht und am Morgen fahren sie gemeinsam in die Normannenstraße, zum Sitz des Ministeriums. Als sie auf den gesichtslosen Gebäudeklotz zugehen, packt Kwame die Angst. Er greift nach Hannas Hand und spürt wie kalt und feucht sie ist.

Sie melden sich beim Pförtner, hinterlegen ihre Ausweise und nehmen den Aufzug in den dritten Stock. Endlos zieht sich der Gang. Das Linoleum quietscht unter ihren Gummisohlen, der Geruch von Wolfasept liegt in der Luft. Für einen Moment erinnert er sich an seine Kindheit, den Duft der Savanne im Norden, den feuchten Dunst der Küste, den Geruch von Meer und Moder in Accra, wo er studierte. Fast hätte er vergessen, weshalb sie hier sind.

In dem gesuchten Zimmer sitzt ein graugesichtiger Mann in Uniform. Halbglatze vor olivfarbener, groß gemusterter Tapete, die Hände sortiert auf dem Schreibtisch. Er mustert Kwame, als wäre er bereits verurteilt. Mit knapper Geste weist er auf die beiden Stühle vor dem Schreibtisch und fragt nach den Namen.

Ein Oberleutnant, denkt Kwame, das macht es nicht leichter.

„Sie haben in Westberlin eine Person getroffen, die dort über den Biafra-Krieg referiert hat. Was wollten Sie auf dem Kongress, sie studieren doch Maschinenbau, meines Wissens nach?"

„Ich bin Afri…", stottert Kwame. „Der Biafra-Krieg hat für uns Afrikaner eine enorme Bedeutung. Es ist der erste postkoloniale Krieg Schwarzafrikas."

„Nach dem Kongo und den Mau Mau Aufständen in Kenia", murmelt der Mann, als kenne er sich aus. Doch es scheint ihn nicht sonderlich zu interessieren.

„Das waren keine Kriege", sagt Kwame tapfer, als er sich gefangen hat. Der Mann wirft ihm nur einen strafenden Blick zu, als wolle er sagen, dass er sich in Zukunft solche Einwände ersparen könne.

Doch Kwame gibt nicht auf: „Das Programm lag an der Humboldt aus", versucht er sich zu rechtfertigen. „Martin Salger, der Referent, lebt seit Jahren in Nigeria und ich dachte, er weiß, von was er redet. Doch dann kamen nur Allgemeinplätze. Das hat mich genervt und ich habe ihn ziemlich scharf angegriffen. Als ich mich nach der Veranstaltung bei ihm entschuldigte, hat er mich für den nächsten Tag auf ein Bier eingeladen. Wir wollten ausführlicher über den Krieg reden. Ich habe mir nichts dabei gedacht."

„Nichts dabei gedacht", wiederholt der Mann. „Sind Sie so naiv, oder tun Sie nur so?" Sein Ton ist schärfer geworden, als öde ihn das Geschwätz bereits an. Dann sieht er streng auf Hanna, spielt mit dem Stift herum und macht sich ein paar Notizen. „Und Sie? Sie sind doch Bürgerin dieser Republik, die Ihr Studium bezahlt hat. Wie konnten Sie sich überhaupt auf eine Beziehung mit Herrn", er prüft seine Notizen und sagt dann betont verächtlich, „Fiawo, einlassen. Aber vermutlich haben Sie sich auch nichts dabei gedacht." Die Stimme ist inzwischen hohntriefend geworden, als könne er sich eine solche Beziehung schlichtweg nicht vorstellen.

„Ich wusste nichts von dem Treffen", sagt Hanna.
Der Mann nickt, als hätte er nichts anderes erwartet. „Sie haben ein Kind. Ist es ihr Gemeinsames?", fragt er.
„Ja, Lucy, sie ist vier Jahre alt."
Für den Bruchteil einer Sekunde huscht ein Lächeln über das Gesicht des Mannes, als er sich wieder an Kwame wendet. „Dieser Mann, den Sie am Gendarmenmarkt trafen, ist ein Feind unserer Republik. Er trifft sich mit Mitarbeitern der amerikanischen Botschaft. Aber das konnten Sie natürlich nicht wissen", sagt er fast gelangweilt.
„Nein, wie sollte ich." Kwame schüttelt hilflos den Kopf und dreht sich zu Hanna, die ihn entsetzt anstarrt.
„Natürlich nicht", wiederholt der Offizier. „Ihr Stipendium ist ausgelaufen, stimmt das?"
„Es hängt, hängt mit Ghanas Militärputsch zusammen", stottert Kwame.
Der Mann zieht die Mundwinkel nach unten und nickt. „Sie brauchen keine Erklärungen abzugeben, beantworten Sie einfach nur meine Fragen. Am besten mit ja und nein, dann sind wir schneller fertig."
Als der Offizier kurz in seinen Unterlagen blättert, fragt Hanna: „Warum haben Sie uns einbestellt?", ihre Stimme klingt einen Tick zu schrill.
Der Mann rückt seine Brille zurecht und spielt, als wäre er überwältigt von solcher Dummheit. Schließlich antwortet er und es liegt zum ersten Mal so etwas wie Emotion in seiner Stimme. „Ihr Freund geht auf Kongresse im Westen! Was tut er dort? Er spricht mit Leuten, die uns nicht gerade wohlgesonnen sind. Er hat kein eigenes Einkommen und lebt von Ihrem Gehalt. Wer ihn sonst noch bezahlt, wissen wir nicht. Noch nicht, werden es aber herausfinden. Und Sie haben einen Ausreiseantrag gestellt. Von ihrem Kind will ich noch gar nicht reden. Reicht das nicht für ein Gespräch?"
Es ist ein Verhör, denkt Kwame, und ich bin schuld daran. „Gibt es etwas, das wir tun könnten, um meinen Fehler wieder gut zu machen?", fragt er leise.

Anstelle einer Antwort wendet sich der Offizier an Hanna. „Ihr Kind, wollen Sie es überhaupt behalten?"

Hanna öffnet den Mund, doch nur ein unverständliches Stöhnen dringt daraus hervor. Der Mann betrachtet sie mit blasierter Distanz, bis er sich zu fürsorglicher Gleichgültigkeit herablässt: „Unser Staat hat ein Sorgerecht für seine Bürger. In Fällen wie Ihrem könnte eine Adoption durch angesehene Genossen durchaus gut für das Kind sein. Wir nehmen die Verantwortung für unsere kleinen Mitbürger wahr, wie Sie sicher wissen."

Ich sollte ihm das Maul stopfen, denkt Kwame, aber das würde alles nur noch schlimmer machen. „Wir wollen Lucy behalten", sagt er ganz ruhig.

Nach einer langen Pause, die Kwame wie eine Ewigkeit vorkommt, sagt der Mann mit unverschämtem Grinsen. „Die Region, aus der Sie stammen interessiert uns. Sie können jederzeit dorthin zurück und Ihre Tochter mitnehmen. Nur empfehle ich Ihnen mit uns zusammenzuarbeiten, schließlich haben Sie lange genug die Errungenschaften dieser Republik genossen. Ihre Freundin kann nicht mit, sie ist Bürgerin dieses Staats."

„Was ist mit meinem Ausreiseantrag?", fragt Hanna den Tränen nahe.

„Es ist besser, Sie vergessen ihn", sagt der Mann in einem Ton, der jede weitere Frage verbietet.

Kwame nickt. „Wir werden darüber nachdenken. Gibt es sonst noch etwas?"

„Nicht für heute. Wir sehen uns sicher bald wieder."

Auf dem Weg nach Hause sprechen sie kein Wort. Die folgenden Tage schlafen sie kaum, hadern miteinander, bis Hanna klein beigibt.

Noch am selben Tag schreibt Kwame an Salger, dass sein Stipendium gestrichen wurde und er nicht länger in der DDR bleiben kann. Er erinnert ihn an ihr Gespräch und fragt, ob er sich noch an sein Angebot gebunden fühlt. Sollte er wirklich an einer Zusammenarbeit interessiert sein, bittet er postlagernd nach Westberlin zu antworten. Er versiegelt das Kuvert und fährt in den westlichen Sektor, wo er den Brief einwirft.

Salger reagiert postwendend und versichert ihm, dass er jederzeit willkommen ist. Gleichzeitig arrangiert er über ein Londoner Reisebüro, dass Kwames Flugtickets bei einem Westberliner Anwalt hinterlegt werden.

Einen Monat später kommt Kwame zusammen mit Lucy in Lagos an. Salger bringt sie im selben Hotel unter, in dem er die ersten beiden Nächte nach seiner Ankunft in Lagos verbracht hat. Nachdem er seine Geschäfte in der Stadt erledigt hat, nimmt er Kwame und Lucy im Auto mit nach Kaduna, dort hat er einen kleinen Bungalow angemietet und Lucy in der nahen Missionsschule untergebracht.

Lucy lernt schnell und innerhalb eines Monats kann sie sich in der Landessprache verständigen. Doch Kwame fremdelt. Er vermisst die deutsche Effizienz, hasst das antiquierte Telefon- und Fernschreibsystem, und stößt sich an den großartigen Versprechungen der nigerianischen Geschäftspartner, an die sie sich später nicht mehr erinnern können.

General Abichi ist inzwischen zum Kommandeur der dritten Marine-Division der nigerianischen Armee und Alleinherrscher an der Südfront aufgestiegen. Als er Salger zu einer Projektbesprechung einbestellt, nimmt der Kwame mit.

Während sie in Abichis Vorzimmer warten, fährt dessen Wagen, ein olivgrüner Mercedes 200 vor, gefolgt von einem Jeep mit Maschinengewehr und einer Motorradeskorte. Der General, in makellos gebügelter Uniform und ledernen Cowboystiefeln, steigt aus, schlägt sich mit der Reitgerte an den rechten Schaft, und eilt durch die von unsichtbarer Hand geöffnete Tür seiner Zentrale.

Endlich, nach einer Stunde, empfängt er sie. Er begrüßt Salger flüchtig, doch Kwame nimmt er kaum wahr, als handle es sich um einen Lakaien. *Enter on the pain of death*, steht am Eingang von Abichis Büro, und Salger fragt sich, ob dieser zweiunddreißigjährige Mann, kaum älter als er selbst, wirklich zu der unkalkulierbaren Grausamkeit neigt, die ihm als Ruf voraus eilt.

Abichi lässt sie stehen und fragt ohne Umschweife. „Schaffen Sie es, das Problem mit den Sensoren zu beheben, Salger, oder wollen Sie weiter Ihre Geschichten erzählen, weshalb die Raketen nicht funktionieren können?"

„Wir arbeiten mit Hochdruck an einer Lösung, Herr General. Die neuen Sensoren, von denen ich Ihnen bei unserem letzten Treffen erzählt habe, bekommen wir nur aus den USA, aber Milpar, der Lieferant der neuesten Technik, ziert sich noch."

„Das sagten Sie bereits am Telefon. Wollen sie mehr Geld?"

„Nein, es geht nur um die Ausfuhrerlaubnis. Ich fliege nächste Woche nach Washington DC. Wenn alles klappt, können wir in zwei Wochen mit den Tests beginnen. Sollten sich die Sensoren bewähren, nehmen wir die Umrüstung hier in Nigeria vor. Aber ich will Ihnen nicht zu viel versprechen, die Waffe ist eigentlich gegen russische Panzer gedacht und ist für Temperaturen um die Null Grad optimiert. In unserem feuchtwarmen Klima streikt die Elektronik gelegentlich."

„Sie wiederholen sich, Salger. In Kano haben sie auch nicht getroffen, da war es wohl zu trocken. Sehen Sie zu, dass es klappt und rechnen Sie nicht mit Nachsicht. Wenn der Krieg zu Ende ist, bevor die Waffen einsetzbar sind, können sie sie behalten. Weitere Armeeaufträge sind dann wohl illusorisch, dafür werde ich sorgen. Ich bin kein Teufel, wie die Leute behaupten, aber unberechenbar", sagt er mit unbestimmtem Lächeln, das eher einer Drohung gleicht.

Wenigstens blieb mir einer seiner berüchtigten Wutausbrüche erspart, denkt Salger, als er mit Kwame im Schlepptau das Hauptquartier verlässt.

„Du hast dich weit aus dem Fenster gelehnt. Hast du wirklich schon alles in trockenen Tüchern?", fragt Kwame, als sie in einer schäbigen Blechhütte, am Rande der schnell errichteten Militärbasis, auf den Rückflug warten.

Salger lässt die Schultern sacken. „Was blieb mir anderes übrig. Er hätte mich sonst an die Wand genagelt. Ich kann nur hoffen, dass mich mein Verbindungsmann in Washington nicht im Stich lässt."

„Kein sehr angenehmer Zeitgenosse, dieser Abichi. Warum wolltest du, dass ich mitkomme, wenn du mich nicht einmal vorgestellt hast?"

„Es ging nicht um Verbrüderung", sagt Salger gereizt und sieht einem Trupp Soldaten zu, die sich vor der offenen Ladeklappe ihres Transporters gesammelt haben. „Du sollst wissen, auf was du dich einlässt. Abichi ist kein Einzelfall, sie werden alle zu kleinen Cäsaren, sobald sie die Macht haben."

„Das weiß ich. Warum mussten sie das Land so verwüsten? Es ist ein Genozid, schlimmer als alles, was ich mir vorstellen konnte. Warum braucht er überhaupt Panzerabwehrraketen? Die Igbos kämpfen längst nur noch mit Stöcken und Macheten."

„Ich hab ihn nicht gefragt. Er ist General geworden, weil er hochfliegende Ideen hat. Wir helfen ihm, sie umzusetzen. Über den Sinn eines Kriegs will ich mir keine Gedanken machen, Kwame, sonst werde ich verrückt. Mir reicht es, wenn wir gut bezahlt werden. Das ist alles, was zählt."

„Ja, so ist es wohl. Und dein Mann in den USA, ist er zuverlässig?"

„Wir arbeiten noch nicht lange zusammen."

„Du hast nie über ihn gesprochen. Bei Abichi hat es sich angehört, als hättest du alles im Sack."

„Etwas musste ich doch sagen, Abichi ist unberechenbar."

„Bluffst du?"

Salger zuckt nur mit den Schultern. Der Krieg, der sich von einem wohlorganisierten Aufstand in ein Massaker an den Igbos verwandelt hat, macht ihm zu schaffen. Mehr, als er bereit ist, sich einzugestehen. Sein Lachen klingt wie eine Wand, hinter der er sich zu verbergen sucht, die Augen lachen nie mit. „Wenn es schief geht, müssen wir etwas anderes finden", sagt er. „Ich glaube nicht, dass Abichi stark genug ist, uns aus dem Land zu werfen. Wenn es klappt mit den verdammten Raketen, musst du dich um ihn kümmern, ich will ihn nicht zum Feind haben."

„Und Frank?"

„Der hat nur die Weiber im Kopf."

5 Neuanfang

Salger überquert den Potomac auf der Key-Bridge, biegt in die M-Street und fährt bis zur Wisconsin Avenue. Von dort nimmt er die Abzweigung in Richtung Georgetown University. Alles wie Goddard es beschrieben hat, denkt er. Vor der Einfahrt des Clubs, einem schmucklosen Eisengatter, stoppt er den Mietwagen, geht zum Pförtnerhäuschen und lässt sich von der uniformierten Wache die Zugangserlaubnis geben. Im Rückspiegel nimmt er wahr, wie sich das Gatter schließt, dann gleitet er durch eine weitläufige Parklandschaft mit riesigen Bäumen und grünen Inseln, groß wie Fußballfelder. Am Ende der Sackstraße stellt er den Wagen vor dem Clubhaus ab, und tritt in eine geräumige, mit chinesischen Seidenteppichen ausgelegte Halle. Goddard wartet bereits auf ihn. Er sitzt, im Halbdunkel kaum erkennbar, in einem tiefen Ledersessel im Stil des vorigen Jahrhunderts und raucht eine seiner schwarzen Orientzigaretten. Fast wie in Berlin, denkt Salger und reicht Goddard die Hand. „Hallo, James."
„Wie war der Flug?"
„Der Anflug war etwas ruppig, aber ich hab's überlebt."
„Ich hatte mir Vorwürfe gemacht, dass wir Ihnen keinen Wagen geschickt haben, aber Sie wollten Washington ja unbedingt selbst erkunden. - Wir haben einen Tisch reserviert, wo wir in Ruhe reden können. Alex, unser Afrika-Experte", fügt er hinzu, „ist bereits dort."
An einem Tisch, im hintersten Eck des Saals, sitzt ein schmaler Mann mit randloser Brille und sieht ihnen neugierig entgegen.
Mitte vierzig, gegerbte Haut, viel Außeneinsatz und schon grau, denkt Salger.
Alex Temple steht auf und reicht Salger die Hand. „Sie also sind der Mann, von dem mir James vorgeschwärmt hat."
Salger sieht verwundert auf Goddard. „Danke, aber ich glaube kaum, dass ich das verdient habe."
„Das werden wir ja bald sehen." Temple lächelt und mustert Salger, als könne er mit einem einzigen Blick den ganzen Menschen erfassen. „Erzählen Sie, was Sie zu uns führt. James sagt,

ihr Unternehmen leistet gute Arbeit", sagt er in einer wohlklingenden, etwas zu rauen Stimme.

Die Hoffnung, leichter an eure Waffen zu kommen, denkt Salger, und überlegt, wie er am besten einsteigen soll, ohne zu viel von sich preiszugeben. „Der Krieg, das wird Sie sicher nicht überraschen. Wir haben Freunde in der Armee, die wollen eine state of the art Bewaffnung, die sie auf offiziellem Weg nicht bekommen können." Salger nimmt einen Schluck Wasser und sieht aus den Augenwinkeln wie Goddard bestätigend nickt.

Temple raucht gelassen eine Zigarette, während er Salger betrachtet, als könne ihm dessen Körpersprache mehr verraten als jedes Wort.

„General Abichi will unbedingt ein Raketen-System haben, das noch nicht ausgereift ist", fährt Salger fort. „Bei einem Test in Nigeria fielen die Sensoren aber reihenweise aus, trotzdem will er diesen Typ weiterhin haben. Ich nehme an, Sie kennen Abichi." Salger sieht, wie sich Temple's Mundwinkel leicht verziehen, während er ein Nicken andeutet. „Abichi schiebt uns die Schuld für die missglückten Tests in die Schuhe. Behauptet, wir hätten die falschen Homing-Sensoren verwendet. Vielleicht hat er ja recht, die Waffe wurde in Vietnam eingesetzt, da hat sie prima funktioniert. Selbes Klima, sagt Abichi, und macht uns das Leben schwer." Mit der Andeutung eines Lächelns versucht Salger Temple aus der Reserve zu locken.

„Um welches System handelt es sich genau?", fragt er schließlich nach.

„Panzerabwehrraketen, mittlere Distanz, von der Schulter gefeuert und per Draht ferngelenkt", sagt Goddard, während Salger bestätigend nickt.

„Panzer in Nigeria, noch dazu im Delta. Ich dachte der Krieg liegt in den letzten Zügen", sagt Temple mehr zu sich selbst. „Macht eigentlich keinen Sinn, oder? Aber vielleicht hat Ihr Mann, Abichi meine ich, ja auch andere Absichten. Schließlich dauert so ein Krieg nicht ewig, und man muss sehen, was danach kommt." Temple legt den Kopf schief, zieht die Augenbrauen hoch und sieht aus dem Fenster, als könne er dort eine Antwort

erwarten. „Was erhoffen Sie sich von uns, Herr Salger? Möglichst konkret, bitte." Als Salger noch überlegt, sagt Temple leichthin. „Vielleicht sollten wir erst mal bestellen. Der Koch mag es nicht, wenn wir unsere Gäste so lange löchern, bis ihnen der Appetit vergeht. Gregory, die Speisekarte bitte", ruft er über die Schulter zu einem der Kellner, die sich diskret im Hintergrund gehalten haben.
Für eine Weile plätschert das Gespräch vor sich hin, bis Temple einen langen Monolog beginnt: „Afrika ist ein schwieriges Pflaster, da erzähle ich Ihnen sicher nichts Neues, Herr Salger. Manche halten es für das reinste Chaos, aber in meinen Augen funktioniert es nach feinen Regeln, die nicht überall sofort ersichtlich sind. Vor allem sind sie in jedem Land verschieden, und man lernt sie nur über die Jahre. Es braucht gute Leute, um sich in so einem Umfeld zurecht zu finden. Leute, die sich nicht so wichtig nehmen, sonst steigt ihnen schnell Einiges zu Kopf."
„Was meinen Sie", fragt Salger, der gespannt zugehört hat, obwohl ihm Temples Dozieren auf die Nerven geht.
„Sie wissen sicherlich, wie schnell manch einem Weißen der Lebensstil eines Feudalherren in Afrika als gottgegeben erscheint. Dabei haben sie nichts anderes, als ihre Hautfarbe, die sie über ihre Umgebung erhebt. Oder sehen Sie das anders, Herr Salger", fragt er im Ton eines wohlwollenden Oberlehrers.
„Ich arbeite gern mit schwarzen Menschen, und manches ändert sich auch in Afrika", sagt Salger, der keine Ahnung hat, auf was Temple hinaus will.
Temple zuckt mit den Schultern, als hätte er nichts anderes erwartet.
Langsam wächst in Salger das ungute Gefühl, dass ihm die Felle davon schwimmen. Warum hat er mich eingeladen, denkt er? Damit ich mir seine Rassentheorien anhöre?
Temple fährt in der Zwischenzeit unbeirrt fort, als betrachte er Salgers Einwand als vernachlässigbar. „Wenn die Regierung wechselt, oder einem unserer Agenten etwas passiert, fangen wir häufig wieder von vorne an. Unser Erfolg...", er zögert einen Moment und wirft einen Blick auf zwei Männer, die sich gerade

ein paar Tische weiter gesetzt haben. „Wusste gar nicht, dass er hier ist. Hast du es gewusst?", fragt er Goddard.
„Nein, ich dachte er wäre nach Indonesien versetzt worden."
Temple nickt und redet weiter, als hätte es keine Unterbrechung gegeben „...beruht letztlich auf dem Netzwerk vor Ort. Politiker kommen und gehen, in Afrika schneller als anderswo, umso mehr brauchen wir stabile Quellen. Sie wissen sicher, was ich meine, Herr Salger." Er hält inne, um Salgers Reaktion abzuwarten. Dabei beugt er sich zur Seite und lässt den Kellner die Speisen auftragen. Als Salger ihn neugierig ansieht, als erwarte er mehr, wendet er sich an Goddard: „Hast du ihm von unserem Mann in Lagos erzählt, den sie umgebracht haben?"
„Nein."
Temple nickt, als wäre das in Ordnung: „Wir hatten bis vor kurzem einen höchst intelligenten Mann in Nigeria. Er war Strategieberater der Regierung und schrieb gleichzeitig unter einem Decknamen Leitartikel für große westliche Zeitungen über Afrika. - Schmeckt es Ihnen überhaupt?"
„Ganz ausgezeichnet", sagt Salger, legt die Gabel auf den Teller. „Was ist passiert?"
„Er wurde vor ein paar Monaten in der Gosse gefunden, ein echtes Juwel. Mit ihm konnte ich über alles reden: Was ist Loyalität? Was ist Patriotismus? Was ist die Wahrheit und wer bist du gerade, wenn du von der Wahrheit sprichst? Trotzdem wusste ich nie, ob ich ihm wirklich vertrauen konnte. Eine läppische Streiterei, bei der er für Biafras Unabhängigkeit plädierte, haben wir im Nachhinein erfahren. Dumm, kann aber immer mal passieren."
Temple schüttelt bedauernd den Kopf, als hätte der Mann den eigenen Tod beschworen.
Während sie essen, wechselt das Thema und sie reden über Goddards Zeit im Peace Corps und Temples gelegentliche Einsätze im Kongo. Es dauert, bis Temple endlich seine Serviette auf den Tisch legt und fragt: „Wie wär's mit einem Kaffee in der Bar, vielleicht springt ja sogar ein Cognac dabei heraus."
„Gern", sagt Salger. Wie kann er wissen, wie sein Mann umkam, denkt er. Messerstechereien gibt es viele in Lagos. - Das

läuft hier nicht so, wie ich es erhofft hatte, aber noch ist nichts verloren, ich darf nur nicht zu gierig erscheinen. Wahrscheinlich gehört es zu ihren Ritualen, ein gutes Essen und danach an die Bar. Und vielleicht ist es auch nur ein Test, wieviel Geduld ich aufbringe.

„Dich brauche ich wohl nicht zu fragen", sagt Temple lächelnd zu Goddard. „Bei Cognac hast du noch nie nein gesagt."

„Stimmt", grinst Goddard wie ein satter Kater.

Kaum dass Kaffee und Cognac serviert sind, hebt Temple das Glas und prostet Salger zu. „Schön Sie hier zu haben, aber Sie sind nicht sehr gesprächig."

„Ich will nichts verbauen, indem ich die falschen Sachen sage. Außerdem hatte ich nicht mit einem Rekrutierungsgespräch gerechnet, wenn ich Ihre Bemerkungen richtig verstehe. Ich kann mir nicht vorstellen, wie ich ihren Mann ersetzen könnte. - Eigentlich bin ich hier, weil ich unser Geschäft ausbauen möchte, was ohne Ihre Zustimmung nicht geht. Wir suchen Zugang zu bestimmten Technologien, die nur Sie haben. Zuerst die bereits erwähnten Sensoren, später ganze Systeme, state of the art halt. Ohne ihre Hilfe befürchte ich, dass uns die Armee links liegen lässt und sich den Sowjets zuwendet. Einige Mitglieder der Regierung sehen Nigeria als aufgehenden Stern, als führendes Land Afrikas. Dazu ist ein modernes Militär nötig, und die Nigerian Logistics soll dabei helfen, das aufzubauen."

„Warum bestellen die Militärs nicht direkt, Ihrer Meinung nach?"

„Es gibt noch keine klare Linie, das wissen Sie besser als ich. Ich bin nur ein unbedeutender Einkäufer."

„Immerhin. - Wissen Sie, wir arbeiten gern mit Menschen zusammen, denen wir behilflich sein können. Menschen, die uns brauchen, und die wir genau kennen. Und verschiedene Dinge lassen sich auch gut kombinieren", sagt Temple gelassen.

„Tut mir leid, wenn der Eindruck entstanden sein sollte, dass ich nicht sofort auf Ihren Zug aufspringen will. Aber ich fürchte, es wird zu kompliziert, wenn ich offen mit Ihnen zusammenarbeite."

„Offen, nein. Niemand wird wissen, dass Sie zu uns gehören. - Übrigens, mir gefällt Ihre Reaktion, ist mir lieber, als wenn Sie sich aufdrängen. Insofern machen wir richtig Fortschritte. - James hat angedeutet, dass eine Firma hier in DC die richtigen Sachen für Sie hat."

Salger bemüht sich ruhig zu bleiben. „Ja, Milpar, ein kleiner Elektronikkonzern in Vienna, Virginia. Ohne Ihre Hilfe, komme ich nicht ran an sie."

„Kennst du die?", fragt Temple Goddard.

„Ja, wir arbeiten eng mit ihnen zusammen."

„Gut. Kannst du das dann übernehmen?"

Goddard nickt. „Ich spreche mit Jones, Sie kennen ihn von früher."

„Ist er in der Industrie gelandet, trotz seiner…?" Temple schüttelt den Kopf, als hätte er bereits zu viel gesagt. „Ein guter Mann, Sie werden ihn mögen", sagt er zu Salger. „Jetzt muss ich aber gehen, ich bin längst über der Zeit. Mein Uni-Job wartet. So ist das bei uns, die meisten haben verschiedene Aufgaben. Sprechen Sie mit Jones, dann reden wir weiter. James kümmert sich um die Details, Sie können sich auf ihn verlassen."

Zurück in Kaduna warten die Achebes bereits auf ihn. Salger denkt, es geht um die Sensoren, doch er wird schnell eines Besseren belehrt.

„Wir haben ein Problem, Martin", sagt der Oba ohne Umschweife. „Von der letzten Lieferung wurde ein großer Teil abgezweigt und an die Aufständischen umgeleitet. Abichi tobt, er beschuldigt dich des Falschspiels. Wir glauben nicht, dass du es warst, aber wer war es dann?"

„Unsinn", entfährt es Salger, doch er hat sich schnell wieder unter Kontrolle. Sie suchen einen Sündenbock, denkt er. „Woher weiß Abichi, dass wir es waren? Es gibt noch andere Lieferanten und nicht alle tanzen nach seiner Pfeife."

„Unsere Bücher belegen es", sagt der Oba bestimmt. „Wenn du es nicht warst, muss es Kwame gewesen sein. Er hat vermutlich nur gewartet, bis du im Ausland bist."

Misthunde, denkt Salger, ihr glaubt, ihr hättet mich im Sack. Kwame hätte mich warnen müssen, er kontrolliert, was rein- und rausgeht. „Kwame macht so etwas nicht." Er sucht Franks Blick, doch der sieht nur auf den Fluss, als ginge ihn die Angelegenheit nichts an. „Aber anscheinend habt ihr euch bereits auf Kwame eingeschossen."

„Wir?", fragt der Oba gedehnt. „Wir haben nichts damit zu tun. Es ist allein dein Problem, Martin."

„Du hast ihn hergebracht", ergänzt Frank, „also sorge auch dafür, dass er wieder verschwindet."

„Nichts ist erwiesen, oder habt ihr die Waffen bei den Igbos gesehen. Selbst dann wäre nicht sicher, dass Kwame es war", sagt Salger lahm. „Und was heißt schon verschwindet?"

„Von dem, was bei uns eingegangen ist, ist nur die Hälfte bei der Armee gelandet", sagt der Oba gelassen. „Du hast gute Arbeit geleistet, Martin, aber die Sache mit dem Ghanaer hätte nicht passieren dürfen. Es war ein Fehler ihn zu holen. Er hat jedes Vertrauen verspielt und muss weg, je schneller desto besser. Mach es so, dass dir nicht auch etwas passiert", fügt er drohend hinzu.

Salger sieht lächelnd auf den großen Mann, nickt leicht mit dem Kopf und sagt: „Verstanden." Instinktiv spürt er, dass seine Zeit in Nigeria abgelaufen ist. Dabei dachte ich, ich hätte alles im Griff, denkt er. Sie müssen es konstruiert haben, um uns loszuwerden. Zuerst Kwame, dann mich, ich sollte mir keine Illusionen machen.

„Egal, wie du es anstellst, schaff uns das Problem vom Hals", wirft Frank ein, als wolle er sich vor seinem Vater als starker Mann profilieren. „Die Armee, Abichi vor allem, ist stinksauer."

„Ich hab bereits verstanden, du brauchst nicht nachzutreten", sagt Salger brüsk. „Ich versuche Kwame außer Landes zu bringen. Übrigens, wir kriegen die Sensoren, aber das zählt ja jetzt wohl nicht mehr." Er steht auf und will den Raum verlassen.

„Außer Landes wird nicht reichen", ruft ihm Frank hinterher.

Schon möglich, denkt Salger, und geht, ohne sich umzudrehen. In seinem Büro prüft er als erstes, ob die Telefonleitung noch funktioniert. Als das Freizeichen ertönt, atmet er auf und ruft einen befreundeten Banker in Lagos an. Er lässt sofort, egal was es kostet, den größten Teil seines Geldes in die Schweiz transferieren. Danach geht er zu Kwame. „Was ist passiert während ich weg war", fragt er. „Die Achebes brauchen ein Bauernopfer. Warum hast du mich nicht gewarnt?"

Kwame bleibt ganz ruhig. „Früher oder später…", setzt er an und schüttelt den Kopf. „Du erinnerst dich vielleicht, dass ich dir von der Hilfsorganisation erzählt habe, die mich bat, Medikamente ins Gebiet der Aufständischen zu schleusen."

„Ich hab dir geraten, die Finger davon zu lassen."

„Es war zu spät. Nach dem Trip zu Abichi blieb mir keine Wahl, wenn ich einen Rest an Selbstachtung behalten wollte."

Was für ein dämliches Argument, denkt Salger. „Bist du übergeschnappt?"

Kwame schüttelt traurig den Kopf. „Medikamente, Mann, nichts sonst. Was sollte ich tun."

„Wir sind Waffenhändler, Kwame, keine Samariter", schreit Salger und haut auf den Tisch. Dann fragt er betont ruhig. „Was ist wirklich passiert?"

Kwame atmet tief ein und zuckt mit den Schultern: „Die Leute, mit denen ich arbeite, haben einen Konvoi organisiert, sechs Lastwagen und Fahrer, mehr nicht. Die Autos wurden in Gabun beladen, fuhren quer durch Kamerun und sollten gleich nach der Grenze zu Biafra entladen werden. Mehr war nicht. Es schien eine sichere Sache zu sein, solange die Grenze nach Kamerun noch von Biafra kontrolliert wurde. Ich hab versucht, dir davon zu erzählen, aber du warst in Gedanken bereits in den USA und hast gar nicht zugehört."

„Aber die Achebes beschuldigen uns Waffen abgezweigt und an die Aufständischen geschleust zu haben. Wegen ein paar Medikamenten würden sie wohl kaum so ein Theater machen."

Kwame versucht erst gar nicht zu lavieren. „Abichis Truppen hatten in der Zwischenzeit die Grenzregion eingenommen und als sie die Laster durchsuchten, fanden sie neben den Medikamenten auch Waffen. Ich schwöre, ich habe nichts damit zu tun."

„Und das soll ich dir glauben? Für wie naiv hältst du mich eigentlich?"

Kwame sieht nur betreten auf seine Schuhspitzen, dann hebt er den Kopf und sieht Salger direkt in die Augen. „Du bist mein Freund. Freunde vertrauen sich gegenseitig."

„Wie leicht sich das sagt, jetzt wo wir beide in der Scheiße sitzen", sagt Salger, dessen Gedanken rasen. Er hat mich betrogen, hat uns alle betrogen, denkt er. Ein Doppelspiel und die Achebes nutzen es aus, um auch mich loszuwerden. Wenn ich es durchgehen lasse, wird es wieder passieren und dann wieder, bis ich selbst an der Reihe bin. Die Achebes haben Recht, ich habe ihn geholt, also bin ich auch für ihn verantwortlich. „Ich hab den größten Teil meines Geldes außer Landes gebracht. Die Sache stinkt, und irgendwie habe ich das Gefühl, dass Abichi mit drin hängt, das macht es so gefährlich. Ich würde dir empfehlen unterzutauchen."

Kwame nickt, als hätte er schon daran gedacht. „Kann der Freund, der deine Überweisung gemacht hat, auch mir helfen?"

„Ruf ihn an, und dann geh nach Lagos, verschwinde einfach für eine Weile. Ich bitte Celia dir eine Bleibe zu besorgen, ihr kannst du vertrauen."

„Bist du sicher?"

„Was ist schon sicher. Wenn dir etwas anderes einfällt, mach es."

„Schon gut. Ich würde gern ausführlich mit dir darüber reden, was möglicherweise schief gegangen ist."

„Später, ich muss erst noch ein paar Sachen regeln. Danach habe ich Zeit."

„Natürlich."

Zurück in seinem Büro, ruft Salger Goddard an und bittet ihn, den Auftrag für die Sensoren zu stornieren. Er fragt, ob Alex Temple es ernst gemeint hat mit der Zusammenarbeit.

„Was ist los?", fragt Goddard.

„Irgendeiner spielt falsch, und ich weiß noch nicht wer. So wie die Dinge liegen, werde ich nicht mehr lange in Nigeria bleiben können."

Für einen Moment herrscht Stille in der Leitung. „Natürlich gilt Temples Angebot", sagt Goddard, doch Salger spürt sein Misstrauen. Erst als Goddard hinzufügt: „Sie sind es, Martin, den wir haben wollen. Die Sensoren interessieren uns nicht", entspannt er sich. „Ist sogar besser so, keine Lieferung, keine politischen Verwicklungen, und ein guter Mann am richtigen Ort", hört er nur noch mit halbem Ohr. „Kommen Sie in einer Woche nach London, dann reden wir über Rhodesien. Wir brauchen dort dringend jemand mit Afrika-Erfahrung."
„Danke."
„Wenn es Schwierigkeiten gibt, gehen sie an die Botschaft in Lagos. Die helfen Ihnen außer Landes, aber nur im Ernstfall, wir wollen keinen Konflikt mit der neuen Regierung."
„Verstanden."
Nachdem Salger aufgelegt hat, sitzt er eine Weile, reibt sich die Schläfen und blickt auf den Fluss, ohne etwas zu sehen. Schließlich geht er zurück in Kwames Büro. Der steht am Fenster und blickt auf den Fluss, wo Fischer in ihren Einbäumen balancieren und ihre Netze einziehen. „Dieses Bild hatte ich vor Augen, als ich dich fragte, ob du nach Nigeria kommen willst. Erinnerst du dich, in dieser schummrigen Kneipe am Gendarmenplatz. - Was ist wirklich passiert?" Salger stellt sich neben Kwame und legt ihm die Hand auf die Schulter.
„Ich hätte nie kommen dürfen, nicht zusammen mit Lucy. Sie ist…".
„… dein schlechtes Gewissen", ergänzt Salger den Satz. „Ich weiß, und deshalb hast du den Konvoi organisiert und schnell noch ein paar Waffen dazu gepackt, weil du den Spagat zwischen dem sorgenden Vater und unserem Gewerbe nicht mehr ertragen hast?"
„Nein, so weit war ich noch nicht. - Es fällt mir schwer unterzutauchen, weil ich nicht weiß, was dann mit dem Kind passiert. Mit den Waffen habe ich nichts zu tun. Die Achebes wollen es mir anhängen. Vermutlich um etwas anderes zu vertuschen. Wahrscheinlich hat es mit Frank zu tun, der es leid ist, von sei-

nem Vater gegängelt zu werden, also hat er auf eigene Rechnung gehandelt."

„Das hätte ich bemerkt", sagt Salger.

„Nein, konntest du nicht. Nicht wenn er mit Abichi unter einer Decke steckt. Frank giert nach Anerkennung und Abichi ist ein Killer. Die Waffen, die uns fehlen, sind wahrscheinlich längst in seinem Depot gelandet. Die Gewehre, die sie in dem Medikamenten Konvoi fanden, haben sie uns untergejubelt."

„Abichi ist ein legaler Mörder", sagt Salger kalt.

„Erinnerst du dich an unseren Besuch im Delta?"

„Klar, einer der üblichen, unerfreulichen Trips. Sie gehören zu unserem Job", sagt Salger gereizt.

„Das hatte ich auch gedacht. Abichi's Truppen hatten das Land in eine Wüste verwandelt. Und er selbst gerierte sich als Alleinherrscher, der jeden Sinn für Realität verloren hatte. Die wandelnde Arroganz eines Afrikas, das ich glaubte hinter mir zu haben. Ich hab mich geschämt. Danach wollte ich den Igbos helfen, aber jetzt nicht mehr. Sie haben verloren, und jede weitere Waffenlieferung an die Rebellen zögert die Kapitulation nur hinaus."

„Was willst du mir sagen? Ich verstehe dich nicht."

„Abichi braucht den Konflikt. Ohne Krieg ist er ein Nichts. Frieden machen andere Leute."

Salger sieht Kwame lange schweigend an, dann zieht er einen Stuhl neben ihn und beugt sich vor, bis er ihn fast berührt. „Ich glaube dir kein Wort. Du hast von Anfang an gewusst, auf was du dich einlässt. Du hast den Waffendeal von langer Hand geplant, sonst hätte ich etwas davon mitgekriegt. Und jetzt kannst du dich wegen Lucy nicht einfach absetzen und mir den Schlamassel in die Schuhe schieben. Wer hat dich geschickt?"

„Niemand. Ich musste es tun. Ich dachte, ich hätte dich informiert und du hast verstanden, aber vermutlich hast du nicht zugehört. Es waren sechs Lastwagen voller Medikamente. Der Krieg ist vorbei, die Menschen krepieren dort. Ohne, dass ich davon wusste, hatte Abichi eine Offensive gestartet und in einer weiten Zangenbewegung die Grenze zu Kamerun besetzt. Als der Konvoi ankam, wurde er von Abichi's Truppen abgefangen.

Dabei fanden sie einige Schnellfeuergewehre, versteckt und getarnt in den Medikamentenkisten. Ich wurde sofort beschuldigt, als wäre alles von langer Hand geplant gewesen. - Martin, du hast mich geholt und ich bin gekommen. Lucy konnte ich nicht in Berlin lassen. Ihre Mutter wollte sie nicht. Du musst mir glauben."

„Mein Gott, Kwame, denkst du ich bin blind. Du vergötterst das Kind."

„Warum hast du mich zu Abichi mitgenommen?"

„Ich wollte wissen, wer du bist, für wen du wirklich arbeitest, denn hier hast du nie gepasst, aber wegen Lucy konntest du nicht mehr weg. Ich hatte gehofft, du würdest einen Fehler machen, damit ich wüsste für wen du arbeitest. Abichi spielte keine Rolle, Leute wie er sind alle gleich. Vermutlich hast du sogar recht, er spürt, dass ihm die Macht entgleitet. Gut möglich, dass er schnell noch mit Franks Hilfe ein Arsenal zur Seite geschafft hat. Vielleicht plant er einen Umsturz, aber Spekulieren hilft jetzt nicht. Wir sitzen in der Falle, wir müssen raus aus der Schusslinie."

„Sie schulden uns etwas", sagt Kwame, einen Tick zu schnell.

„Die Achebes? Unsinn. Uns schuldet keiner etwas, und wir schulden auch nichts. Wir sind nur uns selbst verantwortlich. Wenn du das nicht verstehst, kannst du diesen Job nicht mehr machen."

„Ich hab's verstanden, aber es schmerzt trotzdem, einer Regierung zu dienen, die es nicht wert ist. Ich hatte mir viel vorgenommen, als ich die DDR verließ. Aber hier kam schnell der Punkt, an dem ich dachte: Du darfst die eigenen Standards nicht völlig über Bord werfen. Insofern hast du Recht, Martin, Lucy spielt eine Rolle." Dann, als wolle er, dass Salger ihm glaubt, sagt er: „Du weißt, dass ich die Waffen nicht abgezweigt habe."

„Ja, so dumm bist du nicht."

„Und warum dann das ganze Theater?"

„Weil ich vorsichtig bin. Ich habe dich geholt, deshalb fühle ich mich auch für dich verantwortlich."

„Danke, aber das brauchst du nicht. Ich kann mir ganz gut selbst helfen."

„Wie haben sie von dem Konvoi erfahren?"
„Genau weiß ich es nicht, aber ich habe öfter mit der Hilfsorganisation telefoniert, da muss jemand mitgehört haben."
„Du bist naiver als ich dachte. Dabei glaubte ich, du arbeitest für den KGB. Egal, jeder muss sich jetzt um seinen eigenen Kram kümmern. Die Frage ist: Was machen wir jetzt? Sie haben sich auf dich eingeschossen, irgendein Bauernopfer brauchen sie. Dabei weiß ich nicht einmal, wer hier welches Spiel mit uns treibt. Auf alle Fälle kannst du nicht in Nigeria bleiben, zu gefährlich. Je früher du gehst, desto besser."
„Es ist nicht so einfach", sagt Kwame und stößt ein bitteres Lachen aus. „Ich habe Cléo geheiratet, weil ich bleiben wollte, ich kann sie nicht einfach in Stich lassen. Lucy liebt sie, und Cléo liebt sie auch. Ich brauche etwas Zeit, um das alles zu sortieren."
So ähnlich hat er auch in Berlin geredet und dann ist er doch bald gekommen, denkt Salger. „Ich fliege nächste Woche nach London, um mit Goddard zu reden. Es wäre gut, wenn du vorher alles glatt ziehst, denn wenn ich zurück komme, falls überhaupt, kann ich dir nicht mehr helfen. Bring Lucy und Cléo zu Celia nach Lagos und tauche unter. Celia steht unter dem Schutz des Generalstabs, sie werden ihr und dem Kind nichts tun. Vielleicht hast du Glück und der Krieg geht zu Ende, bevor sie dich zu fassen kriegen. Wer weiß, was mit Abichi passiert, wenn er nicht mehr den großen Helden spielen darf."
„Ja, vielleicht", sagt Kwame.

Während sich Salger noch in London aufhält, dürfen die internationalen Organisationen endlich das Gebiet der Aufständischen betreten. Dabei entdecken sie das ganze Ausmaß des Grauens. An den Straßenrändern, an den Flussufern, an den Eingängen zu den Dörfern liegen hunderttausende Ausgehungerte, an Austrocknung leidende Kinder im Sterben. Der Osten Nigerias hat sich in einen Friedhof verwandelt.
Kwame Fiawo ist in Lagos untergetaucht, verschwunden in der Anonymität der Metropole. Zuvor hat er Lucy zusammen mit Cléo bei Celia untergebracht und versprochen, immer wieder ein

Lebenszeichen von sich zu geben. Und so findet Cléo gelegentlich eine kurze Notiz unter der Tür, heimlich mitten in der Nacht durch den Spalt geschoben. Er sei ok, schreibt er, dass er Lucy manchmal aus der Entfernung in der Schule sehe und sie sehr vermisse.

Kurz vor der Kapitulation Biafras, klingelt ein Taxifahrer an Celias Tür. Er solle eine Leiche abliefern, sagt er. Die Leute, die den Mann überfahren und dann in den Kopf geschossen hätten, hätten ihm den Auftrag gegeben, den Körper hierher zu bringen. Er hätte alles gesehen, aber nichts tun können, es tue ihm leid. Geld wolle er keins.

Cléo nimmt Kwame entgegen und der Taxifahrer hilft ihr, den Körper aufzubahren. Lucy ist noch in der Schule und Cléo will vermeiden, dass sie ihren Vater so sieht, wie er ist. Sie ruft Celia zu sich und die beiden Frauen beweinen Kwame gemeinsam. Als Celia Salger einweihen will, sperrt sich Cléo: Sie wisse nicht, wer für Kwames Tod verantwortlich ist. Und als Lucy nach Hause kommt, erklärt ihr Cléo, dass Kwame für immer verreist sei.

Nach der Beerdigung, an der nur die beiden Frauen und Lucy teilnehmen, ruft Celia Salger an. Sie drängt ihn, Nigeria zu verlassen, er wäre nicht mehr sicher. Sie sagt, dass er das Vertrauen der Militärs verloren habe und dass sie nichts mehr für ihn tun könne, ohne selbst in Gefahr zu geraten. Sie werde Cléo helfen, Lucy aufzuziehen.

Einen Tag nach Celias Anruf verlässt Salger Nigeria. Goddard hat ihm einen amerikanischen Pass besorgt, ausgestellt auf einen Gregg Weston mit unbefristetem Visum für Rhodesien. Dort kämpft Ian Smiths weiße Regierung gegen die Rebellen unter Robert Mugabe und Joshua Nkomo. Mit Billigung der CIA beschafft Salger Waffen für die Regierung und unterläuft damit das geltende Embargo. Als die Aufständischen den Krieg in Rhodesien gewinnen, wird es Salger zu heiß und er zieht weiter nach Südafrika. Er kauft sich eine Farm im Norden der Republik und gibt den Anschein eines wohlhabenden, tierliebenden Landbarons. Mit Hilfe Goddards vertieft er seine Beziehungen zur

Apartheid-Regierung und unterstützt sie im Kampf gegen Angola. Keiner seiner Nachbarn weiß, was er wirklich tut. Die häufigen Flüge nach Pretoria, die tagelangen Aufenthalte in der Ibeni Lodge am Chobe River, von wo die Einsätze nach Angola geflogen werden, nimmt niemand zur Kenntnis. Nur Josepha, seine stumme Haushälterin, macht sich ihre Gedanken, doch sie lässt sich nichts anmerken.

6 Südafrika, 1987

Ende der achtziger Jahre überschwemmen *Free-Mandela*-Sticker das Land und die weiße Regierung beginnt streng geheime Verhandlungen mit dem African National Congress. Im Nachbarstaat Mozambique tobt der Bürgerkrieg unvermindert weiter, die Menschen fliehen, egal wohin, Hauptsache sie überleben.

Einmal die Woche fährt Salger mit seinem Kleinlaster nach Hoedspruit, um Lebensmittel und alles Andere, was er für den Betrieb der Farm braucht, einzukaufen. Auf der Rückfahrt, den Bakkie beladen mit Tierfutter, überquert er die Straße zum Krüger Park. Von Weitem sieht er einen Mann und einen Jungen am Wegrand sitzen. Flüchtlinge, denkt Salger, und sieht im Vorbeifahren, wie verdreckt und abgerissen sie sind. Er wendet und fragt den Mann auf Afrikaans, ob er Arbeit braucht.

Der Mann schüttelt den Kopf, und als Salger sich anschickt weiterzufahren, sagt er krächzend in gebrochenem Englisch, dass er kein Afrikaans versteht.

„Ihr kommt aus Mozambique, nicht wahr. Wie lange wart ihr unterwegs?"

Der Mann antwortet nicht.

„Egal. Du scheinst nicht immer auf der Straße gelebt zu haben. Ist das dein Sohn?"

„Ja, Joao", sagt Hernan Mwenza voller Misstrauen. „Ich bin Ingenieur. Wir haben Hunger, unseren Proviant haben wir auf der Flucht verloren."

Ein Ingenieur auf der Flucht, denkt Salger. Entweder lügt er oder dem Land geht es schlechter als ich dachte. „Ingenieur!", sagt er nach kurzem Überlegen. „Ich habe Arbeit auf meiner Farm. Setzt euch auf die Futtersäcke, es wird bald holprig." Salger weist mit einem Kopfnicken auf die Pritsche des Bakkie.

„Warum tun Sie das?", fragt Hernan.

„Ich brauche Arbeiter. Was ist, wollt ihr oder wollt ihr nicht?"

Hernan hebt sein schmutziges Bündel auf und sieht Salger an, als traue er ihm nicht über den Weg. Auf Portugiesisch wendet er

sich an seinen Sohn. „Komm Joao, wir fahren." Mit Schwung wirft er sein Bündel auf die Pritsche des Kleinlasters und hilft Joao beim Aufsteigen.
Nach einiger Zeit verlässt Salger die geteerte Straße, überquert das im Boden eingelassene Rindergatter und nimmt eine schmale Sandpiste, die sich bald darauf im Busch verliert. Langhornige Rinder stehen im Schatten einzelner Baumgruppen. Verstreut ragen Termitenhügel, kleinen Inseln gleich, aus der roten Erde. Salger steckt den Kopf aus dem Seitenfenster: „Wir fahren durch das Gelände meines Nachbarn, das ist kürzer. Übrigens, ich heiße Martin Salger, wie heißt du?"
Der Mann beugt sich weit über die Seitenbegrenzung des Bakkie hinaus und ruft nach vorne. „Hernan Mwenza", doch seine Worte werden vom Fahrtwind und dem Rumpeln der Reifen übertönt.
„Ich hab dich nicht verstanden?"
„Mwenza", ruft Hernan lauter.
„Wie in Malawi?" fragt Salger, nachdem er vorsichtig einen Felsbrocken auf der Piste umkurvt hat.
„Ja, da kommt meine Familie her. Es gibt viele Mwenzas in Mozambique."
„Dachte ich mir."
Im Laufe der Fahrt verändert sich die Landschaft, geht über in ein Terrain mit kümmerlichen Sträuchern, die sich neben riesigen Gesteinsbrocken in die Erde krallen. An einem hohen, abweisenden Zaun hält Salger an, steigt aus und schiebt das schwere Tor auf.
„Ab hier ist es mein Land. Ich habe ein Tierreservat daraus gemacht. Das gefällt nicht allen, am wenigsten den Viehzüchtern in meiner Nachbarschaft. Sie haben mir diesen Sicherheitszaun aufgezwungen."
„Warum diese glatten Drähte vor dem Maschendraht?", fragt Joao seinen Vater.
„Hochspannung, die Tiere würden den Zaun sonst einfach niedertrampeln", antwortet Salger auf Portugiesisch.

Hernan wirft einen überraschten Blick auf Salger, als hätte er dessen Portugiesisch-Kenntnisse nicht erwartet. „Wo kriegen Sie Ihr Wasser her? Gibt es einen Fluss in der Nähe?", fragt er.
„Nein, nur Rinnsale, die während der Regenzeit zu reißenden Bächen anschwellen. Am Haus gibt es einen Brunnen, der reicht für das, was wir zum Leben brauchen, Gemüse, Mais, Getreide, aber nicht für eine großflächige Bewässerung. Alles andere hole ich einmal die Woche vom Markt. Kannst du mit einem Gewehr umgehen?"
Hernan schüttelt den Kopf, abwehrend, als fühle er sich ertappt. „Nein, will ich auch nicht. In meinem Land wird genug von anderen geschossen", sagt er bitter.
Um Salgers Mundwinkel spielt ein flüchtiges Lächeln, während er um den Bakkie herumgeht und die Reifen prüft. „Hier wirst du es brauchen. Wir schießen unser Fleisch selbst. Das Gelände ist riesig, sieht von hier nicht so aus, aber es zieht sich weit nach Norden. Fast unberührtes Land, massenhaft Antilopen."
„Und ich soll so eine Art Ranger spielen?", fragt Hernan verblüfft.
„Das weiß ich noch nicht, es hängt von dir ab", antwortet Salger. „Aber lass uns erst mal ankommen, dann sehen wir weiter. Haltet euch gut fest, ab jetzt wird es holprig."
Zuweilen sehen sie kleine Zebraherden, dazwischen einzelne Giraffen, die ihnen ihre langen Hälse neugierig entgegenrecken, um sich beim Anblick des Bakkie gravitätisch unter die spärlichen Bäume zurückzuziehen. Die Piste verkommt immer mehr zu einem schmalen, zweispurigen Band, das sich zwischen Felsbrocken und Buschgruppen, vorbei an großen, allein stehenden Bäumen, durch die Landschaft windet. Im flachen Gelände beschleunigt Salger, worauf er sofort eine kilometerlange Staubfahne hinter sich her zieht. In manchen Felspassagen, wo die Piste mit Dynamit frei gesprengt wurde, geht es nur im Schritttempo voran.
Das Farmhaus, dessen Weiß aus der Buschlandschaft sticht, liegt am Fuß einer lang gezogenen Hügelkette. Wuchtige Holzsäulen tragen den weitläufigen Balkon, der über die ganze Fassa-

de reicht. Abgeschirmt durch mannshohe Büsche, lehnen ein paar mit Schilfgras gedeckte Rundhütten an den Felsen. Daneben, im Schatten alter Pappeln, erstreckt sich ein weites, wild wucherndes Gehege, an dessen Maschendraht zwei Geparde entlangstreichen.

Salger hält auf dem sandigen Vorplatz des Haupthauses, und als er aussteigt, stürmen drei große Rottweiler auf ihn zu. „Bleibt noch einen Moment oben", sagt er zu Hernan. „Ich muss euch erst mit ihnen bekannt machen." Er kniet sich zu den Hunden in den Sand und umarmt jeden wie einen guten Freund. Dann winkt er Josepha, seine Haushälterin herbei, die von der Veranda aus schweigend die beiden zerlumpten Männer auf der Pritsche betrachtet hat. „Halte sie bitte, Josepha, sie sollen sich erst an die beiden gewöhnen. Das ist Hernan Mwenza und sein Sohn Joao, sie werden für eine Weile bei uns bleiben. Das ist Josepha, sie ist stumm", sagt er ohne weitere Erklärung.

Die Frau steigt die paar Stufen von der Veranda in den Hof und hält zwei der Hunde am Halsband fest. Salger, den dritten Hund bei Fuß neben sich, wendet sich an Hernan. „Ihr könnt jetzt runter kommen. Sie werden euch beschnuppern, danach ist alles in Ordnung."

Joao, die Angst ins Gesicht geschrieben, klettert vorsichtig, die Hunde immer im Auge behaltend, von der Pritsche. Stocksteif bleibt er mit angelegten Armen neben seinem Vater stehen. Der Drang, sich abzuwenden und davon zu laufen, ist ihm ins Gesicht geschrieben. Erst als Hernan schützend den Arm um seine Schultern legt, beginnt sich der Junge zu entspannen.

„Keine Sorge, sie tun euch nichts, solange ich dabei bin", sagt Salger. „Aber wenn sie jemand nicht kennen, können die drei recht unangenehm werden. Das hier ist Josiah, er ist mein Liebling, die beiden anderen sind Esau und Jacob." Anerkennend klopft er dem neben ihm stehenden Rüden die Flanke, und schickt ihn zu den beiden anderen. „Nachts laufen sie frei, weil es auf der Farm ziemlich einsam wird. Josepha ist immer hier, sie ist der gute Geist des Hauses und die Hunde sind unsere Versicherung gegen unliebsame Besucher. Kommt, ich zeige euch, wo ihr schlafen könnt." Salger geht geradewegs auf eine der Hütten zu und stößt die aus ungehobelten Brettern zusammengenagelte Tür auf. „Wir haben sie als Kornspeicher benützt, sie ist trocken. Mit ein paar Matratzen und Decken müsste es gehen, dann sehen wir weiter. Josepha wird euch Essen bringen, und hinter dem Haus befindet sich eine offene Dusche. Morgen früh, Hernan, reden wir über die Arbeit."

Kurz nachdem Salger gegangen ist, bringt ihnen Josepha Brot, Wasser und Streifen getrockneten Straußenfleisches, das sie noch unter ihren Augen gierig verschlingen. Hernan versucht mit ihr ins Gespräch zu kommen, doch sie schüttelt nur abweisend den Kopf.

Als sie allein sind, sagt Joao: „Sie kann uns nicht leiden. Hast du gesehen, wie sie uns ansah? Als wären wir Lumpengesindel. Magst du den Mann? Er spricht portugiesisch, glaubst du, er kommt auch aus Mozambique?"

„Nein, bestimmt nicht. Ich weiß nicht, ob ich ihn mag. Aber wir können nicht wählerisch sein. Wegen ihr mach dir keine Sorgen, sie ist stumm, hat Salger gesagt. Mir kommt sie eher neugierig vor. Du magst die Hunde nicht, oder?"

„Sie machen mir Angst. Und hast du die wilden Tiere hinter dem Zaun gesehen, ich hoffe da bleiben sie auch während der Nacht."

„Ganz bestimmt."

Im Haupthaus wechselt Salger die Kleider und lässt sich eine leichte Mahlzeit bringen. Während er darauf wartet, überfliegt er den Artikel im lokalen Nachrichtenblatt, der vom Tod eines Rangers im Krüger-Park handelt. „Dacht ich's mir doch", murmelt er, und legt das Blatt zur Seite. Als Josepha das Essen serviert, bleibt sie regungslos stehen, bis er fragt: „Du findest, ich hätte sie nicht mitbringen sollen, oder?"

Sie nickt und schenkt ihm Wein ein.

„Aber du verstehst es nicht. Wir brauchen Hilfe. Vom Dorf kommt keiner, du weißt warum. Der Mann scheint nicht immer auf der Straße gelebt zu haben und der Junge macht einen intelligenten Eindruck. Vielleicht magst du sie ja lieber, wenn sie eine Weile hier sind."

Während Josepha den Tisch abräumt, geht Salger in sein Arbeitszimmer, wo er einen Stapel Papiere aus dem Regal nimmt, in die er sich vertieft. In dieser Nacht bleibt er noch lange wach, wandert ziellos durch die Räume und trinkt eine halbe Flasche Whiskey leer. Lange nach Mitternacht sucht er einen fensterlosen Raum auf und betrachtet das verblasste Foto Kwames, der in seiner weißen Djelaba vor einer groben Lehmwand sitzt und freundlich in die Kamera blickt. Zu seinen Füßen spielt Lucy im Sand. Sie muss jetzt Anfang dreißig sein, wenn sie überhaupt noch lebt, denkt Salger. Schade, dass Cléo jeden Kontakt abgebrochen hat. Dabei war es für alle das Beste. Celia würde ich gerne wiedersehen. Vermutlich ist sie heute eine aus allen Fugen geratene Schönheit. Er lächelt, als sähe er die barocken Formen seiner früheren Geliebten vor sich.

Hernan stürzt sich in die Arbeit und innerhalb weniger Monate macht ihn Salger zum Vorarbeiter. Joao dagegen wird immer verschlossener. Er vermeidet Salger und verbirgt sein Misstrauen ihm gegenüber so gut er kann. In seiner Einsamkeit sucht er Geborgenheit bei Josepha, die ihn zunehmend wie ihren eigenen Sohn behandelt.

An einem späten Frühlingstag im November ändert sich alles.

Im Morgengrauen ist eine Gruppe Männer auf die Farm gekommen und lagert nun laut debattierend vor dem Haus. Josepha bringt ihnen zu trinken und Hernan versucht herauszufinden was sie wollen. Doch keiner ist bereit, mit ihm zu sprechen. Josepha schreibt auf einem hastig hingekritzelten Zettel, dass es Leute aus dem Dorf sind, dessen Männer sich seit langem weigern, zur Arbeit auf die Farm zu kommen. Es ginge um ein Löwenrudel auf Salgers Land und es wäre besser, er überließe die Sache Salger, fügt sie hinzu.

Als Salger endlich erscheint, entwickelt sich ein kompliziertes Palaver über die Rechte und Pflichten eines Landbesitzers in der

Region. Die jüngeren Männer wollen gleich zur Polizei gehen, doch die Dorfältesten raten davon ab.

Salger macht die Nacht noch zu schaffen und ihn stört der Besuch. Er will die Männer wegschicken, doch als die Debatte immer hitziger wird, wendet er sich in Shangaan, der Sprache der Einheimischen, an den Wortführer der Gruppe. „Ich kann sie nicht einfach erschießen, aber ich bin auch an einer guten Nachbarschaft interessiert." Dabei sieht er von Einem zum Anderen. Die meisten senken den Blick, doch einige betrachten ihn voller Hass.

„Wir wissen, dass Sie die Tiere schützen", sagt der Dorfälteste. „Aber die Löwen reißen unsere Rinder. Mit Ihrem Draht zur Regierung, haben Sie nichts zu befürchten, wenn sie sie töten."

Salger wendet sich auf Portugiesisch an Hernan. „Was hältst du davon? Du bist neutral. Sie wollen, dass ich ihr Problem löse. Ich soll ihnen die Löwen vom Hals schaffen und die Polizei am besten gleich mit. Wenn es klappt, haben wir für ein paar Jahre Frieden mit dem Dorf."

„Ich habe nicht alles verstanden, aber wenn es um Landrechte geht, sollten Sie vorsichtig sein", sagt Hernan. „Solche Streitereien werden in unserem Volk sehr ernst genommen, und nicht selten blutig ausgetragen. Es könnte sein, dass sie Ihnen die Hand reichen wollen, weil sie glauben, dass Sie der Staat beschützt. Und vermutlich stimmt es ja, keiner wird Sie wegen ein paar Tieren zur Rechenschaft ziehen."

Salger hat den Kopf auf die Hand gestützt und nickte immer wieder bestätigend, ohne die Männer aus den Augen zu lassen. Schließlich richtet er sich auf, drückt seinen Rücken durch und sagt: „Ja, ich glaube du hast recht, ich muss es machen." Er wendet sich an den Wortführer der Gruppe und sagt ein paar Sätze auf Shangaan, worauf die Männer aufstehen, einen kurzen Abschiedsgruß murmeln und in Richtung ihres Dorfes verschwinden.

„Du willst sicher wissen, worüber es so viel zu reden gab", sagt Salger zu Hernan, nachdem die Männer gegangen sind. „Komm in einer halben Stunde zu mir, da erkläre ich dir meinen Plan. Du und Joao müsst mir dabei helfen." Er dreht sich um und geht ins Haus.

„Hast du alles verstanden?", fragt Joao.

„Anscheinend geht es um ein Löwenrudel, das ihre Rinder reißt und sich dann auf Salgers Land zurückzieht. Er soll ihnen die Löwen vom Hals schaffen. Wie, weiß ich nicht, aber ich hoffe er erklärt es mir gleich."

Als Hernan in Salgers Studio tritt, legt der seine Notizen zur Seite, nimmt Hernans Arm und schiebt ihn in Richtung Esszimmer. „Josepha hat bereits angerichtet."
Sie setzen sich, jeder an ein Ende des ausladenden Eichentischs, während Josepha Brot, einen Krug mit Wasser, Wurst und Streifen getrockneten Straußenfleischs aufträgt.
„Komm hierher, ich mag nicht brüllen, damit du mich hörst." Salger deutet auf den Stuhl neben sich. „Hast du alles verstanden, um was es ging?"
„Nicht ganz. Es hörte sich wie alte Wunden an, und sie machen Ihnen Vorwürfe, die ich nicht verstanden habe."
„Sie bestreiten ganz einfach, dass ich die Farm rechtmäßig erworben habe, weil das Land seit Generationen ihrem Stamm gehört. In ihrem Verständnis kann man Land nicht kaufen, es gehört allen. Höchstens der Häuptling hat ein Recht darüber zu verfügen. Mein Vorgänger hat versucht, in einem der Seitentäler Rinder zu züchten, und hat ihnen das wenige Wasser, das es hier gibt, vorenthalten. Also haben sie seine Tiere immer wieder gestohlen und blitzschnell verarbeitet. Als der Farmer mithilfe der Nachbarn Wachposten aufstellte, kam es zu einer nächtlichen Schießerei, bei der ein Mann aus dem Dorf getötet wurde. Die Farmer behaupten, sie hätten den Mann dabei erwischt, wie er eine Kuh abhäutete. Dabei wäre es zu einem Gerangel gekommen, worauf der Mann eine Pistole zückte und ohne Vorwarnung schoss. Er hätte ihnen keine andere Wahl gelassen, als zurückzuschießen. Aber die Leute aus dem Dorf sind der Meinung, dass der ganze Vorfall inszeniert war. Nach der Schießerei wollte die Polizei ein Exempel statuieren, und so landete die Familie des

vermeintlichen Viehdiebs im Gefängnis. Danach dauerte es nicht lange, bis sie den Farmer mit einer Kugel im Kopf fanden, dort, wo die Piste das Flussbett überquert. Für eine Weile hielt der Sohn des Farmers den Kleinkrieg aufrecht, aber als er einen Käufer fand, mich, gab er auf und zog nach Süden. Ich hatte von all dem nichts gewusst. Erst als ich merkte, dass ich keine Arbeiter aus dem Dorf bekam, schwante mir etwas."

Salger hält inne, nimmt einen Schluck Wasser, belegt eine Scheibe Brot mit Wurst und kaut. In Gedanken scheint er bei den ersten Jahren auf der Farm zu sein. „Anfangs war Ruhe, aber es war eher eine Ruhe vor dem Sturm", fährt er schließlich fort. „Dann fand ich die ersten Kadaver auf meinem Land. Sie hatten sich nicht einmal die Mühe gemacht die Tiere zu häuten, als wollten sie mir dadurch ihre ganze Verachtung zeigen. Einmal haben sie eine Herde Antilopen geschossen. Einfach mit dem Maschinengewehr niedergemäht und liegen gelassen. Wenn unsere Rinder hier nicht grasen dürfen, dann sollen es deine Tiere auch nicht, hieß das wohl. Damals beschloss ich mich zu wehren, aber ich wollte es auf meine Art tun." Salger schneidet sich eine dicke Scheibe Brot ab und bestreicht sie mit Butter. Dann schiebt er das Brett mit dem Laib Brot zu Hernan und fragt: „Du isst ja kaum etwas, schmeckt es dir nicht?"

„Doch, doch, ich will nur erst wissen, wie es weitergeht."

Salger lächelt und schneidet eine weitere Scheibe Brot ab. „Also habe ich einen älteren Mann angeheuert, um herauszufinden, was sich hinter der Feindseligkeit verbirgt. Aber es war eher frustrierend", sagt er mit vollem Mund. „Er sollte sich für ein paar Tage im Dorf einquartieren und umhören. Der Mann hatte Jahre damit verbracht, den Untergrund für den African National Congress aufzubauen. Ein runder, rechtschaffener Mann, der seinen Krämerladen in Acornhoek dazu benützt hatte, die Nachbarschaft zu pflegen. Er wusste, wem er vertrauen konnte, und wem nicht. Aber er konnte nicht helfen."

„Warum?" fragt Hernan, der sich über Salgers Ausführlichkeit wundert.

„Ganz genau weiß ich es auch nicht. Er hat mir nur erklärt, dass er in das Dorf gefahren sei, wo er eine junge Frau nach einer Unterkunft fragte. Sie war sehr entgegenkommend, aber als er zu erkennen gab, dass er gerne in der Gegend Land kaufen wolle, meinte sie, das wäre kein guter Platz, um Land zu kaufen, hier gäbe es nur Schwierigkeiten. Als er sich nach dem Grund erkundigte, erzählte sie ihm die Geschichte von dem weißen Farmer, der getötet wurde, weil er seine Arbeiter schlecht behandelte. Dann wies sie auf einen jungen Mann, der sie schon die ganze Zeit beobachtet hatte. Er könne ihm mehr erzählen, seine Familie sei damals wegen der Sache im Gefängnis gewesen, meinte sie. Da ist mein ‚undercover' schleunigst wieder abgefahren. Als Grund nannte er, dass sie in dem Dorf wahrscheinlich einen Mörder decken, und jetzt kommt er, unangekündigt, und stellt Fragen, die sich nach Polizei anhören. Er wisse, dass in ähnlichen Situationen Männer umgebracht wurden. Dann gab er mir die Anzahlung zurück und ging." Salger steht auf, geht an die niedrige Kommode neben dem Tisch, entnimmt ihr einen Korkenzieher und öffnet die Flasche Rotwein, die Josepha bereitgestellt hat. „Du auch?"

„Nein, danke. Ich bleibe beim Wasser. Warum haben Sie überhaupt dieses Land gekauft? Und warum gehen Sie nicht woanders hin, wenn die Leute Sie hier nicht haben wollen?"

Salger kippt den Kopf, als verstünde er die Frage nicht richtig. Für einen Moment betrachtet er Hernan voller Misstrauen. „Weil es zum Verkauf stand, und weil mir das Land gefällt", sagt er stirnrunzelnd. „Es ist genau das, was ich haben wollte. Außerdem gehöre ich nicht zu denen, die den Schwanz einziehen, wenn es eng wird. Ich habe noch nie aufgegeben, gehört zu meinen Prinzipien: Sachen durchstehen, bis ich gewinne, oder mir alles um die Ohren fliegt", fügt er lachend hinzu.

Vorsichtig, Salgers Reaktion abschätzend, sagt Hernan: „Hier ist nicht mehr alles wie früher, als die Weißen noch uneingeschränkt das Sagen hatten. Mandela ist frei und die Leute rechnen mit einem Sieg des ANC bei den nächsten Wahlen. Dann steht als erstes die Landfrage an. Und wenn Rinder im Spiel sind, wird es

sehr emotional. Warum kommen die Leute aus dem Dorf überhaupt zu Ihnen? Allein aus Angst vor der Polizei?"
Salgers Miene verdüstert sich, bis ein kurzes, sarkastisches Lachen aus ihm hervorbricht. „Ich vermute aus reinem Aberglauben. Bei den Löwen befindet sich ein weißes Junges. Das Albino macht sie unsicher, sie wollen vermeiden, dass irgendein böser Zauber auf ihr Dorf fällt. Da ist es ihnen schon lieber, ich kriege alles ab, den Zauber und die Schwierigkeiten mit der Polizei." Salger schenkt sich Wein nach, wobei er achtlos ein paar Tropfen verschüttet. Dann reicht er Hernan die Flasche. Als der ablehnt, zieht er die Augenbrauen hoch und stellt die Flasche wieder auf den Tisch. „Auf alle Fälle habe ich die Farm rechtmäßig erworben. Ich will friedlich mit den Leuten zusammenleben, aber ich traue ihnen so wenig, wie sie mir. - Du glaubst also, dass der ANC an die Macht kommt, aber was dann?" Er nimmt einen Schluck Wein und sieht aus dem Fenster, dabei schüttelt er nachdenklich den Kopf. „Bevor es dazu kommt, gehe ich lieber", sagt er leise. „Ich will nicht warten, bis eine Situation wie in Zimbabwe entsteht. - Hast du je daran gedacht, die Farm zu führen, als Verwalter meine ich? Das würde helfen, Joao eine vernünftige Ausbildung zu geben. Er ist zu klug, um hier zu vergammeln. Was denkst du?"
Hernan reagiert verblüfft, als könne er nicht glauben, was er gerade gehört hat. „Nein, nie", sagt er, und greift nach dem Wasserglas. Er fragt sich, ob er offen mit Salger reden und tut es dann doch. „Als wir durch den Park flüchteten, dachte ich, der Krieg könne nicht ewig dauern. Ich wollte so schnell wie möglich zurück nach Mozambique. Aber die Kämpfe ziehen sich hin und ich fürchte, dass hier Ähnliches passiert. Vielleicht bricht Chaos aus, ich möchte nicht erneut zwischen alle Fronten geraten. - Sie haben gesagt, Joao und ich sollen Ihnen morgen helfen, was haben Sie gemeint?"
Salger nickt, als hätte er nichts anderes erwartet. Ich hätte ihn besser auf die Verwaltung vorbereiten müssen, denkt er, aber jetzt ist es schon mal gesagt. Gibt ihm Zeit darüber nachzudenken. „Wir müssen die Löwen betäuben und in den Krügerpark

zurückbringen. Die Tiere sind schwer zu handhaben, wenn sie bewusstlos sind. Einer der Männer aus dem Dorf wird uns begleiten, er weiß, wo sich das Rudel aufhält, aber ich will mich nicht allein auf ihn verlassen. Joao soll eines der Gewehre tragen, er ist ein guter Junge, dem ich vertrauen kann. Kurz nach Sonnenaufgang, brechen wir auf. Es wird ein langer Tag werden. Achte darauf, dass wir genug Proviant und vor allem Wasser mitnehmen. Um die Gewehre kümmere ich mich selbst."

Als Hernan seine Schlafhütte betritt, hört er Joao's Stimme aus der Dunkelheit. „Ihr habt lange geredet. Will er uns nicht mehr haben?"
„Nein, im Gegenteil. Du sollst bei der Löwenjagd eines der Gewehre tragen, er vertraut dir, sagt er. Seltsam, dabei dachte ich immer, er mag dich nicht. Er glaubt, dass er das Land verlassen muss, wenn der ANC an die Macht kommt. Dann braucht er jemand, der für ihn die Farm verwaltet. Ich soll das machen. Und er meint, es würde Zeit für dich auf eine Schule zu gehen."
Joao bleibt zusammengekrümmt auf dem blanken Lehmboden sitzen, während er an den nackten Zehen herumzupft. „Wird es hier auch Krieg geben?", fragt er übergangslos.
Hernan hört die Angst in Joaos Stimme. Ich hätte ihm nicht einfach nur ein paar Brocken hinwerfen dürfen, denkt er. „Hoffentlich nicht. In den großen Städten herrscht eine Art Kleinkrieg zwischen den Xhosas und den Zulus. Die Weißen sitzen daneben und warten ab, als hätten sie nichts damit zu tun. Früher wurden Leute wegen einer Kleinigkeit erschossen und jetzt denken viele, die Unruhen wären inszeniert, um die Weißen an der Macht zu halten. Trotzdem verlassen immer mehr Weiße das Land, und auch Salger ist beunruhigt."
„Hat er etwas verbrochen?"
„Das weiß ich nicht. Wir sind nicht seine Freunde, er ist Weiß, er hat alles, wir haben nichts." Hernan starrt in die Nacht. „Wenn ich die Verwaltung annehme, ist es eine echte Chance für uns", sagt er schließlich.

„Josepha meint auch, ich müsse auf eine Schule, aber ich will nicht weg von dir."

„Du sollst einmal selbst entscheiden können, was du aus deinem Leben machst. Deshalb musst du lernen."

Joao sieht gespannt auf seinen Vater, von dem er nur den Umriss sieht. „Du hast dich bereits entschieden! Ist es so?", fragt er und steht auf.

„Nein, aber du bist kein kleiner Junge mehr, Joao. In der Nähe gibt es eine Missionsschule, sagt Salger, wir sollten darüber nachdenken."

„Warum will er, dass ich mit zu den Löwen komme?", fragt Joao über die Schulter, und macht einen Schritt in die klare Nacht, als würde ihn das Thema Schule schon nicht mehr interessieren.

„Er braucht uns, die betäubten Tiere sind schwer. Und er glaubt, dass uns die Leute danach besser akzeptieren. Vermutlich hat er Recht, es kommt darauf an, wie es ausgeht", ruft ihm Hernan hinterher.

Joao taucht ein in die Dunkelheit, doch Hernan weiß, dass er zu den Geparden geht, wo er immer sitzt, wenn er etwas zu verarbeiten hat. Das ruhelose Vorbeistreichen der Katzen beruhige ihn, hat er einmal gesagt.

Nach einiger Zeit kommt Joao zurück, und setzt sich mit gekreuzten Beinen vor seinen Vater auf den Boden. „Ich möchte mitkommen, und ich werde in diese Missionsschule gehen, wenn du es willst. Wann brechen wir auf?"

„Bei Tagesanbruch. Ich sage Salger Bescheid."

Als Hernan gegangen ist, bleibt Joao noch eine Weile wie erstarrt sitzen. Er fürchtet sich vor den Löwen, die Bilder und Geräusche ihrer Flucht durch den Krüger-Park kommen zurück. Vor seinen Augen sieht er das brandige Bein seiner Mutter Ana, hört ihren rasselnden Atem, und auf einmal wünscht er sich von einem der Löwen zerrissen zu werden. Durch die offene Tür zeichnet der tief stehende Mond ein fahles Viereck auf den Lehmboden.

Auf dem Weg zu Josepha sieht er Salger und Hernan auf der Terrasse ins Gespräch vertieft. Im Hintergrund laufen Nachrichten über den Zerfall der Sowjetunion.

7 Löwenjagd

Noch bevor es hell wird, belädt Hernan den Bakkie mit mehreren Kanistern Wasser, Brot und Streifen getrockneten Straußenfleischs. Die Gewehre, ein 6,5 mm Manlicher, mit dem Hernan inzwischen gelernt hat umzugehen, und zwei großkalibrige Doppelläufer, hängt er in die Haltevorrichtung an der Rückseite des Fahrerhauses.

Salger hat die Waffen in der Nacht sorgfältig gereinigt und macht jetzt Joao mit dem Sicherheitsmechanismus vertraut. „Die schmeißen jeden Elefanten um, die Löwen haben keine Chance, du brauchst dir also keine Sorgen zu machen", flachst er.

Während sie noch das Auto beladen, steht plötzlich der Mann aus dem Dorf vor ihnen, der sie zu den Löwen führen soll. Unterm Arm trägt er eine alte AK 47. Salger sieht ihn verwundert an, und sagt ein paar hastige Worte auf Afrikaans, worauf der Mann das halb automatische Gewehr auf den Beifahrersitz legt, und in aller Ruhe auf die Abfahrt wartet.

Nach drei Stunden Fahrt beginnt die Sonne zu stechen. In großer Höhe ziehen Geier ihre Kreise. Salger fährt den Bakkie auf einen sandigen Hügel, von wo sie das vor ihnen liegende Gelände überblicken können. „Dort muss es sein. Sie fliegen sehr hoch, d.h. die Löwen sind noch an der Beute", sagt er, schaltet den Motor aus und sucht mit dem Fernrohr das lang gestreckte Tal ab. „Ich hab sie, es sind vier, zu viele, um alle zu betäuben. Den Löwen schaffe ich, vielleicht noch ein Weibchen, aber die beiden anderen werden sich aus dem Staub machen. Wir müssen uns etwas anderes überlegen." Er verzieht das Gesicht, und reicht Hernan das Glas. „Was hältst du davon? Ich habe keines der Jungen gesehen."

Hernan richtet die Schärfe auf seine Augen ein, und berichtet, als würde er ein Protokoll verlesen: „Sie haben eine Impala erlegt. Der Löwe ist satt und hat sich bereits in den Schatten zurückgezogen. Zwei Löwinnen sind noch am Kadaver, aber sie streiten sich nicht mehr um die Beute. Eine Löwin liegt etwas abseits unter einem Busch. Ich kann ihre beiden Jungen gut erkennen. Das eine ist viel heller, das Albino wahrscheinlich." Als er das Fernglas zurückgibt, fällt ihm auf, wie nervös der Mann aus dem Dorf am Sicherheitsmechanismus der AK 47 fingert.

„Wir versuchen es trotzdem", sagt Salger. „Ich glaube nicht, dass sie uns angreifen, sie sind satt und träge. Nur auf die Löwin mit den Jungen müssen wir achten. Der Wind steht gegen uns, sie können uns nicht riechen, und vermutlich auch nicht richtig erkennen. Ihr Instinkt lässt sie eher ein großes Tier vermuten. Wenn ich halte, gibst du mir das Gewehr mit den Betäubungspatronen, Hernan. In der Manlicher und der Springfield lassen wir besser scharfe Munition, man kann nie wissen. Joao, es ist besser du entsicherst die Gewehre schon jetzt. Aber halt sie gut fest, nicht, dass sie aus Versehen losgehen."

Salger schaltet den Motor ein und rollt langsam in Richtung des Rudels.

Die Löwin hat ihre Jungen inzwischen zu dem Kadaver geführt, während sie sich, im Schatten der Akazie, neben ihrem Gefährten niederlässt. Sie blickt gelassen auf das Fahrzeug, das sich nähert und dessen Umrisse sie nur verschwommen erkennt. Sie nimmt keine Menschenwitterung wahr, aber sie beobachtet das Fahrzeug und bewegt ihr Haupt von einer Seite zur anderen. Dann, während sie noch zögert, ob nicht doch Gefahr besteht, sieht sie, wie sich die Gestalt eines Mannes von dem Vehikel löst. Sie erhebt sich, wendet den Kopf in Richtung ihres mächtigen Gefährten und ruft die Jungen zu sich. Dann springt sie der Deckung der nahen Büsche zu. Im selben Moment beginnt ein Rattern und sie spürt den Einschlag in ihrer Flanke. Siedende Übelkeit steigt in ihr auf, trotzdem trabt sie weiter in Richtung Busch, während das Krachen um sie herum kein Ende nimmt.

„Ich hab sie erwischt, sie werden keines unserer Rinder mehr reißen", schreit der Mann aus dem Dorf hysterisch, nachdem er aus dem Auto sprang und das komplette Magazin auf die Tiere abgefeuert hat.

Für eine Sekunde wirkt Salger perplex. „Waaas", schreit er, würgt den Motor ab und rennt um den Bakkie herum, um dem Mann die Waffe aus der Hand zu reißen. Als der die Maschinenpistole festhalten will, tritt ihm Salger mit voller Wucht in den Unterleib und schlägt ihm die Faust ins Gesicht. Sofort fließt Blut aus Mund und Nase. Doch bevor Salger weiter auf den Mann einprügeln kann, fällt ihm Hernan in den Arm. „Es reicht", sagt er, doch Salger hat sich bereits wieder unter Kontrolle. Er bückt sich, hebt die Kalaschnikow auf und wirft sie auf die Pritsche des Bakkie.

„Tu das nie wieder", sagt er drohend zu Hernan. „Sieh zu, dass er sie nicht mehr zu fassen kriegt." Dann wendet er sich an den Mann aus dem Dorf: „Haben sie dir gesagt, dass du das machen sollst?", fragt er übertrieben ruhig, als müsse er seine Wut mit Gewalt unterdrücken. „Am liebsten würde ich dich erschießen." Er wirkt jetzt ruhiger, doch sein Gesicht ist blass, fast durchscheinend. „Wir müssen die Löwin finden", wendet er sich an Hernan. „Sie wird ihre Jungen nicht allein lassen. Aber wenn sie getroffen ist, was ich bei dem Streufeuer vermute, wird sie auf uns warten."

„Was heißt das? Was wollen Sie tun?" Hernan packt die Angst, weil er plötzlich begreift was Salger vorhat. Dabei lässt er Joao keinen Moment aus den Augen.

„Nicht viel Alternativen. Wir werden hineingehen und sie suchen."

„Können wir sie nicht einfach vertreiben? Oder der Mann schießt eine Garbe ins Gras und kriegt sie damit."

Salger sieht ihn irritiert an. „Sie wird ihre Jungen nicht allein lassen. Und aufs Geratewohl hineinfeuern bringt auch nichts, sie kann überall sein. Vermutlich liegt sie flach auf dem Boden und wartet, bis wir nahe genug sind. Dann greift sie an", sagt er lapidar, als wäre es das Natürlichste auf der Welt.

„Und wenn Sie den Mann allein losschicken. Schließlich hat er uns das Ganze eingebrockt."

„Was soll das, Hernan, wir sind keine Mörder", sagt Salger ungehalten und dreht sich ab.

„Ich will nicht, dass Joao da hineingeht", ruft ihm Hernan hinterher.

„Ich weiß, aber wir haben keine Wahl." Salgers Antwort kommt scharf, er will keine Widerrede mehr hören und lässt Hernan einfach stehen.

„Warum nehmen wir nicht nur die beiden Jungen und verschwinden?", ruft Hernan in einem letzten, verzweifelten Versuch Joao herauszuhalten.

„Nein", sagt Salger, und geht zu dem Mann aus dem Dorf. „Such ihre Schweißspur. Ich bin drei Schritte hinter dir, mit einem entsicherten Gewehr. Glaub ja nicht, dass du abhauen kannst, es wäre mir ein Vergnügen, dich, wie einen räudigen Hund, zu erledigen. Joao, du trägst das andere Gewehr, und Hernan bleibt beim Auto. Habt ihr mich verstanden? Es gibt nichts mehr zu diskutieren." Er wendet sich an Joao, der die ganze Zeit bleich auf der Pritsche des Bakkie gesessen und zugesehen hat.

„Gib mir das kurze, großkalibrige. Du behältst die Springfield und reichst sie mir, sobald ich mit der Kurzen gefeuert habe. Hernan, du nimmst die Manlicher und passt auf, dass uns die Löwin nicht im Rücken anfällt. Wenn wir erst einmal im Gras sind, kannst du uns nicht mehr helfen."

Salger nimmt das Gewehr, das ihm Joao reicht, wirft die Betäubungspatronen aus und lädt die Doppelläufige mit scharfer Munition.

„Ich will nicht, dass Joao da hinein geht", sagt Hernan, tonlos vor Angst.

„Es wird ihm nichts passieren, er hat zwei Mann vor sich. Wir brauchen dich als Rückendeckung, du kannst nicht an seiner Stelle gehen", sagt Salger.

„Lass es Vater, er hat Recht. Er kann nicht beide Gewehre tragen und gleichzeitig schießen." Joaos Stimme krächzt, als er von der Pritsche steigt und sich neben Salger stellt. „Kann ich einen Schluck Wasser haben?"

Hernan geht zum Auto und holt einen der Plastikkanister. Schwer ist er, viel schwerer als sonst, und das Wasser schimmert bläulich durch das Plastik. Während Joao trinkt, beobachtet Hernan das hohe Gras mit den vereinzelten Felsen darin. Ein Windstoß lässt es leise wogen.

„Gut, gehen wir", sagt Salger und stößt dem Mann aus dem Dorf, dem die Angst ins Gesicht geschrieben ist, den Gewehrlauf zwischen die Rippen.

Fünfzig Meter tiefer im Gras liegt die Löwin flach hingestreckt am Boden. Ihre Ohren sind angelegt, und die einzige Bewegung ist ein schwaches Zucken ihres langen Schwanzes. Ihre Weichen sind nass und heiß, und Fliegen sitzen auf der kleinen Öffnung, die die Kugel in ihr lehmfarbenes Fell gerissen hat. Als sie sich erheben will, um ihre Jungen zu suchen, durchzuckt sie der Schmerz und ihre Pranken graben sich in die ausgedörrte Erde. Sie kann die Männer sprechen hören. Die Stimmen kommen auf sie zu. Der Schmerz, ihre Übelkeit und Hass verdichten sich zum Sprung. Ihr Schwanz zuckt auf und nieder, und als die Männer den Rand des Grases betreten, stößt sie ein heiseres Röcheln aus und greift an.

Alles, was Joao wahrnimmt, ist, dass der Mann aus dem Dorf rennt, und Salger das Gewehr hochreißt. Dann hört er zweimal, kurz hintereinander, ein lautes Krachen, und sieht die Löwin auf Salger zukriechen. Sie sieht grausig aus, als wäre ihr ein Teil des Kopfes weggerissen. Salger steht unbeweglich mit ausgestreckter Hand und wartet auf die Springfield. „Gib", sagt er, ohne die Augen von der sterbenden Löwin zu wenden. Joao zittert am ganzen Leib und reicht ihm das Gewehr, worauf Salger sorgfältig zielt, ein letztes Mal schießt, und der kriechende, lehmfarbene Rumpf der Löwin in einem letzten Zucken erstarrt.

In dem Moment verlässt Joao alle Kraft, seine Beine versagen, und er sinkt zu Boden, wo er hemmungslos zu schluchzen beginnt. Auf einmal spürt er Salgers Hand auf der Schulter und sieht seinen Vater auf sich zueilen.

„Er hat sich glänzend gehalten", hört er Salger wie aus weiter Ferne, bevor ihn Hernan in die Arme nimmt.

Salger geht inzwischen von einem Löwen zum anderen, prüft, ob sie noch leben und beugt sich schließlich zu den beiden fauchenden Jungen. Dann winkt er Joao zu sich. „Komm, sie brauchen dich. Du musst dich jetzt um sie kümmern, eine Mutter haben sie ja nicht mehr. Wenn wir sie durchbringen wollen, müssen wir uns beeilen."

Dann geht er zu dem Mann aus dem Dorf und spricht ein paar hastige Worte mit ihm, die sich wie Befehle anhören. Der Mann zieht ein langes Buschmesser aus dem Gürtel und schneidet jedem der toten Tiere die Schwanzquaste ab. Er wickelt die Trophäen in ein schmutziges Tuch und verschwindet im Busch.

„Warum?", fragt Hernan.

„Er braucht einen Beweis für das Dorf", sagt Salger. „Ich hab ihn weggeschickt, soll er doch sehen, wie er allein zurück kommt." Er wendet sich an Joao und deutet auf die beiden Löwenjungen. „Hast du dir schon überlegt, wie wir sie nach Hause bringen?"

„Vielleicht kann ich sie zum Auto tragen und auf der Pritsche bei mir behalten."

„Gut, wenn du glaubst du schaffst es. Zieh dir meine Regenjacke an, damit du nicht völlig zerkratzt wirst, und dann nichts wie weg. Die Kadaver überlassen wir den Hyänen, ich will keine Trophäen von durchlöcherten Löwen. Hernan, willst du bei Joao sitzen, oder kommst du zu mir nach vorne?"

Hernan sieht fragend auf seinen Sohn.

„Setz dich ruhig zu ihm, ich komme schon klar mit den beiden", sagt Joao voller Stolz. Dann hebt er die tapsigen Tiere auf die Pritsche, setzt sich zwischen sie und klemmt sich je eine der fauchenden Katzen unter den Arm.

Auf der Farm wartet Josepha bereits. Ihr Gesicht leuchtet, als sie Joao unverletzt sieht. Freudestrahlend hält er ihr ein Löwenbaby entgegen.

„Wir brauchen etwas warme Milch, die beiden haben seit Stunden nichts zu trinken gekriegt", ruft ihr Salger noch aus dem fahrenden Auto zu.

„Darf ich mich weiter um sie kümmern?", fragt Joao.

„Natürlich, das ist jetzt dein Job", sagt Salger. „Ich hoffe, sie vertragen Kuhmilch, ansonsten musst du versuchen, in der Umgebung eine Hündin zu finden, die gerade geworfen hat. Du solltest ihnen einen Namen geben. Wie wär's mit Rani für das Weibchen? Rani heißt, glaube ich, eine indische Göttin, vielleicht hilft sie uns, die Beiden aufzuziehen."

„Rani ist gut", nickt Joao und trägt die beiden Löwenjungen in seine Hütte.

8 Abschied

1990, als Salger, zurückgezogen in seinem Arbeitszimmer, der Eröffnungsrede de Klerks vor dem Parlament in Pretoria lauscht, ahnt er, dass seine Zeit im Süden Afrikas abgelaufen ist. Auf dramatische Weise verkündet der Präsident der Südafrikanischen Republik die Aufhebung des ANC-Banns und die Legalisierung anderer Untergrundorganisationen. Die Zeit für Verhandlungen ist gekommen, sagt er.

Nach der Rede telefoniert Salger lange mit Pretoria. Kurz darauf transferiert er den größten Teil seiner liquiden Mittel in die Schweiz.

Am Abend ruft er Hernan zu sich: „Es ist soweit. Ich habe de Klerks Rede im Radio gehört, er ist nicht mehr Herr der Lage. Ab jetzt könnte es auch zum Bürgerkrieg kommen. Daran will ich nicht teilhaben."

Hernan nickt, die Townships brennen, und Salger hat Angst, denkt er. Die Weißen haben die Zulus und die Xhosas aufeinander gehetzt, dachten, im Chaos ließe sich ihre Macht erhalten. Sie haben sich getäuscht. Plötzlich verachtet er Salger.

„Südafrika wird sich verändern, egal wie es ausgeht", sagt Salger. „Für mich ist es besser zu gehen. Du musst dich entscheiden, Hernan."

Warum fragt er überhaupt, denkt Hernan. Er weiß doch, dass ich gar nicht anders kann. „Ich mache es, aber nicht zu lange. Es ist wegen meiner Tochter Marta", fügt er entschuldigend hinzu. „Früher oder später muss ich zurück nach Mozambique. Ich muss sie suchen, das schulde ich meiner Frau Ana. Es war ihr letzter Wunsch, bevor sie starb. Ich würde mir nie verzeihen, wenn Marta noch lebte, und ich hätte nichts unternommen sie zu finden."

„Marta?"

„Meine Tochter."

„Du hast nie von ihr gesprochen. Was ist wirklich passiert, Hernan?"

Hernan zögert, reibt seine Hände an der alten Arbeitshose ab und presst den Rücken gegen die hölzerne Lehne des Stuhls.
Salger sieht, wie schwer er sich tut. „Was ist passiert?"
Hernan schüttelt den Kopf, doch dann bricht es aus ihm heraus: „Dieser verdammte Krieg. Ich war mit Joao auf Arbeitssuche in Maputo. Als wir zurückkamen hatte eine Horde marodierender Soldaten unser Haus abgebrannt und meine Tochter entführt. Ab da wollte Ana nur noch weg, egal wohin. Sie sprach kaum noch, wollte nur weg. Es gab ja auch nichts mehr, für das es sich gelohnt hätte zu bleiben. Im Nachhinein, glaube ich, dass es die Angst um Joao war. Wir gingen quer durch den Park und kamen gut voran, bis uns die Ranger entdeckten. Sie schossen auf uns, und Ana wurde am Bein getroffen. Als wir flüchteten, verloren wir den Proviant und zwei unserer Wasserkanister." In Gedanken sieht er Ana auf dem nackten Boden liegen. Joao sitzt bei ihr, mit einem Lappen versucht er die Fliegen von ihrem brandigen Bein zu verscheuchen.
„Und dann?", hört er Salger, wie aus weiter Ferne.
„Ana ist nach drei Tagen gestorben, Wundbrand vermutlich. Ich weiß es nicht. Vielleicht hat sie auch die Strapazen nicht mehr ertragen und einfach aufgegeben. Wir haben sie neben einem Felsen begraben. Ich dachte, wir könnten sie später holen, aber es ist so lange her und ich werde die Stelle nicht mehr finden."
„Und der Ranger?"
Hernan betrachtet Salger, als wäre er sein Richter. Er sieht, wie sich der Ranger unter die geöffnete Motorhaube seines Landrovers beugt. Das Motorgeräusch übertönt seine Schritte. Und er hört das Knacken, ein überlautes Knacken, als er, rasend vor Durst, dem Mann die Haube ins Genick schlägt. Salger glaubt, ich habe ihn umgebracht, denkt er. „Es gab viele Flüchtlinge, die den Park durchquerten."
„Ist gut", sagt Salger, und zieht ruhig an seiner Zigarette: Er hatte eine Tasche mit Proviant der Parkverwaltung bei sich, als ich sie auflas, denkt er.

„Joao braucht eine Chance, die kriegt er nur in Südafrika. Was mit mir passiert, ist mir egal. Sagen Sie, was ich tun soll", sagt Hernan.

Salger legt die Zigarette auf den Rand des Aschenbechers. „Was passiert ist, ist passiert, lass uns nicht mehr darüber reden. - Joao wird sich durchbeißen, wenn du ihm eine Starthilfe gibst, davon bin ich fest überzeugt. Das Land braucht Leute wie ihn. Ich habe Freunde an der Witwatersrand Universität, wegen der Kosten mach dir keine Sorgen. Die Suche nach deiner Tochter müssen wir Leuten überlassen, die etwas davon verstehen, was hältst du davon?"

„Ich hole mir ein Glas Wasser", sagt Hernan. Als er zurückkommt, setzt er sich Salger gegenüber, und sagt, ohne ihm in die Augen zu sehen. „Sie wollen mich kaufen, nicht wahr? Für wie lange?"

Salger lehnt sich zurück und sieht auf die Felsen, die durch den vollen Mond fahl angeleuchtet werden. „Kaufen ist kein schönes Wort. Ich möchte dich an die Farm binden, fünf Jahre meinetwegen. Ich werde euch beiden einen südafrikanischen Pass besorgen, dann kann euch keiner mehr wegschicken, egal was passiert. Du erhältst einen Vertrag als Verwalter, Joao ist gesichert und du kannst später immer noch nach Mozambique zurückkehren. - Du glaubst wahrscheinlich, ich mache alles nur mit Geld. Es stimmt. Für die meisten Menschen ist Geld ein starker Motor, aber es hilft nicht immer. Bei dir bin ich mir nicht sicher." Er zögert, nimmt sein Rotweinglas und hält es wie eine Kristallkugel gegens Licht. „Ich möchte keinen angestellten Verwalter, ich will einen Partner, dem ich vertrauen kann." Er nimmt einen Schluck und hört in die Dunkelheit, aus der das Zirpen der Zikaden tönt. „Das werde ich vermissen", sagt er und spricht über seine Zeit in Rhodesien.

„Warum sind Sie nicht geblieben?", fragt Hernan, mehr aus Verlegenheit.

Salger starrt für eine Weile vor sich hin. „Es war Zeit zu gehen, genau wie jetzt auch", sagt er endlich. „Mach es für die nächsten fünf Jahre, dann ist Joao aus dem Schneider."

Er will mir nicht an den Kragen, der Tod des Rangers ist ihm egal, denkt Hernan. „Was genau erwarten Sie von mir?"
„Das gleiche wie jetzt, nur selbstständiger. Du wirst fest angestellt und Joao bekommt ein Stipendium bis zum Ende seiner Ausbildung. Jura wäre gut. Wie gesagt, Südafrika braucht Leute wie ihn. Aber du sollst nicht das Gefühl haben, dass ich dich kaufen will. Wenn du gehen willst, werde ich dich nicht aufhalten."
Nicht schlecht, denkt Hernan, er weiß, dass ich loyal zu ihm halten werde. Und Joao wird das Gleiche tun. Den Ranger behält er in der Hinterhand. Er wird die Karte spielen, wenn er sie braucht.
„Gut, Sie können sich auf mich verlassen."
„Danke Hernan. Ich werde nächste Woche nach Europa fliegen, einen Freund treffen, den ich lange nicht gesehen habe. Ich bin froh, dass du es machst."

„Du hast zugenommen", sagt Salger, als ihm John Goffin in Brüssel die Hand reicht. Goffin hat es über einige Zwischenstationen in die Europäische Kommission geschafft. Er leitet die Abteilung für osteuropäische Kooperation und erlebt aus erster Hand, wie ein Imperium verramscht wird. Allein aus den Arsenalen der Ukraine verschwinden in kurzer Zeit fünfunddreißig Milliarden Dollar an Waffen. Das meiste geht in die Krisenregionen Afrikas.
„Ja, aber du bist sicher nicht gekommen, um mir einen neuen Diätplan vorzuschlagen", sagt Goffin gereizt. „Warum zögerst du? Bin ich von dir gar nicht gewöhnt. Es ist eine glänzende Gelegenheit und du weißt es, sonst wärst du nicht hier."
„Jetzt setz dich erstmal, bevor du mich in der Luft zerreißt."
„Hab ich nicht vor." Goffin schiebt einen Stuhl zurecht und zwängt seinen massiven Körper zwischen die Armlehnen.
„Wer ist wir?", fragt Salger.
„Mein Mittelsmann in der Ukraine und ich."
„Ein Geschäftspartner?"
„So könnte man es nennen. Vorerst aber nur eine Bekanntschaft aus dem Job."

„Integration Osteuropa?"
„Ja, aber noch gibt es nichts zu integrieren. Wird aber nicht mehr lange dauern, dann ist es soweit. Du stellst eine Menge Fragen, hast du schon einmal von need to know gehört."
„Warum nicht, schließlich erwartest du, dass ich meinen Kopf hinhalte, da will ich wenigstens wissen auf was ich mich einlasse. Am Telefon hast du dich eher bedeckt gehalten."
Goffin zuckt mit den Schultern. „Du hast trotzdem gut verstanden." Er räuspert sich und beugt sich über den Tisch. „Die Sache ist wasserdicht, ich weiß aus verlässlicher Quelle, dass noch Einiges zu holen ist, aber mein Mittelsmann wartet nicht ewig. Ich habe ihm erzählt, über welches Netzwerk du in Afrika verfügst, das hat ihn beeindruckt. Jetzt soll es ganz schnell gehen, er will am Ende nicht der einzige hochrangige Militär sein, der mit leeren Händen dasteht, während sich andere eine goldene Nase verdienen."
„Verdienen?", lacht Salger. „Das sind Räuber."
Goffin sieht ihn verärgert an. „Quatsch, dein Farmleben hat dir wohl die Birne vertrocknet. - Wie gesagt, es geht um Flugzeuge, drei Antonovs, die Piloten werden gleich mitgeliefert", fährt er fort, dabei spricht er einen Tick zu schnell, als schwirrten die Räuber noch durch seinen Kopf. Er zügelt sich und spricht betont ruhig weiter: „Die Maschinen stehen auf einem Militärflughafen in der Nähe von Lemberg. Dort werden sie auch beladen und du bestimmst, wo die Waffen hin sollen. Was kann da schon schief gehen. Du musst nur sicherstellen, dass die Geldübergabe funktioniert. Die Flugzeuge sind das Sahnehäubchen, du kannst sie behalten und die nächsten zwanzig Jahre für deine sonstigen Geschäfte einsetzen. Deine amerikanischen Freunde werden sich die Finger danach lecken. Schließlich brauchen sie immer mal Transporter ohne Hoheitszeichen, die in Krisenregionen nicht auffallen."
„Die Geldübergabe mache ich selbst?", fragt Salger, als hätte er nicht richtig zugehört. „Die Ausfuhrdokumente, wer besorgt die?"

„Ein ukrainischer Beamter im Zoll. Er ist beteiligt. Also kann ich mit dir rechnen?" Goffin klingt, als würde ihm ein Stein vom Herzen fallen.

„Langsam, du weißt, wie es ist. Irgendein Pilot säuft und redet zu viel. Eine Maschine stürzt ab und sie finden die Fracht. Alles kann passieren, und auf einmal bist du mitten drin im Schlamassel. Andererseits bricht die Sowjetunion nur einmal auseinander." Ich hab keine Erfahrung im Osten, kenne die Leute nicht, denkt Salger. Wenn ich es mache, muss ich mich ganz auf Goffin verlassen. Er scheint mir verdammt nervös zu sein, anscheinend braucht er das Geld.

„Sag ich doch", presst Goffin hervor. „Wir haben 1991, Mann, die besten Deals sind längst gelaufen, und wenn du noch lange zögerst, ist nichts mehr da, für das es sich lohnt einzusteigen. Du gründest eine eigene Firma, über die alles läuft und was soll in einer gut geführten Export/Import-Firma schon groß schief gehen. So lange die Papiere stimmen, kann dir keiner ans Bein pinkeln. Früher hättest du sofort zugegriffen."

„Früher war ich jung. Eigentlich habe ich andere Pläne."

„Nach Asien auswandern und die Nordkoreaner beglücken?", fragt Goffin süffisant.

„Nein, etwas weniger Anstrengendes. Private Equity, das braucht keinen Halbschatten und ist, wenn du es richtig machst, mindestens genauso lukrativ. Die Leute geben mir Geld, weil sie mir vertrauen. Ich bin ein guter Verkäufer."

„Weiß ich, aber gierig und ehrgeizig bist du auch. Zier dich also nicht zu lange, du machst mich nervös."

„Leider vertragen sich diese Finanzgeschäfte nicht so gut mit Waffen", fährt Salger ungerührt fort.

„Kommt ganz darauf an, wie und wo du das Geld anlegst", brummt Goffin und grinst unverschämt. „Vertrauen?", sagt er und bläst die Luft durch die Nase. „Du bist Waffenhändler, Martin, ein gewiefter sogar. Vom ersten Tag an, seit du in Lagos eingestiegen bist, hab ich das gewusst. Warum willst du woanders dilettieren? Private Equity, so ein Quatsch."

Dilettieren, denkt Salger. Er hat keine Ahnung, oder er ist neidisch. „Warum bist du damals Hals über Kopf ausgestiegen, wir waren ein gutes Team?"

Goffin sieht Salger an, als hätte er die Frage längst erwartet. „Meine Nerven, sie haben einfach nicht mehr mitgespielt. Als Kwame erschossen wurde, ging es los. Anfangs konnte ich es noch überspielen, aber dann wuchs die Angst, bis ich es nicht mehr ertragen konnte. Jetzt gefällt mir mein Job, ich will ihn behalten. Ich kann gut reden und bekomme sogar Geld dafür. In der Kommission muss ich mir keine Sorgen machen, im Straßengraben zu landen."

„Aber mir mutest du zu, meine Haut zu Markte zu tragen. Dass ich auch Angst haben könnte, kommt dir nicht in den Sinn."

„Hast du?"

„Nein."

„Na also."

In der Spiegelung der Fensterscheibe sieht Salger einen Mann, der auf die Sechzig zugeht. Das Haar glatt nach hinten gekämmt, an den Schläfen schon leicht ergraut. Die Augen hart, nicht die Andeutung eines Lächelns, die Mundwinkel nach unten gezogen. Es ist mein Misstrauen, das sie erschreckt, denkt er. Der Mund und das Kinn. Die Augen können sie nicht lesen. Sie halten mich für eine Spinne, die sie in ihrem Netz gefangen hält. Er legt die Serviette zur Seite, die er gedankenlos zerknüllt hat. „Du willst, dass ich für dich die Kastanien aus dem Feuer hole, ist es nicht so?", fragt er.

Goffin stemmt sich hoch, als wolle er gehen. Doch sein schwerer Körper erlaubt keine zu hastigen Bewegungen, also setzt er sich wieder, findet eine bequeme Position und atmet hörbar aus. „Ich dachte, ich täte dir einen Gefallen, aber ich hab mich wohl getäuscht. Falls du denkst, du kannst es allein machen, vergiss es. Ohne mich kommst du an die Ukrainer nicht ran, sie arbeiten nicht mit Leuten, die sie nicht kennen. Und mich kennen sie schon seit einiger Zeit. Wer weiß, ob deine Private Equity nicht noch floppt. Das Management verspricht dir das Blaue vom Himmel, aber nichts davon tritt ein, dann bist du pleite. Soll schon vorgekommen sein. Vielleicht brauchst du dann das Geld, das du mit den Antonovs verdienst, um über Wasser zu bleiben. - Außerdem verstehst du nichts von start-ups, aber das habe ich, glaube ich, schon gesagt. Du willst nur spielen auf deine alten Tage, weil dir langweilig ist und dir die Farm auf den Wecker geht. Zu einsam und wohl auch zu wackelig geworden in einem Südafrika, das längst nicht mehr der sichere Hafen von früher ist. Also kommst du ins Grübeln, so ist es doch, oder? Private Equity, so ein Blödsinn, und du glaubst auch noch, ich nehme dir das ab. Mit mir steigst du noch einmal richtig ein, in ein Geschäft, das wir beide gut beherrschen. Außerdem ist die Sache spannend, wenn dich das Geld schon nicht mehr interessiert."

Der alte Goffin, denkt Salger. Große Szenarien ausbreiten, aber selbst schön im Hintergrund bleiben. „Du hast keine Ahnung von Geldgeschäften. Allein, wie du das Wort ausspricht. Aber wahrscheinlich spielst du mir auch nur großes Theater vor. Private Equity ist eine seriöse Sache, kein blindes Zocken. Oder was willst du andeuten?"

„Ich will gar nichts andeuten. Ich denke nur, dass du dir mit einer gut getarnten Transportfirma keine Sorgen machen musst. Es reicht ein Briefkasten auf den Bahamas, ein Anwalt, der die Firma für dich vertritt und ein möglichst fantasievoller Name. Wie wär's mit Golden Wing Transports?", er nimmt einen Schluck Wein und lacht, als hätte er einen guten Witz gemacht. „Niemand kommt drauf, was du wirklich treibst. Und wenn du's richtig anstellst, kriegst du vielleicht sogar Zuschüsse von der EU. Schließlich transportierst du ja wertvolle Waren, Fisch zum Beispiel, auf dem Rückflug vom Viktoriasee. Wer fliegt schon gerne mit leeren Frachtflugzeugen durch die Gegend." Goffin sieht triumphierend auf Salger, als hätte er ihm gerade einen wasserdichten Plan präsentiert.

Entweder er spinnt, oder er hat die ganze Aktion bereits sauber durchdacht, denkt Salger und sieht weiter schweigend aus dem Fenster.

„Deine Geldgeschäfte kannst du ja auch als Tarnung betreiben", fährt Goffin zunehmend begeistert fort.

Als Tarnung, denkt Salger. „Also gut, reden wir ernsthaft darüber. Du bist sicher, dass die Antonovs in einem Top-Zustand sind?"
„Todsicher."
„Und deine Mittelsmänner sind verlässlich und wasserdicht?"
„Absolut."
„Sag den Russen, dass sie das Geld nur in Tranchen erhalten."
„Klar doch. Außerdem sind es Ukrainer, keine Russen."
„Schon gut. Ich möchte deinen Mann kennenlernen, bevor ich zusage. Ist mir egal, ob Ukrainer oder Russe."
Goffin wuchtet sich aus dem Sessel, greift nach der Aktentasche und hebt die Hand. „Ich muss gehen, ich kümmere mich um den Termin", sagt der über die Schulter und watschelt zum Ausgang, ohne sich noch einmal umzudrehen.
Ich werde Goddard mit ins Boot holen, denkt Salger, während er Goffin zusieht, wie er über den Platz vor dem Restaurant zum Auto geht. Mit der CIA habe ich eine offene Flanke weniger und eine solide Geschäftsbasis obendrein.
Er winkt dem Kellner und bestellt einen Espresso. Während er noch darauf wartet, schiebt er in Gedanken den Daumen unter das Kinn und drückt mit dem Zeigefinger die Nasenspitze nach oben, eine Bewegung, die er sich in den letzten Jahren angewöhnt hat, wenn er über einem Problem brütet. Ich werde es machen, denkt er. Ich werde ein Büro in Zürich anmieten, noch bevor ich nach Südafrika zurück fliege. Goffin hat völlig recht, was soll ich noch dort unten, weit ab vom Schuss, wo die Hälfte meiner Kontakte bald im Gefängnis landen wird. Hernan ist ein guter Verwalter, um die Farm brauche ich mir keine Sorgen machen.

9 Wahlen

Es ist Frühling in Südafrika und das Land fiebert den ersten freien Wahlen entgegen. Joao fühlt sich klein und unbedeutend, als er vor den hoch aufragenden Granitsäulen des Eingangsportals der Witwatersrand Universität steht. Außerhalb des Campus, in den Townships Johannesburgs, haben die Kämpfe zwischen den Zulus und Xhosas zugenommen. Auf den staubigen Straßen zwischen den Unterkünften der Minenarbeiter finden blutige Schlachten statt. Die Polizei greift selten ein, als käme ihnen das Chaos gerade recht.

Joao fühlt sich schuldig, wie kann es sein, dass ich studiere, während sie sich die Schädel einschlagen, denkt er. Zuweilen stiehlt er sich nachts nach Alexandra, einem besonders unruhigen Township, weil er es kaum ertragen kann, in einer weißen Enklave zu leben, während andernorts die Straße brennt.

Eines Abends trifft er dort Jason Breklin, einen Fotografen, der es gewagt hat, das ganze Ausmaß des Chaos' in den Townships zu dokumentieren und über eine Zeitung in London zu veröffentlichen. Die beiden freunden sich an, treffen sich regelmäßig, und bald bringt Jason auch seinen Bruder Aaron mit. Jason ist es auch, der den Kontakt zur Jugendorganisation des African National Congress herstellt.

An einem trüben, regnerischen Morgen fällt Joao eine junge Frau in der Bibliothek auf, wie sie ihre dunkelbraunen Haare aus dem Gesicht streicht, während sie konzentriert einen Stapel Bücher durcharbeitet. Als sie am nächsten Tag wieder an derselben Stelle sitzt, entschließt er sich, sie anzusprechen. „Joao Mwenza", stellt er sich vor. „Bist du neu an der Uni?"

Sie legt das Buch zur Seite und blickt auf. „Hier wird nicht geredet", sagt sie leise.

Ich mag ihre Lachfalten, denkt er, und setzt sich neben sie. „Ich weiß, aber wie sonst soll ich dich kennenlernen?", flüstert er. „Was studierst du?"

„Medizin. Und du?"

„Soziologie und politische Wissenschaften."

„Das stelle ich mir schwierig vor", versucht sie, das Gespräch schnellstmöglich zu beenden.
„Meinst du die Verhältnisse?"
„Du hast mich schon verstanden."
Joao fühlt sich hilflos, weiß nicht wie er mit der Situation umgehen soll, doch er will noch nicht aufgeben. „Warum Südafrika, du kommst aus Europa, oder? Dein Akzent…? Und wie du heißt, willst du mir nicht sagen, oder?"
„Verena Kramer, ich komme aus Deutschland. Normalerweise arbeite ich im Norden, in der Nähe Acornhoeks. Wits betreibt dort eine Rural Facility zu der auch ein Krankenhaus gehört. Reicht das?", fragt sie, und wundert sich weshalb Joao's Gesicht plötzlich aufleuchtet.
„Hey, Acornhoek, das kenne ich. Ich komme auch aus der Gegend. Mein Vater ist Verwalter eines Wildreservats in der Nähe von Phalaborwa. Salger Wildlife Reserve, vielleicht kennst du es ja."
„Nein, noch nie gehört."
„Und wie lange bleibst du noch in Südafrika?"
„Nicht mehr lange." Sie fragt sich, weshalb sie dieses Gespräch nicht längst beendet hat. Doch irgendwie gefällt ihr der schlaksige, lang aufgeschossene Junge. Die Art wie er seine Rastalocken aus der Stirn streicht, als wären sie lästige Fliegen. Seine feingliedrigen Hände, mit denen er manche Wörter, die ihm wichtig erscheinen, gestenreich untermalt. Vor allem gefällt ihr sein Englisch. Es schwingt und bekommt eine verspielte Leichtigkeit, wenn er ganze Silben verschluckt. Vielleicht stammt er aus Brasilien, denkt sie. „Die Aufseherin schaut schon ganz böse auf uns. In Deutschland hätten sie uns längst hinaus geworfen. Wir müssen aufhören zu reden."
„Schade, was hältst du von einer Tasse Tee, in einer kleinen Buchhandlung in der Nähe? Sie gehört meinem Freund", schlägt er vor.
„Tee in einer Buchhandlung? In einer Stunde habe ich eine Vorlesung. Immunologie, aber das Fach hatte ich schon in Deutschland."

„Dann passt es doch. Gehen wir", sagt er und nimmt einfach ihre Tasche.

„Na gut, ich hoffe der Tee ist dort besser als hier in der Cafeteria." Kopfschüttelnd folgt sie ihm zum Ausgang.

Ein paar Blöcke weiter, in einer ruhigen Gasse, deren Häuser schon bessere Zeiten gesehen haben, bleibt Joao vor einem heruntergekommenen Gebäude stehen. Er deutet auf die verwitterte Tür unter der Treppe. „Aarons Buchhandlung, ich hab nicht zu viel versprochen."

„Laufkundschaft gibt es hier aber wenig", sagt Verena misstrauisch, als sie die gusseisernen Stufen hinunter steigen.

„Er verkauft hauptsächlich an Leser, die genau wissen was sie wollen. Die meisten kommen regelmäßig, um sich mit ihm über Neuerscheinungen zu unterhalten. Aaron ist Fachmann für amerikanische Literatur. Aus Deutschland habe ich noch nie etwas bei ihm gesehen." Joao geht hinein, als wäre er hier zuhause.

Zwei große Zimmer, bis an die Decke voll gestopft mit Büchern. Dazwischen ein paar bequeme Lehnsessel, wahllos im Raum verteilt. Fotobände auf den Sitzflächen, die jemand durchgeblättert und vergessen hat zurück ins Regal zu stellen. In der Ecke des Hauptraums ein kleiner Beistelltisch mit Kasse, daneben ein Computer älteren Modells. Hinter dem Monitor lugt ein schmaler, blonder Mann mit randloser Brille hervor. Als er Joao erkennt, steht er auf und umarmt ihn.

Es riecht nach Staub und brüchigem Papier.

„Ich habe versucht dich zu erreichen, aber du warst wie vom Erdboden verschluckt. Aaron Breklin", sagt er, und reicht Verena die Hand. „Bist du Joao's neue Freundin?".

„Verena Kramer. Nein, er hat mich gerade in der Bibliothek vom Arbeiten abgehalten und auf dem Weg hierher hat er von deinem phänomenalen Tee geschwärmt", sagt sie und lacht, als wäre es völlig in Ordnung, die Arbeit eine Zeit lang aufzuschieben.

„Schade. Ich dachte, eine Freundin täte ihm gut, damit er ab und zu unter Menschen kommt. Mit Tee hat er dich gelockt, das ist neu." Aaron dreht sich zu Joao und legt einen Arm um seine

Schultern. „Wo warst du die ganze Zeit? Ich hab mir Sorgen gemacht."
„Auf der Farm, Vater ging es nicht gut."
„Wieder ok?"
„Ja."
„Jetzt solltest du aber auch einlösen, was du Verena versprochen hast. Tee!", sagt Aaron und schüttelt den Kopf. „Du weißt ja, wo du alles findest. Ich muss euch nur leider allein lassen, eine dringende Bestellung. Verena, bitte fühl dich wie zuhause."
„Aaron hält nicht viel von Nebensächlichkeiten. Sieh dich um, Verena, der Tee kommt gleich", damit verschwindet er hinter einem Vorhang in der Kochnische, wo kurz darauf der Wasserkessel zu pfeifen beginnt.
„Du stehst vor lauter südafrikanischen Schriftstellern", sagt Aaron, als er Verena unschlüssig vor einem Regal stehen sieht. „Schau dir André Brink an, schräg rechts oben, direkt vor dir. Er ist mein Favorit, vielleicht gefällt er dir auch."
Als Joao mit zwei Tassen und einer gusseisernen Teekanne zurückkommt, sieht er Verena mit *An Act of Terror* in der Hand. „Es ist gerade erst herausgekommen. Was hältst du von Brink?", fragt er, während er einen Sessel für sie freimacht. „Und du Aaron, auch Tee?"
„Danke, ich hab schon fünf Tassen hinter mir."
„Dann nicht. Komm Verena, wir setzen uns möglichst weit weg von ihm. Leute die arbeiten, machen mich nervös. Hast du schon viele Südafrikaner gelesen?"
„Etwas von Gordimer, mehr nicht. André Brink kenne ich überhaupt nicht, über was schreibt er?"
„Hauptsächlich über unsere Misere in Südafrika. Auch einer, der uns gern von außen betrachtet, aber es lohnt sich trotzdem, ihn zu lesen."
Verena rührt gedankenverloren in ihrer Tasse und nimmt einen Schluck. „Schmeckt gut, danke. Ich komme kaum noch zum Lesen. Vermutlich weil ich mich von wildfremden Menschen ansprechen lasse, die mich an geheime Orte entführen", sagt sie verschmitzt. „Du liest viel, Joao?"

Joao ignoriert die Bemerkung über den geheimen Ort und geht nur auf sein Lesen ein. „Ja, Bücher sind meine Lehrer, mein Gewissen, alles."
„Alles? Hast du keine Familie?"
„Doch, einen Vater und eine Art Onkel. Er ist Weiß, und Besitzer der Farm, auf der ich aufwuchs, bevor ich auf die Missionsschule kam. Und dann gibt es noch eine Löwin, die ist auch weiß, eine Albino, ganz selten in der freien Natur. Ich habe sie als kleines Kätzchen bekommen, da war ich gerade fünfzehn geworden."
„Hört sich nicht gerade nach Standardfamilie an." Im Hintergrund hört sie Aarons gehässiges Lachen.
„Du sagst es. Sie haben die Mutter umgebracht, diese Wilderer, und jetzt gehört ihm die Löwin exklusiv", bemerkt er, und tut, als starre er vollkonzentriert auf den Bildschirm seines Computers.
„Du bist nur neidisch", sagt Joao mit breitem Grinsen. „Wie lange bleibst du in Josi?", fragt er Verena.
„Nur ein paar Wochen. Bevor ich zurück nach Deutschland fliege, fahre ich noch nach Durban, zu Freunden meines Onkels. Bei denen kann ich bis zum Abflug wohnen. Ich liebe das Meer."
„Ich war nur einmal am Meer, aber das ist lange her", sagt Joao verträumt. „Wann fährst du nach Durban? Aaron und ich müssen auch bald dahin, wir könnten dich mitnehmen. Aaron hat einen alten Mini, da passt du sicher auch noch hinein. Was meinst du, Aaron?"
„Wenn sie sich ganz klein macht, und nicht mit einer Ladung Koffer anrückt, meinetwegen! Kannst du auch fahren?", fragt er Verena.
„Ja, schon, ich fahre im Norden, aber hier in der Stadt ist mir der Linksverkehr nicht geheuer."
„Auf der N 3 geht es ruhig zu", sagt Joao schnell. „Wäre doch schön, spart dir ein Ticket."
„Ich muss darüber nachdenken. Jetzt sollte ich aber zurück an die Uni."

„Ich bringe dich hin", beeilt sich Joao und schnappt sich ihre Tasche. „Bis nachher, Aaron, ich komme noch mal vorbei. Wie lange bist du noch hier?"

„Lange, bis bald, Verena."

Während sie die Treppe hochsteigen, hängt Schweigen zwischen ihnen. Schließlich sagt Joao. „Ich wollte dich nicht überfahren, ich dachte nur.... Bist du jetzt verärgert?"

Verena sieht ihn skeptisch von der Seite an. „Ich weiß nicht, ob ich mit euch fahren will, ich kenne dich doch gar nicht, und Aaron sah auch nicht gerade begeistert aus."

„Entschuldige, ich mache alles falsch. Können wir uns nicht einfach irgendwo hinsetzen und reden, ohne jedes Wort auf die Goldwaage zu legen?"

Sie sieht, wie er verlegen mit den Armen schlenkert. Er scheint zum ersten Mal eine Frau anzusprechen, denkt sie. „Du bist verrückt, Joao. Komm, da drüben im Schatten, ich habe Zeit." Unter einem blühenden Jakarandabaum streift sie ihre Jacke ab, setzt sich drauf, und lädt ihn ein, sich neben sie zu setzen. „Die Nachmittagsvorlesung lasse ich sausen." Aufmunternd legt sie ihre Hand auf seinen Unterarm, leicht, damit er es nicht als Vertraulichkeit auffasst. „Erzähl mir einfach von deiner seltsamen Familie. Das mit der Löwin hast du erfunden, nicht wahr, um mich zu beeindrucken, oder?"

„Nein, sie heißt Rani. Warum sollte ich so etwas erfinden? Ich war fünfzehn, und sie vielleicht ein paar Wochen alt, als ich sie bekam. Mein Onkel, der übrigens auch aus Deutschland stammt, musste ihre Mutter erschießen, als sie uns angriff. Ich hab Rani aufgezogen und jetzt hängt sie an mir, als wäre ich ihre Ersatzmutter. Wenn ich sie besuche, ist sie anfangs immer ein bisschen beleidigt, aber es dauert nicht lange, dann spielt sie mit mir wie früher. Vater ist zunehmend besorgt, er meint, sie weiß nicht, wie stark sie geworden ist. Und außerdem sei sie ein wildes Tier. Das sagt er jedes Mal, wenn ich zu ihr ins Gehege gehe. Wir überlegen, ob wir sie freilassen sollen, zurückbringen in den Krüger Park, wo ihr Rudel vermutlich hergekommen ist. Ich fürchte aber, dass sie verhungert, wenn wir sie auswildern, schließlich konnte ich ihr nicht das Jagen beibringen." Er lacht, krempelt den rechten Hemdärmel hoch und zeigt auf drei tiefe Kratznarben auf dem Unterarm. „Die sind von ihr, aber sie hat es bestimmt nicht gewollt. Sie spielt gern, aber seither passe ich besser auf."

Verena blickt auf die tiefen, hellroten Striemen auf der dunklen Haut. Sie bläst die Luft durch die Zähne, als könne sie nicht glauben, was sie sieht. „Du spinnst wirklich", sagt sie, und presst ganz kurz seinen Arm.

Für eine Weile sehen sie schweigend einem alten Mann im Park zu, wie er das Laub zu kleinen Haufen zusammenrecht und in einen Plastiksack stopft. „Was ist mit deiner Mutter, du hast sie mit keinem Wort erwähnt?", fragt sie nach einiger Zeit.

„Sie ist gestorben, an Blutvergiftung, als wir durch den Krüger-Park geflohen sind", sagt er schroff und wechselt das Thema, als wolle er nicht über den Tod seiner Mutter reden. „Wenn ich den alten Mann sehe, muss ich an die Kämpfe in den Townships denken. Hier ist alles ruhig, doch ein paar Kilometer weiter brennen die Straßen. Ich krieg das nicht auf die Reihe."

Das bewegt ihn anscheinend mehr, als der Tod seiner Mutter, denkt Verena. Sie nimmt eine Zigarette aus der Schachtel und zündet sie an. „Hast du mit den Unruhen zu tun?", fragt sie, nachdem sie ein paar Züge genommen hat. „Warum bringen sie sich um? Sind sie frustriert, weil die Verhandlungen so lange dauern, oder ist das Ganze inszeniert, damit am Ende alles beim Alten bleibt? Kannst du es mir erklären?"

Joao zögert, die Besorgnis in ihrer Stimme tut ihm gut. Er denkt an den Mann auf den Knien, den brennenden Autoreifen um den Hals. Das Geschrei auf den staubigen Straßen, den Geruch von Abfall und dem Blut der leblosen Körper, auf die in blinder Wut eingehackt wird. Wie soll ich ihr den Anblick eines Menschen erklären, der auf offener Straße abgefackelt wird? Wie du dich schämst, weil du dem Mann nicht helfen kannst? „Weißt du, die jetzige Regierung spielt sehr kunstvoll mit der Furcht der Menschen", sagt er endlich. „Die Leute sollen glauben, dass es nur eine Frage der Zeit ist, bis das ganze Land kommunistisch wird, falls es eine schwarze Regierung gibt. Ganz bestimmt werden wir gegeneinander gehetzt, weil die Regierung hofft mit Teilen und Herrschen noch eine Weile durchzustehen. Aber sie täuscht sich, es sind die letzten Zuckungen eines Regimes, dessen Zeit längst abgelaufen ist."

Während sie nachdenklich eine Jakarandablüte betrachtet, taxiert er jede ihrer Regungen, als fürchte er, dass sie die falsche Antwort geben könnte. Dabei geht ihm ein Gedicht *Firna Zerbsts* durch den Kopf:

> *We've given up. It's over;*
> *Night shift workers, tired,*
> *We don't look at each other.*
> *We think of separate beds.*

„Du bist sehr offen, Joao", sagt Verena, die sich fragt, wie sie es sagen soll, ohne ihn zu verletzen. „Gleichzeitig machst du mir Angst. Vielleicht denkst du, ich sehe nicht, was hier abläuft. Aber du täuscht dich. Du hast keine Ahnung, wie es in meinem Krankenhaus zugeht. Die Menschen, die dort sterben, sind alle Schwarz. Weiße kommen nicht zu uns. Wir können oft nur Schmerzen lindern, zu mehr reicht es nicht. Auch wenn ich nur ein Besucher bin, zerreißt es mich, zuzusehen, wie die Menschen leiden. Du sagst sie und wir. Ich weiß nicht wer sie und wir ist."

Joao denkt an Jason Breklin, Aarons Bruder, der aufgehört hat zu fotografieren, weil er die eigenen Bilder nicht mehr ertrug. Sie weiß nicht wirklich, was bei uns los ist, denkt er. Wie sollte sie auch. „Tut mir leid, Verena, ich hab mich gehen lassen, aber als du ausgerechnet *An Act of Terror* herausgegriffen hast, dachte ich du gehörst zu uns. Ihr habt auch Terroristen, wie heißen sie gleich, Rote Armee Fraktion, oder so ähnlich? Haben sie aufgegeben?"

Verena lacht erleichtert, dass er nicht noch tiefer in Südafrikas Wunden bohrt. „Weiß ich nicht. Du scheinst dich gut auszukennen bei uns, aber ich will nicht über Terror reden."

„Dann erzähl mir etwas Einfaches. Was hat dich nach Südafrika gebracht?"

Sie zieht die Augenbrauen hoch, jetzt wird es richtig kompliziert, denkt sie. „Mein Onkel, ein richtiger Onkel...", ergänzt sie schnell. „...er ist Universitätsprofessor und hat ein neues chirurgisches Verfahren entwickelt. Damit tingelt er auf sämtlichen Ärztekongressen der Welt herum. Hier in Südafrika hat er Freunde am Groote Schuur Krankenhaus, die meinen, ich müsse erst etwas von der Welt sehen, bevor ich in einem Operationssaal hängen bleibe."
„Und wie heißt dein Onkel?"
Das geht ihn eigentlich nichts an, denkt Verena. „Konrad Kramer, Professor Dr. Dr. Konrad Kramer. Warum interessiert dich das überhaupt?"
„Weil ich wissen will, wem ich verdanke, dass du hier bist. Ein big shot also. Und deine Eltern, was machen die?"
„Du bist ganz schön neugierig", sagt sie und lacht, als Joao bestätigend mit dem Kopf nickt. „Vater führt eine kleine Firma, die ihm und seinem Bruder, dem bereits erwähnten Onkel, gehört. Wenn es Vater gerade einfällt, hört er nächtelang Blues, lautstark und am liebsten von John Lee Hooker, bis die Leute aus der Umgebung anrufen und sich über den Lärm beschweren. Mutter schläft schon lange mit Ohrenstöpseln. Die Sklaven des amerikanischen Südens hätten diese Musik erfunden, weil sie das Stampfen der Züge auf dem Weg in die Freiheit im Ohr behalten wollten, gibt Vater als Erklärung für seine nächtelangen Exzesse an. Dabei kann er nur nicht schlafen, weil er sich Sorgen um die Firma macht."
„Sklaven", sagt Joao und betrachtet sie nachdenklich. „Ich glaube nicht, dass man Schmerzen mit Musik überdecken kann", bricht es aus ihm hervor. „Und deine Mutter, findet sie das in Ordnung?", fragt er schnell, als wolle er seine Schärfe vergessen machen.
Verena zuckt mit den Schultern. „Sie sorgt dafür, dass Vater trotz allem auf dem Boden bleibt. War das jetzt detailliert genug?" Seinen Ausbruch beim Thema Sklaven überhört sie geflissentlich. Was geht ihn die Musikvorliebe meines Vaters an, denkt sie, ich hätte es nicht erwähnen dürfen.

„Seltsam, wie du das sagst. Hast du ein Problem mit deinem Vater."

Er hat immer nur gearbeitet, denkt sie. Soll ich ihm sagen, dass ich nach Berlin geflüchtet bin, weil ich Bayern und meine Familie mit all ihrer Selbstgerechtigkeit nicht mehr ertrug. Dass mich das Leben in Grünwald erstickt hätte, wenn ich noch länger dort geblieben wäre. Er würde es nicht verstehen. Er weiß gar nicht, was eine Familie ist. Aber vielleicht tue ich ihm Unrecht, er war vierzehn, als sie aus Mozambique flohen. „Meine Familie ist kompliziert, ich kann es dir nicht mit ein paar Worten erklären", sagt sie in einem Ton, der jede Nachfrage verbietet. „Erzähl mir lieber mehr über Südafrika. Mein Onkel Konrad findet es großartig. Er meint, es wäre eines der wenigen Länder, in denen die Welt noch in Ordnung ist. Deshalb wollte er auch, dass ich jetzt komme, nicht erst nach den Wahlen. Ein Jammer, dass alles kaputt gehen wird, wenn die Schwarzen an die Macht kommen, hat er gesagt. Jetzt, wenn ich die Berichte über die Unruhen in den Townships lese, frage ich mich, ob er nicht Recht hat. Sag, dass es nicht stimmt."

Wenn wir an die Macht kommen, denkt Joao. „Er kennt die falschen Leute, bestimmt nur lauter Weiße. Sie haben Angst, und die verstümmelt ihr Denken. Die Unruhen in den Townships sind leicht zu schüren, weil sich während der Apartheid eine Menge Hass aufgestaut hat. Jetzt, da die Hoffnung auf Freiheit keimt, entlädt er sich, wie bei einem Überdruckventil. Aber keine Sorge, das geht vorüber. Du kannst deinem Onkel sagen, dass wir niemand aus dem Land jagen werden", sagt er bestimmt und hebt die Hand zum Schwur.

„Und was ist, wenn die Pessimisten recht haben, und alles bleibt, wie es war?", fragt sie nachdenklich.

„Die Weißen? Sie werden nicht gewinnen. Aber wenn sie ihre Kafirs schicken, wird es Krieg geben, und ganz Afrika wird um Jahrzehnte zurückgeworfen. Aber sie werden nicht gewinnen", wiederholt er, als wäre er nicht wirklich sicher. „Ihre Zeit ist abgelaufen. Wir Schwarze werden gewinnen und wir werden es schaffen, das Land zu versöhnen, trotz der Wunden, die sie uns zugefügt haben. Vielleicht gerade deshalb, weil wir aus Robben Island gelernt haben, dass Wegsperren und Umbringen nichts hilft."

Er spricht, als wüsste er, wovon er redet, denkt sie. Und er scheint mitten drin zu stecken. Plötzlich spürt sie, wie sich ihr Herz verkrampft. „Ich bin auch Weiß, Joao, warum bist du so offen zu mir?"

„Du sprichst kein Afrikaans. Deine Hautfarbe ist mir egal. Für mich bist du nur Verena und ich mag deinen Akzent."

Sie lächelt, doch sie glaubt ihm kein Wort. „Mit wem arbeitest du, Joao?"

„Das erzähle ich dir ein andermal. Komm mit nach Durban", bittet er, „ich möchte länger mit dir zusammen sein."

Für einen Moment will sie ihn zurückweisen, doch dann merkt sie, wie ernst es ihm ist. „Ich werd's mir überlegen, versprochen", sagt sie leise.

„Kommst du klar da hinten, willst du nicht doch lieber vorne sitzen?", fragt Joao, zwei Wochen später, als sie den Mini mit Mühe vollgeladen haben.

„Es ist ganz bequem, wenn ihr wollt, kann ich später auch eine Strecke fahren."

„Worauf du dich verlassen kannst", sagt Aaron. „Na dann los. Du hast alles gut festgezurrt?", fragt er Joao.

„Das fragst du immer, als hätten wir je etwas verloren." Joao grinst, prüft aber trotzdem, ob die Gurte des Dachständers richtig sitzen.

Der Verkehr auf der Nationalstraße drei in Richtung Durban fließt träge und geht bald in ein entspanntes Fahren über. Keinem ist so richtig nach Sprechen zumute, bis Aaron sich zu Verena umwendet. „Wie lange bist du schon in Südafrika?"

„Seit sechs Monaten."

„Und gefällt es dir bei uns? Wo warst du überall?"

„Nur in Kapstadt und jetzt in Acornhoek. In Kapstadt haben sie mich gleich in ein ambulantes Ärzteteam gesteckt, das in den Townships die Verwundeten einsammelte. Meist waren die Fotografen schneller als wir, und ich weiß heute noch nicht, wie sie überhaupt erfuhren, wo es gerade gekracht hatte. Sie wollten nur ihre Bilder. Keiner ist je auf die Idee gekommen zu helfen. Das Gemetzel habe ich nicht lange ausgehalten, und als in Acornhoek eine Stelle frei wurde, ließ ich mich dahin versetzen. Es war eine Art Regionalkrankenhaus, wo auch Einiges zusammenkam, aber nichts im Vergleich zu Kapstadt."

Verena wundert sich, wie viel sie erzählt hat, ist eigentlich nicht meine Art, denkt sie. Aus den Augenwinkeln sieht sie Aarons versteinertes Gesicht. „Was ist, habe ich etwas Falsches gesagt?", fragt sie.

„Nein, nein, ist schon gut", sagt Aaron mit belegter Stimme.

„Aber du hast doch was?"

„Es ist die Bemerkung über die Fotografen", meint Joao. „Warum erzählst du ihr nicht, was passiert ist?"

„Was soll ich sagen, er ist tot. Es ist nicht ihre Schuld, dass Jason sterben musste."

„Dann mach ich's eben, sie meint sonst, es hätte mit ihr zu tun", sagt Joao. „Du hast mit keinem Wort erwähnt, Verena, dass du auch in Kapstadt warst, ich dachte du wärst immer nur in Acornhoek gewesen." Er klingt, als würde es einen Unterschied machen wo sie überall war. „Aaron stammt aus einer alten deutschen Einwandererfamilie, lauter Richter, Anwälte und Grundbesitzer, wie er selber sagt. Früher hatte er zwei Brüder, Jason, der älteste, und David dazwischen. Warum eigentlich diese alttestamentarischen Namen?"

Aaron windet sich, als wolle er lieber nicht darüber reden. „Vater wollte das so. Er fand, es würde uns die nötige Disziplin verpassen, wenn wir wüssten, woher wir kommen. Wir drei haben in der Schule ganz schön darunter gelitten."

„Jason war gewissermaßen das schwarze Schaf in dieser angesehenen Familie, die sich nicht entscheiden konnte, auf welcher Seite sie stand", fährt Joao ungerührt fort. „Auf unserer, oder auf Seiten der Unterdrücker."

„Quatsch, Vater wusste immer wofür er stand. Er war einfach nur streng", sagt Aaron.

Joao zuckt mit den Schultern, als könne man das auch anders sehen.

„Was hat ihn denn zum schwarzen Schaf gemacht?", fragt Verena.

„Nichts, außer, dass er aktiv gegen die Apartheid kämpfte. Mit seinen Mitteln halt, das hat ihn das Leben gekostet", sagt Aaron, schaltet den Blinker ein und wechselt auf die Überholspur, erst dann redet er weiter. „Jason hat eine Zeit lang für die Times gearbeitet, aber seine Bilder von den Minenarbeitern in ihren Unterkünften waren für einige Leute zu viel."

„Unterkünfte, Mann, das sind verdreckte Hasenställe mit einer Dusche auf dem Hof und zwei Toiletten für fünfzig Mann", wirft Joao ein.

„Zuerst zwangen sie die Times, Jason zu entlassen", lässt sich Aaron nicht beirren, „aber als er als freier Fotograf einfach weiter machte, wurden die Methoden härter. Nach den anonymen Anrufen kamen die zerstochenen Autoreifen, und schließlich fand man ihn in einer dunklen Gasse, nicht weit von der Redaktion der Times entfernt. Seine Kamera lag zertreten neben ihm. Mit dem Messer hatte der Mörder eins von Jasons Bildern auf seine Brust geheftet. Es war vermutlich ein Killer, den sie für ein paar Rand engagiert hatten. Wir fanden nie heraus, wer es wirklich war. Und die Polizei ließ uns auflaufen, wir galten nicht als Freunde der Regierung."

Verena beugt sich vor und küsst Aaron auf die Wange. „Es tut mir leid", sagt sie, und legt ihre Hand auf seine Schulter.

„Es ist die Sinnlosigkeit. Er war einer der besten Fotografen, besser als die Geier, denen es meist nur um ein schnelles Bild geht. Vielleicht hätte er den Pulitzerpreis gewonnen. Er hat den Mut gehabt, das Morden beim Namen zu nennen. Ein bezahltes Gemetzel nämlich, bei dem die Regierung zusieht." Aaron blickt starr gerade aus, die Hände verkrampft, die Knöchel weiß vor Anspannung. Verschämt reibt er sich eine Träne aus den Augen.

„Machst du dir Vorwürfe, dass du ihm nicht geholfen hast?", fragt Verena.

„Nein. Er wollte allein arbeiten. Wollte nicht, dass einer von uns mit hinein gezogen wird. Ich glaube, er wusste, was ihm bevorstand."

Für eine Weile dringt nur das gleichmäßige Dröhnen der Reifen in den Innenraum. Plötzlich bläst Aaron die Luft durch die Nase und schüttelt sich, als wolle er die bösen Gedanken weit von sich weisen. „Wir sollten mit Verena ins Land hinein fahren, weg von diesem Highway. Hier in der Nähe war ich zusammen mit Jason, ein halbes Jahr bevor er starb. Auf der Strecke gibt es eine Farm, die hausgemachte Gerichte anbietet, ich bekomme langsam Hunger. Was meint ihr, wir haben Zeit", sagt er aufgeräumt.

„Von mir aus gern. Und du Verena?", fragt Joao.

„Ich verlass mich ganz auf euch, es ist euer Land."

„Gut, dann biege ich am Mooi River Valley ab."

Nachdem sie die Nationalstraße verlassen haben, ziehen lang gezogene Hügel in Richtung Berge. Tiefe Schluchten zerfurchen das Land. Am Himmel stehen Wolkenhaufen, wie weiße Gnome über kleinen Inseln aus rohen Zementblockhäusern. Weiße Kühe grasen auf den Weiden, hingetupfte Punkte auf einem weiten Grün.

„Die Zulus leben hier. Von hier aus sind sie gegen ihre Nachbarvölker angerannt und haben gegen die Buren gekämpft. Aber jetzt kämpfen sie nur noch gegen die Armut", sagt Aaron und nimmt die Straße nach Rosetta, um am Kamberg Trading Post auf eine rote Piste einzubiegen, die bald in ein schmales Band übergeht, das sich in der endlosen Weite am Fuß der Drakensberge verliert. An einem Flussbett, dessen Böschung von den Frühjahrsfluten tief in den Mutterboden gegraben wurde, hält er an.

„Ich habe mich verfahren", sagt er, als er den Motor abstellt. „Irgendwo hier gibt es eine Missionsschule, die ich mit Jason besucht habe, die wollte ich Verena zeigen, aber ich muss die Abzweigung verpasst haben."

Zurück auf der Teerstraße finden sie am Ufer eines kleinen Sees die Farm, die Aaron erwähnte. Im Wasser spiegelt sich das am Horizont aufragende Felsmassiv. Ein schmaler Steg führt auf den See hinaus, an dessen Ufer sich eine Kolonie Webervögel eine

Weide als Brutstätte erwählt hat. Ihr Zwitschern dringt bis zu ihnen.

Joao, fasziniert von der Kunst der Vögel, geht hin und sieht eine Weile zu, wie sie aus ihren hängenden Nestern aus und ein schlüpfen. Als er zurückkommt und sich neben Verena auf die verwitterte Veranda setzt, erntet er den verstohlenen Blick der weißen Bedienung, die ihn mit einer Mischung aus Neugierde und Verachtung anblickt. „Sie fragt sich wahrscheinlich, wie ihr zusammen mit einem Schwarzen reisen könnt. Aber sie traut sich nicht etwas zu sagen, so weit sind wir immerhin schon. Jetzt braucht Mandela nur noch die Verhandlungen erfolgreich abzuschließen, dann können wir anfangen das Land zu befrieden."

Aaron hat ein paar flache Steine gesammelt und versucht sie auf dem glatten Wasser zum Springen zu bringen. Doch es gelingt ihm nur, die Enten zu verscheuchen. „Wird schon gut gehen, irgendwann kommen auch die schlimmsten Sachen an ihr Ende. Ich will nicht mehr politisieren, ich hab nur noch Hunger", sagt er über die Schulter.

„Was macht ihr beide wirklich?", fragt Verena, während sie auf das Essen warten.

„Was meinst du?", fragt Joao.

„Es gibt zu viele Andeutungen über schwelende Konflikte, als wärt ihr mittendrin."

Joao will gerade antworten, als die Bedienung zurückkehrt und sich mit den Fäusten auf den Hüften vor sie stellt. „Der bekommt hier nichts", sagt sie in Afrikaans, indem sie mit einem leichten Nicken auf Joao weist. „Mein Bruder weigert sich für einen Schwarzen zu kochen."

Im ersten Moment sind sie völlig perplex, dann schnappt Aarons Oberkörper nach vorne und das Blut schießt ihm ins Gesicht. Seine Hände packen die Tischplatte, bis das Weiß aus den Knöcheln tritt. Kurz sieht es aus, als wolle er sich auf die Frau stürzen, doch er zügelt sich und zischt nur drohend: „Und das gefällt dir natürlich, du Schlampe. Deshalb hast du so dämlich geglotzt, als du die Bestellung aufgenommen hast. Ihr beide, du und dein ehrenwerter Bruder, gehört wohl zu den Unverbesserlichen. Ihr merkt nicht einmal, dass sich der Wind längst gedreht hat, und dass er euch bald ins Gesicht wehen wird. Was für ein Scheißland, voller Scheißleute."

„Lass gut sein, Aaron", sagt Joao und presst Aarons Arm. „Sie war es nicht, die Jason umgebracht hat."

„Lass mich. Entschuldige Verena, so etwas wollten wir dir eigentlich ersparen." Aaron springt auf, und geht einfach weg.

„Warum reagiert er so unglaublich aggressiv", fragt Verena, als Aaron es nicht mehr hören kann.

„Er hat Jasons Tod nie verkraftet." Joao steht auf und will zu Aaron, doch der winkt ab. „Jason hat uns von dem Massaker in Boipatong erzählt, weil wir wissen wollten, weshalb er aufgehört hatte zu fotografieren." Joao sagt es ganz ruhig, nachdem er sich wieder zu Verena gesetzt hat. „Er konnte einfach nicht mehr. Die Bilder hätten ihn umgebracht, hat er uns nach einer halben Flasche Whiskey gestanden. Das Umbringen haben dann andere übernommen. Ich hatte gehofft Aaron hätte es geschafft, darüber hinweg zu kommen, aber es ist wohl noch zu früh."

Für eine Weile hängt betretene Stille zwischen ihnen, bis Verena leise fragt: „Boipatong, ist das ein Ort?"

„Ja, im Vaal Complex, siebzig Kilometer südlich von Johannesburg. Die Polizei hatte Inkatha Kämpfer bewaffnet, um einen Konflikt mit dem ANC zu provozieren. Als Jason dort ankam, war es bereits geschehen. Eine Bande bewaffneter Zulus hatte fünfundvierzig Menschen massakriert und zwanzig weitere schwer verwundet."

„Ich hab davon gelesen", sagt Verena.

„Was du wahrscheinlich nicht gelesen hast, ist, dass sie mit dem klaren Auftrag zu töten losgeschickt wurden." Joao spricht jetzt wie in Trance, als hätte er das Massaker vor Augen. „Mit Lastwagen hat man sie hingekarrt und unter den Augen der Polizei an der Peripherie der Stadt entladen. Jason war nur der Blick auf das Chaos und das Bild eines neun Monate alten Jungen geblieben. Sie hatten ihn in den Armen der Mutter zu Tode gehackt. Der kleine Körper lag auf einer Decke, mit dem Gesicht nach unten. Neben ihm saß seine Tante, deren leere Augen das Kind suchten, während die Tränen langsam auf ihren Wangen trockneten. Der Junge sah aus, sagte Jason, als würde er schlafen. Aber da war diese klaffende Wunde, von einer Machete, die sich tief in den weichen Schädel gegraben hatte. Jedes Detail hat uns Jason beschrieben, als wolle er die Bilder in seinem Kopf an uns weitergeben. Nach diesem Abend sind Aaron und ich der Jugendorganisation des ANC beigetreten. Irgendetwas mussten wir ja tun."

Verena sucht Aaron, der unbeweglich unter der Weide mit den Webervögeln steht. „Ich glaube, er braucht dich. Du solltest zu ihm gehen."

„Ja", sagt Joao, und fügt im Aufstehen hinzu. „Es wird noch lange dauern, bis unsere Wunden verheilen, aber jetzt weißt du immerhin, weshalb wir uns engagieren. Irgendwann werden dir die separaten Toiletten und getrennten Parkbänke zu viel. Die Busse, vorne Weiß und alles frei, hinten schwarz und brechend voll. Früher, wenn ich meinen Vater besuchte, musste ich mir immer einen Plan machen, wo ich essen konnte. Erst wenn ich das Gatter der Farm durchquert hatte, fühlte ich mich freier."

Verena nickt nur verloren, und sieht zu, wie Joao seinen Arm um Aarons Schulter legt.

Die kleine schummrige Bar am Hafen Durbans riecht nach Rauch und abgestandenem Bier. Aaron hat bereits ein Viertel der Flasche Whiskey vor ihm getrunken, Joao ist zu Bier übergegangen, während Verena gelegentlich am Strohhalm ihrer Cola saugt.

„Woher aus Deutschland kommt deine Familie ursprünglich, Aaron?", fragt sie.

„Irgendwo aus dem Norden, glaube ich", sagt Aaron und nimmt noch einen Schluck.

„Warum säufst du so? Ist es einer deiner schlimmen Tage?", fragt Joao.

„Dieses Weib geht mir nicht aus dem Sinn. - Mein Bruder kocht nicht für den da. - Mit solchen Typen schaffen wir es nie, egal wie die Wahlen ausgehen."

„Es wird nicht besser, wenn du dir die Leber ruinierst", sagt Joao.
„Du hast ja recht." Aaron schiebt die Whiskeyflasche von sich, greift nach der neben ihm liegenden Packung und stößt eine filterlose Zigarette heraus, die er sich seitlich in den Mund steckt. „Und du willst wirklich wissen wo ich herkomme?", fragt er Verena.
„Ja."
Seine Hand zittert, als er sich die Zigarette anzündet. „Wir sind schon lange hier. Der Urururgroßvater wurde nach der 48er Revolution in Deutschland nach Südafrika gespült, aber keiner spricht darüber, irgendwie ist das Thema tabu. Nur manchmal bei Familienfeiern kommt es zur Sprache, als wollten wir uns versichern, dass wir zu Recht in diesem Land sind." Ganz beiläufig stößt er eine weitere Zigarette aus der Schachtel und reicht sie Verena. „Du auch? Joao raucht nicht."
Sie schüttelt lächelnd den Kopf. „Sie sind mir zu stark."
Umständlich schiebt er die Zigarette zurück in die Schachtel. „Wir sind wirklich überzeugte Südafrikaner, mit Haut und Haaren. Keiner käme auf die Idee auszuwandern. Trotzdem stecken wir irgendwie dazwischen, weder englisch, noch richtige Afrikaaner. Du weißt schon, die mit den Ochsenkarren und den Wagenburgen."
„In die sich einige wieder zurück sehnen", wirft Joao ein, doch Aaron überhört ihn einfach.
„Anfangs lebten wir in der Nähe East Londons, wo die Engländer eine Pufferzone gegen die Xhosas errichtet hatten. Wir Deutsche waren der Puffer", lacht er gehässig. „Später zog die Familie nach Kapstadt. Nur meine Eltern kamen aus beruflichen Gründen nach Johannesburg. Seit Jasons Tod hasst Mutter die Stadt, als hätte es nicht überall passieren können."
„Und dein anderer Bruder?"
„David? Der ist nach Australien gegangen, vorübergehend sagt er, aber ich glaube ihm nicht."
„Und die Buchhandlung ist euer Treffpunkt."

„Ja. Die Sicherheitspolizei weiß Bescheid, aber sie können mir nichts nachweisen. Jetzt halten sie sich zurück, ich nehme an, sie warten die Wahlen ab."

„Was war Jason für ein Mensch?", fragt Verena nach einiger Zeit.

„Er war wunderbar", beteiligt sich Joao, als wäre er in Gedanken ganz weit weg gewesen. „Als sie ihn getötet haben, wollte ich das Studium aufgeben. Josepha hat mich überredet weiterzumachen."

„Josepha?", fragt Verena.

„Salgers Haushälterin. Neben Vater und Aaron die Einzige, der ich vertraue."

Für eine Weile starren sie still vor sich hin, jeder gefangen in seiner eigenen Welt, bis Joao sagt: „Aaron und ich sind fertig in Durban. Es ging schneller als wir dachten. Ich würde gern nach Maputo fahren, von hier ist es nicht so weit. Die Stadt ist sicher, hat ein Kommilitone erzählt, der vor Kurzem dort war. Aber allein ist es zu langweilig. Mozambique ist ganz anders als Südafrika, weicher, freundlicher. Was denkst du, Verena?"

„Ich soll mitkommen?", fragt sie verblüfft.

„Ja, warum nicht."

„Wie er das wieder hinzaubert", sagt sie zu Aaron und lacht ganz hell, als freue sie sich über das Angebot. „So ähnlich hat er es inszeniert, als er mich in deine Buchhandlung einlud. Damals war es der Tee, jetzt ist es Maputo. Dabei ist es gar keine schlechte Idee, besser als in Durban nur am Strand zu liegen. Kommst du auch mit, Aaron?"

„Nein, geht nicht. Ich muss nächste Woche wieder in Josi sein. Aber ihr könnt den Mini haben, wenn ihr wollt, ich nehme den Zug zurück, ist mir sogar lieber. Und warum bleibt ihr nicht für ein paar Tage in unserem Haus in Kosi, es liegt auf halber Strecke, falls ihr über Golella fahrt."

Unterwegs merkt Verena, dass sie sich, egal wo sie halten, eigenartige Blicke einfangen. Die Weißen versuchen es eher zu verbergen, doch die Schwarzen begegnen ihnen mit unverhohlener Ablehnung. Als würden wir etwas Unrechtes tun, denkt sie. Und beim Mittagessen in Jozini, einem kleinen Ort an der Abzweigung in Richtung Küste, kann sie sich nicht mehr zurückhalten. „Als Aaron noch dabei war, ist es mir nicht so aufgefallen, aber jetzt überall diese schiefen Blicke. Stimmt etwas nicht mit uns beiden?"

Joao schüttelt den Kopf, als wolle er eigentlich nicht darüber reden. Doch dann schiebt er den halb vollen Teller zur Seite und sagt irgendwie erleichtert: „Ich hatte es nicht erwartet, als ich dich bat mitzukommen. Nicht so krass."

„Was denn?"

„Sie halten dich vermutlich für eine Touristin, die sich einen schwarzen Liebhaber geangelt hat. Nicht gerade ein Kompliment für uns beide", sagt er und nimmt ihre Hand, doch er lässt sie sofort wieder los. „Stört es dich sehr?"

„Du meinst Schwarz und Weiß, Weiß und Schwarz, geht alles nicht. Glaubst du, ich wäre mit dir in Aarons Buchhandlung gegangen, wenn ich so dächte? Ich kenne diese Blicke, seit ich in Südafrika bin, sie sind mir egal."

Für einen Moment sucht er ihre Augen, dann nimmt er ihre Hand und drückt sie. „Ich hasse ihr Glotzen, egal ob Schwarz oder Weiß. Lass uns gehen, wir müssen noch vor Einbruch der Dunkelheit in Kosi sein." Er legt das Geld auf den Tisch, winkt der Bedienung und deutet mit dem Finger auf die Scheine unter dem Bierglas. Auf dem Weg zum Auto sagt er: „Ein Aufseher des Tembe Parks wartet am See, um uns überzusetzen."

Die Sonne hängt bereits überm Horizont, als sie Kosi erreichen. Der Aufseher drängt und weist bei der Überfahrt wiederholt auf kleine Fontänen in Ufernähe. „Hippo", sagt er jedesmal. „Ihr müsst aufpassen. Wenn euch ein alter Bulle begegnet, nehmt ihr besser schnellstens Reißaus. Vor allem in der Dämmerung dürft ihr nicht im Wald spazieren gehen."

Der Ranger führt sie durch einen Wald aus Krüppeleichen und Schlingpflanzen, der bald in dicht mit Seegras bewachsene Hügel übergeht. Die ganze Zeit riechen sie die Salzluft während das Raunen der Brandung langsam anschwillt. Auf einmal liegt das aufgewühlte Meer vor ihnen. Gischt hängt in der Luft. Vor ihnen erstreckt sich eine menschenleere, weit geschwungene Bucht. Überall liegen halb im Sand vergrabene Treibholzstämme, verblichenen Knochengerüsten prähistorischer Tiere gleich. Hinter einer Düne duckt sich das graue Schilfdach des Breklin'schen Hauses.

„Das ist es", weist der Aufseher auf das Haus. Er hilft Joao den angewehten Sand vor der Eingangstür wegzuräumen, schließt auf und verlässt sie mit einem kurzen Gruß. Er hat es eilig noch vor Einbruch der Dunkelheit über die Lagune zu kommen.

Während sich Joao im Haus umsieht, zieht Verena ihre Turnschuhe aus und setzt sich in den warmen Sand mit Blick aufs Meer. Fantastisch, denkt sie, schwimmen in einem endlosen Ozean, als wären wir die letzten Überlebenden einer großen Katastrophe. Als sie zurück ins Haus geht, registriert sie erleichtert, dass Joao das Gepäck bereits in zwei getrennten Zimmern untergebracht hat. „Ich gehe schwimmen, die Wellen scheinen nicht allzu hoch zu sein. Kommst du mit? Es gibt keine Unterströmungen hat mir Aaron versichert."

„Ich kann nicht schwimmen, aber ich könnte es versuchen, wenn du mir hilfst und wir in der Brandung bleiben, wo ich noch Boden unter den Füßen spüre."

„Du musst nicht", sagt sie, als sie sich, bereits an der Tür, noch einmal zu ihm umdreht.

„Aber ich will."

Am Strand bleibt sie im feuchten Sand stehen und beobachtet wie ihre Füße immer tiefer im Schlick versinken. Auf einmal spürt sie, wie ihr Joao ein Handtuch um die Schultern legt und sie sachte berührt. Als sie sich zu ihm umdreht, streift ihre Brust seine nackte Haut. Für einen Moment steht er da, als wäre nichts geschehen, dann küsst er die kleine Grube an ihrem Hals. Lächelnd löst sie sich aus seiner Umarmung. „Wir sollten das nicht tun, Joao. Ich muss zurück zu meinen kleinen Schlachten im Operationssaal, und du musst hier bleiben, dem ANC zum Sieg verhelfen und aufpassen, dass dein Land nicht im Chaos versinkt. Glaub mir, es ist besser so." Sie denkt an die Sommer auf dem Bauernhof ihrer Familie. An Viktor, den sie zu lieben glaubte, wie Teenager eben lieben. Und wie sehr er sich inzwischen verändert hat. Seine komplizierten Erklärungen, mit denen er alles rechtfertigt, wenn es ihm nur genügend Geld einbringt. Wie anders Joao ist, denkt sie, und wünscht sich, er hätte sie nicht sofort freigegeben. Dann springt sie kopfüber in die Brandung.

Beim Abendessen will sie ihm etwas sagen, ist aber noch unschlüssig, wie sie es ausdrücken soll.
„Du hast etwas. Ist es, weil ich mich am Strand falsch benommen habe?", fragt er.
„Nein, das war schön. Ich will mich für unser Gespräch nach dem Besuch in Aarons Buchhandlung entschuldigen."
Er sieht sie nur fragend an.
„Erinnerst du dich, unter dem Jakarandabaum?"
„Ja, natürlich. Aber warum willst du dich entschuldigen?"
„Du hast damals erwähnt, dass ihr durch den Krüger-Park geflohen seid, und dass deine Mutter dabei umkam. Ich bin darüber hinweggegangen, als wäre ihr Tod nicht der Rede wert. Dabei habe ich dauernd überlegt, wie schmerzhaft der Verlust für dich gewesen sein muss, aber ich konnte nicht nachfragen, ohne dass es billig geklungen hätte. Jetzt denke ich, dass es dich sehr verletzt haben muss, und dass ich das nicht will."
Joao sieht vorbei an Verena aus dem Fenster, ein steifes Lächeln um die Mundwinkel. Als er sich zu ihr dreht, wischt er eine Träne weg. „Daran hab ich nie gedacht. - Mutter war ein fröhlicher Mensch, bevor meine Schwester entführt wurde. Danach kam sie mir vor, als wäre sie versteinert. Ich hab mich schuldig gefühlt, weil ich mit Vater nach Maputo gegangen war. Dabei hätte es nichts geändert, wenn ich zuhause geblieben wäre. Wahrscheinlich hätten sie mich kaltblütig erschossen. Aber um das zu verstehen, war ich zu jung."
Verena presst seine Hand. „Ich würde dir gerne zuhören", sagt sie ermunternd.
Er sieht sie an, lächelt gequält und schüttelt den Kopf, als könne er immer noch nicht fassen, was damals passierte. „Sie haben un-

ser Haus abgebrannt, danach wollte Mutter nur noch weg. Auf der Flucht, glaube ich, hat Vater uns das Leben gerettet. Wir waren dabei zu verdursten, und vermutlich musste Vater einen Ranger töten, um an Wasser zu kommen. Er ist allein losgegangen, und ich dachte er hätte mich verlassen. Aber auf einmal kam er mit einem vollen Kanister, einem Gewehr und einer Karte zurück. Ein paar Tage später, als wir bereits auf Salgers Farm waren, stand in der Zeitung, dass sie einen Ranger mit gebrochenem Genick bei seinem Auto gefunden hätten. Salger ließ die Zeitung tagelang herumliegen, als wolle er Vater sagen: Pass auf, ich weiß alles. Manchmal denke ich, ich sollte Aaron davon erzählen, aber dann reden wir doch lieber über den ANC und über Rugby." Er stößt ein nervöses Lachen hervor. Es hört sich wie ein missglückter Versuch an, die Erinnerung endlich abzuschütteln. „Später kam diese Wut, dass sie mir das angetan hatte, als hätte sie sterben wollen", sagt er leise, und nimmt einen großen Schluck Wein.

„Deine Mutter?" fragt Verena.

„Ja", sagt er schnell. Schließlich gibt er sich einen Ruck, bemüht, die Geschichte möglichst schnell zu beenden: „Die ganze Nacht umkreiste uns eine Hyäne. Ich wusste anfangs gar nicht, was dieses schreckliche Gelächter war, aber es war entsetzlich. Irgendwann muss ich dann vor Erschöpfung eingeschlafen sein. Als ich aufwachte, war Mutter bereits tot. Wir saßen dann einfach nur neben ihr, Vater und ich, bis die Sonne aufging. Dann haben wir Steine auf sie geschichtet. Vater hat gesagt, wir würden zurückgehen und ihre Gebeine holen, um sie richtig zu begraben, aber das hat er nur gesagt, um mich zu beruhigen. So, mehr gibt es nicht. Du bist die Erste, der ich alles erzählt habe."
Er atmet tief durch, als wäre eine Last von ihm genommen.

„Und dein Vater?"

„Er spricht nicht darüber. Wir tun einfach so, als wäre nichts gewesen. Keine verlorene Frau, keine verschleppte Tochter, kein toter Ranger, nur wir beide, gestrandet in einem neuen Leben. Vielleicht bin ich deshalb verunsichert, wenn ich an Mozambique denke. Wer weiß, was dort auf mich wartet."

Verena spürt, dass er noch nicht fertig ist.

„Als Salger anbot, meine Ausbildung zu bezahlen, wollte ich zuerst nicht annehmen. Für Vater war es vermutlich noch schlimmer, weil er wusste, dass er mich bei seinem damaligen Gehalt nicht auf die Schule schicken konnte. Glaubst du, Salger wollte mich kaufen?"

Das also ist es, denkt sie. „Wer weiß, was für Beweggründe er hat. Aber du darfst nicht alles in dich hinein fressen, Joao. Noch hat er nichts als Gegenleistung verlangt, oder?"

„Nein, aber das kann noch kommen. Ich will keiner seiner Lakaien werden, und mit seinen Machenschaften will ich auch nichts zu tun haben. Trotzdem verdanke ich ihm viel, eigentlich alles, was ich heute bin."

„Nein, das verdankst du nur dir selbst", sagt sie bestimmt.

Joao sieht sie ungläubig an und wechselt das Thema. „Ich habe ein bisschen Angst vor Maputo."

„Warum? Ich dachte, du freust dich auf die Stadt."

„Schon. - Manche denken, ich wäre ein Schwarzer, den Salger gewendet hat, aber Aaron meint, ich solle nicht auf sie hören. Glaubst du, ich gehe in die Townships, weil ich mir etwas beweisen will? Flüchtlingsjunge in einem fremden Land, muss besser sein, als alle anderen, oder so ähnlich?"

Verena reagiert, als sähe sie eine neue Seite an ihm. „Warum glaubst du, dass du in Maputo erfährst, wer du bist? Weil du einmal dort warst? Das macht die Stadt noch lange nicht zu deiner Stadt. Oder willst du nur nach Mozambique, weil du dort geboren bist? Das ist lange her." Verena schenkt sich Wasser nach und betrachtet Joao, der in Gedanken ganz woanders zu sein scheint. „In meinen Augen musst du dir überhaupt nichts beweisen", sagt sie leise. „Wahrscheinlich hast du den Tod deiner Mutter nie verarbeitet, deshalb suchst du. Aber außer deinem Vater gibt es niemand, mit dem du darüber reden kannst. Doch er hat eine Mauer um sich gebaut, damit er seine Trauer ertragen kann. Also schleppst du deinen Rucksack allein."

Joao steht auf und starrt auf das schwarze Meer. Dann wischt er sich über die Augen und setzt sich neben sie, wobei ihm ein verlegenes Lächeln übers Gesicht huscht. „In Thokoza sah ich eine alte Frau, die neben ihrer getöteten Enkelin saß. Als ich die Männer fragte, weshalb sie das Kind getötet hatten, sagten sie nur: Vergiss nicht, dass Schlangen neue Schlangen gebären. Ich war sprachlos vor Entsetzen. Alles findet statt, ohne, dass ich etwas dagegen tun kann. Das tote Kind, der brennende Mann, ich fühle mich schuldig." Abrupt schweigt er und starrt nur vor sich hin. Sie traut sich nicht, ihn aus seinen Gedanken zu reißen, bis er sich aufrichtet, tief einatmet und sagt: „Jetzt ist genug mit Trübsal. Ich bin so froh, dass du mitgekommen bist. In Jozini, beim Essen, wäre ich fast umgekehrt. Ohne dich hätte ich es getan."

Verena führt seine Hand zum Mund und küsst sie. „Ohne mich wärst du in Jozini gar nicht in die Situation geraten", sagt sie lächelnd. Er ist eine einzige große Wunde, denkt sie. Ein Falter prallt schon seit einiger Zeit gegen das Fliegengitter, angezogen vom Licht der Öllampe. Er kann nicht herein, denkt sie, so wie Joao nicht aus seiner Haut kann. „Erzähl mir mehr, ich hör dir einfach zu."

„Manchmal fühle ich mich wie ein Baum ohne Wurzeln", sagt er leise, als müsse er Rechenschaft ablegen. „Ich bin talentiert, habe ein paar Klassen übersprungen, und bin jetzt einer der Jüngsten an der Universität, aber es bedeutet mir nichts. Wenn mich einer als Kokosnuss beschimpft, packt mich die Wut. Nur weil Salger das Studium bezahlt, verrate ich doch nicht meine Leute. Aber was ist, wenn die Wahlen in einer Katastrophe enden? Wenn Mandela genauso wird, wie jeder andere Big Man in Afrika? Dann muss ich weg von hier, aber wo soll ich hin? Zurück nach Mozambique? Nach Europa? - Die Frau am Fuß der Drakensberge, die uns wegen mir nichts zu essen gab, sie hat keine Zweifel. Sie ist Weiß, da hat sie recht, auch wenn sie noch so dumm ist. Entschuldige, das hätte ich nicht sagen sollen, du bist ganz anders."

Verena schweigt betreten, weiß nicht, was sie davon halten soll. „Du nimmst alles viel zu ernst", sagt sie nach einigem Überlegen. „Du kannst die Welt nicht allein kurieren. Die meisten von

uns sind nur ein kleines Rädchen in einer Maschine, die sich immer schneller dreht. Es spielt keine Rolle, ob du Schwarz oder Weiß bist."
„Wahrscheinlich hast du Recht. Übrigens, du siehst wunderschön aus."
„Ein Kompliment, woher hast du das?"
„Hab ich gelesen, gehört sich so bei Frauen, stand da", sagt er und strahlt sie an. „Deine Therapie wirkt anscheinend, ich fühle mich ganz leicht."
„Ist nur der Wein."
„Nicht nur, ich fühle mich etwas hilflos in deiner Gegenwart."
„Unsinn, ich bin so froh, dass du mich mitgenommen hast. Ohne dich hätte ich dieses Haus, den Strand, diesen Traum einer Bucht nie gesehen. Jetzt bin ich auf Mozambique gespannt, ich möchte wissen, woher du kommst."
Die nächste Stunde sitzen sie beim Flackern der Öllampe und erzählen sich alles, was ihnen in den Sinn kommt. Joao spricht viel über seine Hoffnung auf ein neues Südafrika. Und Verena erzählt von ihren Sommermonaten auf dem Bauernhof ihrer Großeltern. Von ihrer Mädchen-Schwärmerei für Viktor, einem entfernten Cousin, der immer noch nicht weiß, was er mit seinem Leben anfangen soll. „Komm", sagt sie plötzlich, steht auf, nimmt ihr Glas und die Weinflasche und macht sich auf den Weg nach draußen. „Es ist eine sternklare Nacht, wir setzen uns an den Strand. Ich habe noch nie davon gehört, dass Nilpferde im Meer schwimmen."
„Und das ganze andere Zeug, das draußen herumschleicht?"
„Die werden uns schon nichts tun." Verena klingt leicht angetrunken, resolut, als könne ihr keiner etwas anhaben. „Wir gehen nur bis zur Kuppe der Düne vor dem Haus."
Wie mutig sie ist, denkt Joao, nimmt eine Jacke und stolpert in der Dunkelheit hinterher. Draußen, auf der Spitze einer hohen Düne, nimmt sie seine Hand und zieht ihn zu sich. Er legt ihr die Jacke um die Schultern und sie sitzen nur da und sehen auf die weißen Kronen der Wellen, wie sie unermüdlich auf den Strand zurollen.

Am nächsten Morgen hängt eine leichte Unsicherheit zwischen ihnen.
Während sie sich duscht, deckt er den Tisch und wartet nervös, bis sie aus dem Bad kommt. Alles kann passieren, denkt er, dass sie mich verachtet, mich ablehnt, sofort zurückfahren will, ohne mir eine Erklärung zu geben. Doch dann, als sie strahlend erscheint, geht sie einfach zu ihm und küsst ihn lange auf den Mund. „Es war schön", sagt sie.
Während des Frühstücks reden sie kaum. Sie denkt: Ich werde mit ihm nach Maputo fahren, wir werden uns über Gott und die Welt unterhalten, und nachts werden wir miteinander schlafen. Ich will nicht an meine Familie denken, ich werde mit Joao zurück nach Durban fahren und von dort über Johannesburg nach München fliegen. Er wird in Südafrika bleiben, und sie werden die Wahlen gewinnen. Joao wird aufsteigen und mithelfen das Land zu verändern.
Ich werde das Studium beenden und an der Charité praktizieren. Ganz langsam werden die Bilder in meinem Kopf über den Strand, das Haus in den Dünen, die tellergroßen Spuren der Nilpferde im Schlamm des Kosi-Sees, und die Nächte mit Joao verblassen.
Und wir werden uns nie mehr wiedersehen.

Nach rauschhaften Tagen in Maputo, bringt er sie zum Flughafen in Durban. Menschen begrüßen und verabschieden sich. Verena küsst ihn, geht durch die Ticketkontrolle und verschwindet hinter einer blinden Glaswand. Er hat Angst, sie zu verlieren, so wie er Jason verloren hat. Plötzlich scheint alles um ihn herum still zu stehen. Bänke, Boden, Menschen verharren. Geräusche werden dumpf, das Licht stimmt nicht mehr. Ein Junge mit einem Rollkoffer rempelt ihn an. Joao steht unbeweglich in der Halle, er sieht sich als Fremder, der ihm nichts bedeutet. Er betrachtet seine Hände, spürt, wie das Gefühl zurückkehrt. Er geht zur Toilette, wäscht sich das Gesicht und betrachtet sich im Spiegel, bis er sich wiedererkennt.

10 Waffenhandel

Während Südafrika langsam im Chaos versinkt, sitzt Salger in einer Hafenkneipe Odessas und wartet auf General Dimitrov, der bei der Verschiffung der Waffen dabei sein und sein Geld persönlich in Empfang nehmen wollte. Durch die mit Schlieren überzogene Fensterscheibe sieht er, wie Panzer, Haubitzen, Mörsergranaten im Bauch eines liberianischen Frachters verschwinden. Den Alukoffer, vollgestopft mit Dollarbündeln, hat er schützend zwischen die Beine gestellt. Zwei Millionen, kein Pappenstiel, viele Männer sind schon für kleinere Beträge umgebracht worden, denkt er.

Endlich fährt Dimitrovs schwarze Limousine vor und hält direkt am Kai. Der General steigt aus, spricht ein paar Worte mit dem Chauffeur und kommt ins Lokal. Salger sieht irritiert dem davonfahrenden Wagen nach, weil er nicht versteht, was abläuft. Sein eigenes Auto hat er hinter einer nahe gelegenen Lagerhalle geparkt, um sofort verschwinden zu können, sollte bei der Übergabe etwas schief gehen.

Ohne großes Begrüßungszeremoniell setzt sich Dimitrov an Salgers Tisch. Er stößt einen kleinen Seufzer aus und deutet auf den Aluminiumkoffer. „Ist es da drin?"

„Ja, wie vereinbart in großen Scheinen."

„Kann ich sie sehen?"

„Hier?", fragt Salger verblüfft.

„Warum nicht, es ist ja keiner da. Der Kellner sieht beim Verladen zu."

„Wie Sie wollen." Salger hebt den Koffer auf die Tischplatte, stellt die Schlüsselkombination ein und öffnet den Deckel um einen Spalt.

Der General wirft nur einen kurzen Blick auf die feinsäuberlich gestapelten Geldbündel und strahlt. „Ich habe den Fahrer in die Stadt geschickt, dass er uns einen Wodka besorgt, den besten den es gibt. Schließlich haben wir etwas zu feiern. Es ist die größte Lieferung, die wir je gemeinsam gemacht haben."

Feiern, nicht nötig, denkt Salger, Hauptsache ich komme hier ganz schnell wieder weg. Mit einer entschlossenen Handbewegung schiebt er den Koffer über den Tisch. „Er gehört Ihnen." Dimitrov streicht liebevoll über die Aluminiumhaut und wiegt den Koffer wie ein kleines Kind, bevor er ihn zwischen die Beine stellt. Sie versuchen etwas Small Talk, doch Dimitrovs Englisch ist schlecht und Salger spricht kein Russisch. So bleiben ihnen nur ein paar unverbindliche Allgemeinplätze, bis endlich der Chauffeur erscheint. Er stellt eine Flasche Wodka auf den Tisch und bleibt stehen, als erwarte er weitere Instruktionen. Doch Dimitrov verscheucht ihn mit einer ungeduldigen Handbewegung. Er ruft den Kellner zu sich und verlangt zwei Gläser, die er eigenhändig vollschenkt: „Nasdrowje, Martin, oder sollte ich Prost sagen."

„Prost, Jewgenij", sagt Salger. Eigentlich habe ich ihn nie gemocht, denkt er. Goffin vertraut er, mir weniger. Sie trinken schweigend und als Salger bereits spürt, wie ihm der Schnaps im Magen rumort, steht der General auf und macht eine flüchtige Verbeugung. Er nimmt den Koffer unter den Arm und geht zur Limousine. Der Fahrer hält ihm die hintere Tür auf, und Dimitrov hebt zum Abschied die Hand. Salger sieht wie er den Koffer auf den freien Platz neben sich legt. Als der Fahrer den Motor startet, schießt eine Feuersäule in die Luft und das Auto fliegt auseinander. Blechverkleidungen segeln umher, der Gestank von Schwefel und schmelzendem Gummi wabert bis zu Salger ins Lokal. Ein brennender Reifen rollt zum Kai und kippt um, bevor er ins Wasser stürzt.

Als Salgers Gehirn wieder zu arbeiten beginnt, sieht er die Glasscherben im Lokal, die zerborstenen Flaschen, die umgestürzten Stühle. Er tastet sich ab, registriert den verschmutzten Anzug, und sieht, wie der Kellner sich das Blut von der Stirn wischt. Sie müssen es mit Fernbedienung gemacht haben, denkt Salger, aber warum jagen sie Dimitrov mitsamt dem Geld in die Luft? Macht keinen Sinn, außer es ging um etwas anderes. Besser, ich verschwinde, bevor hier das Chaos ausbricht.

Salger geht langsam, wie jemand der mit der ganzen Angelegenheit nichts zu tun hat, zu seinem Wagen. Bevor er einsteigt, prüft er den Unterboden und findet nichts. Er lässt die Lagerhallen hinter sich und fährt sofort zum Flughafen. Dort nimmt er die erstbeste Maschine in den Westen.

Zurück in Zürich informiert er Goffin, dass er für weitere Waffengeschäft mit Ländern der früheren Sowjetunion nicht mehr zu haben ist.
„Was ist passiert? Ein Freund hat mich informiert, aber er wusste nichts Genaues. Die Regierung hat die ganze Sache unterdrückt. Lokal heißt es, es wäre ein Unfall gewesen. Dimitrov bekommt ein Staatsbegräbnis und posthum den Verdienstorden der Ukraine."
„Wer war es?", fragt Salger.
„Kann ich dir nicht sagen. Aber ich vermute, eine Fraktion in der Armee, die ihm das Geld geneidet hat. Du warst zu erfolgreich, Martin."
Was für ein Unsinn, denkt Salger. „Es ist passiert, nachdem ich ihm das Geld übergab. Es macht keinen Sinn, zwei Millionen durch den Kamin zu jagen. Sie hätten sich den ganzen Klamauk sparen können, wenn sie mir den Koffer abgenommen hätten. Aber vermutlich ging es ihnen gar nicht ums Geld. Ich verstehe das Land nicht, die Menschen ticken irrational, es ist besser, ich steige aus."
„Jetzt lass erstmal Gras darüber wachsen. In ein paar Tagen weiß ich mehr. Wie lief es denn ab, du warst doch dabei."
„Dabei? Eher daneben und weit genug weg. Wie verabredet hatte ich ihm, in der von Dimitrov gewünschten Kneipe, das Geld übergeben. Der Fahrer parkte in der Nähe des Frachters. Keiner der beiden schien irgendetwas zu befürchten. Als Dimitrov einstieg, flog das Auto in die Luft. Ich bin sofort gegangen."
„Ungehindert?", fragt Goffin gespannt.
„Ja, wahrscheinlich hatte ich einfach nur Glück. Ich hab den nächstbesten Flieger genommen und das Land verlassen."
„Gut. Und jetzt, was denkst du jetzt?"

„Nichts, ich will nichts mehr damit zu tun haben. Vorerst hat sich niemand bei mir gemeldet. Keine Forderungen, absolute Stille. Ich hoffe es bleibt so."
„Sie müssen dich gesehen haben."
„Gut möglich. Ich glaube, es ging ihnen nicht um Geld. Sie wollten eine Demonstration. Jemand anderes war der Empfänger ihrer Message."
„Du redest, als wüsstest du, wer ‚sie' ist."
„Nein, weiß ich nicht, interessiert mich auch nicht. Das Muster kommt mir nur bekannt vor. Als Kwame dran war, ging es vermutlich auch nicht um ihn. Er war nur unser ‚soft belly', an ihn kamen sie am leichtesten ran. Einen von uns beiden, dich oder mich wollten sie wahrscheinlich treffen. Sie wollten uns loswerden, raushaben aus dem Land. Und bei dir hat es ja auch geklappt."
„Bei dir doch auch."
„Ja, aber nur halb. Ich fliege morgen nach Südafrika, es ist Zeit, alles zu ordnen."
„Die Wahlen stehen an, machst du dir Sorgen?"
„Nein, es ist alles gelaufen, der ANC wird gewinnen. Ich hatte genug Zeit mich vorzubereiten und werde Südafrika verlassen. Wenn ich wieder in Zürich bin, rufe ich an."

Ein paar Tage später, Salger ist glatt rasiert, als er Hernan zu sich ins Studio ruft. Er trägt Krawatte und Anzug und reicht Hernan die Hand: „Ich muss für eine Woche nach Pretoria, wann ich genau zurück komme, hängt davon ab wie alles läuft", sagt er, kaum dass sich Hernan gesetzt hat.
„Aber Sie kommen zurück?"
„Ja, auf die Farm. Aber in Südafrika ist meine Zeit endgültig abgelaufen. Das Land versinkt in Anarchie, und die Wahlen werden alles nur noch verschlimmern. Wenn sie, wie ich vermute, mit einer riesigen ANC-Mehrheit enden, fliegt das Land auseinander. Die Weißen hauen ab und der Rest kollabiert. Möchtest du etwas trinken?"

Salger schenkt sich ein Glas Whiskey ein und reicht Hernan die Flasche, doch der wehrt ab.

„Zu früh am Tag." Er glaubt, ich gehöre ihm, denkt Hernan.

„Mandela meint es gut, aber die Realität findet auf den Straßen statt. Ein paar Verrückte denken, sie könnten das Rad zurückdrehen, und unsere Nachbarn rüsten auf. Sie erwarten, dass ich mich auf ihre Seite schlage, aber ich will nicht für eine verlorene Sache kämpfen. Gilt unsere Vereinbarung noch?"

„Ja, Sie können sich auf mich verlassen. Drei Jahre, dann ist Joao mit dem Studium fertig. Das gibt Ihnen ausreichend Zeit, einen anderen Verwalter zu finden."

Salger schwenkt den Whiskey im Glas, ohne etwas Besonderes im Blick zu haben. In Gedanken sieht er Hernan und Joao, abgerissen und halb verhungert, an der Kreuzung sitzen. Und er sieht sich mit ausgestreckter Hand auf Joaos Gewehr warten, während die Löwin auf ihn zu kriecht. Joao hatte Angst, ich konnte es riechen, aber er ist nicht gerannt, denkt er. „Ich hatte gehofft, du würdest auf Dauer hier bleiben, dass es früher oder später auch deine Farm wird. Wenn du zurück nach Mozambique gehst, fängst du wieder von vorne an, das ist nicht gut in deinem Alter. Hier hast du alles, was du brauchst." Salger nimmt einen Schluck und betrachtet Hernan, der in sich hinein zu horchen scheint. „Mit euren südafrikanischen Pässen könnt ihr bleiben, solange ihr wollt, keiner kann euch ausweisen. Und vergiss nicht, diese Farm ist inzwischen Joao's Zuhause. Aber vielleicht hast du recht, ich habe nie Kinder gehabt, ich weiß nicht, was es bedeutet, eine Tochter zu verlieren. - Drei Jahre sind in Ordnung", sagt er abrupt, steht auf und verlässt das Studio ohne Gruß.

Kurz darauf hört Hernan den Landrover vom Hof fahren. Er bleibt noch eine Weile sitzen und betrachtet das Studio, als sähe er es zum ersten Mal. Die Bücher, den Kamin mit dem ausladenden Sims, auf dem eine nigerianische Bronze steht. In seinen Augen bin ich vermutlich ein Zugelaufener, über den er nach Belieben verfügen kann, denkt er. Ich weiß nicht, was er wirklich tut, woher sein Geld stammt, die Farm ist nur sein Rückzugsort. Joao's Zuhause? Wie kommt er überhaupt darauf? Joao hat kein

Zuhause, nicht, seit wir Mozambique verlassen haben. „Vielen Dank, Master, ich werde Sie nicht enttäuschen." Mit einem Ächzen steht er auf, streckt sich und verlässt mit hängenden Schultern den Raum, als hätte er eine entscheidende Partie verloren.

Am Wahltag erringt der African National Congress einen überwältigenden Sieg. Danach verbringt Salger lange Stunden im Studio, um seine Papiere zu ordnen, das Meiste verbrennt er. Manche Aufzeichnungen packt er zu kleinen, handlichen Paketen, und bringt sie eigenhändig nach Hoedspruit, von wo er sie postlagernd in die Schweiz schickt. Auf der Farm herrscht gespannte Betriebsamkeit. Die Arbeiter reden viel untereinander, doch sobald Salger auftaucht, herrscht betretenes Schweigen. Hernan versucht so gut wie möglich seiner Arbeit nachzugehen, bis ihn Salger zu sich ins Studio ruft. Er sitzt versonnen vor dem Kamin, ein Glas Whiskey in der Hand, zu seinen Füßen die Hunde. Sie heben nur kurz den Kopf, als Hernan das Zimmer betritt.

„Bring das Tablett dort auf der Anrichte, und setz dich zu mir", sagt Salger kurz angebunden.

Hernan vermeidet Salger direkt anzusehen. „Ist es jetzt soweit?", fragt er.

„Ja, ich habe in Zürich ein Büro und ein Haus angemietet, für eine Investment- und Vermögensverwaltung. Nächste Woche gehe ich zurück nach Europa."

„Sie glauben, dass Südafrika auseinanderfällt?"

„Vielleicht, es wird von Mandela abhängen. Aber meiner Meinung nach kann es nicht gut gehen. Jetzt wo die Schwarzen die Macht haben, wollen sie Wasser in ihren Hütten, Strom und genug zu essen. Es braucht Geld, um all das zu finanzieren. Woher soll das kommen? Hehre Reden allein helfen nicht. Und wenn die Regierung nicht liefert, werden sich die Leute auflehnen. So ist es seit Jahrtausenden und warum sollte es diesmal anders sein. Die Weißen warten vielleicht noch eine Weile ab, aber diejenigen, die genug Geld haben, werden das Land verlassen." Salger zündet sich eine Zigarette an, inhaliert tief und bläst den Rauch ins Feuer. Er stellt die Whiskeyflasche zur Seite, nimmt den Rotwein und schenkt beide Kristallgläser voll. „Auf die gewonnenen Wahlen", sagt er und prostet Hernan zu. „Ich hoffe, dass der ANC Geduld hat und schnell lernt. Vielleicht erweist sich meine Schwarzmalerei ja auch als falsch." Er lacht, als hielte er das für ziemlich unwahrscheinlich.

Hernan hebt das Glas und betrachtet die Reflexe des Kaminfeuers durch den Kelch hindurch. Er kann gehen, wohin er will, denkt er. Leute wie er brauchen nicht durch den Krüger-Park zu fliehen, um sich in Sicherheit zu bringen. „Auf die gewonnenen Wahlen. Joao kommt übermorgen. Sie wissen, dass er in die Kommission berufen wurde, der Bischof wollte es so."

„Ja, ich weiß. Ich bin stolz auf ihn. Das Land braucht Leute wie Joao. Sag ihm, wie sehr ich mich freue, ihn zu sehen."

„Weiß er, dass Sie das Land verlassen werden?"

„Natürlich, er hat längst damit gerechnet. Sag ihm, dass ich keinen Cent seines Stipendiums zurückhaben will."

Hernan nickt und stellt das Rotweinglas aufs Tablett. „Danke. Dank für alles, was Sie für uns getan haben. Auf was soll ich während Ihrer Abwesenheit achten?"

„Mach so weiter wie bisher. Dort in der Schublade des Sekretärs liegt ein Kuvert, darin findest du alles. Ich möchte, dass du ins Haupthaus ziehst. Nimm den Gästetrakt, er ist bequemer als deine Hütte, und mach es, solange ich noch da bin. Alle sollen wissen, dass du der neue Chef bist. Josepha freut sich darauf, dass du das Haus übernimmst. Die leeren Zimmer machen ihr Angst, meint sie. Um meine Wohnräume brauchst du dich nicht zu kümmern, Josepha macht das. Halt du nur die Farm in Schuss. Übrigens, ich habe dein Gehalt erhöht. Dasselbe, was ich einem guten, weißen Verwalter bezahlen müsste. Ich hoffe es ist dir recht."

Warum freue ich mich nicht, denkt Hernan. Es sind keine Almosen, die er verteilt, aber er bleibt der Herr und ich bin sein Knecht. „Das ist mehr als ich erwarten konnte. Dann gehe ich jetzt."

„Schick Joao zu mir, sobald er ankommt", ruft ihm Salger hinterher.

Als Joao nach der Landung in Hoedspruit die ausklappbaren Treppen des Flugzeugs hinuntersteigt, sieht er seinen Vater bereits hinter dem Zaun des lehmfarbenen Abfertigungsgebäudes stehen. Er trägt ein ausgewaschenes Hemd und olivgrüne Baumwollhosen mit großen Taschen an den Schenkeln. Ein Mann, der in die Landschaft passt, als wäre er hier verwurzelt, dabei lebt er in Gedanken immer noch in Mozambique, denkt er, und hebt die Hand, als Zeichen, dass er Hernan gesehen hat.
„Du hast ein paar graue Haare zugelegt", sagt er, als er Hernan umarmt. „Ich hätte mir einen Mietwagen nehmen können."
„So sehe ich dich wenigstens für ein paar Stunden, bevor Salger dich in Beschlag nimmt, und du den Rest der Zeit mit Josepha und Rani verbringst."
„Höre ich da ein wenig väterliche Kritik?"
„Wie geht es in Johannesburg, wie laufen die Vorbereitungen in der Kommission?", vermeidet Hernan eine Anwort.
Joao lässt resigniert die Schultern fallen. „Es kommt jetzt alles zur Sprache, die ganze verdammte Vergangenheit. Wir dachten, allein das Reden brächte Erleichterung, aber es war reines Wunschdenken. Wie geht es bei dir?"
„Gut, alles gut. Willst du fahren?" Hernan deutet auf den weißen Bakkie hinter ihm.
„Neues Auto?"
„Ja, vor einem Monat gekauft. Willst du?"
„Gern." Joao nimmt den Autoschlüssel, wirft die Tragetasche auf die Rückbank und klemmt seine langen Beine unter das Lenkrad. Während sich Hernan anschnallt, legt ihm Joao die Hand aufs Knie. „Dein ‚Gut' hört sich eher schlecht an. Willst du diese Verwaltung überhaupt?"
„Nein, nein, wirklich, alles gut", sagt Hernan und zuckt mit den Schultern. „Ich glaube, Salger meint es wirklich erst. Er vertraut mir. Wir haben einen Vertrag geschlossen, mit allem, was dazugehört. Nächste Woche werde ich ins Haupthaus ziehen, und du

kriegst dein eigenes Zimmer, er will es so. Er zieht nach Zürich, hat er gesagt."

„Warum nicht Deutschland, da kommt er doch her?"

„Keine Ahnung."

„Und was macht er in der Schweiz?" Joao hat es eher beiläufig gesagt, als würde es ihn nicht sonderlich interessieren. Vorsichtig lenkt er das Auto auf die Landstraße nach Norden.

„Vermögensberatung. Was immer das heißt. Er hält große Stücke auf dich und will unbedingt mit dir reden, bevor er geht."

Wundert mich nicht, denkt Joao. „Warum geht er ausgerechnet jetzt? Er hat länger gewartet, als die meisten Weißen, die es sich leisten können, das Land zu verlassen."

„Vermutlich hat er die Wahlen abgewartet. - Er glaubt nicht an das Gerede von der Regenbogen-Nation. Er meint, es wären zu viele alte Rechnungen offen, die jetzt beglichen würden. Die Farmer in der Nachbarschaft bewaffnen sich, sagt er, aber er will nicht zwischen die Fronten geraten. Vielleicht hat er ja recht."

„Und? Was glaubst du?"

Hernan zögert lange, bevor er stockend antwortet. „Die Menschen kämpfen seit Jahrhunderten um lumpige Vorteile, um Ideologien, um alles Mögliche. In Mozambique haben wir ein Jahrzehnt um nichts gekämpft. Und jetzt ist das Land zerstört, deine Mutter ist tot, und Marta ist verschwunden. Ich bin nur traurig, Joao. Was hier passiert, geht mich eigentlich nichts an."

So hat er noch nie gesprochen, denkt Joao. Er weiß, dass ich nach Südafrika gehöre, aber vermutlich will er mir sagen, dass er zurück muss, später wahrscheinlich, und dass ich ihn nicht davon abhalten darf.

„Hier ist meine Chance, Vater. Ich will etwas daraus machen."

„Ich weiß."

Joao stellt den Kleinlaster in den Schatten der alten Pappeln und geht zu Josepha, die auf den Stufen der Veranda bereits auf ihn wartet. Er sieht die tiefen Furchen in ihrem Gesicht und wie sie sich bemüht aufrecht zu stehen, als müsse sie ihm etwas beweisen. Und er sieht ihre alten Augen, die liebkosend auf ihm ruhen.

Meine stumme Ersatzmutter, denkt er, während er die Stufen zur Veranda hinauf eilt. Als er sie umarmt, fällt ihm auf, wie klein sie geworden ist. Er beugt sich zu ihr und küsst sie auf beide welken Wangen.

In dem Moment kommt Salger auf sie zu. „Joao, schön dich zu sehen. Du hast zugelegt", sagt er lächelnd.

„Es ist eine Weile her, seit wir uns gesehen haben."

Salger nickt. „Ich hab von deinem Engagement in der Kommission gehört. Vielleicht können wir beim Abendessen darüber reden. So gegen acht?", fragt er Hernan, der an den Stufen zur Veranda stehen geblieben ist.

„Das schaffe ich nicht. Wir bessern im Norden den Zaun aus. Es wird spät, ich habe den Männern versprochen, sie ins Dorf zu bringen. Außerdem reden Sie besser allein mit Joao. Wenn es um Politik geht, kann ich sowieso nichts beitragen."

„Wie du willst, dann eben nur wir beide", sagt Salger und geht ins Haus zurück.

„Kann ich mir ein Pferd nehmen, ich möchte gern ins Gelände. Es ist lange her, dass ich draußen war", ruft ihm Joao hinterher.

„Natürlich, warum fragst du überhaupt. Nimm Elsa, sie freut sich bestimmt raus zu kommen. Pass aber auf, sie ist lange nicht geritten worden, da reagiert sie manchmal etwas nervig. Du weißt ja, wo du alles findest."

„Danke, ich werde gut auf sie achtgeben."

Joao trägt seine Tasche in die Hütte des Vaters und wirft sie auf das Feldbett, das Hernan eigens für ihn aufgestellt hat. „Ein Gutes hat der Umzug ins Haupthaus, ich bekomme endlich ein richtiges Bett." Er lacht kurz auf, wird aber sofort wieder ernst. „Er hat mir Elsa angeboten, das hat er noch nie getan. Und du traust ihm immer noch nicht, oder?", fragt er im Ton eines Interviewers, der sich langsam zum Kern der Sache vortastet.

„Er schätzt dich eben. Elsa ist launisch, aber das weißt du ja", vermeidet Hernan eine direkte Antwort. „Und lass Josepha wissen, wohin du reitest, damit wir dich finden, falls du abgeworfen wirst."

Er will nicht darüber reden, denkt Joao. „Warum kommst du nicht zum Abendessen? Du könntest doch leicht um acht zurück sein, es ist dann längst dunkel, da solltest du sowieso nicht mehr draußen sein."

„Ich habe das Gefühl, er will mit dir allein sein. Für ihn bist du wie ein Sohn, ich störe da nur."

„Ein Sohn? Ich bin dein Sohn und brauche keinen anderen Vater."

„Ich weiß."

Joao steht auf und stellt sich in die Öffnung der Hütte, von wo er Ranis weitläufiges Gehege einsehen kann. Doch die Löwin ist nirgends zu erblicken. „Du hast etwas. Hat es mit mir zu tun? Mit meiner Arbeit in der Kommission?", fragt er schließlich.

„Nein, ich bewundere, was du tust. Ich frage mich nur, ob du wirklich Politiker werden musst. Ab einem bestimmten Punkt werden sie dich nicht mehr allein lassen. Bist du erfolgreich, wirst du umlagert von Speichelleckern, wenn nicht, kennt dich keiner mehr. Ich mache mir Sorgen, ob du die nötige dicke Haut dafür hast."

„Lass gut sein, Vater. Ich glaube, ich weiß, wann ich aufhören muss, und ich habe viel gelernt in den letzten Monaten." Joao denkt an Verena, die etwas Ähnliches gesagt hat, als sie sich von ihm verabschiedete. Sie halten mich für zu weich, zu empfindsam, aber sie täuschen sich. Wenn es darauf ankommt, weiß ich, was ich zu tun habe. „Vielleicht bin ich zu kompliziert für die Politik, aber ich muss es wenigstens versuchen. Wir können es nicht nur den alten Männern im ANC überlassen, da hat Salger völlig Recht. Keiner von ihnen lebt ewig, und wer weiß schon, welche Rachegefühle noch schwelen. Diese Kommission: Manchmal denke ich, ich kann es nicht mehr ertragen, dabei hat es gerade erst begonnen." Er hängt kurz seinen Gedanken nach und wechselt übergangslos das Thema. „Ich habe über Salger nachforschen lassen, aber wir sind nicht fündig geworden. Jeder in meinem Team ist überzeugt, dass er die ganzen Jahre mit der Staatssicherheit zusammen gearbeitet hat, aber es gibt keine Beweise. Vermutlich wird ihm jetzt der Boden zu heiß, und er weiß nicht mehr, woher der Wind weht."

Hernan betrachtet seinen Sohn, der ihm im schummrigen Halbdunkel der Hütte plötzlich viel älter vorkommt. Er ist immer noch mein Junge, denkt er, auch wenn er inzwischen erwachsen ist. „Du wirst es schon richtig machen. Ich bin gespannt, was dir Salger sagt. Lass es nicht auf einen Bruch ankommen. Egal was passiert, lass dich nicht provozieren, du verdankst ihm zu viel."

Joao ist noch nicht lange im Gelände, als ihn die Stille der Landschaft bereits nervös macht. Es gelingt ihm einfach nicht, seine Gedanken zu sammeln, und sich auf das Pferd zu konzentrieren. Mit der Zeit überträgt sich seine Unruhe auf die Stute, und beim Abstieg in ein ausgewaschenes Flussbett wären sie durch einen Schrittfehler fast kopfüber die Böschung hinunter gestürzt. Wir hätten uns beide das Genick brechen können, denkt Joao, es ist meine Schuld, das Gelände eignet sich nicht, ziellos durch die Gegend zu trotten.

Er reitet zurück, sattelt ab und bringt Elsa auf die Koppel. Danach geht er zu Rani, die jedoch lange nicht kommt. Sie schmollt, denkt er, und will wieder gehen. Da sieht er Bewegung im hohen Gras. Kurz darauf steht sie vor ihm. Meine erwachsene Löwenfreundin in ihrem elfenbeinfarbenen Kleid, denkt er, öffnet das Gatter und streicht ihr über den Kopf. Als sie sich auf den Rücken wälzt, um zu spielen, setzt er sich zu ihr und legt den Kopf auf ihre Flanke. Ihre Pranken hat sie, einer Umarmung gleich, entspannt von sich gestreckt, er kann den Staub in ihrem Fell riechen.

Was für ein Irrsinn, denkt er, ich liege neben einer Bestie, der ich mehr vertraue als irgendeinem der Leute, denen ich Tag für Tag gegenüber sitze. So viele Geschichten, Fakten und Informationen, doch sie zählen nicht. Es sind die Gesichter, die Stimmen, die Tränen der Opfer. Es ist real, es sind unsere Leute, keine unpersönlichen Wesen. Es ist die Mutter, die über dem vergifteten Körper ihres sterbenden Sohnes weint. Der Sergeant, der auf einmal begreift, was er angerichtet hat. - Verena habe ich vertraut, und auf Vater kann ich mich verlassen, egal was kommt. Aber sonst? Joao richtet sich auf und streicht Rani über den Kopf: „Ich muss gehen, du kannst mir auch nicht helfen, aber ich komme wieder. Bis bald, Rani."

Den Rest des Nachmittags verbringt er zusammen mit Josepha, die jedesmal glücklich ist, ihn zu sehen. Ihr Haar ist noch grauer geworden, das Gesicht gleicht einer vom Wetter gegerbten Landschaft, und die Schrift auf ihren kleinen Zetteln erinnert ihn inzwischen an das Krakeln kleiner Kinder. Als er ihr von der neuen Verfassung und der Kommission erzählt, hört sie aufmerksam zu, und wiegt nur gelegentlich zweifelnd den Kopf. Ab und zu nickt sie zustimmend, aber so richtig kann er sie nicht deuten.

„Du findest falsch, was wir tun? Ist es das, was du mir sagen willst?", fragt er schließlich.

Sie schüttelt vehement den Kopf und betrachtet ihn aufmerksam. „Was ist es dann?"

Sie kritzelt lange auf ihrem Blatt Papier, und schiebt es zögernd über den Tisch.

Die Leute lügen, es ist zu schmerzhaft, niemand kann auf sein eigenes Leid zurückblicken, ohne die Wahrheit zu verdrehen, liest er laut vor, und sieht, wie sie bestätigend nickt.

Joao stützt die Ellenbogen auf den Küchentisch und hält die Hände vors Gesicht, wobei er resigniert die Schultern hängen lässt. „Genauso ist es, aber wir haben keine Wahl", sagt er, und streicht sich mit Daumen und Zeigefinger über die Augen. Dann richtet er sich auf und sieht sie an. „Salger will mich sprechen. Was denkst du?"

Er hat Angst, steht auf dem Zettel.

Joao nickt, steckt die beiden Zettel ein und geht hinaus, um die letzten Strahlen der untergehenden Sonne aufzusaugen.

Während Joaos Ausritt hat Salger im Kamin des Arbeitszimmers ein Feuer entfacht, in das er gelegentlich das eine oder andere Blatt Papier hineinwirft. Als er einen verstaubten Stapel, eine durch ein rotes Band zusammen gehaltene lose Sammlung handschriftlicher Aufzeichnungen, Zeitungsausschnitten und alten

Fotos in die Hand nimmt, lächelt er, lehnt sich zurück und öffnet den Knoten: John Goffins gesammelte Werke zu Nigerias Kolonialzeit, monatelang hat er damit verbracht, im Schein seiner Tranfunzel, denkt er. Damals glaubten wir noch an etwas. Alles ließ sich rechtfertigen im Schatten des Kalten Kriegs. Man musste Partei ergreifen, schwarz oder weiß, irgendetwas dazwischen ging nicht. Zwei Grünschnäbel, die glaubten, die Welt retten zu können, bis Kwames Leiche vor uns lag. Ab da wurde alles anders. Goffin weiß nicht, dass ich sein Konvolut habe. Es würde ihm nicht gefallen, wenn es plötzlich auftauchte und in die falschen Hände geriete.

Salger blättert flüchtig in dem Stapel Papier, entnimmt die vergilbten Fotos und legt sie neben sich auf den Schreibtisch. Den Rest wirft er ins Feuer.

Als Joao eintritt, sieht er Haufen von Papieren nach Themen geordnet, wahllos im Raum verteilt. Es riecht nach brennendem Holz, vermischt mit Salgers Zigarettenrauch. Die Hunde liegen lang hingestreckt vor dem Kamin und schlagen zur Begrüßung mit dem Schwanz auf den Boden. Einer erhebt sich, kommt zu ihm, und lässt sich kraulen. Sie sind alt geworden, denkt Joao. In einem Moment der Orientierungslosigkeit sieht er sich als Junge, bei der Ankunft auf der Farm, die Arme stocksteif am Körper, von Angst paralysiert.

„Wie war der Ausritt?", fragt Salger.

„Nicht so gut. Ich war zu unkonzentriert, Elsa spürte das. Sie braucht Führung, als sie immer nervöser wurde, bin ich umgekehrt."

„Sie mag es, wenn man ihr zeigt wo's langgeht. Du scheinst bedrückt, hat es mit der Kommission zu tun?."

„Sieht man mir das schon an?" fragt Joao, wobei ihm ein schiefes Lächeln um die Mundwinkel spielt. „Wir hatten ein paar besonders krasse Fälle, aber es wird noch dauern, bis wir die ersten Gegenüberstellungen hinkriegen. Nicht jeden drängt es, vor der Kommission zu erscheinen. Einige Leute haben sich abgesetzt, es wird schwer werden, sie aus Australien in den Zeugenstand zu holen. Vor ein paar Tagen kam ein alter Lehrer in mein Büro.

Sein einziger Sohn ist während der Apartheid ermordet worden, ohne dass sein Leichnam je gefunden wurde. Der Mann fragte, was er tun könne um endlich zur Ruhe zu kommen. Ich konnte ihm nicht helfen. Dabei will er eigentlich nichts anderes, als sein Kind begraben. Und ich sitze hinter meinem Schreibtisch und denke: Vater hätte es genauso ergehen können, wenn es mich während der Unruhen in den Townships erwischt hätte." Joao schweigt abrupt, als hätte er bereits zu viel gesagt. Er sieht ins Feuer, während Salger ihn nachdenklich betrachtet. „Ich habe Ihre Bibliothek immer als Sakristei empfunden. Josepha ließ mich zuweilen einen Blick hineinwerfen. Heute bin ich zum ersten Mal hier drinnen", wechselt Joao das Thema.

„Du hast dich sicher gefragt, weshalb ich dich sprechen wollte."

„Ja."

„Ich will dir etwas erzählen, das dir vielleicht hilft. Setz dich bitte, ich schaue nach, wie weit Josepha mit dem Essen ist."

„Es dauert noch eine Weile", sagt Salger, als er zurückkommt und sich neben Joao setzt. „Glaubst du wirklich, ihr schafft es?"

„Was meinen Sie?"

„Zu regieren, ohne dass das Land auseinanderbricht."

„Wir versuchen's."

„Ich hoffe, ihr schafft es."

„Aber warum gehen Sie dann?"

„Weil ich nicht daran glaube. Ich habe zu oft erlebt, wie eine neue Regierung in Afrika mit hochfliegenden Ideen begann, um dann schnell in einem Sumpf aus Korruption und Nepotismus zu versinken. Ich war in deinem Alter, vierundzwanzig, als ich nach Nigeria kam. Ende der Sechziger war das. Kaum war ich dort, brach der Biafra-Krieg aus." Salger lacht, als hätte er selbst den Ausbruch des Kriegs zu verantworten.

„Ihre Schuld?", fragt Joao und grinst.

„Das wäre zu viel der Ehre." Salger nimmt einen Schluck Wasser, legt ein paar Holzscheite ins Feuer und sieht zu, wie sie anbrennen.

„Sie denken, die Situation, damals in Nigeria, gleicht der unseren heute?", fragt Joao.

„Vielleicht, es ist noch zu früh, um das beurteilen zu können. Ich wollte dich sprechen, damit du verstehst, warum ich mich um dich gekümmert habe, und warum ich besser das Land verlasse. Du siehst ja, dass ich meine Zelte abbreche." Salger deutet auf die verstreuten Papiere im Raum. „In Nigeria ging es um Öl, um Unabhängigkeit und Selbstachtung. Lauter Dinge, für die es sich zu kämpfen lohnt, denken die, die davon profitieren." Er sagt es, als wüsste er genau von was er spricht. „Der Norden gewann und der Süden ist bis heute eine offene Wunde. Hier in Südafrika ist es dasselbe Gebräu. Wenn du Religion durch Rasse, und Öl durch Rohstoffe ersetzt, hast du unser Szenario. Es braucht nur ein paar gierige Leute, und schon kocht der ganze Kessel über."

In dem Moment steckt Josepha den Kopf durch die Tür und deutet auf den Esstisch. „Wir können beim Essen weiterreden", sagt Salger und steht auf.

Bisher hast nur du geredet, denkt Joao. Lauter Sprüche, mit denen den Schwarzen jahrzehntelang die Apartheid übergestülpt wurde. Ihr könnt es nicht, zu dumm, zu ungebildet, unberechenbar. Ohne uns Weiße geht nichts. Eine schwarze Regierung bedeutet Kommunismus, den Niedergang des Abendlandes, lauter pathetischer Quatsch. Lass es gar nicht an dich ran, Joao, du hast Vater versprochen zuzuhören.

Am Esstisch schenkt Salger beide Weingläser voll, wobei er plötzlich inne hält und fragt. „Du trinkst doch Wein, oder?"

„Ja, aber nicht regelmäßig. Ich bin eher ein Biertrinker."

„Normal in deinem Alter." Salger wartet, bis Josepha eine dampfende Schüssel mit Eintopf und großen Brocken Antilopenfleischs aufgetragen hat, bevor er fortfährt. „Es duftet wunderbar, Josepha. Bitte bedien dich, Joao", sagt er und reicht ihm einen großen Schöpflöffel.

„Woher wissen Sie überhaupt, was ich tue? Wir fangen gerade erst an. Ich habe nicht einmal Vater alles erzählt. Er soll sich keine Sorgen machen." Joao sieht gespannt auf Salger, während er seinen Teller belädt, und versucht so gelassen wie möglich zu wirken.

„Meine Freunde in Pretoria wissen so etwas. Du bist in ihrem Visier, immer schon, seit du begonnen hast, mit Jason Breklin loszuziehen. Die Aktionen, die Jason angezettelt hat, waren ihnen ein Dorn im Auge, aber den Tod hat er schon selbst verschuldet."

„Und das soll ich glauben?"

„Es spielt keine Rolle, ob du es glaubst oder nicht. Jason ist tot, du kannst ihn nicht zurückbringen. Und dass Aaron zwischen die Fronten geriet war auch allein seine Schuld. Die Kämpfe in den Townships haben sich verselbstständigt, die Polizei kann nur noch zusehen. Die Xhosas und die Zulus müssen das alleine ausfechten. Du gehörst weder zu den Einen noch zu den Anderen, und hast zu viel Talent, um in der Gosse zu krepieren. Ich habe schon einmal einen Freund verloren, in Nigeria, der sich mit blutendem Herzen auf die falsche Seite geschlagen hatte. Du sollst nicht denselben Fehler machen, zumindest sollst du wissen, auf was du dich einlässt."

„Ich kann auf mich aufpassen. Außerdem glaube ich nicht, dass ich auf der falschen Seite stehe. Südafrika ist nicht Nigeria. Wir haben die Wahl gewonnen, die Kämpfe ebben ab", sagt Joao und sieht feindselig auf Salger, der unbeirrt fortfährt.

„Ja, aber keiner weiß, wie es weitergeht. Und vergiss nicht, die Kommission wird sich nicht nur Freunde machen. Da wird sehr viel Dreck nach oben kommen, und niemand weiß, wie es letztlich ausgeht."

Das stimmt, denkt Joao. Nur eins ist sicher, es wird schief gehen, wenn alle abhauen und das Land der Straße überlassen. Er nimmt einen Schluck Wein und sieht Salger direkt in die Augen.

„Warum sind Sie aus Nigeria geflohen?"

„Nicht geflohen, einfach gegangen. Der Krieg war zu Ende, und einigen Leuten, die der Krieg reich gemacht hatte, wurde ich ein Dorn im Auge. Sie hatten gewonnen, sie brauchten mich nicht mehr, damit muss man rechnen."

„Und dann?"

„Nach Rhodesien, bis Ian Smith alles durcheinander brachte. Als Mugabe an die Macht kam, hatte ich als Weißer keine Chance mehr. Also habe ich die Farm in Südafrika gekauft. Ich dachte, hier würde ich bleiben."

„Und, warum gehen Sie jetzt?", wiederholt Joao seine Frage. „Ausgerechnet jetzt, wo das Land Sie braucht. Niemand bedroht Sie. Wir wollen, dass das Land zusammen wächst, sich aussöhnt. Ist es nicht wie Verrat, uns gerade jetzt in Stich zu lassen?"

Salger löffelt schweigend seinen Eintopf, erst nach einiger Zeit sagt er ganz ruhig: „Verrat ist ein großes Wort. Man muss an das glauben, was man verrät. Und ich glaube nicht an Südafrikas Zukunft. In ein paar Jahren wird es sein wie in Zimbabwe, es ist nur eine Frage der Zeit. Die alten Wunden sind nicht verheilt, auch wenn sich Mandela noch so sehr bemüht. Und nach ihm wird einer kommen, der sie neu aufreißt, um seine Haut zu retten. Ich bin zu alt, um mir das anzusehen. Das Land braucht Leute wie dich. Ich hätte es mir nie verziehen, wenn dir etwas Ähnliches wie Breklin zugestoßen wäre."

Salger denkt an Rufus Amokali, seine verkrüppelten Beine, wie er sich auf seinem Rollbrett durch die Reihen der Zuschauer schob. Er denkt an John Goffin's Hütte am Rande des Sahel und die sternklaren Nächte, in denen der Pot vor Goffin's Haus besonders gut zu gedeihen schien. Und an Goffin's Anruf, als er ihm die Antonov-Transporter zum Kauf anbot. Die Sache mit Dimitrov wäre längst vergessen, und er solle schnell zugreifen. Die Verkäufer der Flugzeuge würden gerne mit ihm arbeiten, gerade weil sie ihn für verlässlich hielten.

„Es wäre schrecklich, wenn alle Weißen gingen", hört er Joao, der kaum etwas gegessen hat. „Mandela ist kein Ian Smith, er ist auch kein Mugabe. Aber natürlich wird sich etwas ändern müssen. Wenn alles beim Alten bleibt, fliegt uns Südafrika zurecht um die Ohren. Wir beide, Martin, Sie und ich, schulden dem Land etwas. Und ich schulde Ihnen. Deshalb habe ich hart gearbeitet, weil ich meinen Teil der Schuld abtragen will."

Gedankenverloren greift Salger nach dem Weinglas. Er hat Abichi vor Augen, wie er sich mit der Reitgerte auf den Stiefelschaft schlägt. Und er sieht Kwames Leichnam, wie er gebrochen und blutverschmiert vor Cléo liegt. „Du irrst Joao, ich schulde niemand etwas, und du schuldest mir auch nichts. Vergiss das Stipendium, ich will nichts zurückhaben. Ich hoffe nur, dass das Land in Zukunft von Leuten regiert wird, die nicht zuerst daran denken, sich die Taschen voll zu stopfen. Integre Leute wie du. Deshalb habe ich darauf geachtet, dass dir nichts passiert. Ich weiß, es klingt komisch, noch dazu von jemand, dem das Land egal ist. Aber du irrst dich, ich mag Südafrika, ich sehe nur nicht, wie es gut gehen kann. Iss etwas, bevor das Essen kalt wird. Du hast Josephas Eintopf immer gern gemocht."

Für einen Moment ist Joao perplex, dann lenkt er das Gespräch auf ein paar belanglose Episoden aus der Kommission, um dann bald zu gehen. Nachdem er sich verabschiedet hat, steht er noch eine Weile auf der Veranda und starrt in die Dunkelheit. Was Salger eigentlich sagen wollte, ist ihm nicht ganz klar geworden, außer, dass er eine düstere Zukunft für Südafrika sieht, und Salger seine Hand schützend über ihn gehalten hat. Vielleicht sollte ich zu Rani gehen, bei ihr ist alles klar, murmelt er, geht die Treppen hinunter, und stellt sich eine Weile vor den Zaun des Geheges. Sie wird bald auftauchen, denkt er, lautlos an meiner Hand vorbei streichen und sich liebkosen lassen. Als er ihren Schatten kommen sieht, spürt er gleich darauf ihren heißen Atem auf der Hand. „Du und Vater, ihr seid die einzigen, denen ich vertrauen kann", sagt er in die Dunkelheit. „Ich komme morgen wieder, wenn es hell ist." Er zupft zum Abschied ihr Ohr und geht zur Hütte seines Vaters.

„Ihr habt lange gesprochen", sagt Hernan, als er eintritt.

„Er hat gesprochen, ich habe zugehört. Warum machst du kein Licht?" Joao klingt abwesend, den Kopf immer noch beladen vom Gespräch mit Salger.

„Ich sitze gern im Dunkeln. Es gibt den Gedanken Auftrieb, lässt sie ungehindert fliegen."

„Und wo sind sie gelandet?"

„Sie landen immer bei euch, Ana, Marta und dir. In letzter Zeit meist bei dir."

Die Traurigkeit in Hernan's Stimme ist Joao nicht entgangen, es schmerzt ihn, aber er weiß, dass er ihm nicht helfen kann, ohne

159

sich selbst aufzugeben. „Du machst dir Sorgen um mich?", fragt er halbherzig.

„Ja, ich weiß nicht, wo du hinsteuerst. Und ich weiß langsam auch nicht mehr, wo ich hingehöre."

„Warum? Du bist ein erfolgreicher Verwalter. Salger hat dich gerade befördert, das ist doch ein blütenreiner Vertrauensbeweis. Du ziehst in Kürze ins Herrenhaus und regierst Salgers Königreich nach freien Stücken. Das ist mehr, als wir je erwarten konnten."

„So sieht es aus. Aber ich verstehe einfach nicht, weshalb er das alles für uns tut."

Ich hab's gewusst, er vertraut ihm nicht, denkt Joao. „Solange er dich nicht für eines seiner dubiosen Geschäfte einspannt, kann dir nichts passieren. Und wegen mir brauchst du dir keine Sorgen zu machen. Ich weiß, was ich will: Meinen Job in der Kommission gut machen, und dann sehen wir weiter. Die alten Kader des ANC leben nicht ewig. Die Partei braucht junge Leute, wenn unser Experiment nicht wie eine Seifenblase zerplatzen soll, da hat Salger völlig recht. Er denkt übrigens, ich würde überall mitmischen, aber er täuscht sich."

„War das Gespräch so schlimm?"

Joao zögert mit der Antwort. Er setzt sich neben seinen Vater auf dessen Bett, riecht das frisch gedeckte Strohdach und hört das Husten der Löwen im Gehege. Aus dem Haus dringt das gedämpfte Bellen der Hunde. Er denkt an die Kämpfe in den Townships und an Verenas ängstliche Augen, als er ihr davon erzählte. „Nein, nicht wirklich", sagt er. „Wir haben einfach nur um den heißen Brei herum geredet. Ich frage mich natürlich, was er treibt. Die Farm allein kann es nicht sein, sie wirft nichts ab. Dabei brauchen wir vermutlich nur eins und eins zusammen zählen. Nigeria, Krieg; Rhodesien, Krieg; gleich daneben Mozambique, auch dort Krieg. Er kommt nach Südafrika und spricht fließend portugiesisch. Wo braucht er das? In Angola, da war auch Krieg. Eine wunderbare Konstellation für einen, der es versteht, seine weit verzweigten Freunde bei Laune zu halten, mit Waffen, oder was sie sonst alles brauchen. Leute wie er benötigen nur einen Konflikt, den Rest erledigen sie dann schon. Wahrscheinlich hat er auch in Südafrika in der trüben Apartheid-Suppe mitgemischt. Irgendeiner musste ja die Sanktionen unterlaufen. Jetzt geht er sicherheitshalber, bevor alles auffliegt. Uns brauchte er immer nur als Tarnung. Ein schwarzer Flüchtling als Verwalter, und ein aufstrebender Politiker im ANC, der ihm verpflichtet ist. Nicht schlecht, darauf lässt sich notfalls zurückgreifen."

„Hm. Vor Jahren hat er mir auch von seiner Vergangenheit erzählt, und ich habe auch nur zugehört."

„So ist das, Vater. Wir sind nicht stark genug, um uns in den Wind zu stellen, ohne umgeblasen zu werden. Das will ich ändern, deshalb arbeite ich Tag und Nacht. Ich weiß nicht, wer alles hinter Salger steht. Er deutete an, dass er mich beschützt hat, als es in den Townships hoch herging. Kann sein, kann aber auch nicht sein, ich weiß es nicht. Er hat seinen besten Freund im Biafra-Krieg verloren, sagt er. Vielleicht, vielleicht auch nicht, er kann uns alles erzählen. Einerseits kommt er mir glatt vor, wie ein Aal, andererseits starr und unbeweglich, wie ein Felsblock, der in der Sonne schmort und auf seine letzte große Chance wartet."

„Und das hat er dir alles gesagt?"

„Nein, ich spüre das nur. Salger glaubt an nichts, außer an sich selbst."

„Und, an was glaubst du?"

Joao betrachtet das in der Dunkelheit schemenhafte Profil seines Vaters, während Ärger in ihm aufsteigt. Doch der verflüchtigt sich schnell, als er versteht, was Hernan sagen will. „Vater, was soll das? Meinst du wirklich ich quäle mich Tag für Tag durch endlose Sitzungen, nur um mich der Partei anzudienen. Ich tue es, weil wir die Vergangenheit aufarbeiten müssen, wenn wir eine Zukunft haben wollen. Und weil ich an dieses Land glaube. Hier entsteht etwas Großartiges. Wenn es gelingt, wird es Auswirkungen auf ganz Afrika haben. - Vermutlich fragst du dich, ob wir nicht besser nach Mozambique zurückgehen sollten, aber es ist zu früh, und vielleicht ist mein Platz auch für immer hier."

„Woher weißt du, dass es zu früh ist? Der Krieg ist seit langem vorbei."
„Ich war dort, vor ein paar Monaten, zusammen mit einer Freundin", sagt Joao nach einigem Zögern. Er wartet auf die Reaktion seines Vaters, doch der starrt nur auf den Boden. „Ich konnte bisher nicht mit dir darüber reden."
„Warum? Wegen ihr?"
„Hauptsächlich wegen ihr. Ich hatte nicht damit gerechnet, mich zu verlieben. Sie ist weiß, Medizinstudentin, und machte ein Praktikum, ganz in der Nähe von Acornhoek. Sie ist längst zurück in Deutschland, aber ich kann sie nicht vergessen."
„Hast du Salger davon erzählt?"
„Nein, es geht ihn nichts an."
Für eine Weile sitzen sie schweigend in der Dunkelheit. Durch einen Spalt in der Tür dringt fahles Mondlicht in die Hütte. Endlich fragt Hernan: „Und Mozambique, wie sieht es aus?"
„Wir waren nur in Maputo, ich kann dir nicht sagen, wie es zuhause aussieht. Der riesige Hotelkasten, den sie an der Lagune bauen wollten, kam über den Rohbau nie hinaus. Jetzt ist es eine Ruine, die langsam vor sich hin rottet. Wenigstens ein paar Obdachlose haben etwas davon. Mir scheint, es wird noch eine Weile dauern, bis es besser wird."
„Und, wie soll das gehen, wenn die Besten das Land verlassen?", hört er Hernans traurige Stimme und das Scharren der Füße seines Vaters, mit denen er Kreise in den Lehmboden der Hütte malt.
„Vater, mach es mir nicht zu schwer. Mein Platz ist hier. Hier habe ich Freunde. Jason hat hier sein Leben verloren. Aaron wurde vor drei Monaten schwer verletzt, als er aus Versehen zwischen zwei verfeindete Gruppen geriet. Ich muss mich um ihn kümmern, seine Eltern sind zurück nach Kapstadt gezogen, weil sie Johannesburg, nach allem was passiert ist, nicht mehr ertragen konnten. Ich hab dir nichts davon erzählt, weil ich dich nicht beunruhigen wollte."
Hernan richtet sich auf und atmet hörbar aus. „Wie geht es ihm?"

„Langsam besser, er ist stark, er schafft es. - In Maputo fühlte ich mich anfangs wie zuhause, aber es war nur das wohlige Gefühl unsere Sprache zu hören, und es wurde mit jedem Tag schwächer. In Mozambique würde ich wieder ganz von vorne anfangen."

„Du hast recht, lass uns schlafen gehen. Willst du sie wiedersehen, diese Frau?"

„Ja, aber ich weiß nicht wie. Vielleicht war es für sie auch nur ein unbedeutendes Abenteuer."

11 Ahnung

Salger hat bereits den zweiten Tag auf der Investorenkonferenz verbracht, als er Viktor Paulsens Vortrag über die Antar AG hört. Noch einer der vielen jungen Männer, die Geld suchen, um ihre unausgereiften Ideen zu finanzieren, denkt er. Doch er bleibt sitzen und hört sich den Vortrag bis zu Ende an. Die Firma ist ihm nicht so wichtig, eine von vielen auf der Konferenz, aber der junge Mann fasziniert ihn sehr. Vor allem seine Stimme löst etwas in ihm aus, eine Erinnerung, die er nicht zuordnen kann. Als Viktor seine Präsentationsunterlagen zusammenklaubt, geht Salger zu ihm und stellt sich als potenzieller Investor vor. Viktor ist sofort hellwach, und als ihn Salger auf einen Kaffee einlädt, stimmt er sofort zu.

„Jetzt erzählen Sie mal", sagt Salger, kaum dass sie sich gesetzt haben. „Wie sind Sie überhaupt zu Ihren Anteilen gekommen?"

Viktor zögert kurz und spricht dann offen über seine Verbindung zur Antar: „Nach der Wiedervereinigung habe ich geholfen, die Patente der Antar aus dem Bestand der Treuhand herauszulösen. Die Treuhand ist Ihnen sicher ein Begriff, oder."

„Ja, mehr als mir lieb ist."

Viktor grinst. „Haben Sie viel Geld im Osten verloren?", fragt er unverhohlen schadenfroh.

„Es hält sich in Grenzen. Aber sie wollten mir erzählen, wie sie an Ihren Anteil kamen."

„Ja, Entschuldigung. Wie gesagt, ich hab denen geholfen, aber sie konnten mich nicht bezahlen, also boten sie mir statt cash Anteile an. Und als die Firma an die Börse ging, besaß ich plötzlich ein nettes, kleines Aktienpaket."

„Und das wollen Sie jetzt verkaufen. Warum?"

„Die Antar plant eine Kapitalerhöhung, da kann ich nicht mithalten. Besser jetzt aussteigen, als immer weiter verwässert zu werden, denke ich."

„Sie brauchen Geld?"

„Ja, das auch."

„Was erwarten Sie?"

„Nur den Tageskurs."

„Ich könnte interessiert sein", sagt Salger zunehmend fasziniert. Ich mag den jungen Mann, denkt er, vielleicht könnte ich ihn auch woanders einsetzen. „Wie kann ich mehr über die Firma in Erfahrung bringen?"

Viktor zuckt mit den Schultern. „Ich kann Ihnen helfen. Dabei denke ich natürlich auch an meine Aktien, verständlich oder?", lacht er und sieht gespannt auf Salger. „Am besten Sie reden direkt mit Dr. Anisevic, sie ist eine der Gründer und jetzt alleinige Geschäftsführerin", schieb er nach, als Salger kurz die Augenbrauen hochzieht.

Salger nimmt ein silbernes Etui aus der Brusttasche seines Jacketts und reicht Viktor eine Visitenkarte. „Melden Sie sich bei Gelegenheit."

„Dr. Anisevic hat sich für elf Uhr angemeldet", sagt Janet, Salgers Sekretärin, ein paar Wochen später, als sie morgens den Terminplan durchsprechen.

„Schneller als erwartet, vor zwei Tagen am Telefon war sie noch sehr zurückhaltend", grinst Salger selbstgefällig. „Es wird wohl stimmen, was dieser Viktor gesagt hat, dass die Antar dringend frisches Geld braucht. Lassen Sie den Kaufvertrag seiner Aktien noch bis Ende des Monats liegen, ich will erst mal sehen, ob es sich überhaupt lohnt einzusteigen. Was steht noch an?"

„Heute nichts mehr, ich wusste nicht, wie lang die Sitzung mit Dr. Anisevic dauert. Ein Brief ihres Verwalters in Südafrika ist angekommen, ich habe ihn oben auf die Unterschriftsmappe gelegt."

Nachdem Janet gegangen ist, öffnet er Hernan's Brief und erfährt, dass dessen Tochter Marta gefunden wurde, oder besser das, was von ihr übrig blieb. Sie ist gleich nach der Entführung in einem Feuergefecht im Norden Mozambiques umgekommen, und erst jetzt durch ihr Amulett identifiziert worden. Hernan erwähnt auch, dass sich die weißen Nashörner, die er vor zwei Jahren neu eingesetzt hat, prächtig entwickeln, und Rani mit zwei Jungen zurück gekommen ist. Joao lasse ihn grüßen, er sei im

ANC aufgestiegen und arbeite jetzt im Planungsstab des Präsidenten. Schließlich bittet er darum, auf der Farm bleiben zu dürfen. Nach Martas Tod gäbe es keinen Grund mehr, nach Mozambique zurückzukehren.

Salger schickt sich an, einen Kondolenzbrief zu diktieren, als Janet den Kopf durch die Tür steckt und Dr. Anisevic avisiert. Er legt den Brief zur Seite, nimmt die Unterlagen zur Antar aus der Besprechungsmappe und geht ins Konferenzzimmer. Auf dem Weg dorthin kommt er an Janet's Schreibtisch vorbei und bittet sie, den Verwaltervertrag für Hernan zu erneuern. „Nehmen Sie als Muster den bestehenden Vertrag, verlängern Sie die Laufzeit um weitere fünf Jahre und erhöhen Sie sein Gehalt um zwanzig Prozent. Das müsste reichen. Sie finden den alten Vertrag unter Südafrika, Hernan Mwenza."

Vom Gang aus sieht er durch die gläserne Trennwand, wie eine schmale Frau im dunkelgrauen Hosenanzug am Fenster steht und auf den See blickt. Er begrüßt sie strahlend, die Hand weit ausgestreckt, als wären sie die besten Freunde. Ausgeprägte Ringe unter den Augen, zu lange im Büro, zu viele Zigaretten, denkt er: „Martin Salger, Sie haben uns gleich gefunden?"

„Olivera Anisevic", sagt sie, und reichte ihm eine gepflegte Hand. „Ja, anstandslos, die Wegbeschreibung Ihrer Sekretärin war sehr klar."

„Freut mich zu hören. Was darf ich Ihnen zu trinken anbieten?"

„Danke, ich hatte bereits Kaffee." Sie setzt sich Salger gegenüber an den Konferenztisch und wartet ab. Doch als Salger sie nur lächelnd betrachtet, sagt sie leicht irritiert: „Sie möchten vermutlich gleich zur Sache kommen. Ihre Assistentin sagte, Sie hätten nur eine Stunde Zeit."

„Janet liebt es, meinen Tag sauber zu takten." Er grinst, als wäre das ein unvermeidlicher Teil seines Jobs. „Aber machen Sie sich wegen der Zeit keine Gedanken, wir nehmen uns soviel wir brauchen. Wann fliegen Sie zurück?"

„Erst morgen. Ich treffe noch einen Freund zum Abendessen, er arbeitet hier an der Universität."

„Wie schön", sagt Salger und lässt offen, was er damit meint. „Ich habe den Vortrag von Viktor Paulsen auf der Investorenkonferenz in Frankfurt gehört. Er hat die Antar als vielversprechendes Unternehmen dargestellt. Arbeitet Paulsen noch für Sie?"

„Gelegentlich. Ich war in Frankfurt verhindert. Und er macht das ja auch ganz wunderbar", lächelt sie.

„Er hat Ihnen bei der Ausgründung aus dem Leuna-Konzern geholfen, hat er gesagt", wirft Salger ein.

„Ja, ist schon lange her. Er hat dafür Anteile erhalten", sagt sie eine Tick zu scharf. „Die möchte er anscheinend verkaufen, wurde mir zugetragen. Mir persönlich hat er jedoch nichts gesagt. Braucht er ja auch nicht, die Aktien sind frei verkäuflich. Sind Sie interessiert?"

So ganz harmonisch scheint das Verhältnis zwischen den beiden nicht zu sein, denkt Salger. „Sie planen ein ambitioniertes Wachstum, hat Viktor gemeint. Nicht ganz einfach in einem verunsicherten Markt."

„Hat Viktor das gesagt?", fragt sie misstrauisch.

„Nein, nicht direkt. Aber die Zahlen in seiner Präsentation zeigen es ganz deutlich. Wohin soll die Reise gehen?"

„Damit wären wir beim Thema, deshalb bin ich schließlich hier", sagt sie und nickt. „Ambitioniert ist das richtige Wort. Wir wollen verstärkt in die Arthroskopie investieren und gleichzeitig den Pharmabereich ausweiten. Ob unser timing stimmt, wird sich bald zeigen."

„Warum keine Kapitalerhöhung?"

„Zu kompliziert. Wir sind klein, ich scheue den Aufwand bei ungewissem Ausgang. Am liebsten wäre mir ein Großinvestor, der uns für ein paar Jahre begleitet, bis wir aus dem gröbsten heraus sind."

„Deshalb sind Sie hier?"

„Ja."

Salger nickt und sieht an ihr vorbei aus dem Fenster. Sie macht das gut, denkt er, völlig entspannt, vielleicht steht sie doch noch nicht mit dem Rücken zur Wand, wie Viktor vermutet hat. Ich

hör's mir einfach an. „Dann erzählen Sie mal. Wie kam es überhaupt zur Antar. Die Firma wurde 1992 gegründet, wenn ich richtig gelesen habe."
Für einen Moment wirkt sie verunsichert, doch dann räuspert sie sich und spricht ausführlich über die Zeit der Wiedervereinigung. Als die Leuna fast zusammenbrach und drastisch beschnitten wurde, bis außer der Chemie nichts mehr übrig blieb. Und wie sie plötzlich mit einem Bündel an Pharma-Patenten dastand, die keiner haben wollte. „Auf einmal wimmelte es von Beratern, die uns das Blaue vom Himmel versprachen. Einer davon war Viktor. 1997 schafften wir es dann zur allgemeinen Überraschung an die Börse", schließt sie. Dabei kann sie kaum verhehlen, wie stolz sie über den Coup ist.
„Das war vor der Dot-Com Krise, als sich noch Sachen platzieren ließen, die keiner für möglich gehalten hätte", sagt Salger, wobei er sie freundlich anlächelt. „Heute geht das nicht mehr." Besser ich hole sie gleich zurück in die Realität, denkt er. Speak softly but carry a big stick, die alte Devise. „Sie sprechen in der Mehrzahl, Frau Anisevic. Ihr Gründungspartner nehme ich an. Heute sind Sie aber die alleinige Geschäftsführerin, wenn ich richtig gelesen habe?"
„Ja, mein Partner ist gleich nach der Halteperiode ausgestiegen." Über ihr Gesicht huscht ein flüchtiges Lächeln, während sie das große Ölgemälde in Salgers Rücken betrachtet. „Aber jetzt geht das Geld aus dem Börsengang zur Neige. Wir brauchen neue Mittel, um unser Entwicklungsprogramm auszuweiten." Gespannt blickt sie auf Salger, der einen Schluck Wasser nimmt und danach mit dem Stift zu spielen beginnt, der ungenutzt auf einem Block weißen Papiers vor ihm liegt. Unbewusst dehnt er seine Nackenmuskulatur.
„Ich habe Ihr Unternehmen prüfen lassen, spannend, sonst wären wir wohl kaum zusammen, aber es gibt ein paar Ungereimtheiten."
„Ungereimtheiten?"

„Warum hat ihr Partner sofort alle seine Anteile verkauft? Das tut man normalerweise nicht, wenn man dem Unternehmen vertraut. Schon gar nicht als Gründer", sagt Salger ungerührt.

Für einen kurzen Moment zögert sie mit der Antwort. „Seine Entscheidung hatte wenig mit dem Unternehmen zu tun", sagt sie leichthin, als hätte sie die Frage schon ein paarmal gehört. „Er wollte einfach zurück an die Universität. Sicherheit, fand er, die gäbe es nicht in der Wirtschaft. Ein grundehrlicher Mensch, ich habe ihn vermisst, war mir auch anfangs nicht sicher, ob ich es allein schaffe."

„Und jetzt?"

„Ich liebe mein Unternehmen, wie ein Kind, das ich nie hatte."

Salgers Augenbrauen zucken nur kurz nach oben, doch er bohrt nicht weiter nach, greift nach der Wasserflasche und deutet damit auf ihr halb volles Glas. Als sie abwinkt, schenkt er sein eigenes Glas voll. Die ganze Zeit über lässt er sie nicht aus den Augen.

„Er hatte einen guten Riecher", sagt er schließlich. „Ihr Aktienkurs ist seither stetig gefallen."

„Der Kurs wird auch wieder steigen. Anfangs hielt ich seinen Ausstieg für Verrat. Wir haben uns nächtelang gestritten, aber letztlich war es besser für uns alle."

„Warum?"

„Seine Selbstzweifel haben alle zermürbt. Ohne ihn konnten wir uns ganz auf das Unternehmen konzentrieren."

„Und Sie, haben Sie auch verkauft?"

Sie sieht Salger in die Augen, während auf der Stirn ein paar Schweißperlen erscheinen. Auf ihrer türkisfarbenen Seidenbluse bilden sich kleine, dunkle Flecken. Sie setzt sich kerzengerade und sagt gedehnt, als ginge das Salger eigentlich nichts an. „Nur einen Teil, um meine Schulden zu begleichen. Ich halte nach wie vor fünfundzwanzig Prozent der Aktien."

Salger nickt gedankenverloren und lehnt sich weit zurück. Mit einer Hand schiebt er die Nase hoch, wobei er das Kinn mit dem Daumen unterstützt und kaum hörbar nuschelt. „Also eine Sperrminorität."

„Das kann man so sehen. Aber ich wüsste nicht, gegen was ich mich sperren sollte", sagt sie unsicher.

„Das weiß man immer erst im Nachhinein, aber auf Sie trifft das sicher nicht zu", sagt er übertrieben freundlich, und nickt André Höri zu, seinem Analysten, der sich schweigend neben ihn gesetzt hat. „Dr. André Höri", stellt ihn Salger vor. „André hat Ihre Zahlen geprüft. Ihn müssen Sie vor allem überzeugen."
Höri knipste ein routiniertes Lächeln an, und nickt flüchtig in Richtung der Frau, als wolle er sagen: Jetzt mach schon, ich habe nicht alle Zeit der Welt. Außerdem bin ich sowieso nur hier, weil mich Salger dazu beordert hat.

„Na dann schießen Sie mal los mit ihrer Strategie", sagt Salger aufmunternd.

Am Ende der Sitzung fragt Salger, als er Dr. Anisevic die Hand schüttelt, ganz beiläufig. „Ist diese Dr. Inka Paulsen in ihrem Scientific Board die Mutter Viktors?"
„Ja, sie ist eine der renommiertesten Chirurginnen Deutschlands. Kennen Sie Dr. Paulsen?", fragt sie neugierig.
„Nein, ich glaube nicht. Vor Jahren kannte ich eine Inka, die damals Medizin studierte. Aber es gibt viele Inkas."
„Dr. Paulsen spricht übrigens nächste Woche auf einem Arthroskopie-Kongress in London über unsere Produkte. Falls sie eine fundierte Meinung über die Antar hören wollen."
„Mal sehen, wann genau ist der Kongress?"
„Am Mittwoch ist ihr Vortrag."
„Das könnte klappen, ich bin nächste Woche sowieso in London, in einer anderen Sache. Vielleicht ergibt es sich ja. Na dann, Frau Dr. Anisevic. Vielen Dank fürs Kommen, wir sind jetzt um Einiges schlauer. Wir melden uns in drei, vier Wochen, so lange müssen wir noch brüten. Sie finden den Weg?"
„Ja, die Fahrt am See entlang war wunderschön."
„Danke, aber passen Sie auf beim Fahren. Die Strecke hat eine der höchsten Unfallraten der Schweiz. Wahrscheinlich weil die Leute mehr auf den See gucken, als auf die Straße." Mit der An-

deutung einer Verbeugung weist er ihr den Weg. „Ich bringe Sie zum Aufzug."

Zurück im Büro denkt er: Die Firma ist interessant, aber mit Anisevic könnte es schwierig werden. Es ist ihr Lebenswerk und sie wird das Baby mit Zähnen und Klauen verteidigen. Ein Typ wie Viktor, jung und mit einem Schuss Skrupellosigkeit, würde mir besser gefallen an der Spitze. Mal sehen, noch ist es nicht soweit.

Über die Intercom teilt ihm Janet mit, dass ein Joao Mwenza angerufen hat. „Er sagt, er kennt Sie aus Südafrika und will Sie besuchen kommen. Ist er der Sohn Ihres Verwalters?"

„Ja, Joao", sagt Salger verwundert. „Hat er eine Nummer hinterlassen?"

„Ja, aber er ruft morgen noch mal an, hat er gesagt."

„Versuchen Sie's gleich. Vielleicht ist er noch im Büro. Und suchen Sie mir alles über eine Dr. Inka Paulsen heraus. Sie ist Chirurgin, sitzt im Scientific Board der Antar. Und dann buchen Sie mir einen Flug nach London. Nächste Woche, Dienstag hin, Mittwoch Abend zurück, wie immer im Sheraton, Knightsbridge. Und besorgen Sie mir eine Karte für den dortigen Arthroskopie-Kongress." Er sieht zu, wie sie ihre Notizen macht und dann zu ihm aufblickt, als spüre sie, dass er noch nicht fertig ist. „Ja", sagt er, „dann holen Sie mir noch Viktor Paulsen ans Telefon, aber erst nachdem ich mit Joao gesprochen habe."

Es dauert nicht lange, dann meldet sich Janet über die Gegensprechanlage. „Ich habe Herrn Mwenza jetzt am Apparat."

„Gut, stellen Sie durch." Salger lehnt sich zurück, er lässt es zwei, dreimal läuten, bevor er abhebt. „Joao, was treibt dich um? Du rufst doch sonst nie an", sagt er und klingt, als freue er sich wirklich.

„Ich wollte nicht stören. Ein Freund hat mir erzählt, wie gut Ihre Geschäfte laufen, da bleibt nicht viel Zeit für fruchtloses Gerede, dachte ich. Aber jetzt brauche ich vielleicht Ihre Hilfe."

„Ist etwas passiert? Wie geht es deinem Vater, ich habe gerade seinen Brief erhalten, er will auf der Farm bleiben. Ist doch selbstverständlich, sag ihm bitte, dass der Vertrag in der Post ist."

„Danke, aber es geht nicht um Vater, es geht um mich. Ich bin immer noch im Planungsstab des Präsidenten, habe aber eine neue Aufgabe gekriegt. Die Regierung will verstärkt in die Bio-Medizin einsteigen und ich soll mich darum kümmern. Da dachte ich, Sie könnten mir vielleicht den einen oder anderen Tipp geben."

„Hast du schon einen Plan?"

„Nur ein grobes Konzept. Ich möchte ein paar Firmen in Deutschland und England besuchen und würde auch gern in Zürich vorbeikommen, wenn ich darf."

„Natürlich, du bist immer willkommen. Brauchst du vorab etwas, oder hast du schon alles?"

„Danke, meine Leute sind dabei, ein ganzes Buch zusammenzustellen. Die wesentlichen Spieler in der Bio-Med Branche und so. Danach basteln wir an einer Regierungsempfehlung. Aber ich möchte auch ein paar Gespräche direkt führen, damit ich nicht völlig unbeleckt dastehe", sagt er und lacht mit einem leichten Glucksen in der Stimme.

Meine Leute, sagt er, denkt Salger. Er ist weit gekommen. Seine Stimme klingt wie Hernans, vorsichtig tastend, als würde er jedes einzelne Wort abwägen. Fröhlicher klingt er, er ist ja auch noch jung. „Wie alt bist du jetzt, Joao?"

„Einunddreißig. Warum fragen Sie?"

„Weil ich immer noch den Teenager vor mir sehe, wenn ich dir zuhöre. Immer noch Rastalocken?"

„Die sind lange weg. Es ist schon eine Weile her, dass wir uns zuletzt gesehen haben."

„Du warst gerade in die Wahrheitskommission berufen worden. Und jetzt im Planungsstab des Präsidenten. Das ist wunderbar."

„Danke, wir tun, was wir können, nur frage ich mich manchmal, ob es reicht."

„Es ist nie genug, mach dir darüber keine Sorgen. Sobald dein Zeitplan steht, ruf mich an. Und grüß deinen Vater, er hat mir auch von Marta erzählt. Hat euch ihr Tod sehr getroffen?"

Für eine Weile herrscht Stille in der Leitung. Nur das Rauschen der Elektronik ist im Hintergrund zu hören. Salger denkt bereits, er hätte Joao verloren, doch dann sagt der ganz ruhig. „Wir hatten nichts anderes erwartet. Nur gut, dass sie nicht so lange leiden musste." Nach einer weiteren Pause, als hätte er erwogen, ob er überhaupt darüber reden soll, erwähnt Joao eher beiläufig. „Rani ist zurück, sie hat zwei Junge mitgebracht. Aber das hat Vater sicher auch geschrieben."
„Ja, er meinte, du kämst gut klar mit ihnen."
„Sie sind... ich weiß nicht, wie ich's sagen soll, ich mag sie sehr. Erinnern Sie sich noch an Rani, sie ist älter geworden, spielt nicht mehr mit mir, kümmert sich nur noch um ihre Kinder." Joao's Stimme klingt auf einmal sehr schüchtern, als er fragt: „Wann kommen Sie wieder einmal nach Südafrika?"
„Weiß ich noch nicht", sagt Salger. „Ich bin hier ziemlich eingebunden. Und dein Vater macht seine Sache so gut, dass die Farm auch ohne mich funktioniert. Er schreibt, die weißen Nashörner hätten sich voll eingelebt. Toll, es war seine Idee, sie auf die Farm zu holen. Und natürlich erinnere ich mich an Rani. Ohne dich wäre sie eingegangen, wie ihr Bruder."
„Nein, nein, sie war von Anfang an die Stabilere. Vater liebt seinen Job. Sie wissen, wie dankbar wir Ihnen sind."
„Lass gut sein, Joao, ich bin froh, dass du es geschafft hast. Und dein Vater hat sich jeden Rand tausendmal verdient. Du weißt, wie sehr ich ihn schätze."
„Ja, ich weiß. Ich melde mich in den nächsten Tagen wegen meines genauen Reiseplans."
Nachdem er aufgelegt hat, steht Salger auf und stellt sich ans Fenster. In Gedanken sieht er die getöteten Löwen vor sich, riecht den Angstschweiß Hernans, als er ihm sagt, dass sie ins hohe Gras müssen, um die angeschossene Löwin zu finden. Joao hat sich fantastisch gehalten, schon damals wusste ich, dass er ein Großer werden kann.
Er geht zurück zum Schreibtisch und lässt sich mit Viktor verbinden. Kaum, dass er ihn in der Leitung hat, sagt er übergangslos: „Ich habe heute lange mit Dr. Anisevic gesessen. Es könnte

passen. Wenn Sie immer noch verkaufen wollen, übernehme ich Ihre Aktien zum Tageskurs. Einverstanden?"

„Ja, selbstverständlich. Es lohnt sich also doch auf diese Konferenzen zu gehen." Viktor ist die Erleichterung richtiggehend anzuhören.

Einen Monat später kommt Joao nach Zürich. Salger zeigt ihm die Büros der Seed Private Equity und stellt ihm ein paar seiner Leute vor. Zum Mittagessen nimmt er ihn ins *Alte Schiff* in Männedorf, sein Stammlokal, wo er eine Fensternische mit Blick auf den See reserviert hat. Der Hochsommer hat sich voll entfaltet und Gewitterschwüle liegt bleiern über dem Wasser. Ihr Tisch steht neben einer weit geöffneten Tür, durch die leichter Luftzug in den Innenraum dringt. Einer der Türflügel schirmt sie von der dicht besetzten Terrasse ab, sodass niemand ihr Gespräch mithören kann.

Er ist keiner meiner üblichen Kunden, denkt Salger. Wir hätten uns auch auf die Terrasse setzen und offen über alles reden können. „Seit wann bist du schon in Europa", fragt er, nachdem sie bestellt haben.

„Seit einer Woche. Ich bin nach London geflogen, und dann mit dem Zug nach Cambridge und Manchester gefahren, um ein paar Firmen zu besuchen. Für mich ist es das erste mal in Europa. London erschien mir etwas hektisch, aber letztlich kam ich ganz gut klar damit. Toll welche Menschenmassen durch die Tube geschleust werden. Johannesburg bräuchte so ein Transportsystem, aber das wird wohl nie etwas werden, mit unserem von den Minen durchlöcherten Boden. Hier ist es angenehm ruhig im Vergleich zu London."

„Du vermisst die Farm", sagt Salger und lacht.

„Ja, kann man wohl sagen. Sie ist immer noch mein Rückzugsort, wenn mir die Stadt zu sehr auf die Nerven geht."

„Was meinst du mit: Klar kommen in London. Die Ticketautomaten der Tube?"

Joao lacht. „Nein, das hatte ich schnell heraus." Dann sieht er auf Salger, als hätte er erst jetzt verstanden. „Sie meinen, weil ich schwarz bin?"
„Nein, wie kommst du darauf. Hautfarbe bedeutet mir nichts, das solltest du wissen. Aber du bist das erste mal in Europa, und Afrika ist sehr viel anders, jünger, farbiger, lauter. Mich interessiert, was du siehst."
„Weniger hektisch, meinen Sie? Bestimmt nicht ganz so dicht gepackt." Er überlegt einen Moment. „Ja, es ist anders", sagt er und lächelt verträumt, als spräche er von einer Liebe. „Für mich besonders. Ich komme aus einem Dorf, das durch den Krieg verwüstet wurde. Meine Mutter ist an Wundbrand gestorben, den man mit ein bisschen Chlorgas hätte behandeln können. Und meine kleine Schwester wurde von ein paar zerlumpten Soldaten entführt, die wahrscheinlich nicht einmal lesen und schreiben konnten. Ich hab erlebt, wie sich meine eigenen Leute in den Townships massakriert haben, und konnte nichts dagegen tun. Trotzdem liebe ich Afrika. Und dann komme ich nach London und stehe auf dem Trafalgar Square am Fuß der Statue Nelsons, und fühle …" Joao hört einfach auf. Was denn, denkt er, wie beeindruckend die Gebäude sind, wie beängstigend der Verkehr, wie erdrückend die Last der Geschichte. Das würde er vermutlich gerne hören, aber so war es nicht. „„…nichts", sagt er. „Ich habe nichts gefühlt außer Trauer. Vermutlich können Sie das nicht verstehen. Es ist Ihre Welt, egal, ob Sie in Berlin, London oder Paris sind, es bleibt Europa. Meine Welt sieht anders aus. Vielleicht habe ich deshalb eine so enge Beziehung zu Rani, sie ist mein Afrika. Ich bin sehr gern auf der Farm, das verdanke ich Ihnen."
Salger nimmt die Brille ab und legt sie neben sein Besteck. Er hat Angst zu versagen, denkt er, während er die Sonnenreflexe auf dem Wasser betrachtet. „Du hörst dich bitter an, fühlst du dich überfordert?"
„Nein, eigentlich nicht. Aber vielleicht will ich es mir nur nicht eingestehen. Wir haben uns viel vorgenommen in Südafrika. Mbeki ist ein ehrlicher Mann, aber um ihn herum formieren sich

die Bataillone, die Milch und Honig wollen, ohne etwas dafür zu tun."

„Die Minen verstaatlichen und alles umverteilen, meinst du das? Und auch noch so, dass möglichst viel beim ANC hängen bleibt." Salger klingt verärgert und schüttelt den Kopf, als wüsste er genau, dass es der sichere Weg in den Staatsbankrott wäre.

„So ähnlich, und die Landreform gleich obendrauf", bestätigt Joao und grinst, als er Salgers entsetztes Gesicht sieht. „Keine Sorge, noch ist alles im Fluss. Noch regiert die Hoffnung, dass alles besser wird. Dabei haben wir außer unserer Freiheit nicht viel erreicht." Er nimmt einen Schluck Wein und hört kurz in sich hinein. „Ihre schlimmsten Befürchtungen haben sich glücklicherweise nicht bewahrheitet, wir sind aber noch nicht über'm Berg. Wenn wir Fehler machen und zu viel auf einmal wollen, fliegt uns das Land um die Ohren."

Salger nickt. „Ich hoffe ihr kriegt es hin. Machst du dir Sorgen?"

Joao verzieht das Gesicht, unentschlossen, wie er darauf reagieren soll. „Wenn ich spätabends das Büro verlasse, frage ich mich manchmal, ob wir es überhaupt schaffen können. - Als wir kurz vor Ihrer Abreise aus Südafrika miteinander sprachen, es war auf der Farm, Sie erinnern sich vielleicht, sagten Sie so etwas wie: Wir leben in unterschiedlichen Welten, ich schulde niemand etwas, und du schuldest mir auch nichts. - Ich habe oft darüber nachgedacht, und glaube, es stimmt nicht. Niemand ist wirklich schuldenfrei. - Wann kommen Sie zurück, oder bleiben Sie für immer in Europa?"

Salger sieht an Joao vorbei auf den Kellner, der an einem anderen Tisch etwas umständlich die Speisen serviert. „Quäl dich nicht", sagt er endlich. „Ihr macht das schon richtig. Ich hätte nie gedacht, dass es überhaupt so lange gut geht. Du sprichst von Freiheit und vergisst, dass es sich dabei um eine Schimäre handelt. Wenn du auf dem Trafalgar Square stehst, hast du Jahrhunderte von Verteilungskämpfen unter den Pflastersteinen. Und in Paris, Berlin, oder jeder anderen europäischen Stadt, ist es genauso. Europa ist auf einem Feld aus Blut und Tränen entstanden, vergiss das nicht. In Südafrika kommt das alles noch. Ihr dürft euch nur nicht beirren lassen, von dem, was in Europa und Amerika passiert. Ihr müsst euren eigenen Weg gehen. - Hier brabbelt auf einmal jeder vom Sieg des Kapitalismus, als wüssten sie, was das bedeutet. Am schlimmsten sind die, die ununterbrochen von einer neuen Weltordnung reden. Lauter Geschwätz, Utopien von Leuten, die sich schon in die Hosen machen, wenn sie nur ihren Schreibtisch verlassen." Salger schenkt die Gläser nach und prostet Joao zu. „Ich weiß auch nicht wo's langgeht. Ich spüre nur, dass sich der Westen an einer Weggabelung befindet. Verstehst du, was ich meine?"

Nein, ich verstehe nichts, außer, dass er sich für Europa entschieden hat, denkt Joao. Schade, wir könnten Leute wie ihn gebrauchen, trotz oder gerade wegen seiner Vergangenheit. Ich werde ihm nicht sagen, dass ich von seinen früheren Geschäften weiß, sie sind lange her. „Früher, dachte ich, der Kolonialismus wäre an allem schuld. Aber das stimmt nicht. Wir Afrikaner sind wirklich anders, tief drinnen ticken wir anders, auch wenn wir westliche Kleidung tragen und mit Vorliebe eure dicken Autos fahren", sagt er und lacht, als wolle er seine Unsicherheit überspielen. „Jetzt rede ich schon wie ein Leitartikelschreiber, dabei hasse ich diese Generalisierung: Wir Afrikaner. Wir sind kein Jota weniger differenziert als ihr Europäer. Ein Somali hat mit einem Zulu so wenig gemeinsam wie ein Ire mit einem Sizilianer. Entschuldigung, ich habe mich verrannt. Interessiert Sie meine Meinung überhaupt?"

Salger lächelt. „Doch, aber ich habe den Eindruck, dass du mit dir kämpfst. Kann es sein, dass alles ein bisschen zu schnell geht?", fragt er.

„Sie sind ein guter Beobachter."

„Wo ist das Problem?"

Mit einem resignierten Seufzer lehnt sich Joao zurück. Er sieht auf den See und sagt kaum verständlich: „Ich habe mich in eine deutsche Frau verliebt. Sie war in Südafrika, machte dort ein Praktikum als Ärztin. Es ist schon eine Weile her, aber wir haben uns regelmäßig geschrieben, und nächste Woche treffe ich sie in Berlin. Ich weiß nicht, wie ich damit umgehen soll. Mit Vater kann ich nicht darüber reden, er würde eine weiße Frau für falsch halten, obwohl er sie gar nicht kennt. Was halten Sie davon?"

„Weil sie weiß ist?", fragt Salger, lacht kurz auf und hebt sein Glas. „Ist doch wunderbar, lass es einfach auf dich zukommen. Ich habe einige schwarze Frauen gekannt, aber du siehst, ich bin allein."

„Das sagt sich so leicht, auf mich zukommen lassen. Ich bin schon mittendrin, und völlig unerfahren in solchen Dingen."

Salger tätschelt Joao's Arm. „Das lernst du schon, bleib einfach du selbst. Ich habe dich beobachtet, wie du Rani aufgezogen hast. Damals war ich mir sicher, dass du schaffst, was du dir vornimmst. Bisher habe ich mich nicht getäuscht. Wie heißt deine Ärztin?"

„Verena Kramer. Sie kommt ursprünglich aus München, wie Sie."

Salger reibt sich plötzlich die Schläfen, als wolle er eine Erinnerung herausquetschen. „Kramer, Kramer, in unserer Nachbarschaft in Grünwald, gab es eine Familie Kramer, alte Nazis wie meine Pflegeeltern. Sie hatten zwei Söhne, unangenehme Kerle in meinen Augen. Der eine war abgehoben, elitär, der jüngere dagegen kräftig, ruppig, und hatte einen seltsamen Namen, den ich vergessen habe. Reizbar waren sie beide, und immer mit dem Schäferhund unterwegs. Wir hatten wenig Kontakt, denn in deren Augen war ich das arme Pflegekind, mit dem man sich besser nicht abgab. Willst du, dass ich mich erkundige, woher deine Freundin stammt? Es kostet mich nur ein paar Anrufe."

„Nein, nein, ich will ihr nicht hinterher spionieren."

„Und du hast sie nur einmal gesehen, danach habt ihr euch geschrieben, das war alles?"

„Ja, es reicht doch."

„Na hoffentlich wirst du nicht enttäuscht." Salger nimmt die leere Weinflasche aus dem Kübel und winkt dem Kellner. „Du wolltest doch noch, oder?"

„Ja gern, er schmeckt gut. Was ist das für einer?"

„Ein Fendant, hier aus der Gegend. - Vielleicht sollten wir jetzt langsam über unser Geschäft reden, sonst ist der Tag vorbei und du hast nichts anderes von mir bekommen, als hehre Sprüche zu einer Welt, die sich sowieso nicht ändern lässt. Zuwenig für einen aufstrebenden Politiker. Hier ist eine Liste von Firmen, einschließlich der jeweiligen Ansprechpartner, die mit dir reden wollen. Wenn du willst, dass ich dich bei dem einen oder anderen avisiere, gib mir Bescheid. Mir wäre es aber lieber, du machst das allein. Wir wollen Regierung und Privat nicht zu sehr vermengen."

12 Familienbande

Als Kinder hatten Viktor Paulsen und Verena Kramer regelmäßig ihre Sommerferien auf dem Bauernhof der Kramers verbracht. Der Hof lag in einem Tal am Fuß der Alpen, nicht weit entfernt von einem See, den die zurückweichenden Gletscher vor Jahrtausenden geformt hatten. Mit ihren Rädern konnten sie den See erreichen, wo Konrad Kramer einen Steg für sein Boot gemietet hatte. Ganze Tage verbrachten sie dort, in der Sonne bratend, auf den warmen Holzplanken.

In den achtziger Jahren war Konrad Kramer zu einem weltweit geachteten Chirurgen aufgestiegen, und die Affäre, die ihn früher einmal mit Inka Boysen, Viktors Mutter, verband, war in eine verlässliche Freundschaft übergegangen. Als Inka, kurz nachdem Viktor geboren wurde, Jonas Paulsen, einen mit Konrad befreundeten Arzt heiratete, festigten sich die Bande eher. Jeden Sommer verbrachten die Familien gemeinsam auf dem Hof der Kramers. Erst als Konrad im fortgeschrittenen Alter Sabeth, eine junge, ambitionierte Assistenzärztin, zur Frau nahm, wurden die häufigen Familienfeste seltener. Die beiden Frauen mochten sich nicht. Inka, die inzwischen zur arrivierten, international anerkannten Chirurgin aufgestiegen war, konnte es sich nicht verkneifen, Sabeth eine von Konrad ausgehaltene, schöne Puppe zu nennen.

Kurz vor der Dot-Com Krise, am Beginn des neuen Jahrtausends, brach Konrads Parkinson aus. Als sich die Krankheit schnell verschlimmerte, suchte er Inkas Rat, weil er einen Manager für die Leitung der Mikro System brauchte, einer Firma, die er vor langer Zeit zusammen mit seinem Bruder Frohmut gegründet hatte. In den letzten Jahren hatte die Firma jedoch den Anschluss an die Konkurrenz verloren und lebte nur noch von der Substanz. Konrad wusste, dass Frohmut ein Teil des Problems war, doch er tat sich schwer, seinen eigenen Bruder abzulösen. Als Inka ihren Sohn Viktor ins Gespräch brachte, um die Mikro System zu sanieren, gefiel Konrad die Idee. Auch weil er daran glaubte, dass Viktor doch sein Sohn sein könnte, obwohl es Inka vehement bestritt. Er entließ Frohmut und berief Viktor, zusammen mit Sabeth, in die Geschäftsführung der Mikro System. Es ging nicht lange gut. Viktor erwies sich als zu unerfahren und Sabeth als flatterhaftes Leichtgewicht.

Jetzt steht Viktor, zwei Jahre nachdem er Martin Salger kennenlernte, mit dem Rücken zur Wand. Die Mikro System schreibt weiter Verluste, und das Geld aus dem Verkauf der Antar Anteile, das er leichtsinnigerweise bei der Sanierung eingesetzt hat, ist aufgebraucht.

Eines Nachts, Konrad Kramer hat schon eine Weile geschlafen, erwacht er schweißgebadet und hört, wie sein Herz schlägt. Der Versuch, das Bett zu verlassen und allein ins Bad zu gehen, gelingt ihm nur mit größter Mühe. Als er sich am Schlafzimmer seiner Frau vorbei quält, sieht er das leere, unberührte Bett.

Nach einer Stunde, die ihm endlos erscheint, kommt Sabeth und geht geradewegs ins Bad. Er hört, wie sie sich die Zähne putzt und eine Dusche nimmt. „Wo warst du?" fragt er in die Dunkelheit.

„Oh, bist du noch wach?" Ihre Überraschung klingt gekünstelt.

„Wo warst du?"

„Viktor und ich haben uns verquatscht. Die Firma geht uns nicht aus dem Kopf."

„Viktor? Ausgerechnet Viktor, du hältst mich … wohl für bescheuert."

„Was willst du hören, Liebling? Wir waren in einer Bar und haben danach noch etwas frische Luft geschnappt."

Konrads Atem geht stoßweise, er versucht krampfhaft die Wörter zu formen. „Ist das … ein neuer Name dafür, frische Luft … schnappen. Du bist eine Schlampe."

Wir waren einmal glücklich zusammen, denkt sie. „Schlampe!", sagt sie kalt. „Du, der sich jede ins Bett geholt hat, die er nur kriegen konnte, nennst mich eine Schlampe. Ich sollte dich verlassen, dann siehst du ja, wie du klar kommst. Du bist gar nichts mehr ohne mich, nur noch ein alter, böser Tattergreis. Was erwartest du eigentlich von mir - dass ich die Nächte über hier sitze und deine Hand halte?"

„Nicht mit Viktor ... und nicht auf meinem Buckel. Und wie ... soll es weitergehen. Ich soll ihm wohl ... auch noch dankbar dafür sein?"
„Warum nicht? Ich bin müde, und mir ist kalt."
„Du denkst ... du kannst dir alles erlauben."
„Konrad, treib's bitte nicht auf die Spitze. Es ist schwer genug, deine Krankheit, die Firma, wir brauchen keinen weiteren Zwist." Soll ich ihm sagen, dass mir Viktor eigentlich nichts bedeutet, denkt sie. Es war ein Fehler, ihm die Leitung zu geben, er kann es einfach nicht. Und im Bett ist er auch nicht sehr überzeugend. Aber Konrad wird mich für verrückt halten, wenn ich jetzt damit anfange.
„Ich dachte, wir hätten ... einen Pakt, nicht vor meinem Tod. Du wolltest dich ... zurückhalten, du hast es ... versprochen", hört sie seine gepresste Stimme aus der Dunkelheit.
„Ja, aber ich habe mich nicht daran gehalten." Mein Gott, was für ein Theater, denkt sie. Dabei geht es ihm ja doch nur um die Firma. Er war es schließlich, der Viktor als Geschäftsführer haben wollte, weil sein cholerischer Bruder alles durcheinander brachte. Er hat gewartet, bis Fromut den Karren an die Wand fuhr und jetzt beschuldigen sie Viktor gemeinsam, dass er das Wrack nicht schnell genug flott kriegt. Ich hätte trotzdem nicht mit Viktor schlafen dürfen, aber jetzt ist es nun mal passiert. „Ich will nicht mehr reden", sagt sie, dreht sich um und geht.

„Konrad weiß alles", sagt Sabeth ganz beiläufig, als sie Viktor am nächsten Tag in der Firma gegenüber sitzt.
„Warum? Hast du es ihm gesagt?"
„Er war noch wach, als ich zurück kam. Schämst du dich?" Amüsiert beobachtet sie seine Reaktion, als verfolge sie ein klinisches Experiment.
„Er hat mich zum Geschäftsführer gemacht, er vertraute mir, auch wenn er nicht so richtig von mir überzeugt war. Wie soll ich jetzt mit ihm reden? Du hast alles nur noch komplizierter gemacht."

Ihre Augenbrauen schnellen nach oben, doch sie geht nicht weiter auf seinen Vorwurf ein. „Übrigens, ich werde mit Frohmut sprechen, ich möchte zu gerne wissen, woher Konrad seine Informationen bezieht. Von dir wohl kaum, also bleibt nur Frohmut, der hat bestimmt immer noch seine Zuträger in der Firma."

Was wird denn hier gespielt, denkt Viktor. Erst fängt sie mit mir ein Techtelmechtel an, dann erzählt sie es Konrad, und jetzt will sie auch noch mit Frohmut reden. Die Zuträgerei ist doch nur vorgeschoben. Dabei dachte ich, ich hätte die Firma und die Frau. „Und du glaubst wirklich, Frohmut würde dir das sagen. Ausgerechnet dir, seiner besten Feindin. Lieber beißt er sich doch die Zunge ab."

„Warum sollte er nicht mit mir reden? Er hasst mich. Gut, es beruht auf Gegenseitigkeit. Und irgendwie verbindet so ein Hass ja auch. Am meisten aber hasst er dich, er würde alles tun, um dir zu schaden. Deshalb wird er mit mir reden. Ich muss nur herausfiltern, was stimmt und was nicht. Aber das ist nicht schwer bei Frohmut, er kann sich schlecht beherrschen und verstellen schon gar nicht."

„Mach doch, was du willst, in euren Augen bin ich ja doch nur der kleine Angestellte, den ihr nach Belieben herumkommandieren könnt."

„Bist du beleidigt?", fragt sie scheinbar besorgt. „Wir sind zusammen in der Sache, das hast du wenigstens immer gesagt. Ich verlasse mich auf dich, oder hat sich plötzlich etwas geändert?"

Dass ich nicht lache, denkt er. „Ich bin nur enttäuscht, am meisten von mir selbst. Konrad hat mir vertraut, und was mache ich Idiot? Ich schlafe mit dir, und du erzählst es ihm auch noch. Er hält mich jetzt für einen Schweinehund, dabei will ich gar nicht, dass er so über mich denkt."

Dann hättest du es dir halt vorher überlegen sollen, denkt Sabeth, der Viktors Getue langsam auf die Nerven geht. „Du misst dem Ganzen eine Bedeutung bei, die es überhaupt nicht hat, Viktor. Aber du musst das Unternehmen in den Griff kriegen. Ich kann dir dabei nicht helfen."

„Ich bemüh mich ja. Wenn der Auftrag aus China kommt, haben wir's geschafft."
„Ja, hoffentlich", sagt sie kalt.
„Bestimmt, du wirst sehen. Aber du hättest es Konrad nicht sagen dürfen."
Waschlappen, denkt sie, ich bin umgeben von Waschlappen.

Tage später sitzt Viktor abends noch im Büro und die Zahlen des Monatsberichts beginnen vor seinen Augen zu verschwimmen. Bleierne Müdigkeit hat ihn im Griff. Ich glaubte es allen beweisen zu müssen, denkt er, und jetzt liefere ich ihnen genau den Beleg für mein Versagen: Ein kleiner, übermotivierter Blindgänger bin ich.
Er nimmt eine Zigarette aus der Schachtel und schiebt sie gleich wieder zurück. Ich darf nicht soviel rauchen, das Zeug bringt mich noch um, denkt er. Was soll's, ich fahre nach Hause, es hilft niemandem, wenn ich jetzt schlapp mache, dadurch werden die Zahlen auch nicht besser. Er schaltet den Computer aus, prüft die Anzeige seines Mobiltelefons und macht sich auf den Weg. Als er seinen silbernen Porsche auf die Straße lenkt, hört er das beruhigende Grummeln des Motors in seinem Rücken. Noch vor der Autobahn ruft er Verena an. „Hier ist Viktor, ich hoffe ich hab dich nicht geweckt. Ich würde dich gern mal wieder treffen, zum Essen, oder so. Deine Mutter hat gesagt, du wärst gerade in München."
„Mensch Viktor, es ist ein Uhr morgens. Ruf mich morgen an, gute Nacht."
„Ich melde mich."

Am darauffolgenden Tag im Münchner Literaturhaus, fragt Verena: „Warum musste es ausgerechnet hier sein? Das Essen ist teuer und es hallt fürchterlich. Es kommt mir vor, als säße ich bei den anderen Gästen mit am Tisch. Wir hätten uns auch in Grünwald treffen können?"
„Grünwald ist mir zu nah an deiner Familie. Außerdem mag ich die Atmosphäre hier. Hat so einen leicht intellektuellen Anstrich,

finde ich. Es hilft mir, dass ich nicht völlig durchdrehe. Übrigens siehst du blendend aus, deine Praxis scheint dir zu bekommen."
„Seit wann hast du dir dieses Süßholzraspeln angewöhnt?"
„Ganz schön aggressiv die Dame. Du klangst nicht besonders erfreut am Telefon. Schön, dass du überhaupt zugesagt hast."
„Schon gut. Ich würde eben zu gerne wissen, was das ganze Theater um Vaters Firma soll. Du führst dich anscheinend auf, als wärst du der Großmogul. Dabei gehört die Firma immer noch uns."
Deshalb ist sie gekommen, denkt Viktor. Was soll ich ihr sagen, dass ihr Vater in den letzten Jahren Mist gebaut hat, dass ich es zwar auch nicht besser kann, aber noch nicht aufgegeben habe. Ich muss sie erst mal runter holen von ihrer moralischen Warte.
„Wie lange bleibst du noch in München?", fragt er, ohne auf die Firma einzugehen.
„Nur ein paar Tage. Mutter wollte, dass ich komme. Sie glaubt, ich wirke beruhigend auf Vater. Er ist ziemlich unausstehlich geworden, seit ihn Konrad an die Luft gesetzt hat. Du willst wohl nicht darüber reden, oder?"
„Nein, ich laufe mir nur die Hacken ab." Viktor betrachtet eingehend die ersten Falten auf ihrer Stirn. „Ihr Kramers tut gerade so, als gäbe es nichts anderes auf der Welt, als eure Firma. Erzähl mir lieber, warum du deine Praxis in Berlin hast. Kannst du uns Bayern nicht mehr leiden?"
„Ich merke schon, du blockst alles ab. - Berlin gefällt mir halt. Hast du schon gewählt?", wechselt sie das Thema.
„Nein, ich kam nur ein paar Minuten vor dir, hatte nicht einmal Zeit richtig zu parken. Und jetzt werde ich platt gemacht."
„Du Armer. Dabei ist es völlig absurd, du, Geschäftsführer des Unternehmens, das die Brüder über Jahrzehnte aufgebaut haben", kann sie sich nicht zurückhalten. „Konrad präsentiert dir die Firma auf dem silbernen Tablett, und schickt seinen Bruder in die Wüste, damit du die Karre an die Wand fahren kannst. Eigentlich hatten wir uns das ganz anders vorgestellt."
Viktor sieht sie fragend an. „Wie denn? An ein paar Schrauben drehen, leichtes Geld beschaffen und dann wieder verschwinden?

Leider reicht das nicht, schon lange nicht mehr. Aber bestellen wir erst mal. Wenn wir schon streiten müssen, dann wohl besser nach dem Essen, da können wir dann richtig zur Sache gehen." Demonstrativ schlägt er die Speisekarte auf.
„Na gut, wie du willst, aber ich werde nicht locker lassen. Außerdem liegst du falsch. Was nimmst du?"
„Die Kalbsnieren."
„Ich mag keine Nieren, ich nehme die Pute mit Salat."
„Bist du auf Diät, oder was soll das? Du hast doch sonst immer alles in dich hinein geschaufelt, und trotzdem nie zugenommen."
„Das ist längst vorbei." Sie lächelt verträumt und zuckt bedauernd mit den Schultern.
„Heißt das, wir könnten auch sachlich diskutieren? Ich muss mir also nicht das Herz aus der Brust reißen und dir zum Fraß vorwerfen?", fragt er, indem er sich theatralisch ans Herz fasst.
„Ist mir zu steinern", sagt sie todernst, und tätschelt seinen Unterarm. „Anscheinend immer noch der verträumte Dichter. Passt das denn zu deinem Manager-Dasein?"
Viktor zieht eine Schnute und hebt beide Arme. „Keine Sorge, ich werde mein Klassenbewusstsein zurückstellen, dich zu mir auf meinen elitären Sockel heben und dir zeigen, wo das gelobte Land liegt. Danach wirst du glücklich von dannen ziehen, wissend, in welch guten Händen sich euer Unternehmen befindet."
„Spinner!"
Viktor zieht die Mundwinkel nach unten und winkt dem Kellner. „Wir nehmen die Pute und die Kalbsnieren. Und", er zögert kurz, „bringen Sie uns vorneweg das Risotto, das teilen wir uns. Einverstanden?" Als Verena nickt, wendet er sich erneut an den Kellner. „Und bringen sie uns eine Flasche Barolo, zur Feier des Tages."
„Du gibst ganz schön an, mit dem Geld meiner Familie", sagt sie schmunzelnd, als der Kellner gegangen ist.
„Vielleicht bezahle ich ja privat. Hängt davon ab, wie sehr du mich reizt."

„Auch dann kommt es immer noch von meiner Familie. Oder hast du etwa mehrere Jobs?"
„Wer weiß. Notfalls kann ich ja meinen Porsche verkaufen - Ich sehe es dir an, wenn wir nicht sofort über die Firma reden, bringst du mich um. Aber lass bitte die Familie aus dem Spiel, das schaffe ich nicht auch noch", schiebt er schnell hinterher, lehnt sich zurück und sieht sie lächelnd an. Dann beugt er sich vor, stützt die Ellenbogen auf den Tisch und klemmt die Daumen unters Kinn. „Also, was willst du wissen?", fragt er ernst. „Wie es dazu gekommen ist? Wo wir stehen? Ob ich das Ding noch drehen kann?"
„Alles, ich will alles wissen, möglichst ungeschminkt."
„Na gut, Konrad und Sabeth haben mir diese Rolle mehr oder weniger aufgezwungen. Die Firma stand kurz vor der Insolvenz, dein Vater war nicht gerade erfolgreich in den letzten Jahren", fügt er hinzu, als er ihre abweisende Reaktion sieht. „Und vergiss nicht, es war Konrad, der Frohmut entlassen hat."
„Ich weiß. Aber warum du?"
„Warum nicht? Sie fanden keinen anderen, der diese heiße Kartoffel anfassen wollte."
„Aber konntest du nicht mit Vater zusammenarbeiten? Warum grinst du so unverschämt?"
Viktor schüttelt den Kopf. „Du kennst doch deinen Vater, er ist ein Despot. So einer will keinen neben sich haben, der ihm täglich in die Karten schaut. Dein Vater hackt immer noch auf seinem uralten Apple herum, der nicht mal einen vernünftigen Internet-Anschluss hat. Und wenn ich andeute, dass das keinen Sinn macht, antwortet er, ich solle mich um meinen eigenen Kram kümmern. So kann man nicht arbeiten."
„Ganz so schlimm kann Vater nicht gewesen sein. Immerhin hat er das Unternehmen dreißig Jahre lang erfolgreich geführt. Aber was rede ich, du willst es alleine machen, also musst du auch alleine klar kommen. Jammer nur nicht, wenn es schief geht."
Wie Recht sie hat, denkt Viktor. Er sieht schweigend dem Kellner zu, der am Tisch die Weinflasche entkorkt, einen Schluck in sein Glas füllt und ihm den Korken reicht. Viktor kostet und

wendet sich wieder Verena zu. „Erfolgreich ist relativ, würde ich meinen, wenn das Unternehmen am Ende ohne Geld dasteht. Für die paar Maschinen und den guten Namen kannst du dir nicht viel kaufen. Na gut, du traust es mir nicht zu", sagt er ironisch, hebt sein Glas und prostet ihr zu. „Du magst sogar recht haben. Manchmal fühle ich mich wie ein Langstreckenläufer, der falsch trainiert hat. An manchen Tagen überwiegen die Zweifel, da würde ich am liebsten alles hinschmeißen. Du kommst ins Büro und weißt sofort: Heute wird dir der Hals wieder ein bisschen stärker zugeschnürt."

Verena, die schweigend, fast gelangweilt zugehört hat, richtet sich auf und sieht ihn nachdenklich an, als begreife sie langsam, was in ihm vorgeht. „Solange du dir noch einen Porsche gönnst, kann es nicht so schlimm sein", sagt sie kalt.

„Das hat miteinander nichts zu tun. Den Porsche hab ich von dem Geld gekauft, das mir ein Schweizer Investor für meine Antar-Anteile bezahlt hat. Die Mikro System hat keinen Cent beigesteuert, nur zur Klarstellung. Nächste Woche werde ich die Schweizer anrufen, um rauszufinden, ob sie bei der Mikro System einsteigen möchten. Wenn ja, bekämen wir endlich wieder Luft."

„Warum erzählst du mir das? Sind wir deshalb hier, weil du meine Unterstützung brauchst?"

„Quatsch, ich wollte dich nur mal wieder sehen. Ich kenne niemand sonst, mit dem ich lieber zusammen sein möchte."

„Bist du dir sicher, dass sie verkaufen wollen?", fragt sie perplex. „Die Firma ist ihr Baby, wir Kinder kamen immer erst an zweiter Stelle."

„Es geht nicht anders, wenn wir kein frisches Geld in die Firma kriegen, sieht es wirklich düster aus."

Irritiert schüttelt sie den Kopf. „Davon verstehe ich nichts. Die Firma ist mir eigentlich egal, ich bin nur nach München gekommen, weil Mutter mich darum gebeten hat. Vater dreht langsam durch, wohl auch wegen dir. - Was machst du, Viktor, wenn dein Investor von dir verlangt, dass du aufräumst, weil ihm die Rendite zu niedrig ist? Leute vernichten, ganze Familien ins Unglück stürzen?"

Sie versteht wirklich nichts, denkt er. „Mensch Verena, wir kämpfen ums Überleben. Über Rendite mache ich mir die geringsten Gedanken. Wenn die Firma eingeht, ratz fatz vom Markt verschwindet, was ist dann mit deinen Familien?"

Sie zieht die Schultern hoch, als bereite ihr das Gespräch physische Pein. „Du bist der Geschäftsführer, Gutmensch und Bonze in einem geht wohl nicht", sagt sie resigniert.

„Ich muss wenigstens versuchen, die Firma zu erhalten, aber es fällt mir schwer. Seit ich diesen Job habe, fühle ich mich wie eine Abfalltonne, in die alle ihren Unrat kippen. Nur ich selbst habe keine Möglichkeit meinen eigenen Dreck abzuladen." Er klingt frustriert, während seine Augen über ihren Körper tasten und nur kurz auf ihren Brüsten hängen bleiben.

Es ist ihm egal, wie ich aussehe, denkt sie. Sie haben ihm etwas aufgebürdet, das er nicht tragen kann. Er ist immer noch der große Junge, ein Träumer, der nicht mehr ein noch aus weiß. „Viktor, du könntest mit mir reden, aber du willst nicht. Wahrscheinlich denkst du immer noch, die Welt besteht aus Flipperkugeln, die du wie früher nach Belieben rauf und runter jagen kannst. Wenn du so weiter machst, bringst du dich um, und alle anderen um dich herum gleich mit. Schon als Junge bist du den Problem aus dem Weg gegangen. Das Beste wäre, sie würden dich entlassen, dann bräuchtest du wenigstens nicht jeden Morgen in den Spiegel schauen, von wo ein Versager zurückblickt. Pack's an oder lass einen anderen ran."

„Du redest eine Menge Unsinn", reagiert er verärgert.

„Nein, du siehst genauso unglücklich aus, wie manch einer meiner Patienten, der nicht mehr weiter weiß. Dabei fehlt ihm gar nichts Körperliches, er kann nur nicht mehr klar denken. Du hast Recht, wenn es um die Firma geht, reden wir über Dinge von denen ich wenig verstehe. Ich wollte sie nie verstehen, auch wenn Vater mich gedrängt hat, weil er dachte, ich könnte in seine Fußstapfen treten. Egal, es geht nicht um mich. Ich komme hier herein, bin in deiner Welt, es ist laut und wir giften uns an. Auf einmal weiß ich nicht mehr, ob ich überhaupt noch zu dir durchdringe, oder ob alles, was ich sage, an deiner glatten Oberfläche abprallt, die du wie einen Wall um dich herum gebaut hast. Hörst du mir überhaupt noch zu, Viktor?"

Er erschrickt, als er seinen Namen hört. Bisher hätte es auch jemand anders sein können, dem sie die Leviten liest. „Spielen wir gerade einen angeschimmelten Roman: Ich, der gescheiterte Jungunternehmer auf der Couch, und du, die Psychotante mit dem Block daneben?"

„Ja, das wird es wohl sein, ein angeschimmelter Roman. Mich stört nur, dass du auf der Couch eingeschlafen bist."

„Nee, nee, so nicht", wehrt er ab, als ginge ihm das Gespräch zu nahe. „Ach was soll's …. Der Wein schmeckt mir nicht, bestellst du uns einen anderen. Bin gleich wieder zurück." Er steht auf, geht durch das angrenzende Café zur Toilette und betrachtet die kleinen runden Fliesen, als hätte er sie nie zuvor gesehen. Die Hände fühlen sich an, als wären sie abgestorben. Im Spiegel sieht er das Gesicht eines Fremden. Nur langsam spürt er sich wieder. Er spritzt kaltes Wasser ins Gesicht, trocknet sich mit einem Papiertuch ab und kehrt zurück.

„Du bist blass, alles ok?", fragt sie, als er sich setzt.

„Keine Sorge, ich steh das durch."

In einer Mischung aus Zweifel und Mitleid sieht sie ihn an. „Ich habe uns einen Brunello bestellt, ist das ok? Er geht auf meine Rechnung, widersprich erst gar nicht. Tut mir Leid, wenn ich zu direkt war. Du bist mein ältester Freund, Viktor, da will ich nicht hinter vorgehaltener Hand reden."

„Ich weiß. Denkst du manchmal noch an unsere Sommer auf dem Bauernhof? Du kamst mir immer so souverän vor, wie du mit hochgekrempelten Ärmeln im Schweineblut gerührt hast."

„Es war warm und durfte nicht gerinnen", sagt sie lächelnd.

„Egal was du gemacht hast, ich habe dir blind vertraut."

„Und heute nicht mehr?"

„Wir leben in verschiedenen Welten", vermeidet er eine direkte Antwort. Eure Firma ist nicht nur auf Konrads Ideen und dem Mist deines Vaters gewachsen, wie ihr so gerne kolportiert, denkt er. Und ich soll euer Komplize werden, das schafft mich. Aber warum jammere ich, das mit dem Großvater, der sich den Nazis angedient hat, wusste ich schließlich zuvor. „Na gut, zurück zur Couch. Ich will versuchen ernsthaft über die Firma zu reden, aber nagle mich bitte nicht fest. Ich weiß nicht, warum ich eingestiegen bin. Vermutlich eine Entscheidung aus dem Bauch. Sabeth, die wohl eher meine Aufpasserin sein sollte, erweist sich immer mehr als Klotz am Bein."

„Schläfst du mit ihr?"

„Sie bremst, wo immer sie kann", fährt er fort, als hätte er sie nicht gehört, „weil sie absolut nichts vom Geschäft versteht. Aber wie kommst du darauf, dass ich mit ihr schlafe?"

„Tu nicht so unschuldig, sie wäre die erste Frau, der du nicht an die Wäsche gehst." Und gelegentlich braucht Sabeth wohl auch einen Mann, nachdem Konrad kaum noch in Frage kommt, denkt sie.

„Verena, das ist ein klarer Missbrauch der Couch. Ok, wir haben miteinander geschlafen, aber es bedeutet mir nichts."

„Außer, dass du nicht mehr frei bist in deinen Entscheidungen". Und in deiner Not vermutlich auch noch im Bett versagst, fügt sie in Gedanken hinzu. „Du bist ein armes Schwein, Viktor."

Er faltet die Hände vor dem Gesicht und schiebt mit den Mittelfingern die Nase hoch. „Ganz schön aggressiv, vielleicht doch besser, dass du nach Berlin gegangen bist."

Verärgert schüttelt sie den Kopf. „Viktor, du spielst mit meiner Familie. Glaubst du wirklich, wir streichen dir übers Haupt und loben dich für das, was du allen antust? Du musst das wieder in Ordnung bringen."

„Du hast leicht reden. Was tue ich euch denn an? Ich zerreiße mich für diese Firma, die mir nicht einmal gehört. Und falls es stimmt, dass ich allein für die Misere verantwortlich bin, wie soll ich denn vorgehen, deiner Meinung nach, damit für alle wieder die Sonne scheint?"

„Egal wie, werde krank, bekomme einen Nervenzusammenbruch, alles, was dich aus dem Verkehr zieht. Dann müssen sie handeln. Mein Vater ist aufgelöst vor Schmerz über das, was ihm

sein Bruder angetan hat. Konrad ist von dir enttäuscht, und Sabeth hat dich längst satt. Du bist schließlich nicht der erste Jüngling, den sie in ihr Bett geholt hat."
„Jüngling, Mensch Verena, ich bin einunddreißig. Ich kann nicht einfach hinschmeißen, ich käme mir vor, wie ein Deserteur."
„Willst du warten, bis sie dich hinauswerfen?"
„Sie haben keinen Anderen, ich bin ihre letzte Hoffnung."
„So ein Blödsinn, sie brauchen einen gestandenen Manager, die gibt es wie Sand am Meer. Konrad ist geschwächt, die Krankheit macht ihm zu schaffen, aber noch ist er nicht am Ende. Er kann noch klar denken. Ich gebe dir drei Monate, maximal ein halbes Jahr, dann bist du fällig. Die Kramers kennen kein Erbarmen, wenn etwas gegen ihren Strich läuft. Vergiss das nie."
Ja, so hat der Großvater sein Vermögen zusammen geklaut, denkt Viktor. „Hat dein Vater das gesagt?"
„Nein, wir sprechen nicht über dich. Vater petzt nie, das habe ich von ihm. Er frisst nur alles in sich hinein, bis es wie ein Vulkan aus ihm hervorbricht. Was ich gesagt habe, ist so augenfällig, dass es einen anspringt. Nur du siehst es nicht, weil du es nicht sehen willst."
Viktor blickt, vorbei an Verena, ins Leere. Er beißt die Zähne aufeinander, bis es schmerzt. Dann sagt er versöhnlich. „Du hast so eine Art, einen aufzubauen. Glaubst du, wir könnten uns ab und zu sehen? Ich hab lange nicht so offen mit jemand geredet. Es tut mir gut."
„Und mir, danach fragst du nicht? Du hast vorhin von dem Abfalleimer gesprochen, und jetzt glaubst du wohl, du hättest ihn gefunden. Nein Viktor, das hat keinen Sinn."
„Ich will keinen Schutt abladen, ich will dich nur zuweilen sehen. Ich verspreche dir, nicht mehr von der Firma zu reden. Es wäre nur schön, dich ab und an zu sehen."
„Und dann? Dann gehst du nach Hause, schläfst mit Sabeth und erwartest von mir, dass ich dich bei Vater verteidige."
„Nein Verena, du irrst dich. - Erzähl mir von Südafrika. Wie lange warst du dort?"

Im ersten Moment reagiert sie abweisend, dann, als hätte sie es sich anders überlegt, sagt sie verträumt. „Fast ein Jahr. Ein schweres Jahr, aber es war trotzdem schön."
„Und was war so schön, dass sie sich gegenseitig umbrachten?", fragt er, als wolle er ihr etwas heimzahlen. „Zumindest stand das damals so in der Zeitung", schwächt er ab.
„Du redest wie all die Leute, die schon einmal durch ein Wildreservat gefahren sind, und sich danach für Afrika-Experten halten. Das Land ist ganz anders, wenn du dich darauf einlässt."
„Und du hast es getan?"
„So gut ich konnte. Manchmal denke ich, es wäre zu viel gewesen. Es ist so lange her, aber ein Teil von mir ist immer noch dort, und ich kann nichts dagegen tun. Ich habe damals einen Mann kennen gelernt, jünger als ich, Joao heißt er. Er ist mit seinem Vater aus Mozambique zu Fuß durch den Krüger-Park geflüchtet und hat heute eine wichtige Position in Südafrikas Regierung. Wir haben uns all die Jahre geschrieben, seine Briefe sind so klar, so frei von Selbstzweifeln."
„Briefe? Im digitalen Zeitalter? Du bist so altmodisch wie dein Vater." Viktor strahlt sie an und presst ihre Hand. Dabei spürt er, dass etwas zerbrochen ist. Anscheinend, habe ich immer noch auf sie gebaut, denkt er. Auf meine schöne, verlässliche Freundin.
„Nächste Woche treffe ich Joao in Berlin. Wir haben uns sehr lange nicht gesehen, vielleicht ist alles nur ein Irrtum. Ich bin ziemlich nervös."
„Du klingst, als wärst du verliebt."

13 Verdacht

Leonhard Ruetis Zimmer gleicht einer Verhörzelle, ein Schreibtisch mit einfachen Holzstühlen, dahinter ein Mann, der auf die Vierzig zugeht. Das volle Haar, scheinbar nur mit den Fingern aus der Stirn geschoben, wird an den Schläfen bereits grau. Das offene Jackett gibt den Blick auf den beginnenden Bauchansatz frei. Hinter einer randlosen Brille blicken ein paar graublaue, intelligente Augen auf Salger.

Instinktiv spürt der, dass ihm Rueti gefährlich werden kann. Ein Bluthund, denkt er, und gibt sich das Flair eines erfolgreichen Unternehmers, der es sich leisten kann, Rueti ein paar Minuten seiner Zeit zu schenken. Doch innerlich ist Salger hellwach.

„Leonhard Rueti. Schön, dass Sie so schnell gekommen sind. Vielen Dank, Sara, mehr brauche ich nicht", wendet sich Rueti an die Polizistin, die Salger zu ihm geführt hat. „Ich dachte, es wäre besser, sie bringt Sie zu mir, bevor Sie in unserem Labyrinth verloren gehen. Bitte setzen Sie sich doch. Leonhard Rueti", sagt er erneut, und reicht Salger die Hand.

„Sagten Sie bereits, was kann ich für Sie tun." Salger übersieht die ausgestreckte Hand und setzt sich auf den angebotenen Stuhl. „Sie haben sich am Telefon reichlich kryptisch ausgedrückt. Ich war in den letzten Wochen viel verreist, sodass sich Einiges angesammelt hat."

Rueti zuckt leicht mit den Schultern und lehnt sich zurück. Dann eben nicht, denkt er. Du wirst noch froh sein, wenn ich dir wieder einmal die Hand reiche. „Dachten wir uns schon", sagt er freundlich mit der Andeutung eines Lächelns. „Es wird nicht lange dauern, wir haben nur ein paar Fragen. Gestatten Sie?"

„Selbstverständlich, deshalb bin ich ja hier."

„Seit wann sind Sie schon in der Schweiz?"

„Seit Mitte der Neunziger Jahre."

„Immer schon in Männedorf, bei der Seed Invest?"

„Ja, ich habe die Firma gegründet. Aber Sie finden das alles auf unserer Website. Ich nehme kaum an, dass Sie mich deshalb einbestellt haben."

Rueti sieht ihn an, ohne im Geringsten darauf einzugehen. „Sie reisen häufig in die USA, darf ich fragen weshalb?"

„Dürfen Sie", sagt Salger spöttisch. „Die Seed Private Equity hat einige Beteiligungen an amerikanischen Unternehmen, die mich gelegentlich nach Washington führen. Bei Dreien bin ich im Aufsichtsrat. Wollen Sie wissen, um welche Unternehmen es sich handelt?"

„Nein, das wissen wir bereits."

„Gut, dann kann ich ja wieder gehen."

„Nicht so schnell, Herr Salger. Sie treffen sich in Berlin zuweilen mit einigen Herrn der amerikanischen Botschaft, James Goddard, unter anderem. Kann das sein?"

Salger betrachtet Rueti plötzlich viel aufmerksamer, als verstünde er erst jetzt, auf was es hinaus läuft. „Ja, wir treffen uns häufig. Goddard ist ein alter Freund, ich kenne ihn seit Anfang der siebziger Jahre. Er war für das Peace Corps in Nigeria, wo wir uns kennen lernten. Wie kommen Sie ausgerechnet auf ihn?"

„Und dann war er plötzlich in Berlin." Ruetis Stimme klingt blasiert, doch er zügelt sich sofort wieder. „Sie brauchen nur meine Fragen zu beantworten, Herr Salger, wir führen keine Diskussion." Ganz ruhig sieht er Salger in die Augen, wohl wissend, dass sie ihm nichts verraten werden.

Er hat nichts in der Hand, denkt Salger, will mich nur nervös machen. Aber es muss ihn jemand mit Informationen füttern. Unwahrscheinlich, dass ein Schweizer Agent die Mitarbeiter der amerikanischen Botschaft beschattet, nur um mir etwas anzuhängen. Ob es John Goffin ist? Er ist der Einzige, der meine Verbindung zu Goddard kennt. Oder Joao, vielleicht hat er angefangen nachzufragen, aber warum sollte er? Dieser Rueti stochert wahrscheinlich nur im Nebel herum. „Finden Sie nicht, es wäre an der Zeit, mir zu sagen, was dieses Gespräch bezwecken soll? Oder handelt es sich etwa um ein Verhör?", fragt er gereizt. „Dann müsste ich nämlich meinen Anwalt dazu bitten. Ich will nicht, dass er mich im Nachhinein beschimpft, das Falsche gesagt zu haben." Salger bemüht sich, möglichst ruhig zu wirken, während er Rueti nicht aus den Augen lässt.

„Wie kommen Sie darauf, Herr Salger. Verhör, natürlich nicht. Aber gibt es das denn bei Ihnen, etwas Falsches sagen?" Rueti strahlt, als wäre ihm ein großartiger Witz gelungen. „Trotzdem würde ich gerne weiter ausholen, vielleicht klärt sich dann ja manches von selbst: Sie waren Partner einer Firma in Kaduna, die sich im Biafra-Krieg durch besondere Effizienz hervortat. Heute benützt eine Ihrer weit verzweigten Firmen Flugzeuge aus der früheren Sowjetunion, und fliegt damit zu den entlegensten Orten Afrikas. Mehr brauche ich dazu nicht zu sagen. Sie haben einen südafrikanischen Pass, neben Ihrem deutschen, ungewöhnlich, oder? Sie waren lange im ehemaligen Rhodesien und fliegen regelmäßig nach Washington und Berlin, um dort Personen zu treffen, die uns nicht ganz unbekannt sind. Gelegentlich reisen Sie auch in die Ukraine, aber das ist ja jetzt ein freies Land, alles in Ordnung also." Er klingt unbeteiligt, wie ein Ankläger vor Gericht, der sich keine persönliche Meinung erlaubt. Dann beugt er sich vor, stützt die Arme auf den Schreibtisch und betrachtet Salger, als wolle er jede seiner Regungen aufnehmen. Seine Stimme ist schärfer, als er fortfährt: „Sie brauchen keine weiteren Erklärungen abzugeben, Herr Salger, aber wir möchten nicht, dass Sie Ihre früheren Aktivitäten in irgendeiner Weise in der Schweiz neu aufleben lassen. Ich glaube, Sie wissen, was ich meine. Wir haben es nicht gern, wenn in unserem Land potenzielle Konflikte angebahnt, geschweige denn ausgetragen werden. Haben Sie mich verstanden?"

„Nein, Herr Rueti, habe ich nicht", sagt Salger ganz ruhig. „Wie Sie schon sagten, es ist alles in Ordnung. Ich besitze eine gültige Aufenthaltserlaubnis für die Schweiz. Ich betreibe einen renommierten Fonds und zahle pünktlich meine Steuern. Meine Aktivitäten sind weltweit, ich brauche niemand um Erlaubnis zu bitten, bevor ich irgendwo hinreise. Auch brauche ich niemand zu sagen, was ich dort tue, solange ich mich im gesetzlichen Rahmen bewege. Mit Ausnahme meiner Sekretärin vielleicht", fügt er süffisant hinzu. „Falls Sie also etwas Konkretes vorzubringen haben, sollten Sie es sagen. Ansonsten würde ich gerne gehen."

Rueti blickt auf Salger, als könne er durch ihn hindurch sehen.
„Wir haben nichts gegen Sie, Herr Salger, noch nicht. Und es wäre uns lieber, wir würden nichts finden. Sie verstehen mich sicher."
„Das sagen Sie schon zum dritten mal, ich bin nicht taub, aber ich verstehe Sie trotzdem nicht! Warum suchen Sie überhaupt?"
„Das kann ich Ihnen nicht sagen."
„Gut. Dann kann ich ja gehen?"
„Selbstverständlich. Ich bringe Sie zum Ausgang. Südafrika, so sagt man, soll ein schönes Land sein."
„Ja, es ist wunderbar."
„Anders als Nigeria?"
„Ganz anders. Kennen Sie Nigeria?"
„Ja, aus den Achtzigern. Interessant, aber auf Dauer nichts für mich."
„Ich war gern dort. Kommen Sie doch bei Gelegenheit nach Südafrika, vielleicht liegt Ihnen das besser, Sie können mein Tierreservat besuchen, ich lade Sie ein."
„Vielleicht, wer weiß schon, was passiert. Auf Wiedersehen, Herr Salger."
Salger wiegt nur zweifelnd den Kopf und hebt zum Abschied die Hand.
Als er den Motor seiner Limousine startet, denkt er, sie haben nichts, aber sie werden versuchen, mir das Leben schwer zu machen. Hier eine kleine Vorladung, dort eine Verzögerung bei der Einreise, später ein sorgenvoller Hinweis der Bank über unerwünschte Nachfragen der Behörden. Sie wollen mich loswerden.
Abends, in seinem abgedunkelten Büro, sieht er die Reflexion der Vollmondscheibe im See. Wie eine Schale flüssiges Silber, denkt er, und führt die Gedanken auf das Treffen mit Rueti zurück: Es muss sich um die Antonovs handeln, denkt er. Keine Spuren hat John Goffin gesagt, und jetzt liegt alles auf dem Schreibtisch eines Schweizer Inspektors. Ich sollte aussteigen, aber es geht noch nicht. Wenn ich es jetzt tue, fällt mein ganzes Gebäude zusammen. Ich muss mit Goffin und Goddard reden.

In dem Moment klingelt das Telefon. Er steht auf, sieht verwundert auf das Gerät und hebt zögernd den Hörer ab, als erwarte er eine unerfreuliche Nachricht. „Salger", sagt er zögernd und hört die gepresste Stimme Viktor Paulsens, der sich dafür entschuldigt, noch so spät anzurufen. Typisch Sturm und Drang, denkt Salger, der junge Mann glaubt, er kann mich mitten in der Nacht anrufen, nur weil ich ihm seine Antar-Anteile abgekauft habe. „Was kann ich für Sie tun, Herr Paulsen, es ist fast Mitternacht", sagt er ungehalten.

„Es tut mir leid, ich musste Sie unbedingt sprechen, und Ihre Sekretärin hätte mir wahrscheinlich nur einen hinhaltenden Termin gegeben, wenn ich es tagsüber versucht hätte."

„Gut möglich. Sie haben Glück gehabt, dass ich überhaupt abnahm. Nun sagen sie schon, was Sie wollen."

„Ich bin jetzt Geschäftsführer der Mikro System GmbH in München und finde, dass die Antar und die Mikro System gut zusammen passen, gerade weil sie Konkurrenten sind. Und wir suchen frisches Kapital", sagt Viktor schnell, als befürchte er Salger könnte auflegen, bevor er zu Ende sprechen kann.

Was hab ich damit zu tun, denkt Salger. Er spricht, als ginge die Welt unter, wenn die beiden nicht zusammen kommen. „Und nun möchten Sie, dass ich diese Mikro System, so heißt sie doch, oder...?"

„Ja, in Straßlach bei München."

„... gleich dazu kaufe. Oder habe ich Sie falsch verstanden. Etwas hastig, finden Sie nicht? Wir knabbern noch immer an der Antar. Ihre Dr. Anisevic führt mich gerade ganz schön an der Nase herum." Salger klingt vorwurfsvoll, er überlegt wie er das Gespräch möglichst schnell beenden kann.

„Sie war nie meine Anisevic, wir hatten ein eher gespanntes Verhältnis. Meine Anteile musste ich mir erstreiten, sie gibt nichts freiwillig. Aber warum sollten Sie die Mikro System nicht übernehmen? Vielleicht können Sie dadurch ja gleich auch Ihre Probleme mit Dr. Anisevic lösen. Sehen Sie sich die Mikro System an, ich schicke Ihnen gerne unseren Geschäftsplan. Sie werden sehen, die beiden passen prima zusammen." Viktor spürt, wie Salger nachzudenken beginnt.

„Was macht die Mikro System genau?"

„Medizintechnik, hauptsächlich minimal invasive Chirurgie."

„Die Antar baut ihr Arthroskopie-Geschäft aus, meinen Sie das, mit passen?"

„Ja, genau."

„Und die Pharma?"

„Die lässt sich abstoßen."

Salger lauscht dem Nachhall von Viktors Stimme und wartet ab. Als nichts mehr kommt, sagt er. „Ziemlich forsch für jemand, der schon eine Weile aus der Antar raus ist. Woher haben Sie überhaupt Ihre Informationen? Egal, es ist zu spät jetzt ins Detail zu gehen, aber Sie könnten Recht haben. Schicken sie mir den Geschäftsplan der Mikro System, dann sehen wir weiter. Unsere Adresse in Männedorf haben Sie noch, oder?"

„Ja, habe ich. Und vielen Dank, Sie kriegen die Unterlagen spätestens Ende dieser Woche."

„Und rufen Sie in Zukunft zu den normalen Zeiten an. Sagen Sie meiner Sekretärin, ich hätte um die Unterlagen gebeten."

„Mach ich, und bitte entschuldigen Sie die späte Störung."

Die Stimme, ich kenne sie von irgendwoher, denkt Salger, nachdem er aufgelegt hat. Ist mir schon früher aufgefallen, und dann habe ich es wieder vergessen. Seine Mutter, deren Vortrag ich in London hörte, sieht meiner Inka aus Berlin nicht ähnlich. Andererseits war ich zu weit weg von ihr, um das wirklich beurteilen zu können. Ich hätte mich vorstellen sollen. Lächerlich, ihr die Hand zu schütteln und zu fragen, ob sie vielleicht Ende der sechziger Jahre in Berlin mit einem nigerianischen Abenteurer geschlafen hat.

Er bläst die Luft durch die Nase und löscht das Licht. Goddard soll herausfinden, was dieser Rueti eigentlich will, denkt er. Außer Langley steckt selbst dahinter, und will mir durch die Blume zu verstehen geben, dass ich nicht über die Stränge schlagen darf. Irgendetwas läuft verkehrt. Er legt die Beine auf den Schreibtisch, verschränkt die Arme hinter dem Kopf und lässt das Gespräch mit Rueti noch einmal Revue passieren. Ich muss auf die Zwischentöne achten, denkt er, vielleicht wollte er mir etwas sagen, das ich überhört habe.

Als er mit einem Seufzer aufsteht und den Schreibtisch absperrt, sieht er müde aus. Ein großer, alter Mann, dessen breite Schultern zusammenfallen, wie ein Ballon, dem die Luft entweicht. Dann nimmt er den Mantel und verlässt das Büro mit schwerem Gang. Die Halle ist leer und das Licht bereits auf Notbeleuchtung. Während er auf den Aufzug in die Tiefgarage wartet, denkt er an Mörder, die ihn am Auto erwarten könnten. Beim Öffnen der Aufzugstür schnappt er für einen Moment nach Luft. Unten, auf dem Weg zum Auto, traut er sich nicht, sich umzudrehen. Wie ein Kind im Dunkeln.

14 Berlin

Joao ist zu früh dran und setzt sich in eine der kleinen Nischen neben dem Eingang des Restaurants, das ihm der Concierge des Hotels empfohlen hat. Von hier aus kann er die Straße beobachten, in der Hoffnung, Verena so bald wie möglich zu sehen. Was für eine traurige Stadt, denkt er, als er die tief hängenden Wolken über Berlin betrachtet. Wenn es wenigstens regnen würde. Gießen, meinetwegen, alles, nur nicht dieses ewig gleichbleibende Grau.

Plötzlich läutet das Mobiltelefon. Es gelingt ihm gerade noch rechtzeitig, es aus der Manteltasche zu fischen, bevor die Verbindung gekappt wird.

„Ich werde mich verspäten", hört er Verena. „Ich bin noch in der Praxis, ein Notfall, aber ich komme auf alle Fälle, bitte geh nicht weg?"

„Natürlich nicht."

Ein ganzer Kontinent liegt zwischen uns, das bringt jede Beziehung in Schwierigkeiten, denkt er. Ich hätte in ihrer Wohnung nicht über sie herfallen dürfen, wie ein ausgehungertes Tier.

Für eine Weile sieht er dem älteren Paar am Nebentisch zu, das sich anscheinend nichts mehr zu sagen hat. Schweigend essen sie, ohne den anderen auch nur anzusehen. Als er sich wieder der Straße zuwendet, sieht er Verena auf dem gegenüber liegenden Trottoir. Sie winkt und strahlt übers ganze Gesicht. Sie trägt eine weiße, eng anliegende Baumwollbluse, die ihre Brust betont, und Jeans mit breitem Gürtel, gespickt mit Nieten. Die Jacke hat sie locker über die Schulter geworfen. Gehetzt wirkt sie, als sie zwischen zwei vorbeifahrenden Autos die Straße überquert.

„Ich dachte schon, du wärst gegangen, aber ich kam einfach nicht los." Sie umarmt ihn und küsst ihn lange auf den Mund.

Erleichtert spürt er, wie die Spannung von ihm abfällt.

„Den letzten Patienten hätte ich am liebsten erwürgt, er kam einfach nicht zu Ende mit seinen Wehwehchen." Mit einem Stoßseufzer lässt sie sich auf den nächstbesten Stuhl fallen.

„Hm", sagt er und grinst. Ich mag sie wirklich sehr, denkt er. „Gestern abend…."

„Schhh", sagt sie und legt ihm den Zeigefinger auf den Mund. „Das ist vorbei, wir hatten uns lange nicht gesehen."

„Danke. - Ich habe bereits zwei Gläser Rotwein hinter mir, und jetzt habe ich Hunger."

„Schon zwei Gläser! Sollte ich auch tun, dann sind wir par. Warum hast du dir deine Dreadlocks abgeschnitten? Ich mochte sie, aber gestern wollte ich nicht fragen." Sie lehnt sich zurück und betrachtet ihn, wie er der Bedienung winkt.

„Sie wurden mir zu heiß. Außerdem bin ich kein Student mehr, auch wenn ich mir manchmal wünsche, noch einer zu sein." Er zuckt mit den Schultern, als wüsste er nicht recht, wie er es sagen soll. „Gestern, das war nicht ich. Wann immer ich dir schrieb, dachte ich an diesen einen Moment, wo ich dich in die Arme nehmen kann. Entschuldige, ich hab es einfach verbockt."

Verena nimmt seine Hand und presst sie. „Es war das erste mal, dass ein Mann so ungestüm über mich hergefallen ist. Ich war überfordert. Hast du überhaupt seit Mozambique mit einer anderen Frau geschlafen?", fragt sie rundheraus.

„Nicht wirklich. Mit ein paar Kommilitoninnen, die auch nichts anderes wollten, als Druck ablassen. Mit dir ist es ganz anders."

„Glaubst du, wir machen uns etwas vor?"

„Ich weiß nicht, ich bin nur gern mit dir zusammen. Aber ich mache mir keine Illusionen. Du gehörst hierher, in deine Praxis, und ich gehöre nach Südafrika. Manchmal bilde ich mir sogar ein, ich werde dort gebraucht und könnte etwas bewegen."

„Aber natürlich wirst du gebraucht. Versuch erst gar nicht, dich klein zu reden."

„Nein, das ist es nicht. Ich weiß, was ich kann, aber ich komme von weit her und habe eine lange Strecke vor mir, ohne zu wissen wo sie hinführt", sagt er nachdenklich. „Verzeihst du mir?"

„Wie kannst du fragen, deshalb bin ich doch hier."

„Danke", sagt er erleichtert. „Kurz bevor ich losfuhr, erhielt ich die Anfrage einer Journalistin aus Nigeria, sie will mich treffen.

Es geht um das neue Südafrika, Rainbow und so, das Übliche halt. Mein Bauch sagt mir aber, dass es ihr eher um Martin Salger geht. Sie hat ein paar irritierende Bemerkungen gemacht."

„Wer ist Salger?"

„Entschuldige, ich dachte, ich hätte dir von ihm erzählt. Ihm gehört die Farm, die mein Vater verwaltet. Bevor ich nach Berlin kam, haben wir uns in Zürich getroffen, er besitzt dort eine Private Equity Firma und schaufelt Geld."

„Komisch, irgendwoher kenne ich den Namen. Nicht von dir, aber ich komme jetzt nicht drauf. Warum irritiert dich der Anruf? Sie ist Journalistin, vielleicht hat sie etwas über den Mann herausgefunden, über das sie mit dir reden will."

„Ja, aber warum sagt sie das nicht."

„Vielleicht weil du sie sonst nicht hättest sehen wollen."

„Das hab ich auch gedacht. Sie ist Nigerianerin mit einer deutschen Mutter, hat sie gesagt. Vielleicht will sie auch nur wissen wo Mbeki hinsteuert, als würde ich ihr das auf die Nase binden, wenn ich es wüsste. Ich bin mir ziemlich sicher, dass sie eine doppelte Agenda hat. Würde mich nicht wundern, wenn sie herausfinden will, wer Salger wirklich ist."

„Und wenn sie nur wissen will wer du bist?"

„Warum ich, warum sollte sie sich ausgerechnet über Salger erkundigen, wenn sie mich meint? Sie kann mich direkt fragen."

„So denken Frauen nicht. Außerdem bist du jemand, Joao. Die Kämpfe in den Townships, deine Zeit in der Kommission, dein Aufstieg unter Mbeki, alles nicht gerade Standard. Wenn ich etwas mehr über Südafrika wissen wollte, würde ich auch jemand wie dich fragen."

„Hm", sagt Joao, doch er klingt nicht überzeugt. „Salger ist ziemlich vielschichtig", sagt er und schüttelt den Kopf. Er lehnt sich zurück und sieht der Bedienung zu, wie sie die Speisen auflegt. Als sie Wein nachschenkt, fragt er, wobei er Verena zublinzelt: „Haben Sie auch einen Rotwein aus Südafrika?"

„Ja, einen Stellenbosch. Möchten Sie ihn probieren?"

„Wollen wir?", fragt er Verena.

„Lieber nicht, ein Glas reicht mir. Ich muss fahren."

„Gut, dann trinken wir den Stellenbosch eben wenn du mich besuchen kommst." Er streicht Verena kurz übers Haar. Sie lächelt, und prostet ihm zu. „Du bist auf Salgers Farm mit einer Löwin aufgewachsen. Vielleicht denkt diese Frau, wenn sie dich versteht, sieht sie Salger wie in einem Spiegel."
„Du machst dich lustig über mich. Ich tauge nicht als sein Spiegelbild. In Zürich saßen wir einen ganzen Nachmittag zusammen und sahen auf den See."
„Ohne etwas zu sagen?"
„Nur kurze Sätze, mit langen Pausen, wie es gestandene Männer im Busch nun mal tun." Joao lacht laut auf, als er Verenas verblüfftes Gesicht sieht. „Ich hatte ihn lange nicht gesehen. Er sah genauso aus wie früher, etwas eleganter, aber sonst derselbe harte Kerl", nickt er ganz ernsthaft.
„Bewunderst du ihn etwa?"
„Warum sollte ich?"
„Es hörte sich so an. Sie kommt aus Nigeria, hast du gesagt? Was hat Nigeria mit Südafrika zu tun?"
„Das habe ich mich auch gefragt. - Ich hab ihr geschrieben, dass ich für eine Weile in Europa bin und sie erst später sehen könne, da hat sie geantwortet, das träfe sich gut. Sie wäre in London und Berlin, vielleicht könnte es da klappen."
„Und jetzt triffst du sie in Berlin", vermutet Verena.
„Ja, und ich hätte dich gerne dabei." Er nimmt ihre Hand und küsst die Fingerspitzen. „Ich weiß gar nicht, weshalb ich ihren Besuch überhaupt erwähnt habe, Salger muss sich in mein Unterbewusstsein eingeschlichen haben. Kannst du bei dem Gespräch dabei sein? Bitte tu mir den Gefallen."
„Wann wäre das?"
„Sag mir wann du kannst, sie soll sich nach uns richten. Übrigens, ich habe mir ein paar Tage Urlaub genommen."
„Wie schön, ich lade alle meine Patienten aus. - Lass uns gehen, ich will dich festhalten."
„Ich habe schon bezahlt." Im Aufstehen steckt er wie zufällig die Nase in ihr Haar. Er denkt an Kosi, wo sie sich zum ersten Mal geliebt haben. Die Nacht auf den Dünen unter einem unend-

lichen Sternenhimmel. Maputo, die verschwitzten Bettlaken und den Flughafen in Durban, als sich die Glastür hinter ihr schloss und er fast daran zerbrochen wäre.

Lucy Fiawo sieht Joao mit einer weißen Frau ins Gespräch vertieft, als sie das Restaurant betritt. Sie geht an ihren Tisch und als Joao sie erkennt, huscht ein erfreutes Lächeln über sein Gesicht. Er steht auf und reicht ihr die Hand. „Ich hatte Sie bereits abgeschrieben, dachte, Sie hätten es sich anders überlegt. Sie sehen aus, wie auf Ihrer Website."
„Genau wie Sie", lacht Lucy und reicht Verena die Hand. „Lucy Fiawo", sagt sie.
„Verena Kramer."
„Verena und ich haben uns in Südafrika kennengelernt. Sie ist Ärztin und lebt in Berlin."
„Tut mir leid, dass ich mich verspätet habe. Ich dachte schon, Sie könnten wieder gegangen sein", sagt Lucy erleichtert und wendet sich Verena zu. „Sind Sie Berlinerin?", fragt sie auf Deutsch.
„Wahlberlinerin", sagt Verena überrascht. Sie müsste Ende dreißig sein, hat Joao vermutet. Ich mag ihre kehlige Stimme. „Ihr Deutsch ist ausgezeichnet, wo haben Sie es gelernt?"
„Von meine Mutter, in Ostberlin, sie ist deutsch. Berlin als Treffpunkt mit Herr Mwenza, ist Fügung für mich, wie ein geschlossener Kreis. Mein Vater hat hier studiert, ich war vier, als wir Berlin gegen Nigeria eingetauscht haben. Vor mehr als dreißig Jahren."
„Da gab es noch die DDR", sagt Verena.
Lucy nickt und wendet sich an Joao, wobei sie nahtlos zurück ins Englische wechselt. „Vielen Dank, dass es doch geklappt hat mit dem Interview. Ich hatte eigentlich nicht mehr damit gerechnet."
„Weshalb? War ich zu abweisend?"
Lucy schaukelt abwägend mit dem Oberkörper, als fände sie abweisend zu stark. „Sie haben alle meine Fragen zu Martin Salger abgeblockt."

„Sie wollten über Südafrika sprechen. Ich dachte, es geht um Mbeki's Strategie, aber nein, es ging Ihnen um Salger. Der gehört aber zu meinem Privatleben. Hier bin ich privat, schießen Sie los." Joao lacht, doch die Art, wie er die Augenbrauen hochzieht, lässt erkennen, wie wenig er ihr Versteckspiel schätzt.
„Es tut mir leid, ich hätte mich schon am Telefon klarer ausdrücken müssen. Aber ich fürchtete, Sie würden das ganze Interview ablehnen, wenn ich sofort mit Salger anfange. Sie wuchsen auf seiner Farm auf, ich dachte, Sie könnten mir helfen herauszufinden, wer Martin Salger wirklich ist."
„Also bleibt der Präsident und Südafrika aus dem Spiel?"
„Natürlich, wenn Sie das wollen." Lucy versucht in Joao's Gesichtszügen zu lesen, wie ernst er das gemeint haben könnte. Zur Bestätigung sieht sie auf Verena, doch die lächelt nur freundlich zurück. „Ich werde mich kurz fassen, nicht, dass ich Ihren gemeinsamen Abend störe."
„Das geht in Ordnung, also was wollen Sie wissen?"
„Soviel Sie mir geben können."
„Warum interessiert Sie Salger überhaupt?"
„Er war ein Freund meines Vaters, dachte ich zumindest."
„Und jetzt?"
„Nicht mehr."
„Und deshalb sind Sie hier, weil Sie wissen wollen, was zwischen den beiden schief gelaufen ist?"
„Ja."
„Na gut, aber allzu viel werde ich wohl nicht beitragen können. - Salger hat meinem Vater und mir, nach unserer Flucht aus Mozambique, sehr geholfen. Auch später noch. Trotzdem glaube ich nicht, dass ich alle Facetten seines Lebens kenne. Aber es interessiert mich natürlich, wer er wirklich ist. Dabei vermute ich, dass Sie bereits mehr über ihn wissen, als ich. Immerhin hat er früher in Nigeria gelebt."
Lucy sieht ihn lange schweigend an. „Wirklich? Sie sagten wirklich. Also wäre er eigentlich ein Anderer, als der, den Sie von der Farm her kennen." Sie sieht gespannt auf Joao, als hänge von der Antwort viel ab. Aber Joao schüttelt den Kopf, als hätte

er wirklich eher beiläufig gemeint. Als er beharrlich schweigt, fragt sie nach: „Kennen Sie Nigeria?" Ihr Ton ist schärfer, inquisitorischer geworden.

„Nur von der Landkarte. - Wann genau war Salger in Nigeria?" Joao hat ihre Veränderung bemerkt, doch er bemüht sich nicht darauf zu reagieren. Er bleibt ganz ruhig, die Hände entspannt auf den Tisch gelegt. Mit einem Blick streift er Verena und lächelt ihr zu.

„Ende der sechziger Jahre, während des Biafrakriegs. Ich war noch ein kleines Mädchen. Mein Vater und Salger haben in Nigeria zusammengearbeitet."

Verena, die interessiert zugehört hat, sieht verwundert auf Lucy. „Aber warum können Sie nicht ihren Vater fragen?", wirft sie ein.

„Weil er ermordet wurde. Ich vermute, dass Salger daran beteiligt war", sagt Lucy, dabei betrachtet sie Verena, als hätte sie einen schlechten Scherz gemacht. „Ich will herausfinden, was wirklich passiert ist."

Verena sieht Hilfe suchend auf Joao, doch der beobachtet Lucy, wie ein Arzt, der die Symptome seines verunsicherten Patienten wahrnimmt, ohne sie einer spezifischen Krankheit zuordnen zu können. Warum hat er mich nicht gewarnt, denkt Verena. „Entschuldigen Sie, das konnte ich nicht wissen", sagt sie leise.

„Natürlich nicht, wie sollten Sie. - Herr Mwenza, ich will nicht lange darum herum reden. Ich weiß, dass Salger, nach Vaters Tod, ganz plötzlich nach Rhodesien ging. Später fand ich ihn als Besitzer einer Farm in Südafrika, die er offen auf seinen Namen eingetragen hat. Da stieß ich auch auf Sie und ihren Vater. Und dann tauchte Salger auf einmal in der Schweiz auf. Ich nehme an, er hat Südafrika verlassen, weil ihm die neue Regierung nicht passte, vielleicht hatte er ja auch Einiges zu verbergen. Die Apartheid war schließlich kein Spiel für kleine Jungen." Sie atmet tief ein und sieht gespannt auf Joao. „Leute wie er brauchen solche Phasen, wo ganze Länder im Chaos versinken. Daher wundert mich, weshalb er Südafrika verlassen hat", fügt sie schnell hinzu.

Joao lehnt sich zurück. ‚Spiel für kleine Jungen', wie leicht sich das sagt, denkt er. „Chaos? Sie meinen die Straßenschlachten in den Townships? Die sind längst vorbei. Wir versuchen das Land neu aufzubauen. - Die Wahrheit über Salger, Frau Fiawo, werden Sie bei mir nicht finden, falls es so etwas wie eine Wahrheit zu Salger überhaupt gibt. Ich bezweifle es. - Wer sind Sie wirklich, Frau Fiawo? Es kommt selten vor, dass mich eine Journalistin um ein Interview bittet, und dann geht es nur um ihre persönlichen Belange."

Für einen Moment wirkt Lucy verunsichert, doch sie fängt sich schnell. „Sie haben recht, ich hätte ein anderes Wort als Chaos wählen sollen. Vielleicht kam mir das Wort in den Sinn, weil ich solange ich denken kann im Chaos lebe. - Ich bin investigative Journalistin, 1963 in Ostberlin geboren, wo mein Vater studierte. Und ich arbeite für keine Organisation, zumindest keine staatliche, falls Sie das meinen." Sie sieht kurz von Verena zu Joao, als erwarte sie eine Frage, aber als keiner etwas sagt, fährt sie in ihrem Stenogrammstil fort. „1968 lernte Salger meinen Vater in Berlin kennen und bot ihm einen Job in seiner nigerianischen Firma an. Bis zum Ende des Biafra-Kriegs arbeiteten sie eng zusammen."

„Wann war das?", fragt Joao.

„1971. Meine Mutter wäre eine überzeugte Kommunistin gewesen, sagte Vater", versucht sie den Faden neu aufzunehmen, doch Joao unterbricht sie erneut.

„Woher wissen Sie das alles, Sie müssen noch sehr jung gewesen sein, als ihr Vater starb." Seine Stimme trieft vor Misstrauen.

„Ich war sieben", sagt sie kalt.

„Entschuldigung, ich werde Sie nicht weiter unterbrechen."

„Danke. - Weshalb ich nicht bei meiner Mutter blieb, als Vater die DDR verließ, weiß ich nicht. Ein halbes Jahr vor Vaters Tod hat er Cléo, eine Igbo, geheiratet, die mich wie ihr eigenes Kind behandelte. Sie hat mich sogar auf eine deutsch-katholische Schule geschickt, damit ich meine Wurzeln nicht verliere." Sie sieht aus, als erinnere sie sich gern an Cléo und die Schule. Nach einem Schluck Wasser fährt sie fort: „Deshalb spreche ich

Deutsch, und wegen eines Schweizers, mit dem ich eine Weile in Lagos zusammenlebte. Er bestand darauf, Deutsch mit mir zu reden, weil ich schließlich halb deutsch sei", lacht sie eher bitter. „Ich erzähle Ihnen das, damit Sie mir glauben, nicht, um Sie zu verwirren." Sie greift erneut nach dem Wasserglas, lässt es aber stehen und redet weiter. „Meine Stiefmutter ist vor einem Jahr gestorben, sie hat bis zuletzt Salger für den Mörder meines Vaters gehalten. Aber das glaube ich nicht mehr, seit ich mehr über ihn in Erfahrung bringen konnte. Zumindest nicht direkt, dafür ist er viel zu gerissen. Jetzt versuche ich herauszufinden, was damals wirklich passierte. Ich bin keine Spionin, auch kein geprellter Geschäftspartner, nur eine Journalistin, die mit begrenzten Mitteln arbeitet. Ich will nur wissen, warum Vater sterben musste." Sie sieht auf Joao und schüttelt den Kopf. „Sie glauben mir nicht. In Nigeria war es ähnlich, meist zurückhaltendes Schweigen. Salger ist ein Schattenmann", sagt sie bestimmt. „Es gehört zu seiner Tarnung, die Leute für sich einzunehmen."

Joao lässt sich Zeit, bevor er antwortet. „Was erwarten Sie von mir, Frau Fiawo? Salger ist vielschichtig, aber das macht ihn nicht zum Mörder. Ich kann Ihnen sagen, wo er sich aufhält, da gibt es kein Geheimnis."

„Das weiß ich, mein Freund, der Schweizer, hat ihn kürzlich getroffen, aber das Gespräch war nicht sonderlich ergiebig. Wir vermuten, dass die Seed Private Equity eine Fassade ist, hinter der er seine wirklichen Geschäfte verbirgt."

Joao fragt sich, ob er überhaupt darauf eingehen soll. Er sucht Blickkontakt zu Verena, doch die sieht nur gespannt auf Lucy. „Vor ein paar Monaten saßen wir in Zürich zusammen", sagt er schließlich, doch sein Zögern deutet eher darauf hin, dass er nicht zu tief in das Thema Salger eindringen will. „Er war wohlauf und alert. Die Seed ist sehr erfolgreich. Ob er sonst noch etwas macht, kann ich nicht sagen. Jedenfalls hat er es mit keinem Wort erwähnt. Auf der Farm führte er das übliche Leben eines Grundbesitzers. Er liebt große Tiere." Joao überlegt kurz, ob er es dabei belassen soll, fragt dann aber nach: „Was macht Ihr

Schweizer Freund? Sie haben von ihm gesprochen, als wäre er ein Eckpfeiler Ihrer Suche."
„Habe ich das?", schüttelt Lucy den Kopf.
„Ja, als wäre er wichtig."
„Ist er auch. Er arbeitet in einer Sondereinheit für Wirtschaftskriminalität im Schweizer Justizministerium und glaubt inzwischen, dass Salger tatsächlich etwas zu verbergen hat."
„Inzwischen?", fragt Joao, und lehnt sich zurück, um dem Kellner zu ermöglichen, die Sandwiches auf den Tisch zu stellen, die sie zwischenzeitlich bestellt haben.
„Er hatte ursprünglich dieselben Zweifel wie Sie", sagt Lucy, nimmt ihr Essen und beißt herzhaft hinein. Dabei lässt sie Joao nicht aus den Augen.
„Tut mir leid, ich finde Salgers Story immer noch plausibel", sagt der ungerührt, und greift nach seinem Sandwich. „Er macht viel Geld im Biafrakrieg, hat Glück und baut sich ein weit verzweigtes Netz in Afrika auf. In Südafrika arbeitet er mit der weißen Regierung zusammen, das taten viele. Und als Mandela an die Macht kommt, verlässt er das Land, wie viele andere auch, die sich mit einer schwarzen Regierung nicht abfinden wollten. Tut mir leid, ich kann da nichts Ungewöhnliches entdecken."
Joao nickt und beißt in sein Sandwich. „Mit seinem Geld baut er ein neues Geschäft auf und ist erfolgreich. Was ist daran verwerflich? Einmal haben wir, noch auf der Farm, über Ihren Vater gesprochen, da klang es so, als wären sie Freunde gewesen. Vielleicht war sein Tod ja doch ein Unfall." Joao nimmt einen Schluck Wein und wartet ab.
Lucy betrachtet ihn argwöhnisch, mit der einen Hand die Faust der anderen knetend. „Ich kann nicht glauben, was Sie gerade gesagt haben. So naiv können Sie doch nicht sein", sagt sie gepresst. „Warum sollte ich eine Geschichte erfinden. Der Mann war nicht in Afrika, um sich ein Logistik-Netzwerk zu stricken. Er war an jedem Gefahrenherd irgendwie beteiligt, und immer hatte es mit Waffen zu tun. Und der Tod meines Vaters war kein Unfall. Sie haben ihm eine Kugel verpasst, direkt in den Kopf."

„Woher wissen Sie das? Kugel im Kopf und so. Sie waren sehr jung, wie Sie selbst gesagt haben." Joao klingt jetzt ziemlich genervt.

„Cléo hat es mir erzählt, kurz bevor sie starb. Warum sollte sie mich anlügen? Früher oder später werden Sie herausfinden, dass Salger ein ganzes Gebäude aus Halbwahrheiten, wie eine Mauer um sich herum errichtet hat. Dann werden Sie an mich denken. Sie lügen alle, diese Art Männer. Sie haben ihre Geschichte so oft verbogen, dass sie Wahrheit und Dichtung nicht mehr auseinander halten können. Glauben Sie mir, ich habe viele von ihnen interviewt, es ist immer dasselbe Muster."

Joao zuckt bedauernd die Schultern und seine Körpersprache verrät, dass er das Thema am liebsten beenden würde. „In meinen Ohren klingt es stark nach Verschwörungstheorie. Falls Salger aber doch etwas mit dem Tod Ihres Vaters zu tun haben sollte, glaube ich kaum, dass er sich mir gegenüber erklären würde. Ich werde ihm sagen, dass wir uns getroffen haben, das verstehen Sie sicher."

„Natürlich, vielleicht ist er ja völlig unschuldig am Tod meines Vaters, ich will es nur wissen. - Ein Jahr, bevor Vater starb, habe ich noch auf Salgers Knien gesessen, ich hoffe, er erinnert sich daran. Irgendwann werde ich ihn besuchen, falls er mich empfängt", fügt sie leise hinzu, schiebt ihren Teller mit dem halb gegessenen Sandwich zurück und nimmt einen letzten Schluck Wein. „Ich muss gehen, bitte verstehen sie mich nicht falsch, aber ich möchte jetzt lieber allein sein. Es wäre schön, Sie beide einmal wiederzusehen, vielleicht in Lagos, in Johannesburg, man kann nie wissen. Hier…", sie kramt in ihrer Tasche und legt zwei Visitenkarten auf den Tisch, „…falls sie mich erreichen wollen." Sie steht auf, nimmt ihren Mantel und legt einen Geldschein zu den Karten.

„Lassen Sie", sagt Joao, „sie sind unser Gast."

„Sie können mich jederzeit anrufen, wenn Sie in Berlin sind", sagt Verena, und reicht Lucy die Hand. „Geben Sie mir noch eine Ihrer Karten, ich schreibe meine Telefonnummer drauf. Lei-

der habe ich keine eigene Karte, wir Ärzte sind nicht so international."
„Danke, mache ich bestimmt." Sie streckt die Karte mit Verenas Adresse und Telefonnummer in die Brustrasche ihrer Jacke und lässt den Geldschein liegen.
„Sie will nichts geschenkt, sagt Verena, nachdem Lucy gegangen ist. „Hast du erwartet, was sie dir erzählt hat? Mord! Sie scheint ziemlich durcheinander."
„Ich habe ein bisschen recherchiert, nachdem sie sich angemeldet hatte. Es gibt nicht viel, ein paar Artikel, reichlich aggressiv geschrieben. Du hast Recht, sie scheint verwirrt. Nicht verwunderlich, wenn stimmt, was sie sagt."
„Traust du Salger denn?"
Joao macht eine Grimasse, als gefiele ihm die Frage nicht. „Die Oberfläche sieht ganz normal aus", sagt er nachdenklich. „Aber wenn du alle seine Stationen aneinander reihst, findest du tatsächlich einen roten Faden: Er war immer ganz in der Nähe eines Brandherds, meist sogar mitten drin. Da hat sie völlig recht. Aber das allein bedeutet nichts, schließlich gab es viele Brandherde in Afrika. Auf alle Fälle sieht es so aus, als verstünde er seine Spuren zu verwischen. Nur Zürich, die Seed, passt nicht ins Bild. Als ich ihn besuchte, machte er ein paar Andeutungen über seine Zeit in Nigeria. Ich vermute, dass er und Lucys Vater im Biafrakrieg beide Seiten mit Waffen beliefert haben. Und möglicherweise rührt Salger immer noch in dieser trüben Suppe, wo Waffen in großem Stil verschoben werden. Die Regierungen sehen weg, weil sie eine saubere Weste behalten wollen."
„Du glaubst ihr also? Waffenhandel?" Verena schüttelt den Kopf, als könne sie nicht glauben, in was für eine Geschichte sie geraten ist.
Joao spürt ihre Irritation, aber auch ihre Neugierde. „Irgendwo muss sein Geld ja herkommen. Diese Art Geschäfte sind sehr einträglich."
„Was für eine gruselige Geschichte. Mord, Waffenhandel? Ich lese selten Krimis, höchstens am Strand, aber da war ich auch schon lange nicht mehr. Eigentlich ist es ganz schön spannend,

findest du nicht auch?" Verena erschauert. „Lass uns über etwas anderes reden", wechselt sie das Thema und drückt Joao's Arm. „Sie ist eine schöne Frau. Hat sie dir gefallen?"
„Ja, aber nicht so gut wie du."

15 Va banque

Konrad Kramers Tod kommt trotz seiner langen Krankheit überraschend. Zur Beerdigung sind viele Menschen, ehemalige Kollegen, Geschäftsfreunde, auch Schaulustige erschienen. Freunde? Nein, Freunde gab es wenige in Prof. Dr. Dr. Kramers Leben. Mit den Kindern zur Seite, steht Sabeth direkt vor dem Sarg. Zwei Schritte hinter ihr Frohmut, Konrads Bruder, dessen Frau und Verena, die eigens aus Berlin angereist ist. Frohmut scheint ehrlich betroffen, als hätte er den Tod seines Bruders so schnell nicht erwartet. Viktor ist irgendwo in der Menge aufgegangen.

Alles an Sabeth ist schwarz, nur das feuerrote Haar quillt in kräftigem Schwall unter dem breitkrempigen Hut hervor und verleiht ihr das Aussehen eines Paradiesvogels inmitten eines Schwarms schweigsamer Krähen. Über dem Grab wölbt sich der Baldachin einer hohen Rotbuche, die wie ein dunkler Schatten über den Anwesenden schwebt. Die Kränze und Blumengebinde leuchten vor der drohenden Wolkenwand, einem Haufen hingeworfener Juwelen gleich. Der Wind beginnt aufzufrischen. In der Ferne macht sich das erste Donnergrollen bemerkbar.

Sabeths Gedanken sind bei der letzten Nacht, die sie allein mit Konrad verbrachte. Er verlangte nach dem Haloperidol, denkt sie. Ich schlafe danach besser, hat er gesagt. Dabei wollte er das Insulin, er wollte es schon lange, aber ich hatte mich immer geweigert. Als ich ihm die Spritze setzte, er konnte es nicht mehr allein tun, öffnete er die Augen und lächelte. „Hast du…, hast du … es getan?", flüsterte er.

Im Hintergrund steht Viktor und betrachtet die versteinerte Miene seiner Mutter, als sie Sabeth umarmt. Die beiden mögen sich nicht, denkt er. Als sie von Konrads Tod erfuhr, wollte sie mir etwas sagen, doch dann zog sie sich wieder in ihr Schneckenhaus zurück. Konrad war eigentlich kein Mann, den man mochte. Zu erfolgreich, zu unnahbar, am Ende nur noch böse. Da ist mir sogar Jonas als Vater noch lieber. Dieser Salger dagegen ist anders, glatt ja, aber irgendwie verstehe ich ihn. Eine ganz neue Erfahrung, dass ich mich zu einem dieser alten Männer hingezogen fühle.

Viktor verlagert sein Gewicht auf das andere Bein, er spürt, wie der dumpfe Schmerz im Kopf langsam nachlässt. Wenn nur das Gewitter endlich käme, denkt er, und schiebt sich näher ans Grab, um zu kondolieren.

Mit den ersten Tropfen löst sich die Trauergemeinde fluchtartig auf. Sabeth, die Kinder an sich gedrückt, steht allein vor den Kränzen. Ausdruckslos sieht sie in die offene, von Blumen überquellende Grube. Ihr Hut hat sich inzwischen widerstandslos dem Regenguss ergeben. Als Viktor anbietet, sie wegzuführen, sagt sie leise. „Lass nur, wir drei schaffen das schon, aber komm bitte morgen vorbei, wir müssen reden."

In dem Moment kracht es und Viktor sieht mit Entsetzen, wie der Blitz in eine der großen Tannen, die nur Meter außerhalb des Friedhofs stehen, eingeschlagen hat. Verdammt, denkt er, sogar im Tod will uns Konrad noch zeigen, wer das Sagen hat.

Am nächsten Tag, als Sabeth erst nach mehrmaligem Läuten die Tür öffnet, sieht Viktor sofort, dass sie getrunken hat. „Bist du allein?", fragt er, „wo ist Dorothee, wo sind die Kinder?"

„Dorothee hab ich weggeschickt, ich konnte sie nicht mehr ertragen. Sie schlich wie ein geprügelter Hund durchs Haus, und die Kinder sind woanders auch besser aufgehoben. Verena kümmert sich um sie, und bringt sie zurück ins Internat. Du kommst zu früh, ich bin überhaupt nicht fertig", sagt sie, und schlingt den seidenen Morgenmantel enger um den Körper. „Die Nacht war furchtbar. Komm rein, nimm dir etwas zu trinken, ich brauche nur ein paar Minuten."

„Wie geht es dir?", fragt Viktor, doch sie antwortet nur mit einem Schulterzucken, während sie sich auf den Weg ins Bad macht. „Soll ich wieder gehen? Ich kann später zurückkommen", ruft er ihr hinterher.

„Nein, bleib, ich bin gleich soweit. Mach's dir in der Zwischenzeit bequem. Es gibt viel zu besprechen!"

Hm, denkt er, so professionell kenne ich sie gar nicht. Hätte nicht gedacht, dass sie sein Tod so mitnimmt. Er geht zum Getränkeschrank und schenkt sich einen Campari mit sehr viel Orangensaft ein. Für eine Weile hört er nur das gleichmäßige Rauschen der Dusche. Immerhin singt sie nicht, denkt er, und fühlt sich irgendwie beschwingt, als wäre ihm eine Last von den Schultern genommen worden.

Als Sabeth in ihrem seidenen Morgenmantel aus dem Bad kommt, zeichnen sich ihre Brustwarzen unter dem leichten Gewebe ab. Ihr nasses Haar hat sie flüchtig zurückgebürstet, und zum ersten Mal fallen ihm die Sommersprossen in ihrem ungeschminkten Gesicht auf.

„Was ist, du schaust so komisch?" Sie setzt sich gegenüber und lässt es zu, dass die Schösse des Morgenmantels Knie und Schenkel freigeben. Viktor kann den Ansatz ihrer Schamhaare sehen.

„Nichts. Du bist schön", sagt er verlegen.

„Unsinn, aber es tut gut, das von dir zu hören. Du hast es lange nicht gesagt. Eigentlich noch nie, wenn ich mich richtig erinnere. Wer von uns beiden hat überhaupt den anderen verführt?"

„Das willst du jetzt wissen? Gestern war seine Beerdigung", sagt er verblüfft.

„Glaubst du, Konrad sitzt in der Ecke und hört uns zu?" Amüsiert lässt sie wie zufällig den Morgenmantel weiter auseinander fallen.

„Was soll das?"

„Meinst du, ich gehöre mit ins Grab. Wir sind nicht mehr bei den alten Assyrern, oder wer immer die Frauen lebendig begrub, wenn der König starb. Sei nicht kindisch. Komm her."

Sie nimmt seine Hand und legt sie auf ihre Brust. „Ich würde gerne mit dir schlafen, aber du scheinst plötzlich so hilflos. So kenne ich dich gar nicht, aber es gefällt mir."

„Sabeth, jetzt? Hier, zwischen all den Blumen?"

„Ja, warum nicht?"

„Aber nicht unter seinem Foto", sagt er halbherzig.

Sie lässt den Morgenmantel fallen und nimmt ihn bei der Hand. „Komm", sagt sie und führt ihn in ihr unaufgeräumtes Schlafzimmer.
Wow, denkt er, sehr viel Zeit lässt sie nicht verstreichen. Doch dann spürt er nur noch, wie er sie begehrt. Für einen kurzen Moment, bevor er in ihr versinkt, sieht er ein dickes, aufgerissenes Kuvert auf dem Schminktisch.

„Wow", sagt er, als er schwer atmend neben ihr liegt.
Spitzbübisch zupft sie ihn am Ohrläppchen und streicht ihm über die Lippen. „Ich muss mit dir reden, Viktor." Ihre Stimme klingt weich und entspannt.
„Aber das tun wir doch gerade, oder willst du, dass wir uns anziehen, bevor du mich in deine Geheimnisse einweihst." Er lacht, doch es klingt unsicher, zu unwirklich erscheint ihm die ganze Situation. Sie nackt neben ihm, im Vorzimmer Konrads Bild, umgeben von einem Meer weißer Lilien. Ihr Duft muss mir den Kopf vernebelt haben, denkt er.
„Nein, es ist besser so." Sie richtet den Oberkörper auf und stützt sich auf den Ellenbogen, um Viktor anzusehen. Die Nacht, als Konrad starb, geht ihr durch den Kopf. Ich bin gespannt, wie Viktor reagiert, wenn er erfährt, dass er keinen Job mehr hat.
Viktor spürt, dass sie in Gedanken ganz woanders ist. Er betrachtet ihre leicht gesenkte Brust, nimmt eine Brustwarze zwischen die Zähne und beißt zart hinein. „Jetzt red endlich, dich plagt etwas, das nichts mit Konrads Tod zu tun hat. Oder?"
Sie lächelt immer noch, doch langsam schleicht sich ein verräterisches Glitzern in ihre Augen. „Genau. Unser Spiel ist aus. Ich bin ruiniert, und du stehst auf der Straße." Sie schaut gespannt, wie er reagiert. Doch als er nur weiter an die Decke starrt, sagt sie fast gelangweilt. „Nach seinem Tod, fand ich auf dem Schreibtisch einen Umschlag, an mich adressiert, ohne weiteren Kommentar. Dort muss er schon eine Weile gelegen haben, ohne dass ich davon wusste. Jetzt liegt er bei mir auf dem Schminktisch, du hast ihn vorhin angesehen, als wüsstest du bereits, was drin steht. Es ist Konrads Vermächtnis. Er hat Frohmut wieder

eingesetzt. Für mich ist es ein einziger Affront. Wenn er wenigstens noch darüber geredet hätte, aber er erging sich nur in dubiosen Andeutungen. Und dann finde ich es schön sauber verpackt auf seinem Schreibtisch, an mich adressiert. Es ist ein Albtraum."

Viktor starrt nur weiter an die Decke. Mist, denkt er, er hat uns alle ausgetrickst und dann hat er sich mir nichts, dir nichts verabschiedet. Nicht die feine Art, aber typisch.

„So sag doch etwas", reißt sie ihn aus seinen Gedanken.

„Du hast es also bereits bei der Beerdigung gewusst", sagt er, und atmet tief durch. „Und keinen Ton gesagt."

„Hätte ich eine Szene machen sollen? Vor wem? Vor dir, vor Frohmut? Du hältst mich wohl für bescheuert."

„Ich glaube, wir sollten uns anziehen." Er geht ins Bad, kommt aber gleich wieder zurück und schlüpft hastig in die Kleider. „Damit habe ich nicht gerechnet. Vor einiger Zeit vielleicht, aber jetzt nicht mehr."

„Er war nicht gerade glücklich mit uns als Geschäftsführer, aber das wussten wir ja. Und dass wir miteinander schliefen, machte alles nur noch schlimmer", fügt sie unnötigerweise hinzu. „Was machen wir nun?"

„Ich weiß es auch nicht. Dir bleiben doch immer noch seine Vollmachten, oder hat er sie widerrufen, ohne dass du es gemerkt hast? Nichts, um was er dich schnell mal zwischen Tür und Angel gebeten hat zu unterschreiben, ein Nachlass oder Ähnliches, in dem er dir die Rücknahme der Vollmachten untergejubelt haben könnte?"

„Viktor", sagt sie tadelnd. „Konrad war todkrank, sogar gesund hätte er so etwas nicht getan."

Immerhin hat er uns klassisch ausmanövriert. Nicht schlecht für einen Todkranken, denkt Viktor. „Entschuldige, so war es nicht gemeint. Dann hat er es allein mit Frohmut über den Notar gespielt. Darf ich die Papiere sehen?"

„Sie liegen auf meinem Schminktisch, meine Morgenlektüre gewissermaßen. Ich mache mir inzwischen einen Espresso. Für dich auch?"

218

„Ja, gern", sagt Viktor, bereits auf dem Weg.

Als er zurückkommt, setzt er sich zu ihr an den Küchentisch, nimmt das Gesicht in beide Hände und streicht die Augenbrauen glatt. Er stützt das Kinn auf beide Daumen und sagt resigniert: „Es sieht nicht gut aus. Er hat alles beglaubigen lassen. Frohmut bestimmt jetzt den Zeitplan. Irgendwann wird er dir die Pistole auf die Brust setzen. Für mich ist es wohl besser, ich sehe mich nach einem neuen Job um."

Für eine Weile sitzen sie schweigend da, bis die Espressomaschine zu zischen beginnt. Sabeth steht auf, holt die beiden Tassen und stellt eine vor Viktor. Sie nimmt sich einen gestrichenen Teelöffel Zucker und rührt bedächtig, während sie Viktor nicht aus den Augen lässt.

„Aber vielleicht täusche ich mich auch", sagt er, nicht mehr ganz so hoffnungslos. „Die Firma braucht Geld, so oder so. Wir könnten Fakten schaffen und einen Teil der Firma verkaufen, bevor uns Frohmut an die Luft setzt. Was denkst du?"

Sie antwortet nicht gleich, nippt nur an ihrem Kaffee. „Was meinst du mit verkaufen?", fragt sie, als hätte sie erst jetzt begriffen, was er meint.

„Ich weiß, wie man Geld beschafft. Wenn es gelingt, einen Investor zu finden, wird es schwer für Frohmut, das einfach zu ignorieren. So bleiben wir im Spiel. Ich weiß nur nicht, ob ich schnell genug bin. Soll ich, oder soll ich nicht? Wenn ja, muss ich mich beeilen."

„Ach Viktor, es scheint alles so kompliziert."

„Sabeth, es ist deine einzige Chance, wenn du nicht die nächsten zehn Jahre vor Frohmut zu Kreuze kriechen willst." Er drängt, stößt es hastig hervor, als befürchte er, dass sie nein sagen könnte.

„Du bist gemein, ihr Zahlenmenschen seid alle gemein, ich hätte mich nie auf euch einlassen dürfen."

„Glaubst du, du wärst ohne mich besser dran?", fragt er kalt. „Aber so ist es nun mal, wer in ein laufendes Spiel einsteigt, muss wissen, auf was er sich einlässt. Und manchmal verliert man eben auch. Was willst du, soll ich oder soll ich nicht?"

„Geh und versuch's." Sie wirkt resigniert, hilflos und für einen Augenblick sieht sie aus, als würde die Luft aus ihr entweichen.
„Ja, aber du lässt mich nicht im letzten Moment hängen, oder?"
„Viktor! Wann habe ich dich schon hängen lassen?"
Er schiebt den Kaffee zur Seite und steht auf. „So, jetzt brauche ich etwas Starkes nach diesem Schock. Du auch?"
„Ja bitte."
Er geht zum Getränkeschrank und schenkt zwei Gläser Whiskey ein. „Straight, wie immer." Mit einem aufmunternden Lächeln reicht er ihr das Glas. „Je länger ich darüber nachdenke, desto besser gefällt mir die Idee. Frohmut ist nicht der Schnellste, außerdem wird er pietätvoll eine Weile warten, und denkt wahrscheinlich, dass ihm sowieso nichts passieren kann. Vielleicht wird er auch eine Weile zusehen, wie wir beide strampeln. Wie eine Spinne, die uns in ihrem Netz gefangen hat. Aber ich komme ihm zuvor, und plötzlich steht er mit leeren Händen da." Viktor scheint sich an den eigenen Worten zu begeistern und agiert, als hätte er bereits gewonnen.
„Ach du mit deinen grandiosen Ideen. So sehr viele haben bisher nicht funktioniert, aber vielleicht klappt es ja diesmal. - Viktor, glaubst du, Konrad hat damit gerechnet, dass er stirbt? Warum hat er den Umschlag an mich adressiert, er muss etwas geahnt haben. Irgendwie macht das Ganze keinen Sinn."
„Alles Zufall, reiner Zufall. Du bist Ärztin, du weißt besser als ich, wie es um ihn stand."
„Ja, aber…", sie stoppt abrupt, als hätte sie bereits zu viel gesagt. „Und es spielt jetzt auch keine Rolle mehr, ob er uns beiden vertraute", fügt sie schnell hinzu.
„Ja, wir können ihn nicht mehr enttäuschen", bestätigt Viktor. „Ab jetzt geht es nur noch um Frohmut. Er oder wir, das macht alles viel leichter."
„Ich bin froh, dass du das so siehst. Es stimmt, Konrad hatte kein schönes Leben mehr, er hätte es so gewollt." Sie atmet auf, greift nach dem Whiskeyglas und trinkt es auf einen Satz aus.
Viktor steht auf und legt seine Hand auf ihre Schulter. „Ich muss gehen, Sabeth, kommst du klar?"

„Es geht schon besser. Schön, dass du gekommen bist. Sehe ich dich bald?"

„So oft du willst, ruf mich an. Am Montag solltest du in die Firma kommen, nur kurz, die Leute brauchen das Gefühl von Kontinuität. Und gib mir bitte Bescheid, wenn sich Frohmut meldet." Er küsst sie auf den Mund. An der Tür dreht er sich noch einmal um, und hebt beide Arme, mit den Daumen nach oben.

16 Täuschung

„Ich war so erleichtert, als Ihre Sekretärin anrief und den Termin bestätigte", sagt Viktor, während er überschwänglich Salgers Hand schüttelt. „Ich bin an einem See aufgewachsen, in der Umgebung Münchens. Für mich ist dieser Blick aus dem Fenster ungeheuer beruhigend." Er weist auf das Blau des Zürichsees, das nur gelegentlich von den Wellen eines vorbeifahrenden Passagierschiffs gebrochen wird.

Der fällt mir richtiggehend um den Hals, denkt Salger, aber er ist schließlich noch jung, da darf er das. Für einige Menschen scheint der See tatsächlich magische Wirkung zu haben. Die Anisevic stand genauso am Fenster und träumte. „Hat man Ihnen nichts zu trinken angeboten?"

„Doch, Kaffee, mehr davon vertrage ich nicht. Ich bin richtig froh, dass es so schnell geklappt hat" wiederholt sich Viktor. „Wollen wir gleich über unsere Planung reden?"

„Immer langsam." Salger mustert Viktor, bis der anfängt, nervös an sich herumzunesteln. „Über die Mikro System reden wir später, wenn einer meiner Analysten dabei ist. Zuerst möchte ich mich mit Ihnen allein unterhalten. Mir liegt daran, meine Geschäftspartner zu kennen, bevor ich mich näher auf sie einlasse. Als Sie uns die Anteile an der Antar verkauften, ging alles sehr schnell, es gab keine Gelegenheit, sich auszutauschen. Erzählen Sie mir, wer Sie sind, und lassen Sie sich Zeit. Bleiben Sie über Nacht, oder müssen sie heute noch zurück?"

Er will mich besser kennen lernen, denkt Viktor, warum? Es geht um eine Transaktion, die Zahlen sprechen für sich. Soll mir egal sein, wie er vorgeht, Hauptsache ich komme an sein Geld. Aber anscheinend meint er es ernst, sonst bräuchte es dieses Ritual nicht. „Ich habe den letzten Flug gebucht, gegen neun, ich hoffe das reicht."

Um Salgers Mund blitzt ein amüsiertes Lächeln auf, das aber gleich wieder verschwindet. „Allemal. Na dann, schießen Sie los."

Viktor schlägt die Mappe vor ihm auf, als wolle er daraus vorlesen, doch er lässt es und sieht Salger in die Augen. „Wo soll ich anfangen?"
„Wo Sie wollen."
„Na gut. Ich habe Volkswirtschaft studiert, in Frankfurt, schon vor fünf Jahren abgeschlossen. Seither laboriere ich an einer Doktorarbeit, aber ich komme nicht richtig voran. Zu viele Projekte nebenher, das macht es mühsam. Wahrscheinlich sollte ich mich auf eine Sache konzentrieren."
„Und warum tun Sie es nicht?"
„Es kommt immer etwas Neues, Interessanteres. Manchmal frage ich mich, ob ich die Doktorarbeit überhaupt noch brauche. Auf alle Fälle habe ich sie jetzt erst einmal auf Eis gelegt."
„Und die anderen Projekte, wie steht's damit?", fragt Salger, der sich wundert, weshalb ihn das überhaupt interessiert. Normalerweise hätte er Viktor längst in der Kategorie - Tanzt auf allen Hochzeiten - abgelegt.
„Eines der Projekte war der Börsengang der Antar und jetzt die Mikro System, die mich ziemlich auf Trab hält. Wie geht es der Antar übrigens, seit Sie aufgestockt haben?"
Salger zieht nur die Augenbrauen hoch und wackelt leicht mit dem Kopf. Es ist ihm anzusehen, wie wenig er die Frage schätzt. „Die Beteiligung wird von einem meiner Leute betreut, ich habe damit wenig zu tun", lügt er. „Wahrscheinlich wissen Sie mehr über die Firma als ich. Aber erzählen Sie weiter. Wie lange sind Sie schon bei der Mikro System GmbH?"
„Seit einem Jahr. Wir machen noch Verluste, weil meine Vorgänger den Markt verschlafen haben und zu lange auf ihren Hochpreisprodukten sitzen blieben. Operativ schreiben wir aber bereits schwarze Zahlen. Nur reicht das nicht, um das weitere Wachstum zu finanzieren. Wir wollen nach China und den dortigen Markt ausbauen. Die Aussichten sind gut."
Das sagt jeder, denkt Salger. „Wie sind Sie denn zu dem Job gekommen? Etwas ungewöhnlich in Ihrem Alter."
„Es gab Unstimmigkeiten in der Gründerfamilie. Der Mehrheitsgesellschafter, Professor Konrad Kramer, übertrug mir die Ge-

schäftsführung, als sich sein Parkinson verschlimmerte. Leider ist er vor kurzem verstorben."
Salger sieht verblüfft auf Viktor. Kramer, schon wieder Kramer, denkt er. Joao hat von einer Kramer gesprochen, Ärztin, aber das war wohl eher Zufall. Doch auf einmal fällt es ihm wie Schuppen von den Augen: Professor Kramer, Dr. Dr. Konrad Kramer, Inka hat von ihm gesprochen. Sie hat damals bei ihm famuliert. Es war die Erinnerung an ihre Stimme, die mich nicht sofort auflegen ließ, als Viktor mitten in der Nacht anrief. Dieselbe rauchige, leicht belegte Stimme, die mich schon in Berlin an ihr faszinierte. Bei ihrem Vortrag in London hab ich sie nicht erkannt. Es ist so lange her und das Mikrofon hat ihre Stimme verzerrt. Ein exzellenter Vortrag, ruhig und selbstbewusst, auch wenn sie in manchen Antworten fast arrogant rüber kam. Ich darf mir nichts anmerken lassen. „Und jetzt haben sie Angst, dass Sie unter die Räder kommen, weil Ihr Mentor weg ist. Ist das der Grund für die plötzliche Eile?", fragt er ganz ruhig.
„Nein, wie kommen Sie darauf. Es geht nur darum, unsere Optionen auszuloten. Die Familie vertraut mir vollkommen. Ich bin praktisch mit der Tochter von Professor Kramers Bruder aufgewachsen."
„Interessant. Was macht Ihr Vater?"
„Er leitet die Pathologie eines großen Klinikums in der Nähe von München. Außerdem ist er Mehrheitsgesellschafter einer Pharmafirma, die aus Kartoffelstärke Antibiotika kultiviert."
„Sie kommen also aus einem guten Stall. Alles Mediziner?"
„Ja, lauter Mediziner, nur ich bin das schwarze Schaf", lacht Viktor kurz auf.
Salger betrachtet ihn aufmerksam. Mitte dreißig würde ich schätzen, denkt er. Er könnte mein Sohn sein. Blödsinn, es war nur eine Nacht, aber die Nähe in ihren Armen habe ich nie vergessen. Er sieht ihr ähnlich, und doch wieder nicht.
„Das macht nichts. Wir alle sind vom Leben durcheinander gewürfelt. Ich hatte mal eine Freundin, sehr erfahren, weit gereist, aus einem alten Adelsgeschlecht. Sie lebte lange in Rom, zusammen mit ihrem Vater. Als der starb, kehrte sie nach

Deutschland zurück. Ihr war wohl das Geld ausgegangen, so genau weiß ich es nicht, sie sprach nicht gern über diesen Teil ihres Lebens. Wir trafen uns gelegentlich, wenn ich in Deutschland war, um Schach zu spielen. Eines Abends, nachdem sie ein Glas zu viel getrunken hatte, meinte sie, es wäre doch verwunderlich, dass die Alliierten nach dem Zweiten Weltkrieg nicht alle Deutschen ausgerottet hätten. Es wäre wirklich nichts dran an diesem beschissenen deutschen Kleinbürger. Halten Sie das für sehr elitär?"

Viktor erstarrt vor Schreck, mein Gott, an wen bin ich denn hier geraten, denkt er. Verena könnte so etwas sagen, an einem ihrer schlechten Tage, wenn sie ihre Familie nicht mehr ertragen kann. Aber nicht er, er kennt mich doch überhaupt nicht. Nur ja keine Unsicherheit anmerken lassen, aber irgendetwas muss ich sagen, ich kann es nicht einfach übergehen. Wenn ich die Antwort verbaue, ist es aus mit dem Geld. „Möglicherweise hat Ihre Freundin nicht sehr viele Kleinbürger gekannt, und sich nur über ein paar Touristen auf der Piazza Navona geärgert. Dann passiert schnell mal, dass man Leute zum Teufel wünscht, weil einem dies oder jenes an ihnen missfällt. Heute, würde ich meinen, klingt so eine Ansicht etwas antiquiert. Was macht ihre Freundin, wenn sie keine Bonmots verteilt?"

Salgers Mundwinkel schnellen kurz nach oben, als amüsiere ihn Viktors Antwort. „Im Winter geistert sie gerne in Indien herum. Aber die meiste Zeit verbringt sie in Griechenland, in einem kleinen Dorf, wo sie mit einem Esel zusammenlebt."

„Einem Esel von Mensch?"

Salger grinst jetzt wie ein zufriedener Kater. „Nein, einem richtigen. Sie schätzt ihn sehr." Langsam verändert sich seine Körpersprache. Er drückt den Rücken durch, legt die Arme auf den Tisch und beginnt mit dem Stift auf seinem leeren Schreibblock zu daddeln. „Ihre Antwort ist sehr diplomatisch, Herr Paulsen, aber Sie brauchen sich keine Sorgen zu machen, ich gehöre nicht zum alten Adel. Ich weiß, wie man sich hocharbeitet. Aber lassen wir das, ich wollte nur hören, ob sie mit silbernen Löffeln aufgewachsen sind."

Erleichtert lehnt sich Viktor zurück. „Und, welchen Eindruck haben Sie jetzt?"

„Dass Sie den Erfolg wollen, ihren eigenen, nicht den Ihres Vaters, schon gar nicht den der Kramers. Sie vertreten deren Interessen, aber es fällt ihnen zunehmend schwer. Als Geschäftsführer glaubten Sie anfangs, es wäre Ihr Unternehmen, und jetzt merken Sie, dass Sie nur deren Handlanger sind. Und wenn Sie das Unternehmen wieder auf Kurs gebracht haben, wird man Sie zurück in die Wüste schicken. So machen es alle, denen der Besitz mehr bedeutet, als die Menschen um sie herum. Tief drinnen wissen Sie das, deshalb wollen Sie selbst Eigentümer werden. Ist es nicht so?"

Viktor wirkt ehrlich verblüfft. „Sind Sie Hellseher?" rutscht es ihm heraus. „Eigentlich kam ich wegen Ihres Geldes. Aber so abwegig ist der Gedanke nicht", schiebt er hinterher, sicher, dass es wohl nichts werden wird mit Salgers Einstieg.

„Tja, so leicht kommt man nicht an mein Geld", strahlt Salger. „Dann lassen Sie uns mal über das Eingemachte reden, deshalb sind Sie ja schließlich hier. Wie viel brauchen Sie? Ich meine, was brauchen Sie wirklich, damit es wieder rund läuft, nicht nur, um Sie über Wasser zu halten. Ich bin nicht daran interessiert, Ihr Unternehmen vor dem Absaufen zu retten. Wenn es nicht genug Ausbaupotenzial hat, lasse ich die Finger davon. So still wie die Firma in den letzten Jahren vor sich hindümpelte, ist sie für mich uninteressant. Und ich möchte wissen, was bei uns hängen bleibt, wenn der turn-around klappen sollte. Normalerweise steigen wir nicht ein, ohne Aussicht auf eine Rendite von mindestens dreißig Prozent. Klingt hoch, ist in Anbetracht der Risiken aber eher niedrig. So jetzt sind Sie dran."

Viktor, der mit dieser Wendung nicht mehr gerechnet hat, denkt: Er wollte mich nur aus der Reserve locken. „Wir brauchen drei Millionen Euro. Das Geld geht in den Ausbau des internationalen Vertriebs, vielleicht eine halbe Million in die Produktentwicklung, das wird sich in den nächsten Wochen zeigen. Nichts wird ausgeschüttet. Dafür bekommen Sie fünfundzwanzig Prozent Anteile an der Firma."

„Ziemlich hoch die Bewertung. Sie gehen von zwölf Millionen aus, nicht schlecht in Anbetracht ihrer Verluste."

„Ja, aber wir können nicht nur auf Heute sehen, die Mikro System war über lange Jahre eine solide Cash Cow, da will ich sie wieder hinbringen."

„Und Sie trauen sich das zu?"

„Ja, wir sind auf dem besten Weg."

„Das weiß man immer erst hinterher. Stimmen die Kramers Ihrer Bewertung zu?"

„Im Prinzip ja."

„Was heißt im Prinzip?"

„Sie sind immerhin bereit, Anteile abzugeben. Die Bewertung erscheint ihnen fair, natürlich wollen die Besitzer immer mehr, als die Käufer bereit sind zu zahlen, aber da erzähle ich Ihnen ja nichts Neues. Es wird auf die Rechte ankommen, die sie mit einer Minderheit erwerben."

Salgers Augen formen sich zu schmalen Schlitzen. Er ärgert sich über Viktors forschen Ton und sagt bestimmt, als gäbe es nichts daran zu rütteln. „Ich will keine Minderheit, schminken Sie sich das gleich ab. Entweder ich erhalte einundfünfzig Prozent oder ich fasse das gar nicht erst an."

„Zu der genannten Bewertung? Aber, soviel Geld brauchen wir nicht."

„Sie täuschen sich, das ist ja nur der Kaufpreis. Danach kommen die Investitionen, um den Laden wieder flott zu kriegen. Und Sie wären der erste Manager, der sich dabei nicht verschätzt. Außerdem kriegen sie das Geld nur in Tranchen, die an solide Meilensteine gebunden sind. Sagen Sie das Ihren Besitzern, es stecken zu viele Risiken in dem Geschäft."

Der ist knochenhart, denkt Viktor, aber er ist unsere einzige Chance. „Ich kann das nur zur Kenntnis nehmen, Herr Salger. Ich muss es den Kramers vortragen, es ist mehr als ich erwartet hatte. Wie sähe denn die Zusammenarbeit zwischen uns beiden aus?"

Salger sieht ihn verwundert an. „Die Frage kommt etwas früh, finden Sie nicht, Herr Paulsen? Sie machen ihren Job wie bisher, gut hoffentlich. Wenn nicht, trennen wir uns. So einfach ist das. Die Bewertung hängt natürlich davon ab, wie glatt die due diligence verläuft. Aber das wissen Sie ja."

Verdammte Gier, warum kannst du nicht die Klappe halten, denkt Viktor und nickt. „Kann ich Ihnen sonst noch etwas zum Unternehmen sagen, zum Markt, zu den Produkten. Soll ich separat mit Ihrem Analysten reden?", fragt er unsicher.

„Nein, das machen wir später, verdauen Sie jetzt erst einmal, was ich Ihnen gesagt habe. Reden Sie mit Ihren Altvorderen, wenn die dann immer noch verkaufen wollen, rufen Sie mich an. Brauchen sie ein Taxi?"

„Danke, ich habe einen Mietwagen genommen. Sie residieren wunderbar, direkt am See", fügt Viktor lahm hinzu, weil er nicht versteht, warum auf einmal alles ganz schnell geht.

„Danke, ich brauche gute Mitarbeiter, denen muss ich etwas bieten. Na dann." Salger steht auf und signalisiert damit, dass das Gespräch beendet ist. „Ich bringe Sie zum Aufzug, nicht dass Sie mir verloren gehen."

Als Viktor in die Kabine tritt, dreht er sich noch einmal um und hebt unbeholfen die Hand. „Ich hoffe, wir sehen uns bald wieder", sagt er, während sich die Aufzugstür schließt.

Er ist viel zu schnell auf die Bewertung eingegangen, denkt er auf dem Weg zum Auto. Und dann habe ich mich auch noch verplappert. Das wird wohl nichts. Aber falls er doch will, was ist, wenn ich den Preis zu niedrig angesetzt habe? Ich kriege das Gefühl nicht los, dass es ihm weder um mich noch um die Bewertung ging. Irgendetwas passt hier nicht.

17 Schattenboxen

Im Spätherbst des Jahres zweitausenddrei landet Lucy Fiawo erneut in Berlin. Als sie am Flughafen Tegel nach außen tritt, packt sie eine graue, nasskalte Hand. Die Luft riecht nach Schnee.
Zur selben Zeit fällt es Martin Salger immer schwerer, neues Geld zu beschaffen, um seine Alt-Investoren bei Laune zu halten. Seine Waffengeschäfte laufen schlecht, seit der Westen im Irak einmarschiert ist. Goddard hat die Kontakte auf ein Minimum reduziert, und in der Private Equity zeichnet sich bereits das Wetterleuchten der kommenden Finanzkrise ab. Salgers Beteiligungen sind nur noch schwer verkäuflich, und an einen Börsengang ist nicht zu denken. Er fragt sich, wie lange er noch durchhält.
Als er nach einem Geschäftsessen ins Büro zurückkommt, findet er auf der Anrufliste auch Viktor Paulsen und Lucy Fiawo vor.
„Diese Lucy Fiawo, was wollte sie?", fragt er Janet.
„Nichts Besonderes, nur, dass sie Sie gerne treffen möchte. Sie hat gesagt, sie kennt Sie von früher."
„Haben Sie ihre Nummer?"
„Ja, es ist eine Berliner Vorwahl." Janet sieht ihn fragend an, als erwarte sie eine Erklärung oder zumindest Anweisung, was sie tun soll.
„Sie ist die Tochter eines alten Freundes. Rufen Sie bitte gleich zurück, die anderen auf der Liste können warten. Bei Viktor Paulsen geht es ja doch nur um den Einstieg in seine Münchner Firma."
Kurz darauf stellt Janet die Verbindung her und Salger ruft mit aufgekratzter Fröhlichkeit. „Lucy, nach all den Jahren. Dass du überhaupt noch lebst. Entschuldige, das hätte ich nicht sagen sollen. Wo bist du, was machst du?"
„Ich bin in Berlin, auf den Spuren meines Vaters", sagt sie überrascht von seinem vertrauten Ton. „Außerdem will ich die Stadt kennen lernen, schließlich bin ich hier geboren. Ich höre, du bist ein gefragter Mann, hättest du trotzdem Zeit für ein Treffen in Berlin?"

„Wie lange bleibst du?"
„Bis Ende des Monats."
Für eine Weile herrscht Stille in der Leitung während Salger in seinem Kalender blättert. „Das könnte klappen. Eines unserer Unternehmen ist im Süden Berlins. Am Dienstag nächster Woche bin ich dort. Mittwoch oder Donnerstag kann ich mir frei halten. Ich hänge einen Tag dran, wenn du willst."
„Mittwochabend wäre wunderbar. Und wo?", fragt sie.
„Warum nicht im Hilton am Gendarmenmarkt? Du kannst es nicht verfehlen. Ich wohne immer dort, wenn ich in Berlin bin."
„Soll ich dich vorher noch anrufen?"
„Nicht nötig. Um acht in der Bar, da kann ich dich nicht verfehlen. Wir können etwas trinken und danach zusammen essen gehen, wenn dir die Gesellschaft eines alten Mannes nicht zuwider ist."
Das hatte ich nicht erwartet, denkt sie. Wir haben uns dreißig Jahre nicht gesehen, er kennt mich nur als kleines Mädchen, und jetzt diese Freundlichkeit. Er spielt mit mir. Egal, es ist meine Chance. „Gern, ich freue mich. Warum bist du so freundlich", kann sie sich nicht verkneifen nachzufragen.
„Hey, du bist Kwames Tochter, du hast auf meinen Knien geschaukelt, reicht das nicht?", lacht er. „Wie erkenne ich dich? Das kleine Mädchen mit den abstehenden Zöpfen dürfte wohl kaum noch passen."
‚Ite, missa est - gehet hin in Frieden', klingt ihr die Stimme der Nonne in den Ohren, mild und freundlich, am Tag als Kwame erschossen wurde. ‚Deo gratias - Dank sei Gott dem Herrn', haben wir geantwortet, denkt sie. Erst als sie gegangen ist, durften wir auf den Schulhof. Sie sieht die beiden Frauen vor sich, Celia gefasst, Cléo aufgelöst in Tränen. Im Hintergrund Salger, schweigend. Ich durfte Kwames Leichnam nicht sehen. „Du erkennst mich schon, allzu viele schwarze Frauen wird es wohl nicht geben in dieser Bar", sagt sie reserviert.
„Na gut, ich spreche sie einfach alle an", lacht er, als gefalle ihm die Vorstellung.

Nachdem sie aufgelegt hat, starrt sie eine Weile sprachlos auf das tote Telefon. Er hört sich völlig natürlich an, nicht wie einer, dem das schlechte Gewissen im Nacken sitzt, denkt sie. Er hat viel zu viel gelacht, wo es eigentlich nichts zu lachen gab. Entweder ich habe mich verrannt, oder er ist ein glänzender Schauspieler. Ich brauche jemanden mit dem ich sprechen kann. Leonhard ist verreist, schwer erreichbar, hat er gesagt. Und hier in Berlin kenne ich nur Verena Kramer. Sie gab mir ihre Nummer. Reicht das, um sie anzurufen?
Lucy nimmt den Hörer ab und wählt Verenas Praxis. „Verena Kramer?", fragt sie, als sie eine weibliche Stimme hört.
„Nein, Dr. Kramer spricht gerade mit einem Patienten. Kann ich Ihnen vielleicht helfen."
„Ich bin eine Bekannte von Verena. Ich wollte nur sagen, dass ich in Berlin bin und sie gerne treffen möchte."
„Warum versuchen Sie es nicht später noch einmal. Halt, da kommt sie gerade. Einen Moment bitte."
Lucy hört Getuschel im Hintergrund, dann meldet sich Verena. „Verena Kramer. Meine Dame hat ihren Namen nicht verstanden, um was handelt es sich bitte?"
„Lucy Fiawo, wir haben uns, bei einem Treffen mit Joao Mwenza kennengelernt."
Für eine Weile lauscht Verena dem Nachklang von Lucys Stimme, ohne sie gleich zuordnen zu können. „Oh natürlich. Sind Sie wieder in Berlin?"
„Ja, seit Freitag. Ich wollte fragen, ob wir uns treffen könnten."
Weshalb ich, denkt Verena, Joao traute ihr nicht, wollte die Geschichte über den Tod ihres Vaters nicht glauben. Trotzdem, die Frau hat mir gefallen, eine Kämpferin, es müsste mehr davon geben. „Wie wäre es diesen Samstag, ich habe keinen Notdienst und meine Praxis ist geschlossen."
„Samstag passt wunderbar."
„Dann machen wir es doch. Kennen Sie das Viertel Prenzlauer Berg? Da gibt es ein nettes Restaurant, das Yala Yala in der Kopenhagener Straße. Ganz in der Nähe meiner Praxis."

„Prenzlauer Berg, natürlich, da bin ich geboren. Ich kenne die Kopenhagener."

„Gut, wie wär's um elf, oder ist Ihnen das zu früh. Ich lade Sie gern zum Frühstück ein."

„Danke, das ist sehr nett, aber nicht nötig. Ich hoffe, ich hab Sie nicht überfahren, aber ich muss unbedingt mit jemand reden und außer Ihnen kenne ich niemand in Berlin."

„Keine Sorge, ich freue mich, Sie wiederzusehen."

Lucy ist zu früh dran und als sie die Speisekarte des Yala Yala überfliegt, merkt sie, dass sie in einem arabischen Restaurant gelandet ist. Im ersten Impuls will sie wieder gehen, doch dann bestellt sie ein Glas Wasser und wartet. Als Verena verspätet erscheint, fragt Lucy, noch bevor sie ihren Mantel ablegen kann, ob sie auch woanders essen können.

„Klar, ich frühstücke sowieso lieber in einem kleinen Blumenladen, ganz in der Nähe. Ich habe ihn nur nicht gleich vorgeschlagen, weil er schwer zu finden ist. Es gibt dort auch frei herum fliegende Papageien", fügt Verena lachend hinzu.

„Papageie in Berlin?", fragt Lucy trocken.

Doch Verena überhört es. „Warum wollten Sie partout nicht im Yala Yala bleiben?", fragt sie, als sie die Straße überqueren. „Sie sahen richtig verstört aus."

„Ich mag keine Muslime", stößt Lucy hervor, als wäre ihr das Thema unangenehm. „Vielen Dank übrigens, dass Sie Zeit für mich haben, ich musste unbedingt mit jemand sprechen, sonst wäre ich geplatzt."

„Ist etwas passiert?"

„Erinnern Sie sich an das Gespräch mit Joao über Salger, dem Besitzer der Farm in Südafrika, auf die es Joao als Teenager verschlagen hat? Ich habe mit ihm telefoniert, und jetzt bin ich völlig durcheinander. Er war ausgesprochen freundlich, und will mich am Mittwoch im Hilton am Gendarmenmarkt treffen."

„Der Mann, von dem Sie vermuten, dass er Mitschuld am Tod Ihres Vaters hat?"

„Ja."

Mit der Hand weist Verena auf eine von Blumen und Bäumchen eingerahmte Tür. „Wir sind da, das Café mit den Papageien." Lucy sieht sich neugierig um. „Ich mag Blumen, auch Papageien, aber eben keine Muslime."
„Deshalb wollten Sie partout nicht im Yala Yala bleiben?"
„Ja."
„Hat die Animosität gegen Muslime auch etwas mit dem Tod Ihres Vaters zu tun?", fragt Verena, nachdem sie sich an einen kleinen Tisch in der Ecke des Cafés gesetzt haben.
„Ich kann es nicht richtig erklären. Als Salger Vater nach Nigeria holte, brachte er uns nach Kaduna, das ist schon ziemlich weit im Norden. Ich ging dort zur Schule, aber die anderen Kinder mochten mich nicht. Ich verstand sie nicht und hatte eine helle Haut. Vielleicht habe ich meine Wut von damals auf die Muslime übertragen. In Lagos wurde es dann besser, da ging ich auf eine katholische Schule. - Was nehmen Sie, Verena? Ich darf Sie doch so nennen, und ich würde Sie gerne einladen, wenn Sie mir schon Ihre Zeit schenken."
„Nein, nein, die Einladung geht auf mich. Ich freue mich, dass Sie an mich gedacht haben. Ihr Deutsch ist ausgezeichnet."
„Es geht, aber ich würde trotzdem gerne ins Englische wechseln, da fühle ich mich sicherer."
„Kein Problem, da fällt uns das Du auch leichter", lacht Verena.
Auf einmal wirkt Lucy viel lockerer. Sie erzählt, wie sie versucht hat, ihre Mutter in Berlin zu finden, aber bisher ohne Erfolg. Dann kommt sie auf das Telefonat mit Salger zu sprechen, wie sehr es sie verunsichert hat.
„Warum?", fragt Verena. „Ich dachte, du wolltest ihn treffen, damit er dir sagt, ob er etwas mit dem Tod deines Vaters zu tun hat."
Für einen Moment hängt nur das Kreischen der Papageie in der Luft. „Glaubst du wirklich, dass er das tun würde?", fragt Lucy erstaunt. „Meine Hand halten, mir übers Haar streichen und gestehen: Mein armes Mädchen, verzeih mir, aber ich musste es tun. Er war mir im Weg, also blieb mir gar nichts anderes übrig,

als einen Killer zu beauftragen. Ich glaube, das würde er nicht tun", sagt sie bestimmt.

„Aber wie willst du sonst vorgehen? Mit ihm essen und über alte Zeiten reden, als er dich auf dem Schoß geschaukelt hat. Du weißt nicht, was vorgefallen ist, und er hat bestimmt alles verdrängt."

Lucy nickt, als würde sie Verena recht geben. Dabei zögert sie nur, will Zeit gewinnen, weil sie plötzlich nicht mehr sicher ist, ob sie Verena wirklich in ihren Plan einweihen soll. So gut kenne ich sie doch gar nicht, denkt sie, und was ist, wenn sie mich auslacht. „Ich habe mir etwas ausgedacht, aber ich weiß nicht, ob es hier funktioniert."

Verena sieht sie verständnislos an. „Klingt sehr geheimnisvoll", sagt sie mit der Andeutung eines Lächelns. „Aber schieß los, ich bin geübt im Zuhören, das verdanke ich meinen Patienten."

„Na gut." Lucy setzt sich kerzengerade hin, als könne sie damit ihre Unsicherheit überspielen. „Er wohnt im Hilton am Gendarmenmarkt, und ich soll ihn dort am Mittwochabend treffen. Aber ich kann da nicht hin. Ich schaffe es einfach nicht, den Mörder meines Vaters zu besuchen, um ein paar belanglose Worte mit ihm zu wechseln. Nein, ich kann das nicht", sagt sie bestimmt. „Also muss eine andere hin. Und wenn es sich ergibt, soll sie mit ihm schlafen. Ihr sagt er vielleicht, wer er wirklich ist. Alle Männer reden im Bett, auch wenn sie meist nur prahlen. Was glaubst du?"

Sie ist eine Journalistin, denkt Verena, wie kommt sie denn auf so etwas? „Meinst du mich?"

Lucy bricht in schallendes Gelächter aus. „Nein, nein, nicht du", prustet sie los. „Du sollst nur helfen, meine Gedanken zu ordnen. Das andere muss ich schon allein machen. Vielmehr die Andere in mir." Sie strahlt, erleichtert, dass Verena nicht einfach abwinkt. „Also, ich gehe hin, spiele eine Hostess und verführe ihn. Er kennt mich ja nicht, zumindest nicht so, wie ich heute aussehe. Ich spreche ihn an, er reagiert, wir gehen auf sein Zimmer. Wenn er mir vertraut, wird er reden." Lucy scheint völlig überzeugt von ihrem Plan.

„Weiß nicht", sagt Verena zweifelnd. „Vielleicht geht das in Lagos, aber hier…? Vermutlich hast du zu viele Bond-Filme gesehen, da mag das funktionieren, aber in Wirklichkeit?", platzt es aus ihr heraus.

„Du glaubst, es klappt nicht?"

„Es scheint mir so absurd. Einerseits…", Verena überlegt, bevor sie fortfährt, „andererseits, wie sonst kannst du an ihn rankommen. Einfach hingehen, ihm ein Bein stellen, und während er sich noch hochrappelt, sagen: Hallo, ich bin es, die Rächerin meines Vaters. Gesteh du Bösewicht, dass du es warst", lacht sie.

„Siehst du, genau das habe ich gebraucht. Jemand, die mir sagt, dass ich nicht völlig verrückt bin. - Celia, meine Tante, hat immer gesagt: Der einzige Ort, an dem sich Männer öffnen, ist zwischen den Schenkeln der Frauen. Alles andere ist nur Bühne, auf der sie lügen, fantasieren und ihre wahren Absichten verschleiern. Ich glaube, ich muss es probieren."

„Du hast eine kluge Tante."

„Ja, sie war wunderbar, vor einem Jahr ist sie gestorben. Soll ich, oder soll ich nicht?"

„Ich kann dir nicht raten, die ganze Sache ist mir zu persönlich. Was machst du, wenn du in seinem Zimmer bist und er nur mit dir schlafen will, ohne überhaupt den Mund aufzumachen. Er nimmt dich und lässt dich fallen, wie ein benütztes Handtuch. Wenn er fertig ist, legt er das Geld auf den Nachttisch, dreht sich um und schnarcht. Und du kannst schauen wo du bleibst." Verena schmunzelt, als sehe sie die Szene plastisch vor sich.

„Hey, du machst dich lustig über mich, aber so läuft das nicht. Nein, nicht so, ich spiele mit ihm, irgendetwas werde ich erfahren, das spüre ich."

„Warum? Wenn er der Machtmensch ist, den du vermutest, nimmt er sich, was er will. Im besten Fall amüsiert ihn deine Charade. Vielleicht bringt er dich um?" Verena ist jetzt ganz ruhig, als mache sie sich ernsthaft Sorgen um Lucy. „Außerdem bewegst du dich auf sein Niveau und spielst ihm voll in die Hände. Ich würde es nicht tun."

„Verena, er lebt wie eine Krankheit in mir. Auf keinen Fall kann ich hingehen und ihn umarmen: Hi, Onkel Martin, schön dich zu sehen. Das kann ich nicht. Ich muss ihn aus mir herausreißen."

Als Salger pünktlich in die Bar kommt, spürt Lucy instinktiv, dass er es ist. Zur Bestätigung prüft sie das verschwommene Foto, das ihr Leonhard Rueti besorgt hat. Sie wartet ab. Dann geht sie an Salgers Tisch vorbei zu einem Ständer mit Journalen und entnimmt eine Vogue. Auf dem Rückweg sieht sie Salger provokativ an, doch er zeigt keine Regung. Während sie gelangweilt in der Vogue blättert, wirft sie wiederholt einen Blick auf Salger.
Der trinkt in schneller Folge zwei Gläser Rotwein, schließlich steht er auf und fragt den Barkeeper etwas, das Lucy nicht versteht. Als der verneint, setzt sich Salger zurück an seinen Tisch. Eine halbe Stunde über der verabredeten Zeit steht er auf und kommt an Lucys Tisch. „Sie sind nicht zufällig Lucy Fiawo?", fragt er höflich.
„Nein", sagt sie und lacht ihn an. „Ich heiße Elewa. Erwarten Sie jemand?"
„Ja, eine alte Bekannte, aber sie hat mich wohl versetzt."
„Das kann passieren." Jetzt ganz ruhig bleiben, denkt sie, während sie ihn aufmerksam betrachtet. Ich hätte nie gedacht, dass ich ihm je wieder so nahe kommen würde. „Warum setzen sie sich nicht für einen Moment zu mir, vielleicht hat sie sich nur verspätet", sagt sie leichthin und deutet auf den freien Stuhl neben sich.
Prostituierte vermutlich, denkt er, aber nicht schlecht, wie sie das macht. Lässt sich Zeit, und bei der ersten Gelegenheit schnappt sie zu. Er betrachtet sie ungeniert und sagt mit einem bedauernden Achselzucken. „Wohl kaum, trotzdem vielen Dank für das Angebot, ich nehme es gerne an. Ich hole nur schnell mein Glas." Auf dem Weg zu seinem Platz winkt er dem Kellner und bestellt ein weiteres Glas Rotwein, das er sich an ihren Tisch bringen lässt. „Sind Sie zu Besuch in Berlin? Aus Westafrika würde ich annehmen."

„Nein, wie kommen Sie darauf, ich lebe hier."
„Kam mir nur so in den Sinn. Ich habe lange in Nigeria gearbeitet, der Tonfall Ihres Englisch, Sie könnten von dort sein. Und was machen sie in Berlin?"
„Ich studiere Kunst und Literatur."
Ein kurzes Lächeln zuckt über sein Gesicht. „Sie haben spät angefangen?"
„Ist das ein Kompliment?"
„Nur eine Beobachtung, eher eine Frage. Ich habe Sie hier noch nie gesehen."
„Sie meinen?"
„Könnte ja sein, so ein Studium ist teuer."
Er beißt an, denkt sie, nur nicht die Nerven verlieren. Du hast es eingefädelt, jetzt ziehe es auch durch. „Ja, deshalb suche ich auch gelegentlich einen Freier, für eine Nacht."
„Dachte ich mir. Und, habe ich die Prüfung bestanden?"
„Weiß ich noch nicht. Es kommt darauf an."
„Auf was?"
„Auf den Freier."
Ich bin zu alt für solche Spiele, denkt er. Aber sie ist wunderbar. Eine Nacht mit ihr, zum Abschied ein Händedruck, keine Erpressung, keine falschen Gefühle, warum nicht. Ihr Problem, wenn sie meinen Körper für zu alt hält, einen anderen habe ich nicht.
„Ich würde mich gerne zur Verfügung stellen, falls Sie keine sonstige Lösung für diese Nacht finden."
„Vielleicht sollte ich aufhören zu suchen", sagt sie unentschlossen, sodass es sich wie eine Frage an sich selbst anhört. „Kommen Sie, zeigen Sie mir Ihr Zimmer", schiebt sie schnell hinterher, um jeden Zweifel auszuräumen. „Aber ich bin teuer", rutscht es ihr heraus, bevor sie sich auf die Lippen beißen kann.
„Kein Problem, darüber brauchen Sie sich keine Gedanken zu machen. Aber ich möchte nicht, dass Sie mit mir zusammen aufs Zimmer gehen. Ich bezahle und gehe voraus. Kommen Sie in etwa fünfzehn Minuten nach, Suite 246. Was hatten Sie?"
„Einen Campari Soda."

„Dann bis später." Er geht an den Bartresen und zeichnet die Rechnung ab, dann nimmt er den Aufzug in den zweiten Stock. In der Suite registriert er nur flüchtig, dass sie bereits das Bett für die Nacht gerichtet haben. Er klappt den Laptop auf, fährt ihn hoch und tippt in die Google-Maske Lucy Fiawo ein. Sie ist älter geworden, murmelt er halblaut, als ihr Bild auf dem Monitor erscheint. Er schaltet den Computer aus und setzt sich in einen Sessel, von wo er den französischen Dom sehen kann. An diesem Platz habe ich Kwame getroffen, denkt er, und jetzt seine Tochter. Der Kreis schließt sich anscheinend. Ein paar Minuten später klopft es an der Tür. Er lässt Lucy ein und fragt, ob sie etwas trinken will. Sie lehnt ab und gibt ihm zu verstehen, dass sie am liebsten gleich zur Sache kommen möchte.

„Es kostet tausend Euro", fügt sie verschämt hinzu.

„Einverstanden, aber zuerst möchte ich wissen, auf was ich mich einlasse. Elewa hört sich eher wie ein Fantasiename an. In Nigeria, wo ich einige Jahre lebte, kannte ich einmal ein Mädchen, Celia hieß sie. Sie war wunderschön, ging tagsüber brav zur Schule und abends verkaufte sie ihren Körper meistbietend. Eigentlich waren ihr die Freier egal, nur ausreichend Geld mussten sie haben. Sie wolle sich nicht unter Wert verkaufen und spüre nichts, wenn sie mit jemandem schlafe, der ihr nichts bedeutet, hat sie gesagt. - Ist das Kunststudium erfunden, Lucy? Für eine Prostituierte bist du nicht geeignet."

„Warum sagst du das", fragt sie den Tränen nahe. „Was habe ich falsch gemacht?"

„Alles, alles machst du falsch", sagt er kalt, und sieht, wie sie in Tränen ausbricht, sich aber ganz schnell wieder fängt.

„Celia war wunderbar", sagt sie unter Tränen. „Einen Teil des Geldes, das sie von den Freiern bekam, hat sie in die Ausbildung eines kleinen Mädchens gesteckt, deren Vater ermordet wurde. - Wie hast du herausgefunden, wer ich bin?".

„Du hast eine attraktive Website. Investigative Journalistin, erfolgreich, ich sollte stolz auf dich sein, bin es aber nicht. Warum ziehst du so eine erbärmliche Schau ab? Und was willst du überhaupt von mir?"

Sie trocknet sich die Tränen ab, und sieht ihn lange schweigend an.
„Brauchst du Geld? Hier sind die tausend Euro, ich will nichts dafür, außer, dass du wieder gehst. Wenn du in dem Gewerbe etwas werden willst, musst du noch üben. Außerdem bist du dafür zu alt", sagt er brutal.
„Danke, jetzt gefällst du mir schon besser. Weg mit dem Lack des Biedermanns, er hat dir sowieso nicht gestanden. Ok, es war dumm von mir, aber du weißt ja gar nicht, wie lange ich bereits hinter dir her bin."
„Was soll der Unsinn, ich habe mich nie versteckt."
„Das sagst du so einfach. Du hast einen Wall aus Geld um dich gebaut, Leute, die dich abschirmen, so leicht kommt keiner an dich ran. Du glaubst niemand Rechenschaft schuldig zu sein, aber du täuscht dich. Deine Fassade beginnt zu bröckeln, Martin, und wenn ich dich so ansehe, scheint bereits der alte Wolf durch."
„Warum suchst du mich?", wiederholt er seine Frage.
„Wegen Vater natürlich, wenn du ihn nicht umgebracht hättest, könntest du meinethalben deine Waffengeschäfte betreiben, bis du alt wirst."
Bin ich doch schon, denkt er, steht auf, geht ans Fenster und sieht auf den erleuchteten Gendarmenmarkt, auf dem sich ein paar verlorene Touristen herumtreiben. Sie weiß gar nichts, denkt er, sie will mich nur provozieren. Er dreht sich um, wo Lucy mit übergeschlagenen Beinen dasitzt und ihn erwartungsvoll ansieht. „Dann ist es wohl besser, du gehst jetzt. Das Geld kannst du behalten, nimm es als Lohn für eine schlechte Performance."
„Ich will dein Geld nicht, ich möchte eine Antwort."
Salger wendet sich abrupt ab und geht ins Bad. Er betrachtet sich im Spiegel, aus dem ihm ein Fremder entgegen blickt, zu dem er eine undeutliche Verbindung hat. Er wäscht sich die Hände und sprüht sich kaltes Wasser ins Gesicht. Als er sich aufrichtet, sieht er Lucy im Spiegel, wie sie nackt am Türrahmen lehnt.

Er dreht sich um und legt schweigend seine Hand auf ihre Brust. Sie lässt es ohne Widerspruch geschehen.
Als sie sich lieben, geschieht es in völliger Stille.
Danach fragt sie: „Warum hast du ausgerechnet nach mir im Internet gesucht?"
„Du warst die Einzige, die wusste, dass ich genau um diese Zeit in dieser Bar sein würde, es war nicht schwer. Mein Gott, wie schön du bist!"
„Du brauchst mich nicht zu schonen, ich habe es gewollt", sagt sie, und löst sich aus seiner Umarmung.
„Möchtest du jetzt etwas trinken?", fragt er.
„Ein Wasser bitte."
Er steigt aus dem Bett, schlüpft in seinen Morgenmantel und bringt ihr das Wasser: „Wie kommt es, dass du so gut Deutsch sprichst?"
„Cléo bestanden darauf, sie hat mich auf eine Schule deutscher Nonnen geschickt. Ich fand das gar nicht gut, aber jetzt bin ich froh darüber. Und seit ich in Berlin bin habe ich einiges dazu gelernt. - Übrigens, als du das mit Celia gesagt hast, habe ich dich gehasst. Celia war wunderbar, ich hab sie geliebt."
„Ich hab sie auch geliebt, sehr sogar, aber sie gehörte jemand anderem. Letztendlich war sie es, die mir in Nigeria geholfen hat, die großen Sachen an Land zu ziehen. Ohne sie wäre ich nie so schnell in die Startlöcher gekommen. Ich weiß auch, dass sie dich geliebt hat. Du warst das Kind, das sie nie bekommen konnte. Als ich Hals über Kopf Nigeria verlassen musste, hat sie mir versprochen, sich um dich und Cléo zu kümmern. Sie hat ihr Versprechen gehalten."
„Woher weißt du das?"
„Ich bin nicht von gestern. Und dein Hass…."
„Lassen wir das, Martin, zumindest nicht schon jetzt. Kannst du dich noch an Cléo erinnern?"
„Natürlich, warum fragst du, ist etwas passiert?"
„Sie ist vor zwei Jahren, ein Jahr vor Celia, gestorben, mit sechzig, das ist alt bei uns. Das ist nicht auf dich gemünzt", schiebt

sie schnell hinterher, als sie seine abwehrende Handbewegung sieht.

Doch, doch, du willst mich nur daran erinnern, dass der Sex eines alten Mannes nicht so toll war, denkt er. „Es tut mir leid wegen Cléo. Sie war dir wie eine Mutter, oder?" Salgers Stimme klingt traurig, als wüsste er, was Lucy durchgemacht hat. Mit keinem Wort deutet er an, dass er vom Tod der beiden Frauen längst erfahren hatte.

„Sie war so weise. Aber jetzt erzähl von dir, was hast du in all den Jahren gemacht, seit du Nigeria verlassen hast?", fragt sie.

Wenn Sie etwas im Schild führt, dann hat sie sich wunderbar unter Kontrolle, denkt er. „Mal das, mal jenes, es war nicht immer leicht. Aber jetzt geht es mir gut. Ich bin ein Finanzhai geworden, einer von denen, die Firmen aufkaufen, bevor sie abschnappen. Ich tausche das Management aus, lasse den Laden in Ordnung bringen und verkaufe ihn wieder. Das geht manchmal gut, oft aber auch nicht. Seit einigen Jahren sitze ich in der Schweiz, wegen der Steuer, damit ich auch wirklich jedes Klischee meiner Branche erfülle."

Sie sieht ihn kopfschüttelnd an. „So langsam kriege ich Hunger. Ich bin den ganzen Tag in der Stadt herumgelaufen, wusste nicht, wie ich vorgehen sollte."

„Wegen Kwame?"

„Natürlich. Ich wollte endlich herausfinden, wer du wirklich bist. Will es immer noch."

„Und du glaubst, das erfährt man im Bett?" Er zieht die Augenbrauen hoch und grinst, als halte er die Idee für hanebüchen.

„Manchmal, ich musste es wenigstens versuchen." Sie nimmt ihre Sachen mit ins Bad und als sie voll bekleidet zurückkommt, fragt sie: „Lädst du mich ein?"

„Gern." Salger taxiert sie, als könne er nicht glauben, was aus dem kleinen Mädchen von früher geworden ist. „Von Männern, die im Bett schwadronieren, solltest du die Finger lassen."

„Dann war ich bei dir ja gut aufgehoben. Du hast kein Wort gesagt."

„Du hast nicht gefragt", sagt er lächelnd. „Vielleicht hätte ich gezwitschert wie ein Akkordeon, wenn du den richtigen Knopf gedrückt hättest."

„Wohl kaum." Sie denkt, er hat schöne Augen. „Komm lass uns gehen, ich habe Hunger."

„Gleich um die Ecke ist ein gutes Lokal. Ich esse häufiger dort, wir können im Restaurant weiterreden. - Wie geht es dir sonst in Berlin?", fragt er, als er ihr in die Jacke hilft. „Frierst du nicht? Du solltest dich wärmer anziehen. Wenn das alles ist, was du gegen die Kälte hast, gehen wir morgen einkaufen."

Morgen? Für uns beide gibt es kein Morgen, denkt sie, als sie durch die Schwingtür auf den Platz tritt. „Wohin?"

„Gleich dort drüben." Salger weist quer über den Platz in eine kleine Seitenstraße an der Längsseite des Gendarmenmarkts. „Eines der besten Restaurants der Stadt."

Sie zuckt nur mit den Schultern, schlägt fröstelnd den Kragen hoch und macht ein paar Schritte in die gezeigte Richtung. Das Pflaster glänzt schwarz vom Nieselregen, und die letzten Blätter fallen von den gestutzten Ahornbäumen am Rand des Platzes. Sie fragt sich, ob sie es sagen kann, ohne dass er sofort abblockt. „Martin, du musst mir erklären, wie alles zusammen hängt. Was ich bisher fand, macht keinen Sinn. Ich will eigentlich nur wissen, was für ein Mensch Kwame war. Vielleicht erfahre ich dadurch auch mehr über mich. Kind einer deutschen Mutter und eines ghanaischen Vaters, Standard hört sich anders an, oder etwa nicht? Ein Multitalent war er, sagst du, aber was bedeutet das? Mutter heißt Hanna Pautz, wohnt immer noch in der Paul-Robesonstraße 47, und die Stasi gab ihr den Decknamen Dornröschen. Wenigstens haben sie ihr eine schöne Tarnung gegeben."

„Woher weißt du das alles?", fragt er verblüfft.

„Ich war auf der Birthler-Behörde. Eine Freundin hat mich auf die Idee gebracht. Und an der Humboldt-Universität, wo Vater studiert hat."

„Birthler, was ist das?"

„Eine Zentrale für die Stasiakten. Dort kann man herausfinden, ob man bespitzelt wurde. Ich habe mich schlau gemacht." Lucy fällt auf, wie aufmerksam Salger auf einmal zuhört.

„Vermutest du, dass Kwame für die Stasi gearbeitet hat?", fragt er leichthin.

„Warum fragst du?"

„Nur so."

„Ich habs einfach versucht. Aber ohne eine freundliche Frau in der Behörde, die vermutlich alle Regeln brach, wäre ich nie an seine Akte gekommen."

„Warum hast du nicht deine Mutter gefragt?"

„Wie sollte ich, bis gestern wusste ich nicht einmal, dass sie noch lebt. Jetzt weiß ich es", sagt sie traurig.

Sie will mir nicht an den Kragen, denkt er. Sie will nur wissen, wer sie ist. „Das scheint mir eher eine gute Nachricht."

„Ich bin heute morgen zu ihrer alten Adresse gegangen, und da steht ihr Name auf dem Klingelbrett, Hanna Pautz, eingraviert auf einem Messingschild. Aber ich habe mich nicht getraut zu läuten."

Salger schüttelt ungläubig den Kopf. „Warum?", fragt er und denkt an das düstere Haus in dem Hanna wohnte, als er ihr die Nachricht von Kwames Tod brachte, zusammen mit einem Kuvert, das zu überbringen Kwame ihn ausdrücklich gebeten hatte, bevor er untertauchte.

„Ich hab sie mehr als dreißig Jahre nicht gesehen. Sie hat mich weggegeben. Vielleicht erinnere ich sie an Kwame und sie hasst mich, wenn sie mich sieht. Reicht das nicht?"

Salger nickt. „Hast du beide Akten gelesen?"

„Nein, nur Vaters. Mutters Akte wollen sie mir ohne ihre Erlaubnis nicht geben."

„Wer hat dir den Tipp gegeben, über diese Behörde meine ich? Ich hab dich vorhin nicht verstanden."

Ich hab nichts gesagt, denkt sie. Interessant, wie er sich vortastet. „Verena Kramer, die Freundin Joao Mwenzas. Derselbe, der auf deiner Farm aufgewachsen ist."

Verena Kramer mit Joao, Lucy mit diesem Inspektor, der mir wie eine Laus im Pelz sitzt, denkt Salger, und zieht unbewusst die Augenbrauen hoch. „Erzähl mir von dieser Birthler-Behörde, wie läuft das so?"
Er macht das gut, wie ein Bluthund, der eine Spur gefunden hat, denkt sie. „Die sitzen in einem riesigen Gebäude am Rand des Alexanderplatzes, das aussieht, als würde es gleich zusammenfallen. Der Portier in seinem vergammelten Glaskasten hatte keine rechte Lust meine Geschichte anzuhören. Schließlich nahm er aber doch die Personalien auf und wunderte sich, dass ich in Ostberlin geboren bin. Er wurde etwas freundlicher und schickte mich zum Büro einer jungen Frau, der ich die ganze Geschichte noch einmal erzählen durfte. Anfangs war sie ziemlich skeptisch, aber immerhin tippte sie den Namen meines Vaters in den Computer. Und da, plopp, taucht er auf, Kwame Fiawo, auf dem Bildschirm einer deutschen Behörde, deren einzige Aufgabe es ist, die Spitzelvergangenheit ihrer Bürger zu verwalten. Schon seltsam, findest du nicht? Aber die Absurdität des Ganzen wurde mir erst später bewusst. In dem Moment fühlte ich mich nur, als hätte ich im Lotto gewonnen. Auf alle Fälle wollte die junge Frau mir jetzt helfen und versprach, mich anzurufen. Das passierte tatsächlich vor drei Tagen. Seither renne ich mit Watte im Kopf durch Berlin."
„Irre, und was hast du über deine Mutter gefunden?"
„Nichts von Belang, nur den Hinweis, wo sie und Kwame zusammen lebten. Über mich, ein Kind von fünf Jahren, stehen ein paar hässliche Kommentare drin, die erspare ich dir lieber."
„Und Kwame?"
„Er wäre ein glühender Anhänger Nkrumahs gewesen, aber das wusste ich schon vorher. Warum Vater zurück nach Afrika ging, steht nicht drin. Sein Deckname war Accra, nicht gerade einfallsreich. Lauter Puzzlestücke, die keinen Sinn ergeben. Mich beherrscht ein schrecklich hilfloses Gefühl, so schlimm, dass ich sogar mit dir geschlafen habe, nur um aus diesem Tunnel herauszukommen, in den mich diese Akte geführt hat. Ich weiß nicht mehr, was ich tun soll, Martin."

Er sieht sie von der Seite an, nicht sicher, ob sie ihm etwas vorspielt, um ihn aus der Reserve zu locken. „Bei deiner Mutter läuten und sehen was passiert. Wenn du es nicht tust, wird es dich auf ewig verfolgen", sagt er kalt und beschleunigt die Schritte. „Mit Kwame ist es schwieriger, ich glaube nicht, dass du je herausfindest, wer er wirklich war. Vielleicht willst du es auch gar nicht wissen."
Mit einer schnellen Bewegung ergreift sie seinen Arm und hält ihn zurück. „Bitte Martin, sag mir soviel du weißt, sag mir alles, mich bringt die Ungewissheit um. Seitdem ich hier bin, habe ich keinen Boden mehr unter den Füßen. Es ist, als wäre ich in eine Welt eingetaucht, in der nur Taubstumme leben", sagt sie bitter.
„Ich werde mich bemühen, Lucy. Wir sind da, das Pau."
Der Oberkellner begrüßt Salger, wie einen alten Bekannten und führt sie an den Tisch, den Salger kurz zuvor noch vom Hotel aus reserviert hat. Gleich darauf bringt er die Speisekarten.
„Irgendwelche Vorlieben?"
„Bestell du, du kannst das bestimmt besser", sagt sie den Tränen nahe.
„Was ist?", fragt er.
„Einfach alles zu viel. Trotzdem, Martin, erspar mir nichts. Ich bin kein kleines Mädchen mehr, das ihr beschützen müsst."
„Warum sagst du das?"
„Das Gefühl hatte ich immer, solange Vater noch lebte, dass er mich vor etwas beschützen wollte. Dabei war er es, der schließlich Schutz gebraucht hätte."
Salger legt die Speisekarte zur Seite und stützt das Kinn auf die Hand. Mit dem Zeigefinger schiebt er die Nasenspitze hoch und verscheucht den Kellner, der die Bestellung aufnehmen wollte: „Du bist klug, Lucy, du weißt, wie trügerisch Erinnerungen sind." Er räuspert sich. „Ich kann nicht garantieren, dass meine Version auch wirklich der Wahrheit entspricht." Er winkt dem Kellner und gibt in kurzen präzisen Sätzen die Bestellung auf. Dann beginnt er zu erzählen. „Es war 1968, auf einem Kongress in Westberlin, als ich Kwame kennen lernte. Die deutsche Botschaft in Lagos hatte mich gebeten, über den Biafra-Krieg zu

sprechen. Kwame kam eigens aus Ostberlin angereist und stellte so aggressive Fragen, dass sich die Veranstaltung richtiggehend in Chaos auflöste. Er agierte wie der klassische agent-provocateur. Zuerst war ich richtig böse auf ihn, aber dann erwies er sich als ganz umgänglich. Ich hatte die These vertreten, dass sich die Großmächte aus der Dritten Welt heraushalten sollten, das fand er richtig, aber irgendwie hielt er die Amerikaner doch für schlechter als die Russen. Später, als ich ihn nach Nigeria geholt hatte, fand ich heraus, dass ihn Politik eigentlich nicht interessierte. So war das."
So war das, einfach so, als fände das Leben zwischen zwei Aktendeckeln statt, denkt sie. „Was hat ihn interessiert?"
„Die Menschen, du vor allem."
Sie atmet tief ein, hab Geduld, denkt sie, lass ihm Zeit, er soll denken, dass er alles unter Kontrolle hat. Konzentrier dich auf das, was er nicht sagt, du bist Journalistin, du kannst das. „Wie kamst du überhaupt nach Afrika, für einen Deutschen doch ziemlich ungewöhnlich, oder?."
„Komisch, das hat Kwame auch gefragt." Salger zuckt die Schultern, als verstünde er nicht weshalb jemand solche Fragen stellt. „Lass uns erst etwas trinken, ich bin schon ganz trocken vom vielen Reden."
Nachdem der Kellner den Rotwein und eine große Flasche Wasser gebracht hat, prostet Salger Lucy zu. „Auf deine Suche, und vielleicht wirst du ja auch fündig."
Warum hat er abgewinkt, als ihm der Kellner einen Probeschluck geben wollte, denkt sie, und ärgert sich über den nutzlosen Gedanken. Ich bin dabei ihm auf den Leim zu gehen, er lässt mich nicht an sich ran, erzählt nur gerade genug, um mich bei Laune zu halten. So komme ich nie voran, geht ihr durch den Kopf, während Salgers Stimme kaum noch zu ihr durchdringt.
„Warum ungewöhnlich?", fragt er. „Ich wollte unbedingt raus aus Deutschland. Der Mief der sechziger Jahre hat mich erdrückt." Salger merkt, dass sie nur mit halbem Ohr zuhört, er sieht das Bild seiner toten Mutter vor sich, denkt an die Erniedrigungen durch den Pflegevater, die gnadenlosen Bandenkämpfe

auf den Schuttbergen Münchens, die allgegenwärtige Munition nach dem Krieg.

„Und warum Nigeria?", fragt Lucy.

„Ich bekam ein Praktikum in Kano, reiner Zufall, ich hätte alles genommen." Salger hält einen Moment inne, scheint sich zu sammeln. „Auf der Konferenz in Berlin beschimpfte mich nicht nur Kwame, die meisten anderen hielten mich sogar für ein Gesinnungsschwein, weil ich nicht bereit war, die reine Lehre der Linken zu vertreten."

Lucy wirkt auf einmal hoch konzentriert, als hätte sie eine neue Fährte entdeckt. „Gibt es so etwas überhaupt: Eine reine Lehre der Linken?"

„Damals ja. - Die Amerikaner waren Schweine."

„Schweine, wie kommst du darauf?"

„Wegen Vietnam", lässt er sich nicht aus der Ruhe bringen, „und die Sowjets waren die Heilsbringer. Mir schien das alles zu simpel, die Theorien von Kleingeistern, die sich höchstens ein sit-in als Protest erlaubten. - Ich wollte auf dem Kongress weder über den Kalten Krieg noch über Vietnam reden, mich interessierte nur Nigeria. Die Leute, die zu dieser Versammlung gekommen waren, hielten Biafra für einen Stellvertreterkrieg, aber keiner machte sich die Mühe genauer hinzuhören."

„Kwame hat sich also für den Osten, und du für den Westen entschieden. Oder sehe ich das falsch?"

„Ich habe mich eindeutig für den Westen entschieden, und für den Mammon. Bei Kwame bin ich mir nicht sicher. Ich wollte unabhängig sein. Keiner sollte mich am Nasenring durch die Manege führen dürfen. Kwame war voller Ideale, zumindest hörte es sich so an. Manchmal musste ich ihn zügeln, wenn er wieder einmal übers Ziel hinaus schoss." Salger lächelt verträumt, als seine Gedanken zu den Anfangsjahren in Nigeria abdriften. „Nach der Konferenz, die gar nicht weit entfernt von hier, im Westen stattfand, steckte mir ein Mann eine Karte zu, die ihn als Mitarbeiter der amerikanischen Botschaft auswies. Er rekrutierte Leute."

„Du hast all die Jahre für die Amerikaner gearbeitet?" fragt sie verblüfft.
„Nein, nicht für, mit. Und auch kein Spion, solltest du das meinen. Spionieren fanden wir lächerlich, Kwame und ich. Wir wurden etwas, das uns nur uns selbst verpflichtete."
„Und?"
„Jetzt iss erst mal. Nicht, dass dir noch der Appetit vergeht. Prost Lucy, schön, dass du da bist."
Sie schüttelt unwirsch den Kopf, doch dann geht sie darauf ein. „Prost Martin. Und danke dir, auch für vorhin, dass du mich nur ein ganz klein wenig missbraucht hast."
Salger schmunzelt. „Ich sah das eher anders herum", sagt er strahlend.
„Du willst nicht, dass jemand zu tief in deiner Vergangenheit stochert, oder?", fragt Lucy, die nur lustlos ein paar winzige Bissen gegessen hat. „Manchmal scheinst du in Gedanken ganz woanders zu sein."
„Ich hab nur darüber nachgedacht, wie ich Kwame hier in der Nähe getroffen habe. Die Kneipe existiert nicht mehr, aber ich erinnere mich noch, dass es dunkel und stickig war. Es gab nichts, außer schalem Bier."
„Du verwirrst mich. Manchmal bist du offen, als könne dir niemand etwas anhaben, dann wieder verschiebst du alles in einen undurchdringlichen Nebel. Ich hatte einen ganz anderen Menschen erwartet."
Salger lässt den Stil des Weinglases los, das er in Gedanken hin und her gedreht hat. „Was für einen denn?"
Verschlossen, lauernd, all das, was Männer sind, die etwas zu verbergen haben, rutscht es ihr fast heraus, aber sie hält sich zurück. „Als Kind kamst du mir immer so verschwiegen vor, und dann warst du auf einmal verschwunden, als hätte es dich nie gegeben. Cléo machte ein paar Andeutungen, die ich nicht verstand. Ich glaube, sie mochte dich nicht. Vielleicht, weil sie Kwame mit niemand teilen wollte. Vielleicht wollte sie ihn auch nur beschützen."

„Vor mir?", fragt er erstaunt. „Kwame war ein starker Mann, er wusste, was er tat. Es gab nach seinem Tod ein Problem, für das mich Cléo verantwortlich machte. Seit der Zeit war unsere Beziehung gestört. Ist alles Schnee von gestern."

Lucy lacht nervös, als hätte sie seine Taktik durchschaut. Aufschieben und wegdrücken, denkt sie, darin ist er Weltmeister. Und im Erzählen von Halbwahrheiten. Alles, was ihn verraten könnte, umschifft er möglichst schnell, bevor es richtig zur Sprache kommt. „Du sprichst in Rätseln, aber das machen Geheimnisträger wohl so. Also keine Spione", sagt sie und registriert das flüchtige Lächeln um Salgers Mundwinkel.

„Dieser Mann von der US-Botschaft, von dem ich dir erzählt habe, der hatte einen Narren an mir gefressen und ließ einfach nicht locker. Aber dich interessiert sicher mehr, wie es mit Kwame weiterging." Er hält inne, wartet auf ihre Antwort, und als sie nickt, fährt er fort: „Nkrumah, der damalige Ministerpräsident Ghanas und Kwames Förderer, war geschasst worden. Ab da wollte die DDR Kwame loswerden und strich sein Stipendium. Mittellos blieb ihm nichts anderes übrig, als meine Einladung anzunehmen. Du warst höchstens sechs Jahre alt, als er mit dir nach Lagos kam. Es war nicht einfach, dich bei Laune zu halten. Erst als er Cléo fand, war ich raus aus der Kinderbetreuung", sagt Salger und lächelt, als sähe er immer noch das kleine Kind mit den abstehenden Zöpfen vor sich.

„Fünf war ich."

„Das weißt du so genau?"

„Cléo hat es mir oft genug erzählt. Aber irgendwas muss mit Spionage gewesen sein, dann eben mit den Anderen. Es gibt so eine dubiose Andeutung in Vaters Akte."

Salger setzt ein breites Grinsen auf, als freue ihn, wie sie der Wahrheit immer näher kommt. „Wow, vielleicht sollte ich diese Akte auch lesen."

„Geht nicht, du bist nicht verwandt. Sein Deckname war übrigens Accra, aber das habe ich schon gesagt", maßregelt sie sich. „Ich bin wahrscheinlich das Ergebnis einer Liebesnacht, die nie hätte sein dürfen."

„Nicht schlecht gelungen, für eine Nacht", lacht er. „Erzähl mir mehr von dieser Akte."
Sie schüttelt den Kopf und sieht zu, wie sich Salger zurücklehnt und sie amüsiert betrachtet.
„Ich wundere mich über dich, Lucy. Du kommst, um herauszufinden, was mit deinen Eltern passierte, dabei suchst du einen Spion. Du findest die seltsamsten Sachen in der Akte deines Vaters, willst aber nicht darüber reden. Du schläfst mit mir, als wäre es ein Handel. Und jetzt sitzt du mir gegenüber und tust, als wäre es das normalste auf der Welt, was deinem Vater passiert ist." Salgers Stimme ist jetzt bar jeder Freundlichkeit. Seine Augen sind verengt. Gnadenlos wirkt er, als er starr auf seine Begleiterin blickt.
Auf einmal sacken Lucys Schultern nach unten, alle Kraft scheint aus ihr zu entweichen. Sie sieht an Salger vorbei auf das Treiben im Lokal und sagt ganz leise: „Ich hatte genug Zeit, über alles nachzudenken, bevor wir uns trafen. Welchen Unterschied macht es schon, was damals war. Es ist längst vorbei. Ich will von dir nur noch wissen, wie der Rest des Puzzles aussieht. Ob ihr nun spioniert habt, oder nicht, ist mir eigentlich egal."
„Bist du so stark oder tust du nur so, Lucy?"
„Nein, ich bin nicht stark", sagt sie bestimmt. „Abgebrüht vielleicht, Lagos ist eine harte Stadt. Aber die Sache mit Vater ist ganz anders. Mir fehlt einfach die Distanz."
Er sieht ihr an, wie sie sich bemüht, tapfer zu sein, dabei kann sie ihre Unruhe kaum noch verbergen. Ich darf sie nicht schonen, sie hat Recht, Schonung ist schlimmer als die Wahrheit, denkt er. „Na, ganz so schlimm ist Lagos auch wieder nicht. Aber wie du willst, reden wir darüber, was damals in Nigeria passierte. Ich wurde Waffenhändler, und dein Vater half mir dabei", sagt er mit brutaler Offenheit.
Sie zuckt zurück, als hätte sie ein Peitschenhieb getroffen. „Einfach so, die Waffen per Post bestellt und wieder teuer verkauft?", versucht sie ihr Entsetzen zu verbergen. „Du willst mich auf den Arm nehmen."

„Nein, es war von Anfang an ein Tanz auf dem Vulkan. Der Krieg half, ohne ihn wären wir gar nicht in der Lage gewesen, überhaupt einzusteigen. Es ist ein schwieriges Geschäft, brutal und gefährlich. Unseres florierte, weil wir ohne Scheu zwischen den Blöcken agierten. Kwame zapfte den Osten an, ich den Westen. Und Celia half mir die richtigen Leute im nigerianischen Militär kennenzulernen. Das ging solange gut, bis Kwame die Spielregeln verletzte und Waffen abzweigte, die jemand anders bezahlt hatte. Das fanden sie nicht so gut, und gaben ihn zum Abschuss frei." Er wartet auf ihre Reaktion, doch sie sieht ihn nur entsetzt an.

„Was meinst du mit Spielregeln? Und wer sind sie?", fragt sie endlich mit krächzender Stimme.

„Kwame begann mit den Aufständischen zu sympathisieren. Damit lieferte er den Achebes den Vorwand ihn fallen zu lassen, nach dem sie gesucht hatten."

„Achebes? Ich verstehe gar nichts."

„Meine nigerianischen Partner, mit denen ich die Firma gegründet hatte. Frank, so alt wie ich und sein Vater, ein Oba aus Kaduna, der uns anfangs die Türen öffnete. Alles bevor Kwame kam. Sie waren dagegen gewesen, dass ich Kwame geholt habe, weil sie nicht wollten, dass ich mir ein eigenes Team aufbaue. - Vermutlich haben sie hinter meinem Rücken gemauschelt, ohne dass Kwame und ich etwas mitbekamen. Vielleicht war es auch Frank, der Sohn, allein. Er war ein ausgefuchster Taktierer, der sich womöglich verzockt hatte. Ein Weiberheld und Spieler, der viel Geld verbrannte. Also hat er die Waffen zweimal verkauft. Vielleicht war es auch Abichi selbst."

„Abichi, der Kommandeur an der Südfront?"

„Ja, er hatte ein Interesse daran, dass der Krieg weiter ging, nur so blieb seine Machtbasis intakt. Es wäre nur logisch gewesen, dass er heimlich auch die Aufständischen mit Waffen versorgte. Aber bestimmt weiß ich es nicht. Ist nur eine Vermutung, die aber Sinn macht, so funktionierte unser Gewerbe nun mal. In einem Bürgerkrieg gibt es keine klaren Fronten, nur Interessen. Du weißt nie genau, wer dein Freund oder Feind ist. Damals hätten

wir aufhören müssen mit dem Waffenhandel, solange wir noch eine Chance hatten, ungeschoren davon zu kommen. Andere haben es getan und sitzen jetzt in Brüssel hinter einem aufgeräumten Schreibtisch."
„Du meinst Goffin?"
Salger lässt sich nichts anmerken. Sie hat ihre Hausaufgaben gemacht denkt er, wie eine gute investigative Journalistin eben. „Das tut nichts zur Sache", sagt er kurz angebunden.
Lucy schweigt und sieht auf das Pärchen am Nebentisch, das sich gestritten hat und jetzt versucht, ruhig miteinander zu reden. Sie sieht den älteren, eleganten Mann daneben mit einer schönen Frau, deren Hand er hält. Seine Geliebte vermutlich, denkt sie. Dann gibt sie sich einen Ruck und fragt: „Und warum haben sie dich verschont?"
Salger zuckt mit den Schultern, als hätte er sich das selbst oft genug gefragt. „Vermutlich konnten sie meine Verbindung zur CIA nicht richtig einschätzen, sie wollten wohl keine Verwicklungen. Aber ich musste raus aus Nigeria, Celia riet mir dazu. Sie war die Einzige, der ich vertraute. - Weißt du, wenn du ausklammerst, was mit den Waffen geschieht, dann ist es ein Geschäft wie jedes andere auch, es geht nur ums Geben und Nehmen. Aber es ist gefährlich und Verrat endet fast immer tödlich. Das ist alles", versucht er abzuwiegeln, ohne auf ihre eigentliche Frage einzugehen.
„Alles? Das soll alles sein", schreit sie, um sich gleich wieder zu zügeln, als sie die Reaktion der Menschen an den anderen Tischen bemerkt. „Du bist so pathetisch", presst sie hervor. „Es heißt, du hättest Kwame an Abichi ausgeliefert, um deine eigene Haut zu retten."
Das ist es also, denkt Salger. Die Andeutung eines Lächelns erscheint auf seinem Gesicht. „Was soll ich dazu sagen", sagt er leise. „Es stimmt nicht, aber du wirst es mir nicht glauben. Ich hätte Kwame nie verraten, er war meine andere Hälfte, mein Afrika. Er hätte sich nicht so bedingungslos auf die Seite der Igbos schlagen dürfen. Er hat hoch gepokert und verloren. Kwame war ein Idealist, und ich habe es zu spät bemerkt. Ich konnte ihm nur

helfen, sein Geld in die Schweiz zu schaffen, mehr ging nicht. Er wollte, dass du versorgt bist, wenn ihm etwas zustoßen sollte. Cléo glaubte immer, ich besäße den Code seines Nummernkontos und hätte ihn betrogen, aber es stimmt nicht. Das Geld liegt in Zürich und wartet auf den Besitzer des Codes. Ich weiß nicht, wer ihn hat."

Lucy atmet tief durch. „Warum bist du geworden, was du bist, Martin?", fragt sie, als hätte sie das Gerede über das Nummernkonto in der Schweiz gar nicht gehört.

„Was meinst du?"

„Man wird nicht einfach zum Waffenhändler."

„Menschenverachtung, ist es das, was du denkst?"

„Ja, oder was immer. Du weißt es anscheinend selbst nicht. - Das Geld in Zürich interessiert mich nicht, Martin. Ich will nur wissen, ob du Kwame verraten hast."

„Nein, zumindest nicht aktiv."

„Aber du wusstest, was sie vorhatten?"

„Abichi hat Kwame anfangs vertraut. Aber als er merkte, dass er mit den Igbos sympathisierte, ließ er ihn fallen. Meinen Vorschlag, Kwame außer Landes zu bringen, haben die Achebes abgelehnt. Das Militär bestünde auf einer finalen Lösung, meinten sie, aber vermutlich wollten sie uns loswerden, egal wie. Als ich Kwame warnte, hat er nur gelacht."

Lucy atmet tief ein, versucht ihre Spannung abzubauen. Nach einiger Zeit fragt sie: „Und dann, nach Nigeria, bist du gleich nach Südafrika gegangen?" Sie klingt, wie ein Buchhalter, der sich vorgenommen hat die Sitzung zu Ende zu bringen, weil er sich nichts mehr davon verspricht.

„Nein, nicht gleich, hauptsächlich Rhodesien und überall."

„Und dann Südafrika?"

„Ja, bis Mandela an die Macht kam."

In Gedanken scheint sie wegzudriften. „Was bist du für ein Mensch, Martin?"

„Frage- oder Ausrufezeichen? Antwort ungeschminkt, nehme ich an."

„Beides, und möglichst offen, ohne Winkelzüge."

„Das wird schwierig. Was ist, wenn wir uns nicht darauf einigen können?"
„Es wäre nur eine weitere Lüge von vielen."
„Wie wär's mit Waffenhändler und Spieler. Lauter schöne Namensschilder, die man sich anheften kann, um dem Unfassbaren ein Bild zu geben. Die Leute sehen dich an, sehen das Schild und stecken dich in ihre gedankliche Schublade. Das ist gut, es beruhigt, man braucht sich keine weiteren Sorgen mehr zu machen."
„Du willst ablenken."
„Nicht wirklich. Vielleicht will ich nur testen, wie gut du bist."
„Du bist ein echter Söldner, Martin."
Er nickt und schüttelt den Kopf in Einem, als wäre er nicht ganz damit einverstanden. „Nicht ganz falsch, aber auch nicht ganz richtig. Händler des Todes trifft es vielleicht am besten. Der Begriff ist nur etwas abgelutscht, deshalb benütze ich ihn nicht gern", sagt er ungerührt. „Leute wie ich werden so in Filmen genannt", schnaubt er verächtlich. „Die Regisseure haben meist keine Ahnung. Wer würde ihnen schon die Wahrheit erzählen."
„Unfassbar." Dann, noch nicht bereit aufzugeben, fragt sie: „Und warum bist du wieder nach Europa zurückgekehrt?"
Er zieht die Schultern hoch und verzieht das Gesicht. „Weil mir langweilig wurde. Ja, das wars, Langeweile. Und weil ich genug Geld besaß, um diese Investment-Firma zu gründen. Es läuft gut, anscheinend klebt mir der ‚Midas Touch' an den Fingern. Du kannst ihn haben, wenn du willst. - Und, was machst du jetzt, nachdem du alles weißt?"
„Alles?" Sie sieht auf ihre Hände und löst die Finger, die sich ineinander verhakt haben. „Warum sollte ich dir glauben? Du sagst ja selbst, dass Erinnerungen trügerisch sind. Außerdem hast du mit keinem Wort die Flugzeuge erwähnt, mit denen du immer noch Waffen nach Afrika transportierst, damit das Morden ja kein Ende nimmt. Wer hat dir die Transporter überhaupt besorgt? Du bist wohl kaum selbst in die Sowjetunion gereist, um alte Flugzeuge auf dem Flohmarkt zu erstehen", fragt sie voller Sarkasmus.

Salger bleibt völlig ruhig, sie bohrt tiefer, denkt er. Vielleicht hat sie Goffin angezapft, ohne dass er mir davon erzählte. Ziemlich unwahrscheinlich, er ist zu schlau, um sich auf so ein Versteckspiel einzulassen. In Gedanken sieht er den abgelegenen Militärflugplatz in der Ukraine vor sich, wo er die Maschinen abnahm. Das Größte, was er zuvor gekauft hatte. Die vier Triebwerke, Gondeln unter den durchhängenden Tragflächen. Das Fahrwerk, jedes einzelne Rad ein Monster. Die heruntergelassene Ladeklappe, das Maul eines gigantischen Walfischs. Es geht sie nichts an, denkt er. „Ich dachte, es geht um deinen Vater", sagt er gelassen. „Alles andere gehört nicht hierher. Und ich weiß nicht, von welchen Flugzeugen du sprichst." Als sie nicht antwortet, sagt er: „Du vertraust mir nicht, Lucy. Gut so. Meine Welt liegt im Halbschatten. Es gibt wenig Fakten, die ans Licht kommen. Das verunsichert. Ich habe dir mehr erzählt, als ich eigentlich wollte. Trotzdem tust du gut daran, nicht alles für bare Münze zu halten. Es ist besser so, Lucy. Besser für uns beide. - Wir sollten gehen."

18 Wiedersehen

Nach dem dritten mal Läuten will Lucy wieder gehen. Sie steht vor dem schmucklosen Eingang eines Berliner Mietshauses in der Paul-Robeson Straße und spürt, wie die Spannung langsam von ihr abfällt. Wieder nicht da, denkt sie fast erleichtert, als plötzlich die verzerrte Stimme einer Frau aus der Gegensprechanlage ruft: „Warum läuten Sie denn wie wild, wer sind Sie, und was wollen Sie überhaupt?"

„Entschuldigen Sie die Störung, Frau Pautz. Ich bin Lucy Fiawo, die Tochter von Kwame Fiawo, falls Sie sich noch an meinen Vater erinnern. Ich würde gerne mit Ihnen sprechen."

Die Reifen der vorbeifahrenden Autos wummern auf dem Kopfsteinpflaster der Straße. Lucy spürt, wie sich ihre Kehle zuschnürt. Aus dem Lautsprecher klingt nur das leise Knacken der offenen Leitung. „Lucy", hört sie plötzlich eine kleine, verwehte Stimme, „komm herein, ich wohne im Hinterhaus, im vierten Stock." Dann summt der Türöffner.

Lucy schiebt die Tür auf und muss sich in der dunklen Passage zum Hinterhof erstmal gegen die Wand lehnen. Ihr ist, als würde ihr der Boden unter den Füssen weggezogen. Ich habe sie gefunden, denkt sie, noch kann ich gehen, und alles bleibt, wie es ist.

Sie reißt sich zusammen, und als sie, vorbei an der Werkstatt eines Geigenbauers, das verwahrloste Treppenhaus hinaufsteigt, riecht es nach Wachs und abgestandenem Kohl. Über ihr hört sie, wie eine Tür geöffnet wird.

„Ich bin hier, Lucy", sagt die Stimme einer Frau.

Lucy fühlt, wie sich ihre Brust verkrampft. Sie weiß nicht, ob es die endlosen Stufen sind, oder doch eher die Angst vor dem Treffen mit einem Menschen, nach dem sie sich immer gesehnt hat. Als sie um die letzte Treppenbiegung geht, sieht sie vor der offenen Tür eine mittelgroße Frau stehen, deren kurz geschnittenes Haar grau geworden ist. Eine Landkarte aus Sorgen ist ihr ins Gesicht geschrieben. Abgehärmt steht sie da und betrachtet sie erwartungsvoll und ängstlich. Augen, Mund und Nase sind die ihren.

„Wie groß du bist und so schön", sagt eine Stimme, die sie nicht kennt. „Ich sollte dich umarmen, aber ich weiß nicht, wie man eine Tochter umarmt, die man seit dreißig Jahren nicht gesehen hat."

Die Frau lässt sie ein und weist noch auf dem Gang mit zittriger Stimme auf eine winzige Kammer: „Hier bist du geboren, dort in dem Zimmer." Nur ein aufgeräumtes Bett steht zwischen kahlen Wänden. Die ganze Wohnung wirkt improvisiert, der Wäscheständer im Wohnzimmer, die enge, abgenützte Küche, ein winziges Bad.

Sie ist arm, denkt Lucy. „Ich habe nicht mehr geglaubt, dass es dich gibt", sagt sie endlich, und schließt ihre Mutter in die Arme. Hanna nimmt es hin, als wäre ihr die körperliche Nähe fremd. „Entschuldige, ich bin ganz durcheinander", verlegen greift sie nach Lucys Hand. Der Farbdruck eines Kandinsky Gemäldes klebt auf der verwaschenen Wand. Sie nimmt die Kleider vom Ständer und schiebt sie ungefaltet in eine Schublade der Kommode. Schweigend betrachtet sie ihre Tochter.

„Ich weiß nicht, wie ich dich ansprechen soll? Mutter? Hanna?", fragt Lucy, und setzt sich auf den angebotenen Stuhl.

„Sag einfach Hanna", sagt die Frau mit scheuem Lächeln und sieht plötzlich um Jahre jünger aus.

„Ich würde aber gerne Mutter sagen. Ein Wort, das ich ganz, ganz selten gesagt habe."

Hannas Augen werden feucht, ihre Mundwinkel zucken. „Wie hast du mich gefunden?", versucht sie sich zu fangen. „Du hast doch Zeit, oder?"

„Natürlich. - Deine Adresse steht in Kwames Stasi-Akten, die ich vor drei Tagen einsehen durfte. Seitdem bin ich jeden Tag gekommen und habe geläutet, aber du warst nie da. Heute wäre ich auch fast wieder gegangen."

Ich war immer da, denkt Hanna, aber wem sollte ich schon antworten, es ist doch meist nur der Briefträger, der unten herein will. Zu mir kommt er nie. Als Lucy die Stasi Akten erwähnte, ist sie innerlich zusammengezuckt, doch sie lässt sich nichts anmerken. „Du sprichst sehr gut Deutsch, wie kommt das?", fragt

sie. „Als Kind hast du viel geredet. Die Leute auf der Straße haben sich gewundert, wie ein kleines Mädchen, noch dazu schwarz, so gut deutsch sprechen konnte. Sie waren einfach dumm."
„Cléo bestand darauf, dass ich auf die Deutsche Schule in Lagos gehe. Sie meinte, wenn ich schon eine halbe Deutsche sei, dann solle ich auch die Sprache behalten. Man könne nie wissen, zu was es einmal gut sein könnte."
„Cléo?"
„Meine Stiefmutter, Kwame nahm eine andere Frau in Nigeria, kurz bevor er starb."
Hanna scheint plötzlich weit weg zu sein. „Ich kann kein Englisch und du sprichst wahrscheinlich kein Russisch", sagt sie nach einiger Zeit.
Sie fragt nicht nach Vaters Tod, sie muss es also gewusst haben, denkt Lucy, ich frage sie später, wie sie davon erfuhr. Russisch, was für Möglichkeiten ich hätte. Ich könnte meine Recherchen im Osten führen, denn von dort müssen Salgers Antonovs ja herkommen. „Erzähl mir, was du all die Jahre gemacht hast, Mutter."
Hanna betrachtet ihre im Schoß gefalteten Hände, die Schultern hängen kraftlos herunter, langsam rinnen ein paar Tränen über ihr Gesicht.
Lucy steht auf und nimmt sie in die Arme. „Entschuldige Mutter, ich will dich nicht überfahren, ich denke nur, dass es leichter ist, wenn wir über alles reden."
„Ja, aber ich kann noch keinen klaren Gedanken fassen."
„Soll ich morgen wiederkommen?"
„Nein, nein, ich bin so glücklich, dass du da bist. Als ich deinen Namen hörte, dachte ich, ich werde ohnmächtig. Ich begann am ganzen Körper zu zittern und konnte mich kaum noch auf den Beinen halten. Die ganze Zeit überlegte ich, dass ich die Wäsche wegräumen muss, aber ich konnte mich nicht bewegen." Sie schüttelt den Kopf. „Ohne die vielen Treppen zwischen uns wäre ich vermutlich zusammengebrochen. Es fiel mir schwer, die Tür zu öffnen, und als ich deine Schritte hörte, dachte ich, es zerreißt

mich. Und jetzt sitzt du in meiner Wohnung, wie ein Sonnenstrahl nach einer langen Nacht. Ich weiß nicht, was ich tun soll", wiederholt sie sich und lässt ihren Tränen freien Lauf.

„Hör auf, Mutter, sonst fang ich auch noch an zu weinen."

Hanna kramt ein zerknittertes Taschentuch aus ihrer abgetragenen Jacke und trocknet die Wangen. Sie strafft sich. „Ich mach uns eine Tasse Tee." Ohne Lucy's Zustimmung abzuwarten, steht sie auf und geht in die Küche. Während sie das Wasser aufsetzt, ruft sie: „Nimmst du Zucker? Und du willst wirklich, dass ich von mir erzähle? Es gibt nicht viel, und es wird weh tun. Ich weiß auch nicht, ob ich es schaffe, es ist so lange her. All die alten Wunden."

„Wie soll ich wissen wer du bist, Mutter, wenn du mir nichts erzählst", ruft Lucy zurück. „Vielleicht erfahre ich ja auch etwas über mich. Kwame kann mir keine Antwort mehr geben. Woher weißt du überhaupt, dass er gestorben ist?"

„Ein Mann kam vorbei und brachte mir die Nachricht", sagt Hanna, die mit einem Tablett in der Hand aus der Küche tritt. „Es ist eine Ewigkeit her, ich war noch so jung." Sie atmet tief ein, als sie die Tassen und die Teekanne auf den Tisch stellt. „Er gab mir einen Umschlag, von Kwame an mich adressiert, aber es war nichts drin, außer einem Blatt Papier mit dem Kopf einer Schweizer Bank, und einer von Hand geschriebenen Nummer. Kein einziges persönliches Wort von Kwame. Zuerst dachte ich, er hasst mich über den Tod hinaus, doch dann tröstete ich mich, dass er den Inhalt vermutlich verwechselt hatte. Aber eigentlich war ich froh, dass nichts in dem Brief stand, weil ich ja sowieso nicht zu euch konnte, solange uns die DDR gefangen hielt. Der Umschlag muss noch irgendwo sein, ich habe ihn bestimmt nicht weggeworfen. Ich bin nicht besonders ordentlich mit so Sachen, musst du wissen."

„Ein Mann, sagst du. Könnte es sein, dass es Salger war?" Lucy hat sich aufgerichtet und sieht gespannt auf ihre Mutter.

„Wie soll ich das wissen, ich kenne keinen Salger. Ich kann mich auch nicht daran erinnern, dass er überhaupt einen Namen genannt hat."

„Es kann nur Salger gewesen sein", sagt Lucy bestimmt. „Ich habe ihn vorgestern getroffen, hier in Berlin, er hat mit keinem Wort erwähnt, dass er dich nach Vaters Tod besucht hat!"
„Vielleicht war es ein anderer. Der Mann tauchte nur kurz auf, unangemeldet, und ich wollte ihn zuerst gar nicht herein lassen. Erst als er erwähnte, dass er ein Freund Kwames sei, machte ich auf. Er blieb nicht lange, sagte ein paar belanglose Worte über Kwames Tod, an die ich mich nicht mehr erinnern kann und ging dann bald wieder. Der Mann, vor allem die Nachricht, hat mich so erschreckt, dass ich gar nicht richtig zuhören konnte. Er kann alles mögliche gesagt haben, ich weiß es nicht. Bevor er ging, meinte er, dass ich mich nicht um dich sorgen müsse. Daran kann ich mich genau erinnern. Als er mir den Brief übergab, sagte er, ich solle ihn dir erst geben, wenn du alt genug wärst. Ich hab ihn natürlich sofort geöffnet, aber da war nur diese Nummer drin. Die ganze Sache kam mir völlig absurd vor. Später habe ich den Brief vergessen."
„Es kann nur Salger gewesen sein."
„Tut mir leid, ich kann dir nicht helfen. Wie gesagt, er kam, sagte ein paar belanglose Worte, gab mir den Brief und ging wieder. Du, hat er gemeint, wärst gut aufgehoben", wiederholt sie traurig, wie ein Kind, das sich schuldig fühlt.
„Und du hast nicht nachgefragt, wie und wo du mich findest?"
„Nein", sagt Hanna, schüttelt den Kopf und sieht aus dem Fenster. „Es hätte mich zerrissen, wenn ich gewusst hätte, wo du bist. Das wirst du nicht verstehen, ich hatte kein Recht auf dich und konnte nicht weg, um für dich zu streiten." Hannas Stimme ist härter geworden. Sie sitzt nicht mehr wie ein Häufchen Elend auf dem Stuhl. In Gedanken scheinen ihr Bilder der damaligen Zeit durch den Kopf zu gehen. Sie richtet sich auf, greift nach der Teekanne und füllt die Tassen nach. Wortlos reicht sie die Zuckerdose über den Tisch, doch Lucy wehrt ab.
Lucy, die nur halb zugehört hat, weil sie an den Abend mit Salger denkt, schüttelt irritiert den Kopf. Auf einmal glaubt sie zu verstehen, welche Scharade er ihr vorgespielt hat. Und ich hätte ihm fast geglaubt, denkt sie. Wütend schnaubt sie durch die

Nase. Ruhig, Lucy, ruhig, es ist nicht Mutters Schuld, dass ich ihm fast auf den Leim gegangen bin. Sie atmet ein paarmal tief ein, um sich zu beruhigen. Ich darf sie nicht überfahren, denkt sie. Sie hat zu lange allein gelebt, versteht wahrscheinlich gar nicht, was ihr gerade passiert. Wie sollte sie auch. „Erzähl mir, wie du Kwame kennen gelernt hast, Mutter?", sagt sie leise.

Hanna nimmt einen Schluck Tee und sieht prüfend auf Lucy, ob sie meint, was sie sagt. Dann erzählt sie, stockend zuerst, dann immer flüssiger, von ihrer kleinen Familie: „Kwame kam in eines unserer Kammermusik-Konzerte und lud mich danach auf ein Bier ein. Die Leute gafften, aber mich interessierte nur, wie er von der Musik schwärmte. Ich war hingerissen von ihm, so groß, so schön. Heute frage ich mich manchmal, ob ich ihn überhaupt geliebt habe. Manchmal denke ich, wie es gewesen wäre, wenn ich ihn nie getroffen hätte."

„Weil er schwarz war?", fragt Lucy scharf.

„Nein, ich mochte ihn, wie er war. Ich weiß nicht, warum ich diese Gedanken habe. Sie schwappen einfach hoch, ich kann nichts dagegen tun."

„Und jetzt ich, die dich wieder aus deinem Leben reißt. Ist es das, was du sagen willst?"

Hanna schnäuzt in ihr zerknittertes Taschentuch und sieht verzweifelt auf Lucy. „Es war so kurz und ist so lange her."

So geht es allen, denkt Lucy, wir haben immer nur ein kleines Zeitfenster, in dem unsere Optionen ausgestellt sind. Und wenn wir nicht zugreifen, sind wir arm, einsam und verloren. „Glaubst du, dass Kwame mich geliebt hat?"

„Wie kannst du daran zweifeln." Hanna richtet sich auf, als täte ihr die Erinnerung gut. „Er hat dich vergöttert. Einmal, du warst krank, vielleicht zwei oder drei Jahre alt, ich weiß es nicht mehr genau und hast ununterbrochen geschrien. Aber du konntest uns nicht sagen, was dir weh tat. In seiner Verzweiflung, weil er dich nicht beruhigen konnte, begann Kwame zu singen. Da wurdest du ruhig. Aber jedesmal wenn er aufhörte, fingst du wieder an zu brüllen. Da hat er die ganze Nacht gesungen, bis du am frühen Morgen in seinen Armen eingeschlafen bist."

„Und du, warum hast du uns gehen lassen?"
Die Frage scheint Hanna Schmerzen zu bereiten, sie windet sich.
„Ich hatte keine Wahl, wir hatten keine Wahl. Die Zeit war nicht reif für ein gemischtes Paar", gibt sie eine vorgefertigte Antwort. Das ist mir zu dünn, denkt Lucy. Vielleicht erfahre ich später mehr, wenn sie mir vertraut. „Hast du je seine Akte gelesen?"
Hanna schüttelt vehement den Kopf. „Ich dürfte nicht, auch wenn ich wollte, wir waren nicht verheiratet. Und ich wusste nicht, dass es eine Akte über ihn gibt. Meine Akte hat mir völlig gereicht. Sie müssen uns ständig observiert haben. Ich weiß nicht warum."
Lucy fragt sich, wie viel sie ihr jetzt schon zumuten kann. Auf einmal fühlt sie sich entsetzlich leer und allein. „Was war das für eine Zeit, Mutter? Als ich Vaters Akte las, bekam ich Angst vor dem Staat, in dem ihr gelebt habt."
Für einen Moment sucht Hanna nach den richtigen Wörtern. Dann wirkt sie eher erleichtert, dass sie endlich mit jemand darüber sprechen kann: „Das habe ich mein ganzes Leben gefragt. Ich wollte in die Musik, aber das durfte ich nicht. Die DDR brauchte Ingenieure, Wissenschaftler. Weil ich gut war in Mathematik, ließen sie mich Chemie studieren. Ich habe das Fach von Anfang an gehasst." Hanna steht auf und reißt das Fenster auf. Für eine Weile starrt sie in die Dämmerung und atmet die kalte Luft ein. Dann geht sie zurück zu Lucy und streicht ihr übers Haar, als säße das kleine Mädchen von damals vor ihr.
„Ich war fünf Jahre alt, als Kwame mich mit nach Nigeria nahm. Warum ging er nicht nach Ghana, zu seiner Familie? Warum bin ich nicht bei dir geblieben?" bohrt Lucy nach, als sich Hanna wieder gesetzt hat.
„So viele Fragen und kaum Antworten, ich verstehe dich gut. - Er hatte keine Chance. Kwame war überzeugter Kommunist, ein glühender Anhänger Nkrumahs. Ihm verdankte er sein Stipendium. Als die Militärs Nkrumah wegputschten, konnte er nicht mehr zurück nach Ghana. Also versuchte er sich hier durchzuschlagen, aber es ging nicht. - Dich wegzugeben war der größte Fehler meines Lebens, ich hätte dich behalten sollen, egal wie

schwer es geworden wäre." Hanna sagt es, ohne Lucy anzusehen. Sie blickt verloren aus dem Fenster, als hätte sie ein Bild vor Augen, das sie nie losgelassen hat. „Ich war nahe an einem Nervenzusammenbruch, alles um mich herum begann sich aufzulösen. Sie haben uns einfach auseinander gerissen. Kwame wäre zerbrochen ohne dich, er sagte immer, du wärst sein zweites Herz. Und als er das Jobangebot aus Nigeria erhielt, nahm er sofort an, weil er glaubte, dich dadurch behalten zu können. Mich wollte er sobald wie möglich nachkommen lassen, aber mein Ausreiseantrag wurde abgelehnt. Ab da behandelten sie mich wie einen Republikflüchtling." Hanna nimmt einen Schluck Tee und sieht ängstlich auf Lucy, wie sie ihre Erzählung aufnimmt. Doch die sitzt nur da und wartet ab. „Ich musste das Studium aufgeben und hatte Glück, dass ich eine Stelle als Chemiefacharbeiterin bekam. Nach eurer Ausreise war ich allein, und ihr wart wie vom Erdboden verschluckt, bis dieser Mann auftauchte, und mir die Nachricht von Kwames Tod brachte. Meine Fragen nach dir konnte oder wollte er nicht beantworten. Er sagte, es ginge dir gut."

Während Lucy still zuhörte, fragte sie sich, wie viel von Hanna in ihr steckt. Sie wirkt so passiv, denkt sie, es muss Kwames Ungestüm sein, das mich umtreibt. „Salger muss der Mann gewesen sein, der dir den Brief brachte", sagt sie bestimmt. „Er hat nicht fair gespielt. Als ich ihn traf, hat er mir alles Mögliche erzählt. Über dich wollte er nicht reden und hat so getan, als kenne er dich gar nicht. Was hatte ich nur erwartet? Der Mann lügt, und ich dumme Kuh hätte ihm fast geglaubt."

Hanna lacht kurz auf und für einen Moment sieht sie glücklich aus.

„Warum lachst du, habe ich etwas Falsches gesagt?", fragt Lucy.

„Nein, mir hat nur die dumme Kuh gefallen. Dein Deutsch ist wirklich gut. Manchmal benützt du den falschen Artikel, aber das gefällt mir eher."

„Ich arbeite daran", schmunzelt Lucy, froh über den ersten leichten Berührungs-Punkt zwischen ihnen. „Dumme Kuh hat mich ein Junge an der Schule in Lagos genannt, um mich klein zu machen. Erst als ich ihn vor versammelter Klasse verprügelte, gab er Ruhe. Die anderen Kinder nannten mich Milchschokolade, weil ich so viel heller war als sie", lacht Lucy, das Bild des Schulhofs in Lagos vor Augen. Den großen Affenbrotbaum im hinteren Eck des Schulhofs mit der Schaukel und den fliegenden Hunden, die sich jeden Nachmittag auf die Jagd machten. „Hast du Salger abgenommen, was er dir über Kwames Tod erzählt hat?"

„Ja, warum sollte ich nicht? Ein Unfall, es passiert überall."

Fast alles, was er sagt, hört sich an, als wäre es unvermeidbar, denkt Lucy. „Es war kein Unfall", sagt sie, und schüttelt vehement den Kopf. „Ich vermute ein Komplott, in dem Kwame zerrieben wurde. Salger muss mittendrin gewesen sein. Nicht, dass er Kwame selbst umgebracht hat, dafür ist er viel zu gerissen, aber er wird seine Hand im Spiel gehabt haben. Cléo wollte immer, dass Kwame aussteigt, aber das ging wohl nicht mehr. Und jetzt, da ich Vaters Akte gelesen habe, glaube ich auch zu wissen, weshalb."

„Umgebracht? Aussteigt? Ich verstehe gar nichts."

Lucy atmet tief ein, plötzlich ist ihr bewusst, wie sehr sie Hanna überfordert. Zu früh, zu schnell, denkt sie, du kannst sie nicht sofort mit deinem ganzen Ballast erschlagen. Was soll's, sie ist meine Mutter, sie muss damit klar kommen, ich musste es auch. „Ich erklär's dir gleich. Kwame wurde vermutlich noch in Ostberlin vom sowjetischen Geheimdienst angeheuert. Doch als Nkrumah gestürzt wurde, ließen ihn alle fallen, die Sowjets, weil er ihnen nichts mehr nützte und die neue ghanaische Regierung sowieso. Kommunisten waren nicht mehr gefragt in Ghana. Plötzlich stand Kwame mit leeren Händen da, ohne Geld, ein Schwarzer, gestrandet in einem fremden Land."

„Ja, so war es, nur vom KGB hat er nie gesprochen", sagt Hanna, erleichtert etwas beitragen zu können.

Verblüfft nimmt Lucy wahr, wie wenig Hanna überrascht scheint. „Nach Salgers Jobangebot konnte er die Verbindung zum KGB wieder aufnehmen, vermute ich. Die Russen hatten Interesse an ihm, der Biafra-Krieg eskalierte und sie brauchten Leute vor Ort. Das scheint mir plausibel, doch Salger stellt es so dar, als hätte Kwame ihn um Hilfe gebeten. Er selbst hatte nach eigenen Worten bei der CIA angeklopft, damit sie ihn beim Aufbau seines Waffenhandels unterstützte. Außerdem brauchte er die CIA, um seine Abhängigkeit von den nigerianischen Partnern zu reduzieren. Was Salger aber nicht wusste, als er Kwame nach Nigeria holte, war, dass er in Verbindung zu den Russen stand. Irgendwann, ich vermute, als er Cléo kennenlernte, hat Kwame dieses Schaukelspiel nicht mehr ausgehalten und wollte aussteigen. Da haben sie ihn umgebracht."

„Das ist ja furchtbar. Bist du dir sicher, oder existiert alles nur in deiner Gedankenwelt. Und wer ist sie?"

Lucy lächelt. „Glaub mir Mutter, ich mache das professionell, ich habe einen Riecher für so etwas. Es mag nicht alles stimmen, aber so ganz daneben liege ich selten. Salger gab mir seine private Telefonnummer, und er will, dass ich ihn auf dem Laufenden halte. Das zeigt, dass er mich ernst nimmt. Sie, das sind meiner Meinung nach Salger und seine damaligen Partner in Nigeria. Wahrscheinlich haben noch ein paar Leute im nigerianischen Militär mitgemischt. Ich glaube kaum, dass sich die CIA oder der KGB die Finger schmutzig gemacht hätten. Dafür war Vater ein zu kleines Rad."

Hanna schüttelt den Kopf. „Aber warum hätte dieser Salger Kwame etwas antun sollen? Die beiden mochten sich, zumindest hat Kwame das gesagt, als er das Angebot aus Nigeria erhielt."

„Das mag schon stimmen, aber wir beide wissen nicht, was in Nigeria passierte. Sie waren Waffenhändler, da kann es schnell vorkommen, dass du deine Haut retten musst, und dann geht es nur noch um die Frage: Du oder die Anderen. Mit einem kleinen Dienst kannst du dir deine Feinde für eine Weile vom Hals halten, zumindest solange, bis du dich in Sicherheit gebracht hast. Kwame und Salger sangen nicht im Kirchenchor, sie wussten, auf was sie sich einließen. Und die Militärs fackeln nicht lange, wenn einer suspekt wird, dem sie einmal vertraut haben. Vor allem, wenn sie die eigenen Waffen bei ihren Feinden entdecken."

„Und du hast das immer gewusst?"
„Nein, ich vermute es nur, seit ich Vaters Akte gelesen habe, die voller versteckter Hinweise ist. Und seit ich mit Salger gesprochen habe. Er warf mir ein paar Brocken hin, an denen ich immer noch zu kauen habe. Aber eins ist klar, nachdem Nkrumah weg war, wollten sie Vater nicht mehr in der DDR haben."
„Also haben sie ihn ausgewiesen", bestätigt Hanna. Aber warum konntest du nicht bei mir bleiben?"
Warum? Wer anders als sie kann das wissen, fragt sich Lucy.
„Hast du nicht gesagt, ich wäre sein zweites Herz gewesen?"
„Ja, das hat er gesagt. Es war eine schreckliche Zeit. In meiner Erinnerung verschwimmt so Manches, ich weiß nicht mehr, weshalb er darauf bestand, dich mitzunehmen."
„Vielleicht brauchte er mich, um dem ganzen Irrwitz einen Sinn zu geben. Vielleicht war ich eine gute Tarnung für ihn, wer weiß das schon", sagt Lucy bestimmt, als wolle sie sich ihrer selbst versichern. „Auf alle Fälle war er ein liebevoller Vater. Wie alt warst du, Mutter, als ich zur Welt kam?"
„Neunzehn, mit jeder Menge Flausen im Kopf. Mein Vater machte wegen Kwame jedes Mal eine Szene, wenn ich die Eltern auf dem Dorf besuchte, wo ich aufwuchs. Mutter hat nur still gelitten. Als ich schwanger wurde, bin ich nicht mehr hingegangen. Ich habe ihnen nach der Geburt ein Foto von dir geschickt, aber keine Antwort erhalten. Sie haben dich nie gesehen. Vor ein paar Jahren sind sie kurz hintereinander gestorben. Mein Gott, was hatten sie für Vorurteile."
Sie schweigen, jede mit ihren Gedanken beschäftigt, bis Lucy sagt: „Komm, lass uns raus gehen. Wir sollten feiern, nicht hier Trübsal blasen. Es kommt nicht so häufig vor, dass eine Tochter ihre Mutter nach dreißig Jahren wiederfindet. Eine Freundin hat mir ein nettes Café in einem Blumenladen gezeigt. Es ist nicht weit von hier und hat sogar frei fliegende Papageien."
„Papageien, hier in Berlin. Und eine Freundin hast du auch?"
„Ja, stell dir vor. Sie hat mir viel geholfen in den letzten Tagen."
„Wo ist das Café?"
„In der Schönhauser Allee, ganz nahe an der U-Bahn Station."

„Wenn ich gewusst hätte, dass du kommst, hätte ich etwas eingekauft."

Lucy spürt Hannas Unsicherheit, sie sieht die abgenutzten Möbel, die Armut, die aus allen Ecken starrt. „Ich lade dich ein, das wollte ich immer schon, meine Mutter einladen." Sie legt den Arm um Hannas schmale Schultern und schiebt sie sachte in Richtung Ausgang.

„Ich muss mich erst ein wenig zurecht machen, so kann ich doch nicht gehen", wehrt sich Hanna.

„Es ist nichts Besonderes. Wir passen prima zwischen die Papageien, so, wie wir sind."

Als sie die Treppen hinunter gehen, wirkt Hanna tapsig. Das geht nicht mehr lange, dann schafft sie die Treppen nicht mehr, denkt Lucy. Ich muss etwas anderes für sie finden. Sie erschrickt, Lagos ist meine Stadt, ich will nicht, dass plötzlich alles anders ist, nur weil ich Mutter gefunden habe. Ich kenne sie kaum, wir werden noch viel zu reden haben, bevor ich mich entscheide, ihr zu helfen. Aber das mit der Schweizer Bank und der Nummer muss ich klären. Kwame war kein Träumer und schon gar nicht nachtragend, vielleicht ist es der fehlende Code, von dem Salger sprach.

Nachdem sie sich im Café unter eine hoch aufragende Pflanze mit riesigen Blättern gesetzt haben, sagt Lucy mit gespielter Leichtigkeit. „So, jetzt erzähl mir, was du all die Jahre gemacht hast. Vorhin hast du dich noch versteckt, nicht wahr?"

„Es geht nicht auf Knopfdruck, bitte dräng mich nicht. Ich begreife einfach nicht, was mit mir passiert. Ich fühle mich, als würde alles um mich herum einstürzen und ich…"

„Was ist, Mutter?"

„Nichts, nichts, es geht schon wieder. Ich habe Angst, Angst um dich. Nicht hier in Berlin, außerhalb. Es gibt Orte bei uns, an denen Leute wie du zu Tode geprügelt werden, nur wegen ihrer Hautfarbe. Keiner der Glatzköpfe, die gerne zuschlagen, fragt sich, ob du eine weiße Mutter hast und hier geboren bist."

„Ich kann mich wehren, mach dir wegen mir keine Sorgen."

Hanna schüttelt nur den Kopf und sieht sich um, ob ihnen auch ja niemand zuhört. Als sie sich Lucy zuwendet, wirkt es, als wäre sie ertappt worden. „Es gibt nicht viel zu erzählen", sagt sie und wartet ab. Doch als Lucy nur fragend die Augenbrauen hochzieht, redet sie weiter, wie jemand, der in seiner Erinnerung weit zurück gegangen ist und sich langsam vortastet. „Manchmal denke ich, mein Leben wäre zu Ende gewesen, als ihr beide gegangen seid. Dann beschimpfe ich mich innerlich, dass nicht alles umsonst gewesen sein kann." Das Kreischen eines Papageis lässt sie zusammenzucken. Sie dreht sich um und sucht den Vogel. „Ich habe nicht geheiratet, und wohne immer noch in derselben Wohnung, wie du ja gesehen hast. Als die Wiedervereinigung kam, dachte ich, alles würde besser werden, aber für uns Vierzigjährige gab es plötzlich nur noch verschlossene Türen. In den Augen der Westler tickten wir nicht richtig, ideologisch verblendet, falsch gepolt, hieß es. Meine alte Firma schrumpfte und schrumpfte, bis sie schließlich an einen Investor verkauft wurde, der uns das Blaue vom Himmel versprach. Aber eigentlich war er nur an den Grundstücken interessiert. Unsere Jobs waren ihm egal. Eine Weile hielt ich durch, dann war auch ich dran. Ab und zu traf ich eine meiner früheren Kolleginnen auf ein Glas Wein, aber dann wurde mir das ewige Jammern über die Ungerechtigkeit der Welt zuwider. Jetzt komme ich oft tagelang nicht aus der Wohnung. Ich sehe viel fern, aber manchmal weiß ich danach nicht einmal, was ich gesehen habe. So verstreicht die Zeit. Es geht mir nicht schlecht, ich konnte das Haus meiner Eltern verkaufen und habe jetzt das Nötigste. Aber ich muss mich bescheiden, du hast die Wohnung ja gesehen. Ich erhalte eine kleine Rente vom Staat, einem Staat, den ich immer abgelehnt habe. Absurd. Eigentlich fühle ich mich wie eine Verliererin."
„Warum hast du nie Kontakt zu der Schweizer Bank aufgenommen? Auf dem Briefbogen, den dir Kwame geschickt hat, steht die Adresse, hast du gesagt."
Hanna setzt sich gerade hin und nimmt einen Schluck Wasser, sie wirkt irritiert. „Du wirst es nicht glauben, aber ich wollte den Brief wegwerfen, hab es aber bestimmt nicht getan, das weiß ich

noch. Wo ich ihn hingelegt habe, keine Ahnung. Wenn ich zurück in der Wohnung bin werde ich ihn suchen. Vielleicht habe ich den Umschlag auch absichtlich verlegt, ich wollte euch beide vergessen." Erschrocken hält sie die Hand vor den Mund, als merke sie, was sie gesagt hat. Ängstlich versucht sie Lucys Reaktion zu erhaschen, doch die sitzt nur da, ein verträumtes Lächeln um die Mundwinkel. Entschuldigend, als ließe sich die Bemerkung damit aus der Welt schaffen, wiederholt sie. „Ich mache mich gleich später auf die Suche, es war vor mehr als dreißig Jahren." Hanna nimmt die Speisekarte, öffnet sie und legt sie gleich wieder zurück auf den Tisch. Für einen Moment wirkt sie völlig verloren. Als Lucys Schweigen wie eine schwarze Wolke über ihnen zu schweben beginnt, strafft sich Hanna und sieht ihrer Tochter direkt ins Gesicht. „Ich wollte euch nicht vergessen, aber ich ertrug es nicht mehr, an euch zu denken, ohne.... - Kwame und ich träumten von einer anderen Gesellschaft, wir glaubten an die DDR. Doch als sie drohten, dich uns wegzunehmen und in ein Kinderheim zu stecken, brach meine Welt zusammen. Dass sie mir später das Studium verweigerten, spielte schon keine Rolle mehr."

Lucy schüttelt ungläubig den Kopf. „Warum Kinderheim?", fragt sie distanziert. „Ich hatte Eltern?" Dabei geht ihr ein Gedanke nicht aus dem Kopf: Sie wollte uns vergessen.

Die mannshohen Pflanzen im Rücken Lucys scheinen Hanna Halt zu geben, als sie vermeidet ihre Tochter anzusehen. „Ich war neunzehn, ledig, mit einem schwarzen Freund. Solche Verhältnisse wollte man nicht auch noch unterstützen. Du konntest es an ihren Gesichtern sehen, auch wenn es keiner offen aussprach. Alles bekamst du nur auf Zuteilung: Wir brauchten eine größere Wohnung, aber auf einmal war unser Antrag verschwunden. Wir brauchten ein Kinderbett, doch die Bestellung sei nie angekommen, hieß es. Wir rannten nur noch gegen Gummiwände. Als ihr beide nach Afrika gegangen wart, wurde es vorübergehend leichter, aber nachdem ich den Ausreiseantrag gestellt hatte, um zu euch zu kommen, war ich für sie erledigt."

„Aber Kwame war doch Agent der Sowjets, so steht es zumindest andeutungsweise in den Akten. Die Russen hatten das Sagen in der DDR", sagt Lucy fassungslos.
„Nicht alles stimmt in diesen Akten. Kwame war kein Agent, nicht zu der Zeit, als er noch studierte. Vielleicht wurde er es später, als Preis für irgendetwas, das er versprochen hatte." Hannas Stimme ist fester, ihre Körpersprache entschiedener geworden, als wäre sie froh, endlich alles aussprechen zu können. „Ich kann mir nicht vorstellen, dass Kwame ein Spitzel war, aber vielleicht will ich es auch nicht. Andererseits habe ich mich mein Leben lang der Realität verweigert. Aber genug, nichts davon ist mehr zu ändern, erzähl mir lieber von dir."
„Gleich Hanna, ich muss das alles erst verdauen." Lucy steht auf und geht zur Toilette. Sie wirft sich kaltes Wasser ins Gesicht und betrachtet ihre müden Augen. Die ganze Zeit geht ihr Hannas Satz nicht aus dem Kopf: Ich wollte euch vergessen. Warum bin ich dann noch hier?, fragt sie sich.
Am Tisch erwartet sie eine aufgeräumte Hanna, die inzwischen ihre Gedanken geordnet hat. „Sag mir wenigstens, wie du dich fühlst, bist du Nigerianerin, oder ist ein kleiner Rest Berlinerin in dir? Was denkst du, wenn du so durch unsere Straßen gehst?"
Das ist sie, die Millionen-Dollar-Frage, denkt Lucy. Sie kommt zu früh, wir kennen uns nicht gut genug für eine klare Antwort. Und ich will sie nicht verletzen, auch wenn sie mich vergessen wollte. Wer bist du? Gehörst du nicht doch eher hierher? Ist Lagos nicht zu gefährlich? Warum kommst du nicht nach Europa, alle anderen wollen doch auch hierher? Wer all die anderen sind, fragt schon keiner mehr, zu kompliziert, zu anstrengend, sie müssten sich damit auseinander setzen. Ich kann sie nicht mehr hören, immer dieselben Fragen. Besser, ich lasse ihr keine Illusionen. „Vor ein paar Jahren habe ich Kwames Familie in Ghana besucht. Alle waren sehr nett zu mir. Einer meiner Cousins fuhr mit mir die Küste entlang zum Elmina Castle, einem ehemaligen Sklaven-Fort. Dort wurden die Menschen wie Vieh zusammengepfercht, bevor die Schiffe kamen, um sie abzuholen. Die Dunkelheit, der Dreck, der Gestank müssen furchtbar gewesen sein.

Damals habe ich mich entschieden, schwarz zu sein. Ich habe Tage gebraucht, um die Sklaverei aus meinem Unterbewusstsein zu bannen, es wird mir nie ganz gelingen. Die Antwort auf deine Frage, Mutter, ist, dass ich nicht weiß, wer ich bin. Manchmal, in den letzten Tagen, dachte ich, ich könnte nach Berlin gehören. Es ist eine interessante Stadt, spannend, lebendig und witzig, ich mag die Leute, aber ich bin noch nicht angekommen. Ich habe nur eben über den Zaun geguckt. Vielleicht wird es besser, wenn ich mit Salger abgerechnet habe, wenn ich weiß, was mit Vater geschah, egal was, ich muss es wissen."

Hanna sieht lange auf Lucy, als sähe sie wieder das kleine Mädchen vor sich, das sie, ohne zu kämpfen, abgab. „Als ich Kwame kennen lernte, träumte ich davon, aus meinem Elternhaus auszubrechen. Ich träumte von einer gerechten Welt, in der die Starken für die Schwachen da sind. Wo wir unseren Besitz fair auf alle verteilen. So stand es zumindest in den Büchern, die ich damals verschlang. Kwame gab mir für ein paar Jahre das Gefühl von Freiheit. Für mich war er nicht schwarz, für mich war er ein großer, wunderschöner Mann, der sich in mich verliebt hatte. In mich, die sich vor der Welt fürchtete, die in ihren Büchern lebte und nur dann glücklich sein konnte, wenn uns ein makelloser Satz unseres Streichquartetts gelang. Kwame wollte kämpfen, er sah klar, was um ihn herum vor sich ging. Ich wollte nur, dass sie mich Musik studieren lassen. Als uns die Nachbarn scheel ansahen, als sie über deine Hautfarbe gehässige Bemerkungen machten, war ich immer noch bereit, es auf die Einzelnen zu schieben. Erst als ihr weg wart, kam es mir vor, als wäre mir ein Schleier von den Augen gerissen worden. Plötzlich sah ich, was hier ablief, ein gigantisches Experiment, mit uns Menschen als Versuchskaninchen. Ich habe mich geschämt, und ich habe mich unsäglich nach euch gesehnt. Die Vorstellung von euch beiden in Nigeria und ich alleine hier, ohne die geringste Chance euch wenigstens besuchen zu können, hat mich fast umgebracht." Hanna hört einfach auf, wie eine Spieluhr deren Feder abgelaufen ist. Für einen Augenblick scheint sie nur dem Kreischen der Papageien zuzuhören. Dann, als würde sie aus Gedanken erwachen, die sie weit weg getragen haben, sagt sie leise. „Lass dich nicht von Salger in die Irre führen, Lucy. Kwame ist tot, du kannst ihn nicht zurückbringen. Falls Salger in seinen Tod verwickelt war, lass ihn nicht dein Leben auch noch zerstören."

„Das ist leicht gesagt, Mutter. Ich weiß noch nicht, was ich mache, aber ich könnte es nicht ertragen, wenn er Schuld an Vaters Tod hat und ich lasse ihn einfach davonkommen. Vielleicht ist das Rache, vielleicht auch nur mein ausgeprägter Gerechtigkeitssinn." Lucy ringt mit sich, als sträube sich etwas in ihr, den Gedanken auszusprechen, doch sie kann ihn nicht zurückhalten. „Warum hast du nie versucht, mich zu dir zu holen, nachdem du von Kwames Tod erfahren hast?"

Hanna sieht aus dem Fenster, als könne sie draußen auf der Straße eine Antwort finden. Auf eine Straße, die seit Jahren nicht mehr grau und verfallen ist. Auf der allenthalben neue Geschäfte entstanden sind, mit jungen Menschen hinter ihren Laptops, die nicht wissen, wie die DDR war. Wo man nicht einfach auf ein Amt gehen konnte, um einen Pass zu beantragen. Wo man nicht zum nächstbesten Arzt für die Tropenimpfungen gehen konnte, um danach das Visum für Nigeria abzuholen. Wie soll ich es ihr erklären, denkt sie. Wie soll ich ihr erklären, was es heißt, machtlos einer alles beherrschenden Clique ausgeliefert zu sein. Einem Staat, der Kinderbetten willkürlich verteilte und Wohnungen nach Parteizugehörigkeit vergab. „Es war alles anders, Lucy, damals zählte der Einzelne nicht viel. Ich war nicht privilegiert, lebte am Rand, unauffällig und verbittert. Mir fehlte die Kraft dich zu finden. Ich hätte gar nicht gewusst, wie ich es anstellen soll. Jedes Mal, wenn ich an dich dachte, schmerzte es so sehr, dass ich es auf Dauer nicht ertrug. Also habe ich versucht, dich zu vergessen."

„Vergessen, seine eigene Tochter vergessen? Du hast es schon einmal gesagt und ich kann es nicht mehr ertragen", schreit Lucy und springt auf. Sie reißt ihre Jacke an sich und will gehen.

„Aber das kannst du doch nicht tun", fleht Hanna. Vor den Augen rast ihr Leben vorbei. Sie sieht den Sozialarbeiter, wie er ihr Zwangsadoption androht. Sieht Kwame, Lucy auf dem Arm, wie er in Schönefeld übers Rollfeld geht. Sie fragt sich, was ihr noch bleibt, wenn Lucy jetzt geht. „Ich wollte doch nur, dass du mich verstehst. Dass du begreifst, in welcher Zeit wir damals lebten, und wie wenig wir eigentlich tun konnten. Aber es ist schwer mit Worten zu beschreiben, noch dazu für jemand, der es nicht selbst erlebt hat. Ich habe dich nie wirklich vergessen. Aber ich wusste mit der Zeit nicht mehr, an was ich mich erinnern könnte. Es geht nicht, es geht einfach nicht, du kannst mich nicht verstehen. Wie…", sie nimmt ihr Taschentuch aus dem Ärmel und beginnt hemmungslos zu weinen.

„Schon gut, Mutter, verzeih mir, ich erwarte viel zu viel von dir."

„Aber ich will", schluchzt Hanna. „Ich will so sehr, dass du verstehst, mir glaubst, wenn ich dir sage, dass ich um mich selbst betrogen wurde. Wie ich mich danach gesehnt habe in Rom spazieren zu gehen, oder den Duft der Wüste einzuatmen. Wir lebten in einem riesigen Gefängnis." Verschämt sieht sie um Zustimmung heischend auf Lucy. „Nach einiger Zeit verwindest du das, aber dass sie dich um dich selbst betrügen, um deine Eigenschaften, das verwindest du nie. Sie forderten mein Verständnis, wo es nichts zu verstehen gab, meine Einsicht, meine Geduld, wo ich doch vor Ungeduld bebte. Ich wollte zu euch, aber es ging nicht. Ein Auto, das immer wieder mit angezogener Bremse gefahren wird, geht kaputt. So fühlte ich mich, und dann ging ich ja auch kaputt. Und als die Mauer fiel, merkte ich erst, dass ich nicht mehr zu reparieren war. Ich hatte begonnen, mir meine Gefühle zu verbieten, und wenn sie sich nicht verbieten ließen, habe ich sie verschwiegen. Nach solchen Jahren, Lucy, ist alles in dir abgestorben."

Lucy hat die ganze Zeit still zugehört, ohne die Augen vom Gesicht der Mutter zu wenden. „War das dein Leben?", fragt sie endlich ganz ruhig.

„Ja, ich glaube schon."

Lucy stützt den Kopf in die Hand, und starrt auf einen Punkt über Hannas Kopf. „Es ist zu viel für mich, ich kann nicht damit umgehen. Ich ertrage es einfach nicht, deine Hand zu halten, als wäre nichts gewesen. Ich brauche Zeit, bitte versteh das. Ich gehe jetzt, aber mach dir keine Sorgen, ich komme wieder, ganz bestimmt." Sie steht auf, geht an die Theke und bezahlt den Tee, der kalt und unberührt geblieben ist. Ohne sich noch einmal umzudrehen, verlässt sie das Lokal. Auf der Straße kann sie die Tränen nicht mehr zurückhalten.

Nach einer unruhigen Nacht, Salgers und Hannas Erzählungen haben sich in ihrem Kopf zu einem unentwirrbaren Knäuel verheddert, muss sie mit jemand reden. Sie misstraut beiden, weiß nicht mehr, was an den Geschichten Dichtung und Wahrheit ist. Sie fragt sich längst, ob sie überhaupt noch wissen will, was damals passierte. Doch sie ist noch nicht bereit aufzugeben. Schließlich macht sie sich, wie ferngesteuert, auf den Weg in die Café-Blumenhandlung mit den Papageien.

Nachdem sie eine Tasse Tee und ein Croissant bestellt hat, ruft sie Verena an. Die Sprechstundenhilfe nimmt ab, und es dauert eine Weile bis Verena ans Telefon kommt. Ihre Stimme klingt freundlich und neugierig. „Und, wie ist es gegangen?"

„Was meinst du? Meine Mutter?", fragt Lucy.

Verenas Verblüffung ist unüberhörbar. „Irre. Du hast sie gefunden! Und jetzt?"

„Muss ich mit dir reden, sonst platze ich. Aber du hast etwas anderes gemeint?"

„Ich dachte, du willst mir von Salger erzählen, den wolltest du doch treffen. Aber deine Mutter, nach dreißig Jahren, das ist viel wichtiger. Ich kann aber nicht sofort kommen, ich bin mitten in einem Patientengespräch."

„Verstehe ich. Wann hast du Zeit, für einen Kaffee? Irgendwo in der Stadt?"

„Heute noch?"

„Ja, so bald wie möglich."

„Lass mich nachsehen, ich bin gleich wieder zurück." Lucy hört das Knacken in der Leitung, als Verena den Hörer ablegt. Dann, im Hintergrund das Gespräch mit ihrer Assistentin. „Ich kann eine verlängerte Mittagspause machen", sagt sie, als sie den Hörer wieder aufnimmt. „Wie wär's in einer Stunde, im Balzac, an der Schönhauser Allee, direkt gegenüber der U-Bahn Station." „Wunderbar, Balzac, ich weiß, wo es ist. Dann bis gleich." Lucy kappt die Verbindung, nimmt eine der herumliegenden Zeitungen und beginnt achtlos darin zu blättern. Als sie merkt, wie ihre Gedanken immer wieder zurück zu ihrer Mutter wandern, legt sie die Zeitung zurück und lauscht dem Gekreische der Papageien. Meine ganz privaten Tropen inmitten Berlins, denkt sie. Ich werde Verena alles erzählen. Mit einer flüchtigen Handbewegung bittet sie die Bedienung um die Rechnung.

Im Balzac setzt sie sich in eine Ecke, holt einen Espresso von der Theke und betrachtet die vorbeieilenden Menschen auf der Straße. Wo bin ich, denkt sie? Im Niemandsland, verrannt und verwirrt. Was habe ich erreicht? Eher wenig. Salger entgleitet mir in einen Nebel aus Halbwahrheiten und Mutter habe ich aus dem Gleichgewicht gebracht.

Kurz darauf sieht sie Verena die Straße überqueren. Sie schlängelt sich zwischen den Autos durch, als gäbe es keine Ampel zu beachten. Als sie das Lokal betritt, steht Lucy auf und winkt sie zu sich. Wie zwei Freundinnen, die sich lange nicht gesehen haben.

„Wie gefällt dir deine Mutter?", fragt Verena sofort, noch bevor sie sich setzt. „Ich bin gespannt wie ein Flitzebogen. Von Salger kannst du mir später erzählen."

„Sie ist in Ordnung", sagt Lucy lapidar.

„Das ist alles?"

„Traurig ist sie, als wäre das Leben vorüber gegangen, ohne sie wahrzunehmen. Und jetzt kommt ihre vergessene Tochter, und reißt alte Wunden auf. Das ist nicht fair von mir, ich weiß, du musst es nicht sagen." Lucy schlägt mit der flachen Hand auf den Tisch, als wolle sie ihre Hilflosigkeit unterstreichen. „Aber es war auch nicht fair von ihr, mich einfach nach Afrika gehen zu lassen."

„Sie hat dich bestimmt nicht vergessen." Verena betrachtet Lucy wie ein Arzt, der zu verstehen sucht, was Selbstmitleid oder doch Verwundung ist.

„Es ist nur ein Gedanke, einer von vielen, die mir den Verstand vernebeln. Sie ist nett, ängstlich, aber vielleicht wird man das in ihrem Alter. Sie will mir so viel erzählen, aber das meiste verstehe ich nicht. Und manches aus ihrer Zeit in der DDR wühlt sie immer noch auf. Es muss ein fürchterlich ungerechter Staat gewesen sein. Mich schmerzt, ihr zuzusehen, wie sie sich in der Erinnerung windet. Als ich nach Berlin kam, konnte ich mir nicht im Traum vorstellen, was jetzt alles auf mich einstürmt. Vaters KGB-Vergangenheit, Salgers Lügen und Mutters Lebensbetrug in einem Staat, den es gar nicht mehr gibt. Es ist wie ein Gebirge, über das ich hinweg muss."

Verena reagiert verblüfft. „KGB? Was ist das denn?"

„Steht in seinen Stasi-Akten, nicht explizit, aber in Andeutungen. Er scheint für sie gearbeitet zu haben. Damit hatte ich nicht gerechnet, aber Kwame war wohl nicht der edle Ritter, als den ich ihn immer sehen wollte. Ich bin nahe daran aufzugeben. Soll ich oder soll ich nicht?"

„Dazu kann ich dir nicht raten. Einerseits wäre es bestimmt besser alles abzuschließen, aber du hast so tief gegraben, dass du es wahrscheinlich als eine Niederlage empfinden würdest. Wenn du weiter machst, pass auf, dass du es nicht zu nah an dich ran lässt. Manch einem meiner Patienten geht es ähnlich. Sie haben das Gefühl, vom Leben erdrückt zu werden. Es hilft, sagen sie, wenn sie ihre Geschichte erzählen können. Ich hol mir einen Kaffee, dir auch?"

„Danke nein."

Als Verena mit einem Milchkaffee in der Hand zurückkommt, setzt sie die Tasse ab und zieht den Stuhl näher zu Lucy. „Erzähl mir deine Geschichte. Wir haben Zeit, ich habe den Nachmittagstermin abgesagt. Am besten fängst du mit Salger an. Er beschäftigt dich seit Jahren, mehr noch als deine Mutter." Sie nickt aufmunternd, doch Lucy geht nicht gleich darauf ein, also schiebt sie hinterher, um ihr das Reden zu erleichtern. „Du willst wissen, wer Salger ist, aber vielleicht geht es dir gar nicht um ihn, sondern um dich. Wer bin ich, Schwarz oder Weiß, Nigerianerin oder Deutsche? Warum reagiere ich so und nicht anders?

Woher stammt das Mal auf meiner Hüfte?" Verena klingt jetzt sehr bestimmt, ganz die Ärztin, die eine Patientin vor sich hat, um die sie sich Sorgen macht.

Lucy betrachtet sie für einen Moment voller Misstrauen, dann lässt sie die Schultern fallen und sagt resigniert. „Gut möglich, ein ganzes Gebirge, wie gesagt."

„Wie war das Treffen mit Salger?"

„Ich habe mit ihm geschlafen." Lucy zieht eine Schulter hoch und lächelt verschämt, als hätte sie etwas Unanständiges getan. „Es hat mir nichts bedeutet. Du hattest Recht, er hat kein Wort gesagt. Eigentlich hat er sich wie ein Gentleman verhalten."

„Hat er dich gezwungen?"

„Nein, es fand einfach statt. So genau weiß ich nicht mehr, weshalb ich es überhaupt tat. Danach sind wir Essen gegangen, in irgendein Edelrestaurant am Gendarmenmarkt, den Namen habe ich vergessen. Er war ausgesprochen höflich und hat mir lange Geschichten erzählt. Vermutlich alles erlogen."

„Deine Scharade war also völlig umsonst."

Lucy zuckt mit den Schultern. „Immerhin weiß ich jetzt, mit wem ich es zu tun habe. Und dann gab es einen Moment, wo ich mich zwingen musste ihn nicht zu mögen. Ein schreckliches Gefühl, er hat Augen.... . Aber am Ende hat er mir doch gezeigt, wie brutal er sein kann. Das hat mich wieder beruhigt. Glaubst du, ich könnte die ganze Zeit ein Phantom gejagt haben?"

„Wer weiß", sagt Verena verblüfft. „Eigentlich unfassbar, du schläfst mit dem Mann, den du für den Mörder deines Vaters hältst, und lässt es einfach von dir abperlen. Ich könnte das nicht. Ich hab den Zucker vergessen", sagt sie und steht auf.

Als sie zurück kommt, sagt Lucy: „Du könntest es schon, wenn du müsstest. Aber du würdest es nicht tun." Sie drückt Verenas Arm, lässt ihn aber gleich wieder los, als wäre sie einen Schritt zu weit gegangen. „Bist du jetzt verärgert?"

„Nein, warum? Oder vielleicht doch, zumindest ein bisschen. Du fragst mich um Rat und dann tust du genau das Gegenteil."

„Du hast gesagt, du kannst mir nicht raten, es wäre zu persönlich."

„Ja, du hast Recht. Ich dachte nur.... Aber was soll's, wir alle machen Fehler und dann müssen wir damit leben. Wie geht es deiner Mutter, kannst du mit ihr reden?"
„Was meinst du, ob ich sie verstehe?"
„Ja."
„Nicht alles, sie lebt so sehr in ihrer eigenen Welt, in der ich noch nicht angekommen bin. Ich habe Vaters Aufzeichnungen über Berlin gelesen, er war gern in der Stadt. Er muss häufig im Pergamon-Museum gewesen sein, seine Notizen sind voller Hinweise auf die assyrische Kultur. Es beschäftigte ihn anscheinend, dass wir Afrikaner in unserer Geschichte kaum mit Stein gearbeitet und schon gar nichts aufgeschrieben haben, Songhai, Mali, Benin, alles vom Sand verweht, oder in der feuchten Hitze vermodert, hat er geschrieben." Lucy hört in sich hinein. Vor ihren Augen sieht sie das kleine Mädchen, das bei schlechtem Licht ihrem Vater zusieht, wie er spät abends in sein kleines, schwarze Buch schreibt.
„Denkst du häufig an deinen Vater?", reißt sie Verena aus ihren Gedanken. „Ich dachte, wenn du über Salger sprichst, erfahre ich auch mehr über dich. Aber vielleicht ist es besser, du erzählst mir von Kwame. Wer ist er in deinen Augen?"
Lucy schüttelt den Kopf, hält inne und schüttelt den Kopf erneut. „Es ist so lange her. Für mich ist er ein großer, starker Mann, der mich in die Luft wirft und mit einem tiefen Brummton wieder auffängt. Wie ein Löwe kam er mir vor. Heute weiß ich, dass er ein träumender Idealist gewesen sein muss. Die Agentenrolle, die Zusammenarbeit mit Salger, der Waffenhandel, alles wurde ihm vermutlich aufgezwungen. Als Afrikaner in einem feindseligen Europa hatte er wahrscheinlich nicht viele Optionen. In Nigeria fühlte er sich sicher. Zu sicher vielleicht, wenn er glaubte, den Igbos noch helfen zu können, obwohl der Krieg längst entschieden war. Aber das sind lauter Vermutungen. Salger hat ganz offen über diese Zeit in Nigeria gesprochen, aber er dreht alles so hin, dass nichts an ihm hängen bleibt."
„Was hat er denn gesagt?"

„Er sieht die Dinge heute so und morgen anders. In dem Sumpf, in dem er watet, gibt es keine klaren Verhältnisse. Er spricht in Halbwahrheiten, bei denen du am Ende nicht mehr weißt, was Dichtung und Wahrheit ist." In einem langen Monolog, den sie nur unterbricht, um ein Glas Wasser zu holen, erzählt Lucy alles, was sie von Salger erfuhr.

„Und jetzt steckst du in der Krise", sagt Verena lapidar, als hätte sie nichts anderes erwartet.

Lucy bläst die Backen auf und lässt die Luft entweichen. „Gut möglich. Als ich dich anrief, fühlte ich mich wie eine Ertrinkende, die nach einem Strohhalm greift. Verzeih Verena, der Vergleich hinkt."

„Nein gar nicht, ich kann dich gut verstehen. Aber ist es wirklich nur die Suche nach dem Mörder deines Vaters? Irgendwie spüre ich, dass da noch mehr ist."

„Es ist alles zusammen. Als Afrikanerin bin ich ein Nichts für euch Europäer. Das begreifst du erst richtig, wenn du an euren Grenzen stehst." Lucy lächelt verloren und zuckt bedauernd mit den Schultern. „Ich war Mitte zwanzig, als ich das erste Mal zurück nach Europa kam. Eigentlich hielt ich mich für weiß, schließlich habe ich eine weiße Mutter. Aber als sie mich allein wegen meiner Hautfarbe aussortierten, packte mich die Wut. Ich dachte an Frantz Fanon, seinen Hass auf den Westen. Dachte an Camus, der sich gegen diesen Hass gewehrt hat. Trotzdem wurde er aus seinem geliebten Algerien vertrieben. Ich dachte an den Biafra-Krieg, in dem Vater irgendwie mitmischte. Bei dem es um Unabhängigkeit und Öl ging. Und um Waffen, die für Kwame möglicherweise der Schlüssel zu einem selbstbestimmten Leben waren. Und wenn ich heute einen Artikel über das Nigerdelta schreibe und das vom Öl verschmutzte Wasser sehe, weiß ich, dass sich nichts geändert hat."

„Ich verstehe nicht alles, ich merke nur, wie sehr dich deine Suche aufwühlt. Und weil du nicht klar siehst, machst du Europa für die Misere zwischen Afrika und dem Westen verantwortlich." Trauer schwingt in Verenas Stimme. Sie macht sich Vorwürfe, dass es ihr nicht gelingt, ins Innerste von Lucys Welt vorzudringen.

„Nicht allein. Wir müssen aufhören, an eurem Gängelband zu gehen. Erst wenn ihr uns braucht, werden wir in euren Augen ein Recht darauf haben, mit am Tisch zu sitzen."

„Wer ist wir?"

„Wir Schwarzen."

„Du hast dich also entschieden?"

„Sieh mich doch an. Der Zöllner an der Grenze sieht nicht meine Gedanken, er sieht nur meine Hautfarbe."

19 Eine Transaktion

Schuberts Winterreise klingt aus dem Autoradio, als Frohmut Kramer ziellos durch das Alpenvorland fährt. Er hat bald nach Konrads Tod erneut die Geschäftsführung der Mikro System übernommen und Viktor an die Luft gesetzt. Doch die Geldknappheit, die die Firma schon unter Viktor zu strangulieren drohte, ließ sich nicht beheben. Also hatte er Viktor, widerwillig zwar, gebeten, ihm bei der Suche nach Investoren zu helfen. Seit Monaten hat er jedoch nichts von ihm gehört, und er beginnt sich ernsthaft Sorgen zu machen, wie lange die Firma noch durchhält.

In der Ferne sieht er einen einsamen Baum in der frostigen Landschaft stehen. Der Winter hat sich früh angemeldet, und die Wiesen mit einer luftig weißen Decke überzogen. Frohmut nimmt den Feldweg, der direkt unter den Baum führt, und stellt das Auto ab. Er schiebt eine CD von John Lee Hooker ein, in der Hoffnung, dass ihn die Musik, die er so liebt, aufheitern könnte. Doch er täuscht sich.

Du wirst alt, Frohmut, du solltest wirklich aufhören, denkt er. Die Firma braucht einen, der die Zügel in die Hand nimmt. Keinen wie Viktor, der sich nur aufplustert. Einen soliden Arbeiter, wie ich es vor zwanzig Jahren war. Aber jetzt bin ich müde. Konrad hat mir das nur aufgebürdet, weil er keinen anderen gefunden hat. Das ganze Gerede über Brüder, gemeinsame Verantwortung gegenüber der Familie, alles nur geheuchelt, damit ich nicht nein sage. Frohmut, keine Ahnung wer mir diesen Namen gegeben hat, mein selbstgerechter Nazivater vermutlich. Dabei ist nichts an mir frohgemut, war es nie. Immer nur im Schatten des großen Bruders, dem alles in den Schoß fiel.

Was weiß ich, was Viktor macht. Ob er überhaupt etwas tut? Er wird vermutlich weiter seine Spielchen treiben, und am Ende einen Investor präsentieren, dem ich nicht gewachsen bin. Vielleicht war es das, was Konrad wollte: In einem letzten Akt von Zerstörung alle gegeneinander ausspielen. Nur ja nichts zurücklassen, außer einem Chaos, das nach seinen Regeln abläuft.

Er steigt aus, um die klare, frische Luft einzuatmen. Nach ein paar Schritten fröstelt ihn, und er geht zurück zum Auto, schaltet die Sitzheizung ein, und betrachtet die erstarrte Landschaft. Als er das Radio anschaltet, ist Schuberts Liederzyklus an der Stelle angelangt, wo der alte Mann seine Reise ohne Wiederkehr antritt. Konrad ist schon weit voraus, ich kann ihn nicht mehr sehen, denkt Frohmut, als sein Mobiltelefon klingelt. „Kramer", sagt er und hört eine ihm unbekannte Stimme.

„Sind Sie der Besitzer der Mikro System GmbH?"

„Ja, was wollen Sie?"

„Mein Name ist Martin Salger, ich bin Gesellschafter der Seed Private Equity in der Schweiz. Viktor Paulsen, ich nehme an, Sie kennen ihn, spricht mit uns über den Verkauf Ihrer Firma. Er sagt, er hat die Exklusivrechte, und ich wollte eigentlich nur von Ihnen hören, ob das stimmt."

Für eine Weile überlegt Frohmut, um was es sich handeln könnte, dann überschlägt er sich. „Oh, Herr Salger, natürlich, Viktor hält mich auf dem Laufenden. Selbstverständlich hat Viktor alle Vollmachten."

„Gut, Viktor war in den letzten Wochen nicht gerade aufdringlich", schiebt Salger hinterher. „Aber jetzt will er auf einmal, dass wir uns in München treffen. Ist Ihnen das recht, bereits nächste Woche? Später bin ich länger verreist, dann ginge es wahrscheinlich erst wieder nach Weihnachten."

Aufdringlich, denkt Frohmut, kann man wohl sagen. Ich darf nicht zu erkennen geben, wie verärgert ich über Viktor bin. „Verstehe. Viktor ist noch jung, Kommunizieren ist nicht seine Stärke, aber er hat andere Fähigkeiten. Von mir aus gerne nächste Woche."

„Dann machen wir es doch. Mir ist der Trubel um die Feiertage sowieso zuwider. Treiben Sie keinen zu großen Aufwand, Herr Kramer, ich will mir nur einen ersten Überblick verschaffen. Meine Sekretärin meldet sich bei Ihnen wegen der Details. Übrigens ich habe einen Vortrag von Dr. Inka Paulsen gehört, über Ihre Arthroskope, ist sie noch bei Ihnen?"

„Ja, sie sitzt in unserem Beirat."

„Wunderbar, dann bis bald."
Kaum dass er aufgelegt hat, ruft Frohmut Viktor an. „Hallo, hier läuft etwas schief!", schießt er los. „Dieser Investor, Salger, hat mich gerade gefragt, ob ich wirklich verkaufen will. Ich dachte, das hätten wir längst geklärt. Warum rührst du dich nicht? Der Mann will uns schon nächste Woche besuchen."
Viktor lässt sich Zeit und sagt dann eher gelangweilt. „Passt doch, ich habe Salger gesagt er soll mit Ihnen direkt reden. Das hat er anscheinend getan."
„Was soll das, ich dachte, du verhandelst mit ihm!"
„Seien Sie doch froh, dass er sich für die Firma interessiert, viel Glück."
Frohmut, dem Platzen nahe, hätte am liebsten losgebrüllt. Durchatmen, befiehlt er sich, ganz ruhig bleiben. „Was ist eigentlich los?", fragt er schließlich betont langsam.
„Was soll los sein? Ich warte seit Wochen auf Ihren Vertrag."
„Was für einen Vertrag? Meinst du wegen deiner Exklusivität?"
„Natürlich. Hatten Sie gedacht, ich arbeite umsonst."
„Du hast also nichts unternommen, außer mit diesem Schweizer geredet?"
„Genau, ich bin schließlich kein Helfer der Menschheit. Sie hätten ja auch nachfragen können, wie es so läuft, aber das wäre wahrscheinlich unter Ihrer Würde gewesen."
„Mensch Viktor, bei mir reicht ein Handschlag. Für mich war alles klar, als mich Sabeth anrief und sagte, dass du es machst."
„Wie naiv sind Sie eigentlich, Frohmut. Ich muss doch wenigstens wissen, zu welchen Konditionen ich antrete. Ein warmer Händedruck reicht mir nicht."
Für eine Weile ist Stille in der Verbindung, dann sagt Frohmut jede Silbe betonend: „Fünf Prozent auf den Transaktionspreis, das reicht dir wohl nicht?"
„Natürlich reicht das, es ist sogar sehr fair." Viktor klingt überrascht, als hätte er mit weniger gerechnet. „Aber woher sollte ich das wissen. Gedanken lesen kann ich nicht."
Und Einiges andere auch nicht, denkt Frohmut. „Ich hatte es mit Sabeth vereinbart und sie sollte es dir sagen. Mir schien, sie wäre

der bessere Ansprechpartner für dich. Wir beide haben es ja nicht so sehr miteinander. Aber vielleicht täusche ich mich ja und du bist inzwischen ein gestandener Manager geworden."

„Ist doch egal, wer was verbockt hat. Fünf Prozent ist in Ordnung. Können Sie mir das bestätigen? Meine Fax-Nummer haben Sie ja."

„Verdammt noch mal, Viktor", brüllt Frohmut endlich los, weil er seinen Ärger nicht mehr zurückhalten kann. „Der Mann kommt nächste Woche."

„Ok, ok, ganz ruhig bleiben. Ich hab die Sache schleifen lassen, weil ich ja wirklich nicht wusste, ob Sie es ernst meinen. Sabeth wollte früher nie verkaufen, und so dachte ich, sie beide hätten eine andere Lösung für den Engpass gefunden. Hätte ja sein können. Ich hab mich nur gewundert, dass Sie mir nicht Bescheid gaben. Macht man normalerweise. Egal, Sie brauchen sich trotzdem keine Sorgen zu machen. Die Präsentation steht, und ich werde sie halten, wenn Sie das wollen. Das Fax zu meiner Provision hätte ich trotzdem gern vorab."

„Mann, natürlich sollst du präsentieren, aber schick mir die Unterlagen so schnell wie möglich, damit ich mir nicht völlig blöd vorkomme."

„Mach ich, elektronisch oder lieber mit der Post?", fragt Viktor, zögert kurz und sagt dann: „Ich hab mir für Ihre Firma den Arsch aufgerissen."

„Schick's mit der Post", sagt Frohmut, dem das ganze Gespräch zuwider ist. „Salger hat auch nach deiner Mutter gefragt, ob sie für uns arbeitet, als Berater oder so ähnlich. Hast du ihm den Floh ins Ohr gesetzt?"

„Das hat er nicht von mir. Ich weiß nicht, was er von ihr will, außer, dass er ihre Arbeit schätzt. Er hat ihren Vortrag in London gehört, anscheinend hat ihm der gefallen."

„Na dann. Wann schickst du die Präsentation?"

„Gleich morgen."

Eine Woche später parkt Salger den Mietwagen auf dem ausgewiesenen Besucher-Stellplatz und geht an ein paar verwilder-

ten Büschen vorbei zum Eingang der Mikro System. Vor dem in Glas und Stahl gehaltenen Gebäude steht ein älterer, schwerer Mann und erwartet ihn. „Frohmut Kramer, wir haben telefoniert." Im Gehen reicht er Salger die Hand.
„Hat Herr Paulsen es geschafft?", fragt Salger sofort. „Er hat mir eine SMS geschickt, dass es eng werden könnte."
„Am Frankfurter Flughafen gab es anscheinend einen Bombenalarm. Er musste umbuchen, jetzt hofft er in spätestens zwei Stunden hier zu sein. Hatten Sie wenigstens einen guten Flug?"
„Ja, alles glatt gelaufen, Flug pünktlich, kein Stau auf der Autobahn, und ich fand Sie auf Anhieb. Die Navis sind schon eine gute Sache. Bedauerlich, dass Herrn Paulsen noch nicht da ist, aber vielleicht hat es ja auch etwas Gutes. So können wir beide uns erstmal in Ruhe unterhalten."
Er traut Viktor nicht, denkt Frohmut. „Wir gehen am besten in mein Büro", sagt er übertrieben freundlich. „Unser Besprechungszimmer ist ein nach allen Seiten offener Glaskasten. Wenn uns die Leute dort sehen, geht das Gemunkel gleich wieder los. Die Gerüchte schwirren nur so seit Konrads Tod und dem erneuten Wechsel in der Geschäftsführung. Ich nehme an, Viktor hat Sie informiert."
„Ja, hat er. Bedauerlich, der Tod Ihres Bruders", schiebt Salger routiniert höflich hinterher. „Mir geht es heute hauptsächlich darum, Sie kennenzulernen und ein Gespür für die Firma zu entwickeln. Ich brauche Vertrauen in die handelnden Personen, sonst fasse ich so ein Projekt wie Ihres, gar nicht erst an."
„Kann ich gut verstehen." Frohmut hält Salger die Tür zu seinem Büro auf. „Kaffee?", fragt er, kaum dass sie sich gesetzt haben.
„Tee wäre schön, aber Wasser reicht auch."
„Dann sehen wir mal, was wir haben."
Nachdem Frohmut den Raum verlassen hat, betrachtet Salger interessiert die grauen Teppiche an den Wänden, die Vitrinen voller Operationsbestecke, und Frohmuts vorsintflutlichen Computer auf einem makellos aufgeräumten Schreibtisch. Alles reichlich antiquiert, denkt er. Wer hängt sich denn Teppiche an die

Wand, außer hier wird gern gebrüllt, und es soll nicht jeder hören.

„Der Tee kommt gleich", sagt Frohmut, wieder zurück. „Mit was soll ich anfangen?"

„Ist das ihre ganze Produktlinie?", fragt Salger, und weist auf die Vitrine.

„Nur unsere Anfänge. Aber da komme ich noch drauf." Übergangslos beginnt Frohmut über die Gründung zu sprechen, den anfänglich sehr dynamischen Aufbau, und Konrads frühere Rolle. Langatmig breitet er jedes Detail der Familiengeschichte aus, wie ein Rentner, der sich freut, endlich einen Zuhörer gefunden zu haben. Offensichtlich hat er Salgers Bemerkung über das Vertrauen sehr persönlich genommen. Die wachsende Unruhe Salgers scheint er nicht wahrzunehmen. Nach einiger Zeit bringt die Sekretärin Tee und eine Schale mit Gebäck.

Schließlich platzt Salger der Kragen: „Wissen Sie Herr Kramer, Sie haben mir jedes Detail ihrer Firmengeschichte erzählt, eindrucksvoll, sicher, aber die Zukunft Ihrer Firma haben Sie mit keinem Wort erwähnt. Schön, Sie haben einen guten Namen, aber der wird schnell wertlos, wenn Sie keine neuen Produkte in der Pipeline haben. Ich hatte gehofft, Viktor würde ein paar Details vorbereiten, aber jetzt ist er leider nicht da."

Frohmuts Augenbrauen ziehen sich zusammen, als hätte er nicht richtig gehört. Auf einmal hasst er den Mann in seinem blütenweißen Hemd mit der feuerroten Krawatte. Er hasst den gedeckten, grauen Anzug, die makellos sauberen Schuhe. Vor allem hasst er die sündhaft teure Uhr, die nicht zu übersehen ist. Er denkt an den Besuch der Banker in ihren dunklen Nadelstreifen, die er in einem letzten Versuch ein Darlehen zu bekommen, ins Unternehmen geladen hatte. Er hatte gelächelt, als sie tuschelten angesichts des ölverschmierten Bodens in der Werkstatt. Hatte versucht, nicht hinzuhören, als sie seine Fertigungshalle mit einem alten Opel verglichen. Hatte erzählt, dass er bereit sei, das Haus zu verpfänden, weil er sowieso die meiste Zeit in der Firma sei. Aber es hatte alles nichts genützt.

„Sagten Sie nicht, Ihnen sei Vertrauen wichtiger als Zahlen?"

„Richtig, aber mit ihrer Familiensaga allein kommen wir nicht zu Potte. Entschuldigen Sie meine Offenheit. - Ich verstehe ja, dass dieses Werben um Geld eine schmerzliche Erfahrung für Sie ist, Herrn Kramer. Sie waren immer unabhängig, nicht wahr?"
„Zwanzig Jahre lang, und jetzt erwischen Sie mich auf dem falschen Fuß. Eigentlich sollte Viktor diese Präsentation halten, ich hatte nicht damit gerechnet, dass es so schnell konkret würde."
„Tut mir leid, aber bei mir ist Zeit auch Geld", sagt Salger. „Nachdem ich nun schon einmal hier bin, müssen wir uns halt für eine Weile durchmogeln und hoffen, dass Viktor noch rechtzeitig kommt", schiebt er versöhnlich hinterher. Er dreht sich um und weist auf die Produkt-Vitrine. „Damals ging es Ihnen gut", sagt er, und stellt sich vor den Glasschrank, als wolle er die Exponate einzeln begutachten. „Sieht nach den Anfängen der minimal invasiven Chirurgie aus."
„Ja, damit fing alles an. Es war ein großer Erfolg, wir hätten die Stückzahlen hochfahren sollen."
„Und? Warum haben sie es nicht getan?"
„Wir dachten, wir hätten eine unangreifbare Hochpreis-Nische. Das war ein Fehler. Ab da sind die anderen an uns vorbei gezogen."
Noch so einer, der sich in seine Arbeit verliebt hat, denkt Salger. Die Anisevic tickt so ähnlich. Ich muss sie beide entsorgen, wenn das etwas werden soll. Aber wenn Viktor nicht bald kommt, lasse ich am besten die Finger von der Sache. Die Fusion zweier Blinder macht noch lange keinen Sehenden. „So ist das", sagt er milde, als wüsste er von was er spricht. „Die falschen Entscheidungen verfolgen uns ewig. – Oh, da ist Viktor, anscheinend hat er es doch geschafft. Ich habe ihn gerade aus dem Taxi steigen sehen."
„Wunderbar", sagt Frohmut sichtlich erleichtert.
„Mea culpa, mea maxima culpa, es war tatsächlich ein Bombenalarm", sagt Viktor atemlos, als er die Tür aufreißt und den beiden die Hand schüttelt. „Sind Sie schon durch, die Tinte auf dem

Übernahmevertrag getrocknet? Entschuldigung, das hätte ich nicht sagen sollen. Geben Sie mir ein paar Minuten, ich fahre nur schnell den Computer hoch."

In der nächsten Stunde zeichnet Viktor ein großes Zukunftsszenario der Mikro System. Gelegentlich unterbricht ihn Salger durch präzise Fragen. Frohmut hält sich völlig zurück. Als es zur Bewertung kommt, geht Viktor einfach darüber hinweg, als ginge ihn der Punkt nichts an. Auch die Fusion mit der Antar erwähnt er mit keinem Wort.

„Das war gut, Herr Paulsen", sagt Salger am Ende des Vortrags. „Wir werden uns das genauer ansehen. Am besten schicke ich in der nächsten Woche meinen Analysten vorbei. Wenn alles glatt geht, sind Sie bald im Besitz eines Übernahmeangebots. Wären Sie damit einverstanden, Herr Kramer?"

„Selbstverständlich."

„Gut, dann hat sich der Besuch ja doch gelohnt. Ich muss gehen, sonst verpasse ich den Flieger. Viktor, könnten Sie mich zum Flughafen bringen?", fragt er ganz beiläufig, nachdem er sich von Frohmut verabschiedet hat. „Es gibt noch ein paar Details, über die ich gerne mit Ihnen sprechen möchte."

„Mit Vergnügen", sagt Viktor, dem die Überraschung ins Gesicht geschrieben steht. Auf dem Parkplatz, als sie vor Salgers Mietauto stehen, reicht ihm Salger die Autoschlüssel.

„Wollen Sie?", fragt er in einem Ton, der keine Ablehnung erlaubt. „Ich kann freier reden, wenn ich nicht auf den Verkehr achten muss."

„Ein schöner Wagen", sagt Viktor, als er zur Fahrerseite wechselt.

„Fahre ich auch privat, ich hasse es, mich umzustellen, wenn ich reise."

Auf der Autobahn, nachdem er eine Weile hinter einem Lastwagen hergefahren ist, fragt Viktor: „Wann geht Ihr Flieger?"

„Erst in zwei Stunden. Sie können trotzdem die Spur wechseln, oder fahren Sie gern hinter Lastwagen her. - Aus meiner Sicht lief es ganz gut, aber die Firma steht nicht gerade glänzend da.

Allein schafft sie das nie. Was glauben Sie, wie schnell wir die Übernahme durchziehen könnten?"
„Ein paar Monate wird es schon dauern." Viktor zieht den Wagen auf die linke Spur und beschleunigt, nur um gleich wieder abzubremsen.
„Sie schauen etwas bedröppelt. Wer bezahlt Sie eigentlich?"
Bedröppelt, denkt Viktor, er behandelt mich wie seinen Chauffeur. „Die Verkäufer, wie üblich."
Salger zieht die Mundwinkel nach unten, als gefalle ihm das gar nicht. „Ich möchte, dass Sie diese Beteiligung für mich durchziehen. Ich zahle Ihnen zehn Prozent auf den Transaktionspreis. Überlegen Sie es sich, wir haben Zeit. Aber ich verlange absolute Loyalität."
Er will mich kaufen, denkt Viktor. Warum eigentlich nicht. Frohmut schulde ich gar nichts, sein Fax über die fünf Prozent ist eher unverbindlich gehalten. Kann gut sein, dass ich bei ihm am Ende mit leeren Händen dastehe. Und die Sache mit Sabeth ist längst vorbei, ihr gefällt sowieso nicht, was ich tue. Salger könnte das Sprungbrett sein, nach dem ich lange gesucht habe. Geduld, Viktor, du hättest es in Zürich fast vermasselt. „Das kommt überraschend", sagt er lahm.
„Alles hat eben seine Zeit. Habe ich Ihnen eigentlich gesagt, welche Rolle Sie bei der Fusion spielen werden? Wenn Sie einverstanden sind natürlich", fügt Salger schnell hinzu.
„Sie haben ein paar Andeutungen gemacht, mehr nicht."
„Ich wusste ja nicht, wie es heute läuft, aber jetzt würde ich gerne Nägel mit Köpfen machen. Also, so sieht's aus: Die Antar hat noch Geld aus dem Börsengang, damit kaufen wir die Mikro System. Meine Seed agiert eigentlich nur als Treibriemen, oder schießt ein Überbrückungsdarlehen zu, falls es nötig sein sollte. Ich garantiere den Deal, bleibe aber im Hintergrund, und Sie ziehen die Fusion durch. Mit den anderen Gesellschaftern der Antar, den Schweizern vor allem, bin ich klar, die sind sogar froh, dass wir endlich etwas tun. Die Anisevic macht mir noch Sorgen, aber letztendlich hat sie keine Chance. - Sobald die Tinte auf den Übernahmedokumenten trocken ist kommen Sie zu mir.

Sie erhalten einen Vertrag als Investmentberater, mit allen Freiheiten. Dann übernehmen Sie meinen Sitz im Aufsichtsrat der Antar, aus dem ich mich bei der nächsten Hauptversammlung zurückziehe. Später, wenn die Anisevic weg ist, übernehmen Sie den Vorstand der fusionierten Firma, damit können Sie loslegen. Was halten Sie davon?"
Wow, wie eine Spinne, denkt Viktor. Er hat nicht auf meine Antwort gewartet, als hätte er mich bereits im Sack. Aber wie soll die Anisevic denn weg sein, ihr gehört doch der Laden.
Um ein Haar hätte er die Abfahrt zum Flughafen verpasst. „Und ich soll die Antar führen? Ohne die Anisevic, auf Dauer? Aber ich kenne deren Geschäft doch gar nicht gut genug."
„Das schaffen Sie schon", sagt Salger und lacht über das verblüffte Gesicht Viktors. Insgeheim denkt er, es kommt zu früh für ihn, dabei ist die Fusion ja eigentlich seine Idee.
„Wenn ich ehrlich bin, verstehe ich nur Bahnhof", sagt Viktor.
„Wundert mich nicht, ist ja auch nur skizzenhaft. Wir müssen noch mehr Fleisch dazu packen, damit das Baby richtig laufen lernt, nicht dass es uns bereits im Kindbett erstickt. Glauben Sie mir, Sie kriegen diese Fusion hin, Sie müssen es nur richtig wollen."
Wie eine Spinne, die gerne Puzzle spielt, denkt Viktor, und ich bin eins seiner Puzzlestücke. Aber vielleicht gelingt es mir ja auch irgendwann, das ganze Puzzle zu kriegen. „Ich muss mir das noch genau überlegen. Hört sich aber richtig spannend an", antwortet er zurückhaltend.
„Tun Sie das, Sie werden es nicht bereuen. Und bitte geben Sie den Mietwagen zurück, die Rechnung kommt in mein Büro", sagt Salger beim Aussteigen. Er nimmt seine Aktentasche vom Rücksitz und verschwindet im Terminal.

Das Alpenpanorama mit den verschneiten Berggipfeln zieht unbeachtet unter ihm vorüber. Salger bittet die Stewardess um ein Glas Wasser und lässt das Gespräch mit Viktor noch einmal Revue passieren. Gut, dass ich seine Mutter aus dem Spiel gelassen habe, denkt er.

Nach deren Vortrag in London hatte er einen Headhunter auf sie angesetzt, weil er einen Ersatz für Dr. Anisevic suchte. Zu seiner Überraschung hatte Inka sofort zugestimmt, ihn in München zu treffen.

Er sieht, wie sie die Treppen zum Vier Jahreszeiten hochsteigt. In der Hotelhalle nahm sie die regenverspritzte Brille ab, zog ein Tuch aus der Brusttasche ihres Mantels und trocknete die Gläser. Erst dann sah sie sich genauer um. Er stand auf, ging ihr entgegen und stellte sich vor. In dem weitläufigen Foyer herrschte reger Betrieb, ein Kommen und Gehen von der Maximilianstraße durch die Drehtür in die Weite des Hotels. Manche trugen Pelze, die meisten graue Anzüge, die Einheitskluft des modernen Managers. Aus einem Korridor erschien eine Prozession älterer Herren und Damen in Abendkleidern, angeführt von einem Pagen, der ein Wägelchen mit zellophanumhüllten Bouquets vor sich her schob.

„Martin Salger, schön, dass Sie kommen konnten", sagte er.
„Wie haben Sie mich gleich erkannt?", fragte sie überrascht.
„Ich habe ihren Vortrag in London gehört."

Sie sah blendend aus, wie sie ihre makellosen Beine perfekt positioniert hielt. Viktor hat ihre Stimme, das leichte Verschlucken der Endsilbe, dachte er, während er mit halbem Ohr ihrem Werdegang zuhörte. In London war er sich noch nicht sicher gewesen, zu weit weg und nach dem Vortrag war sie plötzlich verschwunden. Doch jetzt, im Laufe des Gesprächs, verdichtete sich sein Verdacht, dass es sich um dieselbe Inka handelte, mit der er vor Jahren eine Nacht in Berlin verbracht hatte. Also schob er immer wieder kleine Geschichten aus Nigeria in ihren Redefluss, als wolle er sich dadurch interessant machen. Herausheben aus dem Meer grauer Anzüge um sie herum. Mit der Zeit wurde sie unruhig, bis sie sich aufrichtete und ihn lange betrachtete. Sie fragte, ob er das Berlin der achtundsechziger Jahre kannte. Die Straßenschlachten, die ewigen Diskussionen und Streiks an den Universitäten, als es die Mauer noch gab und die Stadt überhaupt ganz anders war als heute.

Er lächelt, als er die Szene vor Augen hat. Sie hat sich ganz vorsichtig heran getastet, denkt er.

„Ja, ich war dort, damals habe ich eine junge Frau kennen gelernt, sie war wunderbar. Es ist lange her, Inka, und den Nachnamen brauchten wir damals nicht. Du warst ziemlich unglücklich in deiner Beziehung, und ich war dabei, meine Firma in Nigeria aufzubauen. - Ich konnte dich nicht erreichen unter der Nummer, die auf deinem Brief stand. Anfangs war sie immer besetzt, dann auf einmal tot. Ich habe immer an dich gedacht, auch heute noch."

„Was für eine Geschichte", lächelte sie verträumt. „Auch damals hast du mir Geschichten erzählt. - Es war nur eine Nacht, ich habe so etwas nie wieder getan. Hast du mich deshalb hierher bestellt?"

Bestellt, dachte er. „Nein, Inka, nicht bestellt. Ich wollte dich in meine Firma holen. Alles, was dir der Headhunter gesagt hat, stimmt. Als ich deinen Vortrag in London hörte, dachte ich, du wärst die ideale Kandidatin für die Antar. Du kennst das Unternehmen, dein Sohn hielt früher Anteile daran. Vor ein paar Jahren habe ich sie ihm abgekauft. Dass du die Inka von damals bist, habe ich erst jetzt bemerkt. Es ist alles ein großer Zufall. Was wirst du jetzt tun?"

„Ich weiß es nicht", sagte sie und stand auf.

In einem plötzlichen Impuls berührte er sie und strich ihr mit dem Finger über den Mund. Sie senkte die Augen, wich aber nicht zurück. Im Gegenteil, sie reagierte, küsste mit den Lippen leicht seine Hand. Dann ging sie, ohne sich noch einmal umzudrehen.

In derselben Nacht rief sie an und fragte, ob sie ihn am nächsten Morgen im Hotel treffen könne. Er stimmte sofort zu.

Als sie sich aus der Lobby meldete und nach seiner Zimmernummer fragte, musste er erst auf dem Schlüssel nachsehen. Doch als sie vor ihm stand, küsste er sie und sie küsste ihn.

„Willst du das wirklich", fragte sie, als er sie entkleidete, „Ich bin eine alte Frau."

„Und ich ein alter Mann. Ich wollte es, so lange ich denken kann, aber ich wusste nicht, wie ich dich wiederfinde."

Später, als sie entspannt nebeneinander lagen, fragte sie: „Was erwartest du jetzt von mir?"

„Nichts, aber es wäre schön, wenn du mir ein kleines Fenster in dein Leben öffnest. Dass du die Menschen um dich herum beim Namen nennst, nicht mein Mann, mein Sohn, ich will ihre Namen hören, erst dann kann ich sie mir vorstellen. Viktor ist der Einzige aus deiner Umgebung, den ich kenne."

Sie reagierte schnell und ablehnend. „Für jemand, den es eigentlich nicht gibt in meinem Leben, verlangst du zu viel. Du willst nicht nur die Namen hören, du willst auch ein Teil von mir werden. Das steht dir nicht zu. Ich habe damals lange auf dich gewartet, auf irgendein Lebenszeichen, aber es kam nichts."

„Wir wollten uns noch einmal treffen, bevor ich zurück flog, aber du bist nicht gekommen", antwortete er lahm.

Lange lag sie schweigend neben ihm. Doch als er beiläufig die Zusammenarbeit mit Viktor erwähnte, richtete sie sich auf, sah ihn an, als wundere sie sich, wie sie in dieses Bett gekommen war, und sagte: „Ich möchte nicht, dass du je mit Viktor über unsere Beziehung redest, bitte versprich mir das." Danach stand sie auf und zog sich an. Er versuchte erst gar nicht, sie zurückzuhalten.

Während die untergehende Sonne die Alpengipfel in ein zartes Rosa taucht, denkt er an ihren Körpern. Er sieht Inka's schmale, bleiche Beine vor sich, ihr Becken. Lust, kaum zu unterscheiden vom Schmerz.

Er blickt auf die Alpengipfel und sieht sie doch nicht. Er lehnt sich zurück und schnallt sich an. Wie lange halte ich diesen Spagat noch aus, denkt er. Einerseits der ehrenwerte Finanzier, der strauchelnden Unternehmen wieder auf die Beine hilft. Andererseits der Schattenmann, der über Leichen geht. Inka muss gespürt haben, welch Zwitterwesen in mir steckt. In Berlin war sie noch fasziniert, da war das Wesen auch noch jung, suchend. Jetzt ist es ausgewachsen, abstoßend, trotz der glatten Fassade. Sie hat sich davor gefürchtet. Frauen spüren, wenn es gefährlich wird. Viktor hat ihre Augen, aber er hat meine Hände, denkt er.

Die Maschine befindet sich im Landeanflug auf Zürich, lange Schatten überziehen die Wiesen neben dem Rollfeld mit einem grauen Teppich.

20 Viktors Aufstieg

Es ist frühmorgens, von den Isarauen zieht leichter Nebel in die Stadt. München erwacht gerade, als Viktor am Fluss entlang zum Flughafen fährt, um nach Berlin zu fliegen. Er hat Salgers Angebot angenommen, den Fusions-Plan mit der Antar ausgearbeitet, und ist auf dem Weg, ihn abzuschließen. Dr. Anisevic hat anfangs noch mitgezogen, aber in letzter Zeit sperrt sie sich. Auch Frohmut bremst, indem er alles, was Viktor vorschlägt, unterläuft. Und Sabeth zeigt schon lange kein Interesse mehr an der Firma.

Nach der Landung in Berlin-Tegel nimmt er den Spandauer Damm, die Clay Allee, über Zehlendorf, durch Kleinmachnow bis nach Teltow. Die Fahrt verläuft glatt, nirgends ein Stau. Er parkt den Mietwagen auf dem mit Schlaglöchern übersäten Stellplatz der Antar, und steigt die zwei Treppen hinauf in sein temporäres Büro. Dort legt er den Mantel ab, stellt die Aktentasche neben den Schreibtisch und geht zu Dr. Anisevic. Als er ihr die Hand reicht, sieht er, wie welk ihre dunkle Haut geworden ist. Zu viele Zigaretten, denkt er, und betrachtet ihre kräftigen Haare, in denen sich die ersten grauen Strähnen zeigen. Dann setzt er sich ans schmale Ende ihres Besprechungstischs.

Sie nimmt gegenüber Platz und wartet ab. „Kaffee?", fragt sie schließlich.

„Ja, gern."

„Immer noch Espresso?"

Er grinst, nickt und sieht ihr nach, als sie den Raum verlässt.

Kurz darauf kehrt sie mit einem Tablett zurück, mit zwei Tassen Espresso und Zucker. „Ich glaube, Viktor, ich weiß, weshalb Sie hier sind", sagt sie ganz ruhig. „Die Anzeichen in den letzten Monaten waren zu offensichtlich. Aber bevor Sie es aussprechen, lassen Sie mich ein paar Worte sagen, vielleicht verstehen Sie dann besser, wie alles gekommen ist. Wären Sie damit einverstanden?"

„Selbstverständlich", sagt er entgegenkommend.

Sie nimmt einen Schluck Kaffee und sieht Viktor an, als frage sie sich, ob es überhaupt Sinn hat, darüber zu reden. „Als wir, Michael Tarkus und ich, die Antar gründeten, waren wir in geschäftlichen Dingen reichlich unerfahren", beginnt sie schließlich doch. „Er leitete das Medizingerätelabor der Leuna und ich war seine rechte Hand. Aber das wissen Sie ja schon alles, Sie waren ja von Anfang an dabei." Sie wirkt ungehalten, als ärgere sie sich über den missglückten Einstieg.

Sie glaubt mir ausgeliefert zu sein, denkt Viktor. Ich muss versuchen, sie zu entspannen, Konfrontation gleich am Anfang bringt nichts. „Es ist lange her. Wie kamen Sie überhaupt in die DDR, Sie sind doch Serbin, oder?"

„Entschuldigen Sie, mich macht dieses Gespräch nervös. Versuchen Sie erst gar nicht, mich zu beruhigen. Lassen Sie uns gleich zur Sache kommen. So heißt es doch, nicht lange fackeln, es so schnell wie möglich hinter sich bringen."

„Es interessiert mich wirklich", lässt er sich nicht aus der Ruhe bringen.

So richtig scheint sie ihm nicht zu glauben, doch sie geht darauf ein. „Wir waren eine kleine Gruppe jugoslawischer Studenten, die sich im Ausland beweisen sollte. Serben, Kroaten, Bosniaken, es spielte keine Rolle. Nach Moskau konnten wir nicht, nachdem Tito sich mit den Russen überworfen hatte, also blieb nur die DDR und ich landete in Leipzig. Eigentlich eine schöne Zeit, ich konnte forschen, Michael hielt die Hand schützend über unser Labor und beschaffte das Nötigste. Wie er das machte, weiß ich bis heute nicht, ist auch nicht mehr wichtig. Seine Stasi-Akte möchte ich aber trotzdem nicht lesen." Sie lacht kurz auf, als könne sie sich durchaus vorstellen, was drinsteht. Dann schüttelt sie sich, wie ein Hund, der aus dem Wasser steigt. „Alles Schnee von gestern, entschuldigen Sie, so lange wollte ich Sie gar nicht mit meiner Vergangenheit belästigen. Zu dem, was uns beide betrifft, ist nicht viel hinzuzufügen, das meiste kennen Sie bereits. Als die Seed bei uns einstieg, gleich nachdem Sie ihren Anteil verkauft hatten, wurde auf einmal alles anders. Wir

brauchten ein detailliertes Budget, Meilensteine und was sonst noch. Sie wissen schon. Noch einen Kaffee?"
„Danke, nein." Ja, das weiß ich, denkt er, wir kontrollieren gern. „Ich dachte immer, sie wurden gestärkt durch die Seed."
„Ja und nein. Der Börsengang kam zu früh. Wir waren nicht reif dafür. Nur noch in Quartalsberichten zu denken und bei jedem Pups eine Pressemitteilung herausgeben, das passte nicht zu uns. Ich dachte, Salger versteht das, weil er uns anfangs den Rücken frei hielt."
„Und dann, ab wann, kamen Sie so richtig in die Bredouille?"
„Als wir es allen recht machen wollten, aber mit meiner kleinen Mannschaft war das nicht zu schaffen. Deshalb stecken wir jetzt fest, kein Geld mehr, also auch keine Expansion, damit noch weniger Geld, es ist zum Verrücktwerden. Als die Seed die Fusion mit der Mikro System ins Gespräch brachte, und Sie wieder auftauchten, um sie voranzutreiben, dachte ich noch, wir könnten es schaffen. Aber es sollte wohl nicht sein. Ich kann Ihnen für das neue Management nur viel Glück wünschen. Das ist es doch, was Sie mir sagen müssen" bemerkt sie ganz beiläufig mit leichtem Lauern in der Stimme. „Salger hat schon früher versucht, mich loszuwerden, aber er bekam im Aufsichtsrat keine Mehrheit für meine Ablösung zusammen. Doch er hat nie aufgegeben, und als er die Stimmen der Schweizer Aktionäre hinter sich brachte, wusste ich, dass meine Stunde geschlagen hat. Er musste nur noch alles auf die Reihe kriegen. Mich ärgert, dass wir heute gar nicht so schlecht dastehen, das verdankt er allein mir."
„Mit: Auf die Reihe kriegen, meinen Sie mich?", fragt Viktor ungerührt.
„Ja, Sie sind doch mein Nachfolger, es bietet sich zumindest an? Oder ist es Ihre Mutter?"
„Lassen Sie Mutter aus dem Spiel, sie hat mit dem Ganzen nichts zu tun", sagt er unwirsch. Ich hasse es, wenn Leute spekulieren und Gerüchte verbreiten, denkt er. „Was mich betrifft liegen sie völlig richtig. Salger ist nicht mehr bereit, weiteres Geld zuzuschießen, solange Sie an Bord sind. Ihren Anteil werden wir natürlich zum Tageskurs ablösen. Ich hoffe aber, dass sie

mir im Übergang als Beraterin erhalten bleiben." Viktor klingt hart, unerbittlich, als gäbe es darüber nichts mehr zu diskutieren. Sie hätte Mutter aus dem Spiel lassen sollen, denkt er. Aber so ist die Anisevic halt, den Mund immer ein bisschen zu voll nehmen, und auch noch zum falschen Zeitpunkt. Er sieht, wie sich in ihren Augen Tränen bilden, die sie wie lästige Fliegen wegwischt.
„Entschuldigen Sie, es war nur ein Moment der Schwäche. Die Antar ist mein Baby, ich habe mich gehen lassen", sagt sie mit belegter Stimme.
„Ich bin nur der Überbringer der schlechten Nachricht."
„Weiß ich. Trotzdem sind Sie mir allemal lieber als Salger."
„Wann möchten Sie, dass wir die Details regeln? Morgen, so am späten Vormittag?"
„Ja, das gibt mir Zeit für ein gutes Frühstück, das erste nach vielen Jahren."

Einen Monat später sitzt Viktor Frohmut Kramer gegenüber. Zweiter Akt, selbe Tragödie, denkt er. Als erstes werde ich den Teppich von den Wänden reißen, und die Vitrine schmeiße ich auch hinaus. Alles nur Nostalgie, die nichts bringt außer Staub. Hell, weiß und aufgeräumt muss es sein, ein echter Neuanfang.
„Gratuliere Viktor, du scheinst die Treppe hinauf gefallen zu sein, seit du diesen Salger getroffen hast", sagt Frohmut, wobei er Viktor erwartungsvoll ansieht. Eine Begrüßungsformel spart er sich. Auch das obligatorische Händeschütteln hat er gelassen und sich sofort auf die Schmalseite des Besprechungstischs, mit dem Fenster im Rücken, gesetzt.
Er denkt, wenn er die Sonne im Rücken hat, kann ich ihn nicht richtig sehen, denkt Viktor. Er weiß nicht weshalb ich hier bin. Ich hätte ihn vorab warnen können, dass seine Zeit abgelaufen ist, aber warum sollte ich. Viktor betrachtet den schweren Körper Frohmuts, er sieht müde aus, denkt er, weich gekocht. „Komisch, dass Sie das so sehen, Frohmut. Die Geschäftsführung der Antar habe ich nur vorübergehend übernommen, bis es wieder besser geht."

„Besser geht! Natürlich, was sonst. Bei einem so erfolgreichen Manager wie dir kann man nichts anderes erwarten. Schließlich hast du bei uns gezeigt, wie man ein Unternehmen an den Rand des Ruins bringt." Frohmut will sarkastisch klingen, doch seine Verunsicherung ist spürbar.

Es nützt nichts, lange um den Brei herum zu reden, denkt Viktor. Je länger es dauert desto aggressiver wird er. Ruhig bleiben, ganz ruhig bleiben. „Jetzt hören Sie schon auf, Frohmut, so kommen wir nicht weiter. Ich muss ernsthaft mit Ihnen reden. Salger will, dass wir mehr aus der Mikro System machen, bevor er weiteres Geld hineinsteckt."

„Weiteres Geld? Dass ich nicht lache. Wir haben keinen roten Heller von ihm gesehen, außer einem teuer verzinsten Darlehen."

„Das wir so schnell wie möglich in eine Beteiligung umwandeln wollen. Aber zuerst muss die Fusion stehen, nur leider halten Sie von der nichts", sagt Viktor kalt. „Ich verstehe ja Ihren Frust, aber wir sind nun mal der Ansicht, dass es weder die Mikro System noch die Antar allein auf Dauer schaffen können. Zusammen, glauben wir, haben beide eine reelle Chance. Die Verhältnisse im Markt kennen Sie besser als ich."

„Ach Viktor, du mit deinen grandiosen Ideen. Hast du immer noch nichts dazu gelernt?"

„Was meinen Sie? Das Konzept ist gut!"

„Auf dem Papier vielleicht. Aber wie soll ich denn meine bayrischen Sturköpfe nach Brandenburg verfrachten? Die kündigen doch eher, als dass sie zu den Preußen gehen. Und umgekehrt genauso. Zwei Standorte rentieren sich nicht für so ein kleines Unternehmen, da stimme ich dir zu. Nimm mehr Geld in die Hand und hol einen Teil der Antar Mitarbeiter hierher, das könnte gehen. Aber das, was du dir ausgedacht hast, Viktor, funktioniert nur auf dem Papier, die reale Welt sieht anders aus. Mit mir musst du dich nicht mehr lange herumschlagen, ich bin schon lange ein Dinosaurier, dem nicht gefällt, was du vorhast. Nach der Übernahme durch Salger dachte ich, wir hätten eine Verschnaufpause, aber es war nur die Eröffnung der nächsten Runde. Warum lässt du mich nicht einfach gehen."

„Aber darüber reden wir doch gerade."

Schlagartig entweicht die Farbe aus Frohmuts Gesicht, als hätte er bisher nur so dahergeredet, und jetzt plötzlich kapiert wie eng es für ihn wird. Hektisch greift er nach seinem Stift, als müsse er sich an etwas festhalten. „Das kannst du nicht, ich bin Teilhaber und Sabeth ist auf meiner Seite."

„Doch das kann ich wohl. Die Seed hat die Mehrheit, und wie Sabeth entscheidet wird sich erst zeigen." Viktor hat den unbeteiligten Ton eines Scharfrichters angenommen.

Frohmuts Schultern sacken nach unten, Schweißtropfen erscheinen auf der Oberlippe, der Mund formt Wörter, die nicht gesagt werden. „Dann hoffe ich wenigstens, dass du fair bist, schließlich habe ich den Laden lange genug geführt."

„Fair! Was ist schon fair. Ihre Anteile sind an bestimmte Meilensteine gebunden, keinen Einzigen haben Sie erreicht, deshalb schulden wir Ihnen eigentlich gar nichts. Salger ist da ganz meiner Meinung, er drängt mich sogar, ja nicht einzuknicken. Aus familiären Gründen vielleicht, was weiß ich, was er denkt. Dabei habe ich nie an Sonderkonditionen gedacht. Also reden wir nur über Ihren Vertrag als Geschäftsführer."

Frohmut hat diese Minimalposition anscheinend nicht erwartet. „Und was heißt das?" fragt er unsicher.

„Wir werden Ihren Vertrag auflösen, wegen mangelnder Performance."

„Und wenn ich dagegen klage?"

„Werden Sie verlieren. Tun Sie sich keinen Zwang an, alles was Sie durch ein Verfahren erreichen sind hohe Anwaltskosten. Ich an Ihrer Stelle würde mich auf einen Vergleich einlassen. Wir sind bereit, Ihnen entgegen zu kommen, damit ich in Ruhe arbeiten kann und nicht die halbe Zeit mit Rechtsstreitigkeiten zu tun habe."

„Und wie hoch wäre der Betrag?" Frohmut klingt resigniert, als hätte er bereits aufgegeben.

„Ich glaube, ich könnte einen fairen sechsstelligen Betrag durchsetzen."

„Wie hoch?"

„Zweihunderttausend."

Frohmuts Oberkörper schnappt nach vorne. Der Mann bricht in hysterisches Gelächter aus. Nach einiger Zeit beruhigt er sich wieder und starrt auf die Produkt-Vitrinen in Viktors Rücken.

„Das ist viel für ein Unternehmen, das kurz vor der Insolvenz steht", sagt Viktor ungerührt. „Glauben Sie mir, Frohmut, es hat mich eine Menge Überredung gekostet, um Salger zu irgendeiner Zahlung zu bewegen. Ich habe mich aber dafür eingesetzt, weil wir uns so lange kennen und ich will, dass die neue Firma eine Chance bekommt."

„Und was machst du in dieser neuen Firma?" Frohmut wirkt jetzt ganz ruhig, höflich fast, wie jemand, der sich längst damit abgefunden hat, dass er draußen ist.

„Ich leite sie."

„Dachte ich mir. - Weißt du eigentlich, wer dieser Salger ist? Verena sagt, er lässt sein Anwesen in Südafrika von Rottweilern bewachen. Und hier in Europa scheinst du einer davon zu sein. Blutsauger nennt man Leute wie euch."

Viktor schießt Röte ins Gesicht. Jetzt ist er zu weit gegangen, denkt er, und zählt bis zehn, um sich zu beruhigen. „Woher will Verena das wissen. Kennt sie Salger überhaupt?", fragt er betont ruhig, obwohl es in ihm brodelt.

„Nein, nicht persönlich, aber sie kennt jemand, der auf Salgers Farm aufgewachsen ist. Der scheint nicht so viel von ihm zu halten."

„Was ist das, ein Tribunal? Das müssen Sie schon mit Salger selbst führen. Ich kann Ihnen nur raten, unser Angebot anzunehmen." Viktor legt seine Hände auf den Tisch, als müsse er sie unter Kontrolle halten.

Auf einmal steht Frohmut auf und verlässt das Zimmer. Als er zurück kommt, sagt er: „Du gibst mir nicht viel Spielraum, aber so war es ja immer, wenn du geglaubt hast, auf der Siegerstraße zu sein."

„Frohmut, bitte ersparen Sie uns das." Viktor weiß, dass er gewonnen hat, erleichtert lehnt er sich zurück. Nur jetzt keinen Triumph erkennen lassen, denkt er. „Hier geht es nicht um eine

Abrechnung, und wir sind auch nicht in einem romantischen Musical, wo jeder ein wenig singen darf und am Ende geht alles gut aus. Die Seed hat leider nichts zu verschenken. Mit genügend Abstand finden Sie wahrscheinlich die genannten Konditionen ganz in Ordnung."

Frohmut nickt, nicht zustimmend, eher als Eingeständnis seiner Niederlage. „Wie viel Bedenkzeit habe ich?", fragt er.

„Eine Woche, zwei, wenn Sie wollen. Danach kündigen wir."

Der Mann wirkt plötzlich um Jahre gealtert. Für eine Weile starrt er still vor sich hin. „Ist wohl besser du gehst jetzt", sagt er schließlich resigniert. „Gute Nacht, und viel Glück, Viktor. Hoffentlich passiert dir nicht einmal das gleiche wie mir."

„Das weiß man nie."

Als Sabeth Kramer durch die Bar zum Restaurant geht, wundert sie sich über die vielen Leute ihres Alters, die alle auf jemand zu warten scheinen.

„Könnten Sie bitte nachsehen, ob ein Herr Paulsen reserviert hat?", fragt sie die Concierge an deren Stehpult.

Die junge Frau fährt mit dem Finger die Reservierung rauf und runter und schüttelt bedauernd den Kopf. „Leider, aber das macht nichts, wir sind nicht ausgebucht."

„Dann einen Tisch für zwei Personen bitte. Möglichst am Fenster."

„Lassen Sie mich nachsehen, dort drüben wird gerade etwas frei. Wäre Ihnen das recht?"

„Ist doch wunderbar."

„Wollen Sie noch an die Bar gehen, bis Ihre Begleitung kommt?"

„Nein, lieber gleich zum Tisch. Falls sich ein Herr Paulsen bei Ihnen meldet, wären Sie so nett, ihn zu mir zu führen?"

„Gern."

Es dauert nicht lange, dann sieht sie Viktor den Marstallplatz überqueren, den Kopf tief in den hochgestellten Mantelkragen gezogen. Der Wind wirbelt Staub und Unrat über die Pflasterstei-

ne. Wo sind seine Locken hin, denkt sie. Vermutlich glaubt er, Stoppelhaare gehören zu einer erfolgreichen Managerkarriere.
Als Viktor Sabeth am Fenster sitzen sieht, winkt er und beschleunigt seine Schritte. Kurz darauf steht er vor ihr und strahlt über das ganze Gesicht. „Bonsoir Madam, comment ca va. Schön, dass du kommen konntest", er küsst sie auf beide Wangen, wobei er sie sachte an der Schulter berührt. „Du duftest gut, aber das hast du ja immer schon", sagt er betont geheimnisvoll. Er zieht den Mantel aus und gibt ihn dem Kellner.
„Du kannst mich auch auf den Mund küssen, oder genierst du dich mit einer alten Frau." Sabeth lächelt, als gingen ihr längst vergangene Bilder durch den Kopf. Verwundert registriert sie, wie verunsichert er reagiert, sich aber sofort wieder fängt.
„Von alt kann keine Rede sein. Gut siehst du aus, wirklich. Es ist warm hier." Er legt das Jackett ab und hängt es über die Lehne seines Stuhls. „Das Küssen mache ich beim nächsten Mal, versprochen. Ich kann es aber auch gleich nachholen." Betont theatralisch springt er auf, als wolle er das Küssen sofort nachholen, doch sie wehrt ab. Ohne auf die anderen Gäste zu achten, breitet er die Arme aus und atmet tief ein. „Was für ein betörender Duft. - Du siehst wirklich fantastisch aus, kein Stuss. Wie machst du das nur? Morgens ein opulentes Frühstück, ausführlich die Zeitung, danach eine leichte Massage vom Beau deiner Wahl, und immer möglichst früh ins Bett. Ist das dein Geheimnis? Wie geht es den Kindern?"
„Setz dich du Süßholzraspler. Die Leute halten uns für verrückt", sagt sie schmunzelnd. Für einen Moment scheint sie zu überlegen, ob sie den leichten Ton beibehalten soll und entscheidet sich dagegen. „Den Kindern geht es gut", sagt sie ernst. „Der Anzug steht dir übrigens gut, du hättest mich fragen können bevor du das Jackett ablegst. Früher hast du immer eine Krawatte getragen, aber das weiße Hemd allein gefällt mir besser. Anscheinend willst du niemand mehr etwas beweisen. - Warum so geheimnisvoll am Telefon?"
„Warum geheimnisvoll?", wiederholt Viktor die Frage, und geht nicht näher auf die Kleiderordnung ein.

„Frohmut hat ein paar Andeutungen gemacht, aber letztlich nur gesagt, dass du mir alles selbst erzählen wirst. Und jetzt machst du Komplimente. Kein gutes Zeichen. Seit wann kannst du überhaupt Französisch?"
„Immer schon, ich habe es nur vor dir verschwiegen, wie ich alles Wichtige vor dir verberge. Zumindest scheinst du das zu glauben, wenn ich deine Bemerkung am Telefon richtig interpretiere."
„Nicht so schnell, was machen wir den ganzen Abend, wenn wir sofort loslegen. Wo sind deine Haare hin?"
„Alles weg, ratz fatz, es war einfach Zeit. Hast du dich schon entschlossen, was du essen möchtest?"
„Wie sollte ich, du lässt mich ja nicht zu Atem kommen."
„Hey, du warst doch schon eine Weile hier, alle Zeit der Welt, um die Karte zu studieren."
„Stell dir vor, es gibt tatsächlich noch höfliche Menschen, die warten auf ihre Verabredung."
„Soll es tatsächlich geben. Wollen wir kurzzeitig Frieden schließen, damit wir nicht verhungern?"
„Streiten wir schon?", fragt sie scheinheilig. „Sie haben Nieren, die magst du doch?"
„Ja stimmt, also hast du doch schon geguckt. Ich nehme lieber das Risotto Milanese, extra viel Meeresfrüchte. Mache ich immer, wenn ich hier bin. Und du?"
„Ich auch, mit dem Risotto hast du mich schließlich geködert."
Viktor grinst unverschämt. „So leicht geht das? Also, was sollte die Bemerkung?"
Sabeth hat das kleine Geplänkel gefallen, es ist der Viktor, den ich mag, schlagfertig und ein bisschen hinterhältig, denkt sie.
„Frohmut glaubt, du willst uns über den Tisch ziehen, er sagt, dass du uns immer einen Zug voraus bist, und dass wir nichts dagegen tun können. Ist das so?"
„So ein Quatsch. Wer ist wir?"
„Eigentlich nur Frohmut und ich. Vielleicht noch unsere Anwälte."

„Touché", sagt er, wobei ein breites Grinsen auf seinem Gesicht erscheint, doch es wirkt aufgesetzt. „Du hast dich mit Frohmut verständigt, ihr wollt also klagen?"
Sabeth betrachtet ihn bedauernd. „Nein", sagt sie endlich. „Wie fühlt es sich an, hinter jeder Bemerkung ein Komplott zu vermuten?"
Er will sofort antworten, lässt es aber, und sieht den Papierfetzen nach, die über den leeren Marstallplatz fegen. Dann sieht er ihr in die Augen und sagt: „Es hörte sich verdammt nach Drohung an. Und du denkst wirklich, ich würde dich über den Tisch ziehen wollen? Ausgerechnet dich. Du weißt, ich tue nur meinen Job."
„Aber wie du ihn machst, das stört anscheinend einige", sagt sie kalt. „Immerhin zerreißen sie sich das Maul darüber. Was regt sie denn so auf?"
„Weiß nicht, ich sage die Wahrheit, zumindest das, was ich dafür halte."
„Wahrheit? Ein ziemlich großes Wort."
„Wir können nur die Wörter benützen, die wir haben. Es stimmt, manchmal ist das Falsche wahr und die Wirklichkeit nur ein Traum. Wenn du das meinst, stimme ich dir völlig zu. Aber lassen wir die Spitzfindigkeiten. Ich will nur in die schwarzen Zahlen kommen, und dass die Fusion erfolgreich verläuft."
„Und das um jeden Preis?" Wie zur Bestätigung tätschelt sie seine Hand.
Viktor nickt, greift nach dem Wasserglas und stellt es zurück, ohne zu trinken. „Natürlich musst du das sagen. Geldmenschen sind nun mal gierig in deinen Augen." Er verzieht das Gesicht und schiebt einen unsicheren Lacher hinterher. „Entschuldige, war nicht so schlimm gemeint, ich bin etwas überarbeitet. Was hat dir Frohmut erzählt?"
„Dass du uns loshaben willst. Er rät mir, dein Angebot abzulehnen. Aber ich will es von dir selber hören." Ein Schuss Traurigkeit schwingt in ihrer Stimme.
„Was soll ich sagen? Salger denkt, die Fusion mit der Antar macht Sinn, darauf war er von Anfang an aus. Ich glaube er hat

Recht. Die Mikro System allein ist zu schwach, um auf Dauer zu überleben. Natürlich ist das schmerzhaft für euch, und natürlich benützt Salger mich als Kettenhund, aber so ist es nun mal. Vor ein paar Tagen habe ich die Gründerin der Antar entlassen müssen, weil sie sich gegen die Fusion gesperrt hat. Das war auch kein Spaß."

Sabeth hört ihm jetzt aufmerksam zu. „Warum willst *du* diese Fusion, Viktor? Bei Salger kann ich es verstehen, der will seinen Einsatz verdoppeln, oder verdreifachen, um sich dann zu verabschieden. Aber warum du? Oder bist du bereits Teilhaber der Seed und spekulierst auf einen hohen Bonus?"

Viktor nimmt eine Packung Grissinis aus dem Ständer, reißt das Papier auf und beginnt an einer der dünnen Brotstangen zu knabbern. Er greift nach dem Weinglas und dreht es unschlüssig hin und her. „Ich bin kein Teilhaber, noch nicht. Die Fusion hat nichts mit meinen persönlichen Zielen zu tun. Sie macht einfach nur Sinn. Wir kriegen bessere Produkte und kommen schneller in den Markt. Das reicht, alles andere wird sich zeigen."

„Dann müsst ihr es wohl tun. Lass uns über meinen Anteil reden." Auf einmal klingt sie nur noch geschäftsmäßig. Erinnerungen an ihre gemeinsame Zeit, den gelegentlichen Beischlaf am Ende einer langen Sitzung, hat sie zur Seite geschoben. Jetzt geht es nur noch um Interessen, um Geld.

„Bist du mir böse?", fragt er scheu, als er ihre Veränderung wahrnimmt.

„Warum sollte ich. Die Dinge sind, wie sie sind. Ich glaube nicht, dass du mich betrügen willst, auch wenn es für Frohmut so aussieht. Aber vielleicht waren meine und Frohmuts Erwartungen immer schon zu hoch. Ich habe viel dazu gelernt, seit Konrads Tod. Neulich hat sich mir eine Freundin offenbart. Ihr Mann war sterbenskrank und hat sie monatelang angefleht, ihm beim Sterben zu helfen. Er wollte einfach gehen, solange er noch klar denken konnte. Sie hat es schließlich getan, aber jetzt verfolgt es sie Tag und Nacht. Wenn du so etwas hörst, tritt alles andere in den Hintergrund. Ich bin jetzt viel mit den Kindern zusammen, sie geben mir Halt."

Viktor sieht sie lange nachdenklich an. Er ahnt, dass sie mit der Freundin sich selbst meint. Unsinn, denkt er, auch wenn ich ihr damals alles zugetraut hätte. Doch so schnell der Gedanke gekommen ist, so schnell verwirft er ihn wieder. „Kann ich dir helfen?"
„Nein, ich muss schon selbst damit klar kommen. Aber lass uns wieder über die Firma reden, es ging mir nur so durch den Kopf."
„Konrad hatte keine gute Zeit mehr, du weißt das! Und Frohmut ist auch am Ende, von ihm ist nichts mehr zu erwarten."
„Ich weiß, das macht es aber nicht leichter. Du musst aufpassen, dass du nicht webst und webst, und plötzlich hast du dich in deinem eigenen Netz verfangen."
„Was meinst du?"
„Du weißt schon. Aber sag, was bietest du mir an?"
Sie spricht wie Konrad in seiner verschwurbelten Art, denkt er. Mechanisch nennt er eine Zahl. „Fünfhunderttausend, für deinen Anteil." Er wartet ab, doch als sie nicht darauf eingeht, sagt er: „Ich würde sie nehmen. Du kannst natürlich auch in der Firma bleiben, niemand will dich hinaus drängen, aber dann läufst du Gefahr, alles zu verlieren."
Sie nimmt es ungerührt zur Kenntnis, fragt nicht einmal nach und sagt nur: „Wie stehst du zu Salger, traust du ihm?"
„Ja sehr, und ich glaube, er vertraut mir auch. Manchmal sieht er mich an, als wäre es völlig egal, was ich mache, er findet es immer gut. Er hat dieselben Hände wie ich, nur sind seine voller Flecken. Und wenn er sie länger vor sich liegen hat, treten die Adern auf den Handrücken hervor. Weiß nicht, warum ich dir das erzähle."
„Du magst ihn halt."
„Vielleicht. Er ist so anders, als Jonas, Konrad und all die alten Männer, die ich bewundert und gleichzeitig gehasst habe. Die Fusion wird spannend, wenn ich erstmal loslegen kann. Eine echte Herausforderung."
„Gut, du brauchst das."

„Geht es dir wirklich besser? Du warst ganz schön durcheinander nach Konrads Tod."

„Da ging es mir auch besonders schlecht. Deine Mutter hatte mich angerufen, kurz bevor du kamst, sie wollte wissen, wie es mir ginge. Sie hatte mich noch nie zuvor nach meinen Gefühlen gefragt. Ich dachte immer sie mag mich nicht."

„Beileid, wegen Konrads Tod?"

Sie zuckt mit den Schultern. „Irgendwie hatte ich das Gefühl, es ginge gar nicht um mich, sondern um sie, vielleicht auch um dich. Aber ich hab nicht nachgefragt."

Viktor stützt das Kinn auf die Hände, streicht sich über die Augen und betrachtet Sabeth. „Wer weiß schon, was im Kopf Anderer vorgeht. - Bist du einverstanden mit den fünfhunderttausend?"

„Ja, du kannst alles fertig machen."

„Hat es geklappt?" fragt Salger gelangweilt.

Die Details interessieren ihn nicht, denkt Viktor. Ich bin sein Handlanger, darüber sollte ich mir keine Illusionen machen. „Sie haben alle akzeptiert. Anisevic verkauft zum Tageskurs und bei den Kramers war ich mir von vornherein sicher. Und wie geht's jetzt weiter?"

„Wir gehen genauso vor wie verabredet. Zuerst die außerordentliche Hauptversammlung, danach übernehmen Sie kommissarisch die Geschäftsführung, so für ein Jahr, das müsste reichen, um die Fusion abzuschließen."

„Das ist in einem Jahr nicht zu schaffen", wirft Viktor ein.

„Das packen Sie schon, einfach loslegen. Und Glückwunsch, das mit den Dreien haben Sie gut hingekriegt."

„Danke."

Nachdem Viktor aufgelegt hat, betrachtet er eine Weile das stille Telefon. Mit einem Federstrich bringen wir ganze Lebensplanungen durcheinander, denkt er. Einfach so, weil es uns nicht mehr passt, wie sie arbeiten. Weil sie nicht genug erwirtschaften. Weil sie nicht schnell genug auf die Beine kommen. Alles hehre Gründe für ein Wirtschaftsseminar, aber für die Menschen ist es eine

Katastrophe. Wir verstecken uns in teuren Hotels, unter Maßanzügen und leisten uns köstliche Essen, alles Humbug, dahinter verbirgt sich immer ein Raubtier. Dabei sind wir selbst getrieben und austauschbar. Vielleicht bin ich doch nicht so gut geeignet für diese Art Job, denkt er, und schaltet die Abendnachrichten ein, bevor er allein zum Essen geht.

21 Niedergang

Salger lässt das Telefon klingeln, dreht sich nicht einmal weg vom Fenster und blickt unverändert auf den See. Ich halte es nicht mehr lange durch, denkt er. Wenn einer meiner Großanleger abspringt, bin ich erledigt. Ich muss mit Arri und Gary reden. Noch so eine Betteltour, die mir langsam zum Hals heraus hängt. Singapurs Glitzerfassade, und Arri's Geschichten im Cricket-Club, dann nachts im Flieger nach Los Angeles. Nerven gespannt wie Drahtseile. Die Ansagen der Flughafensprecher, Nadelstiche in ein überreiztes Gehirn. Weiter nach New York, die Zeitverschiebung in den Knochen, orientierungslos, trotzdem am nächsten Tag Gary, König in seinem Glaspalast. Dabei sehne ich mich längst zurück nach meiner Farm, aber noch ist es zu früh, um aufzugeben.

Als Janet ihren Kopf durch die Tür steckt, dreht er sich um und sagt: „Ist gut, ich brauche noch ein paar Minuten, dann bin ich wieder für Sie da."

„Diese Frau lässt sich nicht abwimmeln und macht seltsame Andeutungen, dass Sie unbedingt mit Ihnen sprechen muss. Sie hat schon ein paar Mal angerufen und meint, es könnte schlimme Folgen für Sie haben, wenn Sie sich weiter verleugnen. Vielleicht sollten Sie doch direkt mit ihr reden." Janet hört sich genervt an, als hätte sie es satt immer neue Ausreden zu erfinden.

„Gut, ist sie noch dran?"

„Ja, ich stelle durch."

Aus dem Hörer klingt die rauchige Stimme einer Frau mit osteuropäischem Akzent, den er nicht zuordnen kann. „Guten Morgen, mein Name ist Olga Zevec, spreche ich mit Herrn Martin Salger persönlich?"

„Ja, Salger", sagt er, während das Gefühl einer zuschnappenden Falle in ihm wächst.

„Ich bin Anwältin. Es geht um meinen Mandanten", sie spricht schnell, ohne ihm Zeit zu lassen eine Frage dazwischen zu schieben. „Er hat mich beauftragt, Ihnen auszurichten…", sie hält inne, als würde sie ihre Notizen prüfen, „…dass Viktoria in guter

Verfassung ist, aber die Kaviar-Erträge zurückgehen. Viktoria, wie die englische Königin, in deren Reich die Sonne nie unterging, und nach der ein See in Ostafrika benannt ist. Mein Mandant meint, Sie kennen diesen See von früher."
Ihr Ton ist schärfer geworden, fordernd, was Salger fast erleichtert zur Kenntnis nimmt. Sie ist kein Profi, denkt er. „Ich weiß nicht, wovon Sie reden. Natürlich kenne ich den Viktoriasee. Alle Welt kennt ihn. Sagen Sie ihrem Mandanten er kann mich direkt anrufen, wenn er etwas von mir will, ansonsten danke ich Ihnen für den Hinweis."
Für einen Moment herrscht Stille in der Leitung, dann sagt sie mit betont ruhiger Stimme, als wolle sie, dass er auch wirklich jedes Wort versteht. „Mein Mandant weiß, was mit den Flugzeugen transportiert wird, er möchte ihnen helfen, das Geschäft auszuweiten. Denken Sie darüber nach, wir werden uns in nächster Zeit wieder melden." Damit legt sie auf. Das Display zeigt keine Nummer an.

Helfen? Wer hilft da wem, denkt Salger. Vielleicht ziehen Sie ja rein zufällig einen kleinen Erpressungsversuch ab, mit ihrer Bardamenstimme und dem anwaltlichen Gehabe? Sie und ihr Komplize, pardon, Mandant, als wüsste ich nicht, dass die Waffen vom Viktoriasee auf dem Landweg nach Ruanda gelangen, um dann im Kongo zu versickern.
In der Scheibe des Panoramafensters sieht er sein verschwommenes Spiegelbild. Die Geheimratsecken und die scharfen Falten um die Mundwinkel. Er weiß, dass sich seine Augen in sekundenschnelle in abweisende Schlitze verwandeln können. Weiß, wie ihn seine Geschäftspartner hassen, wenn er die Verhandlungen strafft und ihnen keine Chance lässt. Es hat alles nichts genützt, denkt er, unzählige Schlachten gewonnen, aber am Ende den Krieg verloren, nur weiß es noch keiner, außer mir.
Er geht ein paar Schritte vor dem Fenster auf und ab, wobei er in Gedanken den Daumen unter das Kinn schiebt und mit dem Zeigefinger die Nasenspitze nach oben drückt. Eine Bewegung, die er sich in den letzten Jahren angewöhnt hat, wenn er über ein Problem nachdenkt.

Sie wissen, mit wem sie es zu tun haben, das ist es, was sie mir sagen wollen, denkt er. Sie glauben, mich in der Hand zu haben, und sie werden die Karte spielen, wann immer es ihnen genehm ist. Man kann meine Geschäft nicht nebenher machen, und die Waffen mit dem Geld zu vermengen war wohl von Anfang an keine gute Idee. Du wirst alt, Martin, früher hätte dich keiner erpresst. Er nimmt den Hörer ab und ruft John Goffin an.

„Wir müssen reden", sagt er, als er Goffins brüchige Stimme hört.

„Wann?"

„Sobald wie möglich."

„Ich reserviere uns das Übliche", sagt Goffin und legt auf.

Er hört sich an, wie ein alter Mann, denkt Salger. Ihre Telefonate sind mit den Jahren immer kürzer geworden, doch Salger weiß, dass das ‚Übliche' das kleine Nebenzimmer eines Restaurants am Grand Place ist, wo sie sich immer treffen, wenn er nach Brüssel kommt.

Gleich darauf lässt er sich Arri Sidique geben und kündigt seinen Besuch in Singapur an. Als Grund nennt er den Halbjahresbericht des Fonds, den er ihm persönlich erläutern will. Sidique zögert kurz und stimmt dann zu. Er hat etwas, denkt Salger, nachdem er aufgelegt hat. Wahrscheinlich ist es die Angst um sein Geld. Was soll's, er ist nicht der Einzige.

Er bittet Janet, ihm Gary Johnson, seinen größten Fonds-Investor in New York, zu geben, und als er dessen aufgekratzte Stimme hört, beginnt er sich zu entspannen. Sie sprechen lange und am Ende verabreden sie sich in New York, drei Tage nach dem Treffen mit Sidique.

Eine weitere Erdumrundung, denkt Salger. Anstrengend, doch wenn sie still halten, und Johnson vielleicht sogar etwas zuschießt, kriege ich wieder Luft. Er lehnt sich in seinem Kippstuhl zurück, legt die Beine auf den Schreibtisch und zündet sich eine Zigarette an. Während er durch den Rauch die vorbeifahrenden Ausflugsschiffe auf dem Zürichsee betrachtet, denkt er: Irgendwie muss ich herausfinden, wer hinter der rauchigen Stimme steckt.

„Was hältst du von dem Krieg im Irak?", fragt Salger, als er John Goffin in dem verabredeten Lokal in Brüssel gegenüber sitzt.
„Keine Meinung, aber Mission accomplished ist wohl nicht ganz zutreffend." Goffin schnauft gehässig, ob aus Verachtung gegenüber den Amerikanern, oder doch eher wegen seiner Leibesfülle, ist nicht klar. „Sollte ich wetten, würde ich sagen, das fliegt denen noch um die Ohren. Aber ich wette nicht, habe ich noch nie getan." Er nimmt einen Schluck Wasser und sieht Salger an, als prüfe er, ob er noch derselbe ist. „Wir haben uns lange nicht gesehen, wie geht es dir? Du siehst überarbeitet aus. Am Telefon klangst du ziemlich gehetzt."
Salger räuspert sich. Soweit ist es also schon, dass sie am Telefon merken, wie schlecht es mir geht, denkt er. „Etwas Stress, nicht mehr als gewöhnlich. Sehe ich aus, wie einer, der am Abschnappen ist?"
„Bist du es?", fragt Goffin und grinst unverschämt.
„Quatsch. Hast du Zeit, oder muss ich mich beeilen? Wie wär's mit einer richtig guten Flasche Wein?"
„Immer dabei. Aber jetzt red schon, du bist bestimmt nicht gekommen, um mir meine Ansichten über die Weisheit der Amerikaner zu entlocken."
„Im Alter sehnt man sich halt gelegentlich nach guten Freunden." Salger wirkt versonnen und betrachtet durch die Butzenscheiben die verzerrte Fassade der Bürgerhäuser auf der gegenüberliegenden Seite des Platzes. „Mich hat eine Frau angerufen", sagt er endlich. „Rauchige Stimme, osteuropäischer Akzent. Sie behauptet, Anwältin zu sein. Ihr Mandant würde mir gerne helfen, das Geschäft mit den Antonovs auszubauen." Salger wartet ab, wie Goffin reagiert. Doch als der nur stoisch, an ihm vorbei, dem Kellner zusieht, wie er das Besteck auflegt, fährt er fort. „Außerdem hat mich ein Schweizer Inspektor interviewt, Leonhard Rueti heißt er. Er hat nur ein paar dumme Fragen gestellt, nichts Konkretes, lauter Andeutungen. Du kennst vermutlich weder die Eine noch den Anderen?"

Goffin schüttelt irritiert den Kopf, als fände er allein schon die Frage eine Zumutung. „Wie kommst du überhaupt darauf?"
„Man weiß ja nie. Und Lucy Fiawo, Kwames Tochter hat mich in Berlin getroffen. Ist alles nur Zufall, oder? Sie hat auch die Flugzeuge ins Spiel gebracht, als wüsste sie Bescheid."
„Über was? Deine Geschäfte oder die Einsatzbereitschaft jedes einzelnen Fliegers. Ein wenig präziser musst du schon werden, mein Lieber, wenn du klare Antworten willst."
Hey, denkt Salger, so etwas hätte er sich früher nie getraut, als er mich für seine dubiosen Projekte noch brauchte. Er antwortet nicht, sieht nur gespannt auf Goffin, wobei er amüsiert registriert, wie der unruhig wird.
„Du verdächtigst mich?" Goffin ist bemüht weniger aggressiv zu klingen. „Warum sollte ich dir ein Bein stellen wollen? Ich habe mit deinen Geschäften nichts mehr zu tun, Martin."
Außer, dass du einen schönen Batzen Geld eingestrichen hast. Aber vielleicht hast du das ja längst vergessen, denkt Salger, und schweigt.
„Warum hat dich Lucy in Berlin getroffen? Hat sie gesagt, was sie will?", fragt Goffin.
Salger zuckt mit den Schultern und verzieht das Gesicht. „Sie wollte nur wissen, wie es damals in Nigeria zuging, und wie sie dich erreichen kann. Die Antonovs hat sie nur beiläufig erwähnt. Einfach mal auf den Busch klopfen, vermute ich. Irgendwas kommt immer dabei raus, die alte Journalistenmasche eben. Ich habe ihr gesagt, dass wir beide uns kaum noch sehen, aber ich gab ihr deine Nummer, schien mir besser, als vorzutäuschen, dass wir uns aus den Augen verloren haben."
„Dachte mir schon, dass der Kontakt von dir kommt. Sie rief mich an, und bald darauf, auf dem Weg zurück nach Lagos, saß sie bereits in meinem Büro. Du musst aufpassen, sie ist hartnäckig, clever und teuflisch schön. Das hilft zuweilen bei der Recherche", sagt er und schiebt ein selbstgerechtes Lachen hinterher.
„Warum hast du mir nichts gesagt?"

„Warum sollte ich, du hast mich ja auch nicht über dein Treffen mit ihr informiert. Noch dazu gibst du ihr meine Nummer." Goffin's Ton klingt wieder versöhnlicher, als er fortfährt: „Es schien mir nicht wichtig genug. Bei mir fragen viele Reporter an, wollen alles Mögliche wissen, und dann versandet die Sache wieder. - Was wollte dieser Inspektor von dir, glaubst du, dass Lucy dahinter steckt?"
Salger sieht jetzt offen misstrauisch auf Goffin, der lustlos in seiner Vorspeise stochert. „Warum bist du so nervös", fragt er.
„Nigeria liegt lange zurück. Alles, was damals passierte, ist verjährt."
„Da bin ich mir nicht so sicher, will es auch definitiv nicht herausfinden. Nachdem sie Dimitrovs Auto in die Luft gejagt hatten, bin ich ausgestiegen. Keine Waffen mehr, ein für allemal raus. Du wolltest mit dem Osten ja auch nichts mehr zu tun haben. - Mir gefällt es in Brüssel, ich will nicht, dass irgendjemand in meiner Vergangenheit herumstochert. Hat dieser Inspektor etwas in der Hand gegen dich?"
„Nein." Mensch Goffin, du bist wirklich ein Weltmeister im Verdrängen, denkt Salger. „Leonhard Rueti, heißt er, und arbeitet in einer Spezialeinheit für Wirtschaftskriminalität. Ich schätze, er vermutet eine Verbindung zwischen der CIA und den Flugzeugen. Mich wundert nur, warum sie nicht schon früher darauf gekommen sind. Liegt doch auf der Hand, dass wir nicht nur Fischfilets und Tomaten transportieren. Ich könnte James Goddard bitten, dafür zu sorgen, dass die Schnüffelei aufhört, das hat er auch früher schon getan. Nur blöd, dass ausgerechnet jetzt mein Fonds etwas schlingert. James hat mich immer davor gewarnt, zu viele Sachen auf einmal anzupacken."
„Ich hab dich auch davor gewarnt."
„Ja, aber nur, weil du den Deal in der Ukraine haben wolltest. - Seit dem Anruf der rauchigen Stimme geht mir der Gedanke nicht mehr aus dem Kopf, dass alles zusammenhängt. Dieser Rueti gehört zu einer Schweizer Einheit gegen Wirtschaftskriminalität, sagt mein Anwalt."

„Hast du schon gesagt", unterbricht Goffin, doch Salger lässt sich nicht beirren.
„Kann gut sein, dass er sogar mit den Amerikanern kungelt. Die machen seit New York viel Druck, weil sie glauben, den Terror nur über das Geld in den Griff zu kriegen."
„Warum fragst du nicht deinen alten Freund in Langley. Der müsste doch wissen, ob da etwas gegen dich läuft, wie hieß er gleich?"
„James Goddard?"
„Der, den du vorhin erwähnt hast?"
„Ja."
„Ich hab nicht gleich geschaltet, ist vermutlich das Alter. Der Typ schien mir immer gut informiert zu sein."
„Vielleicht steckt er ja selbst hinter der Sache!"
„Hm. Tolle Freunde, aber was rede ich, so funktioniert unser Geschäft eben. Frag ihn trotzdem, lieber er, als weiter im Nebel herumstochern. Schließlich kannst du keine Anzeige aufgeben: Werde erpresst, Erpresser bitte melden für weiterführende Diskussionen." Goffin lacht höhnisch, als gefalle ihm die Idee. „Von mir erwarte nichts, ich bin raus aus allem."
Wer's glaubt wird selig, denkt Salger, hebt sein Weinglas vor die Augen und betrachtet Goffin, wie durch eine Kristallkugel.
„Und dieser Russe, an den du vor einiger Zeit verkauft hast, er hat nicht zufällig eine Sekretärin mit rauchiger Stimme und osteuropäischem Akzent?"
John Goffin lehnt sich zurück und streicht sich über den mächtigen Bauch. „Ist das ein Verhör?", fragt er verärgert. „Ich dachte, wir wollten entspannt zu Abend essen. Natürlich kenne ich einige rauchige Frauenstimmen, aber ich bezweifle, dass dich eine davon anrief. Mich hat jedenfalls niemand angerufen, außer Lucy. Was hat die Frau denn gewollt?", fragt er spöttisch.
Das bringt nichts mehr, denkt Salger, nur noch Gelaber zweier alter Männer. Außer Goffin spielt mir gerade eines seiner Versteckspiele vor und ich gehe ihm auf den Leim. Er atmet tief ein, und verzieht das Gesicht zu einem schiefen Grinsen. Ruhig bleiben, abwarten und durchatmen, nimmt er sich vor und lehnt sich

zurück. Er legt die Fingerspitzen aneinander, und setzt einen milden, seelsorgerischen Ausdruck auf. Ganz der entspannte Gast, der mit seinem Tischnachbarn ausführlich über den Zustand der Welt plaudert. „Nichts", sagt er gelassen. „Sie meinte, ihr Mandant wüsste, was tatsächlich in den Maschinen transportiert wird und woher ursprünglich das Geld für den Kauf der Flugzeuge kam."

„Hm, und danach nichts mehr?"

„Bisher nicht, aber es kommt sicher noch etwas nach. - Dieser Sandstein der Häuser gegenüber erinnert mich an unsere Zeit am Rand der Wüste. Dein Häuschen außerhalb Kano's, umgeben von Dornenhecken, dahinter viel Sand, der in der Sonne leuchtete, wie die Fassade dort drüben. Kannst du dich noch an den Sternenhimmel in Nigeria erinnern?", wechselt er den Ton. Salger klingt locker und seltsam fröhlich. Aus der Küche dringt Musik, Sinatras *I did it my way*, begleitet vom krächzenden Organ eines der Köche.

„Was ist los mit dir? Wirst du melancholisch auf deine alten Tage?", fragt Goffin.

„Keine Sorge, es ging mir nur so durch den Kopf."

Mit einem Kopfnicken weist Goffin zur Küche. „We did it our way too."

Salger grinst. „Den Song hast du wahrscheinlich bestellt. Aber mir ist nicht nach Singen zumute. Mir sitzt ein Erpresser im Nacken."

„Mann, das war ein Witz. Du hast doch von den Dornenhecken und dem Sternenhimmel gefaselt. Dabei kann ich mich nur an Staub und Dreck erinnern."

„Schon gut. Manchmal vermisse ich Afrika eben. Ich überlege, ob ich zurückgehen soll, vielleicht nach Südafrika. Es scheint dort besser zu laufen, als ich befürchtet hatte. Aber ich brauche erst einen Nachfolger, der meine Geschäfte in Zürich übernimmt. Du glaubst wirklich, ich sollte mit Goddard reden?"

„Ja, und Lucy würde ich auch nicht auf die leichte Schulter nehmen."

„Macht sie mir Kwames Tod zum Vorwurf?"

Goffin lässt die Frage offen und bohrt weiter nach den Flugzeugen. „Und du hast nicht den Eindruck, dass dieser Inspektor einfach nur hinter dem Transport-Unternehmen her ist? Offene Steuern und so. Vielleicht wollen sie dich auch nur raus haben, aus der Schweiz. Ein Kopfschmerz weniger", spekuliert er und stößt erneut sein gehässiges Lachen aus.

„Keine Ahnung, warum ich plötzlich im Fadenkreuz eines frustrierten Beamten gelandet bin."

Nachdem ihnen der Kellner die große Dorade auf einer Silberschüssel gezeigt hat, sehen sie schweigend zu, wie er den Fisch zerlegt, die Gläser nachfüllt und sich mit einem Kopfnicken verabschiedet.

„Wann hast du eigentlich Kwame kennen gelernt?", fragt Goffin, als sie wieder allein sind.

„Achtundsechzig in Berlin, aber das weißt du doch."

„Und wann brachte er Lucy mit nach Nigeria?", lässt sich Goffin nicht aus der Ruhe bringen.

„Ein halbes Jahr später, mitten im Biafra-Krieg. Ihre Mutter wollte sie wohl nicht behalten."

Goffin schüttelt den Kopf, als finde er die Erklärung wenig stichhaltig. „Eigentlich nicht verwunderlich, dass sie immer noch auf der Suche ist."

„Ja, aber in meinen Augen hat es keinen Sinn. Es ist so lange her. Sie sollte sich besser um ihr eigenes Leben kümmern, und die Toten tot sein lassen."

„Als sie Kwame umbrachten, hatte ich kurzzeitig das Gefühl auf der falschen Seite zu stehen." Goffin klingt, als wäre er immer noch nicht fertig damit.

Abgehauen bist du, bei Nacht und Nebel, denkt Salger. In unserem Gewerbe gibt es keine falschen Seiten! Kwame wusste das, aber am Ende ertrug er die hohlen Augen und aufgeblähten Bäuche der Kinder im Nigerdelta nicht mehr. Salgers Gedanken driften ab, das erste Treffen mit Kwame in Berlin vor Augen. Er hat seinen Tod selbst verschuldet, denkt er. „In unserem Geschäft ist man besser auf gar keiner Seite, es geht immer nur um Geld", sagt er schließlich. „Du hast das gewusst, John. Eigentlich habe

ich das sogar von dir gelernt. Verdreh also bitte nicht die Fakten, nur um etwas Zuckerguss über deine Erinnerung zu schmieren."
„Der Anblick von Kwames Leiche verfolgt mich bis heute. Hast du je erfahren, wer ihn umgebracht hat? Und was passierte, nachdem der Krieg vorbei war?", lässt Goffin nicht locker.
„Was meinst du?" Salger ist irritiert, weil er nicht erkennen kann, auf was Goffin hinaus will.
„Ach lass es, ich weiß doch, was passiert ist."
„Es brennt immer irgendwo in Afrika, das weißt du so gut wie ich." Wie leicht es mir über die Lippen geht, denkt Salger. Als wäre ich nicht einer von denen, die das Feuer mit Brennstoff versorgen.
„Er hatte ein Loch im Kopf! Warum dort, warum überfahren, warum wurde der Fahrer verschont? Wie kam Kwame überhaupt auf diese Straße, wo er sich nirgends verstecken konnte. Das sind nur so Gedanken, seit Lucy bei mir war." Goffin wirkt verärgert, dass es ihm nicht gelingt, davon loszukommen.
„Du grübelst zu viel, John, da kommt man schnell durcheinander." Der Fahrer sollte Cléo den Leichnam bringen, als Warnung an mich, denkt Salger.
„Ich habe Lucy gesagt, dass sie nichts von mir erwarten kann. Es ist so lange her. - Dimitrov war mir ans Herz gewachsen, es belastet mich, wie er umkam. All die Leute, die ich eigentlich mochte…. - Glaubst du wirklich, da kommt etwas auf dich zu?"
Was macht er sich in die Hosen, denkt Salger, von ihm will ja keiner was. „Weiß nicht, ist noch zu früh. Was hat Lucy denn noch gefragt?"
„Für wen du wirklich arbeitest, die CIA nimmt sie dir nicht ab."
„Und das hat sie dir erzählt?"
„Warum nicht. Sie ist Journalistin, Martin, eine ziemlich gute, wie es scheint. Solche Menschen wissen, wie sie die Leute gegeneinander ausspielen können. Du solltest sie ernst nehmen!"
„Sie braucht einen Schuldigen, sonst kommt sie nicht zur Ruhe. Lass uns zahlen, John, ich will den letzten Flug erreichen."

Dieser Rueti macht mir Sorgen, denkt Salger auf dem Weg zum Flughafen, er sieht aus wie ein Terrier, der sich schlecht von einer Fährte abbringen lässt. Kann mir nicht vorstellen, dass Goddard ihm einen Wink gegeben hat. Ich werde ihm ein Treffen vorschlagen, dann sehe ich ja, wie er reagiert. Zuerst muss ich mich aber um den Fonds kümmern, solange muss die rauchige Stimme schon warten. Hoffentlich legt mir Viktor in der Zwischenzeit kein Ei.

Auf dem Rückflug durch die klare Nacht kann er Europa unten vorbei gleiten sehen. Ein einziger Teppich aus Lagerfeuern, denkt er, doch in Afrika herrscht immer noch tiefste Dunkelheit. Salger bestellt ein Glas Rotwein und schlägt die Herald Tribune auf, legt sie aber gleich wieder weg.

Nach der Landung ruft er, noch aus dem Auto, Goddard an. „Hi, James, ich will gar nicht lange darum herum reden, es geht um einen Inspektor Rueti, hat er dich angerufen?"

„Ja, hat er, ich habe ihm gesagt, er soll mir schicken, was sie gegen dich vorbringen, hat er aber nicht getan."

„Läuft da etwas, was ich nicht wissen darf?"

„Davon gibt es Vieles. Aber reg dich nicht auf, ich lass dich nicht hängen, das weiß der Typ, deshalb schickt er ja nichts. Ich brauche nur etwas, um unsere Maschine anwerfen zu können. Ohne Papier geht hier gar nichts, wir sind schließlich eine Behörde." Goddard lacht entschuldigend, als wäre ihm sein gigantischer Beamtenapparat peinlich.

„Und wenn er doch etwas geschickt hat, und es erst jetzt langsam zu dir hochkocht?"

„Ist gut möglich, wenn er es nicht direkt an mich adressiert hat. Was liegt dir überhaupt daran? Du rufst doch sonst nicht an, wenn einer deiner Deals sauer geht?"

„Das ist kein Deal mehr, hier geht es vielleicht um meinen Kopf. Dieser Rueti bohrt in alle Richtungen. Ich will nicht, dass er herausfindet, wie sehr ich in der Klemme stecke."

„Brauchst du Geld, damit dein Laden nicht hochgeht? Oder sind es die Antonovs, die dir Sorgen machen. Verkauf sie, wirf Ballast ab, aber gib mir Bescheid, wir brauchen die Transporter.

Oder gründe eine kleine Airline, wohin du die Risiken auslagern kannst. Machs schnell, ohne Aufsehen. Der Wind hat sich gedreht Martin, alles, was im Entferntesten nach Terror riecht, macht dich verwundbar. Die Kerle mit den schwarzen Turbanen lassen nicht locker, aber sie haben die Schraube überdreht, merken es nur noch nicht."

„Ich weiß." Die alte Leier, denkt Salger. Sie denken immer noch, sie können die Welt hinbiegen, wie sie ihnen passt. Dabei hat sich die Aktion längst auf eine andere Ebene verabschiedet. Auswertung von Bewegungsprofilen, Berge von Informationen durchforsten, das Suchen der sprichwörtlichen Nadel im Heuhaufen. Aber so funktionieren Geheimdienste eben, möglichst wenig Neues, es könnte ja jemand dahinter kommen, dass sie eigentlich überflüssig sind. Lohnt sich nicht, darüber zu streiten.

„Hör zu Martin, ich will keine Schwierigkeiten kriegen, nur weil deine Finanzen nicht in Ordnung sind. Wenn alles sauber ist, helfe ich dir. Ich bin nächste Woche in Berlin. Warum treffen wir uns nicht dort, am gleichen Ort zur selben Zeit, wie immer."

„Nächste Woche ist gut. Eine Woche später muss ich nach Singapur und dann New York."

„Du reist viel!"

„Lässt sich nicht vermeiden, die Zeiten sind hart."

„Wem sagst du das. Und dann hat noch eine Lucy Fiawo nach dir gefragt. Sie ist Journalistin aus Nigeria. Kennst du sie?"

„Sie ist Kwames Tochter."

Salger sitzt schon eine Weile allein auf der Bank am Schlachtensee, von der aus er den Parkplatz sehen kann. Ein Rentner mit viel Zeit, der die herbstliche Sonne genießt. Er wartet auf Goddard, dass er das Auto abstellt, prüft ob alle Türen geschlossen sind, und sich umsieht. Dass er dann auf seine Bank zusteuert und sich ohne ein Wort neben ihn setzt.

Tatsächlich erscheint Goddard pünktlich zur verabredeten Zeit, zelebriert dasselbe Ritual wie seit Jahren und setzt sich neben Salger auf die Bank. „Wie geht es dir", fragt er durch die Zähne.

„Gut, und dir?"

„Ich zähle die Tage. Lass uns gleich zur Sache kommen. Ich habe über meine Schweizer Freunde versucht herauszufinden, was dieser Rueti von dir will, aber ich stoße auf eine Gummiwand. Und in der Agency arbeitet er mit einer Abteilung zusammen, die sich um Wirtschaftskriminalität kümmert. Anscheinend bist du in deren Fadenkreuz. Die Antonovs wären mir lieber gewesen, ein durchgeknallter Pilot lässt sich schnell neutralisieren."

„Wie lange hast du noch, bis du dich aufs Fischen konzentrieren kannst?", lässt sich Salger nicht darauf ein.

„Ist noch zu früh darüber nachzudenken. - Dieser Rueti ist ein echter Bluthund, er gibt nicht auf, und Lucy steht ihm in Nichts nach. Solide Recherche muss ich sagen, aber sie hat ja auch altes KGB-Blut in den Adern", sagt er mit der Andeutung eines Lächelns. „Jetzt erzähl schon, aber die ganze Geschichte, keine Auslassungen."

„Lucy will den Tod ihres Vaters neu aufrollen. Vermutlich schiebt sie ihn mir in die Schuhe. Sie meint, jemand muss Kwame damals verpfiffen haben, er wäre zu schlau gewesen, um sich einfach auf offener Straße überfahren zu lassen. Und wenn sie weiter herumschnüffelt, laufe ich Gefahr, mitsamt meiner komplizierten Maschinerie aufzufliegen."

„Und, hat sie Recht, was Kwame betrifft?"

„Es ist die Version ihrer Stiefmutter. Cléo konnte mich nie ausstehen, und als die Schweizer Bank ihr den Zugang zu Kwames Konten verweigerte, erfand sie ein Komplott, das ich konstruiert hätte, um an Kwames Geld zu kommen. Dabei habe ich versucht, ihr zu helfen, habe sogar direkt mit der Bank verhandelt, damit sie ihr auch ohne den Code Zugang verschafft. Aber es war nichts zu machen, das Geld liegt immer noch auf der Bank."

„Die alte Geschichte."

Für eine Weile sehen sie schweigend einem Jungen zu, der auf dem Parkplatz mit dem Fahrrad seine Runden dreht, bis Goddard eher beiläufig bemerkt. „Es wird viel zum Nachdenken geben."

„Hört sich philosophisch an", sagt Salger leise.

„Bei der Herfahrt habe ich die Herbstblätter gesehen. Sie sind besonders farbig dieses Jahr. Da kommst du ins Grübeln. Jeden Herbst komme ich jetzt ins Grübeln. Für mich ist es Zeit, mir ernsthaft Gedanken zu machen." Goddard bläst die Luft durch die Zähne und fragt: „Was sage ich Lucy, sie weiß offensichtlich Einiges aus deiner Vergangenheit. Hast du es ihr erzählt, zumindest hörte es sich so an, als sie anrief?"

„Was soll das, James, willst du mir etwas Bestimmtes sagen, oder ist es eine versteckte Drohung?"

„Jetzt dreh nicht gleich durch, ich will nur, dass du die Sache ernst nimmst. Ich vermute, sie hat sich mit diesem Rueti kurzgeschlossen. Er ist ein Profi. Wir kennen ihn noch aus dem Libanon. Ziemlich unberechenbar, der Mann. An deiner Stelle würde ich auf der Hut sein."

„Hör auf James, ich bin nicht der große Strippenzieher im Hintergrund. Ohne eure Unterstützung wären wir eingegangen, bevor es überhaupt richtig losging in Nigeria. Kwames Spielchen haben mich damals genauso überrascht wie euch, das musst du mir glauben."

„Tu ich ja, aber es haben sich damals viele gewundert, warum du ausgerechnet einen KGB-Mann nach Nigeria holst, noch dazu mitten im Krieg. Das macht es jetzt nicht leicht, für dich einzustehen. Langley hat ein langes Gedächtnis, und einige Leute tragen dir immer noch ein paar Ungereimtheiten nach. Du kannst nicht darauf bauen, dass alle Zweifler von damals längst pensioniert sind. An deiner Stelle würde ich meine Sachen packen und untertauchen. Wie das geht weißt du ja. Könnte gut sein, dass ich nichts mehr für dich tun kann."

Er weiß etwas, über das er nicht reden will, denkt Salger. Mehr als dreißig Jahre ist die Sache mit Kwame her, und wird anscheinend neu verpackt. Keine Ahnung, was sie vorbringen werden, aber sie scheinen es ernst zu meinen. „Woher kommen die Anschuldigungen?", fragt er nach einigem Überlegen.

„Keine Anschuldigungen, nur Fragen. In deiner Transportfirma spielt anscheinend einer falsch, das mögen sie nicht, am wenigsten nach 9/11. Und Simbabwe läuft auch aus dem Ruder, hängt wahrscheinlich zusammen. Ich würde dir raten, den Fonds aufzulösen und die Schweiz zu verlassen. Die wollen dich sowieso nicht mehr haben."

„Und wo soll ich hin?"

„Kann ich dir nicht sagen, will ich eigentlich auch nicht. Ich habe nur noch Wochen bis zu meiner Pensionierung."

„Mich hat eine Frau angerufen, rauchige Stimme, osteuropäischer Akzent. Ich glaube, sie will mich erpressen. Sagt dir das etwas?"

„Nein. Glaubst du wegen Simbabwe?"

„Vielleicht, aber ich wüsste nicht, was sie in der Hand hat."

„Das weiß man immer erst hinterher. Ich würde sie hinhalten und mich langsam aus der Schweiz zurückziehen. Da sitzt du wie unter einem Brennglas. Du hast doch noch deinen südafrikanischen Pass, das gibt dir Zeit, mehr kann ich nicht sagen, tut mir leid. Ich muss gehen, Martin, viel Glück."

Als Goddard gegangen ist, bleibt Salger noch eine Weile sitzen und betrachtet die vorbeilaufenden Jogger. Wenn sich nur Viktor entschließen könnte, die Seed zu übernehmen, denkt er. Dann könnte ich mich nach Südafrika absetzen und von dort alles in Ruhe regeln. Viktor ist viel zögerlicher, als ich es in seinem Alter war.

Mit leeren Händen begonnen und mit leeren Händen aufgehört, werden sie auf meinen Grabstein schreiben, falls es überhaupt einen gibt. War vermutlich das letzte Mal hier, denkt er, als er auf dem Weg zum Auto, den Kragen seiner Windjacke hochschlägt.

Eine Woche später sieht er im Innenhof des Raffles, im Zentrum Singapurs, dem Kellner zu, wie er mit großer Geste seinen Wodka Tonic zelebriert. Er wartet auf Arri Sidique, trommelt nervös mit den Fingern auf der Tischplatte und fragt sich, was dessen Verspätung bedeuten mag. Das Flair des britischen Empire, das ihn umgibt, macht ihn nervös. Ist lange her, denkt er, jetzt dreht sich hier alles nur noch um Geld.

Salger weiß, wenn Sidique ihn fallen lässt, ist es der Anfang vom Ende seines komplizierten Finanzgeflechts. Wenn Gary sein Geld auch abzieht, bleibt mir nur noch die Flucht. Da sieht er Arri Sidique am Eingang des Hofs, wie er sich mit einem makellos gekleideten Chinesen unterhält. Ganz beiläufig hebt er die Hand, um Salger zu zeigen, dass er ihn gesehen hat.

Als er einen Augenblick später an Salger's Tisch kommt reicht er ihm die Hand. „Du siehst gut aus, die Krise bekommt dir anscheinend."

Sidique, wie immer geschmackvoll gekleidet, blütenweißes Hemd mit Krawatte, die er trotz der brütenden Hitze trägt, rekelt sich in den Korbstuhl. Der Anzug in hellem Grau, frisch gebügelt, die ganze Erscheinung der erfolgreiche Anwalt, der es sich leisten kann, dem Staat einen Teil seiner Zeit zu schenken. Aber Sidique verschenkt nichts, er bringt Menschen zusammen, und lebt gut davon. Er hat Salger beim Aufbau des Fonds geholfen, und seither im Beirat die Anteile Singapurs vertreten. Dabei ist er sich seiner Vorzeigerolle, als Inder in einem Meer von Chinesen, durchaus bewusst. „Was machst du, schon am Nachmittag Wodka trinken? Das stehst du bei dieser Hitze nicht lange durch. - Am Telefon hast du dich ziemlich bedeckt gehalten, was ist los?"

„Ich wollte nicht am Telefon schon über die Details reden, wer weiß, wer alles mithört. Du warst nicht gerade glücklich, als ich um den Termin bat. Der Fonds braucht Geld, um einen temporären Engpass zu überbrücken."

„Dachte ich mir. Und du hast Feuer unterm Hintern, so wie du loslegst."

„Sorry, aber ich hab wahnsinnig wenig Zeit, ich will heute noch weiter nach L.A."

„Und du hast gedacht, wenn du mal schnell hier vorbei braust, kriegst du einen Koffer voller Geld mit auf die Reise." Er lacht, als hätte er einen guten Witz gemacht. „Leider wird daraus nichts, hier warten alle ab, bis sich zeigt, was sich da am Horizont zusammenbraut. Bis dahin sitzen sie auf ihrem Geld, und es kursieren ein paar Gerüchte über dich, die einigen Leuten nicht gefallen."

„Über mich gibt es Gerüchte, so lange ich denken kann."

„Aber diesmal hört es sich anders an." Sidique wiegt bedenklich den Kopf. „Ich kämpfe darum, dass sie wenigstens nicht alles Hals über Kopf abziehen. Das würde niemand helfen. Aber lass uns in den Cricket Club gehen, da können wir in Ruhe reden. Hier ist mir zu viel Touristik." Salger will bezahlen, doch Sidique hält ihn zurück. „Lass mal, ich habe hier eine offene Rechnung. Wir können gehen, der Kellner weiß Bescheid."

Sie haben nur ein paar hundert Meter bis zum Scheitel einer weiten, ovalen Grünfläche, wo eines der letzten alten Gebäude Singapurs liegt. „Die Chinesen mögen den Club nicht besonders." Sidique weist im Gehen auf das weitläufige Areal. „Er erinnert sie an den Zweiten Weltkrieg, wo die Engländer beharrlich die Uneinnehmbarkeit Singapurs beschworen und die Stadt dann doch kampflos übergaben, als die Japaner durch den Dschungel Malaysias kamen. Die Engländer hatten ihre Kanonen auf's Meer fixiert, und konnten sie nicht schnell genug drehen."

Er doziert gern, denkt Salger, als sie quer über den sattgrünen Rasen auf den Eingang des Clubs zugehen. „Und warum mögt ihr Inder den Club? Wegen dem vielen Gras, das euch an bessere Zeiten des indischen Crickets erinnert?"

Sidique lacht. „Ich merke schon, hier spricht ein Experte. Aber du täuscht dich, vorige Woche haben wir Pakistan geschlagen. Das ist alles, was für uns zählt." Sidique schmunzelt und hebt nur flüchtig die Hand, als sich der Portier am Eingang des Clubs vor ihnen verbeugt. „Wir haben teuer für unsere Eintrittskarte in dieses Land bezahlt. Jeder Grashalm hier, steht für das Leben eines Inders", sagt er beiläufig, als sie die Treppe hochsteigen.

„Verstehe ich nicht", sagt Salger.

„Wer, glaubst du, hat die Burma-Eisenbahn gebaut, und die Rückzugsgefechte der Engländer geführt? Lauter Inder. Mein Vater war einer davon. Der Cricket Club ist eine mickrige Entschädigung."

„War dein Vater bei der Kampagne dabei?"

„Na klar. Tief in seinem Herzen war er ein überzeugter Engländer. Die Niederlage gegen die Japaner hat er nie verkraftet. Er landete bis zum Ende des Kriegs im Lager, doch nach der Kapitulation der Japaner hatte er die Wahl, zurück nach Rangoon, oder hier bleiben. Er entschied sich fürs Bleiben, und ich bin ihm noch heute dankbar dafür. Komm, im Rauchersalon sitzt es sich bequemer und du kannst die Skyline sehen."

Die breite Treppe aus tiefbraunem Tropenholz knarrt unter ihren Schritten. Oben wählt Sidique einen Tisch vor dem weit geschwungenen Panoramafenster, mit Blick auf die imposante Hochhauskulisse der Stadt. Mit zwei gespreizten Fingern bestellt er Bier. „Du wolltest doch Bier, oder? Ist besser als noch ein Wodka Tonic. Du musst schließlich fit sein für das, was auf dich zukommt."

Salger nickt. „Seltsam, wenn ich an Krieg denke, kommt mir nur Europa in den Sinn. Vielleicht noch Afrika, da brennt es immer noch."

„Globetrotter, man sollte ihnen nicht trauen", lacht Sidique.

Salger, überlegt, wann er endlich zur Sache kommen kann, ohne sich eine Blöße zu geben. Schließlich gibt er sich einen Ruck. „Was sind das für Gerüchte, Arri, und was kommt denn auf mich zu?"

„Das übliche halt", vermeidet Sidique eine klare Antwort.

„Und?"

„Lass uns erst mal etwas trinken."

„Jetzt sag schon, Arri, dein Schattenboxen macht mich nervös. Für Versteckspiele sind wir zu lange befreundet."

Sidique nimmt einen Schluck Bier und legt den Kopf schief. „Vielleicht bist du zu alt für das, was du dir alles aufbürdest, Martin. Bei deinen Geschäften in Afrika hättest du eigentlich wissen müssen, dass Singapur mehr oder weniger chinesisch dominiert ist. Lass dich durch meine Rolle nicht täuschen, ich bin nur ihr indischer Vorzeigeonkel. Und Chinas Interessen sind meist auch Singapurs. Warum habt ihr eure Lieferungen nach Simbabwe eingestellt? Es war nicht klug." Sidique ist ehrlich bemüht, Besorgnis in seine Stimme zu legen.

„Ich hatte keine Wahl", presst Salger hervor. Mist, denkt er, die Amerikaner haben mich gezwungen und jetzt habe ich die Chinesen am Hals. Man kann nicht gewinnen, in einem Spiel, dessen Regeln sich laufend ändern.
„Bei uns bist du erstmal zur Persona non grata geworden."
Scheißspiel, denkt Salger. „Ich musste etwas tun, meine Freunde in den USA meinten es plötzlich ernst mit dem Embargo", sagt er kleinlaut.
Sidique zuckt bedauernd mit den Schultern. „Wie geht es dem Fonds?"
„Wir halten uns über Wasser. Ich hatte trotz allem auf eine Kapitalspritze von euch gehofft."
Sidique greift nach dem Bierglas, stellt es aber wieder ab, und sieht auf die Skyline Singapurs, als hätte er sie nie zuvor gesehen. „Eigentlich wollte ich unseren Termin in letzter Minute absagen, um dir eine lange Reise zu ersparen, aber dann sagte Gary, dass du sowieso über Singapur nach New York fliegen würdest, da hab ich's gelassen. Ich hab bis zur letzten Minute für dich gekämpft, aber es ist nichts zu machen. Du hast dir den falschen Zeitpunkt ausgesucht, Martin."
„Ich wollte es wenigstens versuchen."
„Tut mir leid, Martin. Vielleicht hast du bei Gary mehr Glück. Er schien nicht völlig abgeneigt zu sein aufzustocken. Er war immer schon bereit, ein höheres Risiko zu gehen. Falls er zuschießt, lass es mich wissen, vielleicht kann ich doch noch etwas für dich tun. Ich halte dir die Daumen, aber jetzt muss ich los. Viel Erfolg in New York und wenn sich das Blatt wenden sollte, ruf mich an. Ehrlich, bei mir hast du immer ein offenes Ohr."
Als Sidique gegangen ist, lehnt sich Salger zurück und starrt abwesend auf die Silhouette der Stadt. Türme voller Geld, denkt er, aber für mich ist nichts mehr dabei. Kurz darauf nimmt er das Taxi zum Flughafen.

Zwei Tage später, nach einem langen Nachtflug über den Pazifik mit Zwischenlandung in Los Angeles, sitzt er müde im Wintergarten hinter der New York Library und sieht einem asketischen jungen Mann zu, der auf dem Rasen des Bryant Parks eine Art T'ai C'hi praktiziert. Salger leidet unter der Zeitverschiebung und sorgt sich wegen des Treffens mit Gary Johnson. Wenn er auch nichts zuschießt bin ich tot, denkt er, und bestellt ein Club Sandwich mit einem Glas Bordeaux.

Rotwein ist eigentlich out, geht ihm durch den Kopf, als er den ersten Schluck nimmt. Er macht müde, heißt es, dabei waren die Verhandlungen früher viel lockerer, als es noch die Lunch Cocktails gab. Er beißt in sein Sandwich und fühlt sich auf einmal leicht und befreit.

Salger bezahlt, tritt auf die Straße und winkt ein Yellow Cab herbei. In einem der Glaspaläste der Park Avenue meldet er sich am Desk. Die junge Frau prüft ihren Besucher-Kalender, und als sie Salgers Namen gefunden hat, streicht sie ihn aus. „Im vierundzwanzigsten Stock", sagt sie, knipst ein routiniertes Lächeln an und reicht ihm die Plakette zur Einlassschranke. Vorbei an Wänden aus rotem Marmor geht er zu den Aufzügen, nennt dem Wachmann das Stockwerk und registriert verwundert, dass ihm der Mann die Tür aufhält.

Die Empfangsdame der Anwaltskanzlei, die ihn bereits erwartet hat, entschuldigt sich für Johnsons Verspätung. Sie fragt, ob sie ihm etwas zu trinken bringen darf. Als er verneint, führt sie ihn in ein geräumiges, viel zu kaltes Besprechungszimmer. Tief unten liegt der East River, ganz nahe der Solitär der Vereinten Nationen und dahinter das Häusermeer von Queens.

Es gab eine Zeit, da wollte ich hier leben, aber das ist längst vorbei, denkt Salger. Das war einmal ein freies Land, zumindest für die, die genügend Geld hatten. Und jetzt driftet es auseinander, regiert von Kalten Kriegern und Banken, die sich hinter Algorithmen verstecken, die keiner mehr versteht. Was regst du dich auf, Martin, denkt er, du bist Teil des Systems und hast glänzend von seinen Schwächen profitiert. Fragt sich nur, wie lange noch.

Nach einer halben Stunde über der Zeit will Salger wieder gehen, doch er zwingt sich zu bleiben. Du kämpfst bis zur letzten Minute, denkt er. Keiner soll sagen können, du hättest einfach aufgegeben. Er steht auf, legt die Zeitung zur Seite und stellt sich ans Fenster.

Vor dem UN-Gebäude hält eine Motorradeskorte. Wir nehmen uns so wichtig, denkt Salger, und doch kochen wir alle nur mit Wasser. Und wenn das verdampft ist, können wir einpacken.

Endlich kommt Johnson. „Tut mir leid, Martin, ich bin im Lincoln Tunnel stecken geblieben, keine Verbindung, einfach nur warten. Ich dachte schon, ich ersticke da unten." Flüchtig umarmt er Salger, zieht einen Stuhl herbei und setzt sich neben ihn. „Hoffentlich hast du dich nicht zu sehr gelangweilt. Sie hat dir ausgerechnet das große Besprechungszimmer gegeben, die reinste Wartehalle", sagt er fröstelnd. „Und zu trinken hast du auch nichts, ich werde mich beschweren."

„Lass gut sein, Gary, ich wollte nichts."

„Na dann, schieß los. Wie war dein Besuch in Singapur? Erfolgreich hoffentlich. Arri hat kalte Füße, ich konnte es sogar über's Telefon spüren."

Zu viel auf einmal, denkt Salger. Ich muss ihn erst mal erden. „Gut siehst du aus, Gary."

„Man tut was man kann, aber wie geht es dir? Am Telefon klangst du, als wärst du mächtig unter Druck."

„Die Zeiten sind schwer, und die langen Flüge machen mir zu schaffen. Wir werden nicht jünger, Gary, nur dir sieht man es nicht an. Singapur war ein Flop."

„Überrascht mich nicht, eine Schweiz am Äquator, die eigentlich nur sicheres Geld anlocken will", sagt Johnson gelassen. Er strahlt die Selbstsicherheit der Wohlhabenden aus, aber nichts von ihrer Arroganz. Seine Züge, sofern er sie nicht hinter der Maske professioneller Undurchdringlichkeit verbirgt, sind einnehmend und, trotz seiner Jahrzehnte als Investor, erfrischend unzerknittert. Gary Johnson, Fels in der Brandung, ein guter Mann in schweren Zeiten, mit beiden Füßen auf dem Boden, verheiratet mit einer fabelhaften Frau. „Wie viel brauchst du, um über die Runden zu kommen?"

Ich hätte ihm auch gleich sagen können, dass ich mit dem Rücken zur Wand stehe. Er hat mich von Anfang an durchschaut.
„Einen dreistelligen Millionenbetrag!"
„Mehr als ich dachte. Und dann? Willst du weitermachen, kannst du weitermachen? Es wird gemunkelt wegen deines Afrika-Engagements."
Sie reden alle untereinander, denkt Salger, irgendjemand füttert sie mit Informationen. „Ich glaube schon, dass ich damit durchkomme."
„Du glaubst?"
„Keiner weiß, wie tief die Krise wird."
„Du sagst es. Wie hoch?"
„150 Millionen."
„Kein Pappenstiel. Ich könnte es versuchen, aber die letzte Entscheidung liegt jetzt bei Bob Rogers, meinem Nachfolger. Ich steige Ende des Jahres aus, wird Zeit, dass ich mein Handicap verbessere, bevor es zu spät ist."
Auch das noch, denkt Salger, ein neuer Mann, eine neue Bewertung, alles auf den Prüfstand, ich höre sie schon, die ewig gleichen Sprüche. „Du meinst, ich sollte auch langsamer treten?"
„Es trifft uns alle, irgendwann. - Könnte es sein, dass dich der Fonds nur noch am Rand interessiert?"
„Wie kommst du darauf, wir alle haben Engpässe. Du weißt, wie das Geschäft läuft. Wer füttert euch eigentlich mit Informationen. Es ist nicht zufällig eine Frau, rauchige Stimme, osteuropäischer Akzent?"
„Nein, ich spreche nur mit Arri. Wie gesagt, wir machen uns Sorgen."

Wieder in Zürich findet er Leonhard Ruetis Nachricht vor, dass er sich bei ihm melden soll. Am Tag darauf, nachdem er seinen Anwalt informiert hat, fährt er in die Innenstadt. Janet ist daran gewöhnt, dass er oft Stunden spurlos von der Bildfläche verschwindet.
„Leonhard Rueti", sagt der Mann, als sähe er ihn zum ersten Mal.

„Wir kennen uns bereits", sagt Salger kalt, „was kann ich diesmal für Sie tun, oder wollen Sie wieder nur meine Zeit vergeuden?"
„Wir haben nur ein paar Fragen. Möchten Sie etwas trinken?"
„Gern, ein Glas Wasser, bitte."
„Wenn Sie gestatten, fange ich schon mal an, Sara bringt das Wasser gleich. - Ich will nicht mehr lange darum herum reden. Wir wissen, was in Ihren Flugzeugen transportiert wird, und dass sie regelmäßig auf einem Militärflughafen in der Nähe Harares landen. Außerdem weiß ich seit Kurzem auch, dass Ihr Finanzimperium wackelt. Waffenhändler betreibt Geldwäsche unter dem Deckmantel der Schweizer Finanzaufsicht, finden wir keine gute Schlagzeile. Und übrigens, Ihre amerikanischen Freunde sind ganz auf unserer Seite, von denen können Sie keine Unterstützung erwarten."
Salger sieht gelangweilt auf Rueti und sagt mit gespielter Ruhe: „Und was ist, wenn diese Schlagzeile so oder so erscheint? - Ich werde von einer Rauchstimme erpresst, die einen nicht unerheblichen Betrag auf ein Konto der Caymans fordert. Wenn das Geld nicht innerhalb von zehn Tagen eingeht, erscheint ein Artikel im Wallstreet Journal, vermutlich so ähnlich, wie Sie es andeuten. Sie kennen die Dame nicht zufällig?"
„Nein, aber dafür kenne ich eine andere Dame, die Sie auch kennen, die der Meinung ist, dass Mord nicht verjährt. Wegen der Anrufe würde ich mir keine Sorgen machen. Wenn wir uns einigen, wird es keine weiteren Anrufe und keine Artikel geben."
Salgers Augenbrauen zucken nur kurz nach oben, ansonsten bleibt er regungslos sitzen. „Also, was wollen Sie?"
„Eigentlich nichts Besonderes, nur dass Sie ihre Zelte woanders aufschlagen sollen. Wenn Sie auffliegen, was nach unserer Einschätzung jederzeit passieren kann, wollen wir nicht, dass es hier passiert. Aber wenn Sie uns ein paar Namen nennen, könnte es auch sein, dass wir Sie in Ruhe lassen."
„Grabesruhe?"
„Unsinn, nur ein paar Namen, damit wir wissen, ob wir auf der richtigen Spur sind."

„Es gibt keine Namen und keine Gesichter."
„Dann muss Ihr Fall wohl seinen Lauf nehmen."
Salger lacht ihm ins Gesicht. „Sie hatten eine Affäre mit Lucy, nicht wahr? Wann war das?"
„Das geht Sie nichts an."
„Sie ist wählerischer geworden, sucht ihre Partner besser aus. Stört Sie das?"
Ruetis Gesicht verhärtet sich. „Keine Namen", sagt er schließlich mit einem schiefen Grinsen. „Dann ist es wohl besser, Sie gehen jetzt."
„Darf ich das denn?" fragt Salger süffisant.
„Sie sind ein freier Mann, fragt sich nur wie lange noch."
Salger nickt, und auf einmal strahlt er Rueti an, als wäre der sein bester Freund. „Wie viel Zeit, glauben Sie, dass ich noch habe?", fragt er gut gelaunt.
„Ein halbes Jahr? Bestimmt nicht mehr", sagt Rueti knapp, irritiert von Salgers Veränderung. „Übrigens, einen Teil ihrer Assets werden wir einfrieren, man kann nie wissen, welche Forderungen offen sind."
„Dazu fehlt Ihnen jede rechtliche Grundlage", sagt Salger gelassen.
Rueti grinst, als hätte er verstanden, welches Spiel Salger ihm aufzwingen will. „Weiß ich, wir finden schon etwas, was standhält. Sie können uns ja verklagen. Aber dann, wenn der Artikel über Ihr Schneeballsystem erscheint, sind Sie das Geld sowieso los. Ich würde Ihnen empfehlen, auf meinen Vorschlag einzugehen und stillschweigend abzuwickeln."
Salger steht auf, nimmt seine Tasche und fragt: „Wars das?"
„Ja."
„Warum tun Sie das? Es kann Sie Ihre Karriere kosten."
Rueti zuckt mit den Schultern, als wäre ihm die Karriere völlig egal. „Ist mein Job. Und ich sagte schon, sie ist eine gute Freundin."
Salger setzt an, will etwas sagen, lässt es dann aber. „Wann?"
„Das müssen Sie wissen. Von uns aus so schnell wie möglich."

„Gut. Ich will sehen, was ich tun kann. Aber keine Öffentlichkeit."

Rueti verzieht das Gesicht zu einem unverbindlichen Grinsen, als läge das außerhalb seiner Möglichkeiten.

Er hält sich alle Optionen offen, denkt Salger, steht auf, nickt und verlässt den Raum. Draußen blendet der See. Er setzt die Sonnenbrille auf und überquert die Straße, ohne zu sehr auf den Verkehr zu achten. Er geht ein paar Schritte am See entlang und steigt dann in seinen Wagen. Bevor er den Motor startet, denkt er kurz an Dimitrov. In Gedanken sieht er dessen Limousine, wie sie durch die Explosion abhebt und sofort in einem Flammenmeer versinkt. Passiert hier nicht, denkt er, aber sie werden mir das Leben schwer machen. Dieser Rueti gibt nicht auf, es geht nicht mehr um Lucy, um Kwame, es geht jetzt um ihn und um mich. Er will das Spiel gewinnen und denkt, er hat die besseren Karten, das macht den Kerl gefährlich. Im Büro muss ich prüfen, ob er das Einfrieren der Assets ernst gemeint hat. Wenn die Konten noch offen sind, verlagere ich den größten Teil des Geldes nach Florida, die passende Firma habe ich schon. Seltsam, wie sich die Verhältnisse verschoben haben. Früher war die Schweiz der sichere Hafen und jetzt knicken sie alle vor den Amerikanern ein, während die die weltweiten Anlagen wie mit einem Schleppnetz einholen.

22 Misstrauen

Als Viktor, einen Blumenstrauß unterm Arm, Verenas Wohnung betritt, denkt er, dass sie das bessere Ende erwischt hat. Ein Beruf, vieles planbar, später ein Mann, eine geordnete Beziehung, ein Bündel alltäglicher Besorgungen und gemeinsamer Erlebnisse. Kinder, für die man wie selbstverständlich Verantwortung übernimmt, ein Ferienhaus an der Ostsee und Weihnachtsabende mit vielen Geschenken und echten Kerzen. Ob man zu so einem Leben geboren wird?

Er überreicht Verena den Blumenstrauß, den er schnell noch an einem S-Bahnhof gekauft hat, und küsst sie auf beide Wangen.

„Ich dachte schon, du sagst wieder in letzter Minute ab", begrüßt sie ihn.

„Hab ich das je getan?"

„Mehr als einmal, aber offensichtlich war es dir nicht so wichtig, sonst könntest du dich erinnern."

„Aber du verzeihst mir trotzdem."

„Was bleibt mir anderes übrig, du bist einer meiner besten Freunde, die muss man feinfühlig behandeln."

„Feinfühlig? Weil sie so empfindlich sind?", fragt Viktor.

Anstelle einer Antwort lächelt sie unbestimmt. „Die Blumen sind schön, wie geht es dir wirklich? Du scheinst entspannt, aber das sollten wir nicht zwischen Tür und Angel besprechen. Komm herein und fühl dich wie zu Hause. Wenn du willst, stelle ich dich vor."

„Lass nur, das mache ich schon selbst. Mir gehts gut, ich dachte, du weißt Bescheid."

„Ich hab nur so Andeutungen gehört, dass du in Salgers Firma die Treppe hinaufgefallen bist. Lass uns nachher darüber reden. Entschuldige, ich muss mich noch um ein paar Gäste kümmern, du verstehst."

„Geh nur, ich komme schon klar."

Verena umarmt einen Kollegen, in Begleitung seiner Freundin. Assistenzarzt an der Charité, war schon auf einer früheren Party, wenn ich mich richtig erinnere, denkt Viktor. Dahinter ein anderer, Jüngerer, auch in Schwarz, der eine Flasche Wein in der Hand hält, die ihm Verena abnimmt und in die Küche trägt.

Langsam füllt sich die Wohnung. Jemand macht sich am CD-Spieler zu schaffen, dann ertönt leise Musik, die rauchige Stimme Cassandra Wilsons. Sie stehen in Grüppchen zusammen, zu zweit, zu dritt, reden, trinken, nur Viktor raucht eine Zigarette auf dem Balkon. Weiß nicht, was ich denen zu sagen hätte, denkt er, betrachtet sein leeres Glas und entschließt sich es aufzufüllen.

Im Türrahmen der Küche steht Verena und unterhält sich mit einem groß gewachsenen Afrikaner. „Viktor, das trifft sich gut. Das ist Joao, wir kennen uns aus Südafrika, ich habe dir von ihm erzählt. Joao arbeitet im Planungsstab des Präsidenten. Joao, das ist Viktor, ein Freund aus meiner Kinderzeit", sagt sie, indem sie nahtlos ins Englische wechselt. „Ich dachte, ihr beide habt vielleicht sogar berufliche Berührungspunkte. Viktor arbeitet seit langem in der Biomedizin, und Joao, entschuldige, wenn ich das nicht ganz richtig sage, bastelt daran, um Firmen aus diesem Sektor nach Südafrika zu locken. War das richtig?" Vertraulich legt sie ihre Hand auf Joao's Arm.

„Basteln und locken, genau richtig", lacht Joao, wobei er Viktor aufmerksam mustert.

„Hi, Viktor Paulsen." Viktors Englisch klingt etwas angestaubt. „Du also bist der Grund für Verenas Schwärmereien über Südafrika. Sie kam ziemlich beeindruckt zurück. Manchmal denke ich, sie würde lieber dort als hier leben, aber mit ihrer Praxis hat sie sich erst einmal Fesseln angelegt."

„Ja, leider", sagt Joao. „Was machst du in der Bio-Branche?"

„Ich investiere, Mergers and Akquisitions trifft es wohl am besten."

„Nachdem ich sowieso nichts beitragen kann, lasse ich euch lieber allein", sagt Verena und wendet sich einer Frau zu, die in ihrem karminroten Cocktailkleid und ihren ultrakurzen, pechschwarzen Haaren aussieht, als wäre sie gerade von der Bühne eines Jazzclubs gestiegen.

„Komm, die Couch ist gerade frei geworden", sagt Viktor, und zieht Joao am Arm mit sich. „Erzähl, was du machst. Vielleicht kann ich dir ja auch den einen oder anderen Tipp geben. Ich kenne mich ein bisschen aus in der Bio-Med-Branche." Viktor nestelt an seiner Zigarettenschachtel, stößt einen Stängel heraus, und bietet ihn Joao an.

„Danke, ich rauche nicht."

„Gute Idee, ich sollte auch längst aufhören."

„Verena übertreibt", sagt Joao. „Eigentlich koordiniere ich nur unsere Aktionen in der Biomedizin. Ihr Europäer, geschweige denn die Amerikaner, nehmt uns nicht recht ernst."

„Und deshalb schielt ihr nach China", sagt Viktor und lacht. „Wo wohnst du, in Europa, oder machst du es aus Johannesburg?"

„Aus Pretoria", sagt Joao leicht irritiert. „Warum China?", fragt er.

„Viel mehr Optionen habt ihr nicht, wenn es mit Europa und Amerika nicht klappt."

„Ja, ist echt schwer, die meisten Firmen wollen nur Zugang zu unserem Markt." Der Gesprächslärm hat merklich zugenommen. „Die Einzigen, mit denen es konkreter wurde, sind Beteiligungen einer Schweizer Investmentfirma", sagt Joao lauter, um den Lärm zu übertönen.

Als hätte ihn das Stichwort - Schweizer Investmentfirma - aufgeschreckt, sieht Viktor gespannt auf Joao. „Wie heißen die? Vielleicht kenne ich sie, oder ist das vertraulich?"

„Nein, überhaupt nicht. Die Seed Private Equity. Ich bin auf der Farm des Mehrheitsgesellschafters aufgewachsen."

„Martin Salger, meinst du den?"

„Ja."

„Hey, für die arbeite ich."

„Was für ein Zufall!"

Viktor grinst, wie ein kleiner Junge, der glaubt einer Verschwörung auf der Spur zu sein. „Zu viel Zufälle. Vermute eher, dass Verena dahinter steckt. Egal, ich freue mich trotzdem, dich kennenzulernen."

„Und was machst du bei der Seed?"

„Ich leite eine unserer Portfolio-Firmen, die einmal Verenas Familie gehörte. Soviel über Zufälle. Bin gespannt, was uns Verena noch präsentiert. Was trinkst du, kann ich dir etwas mitbringen?", fragt Viktor im Aufstehen.

„Gern, ein Glas Rotwein", sagt Joao irritiert, weil er mit Viktors Andeutungen nichts anfangen kann.

Viktor schlängelt sich durch die Gäste bis zur Küche, wo Verena eine Art Selbstbedienungsbar aufgebaut hat. Im Türrahmen steht eine hochgewachsene Frau. Ihr Teint aus heller Schokolade, die Haare Streichholz kurz, wie ein Model mit den ersten Falten um die Mundwinkel, denkt er. Gelangweilt betrachtet sie das Treiben um sie herum. Er schiebt sich an ihr vorbei und sagt beiläufig. „Ist eng hier, kann zu Schwierigkeiten führen."

„Nur wenn man nicht aufpasst." Ihre Stimme, tief, rauchig, klingt eher unbeteiligt.

Das glaube ich auch, denkt Viktor, und bemerkt, dass das Glas in ihrer Hand noch voll ist. Grüne Augen, bei der Hautfarbe, wundert er sich und fragt: „Sie sind allein hier?"

„Was tut das zur Sache?"

Unter all den anderen Stimmen, Fetzen von Konversation, der Musik, die aus dem Wohnzimmer in den Flur dringt, klingt ihre Stimme einen Tick zu energisch. Noch dazu bei der Gleichgültigkeit, die sie zur Schau trägt. „Dachte nur, die Art, wie Sie die Leute betrachten."

Sie tritt einen Schritt zurück und lehnt sich an die Wand, ohne zu antworten. Viktor hebt die Augenbrauen und geht in die Küche. Auf dem großen Holztisch stehen Salatschüsseln und Teller mit Aufschnitt, Käse, Fladenbrot, Baguette, Weintrauben und zwei Schalen mit bayrischer Creme, kaum berührt, umgeben von bereits geleerten Weinflaschen. Er findet eine halb volle Rotweinflasche und schenkt Joao's Glas nach. Sich selbst häuft er ein paar Schnittchen auf den Teller und macht sich auf den Rückweg.

Sie steht noch genauso da wie zuvor, lässig an die Wand gelehnt und betrachtet die Leute. „Wir sitzen in Verenas Studio, ein interessanter Mensch aus Südafrika und ich. Außer Verena kennen

wir auch niemand, haben Sie nicht Lust, zu uns zu kommen?", fragt er.
„Ja, warum nicht", sagt sie zu seiner Überraschung und folgt ihm durch das Gedränge.
Als sie Joao erblickt, hellt sich ihr Gesicht auf. Sie geht mit ausgestrecktem Arm auf ihn zu, und sagt auf Englisch: „Hätte nicht gedacht, Sie hier zu treffen. Verena hat Sie mit keinem Wort erwähnt."
„Ihr kennt euch also bereits, noch so ein Zufall", bemerkt Viktor lapidar.
In dem Moment stößt Verena dazu. „Ihr habt euch also schon gefunden. Es sollte eigentlich eine Überraschung sein, aber der Trubel war weit schlimmer als ich dachte. Jetzt dauert es nicht mehr lange, die meisten sind schon gegangen. Joao Mwenza, Lucy Fiawo, und das ist Viktor Paulsen, ein Jugendfreund." Ganz die Gastgeberin weist sie von einem zum Anderen, stolz, dass es ihr gelungen ist, sie alle unter einen Hut zu bringen. „Ihr drei habt einen interessanten Berührungspunkt. Aber darüber reden wir später, geht mir ja nicht weg. Ich hole nur schnell etwas zu trinken."
„Hallo", sagt Viktor, und reicht Lucy die Hand. „Wohnen Sie in Berlin?"
„Nein, in Lagos, Nigeria. Und Sie?"
„Ich arbeite außerhalb Berlins, in Teltow."
„Setzt euch doch", sagt Joao und nimmt Verena die Flasche Champagner ab, die sie zusammen mit neuen Gläsern gebracht hat.
„Jetzt sind nur noch zwei andere da, die sind am Ende aber immer mit sich selbst beschäftigt. Es dauert eine Weile, bis sie die Welt geordnet haben, dazu brauchen sie aber niemand sonst. Machst du auf, Joao?", fragt Verena.
„Gern, wozu ist der Champagner?"
„Zur Feier des Tages, euch alle beisammen zu haben. Das wollte ich schon lange." Verena wirkt entspannt, froh, dass der Trubel der Party vorbei ist.

Joao reißt die Banderole der Flasche ab und dreht die Drahtsicherung auf. Dann windet er vorsichtig den Korken hoch und schenkt ihre Gläser ein. „Und was führst du noch im Schild? Viktor meint, es wären zu viele Zufälle heute abend", fragt er Verena und wendet sich, noch bevor sie antworten kann, an Viktor. „Du glaubst, sie hat alles geplant?"
„Ist kaum zu übersehen. Zuerst wir beide, in derselben Branche, noch dazu über die Seed Private Equity verbunden ..."
Lucy setzt sich auf einmal kerzengerade hin und betrachtet Verena, als verstünde sie plötzlich.
„... und dann Lucy, ich darf Sie doch so nennen, oder?", fragt Viktor beiläufig, „...die aus Nigeria stammt, wo Salger seine Spuren hinterlassen hat. Zuviel der Zufälle scheint mir." Viktor hebt sein Glas und blickt in die Runde. „Auf Verenas Überraschungen."
„Woher kennen Sie Salger?", fragt Lucy scharf. Die Aufforderung anzustoßen ignoriert sie, den Oberkörper weit nach vorne gebeugt, betrachtet sie Viktor wie eine Anklägerin.
„Ich arbeite für ihn", sagt Viktor, überrascht von ihrer Reaktion.
Verena, der Lucys Veränderung entgangen ist, strahlt übers ganze Gesicht, als wäre ihr ein glänzender Coup gelungen. „Natürlich ist es kein Zufall", sagt sie. „Joao kam zu meinem Geburtstag eigens aus Südafrika, also habe ich diese Party organisiert. Und dann hat sich noch Lucy angemeldet, die wegen ihrer Mutter in Berlin ist. Da hab ich gedacht, es wäre doch schön, wenn ihr beide auch Viktor kennen lernt. Schließlich habt ihr alle in diesem Salger einen gemeinsamen Bekannten." Sie stoppt und sieht Beifall heischend in die Runde.
Doch Lucy antwortet mit kaltem Lächeln. „Nein, Verena, wir drei haben nichts gemeinsam. Zumindest nicht, was Salger betrifft. Jeder von uns kennt einen anderen Salger. Ich denke, dass er für den Tod meines Vaters verantwortlich ist, Joao schuldet ihm seine Karriere, und Viktor, wenn ich das richtig verstanden habe, arbeitet für ihn, so quasi als sein Auftragskiller. Einzig du, Verena, hast glücklicherweise nichts mit ihm zu tun. Du solltest es dabei belassen."

„Auftragskiller! Nein…, das glaube ich nicht", stottert Verena und sieht Hilfe suchend auf Joao. Dann auf Viktor, als erwarte sie, dass er sich wehrt.
„Auftragskiller!", wiederholt Viktor. „Ganz schön hart. Sind wir hier in einem Film, und Verena hat vergessen, mir das Drehbuch zu schicken? Oder besser vor einem Tribunal", er stellt sein Glas auf den Teetisch neben sich und sieht fragend in die Runde. „Salger scheint hier nicht besonders beliebt zu sein. Ich muss sagen, mir gefällt er, und Auftragskiller kenne ich auch keine in seiner Firma. Zumindest weiß ich nichts davon."
„Ich kann Leute nicht ertragen, die Salger unbesehen für einen Ehrenmann halten", platzt es aus Lucy heraus.
„Aber das tut er doch nicht", sagt Joao. „Und ich auch nicht."
„Doch. Viktor hält ihn für einen erfolgreichen Investor. Und Sie, Joao? Keine Ahnung, was Sie über ihn denken."
„Und warum sollte ich anders über ihn denken?", fragt Viktor.
„Weil er keiner ist", sagt Lucy.
„Sagt wer?", fragt Viktor jetzt mit voller Schärfe, als hätte er genug von Lucys Anschuldigungen.
„Die Tochter eines Mannes, den Salger umgebracht hat."
„Und gibt es dafür Beweise?" Viktor bemüht sich ruhig zu bleiben.
„Warum soll ich jemand antworten, der von Salger ein Gehalt bezieht, damit er andere Menschen in den Abgrund stößt", sagt Lucy. „Ihr werdet es bald sehen, Salger hält nicht mehr lange durch, dann fällt seine Maske ab. In Viktors Augen lebt der Mann einsam und verloren in seinem Glaspalast und sorgt sich um das Wohl seiner Anleger. Was für ein lächerliches Bild. Salger ist ein zweiter Ponzzi, durch und durch verrottet und nur auf seinen Vorteil aus. Aber jetzt hat er sich verkalkuliert, schiebt das Geld seiner Anleger nur noch von einem Topf in den Anderen. Am Ende flieht er nach Südafrika, lacht sich ins Fäustchen und sieht zu, wie alles zusammenkracht."
„Wer sagt das?", fragt Joao.
„Ein Freund und einige andere, mehr kann ich noch nicht sagen. Es wird aber nicht mehr lange gut gehen, darauf könnt ihr euch

verlassen. Keiner kennt Salger wirklich, er hat zu viele Gesichter. Ich selbst wäre ihm fast auf den Leim gegangen", stammelt Lucy, steht auf und will gehen.

„Jetzt warte doch, Lucy. Es tut mir leid, ich hätte dich nicht ohne Vorwarnung mit Viktor zusammen bringen dürfen. Es ist meine Schuld", sagt Verena.

„Das hat mit Schuld nichts zu tun. Aber es war wirklich keine gute Idee. Ich rufe dich morgen an, Verena, wenn es mir besser geht."

Als Verena Lucy zum Abschied an der Tür umarmt, ihr etwas ins Ohr flüstert, kommt Viktor dazu. „Ich wollte Sie nicht verletzen, Lucy, aber Ihre Anschuldigungen sind ernst. Ich würde gerne ausführlicher mit Ihnen über Salger sprechen. Schließlich arbeite ich für ihn. Und ich habe nichts bemerkt von dem, was Sie andeuten."

„Denken Sie, er trägt einen Mord wie eine Monstranz vor sich her?"

„Nein, natürlich nicht. Bitte, mir liegt viel daran."

„Ich bin nicht mehr lange in Berlin", sagt Lucy ausweichend.

„Tue ihm doch den Gefallen", bittet Verena.

„Wie wäre es morgen?", drängt Viktor.

„Nein, da geht es nicht. Rufen Sie mich an, Verena hat meine Nummer."

23 Geständnis

Nach ein paar unverbindlichen Worten über den Geschäftsverlauf der Seed kommt Salger, der Viktor nach Zürich bestellt hat, direkt auf den Punkt. „Ich werde zurück nach Südafrika gehen, aber ich will das Unternehmen nicht ein paar anonymen Leuten überlassen, die mir jeden Monat Märchen erzählen, weshalb sie die geplanten Zahlen wieder nicht erreicht haben. - Sie, Viktor, haben die Fusion glänzend gemeistert, aber jetzt stehen neue Aufgaben an. - Um es kurz zu machen, ich möchte, dass Sie die Leitung der Seed übernehmen."

Viktor blickt auf den See, bis die Stille fast unerträglich wird. „Es kommt überraschend", sagt er zögernd. „Sie haben zwar die eine oder andere Andeutung gemacht, aber ich wusste nicht, ob Sie es ernst meinen. Glauben Sie nicht, es könnte zu früh kommen?"

„Nein, Sie schaffen das. Sie sind ehrgeizig genug, um sich selbst anzutreiben, das ist wichtig. Der Rest lässt sich sowieso nicht planen. Wenn es Ihnen gelingt, das Portfolio zu erhalten und auszubauen, reicht mir das. Für einen alten Mann, ohne Familie, dem egal ist, was nach ihm passiert, bedeutet Geld nichts mehr. Für Sie dagegen soll es noch eine Herausforderung sein, aber Sie müssen es wollen. Als General Manager erhalten Sie natürlich Anteile am Unternehmen, und wenn Sie erfolgreich sind, werden Sie reich damit. Reichtum ist wie ein Schlüssel, es gibt wenige Türen, die ihm verschlossen bleiben. Aber wem sage ich das?"

Viktor denkt, dass er zugreifen sollte, aber etwas hindert ihn daran, spontan ja zu sagen. „Es kommt so überraschend", wiederholt er sich. „Soll ich Ihr Statthalter sein, oder Ihr Partner?", fragt er ausweichend.

„Mein Partner natürlich." Salger klingt, als könne er sich gar nichts anderes vorstellen.

„Darf ich trotzdem ein paar persönliche Fragen stellen, bevor ich zusage?"

„Nur zu."

„Welche Rolle spielt Lucy Fiawo bei Ihrer Entscheidung, zurück nach Südafrika zu gehen?" Viktor sieht, wie sich Salgers Gesichtszüge verhärten.

Für einen Moment scheint Salger nicht darauf eingehen zu wollen, dann antwortet er doch, jedes Wort abwägend. „Ich traf Lucy vor einiger Zeit in Berlin. Sie ist die Tochter meines früheren Partners in Nigeria. Am Ende des Biafra-Kriegs kam Kwame, mein Partner, unter mysteriösen Umständen ums Leben. Lucy wollte wissen, ob ich ihr mehr über den Tod ihres Vaters sagen könne, aber es gab nichts, was sie nicht schon wusste."

Nicht gerade überzeugend, denkt Viktor. „Und, gibt es noch andere Gründe, mit denen ich mich herumschlagen muss, wenn Sie in Südafrika sind?"

Salger betrachtet Viktor jetzt offen misstrauisch. „Sie brauchen nicht zu befürchten, mit meinen privaten Dingen behelligt zu werden", sagt er kalt.

„Was ist, wenn ich Sie betrüge?", fragt Viktor beharrlich weiter, obwohl er merkt, wie unangenehm Salger die Fragerei ist.

Salger betrachtet Viktor überrascht, offensichtlich hat er die Frage nicht erwartet. „Sie oder ein anderer, welchen Unterschied macht das schon." Er überlegt kurz, ob er es überhaupt sagen soll. „Wenn Sie es zu bunt treiben, werden Sie sich verantworten müssen. Ansonsten ist es ein Ausweis Ihrer…" Salger zögert und grinst. „Resourcefulness, Cleverness, you name it. Ich traue Ihnen zu, das Unternehmen voran zu bringen, besser vermutlich, als ich es je konnte. Keine Sorge, schon in der Bibel wird der umsichtige Verwalter gelobt, der nicht zuletzt auch an sich selbst denkt."

Was immer das heißen mag, denkt Viktor und sieht wie der See vom Gleißen der untergehenden Sonne in ein stumpfes Grau übergeht. „Haben Sie keine Angst, in Afrika alles zu verlieren? Sie sind dort weit weg vom Schuss. Es ist noch nicht lange her, da hat Südafrika gebrannt."

Salger lächelt versonnen. „Ja", sagt er, legt den Kopf zur Seite und zuckt bedauernd mit den Schultern. „Es kann und wird vermutlich immer wieder passieren. Und Europa …" er lehnt sich zurück und atmet tief ein, als wäre es ein Problem in seinen Augen. „Vergessen Sie nicht, hier wurden vor nicht allzu langer Zeit die mörderischten Kriege ausgefochten und das Recht gebeugt, dass die Balken krachten. Jugoslawien, die neunziger Jahre, wer hätte das gedacht. Es kann jederzeit wieder passieren. Die paar Kleindarsteller, die sich gerne in Talkshows aufplustern und vom Ende der Geschichte reden, sollten sich auf die Zunge beißen, bevor sie ihre Theorien unter die Leute bringen. Wenn es um Kriege geht, Viktor, geht es immer auch um Menschen, die sich nicht an Regeln halten. Das ist überall dasselbe. Ich gehe dorthin, wo ich mich zu Hause fühle."

Warum spricht er über Kriege, denkt Viktor, ich hab sie mit keinem Wort erwähnt. Kriege und Waffen, sie scheinen sein ganzes Denken zu beherrschen. Und er hört sich an, wie damals, als er mich fragte, ob man die deutschen Kleinbürger nicht doch lieber ausrotten sollte. Dabei verstehe ich ihn. Aber wenn nur ein Funken wahr ist, was Lucy behauptet, will er sich meiner nur bedienen, um seinen Laden in Schuss zu halten. Trotzdem, es ist die Chance meines Lebens. Was kümmert mich Salger, wenn er erst einmal auf seiner Farm sitzt und vor sich hin brütet. „Sie klingen, als hätten Sie sich innerlich längst verabschiedet, dabei hielt ich Sie immer für einen Kämpfer."

Innerlich, was ist das denn, denkt Salger. Innerlich bin ich schon seit vierzig Jahren weg. Er atmet tief durch und klingt distanziert, fast resigniert, als er weiter spricht. „Kämpfer brauchen etwas, für das es sich zu kämpfen lohnt. Tut mir leid, ich kam ins Schwätzen. Denken Sie darüber nach, ob Sie den Job haben wollen." Er lacht kurz auf, strafft sich und sagt übergangslos. „Übrigens, ich kenne Ihre Mutter. Ich wollte sie für die Antar anwerben, als Ersatz für die Anisevic. Das war, noch bevor die Fusion spruchreif wurde, aber sie hat leider abgelehnt. Hoffentlich lassen Sie mich nicht auch hängen."

„Wie viel Zeit geben Sie mir?", fragt Viktor irritiert. Dauernd kommt Mutter ins Spiel, denkt er, als säße sie in den Rängen und applaudiert je nach Gusto.

„Warten Sie nicht zu lange."

Zurück in Berlin ruft Viktor seine Mutter an. „Warum hast du mir nicht erzählt, dass du Salger kennst. Ich kam mir reichlich blöd vor, als er plötzlich aus heiterem Himmel auf dich zu sprechen kam", er klingt gereizt.
Sein Vorwurf ist ihr nicht entgangen. „Was meinst du? Natürlich kennt er mich", sagt sie einen Tick zu schnell. „Wir haben uns bei einem Treffen des Scientific Board der Mikro System getroffen. Seit ich mich dort zurückgezogen habe, habe ich ihn nicht mehr gesehen. Was stört dich daran?"
„Nichts, nur leider stimmt nicht, was du sagst. Salger ist bei der Mikro System eingestiegen, als du schon längst nicht mehr im Board warst. Du bist zurückgetreten, als ich die Geschäftsführung übernahm. Er sagt, er hätte dir einen Job angeboten."
„Was ist das, ein Verhör?"
„Nein, ich wundere mich nur." Auf einmal erscheint ihm Salgers Bemerkung völlig belanglos. „Tut mir leid, Mutter, ich hab mich gehen lassen. Salger hat mir angeboten, die Seed zu übernehmen. Es ist ein fantastisches Angebot, aber ich weiß trotzdem nicht, ob ich darauf eingehen soll." Die Stille am anderen Ende der Leitung macht ihn nervös. „Warum sagst du nichts, ich hab dich um Rat gefragt?"
„Wirklich? Es hört sich eher an, als wolltest du nur deine Entscheidung verkünden."
Verkünden, denkt Viktor, sie verbirgt mir etwas. Manchmal kommt es mir vor, als wäre ich die Katastrophe ihres Lebens. „Ich suche wirklich deinen Rat, aber es ist auch in Ordnung, wenn du nicht darüber reden willst."
„Warum fragst du ausgerechnet mich?"
So komisch reagiert sie doch sonst nicht, denkt Viktor. „Du bist meine Mutter, reicht das nicht?"
„Entschuldige, so war es nicht gemeint, ich dachte nur."
„Schau Mutter, du hast mir abgeraten, die Mikro System zu übernehmen, und hattest recht. Jetzt offeriert mir Salger die Seed auf dem silbernen Tablett. Der Job ist fordernd, ich werde viel Geld verdienen, aber was mich wirklich interessiert, ist der

Mann. Es ist, als würde er eine warme Decke über mich breiten. Verstehst du das?"
Sie antwortet nicht gleich. Doch dann sagt sie, weich, wie er sie nie zuvor gehört hat. „Ja Viktor, ich verstehe dich gut. Du solltest vorbeikommen, bevor du dich entscheidest. Ich glaube, wir müssen reden."
„Aber das tun wir doch gerade", sagt er verblüfft.
„Nein, nicht telefonieren. Ich will dich ansehen können. Es geht auch um mich."
Viktor stutzt. Es geht auch um sie, was soll das heißen, denkt er?
„Ich bin am Wochenende in München, da kann ich vorbeikommen."
„Gut, Samstag um ein Uhr, ich mache uns etwas zu essen."
„Kochen, extra für mich?"
„Als du klein warst habe ich oft gekocht."
„Das ist lange her." Wow, denkt er, sie kocht! Das hat sie noch nie getan, und nur wir beide.

Am darauf folgenden Samstag steht er vor dem Haus im Münchner Süden, in dem er aufgewachsen ist. Er kramt den Schlüssel hervor und betrachtet im Eingang kurz das Porträt einer verlebten Berliner Tänzerin der zwanziger Jahre, das Jonas Inka in einem Anflug von Großzügigkeit geschenkt hat, als sie noch verheiratet waren. War wohl ein letzter Versuch, zu kitten, was nicht mehr zu kitten war, denkt Viktor. Er will sich bemerkbar machen, als Inka aus der Küche tritt.
„Du bist ja schon da."
„Ja, und ich hab sogar meinen Hausschlüssel gefunden", lacht Viktor und hält den Schlüsselbund in die Höhe. „Ein schönes Bild." Anerkennend deutet er auf die Tänzerin.
„Finde ich auch. Seit wann interessierst du dich für Kunst?"
„Immer schon, habe ich nur vor dir verborgen, wie so vieles andere auch", lacht er. „Vor Kurzem habe ich eine kleine Arbeit von Drewes gekauft. Er gehörte zum Bauhaus-Umfeld. Mit den Brücke-Malern hatte er nichts zu tun. Nehme ich zumindest an, aber genau weiß ich es nicht."

„Hm, was du nicht alles treibst", sagt sie verblüfft. „Mir gefällt das Bild, vor allem der Kontrast zu unserer minimalistischen Umgebung. Willst du etwas trinken, bevor wir essen? Ich habe nur eine Kleinigkeit vorbereitet."
„Gerne, ein Glas Wein. - Warum tust du so geheimnisvoll?"
Inka hebt nur leicht die Schultern und geht lächelnd zurück in die Küche. Als sie mit einem Tablett, zwei Gläsern und einer Flasche Rotwein zurückkehrt, küsst sie ihn. „Schön, dass du Zeit für mich hast. Wie geht es dir? Die üblichen Männerspiele machen dir zu schaffen, nicht wahr." Flüchtig streicht sie ihm über die Haare, als käme ihr zu viel Nähe suspekt vor. „Bitte mach die Flasche auf, dann können wir reden."
Viktor betrachtet sie bewundernd, für ihr Alter eine makellose Erscheinung, denkt er. Sie ist weicher geworden, hat ein paar Rundungen dazu gewonnen, aber sie stehen ihr gut.
Der Duft ihres leichten Parfums hängt in der Luft und er fragt sich, woher sie immer noch diese Souveränität nimmt. Mütter sind wie Chamäleons, denkt er, sie verändern sich mit der Stimmung ihrer Kinder. „Jetzt sag schon, warum soll ich den Job nicht annehmen?"
„Habe ich nicht gesagt." Sie stellt das Weinglas ab, lehnt sich auf der Couch zurück und umfängt ihre Knie mit beiden Armen, wie ein kleines Mädchen. „Was du am Telefon angedeutet hast klingt vielversprechend. Was hat Salger dir von mir erzählt?"
„Er sprach nur von einem Job-Interview, das zu nichts führte, das war alles."
„Alles?" wiederholt sie automatisch. Sie sieht auf ihren Sohn, der ohne ihr Zutun ein Mann geworden ist. Sie schämt sich plötzlich für all die verpassten Gelegenheiten, die sie als Mutter gehabt hat. „Ich muss dir etwas sagen!"
„Ja, deshalb hast du mich doch herbestellt, oder?"
Sie betrachtet ihn eindringlich, als suche sie etwas in seinen Zügen. „Herbestellt?", sagt sie verträumt. „Wir sind schon ein eigenartiges Paar. Ich wollte ausführlich mit dir reden, aber du machst es mir nicht gerade leicht. Manchmal denke ich, ich hätte mich mehr um dich kümmern müssen."

Viktor sieht gespannt auf seine Mutter, die er so noch nie erlebt hat. In seinen Augen ist sie nie aus der Rolle der beherrschten, alles kontrollierenden Ärztin getreten, und jetzt auf einmal die Andeutung von Zweifel?
„Du bist der einzige Fixpunkt in meinem Leben, trotzdem war ich wohl keine besonders gute Mutter. Zu streng, zu fordernd, aber vielleicht verstehst du mich in ein paar Minuten besser. Du musst Geduld mit mir haben."
„Wir haben Zeit, Mutter."
Inka nimmt einen Schluck Wein. Als sie das Glas auf den Tisch zurückstellt, stößt der Stil an die Tischkante und ein paar Tropfen schwappen über, die sie mit der Serviette aufwischt. „Meine Erziehung war streng, zu streng, glaube ich im Nachhinein. Ich wollte eigentlich nur weg von Zuhause, aber Berlin war eine Nummer zu groß für mich. Konrad, damals ein ausgesprochener Frauenheld, war am Virchow-Klinikum, wo ich famulierte, bereits eine respektierte Größe. Es brauchte nicht viel, um mich in ihn zu verlieben. Für eine Weile hatten wir ein wunderbar freies Leben, aber Konrad wollte sich nicht binden. Ihm war seine Karriere wichtiger als ich."
Mein Gott, sie hatte eine Affäre mit Konrad Kramer und ich bin sein Sohn, schießt es Viktor durch den Kopf. Doch er beherrscht sich, zwingt sich ruhig zu bleiben und zuzuhören.
„Eines Abends, Konrad und ich hatten uns fürchterlich gezankt, weil er nicht einsehen wollte, dass ich mehr von ihm brauchte, als ein paar verschwitzte Bettlaken, ging ich in eine politische Diskussion an der Schaubühne. Neben mir saß ein junger Mann, der mich zum Essen einlud. Er hatte irgendetwas mit der amerikanischen Botschaft zu tun, lebte aber in Nigeria, schon allein das fand ich faszinierend. Kurzum: Wir verbrachten die Nacht zusammen. Er erzählte wunderbare Geschichten vom Sahel, von Kano, von seiner Liebe zu Afrika. Es war Martin Salger. Ich mochte ihn, aber dann habe ich nie mehr etwas von ihm gehört. Zwei Monate später merkte ich, dass ich schwanger war." Inka wartet ab und betrachtet ihren Sohn, der gedankenverloren vor sich hinstarrt. „Ich weiß nicht, wer dein Vater ist, Viktor. Ich

dachte immer, es wäre Konrad. Vermutlich dachte er dasselbe, aber wir haben nie darüber gesprochen. Nur die Art, wie er dich behandelte, schien mir recht zu geben. Aber dann traf ich Martin Salger bei diesem Interview. Ich habe ihn anfangs nicht erkannt, doch als er begann, von Afrika zu erzählen, habe ich genauer hingesehen. Ihr gleicht euch in Vielem, aber das kann natürlich auch Zufall sein. So, jetzt weißt du Bescheid."

Viktor sieht sie an, als erwache er aus einem Traum. „Und Jonas, wie passt der in diese Geschichte?"

„Er hat mich geheiratet. Als Konrad andeutete, ich solle lieber abtreiben, habe ich mich geweigert. Jonas hat mich verehrt und war glücklich, als ich seinem Werben nachgab. Das Kind hat ihn nicht gestört."

„Nicht gestört!", murmelt Viktor. „Und jetzt willst du, dass ich dir dankbar bin, nachdem du mich die ganze Zeit im Unklaren gelassen hast. Warum hast du nicht früher mit mir geredet, ich hätte dein Freund werden können, nicht nur dein ungeliebtes Anhängsel."

„Aber du warst nie ein ungeliebtes Anhängsel, weder für mich noch für Jonas. Wie hätte ich mit dir darüber reden können? Ich kannte diesen Martin Salger doch gar nicht. Er tauchte auf, wie ein Komet, und verschwand ohne eine Spur zu hinterlassen. Erst als mich sein Head Hunter ausgrub, traf ich ihn wieder, es war wie ein Schock. Du siehst ihm ähnlich, aber trotzdem weiß ich nicht, ob er dein Vater ist. Du könntest einen DNA-Test machen lassen, wenn es dir soviel bedeutet. Für mich ist es nicht wichtig, war es nie. Ich wollte dich immer haben, hätte dich auch alleine groß gekriegt, aber Jonas bestand darauf, dass wir heiraten. Mit ihm war es ja auch leichter, obwohl wir uns viel gestritten haben."

Und mich zwischen euch aufgerieben habt, wie ein Sandkorn, das nicht in euer Getriebe passte, denkt Viktor. „Leichter", sagt er, „nicht für mich!"

„Entschuldige, so habe ich es nicht gemeint. Ich weiß, wie schwierig Jonas zuweilen ist, aber in den letzten Jahren ist es besser geworden."

„Prima, dann ist ja alles in Ordnung." Viktor nimmt einen großen Schluck Wein und stellt das Glas betont vorsichtig zurück auf den Couchtisch. „Und, was machen wir jetzt?"
„Nichts, wir leben unser Leben wie bisher. Ich wüsste nicht, weshalb du Salgers Angebot ausschlagen sollst."
Auf Viktors Gesicht zeichnet sich langsam ein sardonisches Lächeln ab. „Und, was ist, wenn er sich als ein getriebener Opportunist erweist, der nur darauf aus ist, andere zu beherrschen. Was ist, wenn er auf einmal mit leeren Händen dasteht, und ich für ihn die Kartoffeln aus dem Feuer holen darf?"
Inka reagiert irritiert. „Aber das Risiko gehst du immer ein, unabhängig, ob er dein Vater ist oder nicht. Wenn du Zweifel hast, lass es bleiben", sagt sie streng, doch Viktor hört ihr gar nicht zu.
„Toll, einfach weitermachen, ich bin zwar nur das Zufallsprodukt einer Liebesnacht, aber ich soll mir keine großen Gedanken darüber machen. Du hast ein Leben lang mit einem drögen Mann gebüßt und mich darunter leiden lassen. Der, den du wolltest, war zu beschäftigt, und der, von dem ich wahrscheinlich abstamme, verzog sich nach Afrika, um mich jetzt mit seinem ganzen Schutt zu beehren. Alles nur weil ich Nase, Mund und Hände habe, die ihm ähneln. Das ganze Gerede über meine Cleverness, die mir den Job einbringt, erstunken und erlogen. Wie banal kann es eigentlich noch werden, Mutter? Höllisch komisch, findest du nicht auch, ich fürchte nur, das Lachen bleibt mir im Hals stecken."
„Hör auf zu jammern, Viktor, dein Selbstmitleid geht mir auf die Nerven. Ich habe nicht gebüßt und dir hat nichts gefehlt. Jonas hat jahrelang deine Eskapaden ausgebügelt, vergiss das nicht. Wir alle sind Zufallsprodukte eines Moments, die ganze Welt besteht aus nichts anderem, also reiß dich zusammen und spiel mir kein Theater vor."
„Ist gut Mutter, lass es. Das mit dem DNA-Test meinst du nicht ernst, oder?"
„Es ist deine Entscheidung."
„Du meinst also, ich kann ab jetzt zwischen drei Vätern wählen, Jonas, an dem ich mich reiben kann, Konrad, den ich im Nachhi-

nein bewundern darf, und Salger, der mir freundlich auf die Schulter klopft", sagt er sarkastisch.

„Sei nicht unfair, zumindest weißt du jetzt Bescheid, was mich betrifft."

„Fairness, noch so ein großes Wort, mit dem ich nichts anfangen kann. Jeder Loser verlangt fair behandelt zu werden. Ich habe dich immer in einer anderen Liga gesehen."

Für eine Weile sehen sie schweigend hinaus auf den Garten, der Viktor, trotz seiner absoluten Ordnung, plötzlich wie ein unentrinnbares Labyrinth vorkommt.

„Bleibst du über Nacht?" fragt Inka schließlich. „Ich habe das Gästezimmer für dich hergerichtet."

Das Gästezimmer, denkt Viktor, na wunderbar. „Ja, wenn ich dich nicht störe."

„Wir haben wirklich eine eigenartige Mutter-Sohn-Beziehung, findest du nicht auch?", fragt sie schüchtern.

„Durchaus. Aber ich glaube, ich brauche jetzt etwas Auslauf, nach allem, was du mir erzählt hast. Habt ihr noch mein altes Rennrad?"

„Natürlich, im Keller, du musst es wahrscheinlich aufpumpen."

In Berlin ruft er Lucy an und sie verabreden sich zum Frühstück in einem Café am Kurfürstendamm. Er sieht sie auf der anderen Straßenseite, wie sie auf das Abflauen des Verkehrs wartet. Den langen, dunkelbraunen Ledermantel hat sie eng um den Körper geschlungen und einen türkisfarbenen Schal lose um den Hals gewickelt. Viktor steht auf und geht ihr entgegen.

„Danke, dass du mich abholst." Betont distanziert reicht sie ihm die Hand. „Ich hasse es, allein in ein Lokal zu gehen und alle starren dich an."

Sie ist schön, denkt er, sie zieht bestimmt eine Menge Blicke auf sich. „Darf ich dir den Mantel abnehmen?"

„Den behalte ich lieber an, mir ist kalt." Sie wickelt den Schal ab und legt ihn über die Lehne ihres Stuhls. Dann betrachtet sie ihn, wie einen Fremden.

„Wie lange bleibst du noch in Berlin?", fragt er, und denkt an den Abend bei Verena, wo sie ihn wie einen kleinen Jungen abgekanzelt hat. Irgendwie muss ich uns eine Brücke bauen, sonst kommen wir nie ins Gespräch, denkt er.
„Eine Woche noch, dann zurück nach Lagos. Kennst du Nigeria?"
„Nur von der Landkarte."
„Bist du Berliner?"
„Nein, ich komme aus München. Verena und ich sind dort zur Schule gegangen."
„Und jetzt arbeitest du in Teltow, am Kanal, wo früher die Menschen mit der Maschinenpistole am Ausreisen gehindert wurden?"
Wow, denkt Viktor, sie wartet nicht lange, um zur Sache zu kommen. „Ja, direkt am Kanal, ich kann die Schiffe vorbeifahren sehen. Es ist aber alles sehr friedlich heute. Was machst du beruflich?"
„Ich bin Journalistin. Hast du schon gegessen? Ich habe Hunger." Mit einer schnellen Handbewegung winkt sie der Bedienung. „Ich nehme das große französische Frühstück mit einem Extra Croissant und einem frisch gepressten Orangensaft."
„Für mich bitte die Rühreier mit Schinken und ein Kännchen Tee. Die Rechnung geht auf mich", sagt Viktor. Für eine Weile tauschen sie Allgemeinplätze aus, bis Lucy fragt: „Warum wolltest du mit mir reden, Viktor. Bestimmt nicht, um das Leben einer nigerianischen Journalistin zu ergründen."
„Wegen Salger natürlich. Du hast auf der Party so aggressiv reagiert, dass ich verunsichert bin. Er hat mir vor ein paar Tagen seine Nachfolge in der Seed angeboten. Der Job ist fantastisch, aber ...."
„Ich bin nicht Salgers Freundin", unterbricht ihn Lucy.
„Gerade deshalb wollte ich mit dir reden."
„Wir beide kennen uns nicht gut genug, Viktor, warum sollte ich offen zu dir sein?"
„Warum nicht, ich bin nicht sein Spion, auch nicht sein verlängerter Arm, und schon gar nicht sein Auftragskiller."

„Das hat dich verletzt. Tut mir leid, so krass hätte ich es nicht formulieren dürfen." Sie überlegt, scheint zu prüfen, wie weit sie gehen kann. „Eigentlich hast du Recht, warum sollte ich dir misstrauen, du kannst sowieso nicht mehr ändern, was jetzt passiert. Ein Freund, er behandelt Fälle von Wirtschaftskriminalität, rechnet damit, dass Salger bald auffliegt."
„Warum sollte er?"
„Schneeball vermutlich."
Viktor nickt nachdenklich. „Könnte sein. Er will auf einmal zurück nach Südafrika. Woher kommt eigentlich deine Obsession?"
Lucy nimmt einen Schluck Kaffee und beobachtet, wie es in Viktor arbeitet. Sie will sich eine Zigarette anzünden, doch als sie den strafenden Blick der Bedienung sieht, drückt sie die Zigarette wieder aus. „Obsession!" Sie stößt ein bitteres Lachen aus. „Nein, ist es nicht. Mein Vater und Salger waren Freunde, bis etwas schief ging, ich möchte nur wissen was."
„Warum kein Unfall?", fragt er leise. „Ganz sicher scheinst du dir nicht zu sein, tief drinnen schwingen ein paar Zweifel mit."
Lucy zieht die Augenbrauen hoch, als amüsiere sie sich über ihn. „Unsinn, ich habe keine Zweifel. Wie schießt sich jemand in den Hinterkopf, nachdem er überfahren wurde?"
„Woher weißt du das?"
„Von Kwames Fahrer, der hat es meiner Stiefmutter erzählt. Sie haben den Fahrer verschont, damit er Cléo, meiner Stiefmutter, den Leichnam bringen konnte. Sollte wohl so eine Art Warnung sein, an alle, die mit Kwame zu tun hatten."
„Aber was hat Salger damit zu tun? Du hast gesagt, sie waren Freunde?"
„Ja, Freunde an einem Abgrund, in den Kwame gestürzt war. Er hing am Seil und hätte Salger mit sich gerissen, wenn der das Seil nicht gekappt hätte. Es wäre ganz normal, wenn es so gewesen wäre. Ich will aber, dass Salger es mir sagt. Das ist alles."
„Wie lange ist das her?" fragt Viktor.
„Lange, über dreißig Jahre."
„Und seit der Zeit suchst du nach den Hintergründen?"

„Nein, erst seit Cléo gestorben ist. Wirklich voran gekommen bin ich nur durch meinen Schweizer Freund. Salger versteht es prächtig, seine Spuren zu verwischen, aber langsam ergibt sich ein klares Bild. Verena gab mir die Idee, Vaters Stasiakten einzusehen, da erfuhr ich von seiner KGB-Verbindung. Sie müssen ihn, kurz bevor er nach Nigeria ging, angeheuert haben. Als ich Leonhard davon erzählte, klickte es bei ihm. Auf einmal reihte sich eins ans andere, und als wir tiefer gruben, stießen wir auf Salgers Schneeballsystem. Es sieht aus, als würde er seit Jahren das Geld aus den Waffengeschäften in den Fonds kanalisieren, um damit Verluste auszugleichen oder sagenhafte Renditen vorzutäuschen."

„Ist Leonhard dein Schweizer Freund?"

„Ja, ich dachte, ich hätte es erwähnt."

Viktor schüttelt den Kopf. Er nimmt einen Bissen, kaut gemächlich und schluckt, bevor er weiter fragt. „Wie hast du diesen Leonhard gefunden, einfach angerufen und um Hilfe gebeten? Ich dachte immer, diese Ermittlertypen sind eher schwer zugänglich."

„Wir kennen uns noch aus Lagos, wo er vor Jahren an der Botschaft arbeitete. Da war er noch kein Ermittlertyp", sagt sie lächelnd. „Warum erzähle ich dir das überhaupt. Die ganze Geschichte hat nichts mit dir zu tun."

„Aber das macht wirtschaftlich keinen Sinn", bleibt er bei der Sache, ohne auf ihren Einwand einzugehen. „Du kannst ihn für den Waffenhandel verdammen, unmoralisch, klar. Aber dass er reales Geld in einen Fonds steckt, von dem hauptsächlich seine Partner profitieren ist bestenfalls dumm. Ich kapier das nicht."

„Geldwäsche, so funktioniert Geldwäsche. Ist bei Drogen nicht anders", sagt sie triumphierend. „Du verdienst Unmengen und brauchst irgendein Vehikel, um das Geld reinzuwaschen. Vielleicht gibt es ja auch noch andere Gründe. Vielleicht weißt du, weshalb er es tut."

„Warst du deshalb bereit, mich zu treffen?"

„Vielleicht. Inzwischen interessiert mich Salger über den Tod meines Vaters hinaus. Der Mann fasziniert mich einfach." Gedankenverloren spielt sie mit der Zigarettenschachtel.

„Hm", sagt Viktor und nickt, wie eine der japanischen Nickfiguren, die einmal angestoßen immer weiternicken. „Ziemlich starker Tobak", sagt er und lässt offen, was er meint.

„Du hältst ihn wohl immer noch für einen Edelmann?" Lucy betrachtet ihn, als suche sie den wahren Grund ihres Treffens. „Warum beschäftigt er dich überhaupt so sehr, der Job allein kann es nicht sein. Du kannst sein Angebot ablehnen und etwas anderes machen. Ich dagegen kann mich nicht einfach davonstehlen. Ich habe so lange in seinem Morast gewühlt, dass ich Angst habe, es könnte etwas von seinem Dreck an mir hängen bleiben. Außerdem geht es um meinen Vater."

Und um meinen auch, denkt Viktor. Draußen hat es zu regnen begonnen. Viktor lehnt sich zurück und betrachtet die Tropfen, die in undefinierten Bahnen an der Scheibe herunter rinnen. „Ich mag ihn einfach, er vertraut mir, behandelt mich wie einen Sohn. Das ist neu für mich", sagt er leise, als spräche er zu sich selbst. Er atmet tief ein und wechselt das Thema. „Verena sagt, du hast deine leibliche Mutter gefunden. Wo lebt sie?"

Lucy schüttelt zuerst unwillig den Kopf, als ginge ihn das eigentlich nichts an. „Hier in Berlin. Sie wohnt in der alten Wohnung, in der ich vor vierzig Jahren geboren wurde. Seltsam, findest du nicht?"

Er nickt und betrachtet die vorbeieilenden Fußgänger auf dem Trottoir des Kurfürstendamms. Geschminkte Frauen unter Schirmen, auf dem Weg ins Theater, aufgekratzt in Erwartung der Matinee. Verschwitzte Fahrradboten neben älteren Männern in ihren zerfließenden Körpern, alle schiebend, schnaufend, durch die Drehtür des gegenüberliegenden Lustspielhauses. „Aber was fehlt jetzt noch?", fragt er.

„Dass er es zugibt, mehr will ich nicht." Sie ballt ihre Fäuste, als könne sie Salger dadurch zur Aussage zwingen. Dann bläst sie die Luft durch die Nase und lacht. „Ich hatte ein langes Gespräch mit ihm, es war offen, aber alles hatte einen Unterton, eine dop-

pelte Bedeutung. Er gab mir sogar das Gefühl, dass er mich beschützen wollte. Aber vor was? Später fand ich heraus, dass er log. Oder zumindest hat er nicht alles gesagt. Vermutlich ist der Mann zu komplex für mich."
„Woher weißt du, dass er log?"
„Seine und Mutters Geschichte decken sich nicht, und warum sollte mich ausgerechnet meine Mutter belügen."
Soll ich ihr von meiner Mutter erzählen, wie sie mich ein Leben lang im Dunkeln gelassen hat, fragt er sich, und verwirft den Gedanken gleich wieder. „Die Erinnerung ist so eine Sache. Salger will alles kontrollieren, er schätzt keine Ausreden oder Erklärungen, weshalb etwas nicht funktioniert. Man muss die Verhältnisse eben gestalten, sagt er gern. Ende der neunziger Jahre, in der Dot-Com Krise, ist ihm die Seed fast in Konkurs gegangen. Das hat ihn geprägt. Er würde alles tun, um sein Gesicht zu wahren."
Viktor macht eine Pause und sieht der Bedienung zu, wie sie den Nebentisch abräumt. „Die Geschichte mit deinem Vater ist furchtbar. Ich hatte mein Leben lang ein gespanntes Verhältnis zum Mann meiner Mutter, den ich für meinen Vater hielt, dem ich aber nie etwas recht machen konnte. Jedes Mal, wenn ich glaubte, jetzt könne er nicht anders, als mich loben, fiel ihm etwas Neues ein, mich klein zu machen. Ich sag das nur, um dich aufzumuntern. Man weiß nie, wie sich Eltern entwickeln. In deinem Fall hast du dir immerhin eine Ikone bewahrt."
Lucy lächelt verträumt und hält Viktor die Zigarettenschachtel hin. „Kommst du mit raus, mein Nikotingehalt im Blut ist zu weit abgesunken." Draußen, unter dem Baldachin am Eingang des Lokals, zündet sie sich eine Zigarette an und inhaliert tief. „Seltsam, als ich mit Mutter sprach, hatte ich dieses unbestimmte Gefühl, es wäre vielleicht besser gewesen, sie nicht getroffen zu haben. Aber das bin wohl eher ich, die dazu neigt, andere Menschen auf einen Sockel zu heben. Heißt das, du kennst deinen leiblichen Vater nicht?", fragt sie.
„Vielleicht brauchen wir diese Sockel, weil wir nicht wissen, wer wir sind", sagt Viktor, die Frage nach seinem Vater lässt er offen. „Gibst du mir auch eine?"

„Entschuldige, ich dachte, du rauchst nicht."
„Stimmt, ich hab versucht, aufzuhören, aber es gelingt mir nicht. Und nach all dem, was du mir erzählt hast, brauche ich etwas, um den Kopf klar zu kriegen."

24 Abschied

Jemand, der so ein Haus besitzt, will sich nicht verstecken, denkt Viktor, als er die weit geschwungene Auffahrt zu Salgers hell erleuchteter Stadtvilla hinauf fährt. Er parkt den Mietwagen vor dem Eingang, und als er durch die angelehnte Tür tritt, beschleicht ihn ein beklemmendes Gefühl, das er sich nicht erklären kann. Anscheinend hat er dem Hausmädchen frei gegeben, denkt er, als ihm Salger in der Eingangshalle entgegen kommt.

Salger bietet ihm einen Cognac an und verliert ein paar belanglose Worte über sein Hauspersonal, das immer dann krank ist, wenn er es braucht, dann kommt er schnell zur Sache: „Ich höre, die Antar brummt."

„Brummen? Nicht ganz", verzieht Viktor das Gesicht. „Wir werden in diesem Jahr keine Verluste machen, mehr nicht."

„Das ist früher als erwartet."

„Ja, aber nur wegen eines Lizenzvertrags, mit dem wir eigentlich nicht gerechnet hatten."

„Egal, Hauptsache ihr seid in den schwarzen Zahlen. Mitten in der Finanzkrise, nicht schlecht."

„Die Medizin hatte schon immer andere Zyklen als der Rest", sagt Viktor abwartend, weil er spürt, dass Salger eigentlich etwas ganz anderes durch den Kopf geht.

Hinter der Fensterfront aus Kassettenglas liegt der Zürichsee. Die Spitzen der Berner Alpen leuchten in den letzten Sonnenstrahlen, während sich der See bereits in eine dunkle, schweigende Masse gewandelt hat. Salger räuspert sich, als wäre ihm peinlich, was er zu sagen hat. „Wir müssen über uns beide reden, Viktor, ich habe es schon zu lange aufgeschoben", beginnt er kryptisch und stellt sein Glas auf eine kleine Anrichte neben dem Fenster. „Diese Art Gespräche fallen mir schwer, ich bin nicht geübt in solchen Dingen. Aber ich will nicht lange darum herum reden. Außerdem läuft mir die Zeit davon. Wir sind beide stark, wir können damit umgehen."

Ich verstehe nur Bahnhof, denkt Viktor. Wieder so eine seiner verschlungenen Eröffnungen, die nichts sagen und alles offen lassen. Besser ich warte ab, bis er sich erklärt.
„Sie kennen die Gesetze unserer Branche, wie sehr wir von jeder einzelnen Beteiligung abhängen", fährt Salger fort. „Vor Jahren, als eine Firma nach der anderen bankrott ging, hätte mich das fast ruiniert. Ich ertrug es einfach nicht zuzusehen, wie mir fast alle Investments zwischen den Fingern zerrannen. Also habe ich in einem Akt der Verzweiflung einen kleinen Hedge Fonds aufgelegt, um liquide zu bleiben. Wie in jeder Krise gab es auch damals eine ganze Reihe Zocker, die mit hohem Einsatz spielten. Ich wusste, und die Anleger wussten es auch, dass sie mit vollem Risiko einstiegen. Deshalb hatte ich lange keine Bedenken, die Anlagen zur Verschleierung der Verluste in der Seed herzunehmen. Irgendwann, dachte ich, würde sich das schon einpendeln und jeder wäre glücklich. Schließlich hatten die Anleger ja über die Jahre fantastische Renditen erzielt. Das ging lange gut, aber es pendelte sich nichts ein, und jetzt beginnt mein kunstvolles Netz aufzudröseln, wie ein Pullover, bei dem jemand den entscheidenden Faden gefunden hat." Salger stoppt abrupt, holt den Cognac und schenkt sich nach. Als er fragend auf Viktor sieht, winkt der nur ab.
Lucy hat Recht, denkt Viktor. Er ist ein Ponzzi, aber warum erzählt er es ausgerechnet mir. Er hat mir die Seed angeboten, mit dem Fonds will ich nichts zu tun haben. Unbeteiligt, als wäre er an Salger's Finanzkonstruktionen wenig interessiert, fragt er: „Und Ihre Transportfirma?"
„Woher wissen Sie davon?"
„Von Lucy Fiawo."
„Sie scheint gut Bescheid zu wissen. Ich wusste nicht, dass Sie Lucy kennen."
„Sie ist mit Joao Mwenza und Verena Paulsen befreundet. Und Verena kenne ich seit dem Kindergarten."
Salger nickt, ohne weiter auf Viktors Freundeskreis einzugehen. „Lucy vermutet schreckliche Sachen hinter dieser kleinen Transportfirma. Ist aber nichts. Nach dem Zusammenbruch der Sow-

jetunion habe ich für ein Butterbrot ein paar große Transport-Flugzeuge erstanden. Die Dinger sind unverwüstlich und fliegen immer noch. Unser wichtigster Kunde ist eine amerikanische Firma, die selbst nicht in Erscheinung treten will. Ein gutes Geschäfte, aber jetzt…". Salger lacht kurz auf, fragt sich anscheinend, wie er auf dieses Nebengleis geraten ist, und kommt zum Thema zurück, das ihm am Herzen liegt. „Seit etwa einem Jahr wackelt der Fonds. Ich habe versucht, neues Kapital einzuwerben, aber der Markt ist ausgetrocknet, und meine Alt-Anleger weigern sich, noch mehr ins Risiko zu gehen. Es kann sein, dass ich den Fonds liquidieren muss. - Jetzt fragen Sie sich womöglich, weshalb ich das alles erzähle. Vielleicht, um reinen Tisch zu machen, bevor ich Ihnen die Seed übergebe. Nein, spielt alles keine Rolle. Ich möchte, dass du weißt, dass du mein Sohn bist, Viktor."

Als Viktor nicht gleich antwortet, sagt Salger irritiert. „Es scheint dich nicht zu überraschen."

Viktor tritt einen Schritt zurück und betrachtet Salger, als sähe er einen fremden Menschen vor sich. Wenigstens ist es jetzt raus, denkt er. Dieses Schattenboxen wurde langsam unerträglich.

„Sind Sie sicher?"

„Ja, ich habe einen DNA-Test machen lassen. Es gibt keinen Zweifel."

„Und das wirfst du mir jetzt so locker vor die Füße, friss oder stirb. Damit wir einfach weitermachen können, wie bisher. Ist es so, … Vater?", wechselt er die Anrede, mit einem Schuss Verachtung in der Stimme.

„Nein, der Gedanke beschäftigt mich seit langem."

„Seit du Mutter getroffen hast?"

„Ja. Sie wollte nicht, dass du es von mir erfährst. Inka hat also mit dir geredet."

„Nur in Andeutungen." Viktor dreht sich weg und blickt auf den See. Er will nicht, dass Salger sieht, wie aufgewühlt er ist. Er spürt, wie ihm der Schweiß ausbricht. Salgers Stimme dringt kaum noch zu ihm durch.

„Es gab nur eine Nacht, in Berlin, im Mai 1968, draußen randalierten die Leute, aber wir beide waren jung und glücklich. Als deine Mutter zu diesem Job-Interview kam, von dem ich dir erzählt habe, habe ich sie als die Inka von damals wiedererkannt. Schau mich an, Viktor." Salger greift nach Viktors Schulter, doch der stößt ihn zurück.

Viktor merkt, wie sich sein Kreislauf stabilisiert und er besser mit der Situation umgehen kann. „Und jetzt willst du, dass wir Familie spielen?", fragt er sarkastisch.

„Nein, dazu ist es zu spät."

„Und dass ich dir helfen könnte deine Probleme zu lösen, daran hast du gar nicht gedacht. Oder hätte ich besser krumme Sachen sagen sollen."

Mein Sohn, denkt Salger, ich hab ihn überfahren. Anscheinend kann man einen Sohn nicht wie einen Geschäftspartner behandeln. „Nein, meine Probleme muss ich schon allein lösen. Ich biete dir die Seed an, die ist sauber. Ist das nichts? Von den anderen Sachen, wie du sie nennst, solltest du besser die Finger lassen."

Viktor zuckt mit den Schultern. „Wie du willst", sagt er gelangweilt, als wäre es ihm wirklich egal. „Auf der Fahrt hierher habe ich mich gefragt, ob du es mir erklärst. Ich hab gewettet, dass du dich drückst. Warum sollte ein Vater, der sich zeitlebens nicht um seinen Sohn gekümmert hat, ausgerechnet jetzt.... Keine Ahnung, was du von mir willst."

„Ich hab nicht gewusst, dass es dich gibt", sagt Salger lahm.

„Lucy hat auch den größten Teil ihres Lebens ohne Vater verbracht, aber immerhin kannte sie ihn. Nach all deinem Gerede wundert mich nur noch, wie du deine entsetzlichen Geschäfte all die Jahre betreiben konntest, ohne verrückt zu werden. Du bist ein Betrüger."

Salger schüttelt ganz langsam den Kopf. Er schenkt sich nach und kehrt zum Fenster zurück. „Nein, kein Betrüger, aber ein Spieler. Und ich hab's getan, weil ich gut darin bin. Alles eine Frage der Perspektive. Und vielleicht hat mir ja auch die Rolle des tumben Deutschen gefallen, der sich in den Augen der ande-

ren an alle Regeln hält. Aber in Wirklichkeit habe ich immer nur das getan, was mir genützt hat."
„Hast du Mutter benützt?", fragt Viktor scharf.
„Nein, ich fand sie wunderbar. Finde ich auch heute noch."
Viktor atmet tief ein und lässt die Luft in einem Schwall entweichen. „Kein Drama, keine Komödie. Du lebst in deiner ganz persönlichen Tragödie, willst es aber nicht wahrhaben."
„Warum sollte ich, Viktor, ich habe immer nach den Gesetzen meiner Meute gehandelt. Und vergiss nicht, es gab niemand außer mir, dem ich Rechenschaft schuldig war. Jetzt, seit es dich gibt, ist alles viel schwieriger geworden."
„Keine Freunde? Niemand, mit dem du offen reden kannst?"
„So etwas gibt es nicht in meinem Gewerbe, Viktor. Wenn du unbedingt Wärme brauchst, ist es besser, du nimmst dir einen Hund. Das erspart dir einige Enttäuschungen. Früher in Afrika, da hatte ich Hunde und dachte sogar, einen Freund zu haben. Er hat mich verraten."
„Kommt dieser Zynismus frei Haus, wenn man so ein Leben führt wie du, oder muss man sich darum bemühen?" Viktor ist verunsichert, die Offenheit Salgers setzt ihm zu.
„Es ist der Preis, jede meiner Aktionen hatte zwei Seiten, sogar die Waffen. Der eine braucht sie, um sich zu verteidigen, der andere, um einen Diktator zu stürzen. Vertrackt wird es, wenn der, dem du geholfen hast, an die Macht zu kommen, selbst zum Diktator wird. Dann geht das ganze Karussell von vorne los. - Ich wusste nicht, dass es dich gibt, Viktor", wiederholt er sich und sieht misstrauisch auf seinen Sohn. Nach einer kurzen Pause fragt er leise. „Willst du mir etwas sagen, Viktor?"
„Lucy hat eine sehr gespaltene Meinung von dir."
„Nicht verwunderlich."
„Warum erzählst du mir nicht, wer du wirklich bist, Vater. Dass wir das gleiche Gen-Muster haben, weiß ich jetzt, aber ich kann nichts damit anfangen."
„Wer ich wirklich bin?", echot Salger, als verstünde er die Frage nicht richtig. Dann lacht er befreit auf, als hätte er endlich die einzig wahre Antwort gefunden. „Ein Geldmensch, mit Allem,

was dazu gehört. Skrupellosigkeit, Gier, es gibt viele Kriterien, du kannst wählen, sie stimmen alle."
„Das ist mir zu einfach. Die wenigsten Geldmenschen brauchen auch noch Waffenhandel zum Zeitvertreib."
„Wäre dir Betrug lieber? Du hältst mich für einen Betrüger."
„Nein, ja, ich weiß es nicht. Du hast mich völlig verwirrt."
Salger sieht ihn lange an. Er bemerkt Viktors Unruhe, spürt, dass er ihm eine ehrliche Antwort schuldet, wenn er ihn nicht ganz verlieren will. „Wer bin ich?", wiederholt er, und zuckt mit den Schultern, als wüsste er das am allerwenigsten. „Mitte der sechziger Jahre, ich war bereits im Studium", setzt er an, und nimmt erleichtert Viktors Aufmerksamkeit wahr. „Arm wie eine Kirchenmaus, Aushilfsjobs, weil ich das Geld meines Pflegevaters nicht mehr nehmen konnte, ohne jede Selbstachtung zu verlieren - der Mann war ein eingefleischter Nazi und hatte nichts dazu gelernt. Oft konnte ich mir zur Mitte des Monats kein warmes Essen mehr leisten. Einmal, es war kurz vor Weihnachten, kam ich an einer Hühnerbraterei vorbei. Der Duft und der Anblick der knusprig braunen Hähnchen machte mich fast verrückt. Damals habe ich die Gesellschaft um mich herum gehasst."
„Wegen Hähnchen?", rutscht es Viktor heraus.
„Die Erinnerung verfolgt mich bis heute. Nigeria hat geholfen, es war meine Chance. Danach lief alles wie vorgezeichnet. - Ich war jung und ehrgeizig, wollte es allen zeigen. Und als ich die Chance erhielt, habe ich zugegriffen. Es war am Beginn des Biafra-Kriegs und instinktiv spürte ich, dass es die Gelegenheit war, auf die ich gewartet hatte. Anfangs ging es nicht um Waffen, wir wollten Eisenbahntrassen bauen, aber als meine Partner mit der Armee kungelten, habe ich bedenkenlos mitgemacht. Ich war erfolgreich, ein guter Verhandler, wurde reich, aber nicht unabhängig. Das begriff ich erst, als es zu spät war. Du rackerst und kämpfst und merkst gar nicht, wie das Netz, das du dir spinnst, enger und enger wird. Am Ende strampelst du kraftlos zwischen den Seilen und versinkst immer tiefer im Morast. Das bin ich, mein Sohn, ein Ertrinkender." Mit einer flüchtigen Geste deutet Salger auf den Stuhl neben dem Teetisch. „Ich weiß, du

willst mehr, und verdienst es auch. Und ich sollte mich auf das Wesentliche konzentrieren, sonst denkst du noch ich will mich rechtfertigen. Wo soll ich anfangen, es könnte eine lange Reise werden."

„Egal, sag mir einfach alles."

Salger schüttelt unwillig den Kopf, als er zur Cognacflasche greift und nachschenkt. Dann zieht er einen Stuhl heran, setzt sich Viktor gegenüber und beugt sich vor, als würde er ihm ein Geheimnis verraten. „Meine Erinnerung beginnt sich aufzulösen. Manchmal denke ich, es hätte alles gar nicht stattgefunden. Dann wieder stehen die Bilder in einer Klarheit vor mir, dass es schmerzt. Die Ärzte sagen, es wäre der Stress, doch eigentlich meinen sie das Alter. Sie haben mir ein ganz leichtes Beruhigungsmittel verschrieben, einfach nur unterstützend." Salger lehnt sich zurück und sieht Viktor mit einer Mischung aus Mitleid und Sympathie an. Ein ironischer Ton schwingt jetzt in seiner Stimme. „Unterstützend", sagt er, „aber sicher, unterstützend. Sie meinen, sie können Erinnerungen polieren wie einen Spiegel. Sie meinen, sie können dafür sorgen, dass Erinnerungen arbeiten, wie sie es wollen. Sie wollen, dass sie nicht mehr sich selbst gehorchen. Ich will das nicht, es sind meine Erinnerungen, die niemand sonst etwas angehen. Aber auf einmal gibt es dich, und du willst, dass ich mich erinnere. Doch wie soll das gehen? Erinnerungen sind nicht wie eine Kugel, schön messbar und von allen Seiten gleich anzusehen." Salger macht eine Bewegung mit der Hand, als wolle er eine Fliege verscheuchen. Er sitzt jetzt mit geschlossenen Augen, den Kopf zurückgelehnt. „Vor vielen Jahren", flüstert er, „hatte ich einen Traum. Er kam, nachdem sich meine Mutter erhängt hatte, und er begleitete mich ein Leben lang. Die meisten Träume haben eine Geschichte, aber der hatte keine. Es war nur ein Bild, das sich in meinem Kopf immer wieder veränderte. Ich habe Kwame davon erzählt, und er hat daraus ein Gemälde gemacht. Es hängt in einem unserer Besprechungszimmer. Manchmal, Nachts, wenn ich nicht schlafen kann, fahre ich hin und sehe es mir an. Danach geht es mir besser."

Salger sieht plötzlich sehr alt aus. Für einen Augenblick öffnet er die Augen, blickt kurz auf Viktor und schließt sie wieder. Nach einiger Zeit fragt er erneut. „Wo willst du, dass ich anfange?"

„Erzähl mir von diesem Traum", sagt Viktor leise.

„Letzte Woche hatte ich ihn wieder. Ein Eisengitter, grau, dahinter eine arkadische Landschaft, die sich im Unendlichen verliert. Das Gitter versperrt mir den Weg, ich rüttle daran, aber es öffnet sich nicht. Ich habe den Wunsch fortzulaufen, durch das offen Tor, loszulaufen, um zu sehen, was sich dahinter verbirgt. Doch etwas hält mich, die Stimme meiner Mutter, sie ist verzerrt, ich kann sie nicht verstehen." Salger schlägt die Augen auf und fragt mit klarer, fester Stimme. „Wann geht dein Flug?"

„Ich habe alle Zeit der Welt", sagt Viktor in die Dunkelheit.

„Na gut, aber vergiss nicht: Männer wie ich verschleiern ihre Vergangenheit. Das gehört zu uns wie unsere graue Kluft. Wir tragen keine Kampfanzüge, die uns nur verraten würden. Wir agieren allein, und der Halbschatten gibt uns Kraft. Mein Leben besteht aus Andeutungen, das verunsichert die Menschen. Ich zeige ihnen immer nur einen Spalt, in den sie ihre Furcht, ihre Träume und Wünsche schütten können. So ist es immer noch, und ich habe mich daran gewöhnt. Im Nachhinein finde ich es absurd, dass ich nicht über den Waffenhandel gestolpert bin, sondern über die Gier anderer. Immer höhere Renditen, es ist wie eine Sucht. Hat sie dich einmal in den Krallen, lässt sie dich nicht mehr los. Leute wie ich sind die Junkies der Hochfinanz, wir bedienen die Gier der Leute nach Geld, nach immer mehr. Nur dann können sie ruhig schlafen. Und wir benützen ihre Angst alles zu verlieren, um uns selbst zu bereichern." Salger schüttelt sich, als wolle er aus einem Traum erwachen. „Ich war zehn, als sich meine Mutter erhängte", fährt er fort, als hätte er sich entschlossen, nur noch über Fakten zu reden. „Danach kam ich ins Heim und kurz darauf zu Pflegeeltern. Den Mann habe ich gehasst, die Frau glich eher einem Marmorblock als einem Wesen aus Fleisch und Blut. Kaum, dass ich das Vordiplom geschafft hatte, ging ich nach Indien. Eigentlich nur, um dieser Familie zu entkommen. Aber das Land war nichts für mich, eine Gesellschaft, zu festgefahren in ihren Traditionen. Zwei Jahre später dann Nigeria."

„Du bist viel gereist. Sogar während des Studiums?", fragt Viktor, der sich vornimmt, ein andermal auf die Gier zu sprechen zu kommen. Diese Sucht muss ich wohl von ihm haben, denkt er.

„Ich war getrieben von Versagensangst, und wohl auch auf einer Art Flucht", sagt Salger. „Im Nachhinein, denke ich, war ich mein Leben lang auf der Suche nach Menschen, denen ich mich beweisen wollte." Salger wirkt auf einmal agil, verwandelt, als wäre er ein anderer Mensch. Er schenkt sich nach. „Du auch?", fragt er und deutet mit der Flasche auf Viktors Glas.

„Nein, danke, wir haben fast die halbe Flasche getrunken und ich muss noch fahren. Eigentlich wollte ich heute Abend zurückfliegen." Mein Gott, das ist mein Vater, aber wenigstens ist er jetzt wieder der alte, harte Hund, denkt Viktor

„Du kannst hier übernachten, wenn du willst. Gibt uns mehr Zeit zum Reden."

„Mal sehen. Ich hab keine Zahnbürste dabei."

„Die habe ich noch", lächelt Salger.

„Warum Nigeria? Einfach so, Ticket gekauft und hingeflogen?", fragt Viktor, der jetzt alles wissen will.

Salger schüttelt den Kopf, will weiter ausholen, lässt es und sagt lapidar. „Nein, ich bekam ein Praktikum über den Deutschen Akademischen Austauschdienst, das ich nach einem halben Jahr hingeschmissen habe."

Für eine Weile trinken sie schweigend, bis Viktor fragt: „Und der Waffenhandel, warum hast du immer weiter gemacht? Du brauchst ihn nicht, deine anderen Geschäfte waren einträglich genug. Aber du musst nicht darüber reden, wenn du nicht willst."

Salger zuckt nur verächtlich mit den Schultern. „Du vertraust Lucy anscheinend. Bin gespannt, was sie dir noch alles erzählt hat", sagt er. „Es lief einfach zu geschmiert und ich wurde immer besser. Die Leute kamen zu mir, weil sie mir vertrauten. "

„Geschmiert? Mit deinen Waffen wurden Menschen umgebracht", sagt Viktor mit erhobener Stimme.

„Es waren nicht meine Waffen. Ich habe sie nicht entworfen, nicht gebaut und nicht benützt. Wir haben ein Loch gestopft, haben an der Schnittstelle von Ost und West operiert. Den Konflikt im Delta gab es ohne unser Zutun", sagt Salger gelassen. „Später, als ich mich in ganz Afrika herumtrieb, habe ich den Tutsies geholfen, sich zu bewaffnen. Sie waren dabei, ausgerottet zu werden, von Nachbarn mit Macheten. Die Leute aßen neben Leichen, schliefen neben Leichen, tranken aus Flüssen, in denen Leichen schwammen, sie brauchten Hilfe. Aber lassen wir das, es ist zu kompliziert."

„Ist wohl besser so, solange du dich im Selbstmitleid suhlst und tust, als hättest du nicht in erster Linie von deinem todbringenden Handel profitiert", sagt Viktor. „In dem Gewerbe ist es anscheinend leicht, die Fakten so zu verdrehen, dass sie das Gewissen beruhigen."

Salger steht auf, geht ans Fenster und sieht auf den dunklen See. „Wie recht du hast", sagt er. Es klingt nicht zustimmend, nur traurig, als spräche er von etwas, das sich nicht mehr ändern lässt. „Trotzdem stört mich deine Selbstgerechtigkeit. Ich möchte, dass du die Geschichte zu Ende hörst." Er dreht sich um und geht zurück zu seinem Stuhl, doch statt sich zu setzen, stellt er sich hinter die Lehne, wippt sie hin und her, wobei er lächelnd auf Viktor sieht. „Als der Krieg in Nigeria ausbrach, begriff ich, dass der Kolonialismus noch nicht zu Ende war", sagt er gelassen. „Er hatte nur eine andere Ebene erreicht. Da entschloss ich mich mitzumischen, wie alle Anderen auch. Afrika ist nicht, was du denkst. Kein Kontinent voller Musik und fröhlicher Menschen. Es ist eine Welt, wo unbeschreiblicher Reichtum und entsetzliche Mühsal aufeinanderprallen. In der die meisten darum kämpfen den nächsten Tag zu erleben." Salger hört einfach auf und setzt sich, als hätte er längst zu viel gesagt.

Viktor wartet eine Weile. Er fragt sich, was noch alles kommt, doch als Salger beharrlich schweigt, sagt er: „Du versuchst zu relativieren, ist ja auch nicht verwunderlich. Was ist wirklich dran an Lucys Verdacht, dass du für den Tod ihres Vaters verantwortlich bist?"

„Sie braucht ein Ventil, will die Wahrheit erzwingen, als gäbe es so etwas wie Wahrheit überhaupt", sagt Salger achselzuckend. „Die Vorstellung, dass du für den Tod ihres Vaters verantwortlich bist, ist mir unerträglich." Viktor vermeidet Salger anzusehen, das Atmen fällt ihm schwer, und die Stille zwischen ihnen lastet beklemmend auf seiner Brust.

Das Licht von außen ist schwächer geworden, und aus dem Halbdunkel kommt Salgers belegte Stimme. „Wir waren wie Brüder, jung und unbekümmert. Er war glücklich, wieder in Afrika zu sein, und ich vertraute ihm. Alles, was wir anpackten, geriet uns zu Gold. Unser Waffenhandel lief gut, aber im Verlauf des Krieges, als sich abzeichnete, dass die Igbos verlieren würden, veränderte sich Kwame. Er begann sich auf die Seite der Rebellen zu schlagen. Freiheitskämpfer nannte er sie. Wenn ich ihn darauf ansprach, dass es für uns beide tödlich enden könnte, sagte er nur, er könne nicht anders. Wenn es mir zu heiß würde, könne ich ja aussteigen. Er täuschte sich, wir konnten schon längst nicht mehr aussteigen. Dieses Geschäft ist wie Drogenhandel, du kannst es nicht halbherzig betreiben. Irgendwann fordert es seinen Tribut. Das ist alles."

„Alles?"

„Ja, was mich betrifft. Aber es gab noch etwas in Kwames Leben. Etwas, das längst stattgefunden hatte, bevor ich ihn kennenlernte. Vermutlich hatte es mit Ghana zu tun, dem Akosombo Damm. Für Ghana war es ein Jahrhundertprojekt, bei dessen Finanzierung Nkrumah vor den Amerikanern zu Kreuze kriechen musste, um es überhaupt realisieren zu können. Kwame hat Nkrumah bewundert, ganz Afrika hat ihn verehrt. Der erste schwarze Führer, der sein Land in die Unabhängigkeit geführt hatte. Mit Hilfe der Elektrizität, die der Damm liefern sollte, wollte Nkrumah Ghana aus der Bedeutungslosigkeit befreien. Doch als das ganze Projekt an der Finanzierung zu scheitern drohte, hatte Nkrumah keine Wahl, als das Diktat der Weltbank anzunehmen. Kwame gefiel das nicht, er war überzeugter Kommunist, und in der DDR eher radikaler geworden. Also half er mit, den Besuch Breschnews in Ghana zu organisieren. Er wollte einfach in letzter Minute das Ruder zu Gunsten der Sowjetunion herumreißen. Es war umsonst. Damals muss Kwame innerlich zerbrochen sein, aber ich habe es nicht verstanden. Die Sache mit den Igbos war nur ein Pflaster auf seine Wunden. Wir alle haben unsere Gespenster, und Kwames waren zu stark, um sie wegzusperren."

„Glaubst du das, oder hat er es dir erzählt?"

„Er wollte ein starkes Afrika."

„Muss man dafür mit Waffen handeln?"

„Es war eine andere Zeit, Viktor. Im kalten Krieg musstest du dich für die eine oder andere Seite entscheiden."

Viktor schüttelt still den Kopf, verwundert, enttäuscht. „Aber was hattest du mit seinem Tod zu tun? Wer hat ihn erschossen?", fragt er hilflos.

„Es sah nach einer sauberen Auftragsarbeit aus. In Lagos kannst du auch heute noch einen Killer für ein paar Dollar anheuern, dazu braucht es nicht viel. Was ich mir vorwerfe, ist, dass ich Kwame nicht aktiver daran gehindert habe, seine Karten zu überreizen. Nach einem besonders krassen Deal, bei dem er fast die Hälfte der Lieferungen an die Igbos umgeleitet hatte, wurde ich von Abichi, dem General an der Südfront, unserem Hauptabnehmer, einbestellt. Danach war klar, dass Kwame zu weit gegangen war. Dabei war der Krieg längst entschieden, es ging nur noch um ein paar Widerstandsnester im Delta. Damals hätte ich Kwame zusammenschlagen und klammheimlich außer Landes bringen müssen. Er hat bis zuletzt abgestritten, etwas mit der Sache zu tun zu haben, also habe ich es nicht getan."

„Wer wart ihr beide wirklich, Vater?", fragt Viktor, der gespannt, fast lauernd in seinem Sessel sitzt, als könne er dadurch die Wahrheit aus Salger herauspressen. Doch der winkt nur müde ab.

Für eine Weile hängt eine erschöpfte Stille im Raum, bis Salger endlich zu einer Antwort ansetzt. „Kwame war wohl ein Idealist, kein vernarrter Ideologe. Es war nur eine Frage der Zeit, bis er aufflog. Ich vermute, der KGB hatte ihn angeheuert, kurz bevor er nach Nigeria kam. Als der Krieg von den Igbos nicht mehr zu

gewinnen war, ließen sie ihn fallen. Abhauen konnte er nicht, in jedem anderen Land Afrikas wäre er genauso schutzlos gewesen. Und ich? Ich war wohl immer nur ein Spieler."
Draußen lastet die Schwärze des nächtlichen Zürichsees. Leichte Nebelschwaden liegen über dem Wasser und verdecken die Lichter des gegenüberliegenden Ufers. Nur gelegentlich fährt ein hell erleuchtetes Passagierschiff zur Anlegestelle an der Limmat. Nichts rührt sich im Haus, bis Salger aufsteht und eine CD einschiebt.
„Danke", sagt Viktor. „Danke für die Offenheit. Die Musik tut gut, was ist es?"
„Chopin, Klavierkonzert Nummer eins, mein Lieblingsstück."
„Warum kamst du ungeschoren davon?"
„Es gab einflussreiche Leute in Nigeria, die ich zuvor gut versorgt hatte. Und meine amerikanischen Freunde ließen mich nicht fallen. Und vermutlich bin ich gegangen, als ich es noch konnte."
„Und Kwames Freunde, warum haben die nichts für ihn getan?"
„Du meinst den KGB?"
„Ja."
„Ich weiß es nicht, er hat nie mit mir über seine Verbindung zu denen gesprochen. Ich vermutete es, weil er relativ leicht an russische Waffen kam. Bestätigt hat es erst Lucy, letzthin in Berlin. Sie erfuhr es auch nur aus seinen Stasi-Akten. Vermutlich hat ihn der KGB abgeschrieben, als er nicht mehr spurte und seine eigenen kleinen Deals verfolgte. Er hatte Glück, dass er nicht schon früher liquidiert wurde. Die Dienste, egal ob Ost oder West, waren nicht gerade zimperlich, wenn sie sich von einem ihrer Leute verschaukelt fühlten." Er wird es nicht verstehen, keiner versteht es, der nicht dort und dabei war, denkt Salger und sagt, kaum hörbar durch die Musik. „Wir haben diese Bilder von Afrika: Hunger, Kinder die aussehen wie Skelette, verslumte Städte, Massaker, Aids, Scharen von Flüchtlingen, ohne ein Dach über dem Kopf. Diese Bilder stimmen nicht, und sind doch wahr." Salger klingt, als spräche er zu sich selbst. „Es ist ein Kontinent, wie von einem anderen Stern, ein Land zerstückelter Maniokfel-

der, des Dschungels und ausgetrockneter Flüsse. Inzwischen voller monströser, kranker Städte, die von einer unruhigen, gewaltsamen Elektrizität erfüllt sind."

Für einen Moment dringt das fahle Licht eines vorbeifahrenden Schiffs ins Zimmer und lässt Salger Gesicht aufscheinen. Wie eine Statue sitzt er im Stuhl, in sich versunken, in Gedanken weit weg. „Kurzzeitig dachte ich, als ich in die Schweiz zog, ich könnte Afrika hinter mir lassen, aber ich habe mich getäuscht. Der Waffenhandel war zu verlockend, als die Sowjetunion auseinanderbrach. Er blieb meine irrsinnige Brücke nach Afrika. Und jetzt werde ich zurückgehen. Ein Spieler, der seine Karten überreizt hat." Er dreht sich zu Viktor, als suche er dessen Zustimmung.

Wie einfach habe ich mir das eigentlich vorgestellt, denkt Viktor. Nach Zürich fahren, aussprechen, und schon ist alles im Lot. Lucy glaubt immer noch, dass es eine Wahrheit über den Tod ihres Vaters gibt, eingeschlossen in Salgers Herzen. Aber das ist schon lange abgestorben. Wenigstens ist er berechenbarer als all die emotionalen Typen, die mit blutendem Herzen die Welt verbessern wollen. „Ich habe mir immer einen Vater gewünscht, der mit mir redet, Fußball spielt, ins Kino geht, all das, was Väter so tun. Und jetzt habe ich einen Waffenhändler bekommen, der die Leute, die er eigentlich liebt, zu Grunde richtet", sagt Viktor resigniert. „Aber so ist es nun mal."

„Hättest du lieber einen Banker gehabt. Einen, der Schrottimmobilien zu Paketen schnürt, sie in Aktien verwandelt, und heimlich unter die Leute bringt?"

„Sie bringen keine Menschen um."

„Das täuscht. Waffen kannst du einstampfen, oder im Depot verrotten lassen. Mit Geld geht das nicht, es tötet schleichend, zersetzt dich von innen, unbemerkt anfangs, bis es zu spät ist."

„Du relativierst alles, Vater. Irgendwann gehen dir die Argumente aus, und dann stehst du nackt da."

„Gut möglich", sagt Salger und zuckt mit den Schultern. „Dabei habe ich es gar nicht nötig zu relativieren. Aber leider ist nichts ganz richtig, oder ganz falsch, Viktor. Wir bewegen uns in einer

immensen grauen Suppe, nur manchmal scheint die Sonne durch.
- Vor Jahren habe ich einen Oberst der US-Army gekannt, Jones hieß er, lebt wahrscheinlich nicht mehr. Ohne seine Hilfe wäre ich wohl, wie Kwame, in einem vermüllten Straßengraben gelandet. Bei einem Terroranschlag war er in Saigon in die Luft gejagt worden. Reiner Zufall, dass er überlebte. Jeden Morgen, wenn er aufstand, hat er vermutlich bereut, dort gewesen zu sein. Und doch hat er immer weiter gemacht. Für den Vietnamesen, der die Bombe gelegt hatte, war Jones der Repräsentant des Bösen. Für ihn war die Bombe kein Terror. Jones dagegen hielt sich für einen Bannerträger der Freiheit. Du kannst nicht gewinnen, wenn du den Kopf aus dem Mittelmaß steckst."
„Meinst du deine Bilanzen?", fragt Viktor mit gerunzelter Stirn.
„Du sitzt auf einem hohen Ross, mein Sohn. Bin gespannt, wie du dich entscheidest, wenn du vor der Wahl stehst: Aufgeben oder weitermachen, egal wie."
„Einen Hedge Fonds leiten, der stark nach Schneeballsystem riecht, und Waffenhandel als Zugabe?", fragt Viktor ungerührt.
„Damit wirst du nichts zu tun haben. Du konzentrierst dich nur auf die Seed, die ist rundum sauber. Da kannst du zeigen, wie gut du bist."
Viktor tut, als hätte er die Bemerkung überhört. „Warum bist du überhaupt aus Südafrika weggegangen?", fragt er.
Salger verzieht das Gesicht zu einem gekränkten Grinsen. „Ich musste gehen. Die Regierung wechselte und meine Freunde in der Staatssicherheit hielten es für besser, außerhalb Südafrikas erst mal abzuwarten."
„Und dann?"
„Dann war die Seed überraschend erfolgreich, bis alles ins Schlingern geriet."
Viktor schüttelt den Kopf, er wirkt verloren. „Mutter hat gemeint, ich sollte wissen, auf was ich mich einlasse. Jetzt weiß ich es, und bin doch kein Jota schlauer. Hast du ihr je gesagt, wer du wirklich bist?"
„Nein, und vermutlich ist es besser, du behältst es für dich."
„Und Lucy?"

„Die findet es noch früh genug heraus."

Einen Monat nach Viktors Besuch ruft Salger Leonhard Rueti an und gratuliert ihm.
„Sie haben gewonnen." Er klingt fröhlich, als er es sagt. Zumindest hört es sich für Rueti so an.
„Und was machen Sie jetzt?", fragt Rueti.
„Ich werde gehen. Sie können also all Ihre weiteren Pläne, mich aus der Welt zu schaffen, einstampfen. Eine Bitte habe ich noch: Sagen Sie Lucy, dass Kwame für seinen Tod selbst verantwortlich war."
Kaum, dass Salger aufgelegt hat, setzt sich Rueti ins Auto und fährt zu dessen Villa. Das schmiedeeiserne Tor zur Auffahrt steht offen, als würde er erwartet. Als er den Wagen vor dem Eingangsportal parkt, hört er aus dem Obergeschoss Musik. Vermutlich habe ich mich getäuscht, denkt Rueti, und wundert sich, dass die Tür nur angelehnt ist. In der Halle prangt ein überdimensionaler Blumenstrauß. Oben braust das Klavierkonzert Nummer eins von Chopin auf.

Rueti ruft nach Salger, nach der Haushälterin, doch es meldet sich niemand. Zögernd, immer noch irritiert durch die Musik, steigt er die Freitreppe hinauf. Er ahnt, was ihn erwartet. Auf dem obersten Treppenabsatz ruft er noch einmal, um sich bemerkbar zu machen, doch nichts rührt sich.

Als er die Tür zum Rauchersalon aufdrückt, sieht er Salger am Schreibtisch, den Oberkörper wie schlafend auf der Tischplatte, ein schmales Rinnsal ergießt sich über den Tisch. Der Revolver ist ihm aus der Hand geglitten.

An einer Ecke des Schreibtischs lehnt ein offenes Kuvert feinsäuberlich am Sockel der Tischlampe, sodass es nicht übersehen werden kann. Rueti zögert kurz, als hielte ihn etwas zurück das Kuvert in die Hand zu nehmen. Doch dann greift er entschlossen danach und entnimmt den Brief:

Mein Sohn,

Ich habe es nicht mehr geschafft. Als du bei mir in Zürich warst, hatte ich noch Hoffnung, aber als Johnson ausstieg war es zu Ende. Und jetzt fehlt mir die Kraft für einen Neuanfang. Irgendwann ist es für jeden zu Ende, hast du gesagt. Eine Plattitüde, aber auf mich trifft sie zu. Vielleicht hilft dir mein Schritt, die nächsten Monate zu überstehen.
Meine Anleger werden bluten müssen, aber es müsste genug übrig bleiben, dass es sich für sie lohnt, mit dir weiterzumachen. In mich hatten sie kein Vertrauen mehr. Die Details meiner Verflechtungen findest du im Schreibtisch des Büros. Janet weiß Bescheid.
Und bitte sag deiner Mutter, dass sie mir viel bedeutet hat, weit mehr als ich ihr gestehen konnte. Du warst keine Episode, eher Schicksal.
Martin
P.S. Ich habe es nicht gewagt ‚Dein Vater' zu schreiben.

Pathetisch bis zum Schluss, denkt Rueti und zieht einen Stuhl vor den Schreibtisch, von wo er Salgers Körper gut betrachten kann. Er sieht das schwache Heben und Senken des Brustkorbs und wartet bis das Klavierkonzert zu Ende ist. „Selbstmord", murmelt. „Er wollte sich davon stehlen. Ist ihm aber nicht ganz gelungen."
Er ruft die Polizei, und während er auf die Ambulanz wartet, versucht er Lucy zu erreichen.

Zum Titel

Martin Salger ist durch den Biafra-Krieg in Nigeria reich geworden. Sein afrikanischer Freund unterstützt ihn bei seinen Waffengeschäften und kommt dabei ums Leben.
Jahre später versucht Lucy Fiawo, die Tochter des Freundes, herauszufinden, was tatsächlich passiert ist. Sie vermutet, dass ihr Vater ermordet wurde und hat Salger in Verdacht. Der ist inzwischen in Europa zum geachteten Investor aufgestiegen, doch seinen Waffenhandel hat er nie ganz aufgegeben.
Lucy stellt Salger in Berlin und bringt sein Finanzimperium zum Einsturz. Es bleibt die Frage, ob Salger wirklich am Mord seines besten Freundes beteiligt war.
Der Roman beginnt auf dem Höhepunkt des Kalten Kriegs und endet in den Niederungen der Finanzkrise von 2008. Das Buch ist eine Geschichte von Zerrissenheit, Freundschaft und Verantwortung, über die Zwänge der Mächtigen und die weltweite Vernetzung der modernen Welt.

Zum Autor

Eckhard Polzer hat Luft- und Raumfahrt in München studiert. Er hat viele Jahre im Ausland gearbeitet u.A. in Afrika und den USA.
Er schreibt seit 2003 und hat mehrere Romane veröffentlicht: *Die Weltverbesserer, Tod am Sambesi, Die im Schatten sieht man nicht.*
Er ist mit einer Amerikanerin verheiratet, hat zwei Töchter und lebt in München.